中国古典小说普及文库

再生缘

【清】陈端生 原著
佚 名 改编
喻岳衡 校补

岳麓书社·长沙

孟麗君

皇甫少華

元成宗

鄉明堂

前　言

古典文学名著弹词《再生缘》，前十七卷为清代女诗人陈端生所著，她于乾隆十六年（1751 年）出生于杭州，十八岁时在北京开始写作此书，二十岁时在山东完成了前十六卷，是年其母去世，即停止写作，“自从憔悴萱堂后，遂使芸缃彩笔捐”（第十七卷卷首语），二十三岁出嫁，“琴瑟喜同心好合，明珠早向掌中悬”（同前），三十岁时其夫因科场案获罪，被发配伊犁，“失群征雁斜阳外，羁旅愁人绝塞边。从此心伤魂杳渺，年来肠断意犹煎”（同前），家庭变故与家事牵累，使她没有心思提起笔来，直到乾隆四十九年（1784 年），才又续完第十七卷，从此辍笔，不久去世，终年约四十六岁，是一位不幸英年早逝的天才。现存二十卷本的后三卷是清代另一位女作家梁德绳（楚生）所续补。陈端生除著有《再生缘》外，还著有《绘影阁诗稿》，惜已失传。

封建时代，弹词、鼓词等说唱文学被视为“村姑野媪惑溺”的“盲子弹词”，是不能登大雅之堂的，《再生缘》作为手稿传抄时，虽然“惟是此书知者久，浙江一省遍相传”，并不为诗文大家所赏识，知者不多，其备受推崇，在文学史上被给以应有的地位，实因受到陈寅恪、郭沫若两位大师的赞赏。

1953 年，早已是中国一流学术大师的陈寅恪先生写了长文《论〈再生缘〉》，次年春最后定稿，文中称：“《再生缘》实弹词体中空前之作，而陈端生亦当日无数女性中思想最超越之人也。”“《再生缘》之文，质言之，乃一叙事言情七言排律之长篇巨制也。”甚至认为元微之论杜诗所称“铺陈终始，排比声韵”“属对律切”，《再生缘》之文可与之比美，而且还可以和印度、希腊及西洋的著名史诗比美。1961 年，郭沫若在《序〈再生缘〉前十七卷校订本》中说，陈氏把《再生缘》

“比之于印度、希腊的古史诗，那是从诗的形式来说的，如果从叙事的生动严密、波浪层出，从人物的性格塑造、心理描写上来说”，“陈端生的本领比之十八九世纪英、法的大作家们，如英国的司考特、法国的司汤达和巴尔扎克，实际上也未遑多让”。两位大师的评价，使《再生缘》如美玉在椟中，一旦展现在世人眼前，就光彩夺目，重新受到重视。

小说《再生缘》是根据弹词本改编而成，改编者力求忠实于原作，思想上具有鲜明强烈的反封建意义，由于篇幅大大压缩，文字更为紧凑，而又大体上保持了原作的故事格局，未损害原作情节的完整。由于把韵文改为散文，适合更多读者的阅读习惯。

和弹词本一样，小说在思想上一反男尊女卑、女子无才便是德的封建传统观念，大胆歌颂了妇女敢于挣脱封建礼教束缚的思想和行动。书中描写元代成宗铁木耳时，云南昆明才女孟丽君，才高貌美，待字闺中，成为云南总督皇甫家和国戚刘家争聘的对象。孟丽君不屈服于刘家的权势和迫害，抗旨拒婚，离家出走，女扮男装，上京应试，得中状元，任翰林院修撰；后任兵部尚书，掌握兵权，进升宰相，率领百僚，掌握朝政；会试之年，又被钦点为大总裁。这些在封建时代只有男子才能担任的最高级官员，一个十八岁的弱女子竟然全担任了，而且应付裕如，干得非常出色，在朝中与父兄翁公为同僚，纳丈夫为门生，绝无畏怯之状。这样一位文武全才，远胜须眉男子。除孟丽君外，书中的女子如皇甫长华、卫勇娥、尹良贞等，也都具有反封建的叛逆精神，其聪明才智都胜于男子。卫勇娥不但女扮男装，还一度成为反贪官污吏和地方豪恶的绿林豪杰，栖身刀丛虎穴之中，面对官军压境，横戈跃马，视若等闲。书中这些女性形象一般都比男性形象生动。作者通过对这些杰出女性的歌颂赞扬，大胆批判了男尊女卑的传统观念和封建伦常。书中描写孟丽君等在封建势力的层层包围和压迫下而真相暴露以后，最后只能仍然回到闺房，成为封建制度的牺牲品，揭露和批判了封建制度压迫妇女、扼杀人才的极不合理，表达了妇女要求挣脱封建束缚、求得自由解放、与男子具有平等权利的意志和愿望。

在艺术上，弹词本《再生缘》有出色的成就，结构精密，系统分明，情节曲折，文辞优美，叙事生动，描写细腻。小说基本上承袭了原书的结构和故事情节，但将原书近九十万字的篇幅压缩为不足四十万字，篇幅减少了一半以上。不用弹词形式，而用散文体的小说，可以避免通常的“对偶之文，往往隔为两截，中间思想脉络不能贯通”之病。虽弹词《再生缘》系对偶之文，仍能融会贯通，终究不如散文体之灵活自由，因此小说虽篇幅大减，但未影响故事的完整，且更适合人们的阅读习惯。全书虽然篇幅仍大，人物众多，情节复杂，读下去仍然线索清楚，首尾贯通，波澜起伏，引人入胜。

由于小说系根据弹词本改编，原书在思想上的局限和缺点也仍然存在，《再生缘》在思想上的闪光点是它的反封建意义，主人公孟丽君对封建传统观念和封建制度的叛逆精神，可是她用的武器仍然是封建主义。诚如郭沫若在《〈再生缘〉前十七卷和它的作者陈端生》中所说的：“她是挟封建道德以反封建秩序，挟爵禄名位以反男尊女卑，挟君威而不认父母，挟师道而不认丈夫，挟贞操节烈而违抗朝廷。”她的叛逆思想并未突破封建主义的范围，甚至还把封建贞操观念提高到了不适当的程度，如苏映雪竟因所谓梦中誓盟而要为皇甫少华守节，对师道尊严也极尽渲染之能事，诚然这是孟丽君之所以为孟丽君，是典型环境下悲剧性格的充分体现，但对某些封建道德的过分强调，对爵禄名位的过多渲染，对宿命论的宣扬（书中主要人物都是上界神仙，他们的兴衰际遇都是早已注定了的），这是时代也是作者思想的局限。

在艺术上改编者着力于故事情节的粗线条叙述，缺少对人物的细致描写。本来弹词本不仅文辞优美，而且叙事生动，描写细腻，人物的性格、心理，声音笑貌，都有出色的描写，如闻其声，如见其人，改编本则大为逊色。特别是对人物复杂的心理活动及其发展过程，原书描写得细致真实，而在改编本中则没有写出。对孟丽君这个中心人物，原书除从多方面反映她的绝代姿容与旷世才华外，还描绘了她思想感情、内心世界的变化，性格的发展，其间脉络分明，合情合理。如她和皇甫少华的关系，在少华未到京比武夺魁以前，对这位未婚夫并未见过，仅从苏映雪口中得知一些大概情况，连“一见钟情”的感情基础也没有，她之所以抗旨拒婚，改装应试，完全是因为女不二夫的封建节烈观的教育。她自负才华，认为可以改装夺魁救夫，但后来随着地位的变化与皇甫少华的行事，她的思想也有了变化，最突出的是皇甫少华请求成宗赦免除刘奎璧外的刘捷一家，与刘燕玉正式成亲，深深刺伤了她的感情，因而喊出了“父母之仇竟是忘，随朝保奏恳君王。刘侯夫妇蒙恩赦，半月中，奉旨成婚入洞房。守义一端忘却了，可见得，男儿容易变心肠”，便决心“从今索性不言明，蟒玉威风过一生”，“自此安然居相位，少不得，孝心未尽上忠心。调和鼎鼐君臣职，燮理阴阳佐圣君。何须嫁夫方为要，就做个，一朝贤相也传名”。什么夫为妻纲，男婚女嫁，人之大伦，统统一扫而光。

改编者未考虑到孟丽君思想感情的重大变化，仍停留在原来的状态，似乎她对此无动于衷，对此校补本作了一些补充，如当素华说到：“忠孝王如此薄情，且待十年后改装，只是教他贪近反远了。”郦相曰：“不须十年方始改装，且再作三年大臣，以报朝廷之恩，即可改装。”这不符合原书对孟丽君性格的描写。因此校补本改为郦相曰：“姐姐说得不差，他竟是忘了父母之仇，守义之誓。现今刘侯夫妇既蒙恩赦，半月之内，他就要奉旨成婚，进入洞房，可见得男儿容易变心肠。我如今索性不言明，蟒袍玉带，过此一生，做一朝贤相，调和鼎鼐，燮理阴阳，辅佐圣君，使百姓安乐，天下太平，以报朝廷之恩，岂不甚好。何必定要嫁个丈夫呢？”

在弹词本中，孟丽君的这一思想继续有所表白，有所发展，且更见坚定。请听她归家认母对父母说的一番话吧，她说：“爹娘呵，世人说做了妇道家，随夫荣辱。想当初，孩儿不避风尘，全身远走，也算与皇甫门中同受患难了。今日伊家烘然而发，孩儿倒不在乎与他同享荣华。丽君虽则是裙钗，现在而今立赤阶。浩荡深恩重万代，惟我爵位列三台。何须必要归夫婿，就是这，正室王妃岂我怀？况有那，宰臣官俸嵬嵬在，自身可养自身来。”是的，她已官居极品，位列三台，荣华富贵，应有尽有，什么夫荣妻贵，正室王妃，封建社会妇女所企求并视为莫大显荣的，对她已不复萦怀，她的高官厚禄，对王府的安富尊荣也视为平常,因而说出了“何须必要归夫婿”。孟丽君的思想观点也就是陈端生自己的思想观点,她认为只要妇女有了与男子同等的社会地位,同样可以任宰相,掌兵权,才能还可在男子之上,同样可以独立,完全不必依靠男子,这是对男尊女卑、夫为妻纲的彻底否定。陈端生因丈夫犯事的连累,使她长期“日坐愁城凝血泪,神飞万里阻风烟”,不难设想,如果女子与男子有同等应考做官的权利,以她的才华,是不可能随夫贵随夫贱的,完全可以干出一番事业来。身世之感与个人的才华,使她迸发出不平之鸣,思想高度远远超过时人。

改编本对孟丽君这一心理状态的发展变化,也提到了,但不如原本的透彻与淋漓尽致,因而校补本在“恩遇极矣”之后加了这样一段:“世人说做了妇道家,随夫荣辱。今日伊家烘然而发,孩儿倒不在乎与他同享荣华。丽君虽是女子,而今位列三台,何须必归夫婿。以女儿今日之位,就是正室王妃,岂再挂怀?宰臣官俸极厚,虽王府安富尊荣,又何须钦慕?还有一件,孩儿曾官拜兵部尚书,念少华功名未就,奉旨挂榜招贤,孩儿为主考官,点他为头名武状元,丽君便是他的老师。自古至今,哪有老师嫁与门生的?”这样就与原书比较接近,体现了孟丽君思想所达到的高度,亦即体现陈大师所说的陈端生为“当日无数女性中思想最超越之人”。

小说本虽大体上体现了弹词本的故事格局,保留了原书中的主要情节,但也有的情节偏离原书,偏离了作者原意,显得很不合理,对此校补本根据原书作了适当改动,使之符合原意,较为合理。书中关于刘捷通敌一事,原书是这样写的:“闻听上邦连次败,特传一计与将军。伊家合我冤仇大,欲借君威息此嗔。如若中军难抵敌,竟将那,亭山卫焕绑临城。王华勇达如关切,不肯投降也退兵。”后皇甫少华平番奏凯,准备班师回朝,向朝廷上血本申明冤屈,也说刘捷与番邦元帅邬必凯密书,内云:“今元帅王华、先锋韦勇达,皆卫焕、亭山二人之子,若到紧急难敌之时,竟将其父绑出城门处斩,王华等父子关心,欲救亭山、卫焕之命,就便不降,亦必有退矣。”很显然刘捷的阴谋是公报私仇,借敌人之手杀害自己的仇人。然而到了小说中,第四十二回说刘捷“特写密书与邬必凯,言伊自己见元朝成宗年轻暗弱，奸臣当权，天命当归于贵国，故欲献降顺天”，“伊自己就荐一个心腹门生为帅来征，那时诈败，引尔等人马上山，直到京城，我即开城接应，杀了昏君，夺了天位”。这样就由公报私仇变为阴谋弑君叛国的弥天大罪，在封建时代是要诛九族的，不管成宗如何“宽仁”，也决不可能赦刘捷一门。改编者也可能考虑到这一点，到第四十四回中，皇甫少华等上书成宗时，又无刘捷通番阴谋弑君叛国的情节，仍只是公报私仇。这样就前后不一，因而校补本根据弹词本将刘捷阴谋弑君叛国的情节删去，使之符合情理，前后一致。

前面说过，改编本只着重于故事情节的叙述，缺少对人物传神的细致描写，因而性格、心理、声音笑貌，都远不如原书传神。对此校补本根据原书作了一些补充，力求在不影响改编本结构的情况下，补充一些原书对人物的出色描写，但也非常有限。至于原书中存在的在历史真实性和地理知识等方面的很多缺点，如郭沫若所指出的，元代的汉人地位很卑下，而“在《再生缘》中，元帝竟接连以汉人为后，且在朝廷中担任王侯将相的都是汉人，而且都是南方的汉人，此外却看不见有什么显赫的蒙古人。这是完全违背史实的。从地理上来说，她同样不顾实际。元时，北京只是陪都，而她把它写成了清代的北京。由云贵到北京，可以一直走水路。由云贵或荆襄到北京，要经过浙江的温州。再加上海船上可以骑马作战，朝廷上可以赐坐花墩，服装是舞台上的服装，制度是清时代的制度，这些都不能说不是缺点”。这些缺点，小说本都基本承袭下来了，原本从荆襄到北京，路过浙江的温州，小说将温州改为山东青州，也仍然不合理。又诚如郭沫若所言：“尤其违背历史地理的真实，那更差不多是旧时代小说家的通病。”不必过分苛求。

本书改编者已经佚名，这次只是对改编本作个别情节的修改和较多文字的补充，基本上未删改小说原文，至少不会点金成石或面目全非，也就是基本上不影响原书本来面貌。但这样做是否恰当，尚待读者的鉴定和指正。

喻岳衡

目　录

第一回　宴蟠桃神仙谪世　征土番英雄立功

却说元朝开国天子世祖皇帝，乃蒙古人，姓奇握温，名忽必烈，兴兵灭宋，迫得宋天子名赵昰无地可居。幸有大忠臣文天祥，请帝避入福建登基，称为宋端宗皇帝，在位三年，后被元人所迫，崩于岭南硐洲。幸忠臣陆秀夫再立宋度宗第三子讳昺，即位于硐洲，迁于厓山，被元人追迫，陆秀夫负帝昺赴海而死，在位一年，未成帝，故称帝昺。元遂混一中原，一世称为世祖。

一日适逢王母娘娘千秋寿诞，玉皇遣众神仙星主，同赴瑶池庆祝良辰。王母特设蟠桃大会款待群仙。时天色尚早，神仙未到，当下有玉帝驾前执拂仙女先在殿前散步，忽有东斗星君进殿，执拂仙女见东斗君面如莹玉，眼若朗星，三绺长须，金盔金甲，衬着绣线袍，真有超群之貌，心甚悦之，注视而笑。星君见其容颜秀美，一时触动凡心，向前笑迎曰："仙姑若是有意，一同避入凡间，以完夙愿若何？"执拂女微笑应曰："贫道正有此心。"

亦是天意，绸缪间恰遇御前焚香女前来，见二仙携手笑说，一时动起凡心，向前笑曰："尔等如此爱惜，莫非有私否？岂不气杀贫道！"原来执拂女与焚香女平日投机，就把焚香女携住笑曰："我们正有此心，但恐污秽上界，欲下凡投胎，结为夫妻。道友若不弃，一同降凡，愿以姊妹相待，不分妻妾，同事东斗星君若何？"焚香女曰："贫道实有此意，姊姊若肯分甘，贫道愿为妾。"东斗星君大喜曰："若得芳卿等错爱，何以消受。"说罢，携住二女，相视而笑。忽背后转出一人，扯住执拂、焚香二女香肩喝曰："瑶池仙界，岂容尔等言私，有污天庭？吾当奏闻至尊定罪。"三仙人俱惊得面上失色，各举头一看，认得是玉皇驾前秉圭仙女。东斗星君忙问曰："道友忍心，果然欲奏请否？"秉圭仙女放手，笑对东斗星君曰："贫道见君丰姿超凡，有心欲私君久矣。倘肯介绍，愿附二位姊姊之骥尾，以完心愿，怎肯漏泄?”东斗星君并二仙女俱喜,就说明欲投胎为妻妾之事,“尔既同心,一同下凡可也。”秉圭女曰:“二位既议定妻妾名分,妾愿备位小妾,已为过分。”东斗星君与执拂、焚香二女齐声曰:“既有此心,何分大小。”秉圭女曰:“家无大小,纲常不正。但不可多言,恐玉帝知道见责。”遂各散开。

不多时,诸天神圣齐临。金钟声响,王母登临殿上。诸神圣拜贺毕,分列两班。只见班部中闪出一位神祇,出班俯伏奏曰:“臣乃纠察灵官,凡有上界罔法诸弊,理当启奏,不敢隐匿取咎。方才有东斗星君与执拂仙女思凡,欲投凡间,结为夫妻;又有焚香、秉圭二仙女亦贪东斗容颜,愿为偏房小妾,有污天庭,理合具奏,乞为定夺。”王母曰:“既已一尘不染,早归仙界,如何又动凡心。此事太白星君理合上奏,任凭玉帝宣示。”太白登时上奏,玉帝不悦曰:“查得历代神仙思凡降生,结为夫妇,夫荣妻贵,享寿高年,后归上界,仍成正果,故属有神仙思凡之举。但须使他历尽苦楚,姻缘合而复离,受尽艰难,又要存心忠孝,廉节俱全,方仍回上界;一有不全,即当发配地狱,不得超升人世。”就着太白金星速查凡间有积善人家具奏,好使东斗星君妻妾降生,使其历受险阻。

太白星领旨退出查访。不须臾,上殿复旨奏曰:“奉旨查得朝中有元帅皇甫敬先人及自己为善最大,俱数定十五年后当有横祸,务要家散人逃,三年方得团圆,富贵荣华;再有兵部尚书孟昭,字士元,亦有积德;更有寒士苏信仁,亦积善两代,请旨定夺。前蒙玉旨,差金童降生,为元朝二世天子。本该差玉女为正宫皇后,方得偕老。前因金童以织女娘娘私约为婚,遂降生人世刘家为女,但织女福薄,不得到老。今既已降生,乞至尊再降玉女下凡,生于积德人家,将来好续正宫之位,俾得全嗣,方不有误。”玉帝开金口曰:“就着注生娘娘送东斗星君往皇甫家为子,使其受尽磨难;再送执拂女往孟家为女,使其才学盖世,配与东斗星君为正室,务使其姻缘合而复离,牵肠割肚,方得成就。另着送生婆再送焚香女往苏信仁家为女,日后配与东斗星君为妾;再送秉圭女往刘捷家为女,日后与焚香女同配东斗星君为妾,使刘女从中撮合此段姻缘,亦使其颠倒迟延,方得完成,务要贞烈。但皇后乃是大福,就着注生娘娘送玉女往皇甫敬家,与东斗星君为姊弟。兹年期已迫,就着姊弟一胎双生,方得接续正宫之位。"玉旨传下,注生娘娘即择日施行,群仙便自散会,不表。

且说下界元朝世祖朝中,有一位忠良大臣,复姓皇甫,名敬字亭山。生得面方耳大,唇红齿白,力大无穷,弓马娴熟,家资十万余,祖上俱是宋朝武职。这皇甫敬文武全才,祖居湖广荆州府江陵县,十七岁娶妻尹氏,夫妻相得。十八岁在元世祖手内高中武状元,十九岁出征北番鞑靼国,至二十岁得胜班师回朝。世祖大喜,加封皇甫敬京营兵马大元帅,遂与妻尹氏入府,同享富贵。

按尹氏自十六岁完亲,其时年方二十,德容俱备,夫妻相敬如宾;待下以宽,奴婢俱感其德。皇甫敬并不置妾。光阴迅速,又早过了三年,尹氏仍未怀孕,自不过意。忽一日间,夫妻正在议论家务,尹氏曰:"今君已二十四岁,未有子女,想是妾身衰弱,故难受胎。君当速续娇妾,以快君心。倘得早生贵子,可免乏嗣之虞。"皇甫敬笑曰:"夫人美情,吾岂不知。但生育乃命中注定,亦系祖先积德,风水攸关;况你我正在少艾,先人又未有过恶,何患无嗣?夫人切勿言及娶妾之事。"尹夫人曰:"妾成亲八年未产,深为可虑,君当娶妾,免使旁人说妾嫉妒。君须听从,后嗣乃是大事。"皇甫敬曰:"下官祖先多行善事,断不致绝嗣。若果年至三旬无嗣,再议未迟。"尹氏因见丈夫情笃,甚不过意,遂夜夜烧香,祝天地神祇保佑早生贵子。

果是积善之家,必有余庆。不上三月,尹氏果然有孕,夫妻甚是欢喜。至次年六月间,早已十月满足,并不生产,夫妻颇虑。至七月间,已是十二个月,怀孕并无动静,又添了一番忧虑。缓至八月十五日,乃是中秋佳节,百官俱来拜贺,十分热闹。是日天清日朗,合府赐宴庆赏。至黄昏时候,皇甫敬夫妻在后堂饮酒,酒过数巡,尹氏腹中胀痛,对丈夫曰:"妾腹中疼痛,大约是要分娩了。"皇甫敬曰:"如今已是十二个月,早该生产。"尹氏曰:"妾今失陪,先要去安寝。"皇甫敬曰:"下官甚不放心,且在此赏月,盼望夫人喜信。"说完回房,皇甫敬自在后堂饮酒,俟候消息。

至初更后,女婢来报,夫人睡醒,更加疼痛。皇甫敬不放心,移入房来，此时稳婆已到，尹氏对丈夫曰："妾方才上床，即梦见数对幢幡宝盖，并一顶凤冠蟒袍的三人，对妾曰：'上帝察知尔家世代积德，即送玉女、星君与尔，须当善视，吾乃注生娘娘是也。'又见背后随的一位神仙，生得俊美长须，金盔金甲红袍；又有一位美貌仙女，珠冠翠袍，一齐向前扯妾衣袖曰：'母亲，吾来了。'把妾惊醒。又见注生娘娘腾空而去。谅必是要生产，此时腹痛加倍。"皇甫敬曰："谅我先祖余德，断不致乏嗣。"即吩咐女婢稳婆，各要小心伏侍，遂回后堂再饮。

忽两个家将慌忙向前曰："启上老爷，奇事不少，天上一轮皎月突然坠下一道毫光，正坠我后宅，外人正在围看喧哗。"皇甫敬即忙下庭，抬头一看，只见一道月华，光彩耀目，照得四处光彩，正坠在后宅。心想孩子若此时降生，异日长成，必定大贵，遂回堂坐下。正举杯之时，忽女婢奔出报曰："启上老爷，夫人生产了。"皇甫敬闻言大喜，暗想果然天从人愿。又见女婢再报曰："果然奇事不少，夫人生下一位小姐来，房外异香扑鼻，毫光灿烂。"皇甫敬一听此言，心中如有所失，寻思：既是女儿，为何小题大做，有月华毫光异香？我好是命乖，若是生男儿，异日富贵不少。又转一念曰：纵是女儿，既有此兆，亦非小可女流。只见女婢复报曰："稳婆报称夫人肚腹尚痛，定是双生，尚有一位公子。"皇甫敬步在庭中看月，不须臾，月华渐息。及二更后，月华已息了许多，女婢狂喜曰："果然可喜，夫人又产了一位公子，只是房中毫光香气微微而已。"皇甫敬自知日后男不及女，虽然如此，却亦非比庸流。就到房中，见夫人精神壮健，大喜；再看初生一对男女面貌一样，俱是面似桃花，眉如柳叶，双垂两耳，一点珠唇，目若横波，鼻如悬胆。就如粉妆玉琢一般，夫妻好不欢喜，就令乳娘小心乳养。

及至三朝，百官俱来庆贺，免不得请酒伸谢，忙了数日。满月之日，百官又来庆贺，夫人同议取名，因生女之时月华大胜，即取名长华；公子降生，月华稍息，取名少华。是晚夫妻同房安寝，皇甫敬说起月华大小之事："日后长华大贵难言，孩儿虽逊，亦非常人可比，我夫妻却也有靠。"从此用心照顾，且喜无灾无祸，易长易大。

光阴瞬息，男女已五岁，俱生得端厚美貌。长华言语沉潜不苟，皇甫敬倍加爱护。按皇甫敬文学也精通，遂亲教男女读书，且喜男女聪敏，过目成诵。

到次年春间，忽一早，皇甫敬晋入朝房，世祖驾临大殿，百官朝贺毕，分两班站立，只见午门官奏曰："启上陛下，今有云南巡抚张绍贤具表告急，内称土番兀松涛倡乱，会集各土番，合共七八万，攻打云南府省城，势甚危急。现有表章，请旨定夺。"内侍接了表章，交付值日学士，学士接表朗诵一遍，百官无言可说。班部内阁中皇甫敬出班奏曰："陛下开基已久，土番乃敢告逆，攻打云南，若不发兵征剿，恐四夷效尤，人心摇动。臣虽不才，愿领精兵二万，前往退敌，未知圣意若何？"世祖大喜曰："卿肯破敌，朕复何患，今封卿为都督云南大元帅。"即传旨发出黄钺白旄，得专征伐，便宜行事，领军二万前往。皇甫敬领旨，当殿挂了帅印，退回府来，对妻子说明出征事体："此去不过半年之间，即能平定，但恐朝廷日后令我坐镇云南，即当寄书来搬家眷。"尹氏曰："吉人自有天相，此去必定旗开得胜，马到成功。"皇甫敬下校场，点二万人马，择了出军吉日，收拾定当。

将到吉期，辞朝别驾后回府，夫人备酒饯行，免不得嘱托行军珍重等语。次早全装甲胄，下校场祭奠旗纛。大军起行，一路森严。行了许多日子，及到云南，张绍贤领众官出迎。皇甫敬令屯兵城外，自己带几员随将进城。张巡抚请到衙门，备席接风。皇甫敬问曰："近来土番若何？"张巡抚曰："连日前来攻城，近日闻元帅将到，已退军离城五十里安营。未知元帅如何破敌？"皇甫敬曰："土番各种不同，人心不一，惟有兀松涛猖狂。今当先破兀松涛人马，其余不战自退。"众官称是。饮至黄昏，元帅出城安歇。

到了次日，皇甫敬大军出城安营，掘下河堑。到第三晚，皇甫敬升帐，谓众将曰："朝廷开基已久，人心尚是摇动，若不连破番军，恐人心思乱。来日当决一胜负！"即唤过随征副将冯日升，曰："今夜可领军三千，往左近离营五里处埋伏。"又令参将施祖荣曰："尔可带兵三千，今夜往右边离营五里处埋伏。来日中午，俱听阵上号炮，若响，可同冯副将从敌人阵后杀来，本帅从前面杀回，三路夹攻。"二将领命退了。再唤游击张逢斗、洪公举曰:“尔二人可带二千人马,今夜往伏敌营左右。俟来日号炮响,三路夹攻,番兵必败,尔等即杀入番营,放火烧他粮草,可保必胜。”二将亦领命而去。皇甫敬着三军来日定当决战。

且说土番王兀松涛驾下有元帅赤风不花,惯用一杆方天画戟,英勇异常;又大将二员:韩起、形升,亦有万夫不当之勇,因此会兵来攻云南省城。近闻皇甫敬前来,故退下五十里安营。兀松涛谓众将曰:“闻得皇甫敬乃久战沙场的好汉,必有一番大战。尔等会战,须要小心为是。”元帅赤风不花曰:“皇甫敬不过战胜北番,亦是凑巧,未必有真本领,来日给他一个下马威罢。”兀松涛曰:“正是。”传令准备来日大战,番兵各自准备。

次早,兀松涛升帐传令,取披挂穿戴,领军出营,直到元营前讨战。未知胜负如何,且听下回分解。

第二回　皇甫敬威镇云省　秦布政赌彩朱陈

却说土番王兀松涛欲亲出战，元帅赤风不花向前曰："待臣前去便是，国主何必亲出？"兀松涛曰："孤自亲出，众将方肯尽心。"即绰枪上马，放炮出营讨战。探军报入中军帐，皇甫敬披挂定当，带军出阵。

且说兀松涛见元师军队整肃，响得一声大炮，阵势摆开，旗下坐着那元帅皇甫敬，面如银盆，头戴风翅金盔，身穿龙鳞锁子黄金甲，坐下银鬃马，手执烂银枪，背插四枝三角白绫绣金旗，左悬弓，右挂箭，内衬大红绣龙战袍，背后一把帅字旗，绣着金字，大写"武状元及第都督大元帅皇甫"几个大字。番王连声喝采曰："果然好个武状元，人材出众！"元帅赤风不花心中不悦，纵马向前喝曰："来者莫非皇甫敬么？"皇甫敬曰："然也。尔乃何人？留下姓名，好取首级。"番帅曰："吾乃元帅赤风不花是也。若是中原人为天子，我们却亦心服。元番同是夷人，胆敢兴兵，屡迫得宋朝皇帝投海而亡；却又不怀才德，擅夺中原天下，欲取俺等贡礼，俺故领兵夺取江山。尔既是好汉，岂不识强弱？何不早降，共取富贵。"皇甫敬曰："宋朝气数已尽，奸臣满朝，天命归于元朝，人心响应。我世祖皇帝应天顺人，定鼎燕京。北番狂悖，被本帅直捣巢穴，叩首辕门求生。尔若识时务，速回巢穴，我主宽洪大度，当恕尔狂妄；若再狂悖，本帅定灭尔等丑类，儆戒四夷，悔之晚矣。"赤风不花大怒曰："尔有何本领，敢这等夸口？着俺的家伙！"举戟望皇甫敬面门刺来。皇甫敬喝声"不得无礼"，亦把方天戟尽力朝赤风不花戟上一枭，赤风不花叫声"好利害"，皇甫敬又是一戟刺来。赤风不花情知利害，留心交战。元阵放起号炮，冯日升从左边阵后杀来，施祖荣从右边阵后杀来，番军慌乱，元兵把土番杀得纷纷退下，冯、施二将乘势掩杀过来。

此时赤风不花在阵上已战到四十余合，被皇甫敬杀得满身汗流，招架不住；又见后军大败，心头慌乱，勒马退下。皇甫敬把戟梢一招，三军掩杀过来，三路夹攻，杀得土番哭喊连天，尸首枕藉，返赶而回，只见土番寨内，烟焰直冲上半空中，败军来报曰："我们营寨被二队元兵冲入，放火烧了粮草，营寨已失了。"兀松涛大惊逃走。皇甫敬追赶十余里，方才收军回营。众将俱来报功，元帅吩咐三军饱飧，黄昏听令，杀他片甲无存，从此一劳永逸。官军踊跃候令。

黄昏时候，皇甫敬升帐，众将分立两旁。皇甫敬令副将冯日升领军五千，攻打敌人左营；参将施祖荣领军五千，攻打敌人右营；又着随征总兵官陈尚举领军七千，并大小将官，跟随本帅劫他中军大寨，三路俱要齐心协力夹攻。三军领令，只留三千人马守营。

且说土番王安了营寨，查点大将，韩起死于乱军之中，又折了十二员偏将，又折去番军一万二千有余，其余带伤及逃走，不计其数；加之又失了许多军器马匹，君臣十分忧虑。至三更，忽听得号炮一响，火把齐明，一声发喊，三路元军杀入营来，逢人便砍。土番睡梦间惊醒，人不得甲，马不得鞍，叫苦连声。番王慌忙上马，元帅赤风不花亦上马，方出中军帐，见火光通红，皇甫敬在马上冲杀。赤风不花向前大喝曰："皇甫敬休走，本帅与你拼个尔死我活！"举戟就刺来。皇甫敬向前迎敌，番将形升舞刀上前助战，总兵官陈尚举挺枪敌住。此时战鼓如雷，番军左右俱大败，冯日升、施祖荣杀转中营相助。赤风不花戟尖一慢，被皇甫敬一戟刺中咽喉，死于马下，元军枭了首级。番将报了兀松涛，欲突围逃走，番将形升心中一慌，刀法散乱，被陈尚举一枪刺死，官军割了首级。皇甫敬传令休嫌辛苦，务要竭力追赶。杀得土番真个片甲无存，尸骸满地，只顾逃走本乡而去。元军追赶，直追二十余里，方才鸣金收军。将士俱来报功，皇甫敬大犒三军，吩咐住兵三日，然后进征。

且说土番是夜大败，各逃回本乡，只剩兀松涛自己人马，不上二万，又无大将，哭曰："元朝来了这个皇甫敬，两阵杀得孤军散亡，如何是好？"丞相吉超然曰："国主且慢悲伤，如今臣恐这皇甫敬早晚必乘得胜，领军前来剿伐，那时难以抵当。今当写书差人往见皇甫敬，求其收兵，容我们回国，收拾降表贡礼归降。倘再迟延，敌军一到，为害不小。”兀松涛心中害怕，只得令写降表降书，尽推罪于赤风不花元帅身上，差一员能言的番官土金铃，直到元营，对辕门官说明乞降事体。

辕门官报入中军帐，元帅就传令进见。土金铃从东角门来到中军帐前，见两军威仪整肃，战战兢兢，向前跪下，连连叩头曰：“敝主因误为元帅赤风不花所惑，兴兵侵犯天朝疆界。元帅天兵问罪，敝主就欲献降，奈赤风不花逞勇不从，以致丧亡，实非敝主本心，今数雄俱亡，敝主反悔莫及，特遣卑职献呈降书，叩乞元帅开天地仁慈之恩，容改过自新之路，暂且班师回城。容敝主回国，虔修贡礼，解送军前，俾元帅好得班师回朝。”说罢，把降书降表呈上。家将接了，送上案来。皇甫敬当即拆开降书看过，曰：“尔主叛逆，理当灭国。因是姑念初犯，以体上天好生之德，今本帅回归城下，容尔等一月为期，速备贡礼前来。如敢有违，大军前去，誓必灭国方休。”土金铃叩谢曰：“元帅如此宽恩，番人再不敢有异心。”遂辞别退出，回营见番军说明皇甫元帅宽限一月，容我等回国备贡礼等情。兀松涛大喜，传令就在今夜拔寨回国。次早探子报说番军退尽，皇甫敬亦令退军，屯扎外校场伺候。一面具表告捷，奏请番王请降之事，差官进表天子，不题。

且表元帅日日操演，过了半月余，番官土金铃解送贡礼并土产物件四车，另送金帛彩缎，猪羊美酒，犒赏三军。皇甫敬收下，尽行犒赏三军，俱皆欢呼，称颂元帅清廉，不贪财物。皇甫敬即差随征副将冯日升带表并一千军士，同土金铃押解贡礼进京，候旨班师回朝。

冯日升同番官起身，早到北京。次早进呈贡礼，到午门外候旨。世祖闻奏，先宣冯日升入朝，面询征战等情；后方看表，龙颜大悦，将表与群臣看曰：“皇甫敬两阵杀得土番大败乞降，请旨伺候班师，卿等意见若何？”只见右丞相祁成德出班奏曰：“陛下初建基业，人心未定，且云南地近番界，土番杂处；依臣愚见，可令皇甫敬坐镇云南全省，弹压人心，即令其军回朝，未知圣意若何？”世祖曰：“朕亦有此心，与卿所见相同。”遂宣土金铃入朝。土金铃来到金阶，俯伏朝见，呈上降表礼单。世祖看毕，令内监照单把降礼收入内宫，又用好言安慰番官，着暂住馆驿，俟领恩诏回国。番官退出，馆驿自有驿官款待，不表。

且说世祖加封皇甫敬为都督云南兵马大元帅，节制文武官员，便宜行事，其所带随征官军，尽行回京，好得封赏。诏下，差官起身。次早，帝发恩诏，交番官土金铃带回，安慰番王。带诏官带诏，不日来到云南府。皇甫敬受诏，备酒礼待差官。次日，交差官回朝谢恩，然后着总兵官陈尚举领二万人马回京。地方官把云南府城内巡抚衙门改为元帅府，再择地盖造巡抚衙门。皇甫敬进居元帅府，即写书差家将进京，搬取家眷前来同享富贵。

家将到京，拜见夫人，夫人看了书信，即择日搬家眷。沿途地方官因皇甫敬乃是京营兵马大元帅改调，即今天下兵马大元帅，故沿途俱拨官军护送。及到云南府，官员出城迎接，好不兴头。进入帅府，夫妻父子相逢，备席庆贺。自皇甫敬坐镇云南，治得全省盗贼潜迹，境内升平，皇甫敬闲暇无事，用心教训儿女读书。

光阴似箭，女儿年登十二岁，长的面貌端厚，颜容秀丽；皇甫少华也生的龙眉秀目。姊弟俱皆聪敏，至十二岁，吟诗作文，件件精通无比，皇甫敬夫妻十分溺爱。一日姊弟偶然闲谈，长华对少华曰："吾乃女流，纵使诗文盖世，亦是无益。我今欲弃书史，学习女工刺绣，并随父亲习学武艺，亦好防身。贤弟可自用心攻读，以图上进。"皇甫少华曰："我乃将门之子，爹爹年登十八，即中武状元，我欲跟随爹爹学习武艺，异日求取功名，丕振先人家声。"皇甫长华曰："贤弟此想却也不差。"姊弟遂把此情禀知母亲，元帅夫妻甚是欢喜。元帅曰："女儿生成力大，若习学武艺，正是一员女将。"从此姊弟留心学习弓马驰射，并习武艺。公子惯用一支方天画戟，小姐用两口绣鸾刀，果然也无难事。以是姊弟十五岁，弓马武艺极精。公子力大无穷，惯用一百余斤重弓，能射二百余步，百发百中。皇甫敬常对夫人曰："若使朝廷开女场，女儿定中状元。"

忽一日，乃是朔望日，合府文武官员俱来参谒，直到了巳牌方散。退入后堂，尹夫人迎接坐下曰："老爷公事完毕，辛苦了。"皇甫敬曰："事上接下，真是辛苦。众官前来参谒，却亦艰难；下官接待下僚，却也不易。"尹夫人曰："但愿孩儿日后得似老爷，少登高第，官居极品，心愿足矣。”皇甫敬笑曰：“不是下官溺爱不明，孩儿具此才貌，异日功名，当在下官之上，我们老景有靠。就是女儿日后富贵，亦是不小。”夫人曰：“若依老爷之言，我们许是有幸；只是一对儿女，年已长成，姻缘未择。”皇甫敬曰：“下官倒有一句要紧话嘱托，女儿降生之日，月华正胜，坠落吾家，异香满室，将来必然大贵。而且举动幽闲，虑事周全，言语不苟，天地既产奇女，必是良配方成佳偶，机会若到，自然天赐良缘，毋劳人谋。我们若急择婚，反误他终身，不若听其自然为是。”夫人曰：“妾产儿女之日，俱梦注生娘娘幢幡送生，女儿另有奇征，听天主婚，却是有理。但孩儿姻缘，亦当要紧。”皇甫敬曰：“孩儿降生，月华异香稍减，虽不及女儿，然亦富贵不小，若说姻缘之事，我胸中已有定着。”夫人曰：“未知孩儿姻缘，老爷主意什么人家？”皇甫敬曰：“孟兵部之女孟丽君，年亦十五，才貌双全，可为吾媳。吾当遣媒求亲。”夫人曰：“莫非孟士元之女么？”皇甫敬曰：“正是。”夫人曰：“孟氏既有才貌，年已及笄，亦当速遣媒求亲，迟恐有误。”皇甫敬曰：“待我写信，托本省布政秦承恩为媒。”即写书一封，交家将带一眷弟帖交秦布政托求亲事。

家将领了书帖，上马直到布政衙前下马，来见把门官，说明来历。把门官入内禀报布政：“启上大老爷，皇甫敬元帅差人有语面禀。”按秦布政乃浙江金华府义乌县人，是二甲进士出身，居官甚清正。即叫皇甫敬家将进内，拜毕，呈上书帖，拆开看过，令家人发回禀折，交付下书人曰：“归见元帅，说今日已晏，来早本官即便前往，定有好音。”下书人领命回去。秦布政自思孟士元与皇甫敬元帅相好，皇甫少华才貌双全，来日前去，必定成就。

且说孟尚书乃在云南昆明县东门外居住，名士元，字兰谷，十七岁中二甲进士，选入翰林院，擢升至兵部，家资富裕，为官清廉，前因丁母忧回家，后服阕，尚未进京。娶妻韩氏素心，夫妻相敬如宾，故不娶妾。年四十生下一男一女，兄妹俱是孟士元教读。男名孟嘉龄，年十七岁已中二甲进士，入了翰林，时年十九，近来告一年假，回家省亲，娶方氏，乃是将门之女。按韩氏所生之女，怀孕时，即令人觅一正直乳奶来家，等生下男女，好使其乳养。昆明城中有一妇人杜氏，自幼识字，女工家务皆精。十七岁，嫁夫苏信仁，字小泉，乃是一名饱学的秀才，寒儒教读，自己却亦勤读，奈因命蹇，功名只是不就，全仗苏大娘针指相帮度日。至二十五岁时，方才有孕，夫妻十分欢喜。至临产之时，杜氏腹中绞痛，梦见红衣妇人，引一花冠翠袍仙女进房曰：“杜氏，尔夫命薄，虽是囊萤映雪勤读，终是功名无分，且又年寿不永。吾今特送焚香女与尔为女，日后富贵，使尔半世受用。”及醒，遂即生下一女，因有仙人囊萤映雪之语，遂取名映雪，心知此女后必大贵，遂用心抚养。且喜乳浆过多，吃食不尽，赠与邻儿长服。映雪方周岁，适丈夫苏信仁一病而亡，安葬完毕，衣服典尽，自思命苦，纵使改嫁，亦无好处，反伤名节；况此女必非常人，宁可守节，不如做个乳奶，又可抚养女儿。

欲知求亲如何，且听下回分解。

第三回　苏大娘乳哺守节　孟士元订期比箭

却说苏大娘因家穷欲守节，愿作奶娘，抚养女儿。适孟士元要寻乳母，系要正直的，有邻妇与孟士元有亲，遂荐苏大娘与孟家为乳母。孟士元见苏大娘举止端正，又是士人之妻，乳浆极多，怜其小户妇人，能守名节，留他母女在家，吩咐婢仆不许怠慢，俱称为苏大娘。杜氏更加谦恭有礼，凡婢仆遇有小过，为其曲庇，众皆感激。

及韩夫人临盆，腹中绞痛昏迷，注生娘娘凤冠蟒袍，后随一花冠红袍女，进房谓夫人曰："吾乃注生娘娘，特送执拂女前来，日后名闻天下，富贵惊人。"又见花冠女向前抱住韩氏，连称母亲。韩氏痛醒，闻得满室兰香，再一绞痛，生下一女，韩氏心知非比常人。士元喜兰香一日夜方散，亦知非俗女。及至三朝，见女生的眉目清秀，韩氏说明梦中言语，遂取名孟丽君，交苏大娘抚养。

转瞬间，孟小姐年已四岁，与苏映雪同庚，犹姊妹一般，行坐相随，一样孩子，俱皆俊秀，言语不苟，孟士元一并爱惜。孟小姐心极灵巧，凡事参透，韩夫人爱如珍宝。及至五岁时，孟士元亲教孟嘉龄读书，孟小姐亦随兄攻书，孟翰林遂着苏映雪与儿女同读，三人中惟有孟小姐最是用心沉潜，且又天资聪敏，过目成诵，字字不忘。孟嘉龄虽亦勤读，但天资终是不及其妹。苏映雪却亦勤读。孟小姐至七岁，四书五经俱已读过，便能吟诗。夫人因小姐畏痛，不忍穿耳，孟士元曰："若不穿耳，不成女流。"夫人笑曰："俟临嫁穿耳未迟。"遂不穿耳。及至九岁，便能作文。此时公子年已十三岁，每日作文，俱不及妹。孟士元每对夫人叹曰："家门不幸，女胜于男，若使女儿为男，怕不是鼎甲奇才。"苏映雪中等才能，只能吟诗作文而已。

且说孟小姐读至十二岁，每作诗文与父亲批改，孟士元搁笔不能批改一字，每对夫人叹曰："若使朝廷一设女科场，吾女定是状元无疑。"小姐亦知虽精通诗文无用，细觅家遗书史，诸子百家及律例等件，无不通晓；医卜命相，俱皆畅晓；又用心学习女工，凡刺绣针黹，无所不合，就在幽香阁同苏映雪母女一处卧睡。孟小姐心好清淡，不施脂粉，只戴一朵鲜花，生成娇艳。苏映雪亦能诗文，容貌虽逊孟氏，若比他人，胜过百倍。夫人又留心买一幼婢，年十二岁，名呼荣兰，诸事乖巧，最称小姐意，在阁上服侍小姐，寸步不离。每有官家求亲，孟士元因俱非是佳婿，皆辞以年轻。因孟士元与皇甫敬相契，不时到帅府饮酒，孟士元常说女儿才学，虽翰苑名士不及；凡有疑难事，父子难决，女儿一言，即便剖明，智慧无人可及；且又深明世务，待下以宽，上下人等，俱皆敬重，惟姻事实难择配，云云。各官宦深知孟小姐才貌，因此求亲者颇多。

且说秦布政受了皇甫敬嘱托，次早备了执事，来到孟府前，只见孟府前已放一顶大轿。把门人忙传帖入内。适遇南门外一个乡宦，名叫顾宏业，乃二甲进士出身，历官至鸿胪寺卿，年近五旬，告假养母，近日辞官回乡，来拜孟士元，方接坐待茶，只见家人带帖报曰："本省布政来拜，说有要事面会。"孟士元对顾宏业曰："老先生请坐，弟迎接秦布政。"顾宏业曰："待秦布政会过，老夫的话长，慢慢说明。"孟士元即令开中门，亲到滴水檐前，只见大轿前来，孟士元向前拱手曰："治弟不知老公祖下降，不曾远接，望乞恕罪。"秦布政慌忙下轿答礼曰："下官何能，怎劳老大人迎接。"二人相逊进内，顾宏业早已降阶迎接曰："老公祖驾到，老夫有失回避，望赦唐突之罪。"秦布政答礼曰："下官不知老先生在此，有失传帖，勿罪勿罪。"三人上堂逊坐，因秦布政乃是父母官员，坐在东一位，顾宏业坐在东二位，孟士元主位相陪。

茶罢，顾宏业对秦布政曰："老公祖有何贵事，请即言明。"秦布政曰："老先生先来，下官怎好唐突，俟老先生言毕，下官方敢启齿。"顾宏业曰："老夫所言之事甚长，又未曾启齿。公祖乃父母官，有事当先说，学生随后再说未迟。"孟士元曰："顾先生方到，尚未开口，公祖有事，请即赐教。"秦布政曰："既蒙二位先生吩咐，下官有僭了。"顾、孟齐声"不敢"。秦布政谓孟士元曰："下官特来求令爱亲事。"言罢，即向顾宏业曰："下官事已说明，老先生有事，只管开陈。"顾宏业笑曰:“老夫亦为孟小姐姻缘,来争老公祖的媒礼。”秦布政亦笑曰:“弟一生庸愚,那里会赚媒礼,实乃受人嘱托来的。若果要赚媒礼,顾老先生所说姻缘,未必即我说的亲事,这媒礼却是难夺哩!”顾宏业曰:“若论老夫所说这段姻缘,就是普天下再寻,亦无有胜我说的姻缘。但老公祖乃受人嘱托,老夫乃是为亲求亲的。”

且说孟士元闻二人求亲,便愁眉锁结,问曰:“未知二位老大人所说何家姻缘?请即言明。”秦布政曰:“下官所说良缘,就是本省皇甫元帅的爵主皇甫少华。我想皇甫元帅与孟老先生是好友,皇甫少华又是年少才貌双全的豪杰,与令爱结亲,真是天赐良缘。未知顾老先生所说何家的良缘?”顾宏业曰:“下官乃为至亲求姻,就是舍甥,系元城侯刘捷次子刘奎璧,年方十六岁,才貌双全,弓马武艺俱精,日日同皇甫少华下校场抡刀比箭,不分高下。舍甥女现为正宫皇后,屡欲奏主封官重用,因大舍甥刘奎光镇守北平雁门关,杀败鞑靼番兵有功,先帝令其永镇雁门关,为北边保障,连舍甥妇陈氏搬往随住。舍妹因溺爱次子奎璧,故不使其出仕;日后纵使出仕,舍妹亦不肯使媳妇远离,要留在家服侍,两边就近,令爱常得往来。若配皇甫家,日后移回湖广,相见岂不烦难?须配舍甥为是。”秦布政曰:“相女配夫,何争远近。”孟士元心思:两婿俱佳,凑巧一齐求亲,却难推辞。遂锁着双眉,对秦布政并顾宏业曰:“拙妻最爱此女,连下官亦不便自主。待下官向拙内相商,方好回复。”秦、顾二人曰:“婚姻大事,正当与令正夫人相商为是,老先生请便。”孟士元曰:“二位大人请坐,待下官进内相商。”遂进后衙。

恰遇韩夫人、孟嘉龄母子正在议论家事,见孟士元进来,俱起身迎接坐下。韩夫人问曰:“闻得秦布政前来,何事?”孟士元即把二官员求亲言明。夫人曰:“到底哪一家好呢?”孟士元曰:“若论门户,两家相当;皇甫少华相貌福泽,刘奎璧人品却也俊雅,真是两个才貌俱属可敬,教我亦难分高低。”孟嘉龄曰:“刘捷自恃开国元勋,又系爵主,况是无赖出身,在朝强横,藐视百官;我们父子皆是善良官员,何苦与他结亲?旁人必说我们趋炎附势。皇甫敬乃科第状元出身,凡事守法,妹子姻缘必许皇甫敬家为是。”孟士元曰:“我亦是此主意,只是二人齐来求亲，若许皇甫家，岂不激怒侯门？却是不便。”孟嘉龄亦蹙眉曰：“此事诚难布置。”父子踌躇，无策可施。

只见其媳妇方氏，微笑不言，韩氏曰：“贤媳何故微笑？”媳妇方氏曰：“好笑公公父子要做许多大事，仅此小事，有何难说？”韩氏曰：“依你有何计策？”方氏曰：“我们花园宽大，两家俱是将门之子，今公公便可向二媒约定日期，招两家公子齐到花园，以百步为界，用一碗大铜钱钉在树上，再把先帝御赐公公的大红宫锦袍用一红带悬在一支杨柳上，议明各发三箭，一要射中那悬袍的杨柳枝上，二要射在大钱的钱孔内，三要射断缚袍的带子，红袍坠地，方为合式，听天主婚。若是三箭俱中，即便许婚；倘两家俱不能中，俱皆不许。一则可观二子才能，二则能使他两无怨言。”韩夫人曰：“贤媳此言甚善，老爷当依计行事。”孟士元笑曰：“射箭走马那样的事，怎能作准齐中？若依媳妇言语，只怕女儿姻缘永难定着。”方氏曰：“公公有所不知，弓箭之事，若功夫练成，何难齐中；况姑娘具此才貌，苟非盖世英雄，怎好妄配。”韩氏曰：“老爷当依媳妇言语行事。”孟士元点头称是，仍到后堂，向秦、顾谢罪曰：“失陪有罪了。”秦、顾齐称：“不敢，未知尊夫人所言亲事若何？”孟士元曰：“拙妻是溺爱不明。”就将花园比箭，听天主婚之言说明。顾宏业寻思外甥弓马娴熟，便答曰：“此等凭天主婚极好，就在来日齐到比箭，以便定着若何？”秦布政曰：“果然来日比箭极好。”孟士元曰：“既然如此，不才来日洁觞，以候二大人并二贤侄少爷。”顾宏业自思：秦布政乃代人求亲，中与不中，无关轻重；我甥至亲，倘外甥不中，我岂不失脸？宁可勿来为妙。就向秦布政并孟士元曰：“老夫来日有一要事，不得同来，只着外甥自来，理合说明，免使二大人等待。”秦布政亦恐皇甫少华不中，累着自己无颜，一闻此言，早知顾宏业心事，乘势曰：“此事却亦不约而同，下官亦有两件公干，也是无暇，就着皇甫少华同刘爵主自来比箭，又免得孟老先生破费。”顾宏业闻言暗笑：奸诡人人会用，秦布政见识与我相同。即接口曰：“来日只令二少年来，却是利便。”孟士元曰：“来日二位老大人无暇，就当改日比箭，何必定在来日？”顾宏业曰：“姻缘事须要一说便成，从无改期之理。”秦布政曰：“正是，况二少年俱是孟公的世侄，自来方合式，不必改期。”孟士元曰：“既承二大人吩咐，从命了。来日恭候二爵主前来，万勿失约。”秦、顾辞别，各上轿起身。

孟士元进内，对妻子说明备细，即命家人打扫花园，俟候来日，便要备酒请二公子。家人领命行事。夫人问曰：“到底哪一家好呢？”孟士元曰：“皇甫少华生得龙眉秀眼，面貌端厚，大有福泽。刘奎璧膀阔腰细，人材美丽，却是不及皇甫少华有福泽，看来两人不分高下。”孟嘉龄曰：“刘捷平日为人凶恶，不及皇甫敬良善。”孟士元曰：“我亦欲配皇甫少华。”

且说秦布政回到帅府，因有总制全省文武官员、便宜行事的权柄，就在内厅下轿。门官带禀折晋后堂，皇甫敬令开中门请进。秦布政从东角步进后堂，皇甫敬降阶迎接，秦布政忙行庭参礼，皇甫敬双手扶住曰：“贵司何必行此大礼。”携手上堂，欲行宾主礼，秦布政执以晚辈礼坐下。茶罢，秦布政曰：“昨蒙老元戎以令郎良缘见委，到了那边，适逢顾宏业代刘奎璧求亲，孟士元约定两家比箭定婚，特来禀复。来日令爵主三箭若中，姻缘便成。”皇甫敬自料儿子箭精，答曰：“烦劳老先生跋涉，来早就着小儿到贵衙，候老先生同往孟府比箭。若得良缘成就，自当厚礼相谢。”秦布政曰：“令郎良缘，卑职理当效劳，怎好言谢。但方才顾公有事，说过两家媒人都不必往，说明二少年自去，卑职来日恰亦有公务，令郎可自往孟府为要。”皇甫敬应曰：“如此却亦便捷，就着小儿来日前去。”秦布政称是，遂辞别回去。

皇甫敬退入后衙，夫人儿女正在内堂闲谈，皇甫敬即便坐下，就把秦布政言语说明：“我儿明日可留心前去比箭，显尔才能。”原来皇甫少华为人宽宏大度，闻言心中不乐，又见父亲一团高兴，不敢推辞，只是沉吟不语。皇甫敬不悦曰：“我儿痴呆不语，莫非箭法不及刘奎璧，不敢往射吗？”少华曰：“孩儿时常与刘奎璧往校场练习弓箭，不分上下，孩儿何惧之有！但两人比箭，必有一失，那全中的，自然欢喜，惟有失误的，岂不失了脸？儿与刘奎璧相好，若是孩儿失误还可，倘奎璧不能全中，岂不被人耻笑？况孩儿非好色之徒，宁可不往，让奎璧结亲，全了友谊，另求别家罢。”皇甫敬闻言大怒曰：“两家媒人俱已约定比箭，尔若不往，军士岂不取笑吾堂堂元帅，一个儿子三支箭亦不能射，有何颜面教训将士？真是可恼！”夫人埋怨公子曰：“媒人约定，明日正当前去射个全中，使我们争口气。”小姐曰：“贤弟，我教你一个方法，来日就让刘奎璧先射，他若三箭俱中，你可不必射，落得做个空人情与他；他若两中一失，尔去射岂无一中？两人俱无全中，虽少一支，却亦无妨。”夫人喜曰：“你姊言之有理，尔当听从。”少华只得应允。

且说刘捷原是无赖出身，气力武艺强大，跟随元世祖开国，屡立奇功，后封元城侯，文武各官都让他三分，最有权势。刘捷娶妻顾氏，生二子一女，又娶四妾；长子刘奎光，亦多战功，历官至雁门关总兵；次女名燕珠，嫁与皇孙铁木耳为元妃，时已为皇后。

未知后事如何，且看下回分解。

第四回　刘奎璧贪色误事　苏映雪怜才相思

却说元世祖太子早亡，立皇孙铁木耳为嗣。此时世祖在位二十五年驾崩，铁木耳年二十岁已登基，称为成宗皇帝，立刘燕珠为正宫皇后。少年帝后，十分相得。刘捷国丈加俸米一千石。那次子刘奎璧年方十六岁，此时刘捷夫妻年方四十七岁，又有第四女刘燕玉年方十五岁，乃妾吴氏所生，吴氏早故，刘捷即嘱乳娘江三嫂照顾。三年前，顾氏见京中还有五妾，故于数年前带奎璧、燕玉、江三嫂母子回家。刘奎璧人物俊雅，弓马武艺俱精，最是好色，嫖娼宴饮。

当下顾宏业回复妹子，着外甥来日自往孟府，比箭定婚。刘奎璧闻言不乐曰："皇甫少华与外甥弓马武艺难分甲乙，此番比箭却不稳当。"顾宏业曰："此乃凭天主婚，中就成，不中便罢，有何妨碍？两边媒人，俱不必往，只你们二少年自往，不可失约的。"顾太郡即曰："哥哥放心，我就催他前去。"原来刘奎璧因探得孟小姐才貌双全，今闻与皇甫少华比箭，又恐不中失脸，心实忧虑，只好听天而已。顾宏业回家不表。

且说苏映雪平日自料孟小姐为人宽厚，若出嫁不忍分离，必使他同嫁一夫。是日，孟士元约定两家比箭，即入内对夫人说明："来日必往后园比箭，尔等女流，可在春明楼观看二人，便知优劣。"韩氏姑媳称是。此时苏映雪闻言，忙回幽芳阁来见孟小姐，小姐正在房中，忙起身迎接坐下。孟小姐问曰："姊姊何事如此欢容？"映雪曰："特来与姐姐报喜。"孟小姐曰："奴有何喜可报？"苏映雪细说求亲并方氏设计比箭定婚等情。孟小姐闻言不悦曰："爹爹好不差错，两下比箭，一得必有一失，此事如何使得？"苏映雪曰："此举乃方夫人主意，今已约定，二媒已去，谅亦无妨。"

且说次早皇甫敬催促儿子速换戎装，嘱其三箭齐中，为父方有脸面。少华打扮停当，领命上马，方出东门，恰遇刘奎璧从南门外拍马前来,两人就在马上欠身打躬停住。皇甫少华谢罪曰:“尔我契交,今被媒人所迫,同往比箭,实为有愧。”刘奎璧摇头曰:“弟亦被母舅强迫,不得不来,心中实为愧赧。但尔我契友,还有一言,古云姻缘天注定,今番比箭,得者亦不必喜,失者亦不必怨,方不有伤交情。”皇甫少华喜曰:“弟正有此心,不料兄长所见相同,真不负平生交情。”两人并辔同行。刘奎璧留心把少华一看,头戴束发紫金盔,身穿青罗锦袍,腰悬羊脂白玉带,面白唇红,丰姿俊秀,骑着五花马,果然人似神仙马似龙;手执一支珊瑚马头鞭,后随四名家将,带着弓箭刀剑等物。刘奎璧暗叹:“天既生瑜,何生亮,教我焉能取胜?”二人一路言谈,早到孟府前,勒马候报。

家人孟宁报进大堂,来见孟士元禀曰:“启上大老爷,刘家、皇甫家两位爵主俱到。”孟士元即令孟嘉龄出去迎接。两爵主来到二门下马,孟嘉龄公服向前打拱曰:“小弟不知二位世兄光临,有失远迎。”两公子答礼曰:“弟等乃是庸夫,多蒙世兄出接,何以克当。”孟嘉龄曰:“家君在后堂恭候,二位世兄请进相会。”二位公子进入后庭,早见孟士元公服纱帽,降阶迎接。二位公子忙向前曰:“小侄等有何才能,敢劳年伯迎接。”即欲下拜。孟士元向前扶住曰:“二位贤侄光临,何必行此大礼。”四人上堂,就让孟士元先辈坐在上面,二位公子与孟嘉龄两旁坐下。家人献茶毕,孟士元曰:“愚父子俱系寒儒,得领教二位神箭妙技,何幸如之。”二公子曰:“小侄等初次学箭,焉敢戏侮于大人。前日承蒙老年伯呼唤,不得不来献丑,乞恕唐突之罪。”孟士元曰:“正欲领教二位高手,何必过谦,但已备下一壶水酒,少助威风,方好请教。”即令家人呈上酒席。刘奎璧寻思:未曾射箭,满腹疑虑,不若射箭后吃得自在。乃曰:“小侄奉命射箭,箭还未射,怎好领赐。理当先射箭,后方领情。”皇甫少华乃曰:“正是,我等当先公而后私。”孟士元曰:“二位贤侄如此谦恭,老夫只得领命。待我先到后园安顿,然后来请。”说罢,吩咐儿子陪伴,自己进内对夫人曰:“贤妻且往后园春明楼,观看两位少年比箭。”就着一个书童同夫人前去,指明二位公子,待夫人选择。随入花园,令家人丈弓钉着碗大古钱,并悬好红袍。

韩夫人着女婢往请方氏到春明楼看比箭，女婢领命，来见方氏曰："老夫人令请夫人往春明楼，看二位公子比箭。"方氏与孟小姐、苏映雪甚是情投，即步到幽芳阁，恰遇苏映雪正和孟小姐闲谈，一齐迎接。孟小姐曰："嫂嫂请坐。"方氏笑曰："只因婆婆令人唤妾到春明楼，看刘家和皇甫家比箭定亲，此乃姑娘终身大事，特邀姑娘同往观看。"孟小姐闻言，满面红赤，暗思嫂嫂好颠倒，为了我姻缘，教我怎好观看。苏映雪亦寻思：我与小姐必定同一夫，我当往观方稳，免得疑虑。遂笑曰："小姐既不便往，奴眼力颇精，待我代往一观，断不有误。"方氏亦笑曰："就委曲苏家姊姊同往，不差。"遂携苏映雪下楼，同到花园上楼来，门前挂下珠帘，就同韩夫人坐在帘内。那小厮曰："少停那穿红的就是刘公子，穿青的就是皇甫公子。"众婢俱在帘外，倚着栏杆观看。

且说孟士元安顿停当，就着家人往请两位公子进来。家人来到后堂，对孟嘉龄曰："老爷着相公请二位爵主进内。"孟公子站起身，请二位公子曰："请二位世兄到小园少叙。"二人起身，同随孟公子进入花园，但见悠悠小径，遍生着芳草，曲曲长栏，下砌着玉砖，幽轩隐约，竹影摇曳，静院深沉，遍挂珠帘，时见翩翩粉蝶，在花间穿来穿去，怯怯流莺，在枝头嬉闹，真是千红万紫，好景无边。二公子从春明楼经过，见女婢众多，知必家眷在内，选择才貌，遂从容而过。

且说小厮在楼上已对夫人说知二位公子面貌，这苏映雪为着自己姻缘，更是留心细看，密对方氏曰："好笑老爷，前日说二豪杰才貌仿佛，依妾看来，实乃是天渊之隔。刘公子虽是膀阔腰细，面白唇红，终是庸夫气概；那皇甫公子两颧高插，面如银盆，虎背龙腰，珠庭广额。举止安详，笑谈慷慨。乃是大富贵相，小姐配合，真是一对佳偶。"方氏笑曰："苏家姑娘真好眼力，与妾一般见识。"苏大娘笑曰："不要多言。"原来苏大娘自进孟家年余，孟士元夫妻见其为人正道，就托其掌管家事，奴婢任从管辖，孟士元夫妻以宾礼待其母女。

且说刘公子、皇甫公子来到，孟士元接入亭上，二公子各挂上弓箭宝剑。刘奎璧见皇甫少华形容如梓童帝君，丰采翩翩，自叹天既生瑜，何又生亮。孟士元笑对公子曰："就请两位贤侄见教神箭。"刘奎璧向皇甫少华曰:“令尊是吾父母官,理当年兄先射。”皇甫少华欠身曰:“兄言差矣,令尊乃是国丈,又是勋爵,且兄年长,弟又年轻,自然兄长先射,何得推辞。”奎璧寻思:我父亲乃是国丈,就先射,免得疑虑。即答曰:“既如此,愚兄从命僭先了。”即欲下亭。孟士元拦住曰:“待老夫先敬三杯酒作采,然后用功。”家人进上壶酌,孟士元斟了一杯酒奉送过来,刘奎璧接来一饮而尽;连饮三杯酒下亭,就向飞鱼袋内取过金鹊,左手拿弓,右手就向走兽壶中抽起雁翎箭,架上弓弦,左手如托泰山,右手如抱婴儿,向那悬袍的杨柳树大枝上,喝声“着!”即听得点鼓叮当,众皆喝采,一支箭正中在那悬袍的杨柳大枝上。

且说那苏映雪见刘奎璧先射,暗祝皇天庇佑,刘奎璧之箭皆空,皇甫少华三箭齐中,方不误终身。得见刘奎璧初箭便中,苏映雪暗吃了一惊,随站起身来,在帘前细看。

当下奎璧见初箭先中,心中便安稳了七分;再取第二箭,照定古钱孔内射来。果然箭不虚发,贯在钱孔内,插在树上。家人拔起,送上前来禀曰:“刘爵主果然神箭。”这奎璧见二箭俱中,暗喜这第三支放心必中。

且说苏映雪见刘奎璧第二支又中,心中着急:再中一支,岂不误了小姐与我终身大事!一时情急,顾不得内外,遂出了帘外,立着观望。这刘奎璧正伸手抽出第三支箭,忽见苏映雪出来,生得杏脸桃腮,有如瑞彩朝霞,星眼含俏,恰似杨柳摇风,自思此必孟小姐,见我二箭俱中,忍不住我的才貌,故出帘外细看我的容貌,心中好不快活。箭才挂上弦,一时失放出来,到半途即便坠地,气得面上失色。又恐孟士元父子耻笑他无力,箭只到半道,即向孟士元谢罪曰:“小侄无能,致使第三箭失手,误坠半道,实为有愧。”孟士元安慰曰:“先前二箭,足见贤侄才能;第三箭若非失手,定是全中。”孟嘉龄对皇甫少华曰:“今当请教兄的妙技。”原来皇甫少华亦见苏映雪美貌,料必亲眷之女,若是孟小姐,必无亲来看箭之理,故心中无邪念。及孟嘉龄催促,遂站起身来,曰:“小弟只得献丑。”孟士元曰:“贤侄自然百发百中。”即敬了三杯酒。跳下亭来站定,拈弓取箭,只见弓开如满月,箭离如流星，一箭正插在悬袍的杨柳枝上，点鼓连声，苏映雪心中好不欢喜。少华带转龙驹，又放第二箭，只听得冰弦一响，正贯在古钱孔内。果是再世良缘，第三箭不偏不斜，射断了缚袍的带，红袍坠在地上。两边家人连声喝采："果然好神箭！"刘奎璧暗恨：方才若非失手，岂不射落红袍？今把一段良缘送与他人，实堪自恨。即辞别曰："小侄一箭落空，甚为抱惭，就此告别。"孟士元向前扯住曰："此乃小女薄福，不能消受，贤侄故一箭失手。但姻缘是天数，贤侄难得到舍，略饮几杯回府未迟。"此时少华已到树下拾起红袍回来，急扯住曰："兄与弟本领不分上下。方才那第三箭若不是失手，早射下红袍来。今当畅饮，怎好匆匆分别。"孟嘉龄亦来留住。

刘奎璧见众人苦留，只得应允，一齐卸下弓箭宝剑，交付家人。孟士元父子请了二位公子往后堂，皇甫少华忙移一把交椅，放在堂中，对孟士元曰："请岳父高坐，受小婿一拜。"孟士元曰："小女配贤侄，已为过望，何必拜见。"少华曰："人伦大礼，焉敢不拜。"刘奎璧心中不悦，寻思他翁婿正在亲热，我在此冷落何益？即下阶令家将带马前来，亦不辞别，跨上马，即欲起身。孟士元父子向前扯住辔头曰："正要饮酒，如何回去？"皇甫少华亦挽留曰："兄莫非见怪，故即回府？"刘奎璧怒容答曰："兄姻缘已定，弟在无益。"说罢，勒马从中门而去，连头亦不回。孟嘉龄心中不悦，亦就不送，曰："射箭不中，不恨自己功夫不精，反这等骄傲，岂不可笑！"少华曰："刘爵主往常与我比箭，原来是不分甲乙，方才第三箭实是失手，怪不得他发恼。"孟嘉龄曰："如此便是训练不精，故此三箭便有一失，还不自愧，尚敢装腔做势，那个怕他！"孟士元蹙眉曰："虽是不怕，但其父屡恃勋爵，况今皇后与天子少年夫妻，十分相得，刘捷目无大臣。今奎璧抱恨而去，须防他生起风波。贤婿可对令尊说明，须赶早行聘，以绝其觊觎之念，我们亦免忧患。"少华、嘉龄俱皆称是，饮至上灯后方别。孟士元令四名家将护送贤婿回府，又嘱少华当早行聘，免生枝节。少华应诺，上马进城回帅府。

少华进入后堂，拜见父母。原来少华全中，家将先已报知元帅，夫妻欢喜。当下打发孟府家人回去，拜谢孟尚书父子厚情。孟府家人辞别回去。少华换了头巾，满门坐下，细说刘奎璧比箭失手，不辞而去，得孟士元吩咐赶早行聘等情。又说："孩儿与奎璧友好，见他不悦而去，实是不忍，昨日不与他比箭，实此故耳。这一得一失，甚为不便。"皇甫敬怒曰："那畜生乃将门之子，只射三箭，便一箭落空，就气死了亦不足惜，还敢发怒！"小姐曰："此乃公侯子弟，今既发恼，怕生枝节，爹爹当早行聘，绝其异念。"元帅称是，即写书差人通知秦布政，不表。

且说苏映雪是日见皇甫少华三箭俱中，即便下楼，到后堂屏后偷看，孟士元对少华言语一一知道；回到幽芳阁进房，小姐迎接坐下。映雪笑曰："小姐恭喜，姻缘凭天主合。"就把二公子比箭，奎璧发怒详细言明。未知如何回答，且看下回分解。

第五回　苏映雪梦订良缘　刘奎璧诡托美意

却说苏映雪向孟小姐说出刘奎璧不恨自己无能，反发怒而去，真是可笑。孟小姐闻言，搁笔沉吟不语，心想今番射箭，凭天定下姻缘，深幸神明不误人，皇甫少华才貌双全，可托终身，但他气走刘奎璧，他父现乃当朝国丈，恐生事端。苏映雪疑问曰："皇甫公子貌胜刘公子数倍，小姐何故不乐？"孟小姐答曰："既凭天主婚，何嫌美丑。姊姊不知，刘捷乃公侯之家，又仗椒房之贵，刘奎璧既已变面，必生风波。这段姻缘，必定迍邅。"苏映雪曰："老爷亦恐刘奎璧生起风波，已约皇甫家赶早行聘，自然无事。"孟小姐曰："总是奴家薄命，此段姻缘，未知要于何年方成。姊姊你久后方知奴家看破机关。"苏映雪心中不信。至初更后，苏映雪母女同回房中。

按苏映雪母女说起比箭之事，苏映雪曰："皇甫公子福泽贵相，后必大贵。刘奎璧不守本分，敢与比箭，莫道求婚于小姐，就是女儿亦不愿嫁他。"苏大娘叹曰："若说起尔的姻缘，令我伤感。我只生尔一身，务要择佳婿方配，但我是个乳娘，纵使尔薄有才貌，哪有好人来结姻缘？若使刘奎璧肯要，亦是我们的造化。"苏映雪自料随孟小姐嫁出，乃答曰："女儿宁可终身不嫁，断不愿嫁刘奎璧误了终身。"苏大娘微笑不答，母女各上床安寝。

谁知苏映雪与皇甫少华夙有姻缘，自上床后，翻来覆去，不能成眠，专念皇甫少华才貌双全，直至二更后不能卧；自思皇甫少华与我并无干涉，因何只管空想，莫非夙世姻缘，亦未可定。正在沉思，朦胧睡去，梦见身游花园，忽见皇甫少华突然作揖曰："娘子在上，小生有礼了。"苏映雪无处回避，只得含羞回了万福，问曰："爵主何由到此？"皇甫少华曰："小生偶从花园经过，见园门失闭，故此突进。早间见娘子在楼观射，具此花容，心中欢喜，未知与孟小姐何亲？愿闻其详，小生有话相商。"苏映雪细说姓名来历，皇甫少华笑曰："既娘子姻缘未定,若蒙不弃,待孟小姐亲成,小生愿求娘子为次室,日后与孟氏不分偏正,姊妹相待,若何?”苏映雪闻言,正中心怀,即答曰:“爵主此言差矣。家无大小,纲纪不振,奴家为偏房,已过望矣,何必疑心?”皇甫少华大喜曰:“既蒙娘子许婚,请对月立誓,方不相负。”说罢,即上前来携苏映雪之手。苏映雪怀羞,推脱了手曰:“君可先立誓,妾随后立誓未迟。”皇甫少华向月跪下曰:“信男皇甫少华,多蒙苏氏娘子许配终身,日后我若有负心,死于刀剑之下。”誓毕,向苏映雪曰:“娘子请立誓。”苏映雪向月衿衽下拜曰:“信女苏映雪,幸遇皇甫公子,面订为其偏房,恐异日负心背盟,必定夭折。”皇甫少华扶起曰:“但愿娘子不负初心,何必立此重誓?且喜此间无人,就往阁中成其好事。”言讫,即把左手勾住苏映雪香肩,右手来扯住,同往前边阁中。苏映雪正色拒曰:“妾非淫荡之女,因爱公子才貌,故许终身。若赴阳台巫山,须待洞房花烛。”皇甫少华哀求曰:“若是明媒行聘,当须洞房花烛。我与娘子乃是私约,既少媒妁,又无行聘,若不成就,倘异日娘子变卦,岂不有负痴心。”苏映雪闻言,亦有些怜悯,但终身名节,又难作情。正在难分难解之际,忽然孟士元从内奔出喝曰:“做的好事,我来了。”皇甫少华慌忙放手,径往园外逃走而去。苏映雪急要逃走,只走得数步,不意失足跌倒惊醒,睁眼一看,乃是南柯一梦,壁上灯火尚明。遂披衣起来,自思此梦甚奇,莫非我与皇甫少华有夙缘吗?因何又被孟老爷搅散?这风流阵看来又似无缘。想来想去,转生一念曰:“凡事总有天定,既梦与皇甫少华立誓订定姻缘,今生只守皇甫少华便是,断不改适他人。若不能成就,只愿终身不嫁,方称烈女。”从此以后,立心守住皇甫公子,不表。

且说刘奎璧回家向伊母曰:“孩儿若不能夺孟氏为妻,情愿终身不娶。”原来顾太郡为人却颇贤德,只道儿子是一时恨话,笑曰:“难道孟氏才貌盖世,别家就无有才女?何说此恨话。”顾宏业安慰曰:“外甥不须心急,我闻得皇甫敬一女名长华,乃一胎双生的姊弟,不但有貌,而且有才,家事尽是此女掌持,贤淑无比。再过数天,待我往求皇甫敬与尔为妻。”刘奎璧诈允,一心只想:必与皇甫少华加倍亲切,使其不知防备,绝其性命,孟氏方肯改嫁,那时求亲必成。但今与皇甫少华不睦，怎好仰面去逢迎？又转一念曰："谋大事不矜小节，今后当忍气亲近，日后夺了良缘，方显我的利害。"主意已定，并不说起，从此以后，日日来邀皇甫少华往校场驰射比箭。皇甫少华亦借此与他和好，竟坦然不疑。

且说皇甫元帅令日师择定三月初八日行聘，秦布政知会，孟士元父子大喜。到了初八日，元帅各事从厚，备聘金礼物，两家张灯结彩，合府官员俱来庆贺。早饭后，媒人秦布政到府，押了聘礼，鼓乐喧天，花炮动地，送出城来，满城俱皆称羡。吹打直到孟府，孟士元父子迎接，礼物排满堂上，尽是绸缎珍珠；请秦布政花厅饮酒，送出三百两媒礼。按皇甫敬、孟士元两家俱承祖业富裕，又是珍爱之女，回聘更加丰盛。秦布政押回帅府，备酒请媒人并众官，送出聘金，至晚方散。

且说孟士元夫妻见各礼物丰厚，大喜，令女婢把金珠簪环首饰缎匹送上楼与女儿收藏。女婢送到幽芳阁，交付荣兰，送上楼去。原来荣兰年方十三岁，颜容美丽，却亦裹得一双小脚，诸事聪敏，孟小姐最是爱惜。当下恰巧苏映雪在房与小姐谈论古今名士，荣兰禀曰："此各物件，乃皇甫家聘礼，老爷夫人特付于小姐收藏。"苏映雪见珠璧交辉，笑曰："小姐真好受用。"孟小姐闻言，锁眉叹曰："未知此婚是今生是来生方能成就，姊姊久后方知妹妹有先见之明。"苏映雪曰："今既行聘，谅亦难变更，小姐不必过虑。"孟小姐曰："公侯家做事强横，变幻多端，只好听天而已。"遂把各物收拾不表。

且说秦布政回归帅府，元帅请大媒并百官畅饮，至晚散席，送出媒礼三百两。秦承恩好不畅快，得了六百两媒礼。皇甫敬夫妻自各定心，婚姻再无更变了。

到了第三早，只见女婢执帖报曰："门官来报，有顾宏业拜访，口称有要事面会。"元帅接帖看过，自思顾宏业何事面会，忙穿上公服，来到后堂，吩咐开中门请进。顾宏业大轿直至后堂庭中下轿，元帅降阶迎接曰："不知老先生光降，有失远迎，乞恕不恭之罪。"顾宏业曰："轻造帅府，已为不恭，复蒙迎接，负罪良多。"两人相逊上堂，分宾主坐下。茶罢，皇甫敬问曰："不知老大人下降，有何台谕？"顾宏业曰："无事不敢轻造帅府，只因舍甥刘奎璧前与令郎在孟府比箭求亲，不料一箭失手，为此姻缘未就。今闻令爱小姐才貌双全，一时不忖，欲求令爱与舍甥结为秦晋之好。若论舍甥，虽不及令郎才貌，亦算中等人物。伏望老元戎俯赐金诺，感激无涯。”皇甫敬寻思：刘奎璧虽有才貌，但伊父刘捷仗着自己是国戚，势焰弥天，刘奎璧性贪青楼女色，举动甚不端方，怎好许亲？即曰：“多蒙老大人盛情，云及令甥良缘，实为美妙；奈小女福薄，自幼意中已有一家，望老大人恕罪。”顾宏业曰：“未知令爱许于何家，愿闻姓名。”皇甫敬曰：“所许之家乃敝故乡富户，并未出仕，虽说姓名，老先生亦不相识，实非推辞，幸勿见怪。”顾宏业知是推托，便不再言，只说些闲话，辞别皇甫敬，上轿而去。皇甫敬退入后衙，自思女儿大贵之相，岂可轻许，遂不在意。

且说顾宏业回至刘府，刘奎璧接入后衙，顾太郡一同坐下。太郡问曰：“劳烦大兄辛苦求亲，未知允否？”顾宏业怒气冲冲曰：“可恨皇甫敬这匹夫，托故推辞，诈言已许婚。”便将对答言语说明，“我问他许亲何人，却说不出姓名，真可恨！”刘奎璧冷笑曰：“母舅不须着恼，试看愚甥自有本领夺这孟氏为妻。”顾太郡闻言笑曰：“我儿专说痴话，难道世上除了孟氏，就无才貌双全的佳人么？何苦与他争夺，待为娘别寻良缘匹配。”刘奎璧恐母亲拦阻，不再多言，说些闲话，顾宏业自回家。刘奎璧回到书房沉思：孟士元乃诗礼之家，伊女既受人聘，焉肯改嫁？我必须与皇甫少华日加亲热，使其无疑，然后设计害死皇甫少华，那时孟氏自当改嫁。我即与父亲求皇后姊姊奏请朝廷，降旨赐婚；或求在朝几位权贵，以势力压他。况我才貌与皇甫少华不相上下，不怕孟士元不从，方显得勋爵的国舅利害。主意定了，次早令家将带了弓箭刀剑，上马进城，到帅府来邀皇甫少华往校场比箭。家将报入后堂，少华正与父母聚谈家务，只见家将执帖禀曰：“刘国舅带了弓箭刀剑，特请公子同往西曹去比箭。”皇甫少华见了名帖，大喜，对父母曰：“刘奎璧前日孟府一箭失手，孩儿甚不过意，正要与他修好；今他前来，正好同他比武，以修前好，未知双亲意下如何？”元帅喜曰：“此乃吾儿豁达大度，有何不从，可即同往。”少华即上马，着家将带了弓箭，一同起身，同刘奎璧到校场。刘奎璧有心谋害，假意小心，和颜悦色，甜言蜜语。皇甫少华乃是忠义君子，信为好意，比箭练武，直到日午方散。又同到酒楼，相约来早往郊外游猎，又送回府，方辞别回家。次早，又到帅府，请少华出北门外游猎，到日头西斜方回，从此日日不是西曹比箭，就是北郊游猎，少华亦是同往。

皇甫小姐怀疑，一日间，母姊弟又同在后堂闲谈，家人报说刘公子又相邀西曹比箭，少华即欲起身，长华阻挡曰："刘公子性好青楼，已是不端之徒；前日孟府比箭，立即变面，正是无量之辈；后又使他母舅前来议亲，爹爹推辞，他必更恨。今一连六日，邀同吾弟练武，恐有奸诈，此等人吾弟不宜亲近，只好口头相交，方保无事。"皇甫少华曰："他与我本相交之好友，因前失脱孟氏姻缘，一时不悦，今事过气息，故来修好，弟怎好以疑心相待？姊姊不必多疑。"皇甫敬曰："谅必事后追悔，故来修好，别无他意。孩儿可即同往，不必怀疑。"少华称是，即便同游。从此益无疑心，愈加亲热。

且说刘奎璧同皇甫少华往来亲热，早至初夏四月十五日，已想了一计。早饭后，即写一封书，拜请皇甫少华来日同游昆明池，划船饮酒，同赏江景，幸勿爽约。家将带书上马进城，直到帅府前下马，将马缚在辕门外，自己来见把门家人，把书交付。把门人进内来见皇甫少华，呈上书信。少华接书看过，将书带入后衙，来见父母。

未知刘奎璧如何谋害，且看下回分解。

第六回　奎璧使计害忠良　燕玉订婚放夫婿

却说刘奎璧虽与皇甫少华相交日久，常时只是射箭游猎，从未曾闲游。当下少华持书来见父母，曰："刘奎璧送书来请孩儿来日往昆明池游船，儿特禀双亲定夺。"说罢，将书送上。元帅夫妻看过，皇甫敬谓尹氏曰："奎璧家住昆明池，今既好意来请，儿当前往，庶不负其厚情。"少华曰："既是爹爹谕允，儿当领命。"即出后堂，来见刘府家将曰："尔可把我的回帖带回，多多拜上尔家爵主，来日准定前往。"下书人曰："我家爵主吩咐，恳求公子明日早临。"少华应允。

下书人带了名帖，上马赶回刘府，来见奎璧，呈上回帖，禀明前事。奎璧喜从天降，暗想：这畜生死日临头，来日请两个绝美妓女，把畜生灌醉，留在家中花园书房安寝；俟其睡熟，把柴草塞住房门，放起火来，只不过烧毁几间房屋，说是他醉后失火，自己尸首烧毁，皇甫敬亦无言可说，方消我的怨气，又可娶孟氏为妻。主意已定，即令家将来早雇一只小船，先请两个名妓侍候。到次早，家将备办大小酒席，并引两个名妓下船；又令一名家将步行，往请皇甫少华前来，一个在南城下等候。便暗嘱二妓女要殷勤劝皇甫公子畅饮，自有重赏。

且说皇甫少华赶早吃了早饭，换了衣服，家人报刘爵主差人带帖来催，自己即上前辞别父母姊姊。尹夫人嘱曰："儿当早回，免为娘盼望。"元帅曰："刘家正住昆明池，今晚必留我儿在家安歇，未必就回。"少华曰："他虽苦留，儿必要回府。"元帅曰："若是苦留，孩儿就在那里安歇，不可苦辞，以拂其情意。"少华带了二名家将来到南城下，早有刘府家将上前迎接，来到昆明池，刘奎璧早在岸上迎接。二人携手到池边，二妓女奔出船头迎接，伸手扶搭二人上船。少华乃是正人君子，问曰："弟以兄游船谈心，何必二女相陪？"奎璧笑曰："若只饮酒，恐人笑说鄙俗，如此方谓饮酒赏花。此二女乃本城花魁，特请来以供畅饮。"二人见礼坐下，吃茶笑谈。梢公开船游漾。推开两边船窗，见四面景色宜人，日暖风和。家人进上酒席，二女殷勤敬酒。皇甫少华寻思：多此两女在舟，惹闲人议论，反加不乐，连酒亦不甚饮。奎璧极力相敬。日方过午，少华就要辞回，奈奎璧谦恭苦留，少华却不过情面，直饮至日头斜西，方才辞别。奎璧令家将打发二女回去，一面苦留少华："难得贤兄到此，酒未半酣，小园花草颇有可观，今晚可到小园畅叙，以续金谷契交。"皇甫少华辞曰："这个断难从命。弟若再留饮，恐双亲悬望，乞兄原谅，就此告别。"奎璧携住笑曰："此却不然，尊堂已知兄到此，若见兄不归，定知是弟留住。今兄若回，尊堂必鄙弟悭吝；且你我相交数年，只得一游，况在寒舍，今晚正好长宵达旦，畅叙幽情，幸勿推辞。"少华见其认真好意，反有恋恋不舍之情，答曰："蒙兄雅意，但恐有贪腹之讥。"奎璧见允，大喜曰："如此方为夙昔至交。"遂引少华同入后门。

按这花园极大，亭台楼阁，华丽夺目，遍栽花草，真是言之不尽，观之有余。游玩一番，少华啧啧称羡。奎璧曰："小园鄙俗，惟有小春庭一处将就可观，今夜往彼处谈心。"少华曰："极好。"同进小春庭，二人坐下，说些兵书。不多时，呈上筵席，少华辞曰："方才饮罢，何又再设。"奎璧笑曰："草草不恭，聊表微意，何必赘及。"二人重复入席，曹胜、吴祥在旁服侍。饮了数巡，已是初更时候，不料顾太郡之母钱氏太夫人是夜病故。钱氏太夫人年近八旬，一向卧病在床，是晚痰塞身亡。顾宏业使人来报信，太郡闻知母亡，悲伤不已，忙收拾衣服，急着女婢："快请公子前来，与我同往奔丧。"女婢来见奎璧曰："太郡有一事，请爵主前去相商。"奎璧对少华曰："仁兄请饮，待见家母，再来请教。"少华曰："兄自请便。"奎璧令家人小心服侍公子，自己奔进母房，只见妹子燕玉同乳母江三嫂亦在房中收拾衣服。太郡谓奎璧曰："方才尔母舅使人飞报尔外祖母痰塞而亡，尔快换衣服，与我前往奔丧，不要迟延。"刘奎璧吃一惊：今晚正要结果了少华性命，不料如此凑巧，遂答曰："孩儿与母亲同往，家中无人照管，如何去得。"太郡曰："里面事情着尔妹同江三嫂照顾，后花园自有江进喜料理，外面事务原有人役掌管，我与尔不过数日便回，尔快同起身。"

刘奎璧应允退出，自思今夜放火之事，须托江进喜举行，且此人刚直,必定尽心,亦无泄漏之虑,便着家人唤进喜前来。原来进喜是江三嫂之子,年已十六岁,父亲早亡,自幼随母在刘府抚养,现今长成,身材魁梧,臂力极大,为人正直慷慨,太郡母子收他为心腹。当下闻唤,来见奎璧曰:“爵主呼唤何事?”奎璧四顾见无人,对进喜曰:“可恨皇甫少华夺了孟小姐良缘,我故设计请他游湖,留宿小春庭,俟候夜间,放火烧死他主仆,好与孟氏结亲,以消怨气。不料母亲要与我同往外祖母家奔丧,只得托尔。可俟他主仆酣睡,尔可密取干柴干草,放起火来,将他主仆并几座厅房烧毁,来日指称是他主仆酒醉,失火烧了我的房屋,使他父亲不敢异言。我日后姻缘成就,自当重赏。”进喜闻言暗惊:我昨夜三更梦见一位老人对我言曰:“江进喜,尔一貌堂堂,切不可害人性命,异日享福不小;若不听吾言,害人性命,上天必定谴责,定有恶报。”醒来我思想一日,并无嫌隙,那有害人之理。今若作此事,岂不枉害三人性命?看来明是神明指点,切不可做此害人之事。乃答曰:“别事小的无不尽心去做,惟此事小的不敢领命。皇甫敬乃是本处父母官,又有执掌先斩后奏的重权,若烧死伊子,怎肯饶我性命?小的难免一死,此事断然不敢做的。”奎璧登时颜色改变,怒气冲冲,斥进喜曰:“尔错了,吾父乃堂堂国丈,势力滔天,皇甫敬不过一边关守将,怎敢惹我?况我好意请酒留宿,他儿子不小心失火烧了我的屋子,他若有甚言,俺自出头抵挡,不干尔之事,你只管放心行事。事成之后,府中女婢选一个绝色的赏尔为妻。”进喜只得应承曰:“既如此吩咐,小的自当尽心行事;小的非好色之徒,要甚么妻子。”奎璧喜曰:“既不要妻子,我就赏尔一个美差。尔若泄漏消息,莫怪我无情。”说罢,即到书房,收拾停当,再到小春庭辞别,与皇甫少华坐下,说明丧事,因此失陪,望其勿罪。少华曰:“既兄有事,小弟回舍,免使双亲悬望。”奎璧曰:“如今城门已闭,怎说回去。”少华曰:“城门虽闭,弟就叫开,却是容易。”奎璧苦留曰:“弟岂不知兄可把城门叫开,然此时回去,约近三更方能到府,令尊岂不怪弟有失主人之谊。况弟与兄交处数年,只有今夜留宿一次,亦算三生有幸。弟不幸遇有丧事,兄当暂宿一夜,方见交情。日后弟亦好见令尊老伯情面,万望见谅。”少华乃诚实人,见奎璧殷勤相留,又难坚辞，只得答曰："主人不在，弟若独住，岂不被人取笑贪腹？"奎璧大喜曰："惟是独住，方见夙昔至交。"遂吩咐家童，小心苦劝畅饮，又对少华曰："弟立要同家母奔丧，兄切不可私回，使弟失望。"少华曰："承兄雅爱，弟怎好回去，兄可放心前往奔丧。"奎璧曰："弟来日绝早便来与兄相会，断不失约。"少华称谢。奎璧退出外面，密嘱进喜曰："若烧死少华，可到顾家通知。"进喜称是。奎璧来到前面，家将已押各物起身，太郡叮嘱女儿并江三嫂："里面诸事，尔二人小心照管。"众各领命。太郡上了小轿，奎璧上马跟随而去。

且说燕玉小姐同江三嫂并小婢飞鸾回归晓云阁，原来燕玉与江三嫂同住晓云阁。按燕玉小姐容貌却亦秀美，自幼亦曾读书，虽其母不甚相爱，亦能深知礼义，自思女流就能吟诗作文，亦是无益，宁可勤习女工；父母素不甚爱，日后必许寒素之家，亦可以针指度日，却是好事。那小婢飞鸾，极能趋媚，素知太郡不爱次女，若遇燕玉与江三嫂说着家庭之事，他就向太郡面前献媚，搬嘴弄舌，小姐最是怕他。当下小姐见飞鸾侍立旁边，小姐曰："飞鸾何不去睡？"飞鸾曰："小姐未睡，婢子何敢先睡。"小姐曰："太郡不在，我与江三嫂照应家庭，须待更深方睡。尔不必伺候，可自去安寝罢。"飞鸾大喜，回到自房安寝。燕玉对江三嫂曰："奴自午间有一事要对尔说，因飞鸾贱婢寸步不离左右，故不敢说，今当说明。午牌时候，我隐几而卧，忽然梦见一少年妇人，对我说曰：'我乃尔母吴蕙娘，恨我短寿，不能养尔长大；今幸尔已长成，但太郡母子不以尔为念，尔姻缘未定，我在九泉亦不放心。特来报尔，今晚有一大贵人在小春庭宿歇，与你乃夙世良缘，尔兄欲放火烧死他；你可同江三嫂去见此贵人，将你许他为妾，设计放他回家，不可害羞。你若得配此人，非但终身富贵，且日后亦可救得满门性命，不可错过。'我要问贵人姓名，他将我推醒，岂不奇怪。"江三嫂曰："此乃小姐念母，故有此梦，何足为凭。"小姐曰："生我不数月，母就病故，尚不识母面，何曾念及，此梦必有缘故。"江三嫂曰："若果是你母托梦，请把面貌衣服说来，我便知真假。"小姐曰："那妇人清瘦身材，年约二十二三岁，瓜子面，洁白无瑕。"江三嫂闻言大惊曰："如此说来，果是你母托梦了。待我往问小儿，看小春庭可有人借宿。"

说罢，下楼而去。

原来进喜最是纯孝，寻思得此异梦，今公子要我害人，当问母亲主张为是，遂进内来。到路口，正遇着江三嫂，母子相遇，进喜曰：“儿有一事不决，欲问母亲主张。”江三嫂曰：“尔有何事，可即说明。”进喜先说昨夜得梦，后说爵主嘱托放火烧死皇甫少华，好得夺亲，“孩儿故狐疑不决，特请母亲定夺。”江三嫂闻言，心知小姐姻缘有在。进喜又曰：“人命关天，一时断送三条性命，岂无报应？况皇甫元帅乃本境父母官，花园又是孩儿掌管，若烧死他公子，必然拿我拷问。他现掌先斩后奏重权，我母子岂不断送性命？”三嫂曰：“今可将计就计，放了皇甫公子逃走，日后必有重谢。我今对你说明——”就把小姐午间得梦言语讲明，“看来小姐该配皇甫公子，据小姐生母托梦，说是大贵人。日后皇甫公子必定大贵，尔我终身却亦有靠，当想一奇计救出为妙。”进喜惊讶曰：“既小姐亦有异梦，待孩儿设计救他。”进喜忽然计从心来，谓母曰：“孩儿有一计，待儿子前去把跟随二家将请出来饮酒，里面只剩皇甫公子一人在小春庭；母亲可同小姐前去订亲，然后放他从后花园门逃出，嘱他回去，只说是鬼神扶出，放在旷野。我随后把小春庭一片房屋烧毁，就可瞒过爵主，岂不是好！”江三嫂大喜曰：“我儿果然好计，可速行事，并速来报我知道，好引小姐前去订婚。”进喜称是退出。

江三嫂回阁对小姐曰：“令堂阴魂有灵。”就将进喜言语说明，“闻得家将传说，皇甫公子人材出众，武艺超群，后必大贵。”小姐惊曰：“家兄如此恶毒，一时欲害三人性命，上天岂无报应？”

未知江三嫂为小姐如何作事，江进喜怎样瞒过那刘奎璧，且看下回分解。

第七回　后花园少华逃生　小春庭进喜放火

却说江进喜入小春庭，见皇甫少华呆坐，亦不饮酒，二家将侍立一边。进喜向前笑对二家将曰："难得二位跟随公子到舍，小的特备薄酒在外，请二位同往小酌。"二家将曰："方才船上却已饱餐，今要侍候我家公子，多蒙厚意，不必费心。"进喜曰："不然，你公子与我公子相好，你我下人亦当相交，方显上下交情。异日我若随公子到你们府上，你可请我。若不领情，便是在家不识人，出门人不识，二位幸勿推辞！"曹胜、吴祥只是推辞。少华寻思：他们下人，岂无相交？即对二家将曰："他如此好意，尔等便去同饮。"二家将曰："小的服侍公子，怎敢远离。"少华自思：我若往睡，他们就好畅饮，乃曰："我本要回衙，奈刘爵主苦留；今刘爵主不在，我独自无聊，就要安寝。尔等可去畅饮，若回来，各自寻睡，不须来惊我的睡眠。"说罢，便进书房，随手掩上房门。进喜大悦，对二家将曰："公子已睡，我们正好放心乐饮。"就一同把残席搬出，叫三四个好酒的家将，说："列位哥哥，替我料理酒菜残席，同陪这两位哥尽醉方休。"又在身上解下六百文铜钱，放在桌上曰："今夜深了，太郡、爵主俱不在房，不便开酒席取菜，烦那一位哥哥往外边买一瓮好酒欢饮。"众家将齐声曰："我们自己料理，尔当坐下同饮。"进喜曰："太郡等不在，我要早往花园照应，烦列位相陪。"又对曹胜、吴祥曰："小弟身有公事失陪，望二位恕罪。须要尽欢，方可尽兴。"二家将谢曰："多蒙过费，感激不尽，兄自请便。"进喜即进内去了。众家将对二位家将曰："江家哥哥名唤进喜，他母亲就是我家二小姐的乳母。他虽年轻，却是诚实慷慨，太郡甚是看重，用他掌管花园。"二家将称是。

按下众人饮酒，且说进喜回见母亲曰："二家将已调出饮酒，母亲可请小姐前去订亲，嘱公子从后门逃走，孩儿自往南角门提防众人进来。皇甫公子现今独在书房闷坐。"江三嫂曰："待我就往行事，尔可阻住南角门。”进喜称是退出。江三嫂奔上晓云阁，对小姐说明前事，“小姐可同我到小春庭去见皇甫公子，订定良缘。”刘燕玉不从曰：“姻缘大事，闺女自陈，有伤风化，到底不便前去。”江三嫂叹曰：“太郡、国丈、公子，俱不把你姻缘为要，你当从权，方不误终身；你今梦奉生母之命，况有我同往，又非孤男单女，有何嫌疑？小姐休要怀羞。”此时小姐只得听从。江三嫂引小姐出房，小姐恐飞鸾知道不便，即把飞鸾房门扣上，然后随三嫂下楼，直到小春庭内。

再说皇甫少华坐在房中，心想父母悬望，若就私归，又多不便；忽帘外有灯光一晃，看见是妇人形状，即高声曰：“尔家公子不在，女流不可进来。”江三嫂揭开珠帘叫曰：“二小姐请进来。”小姐来到门前，不敢进内，三嫂强携进内曰：“有老身在此何妨？”小姐进房，满面娇羞，倚在桌旁，垂头不语。少华见她粉面如花，香腮似玉，一双凤眼，有如秋水澄清。寻思必是为着邪事，立即起身问曰：“古云‘男女有别’，小生前来寄宿，二位何人，至此何干？”三嫂曰：“此位乃国丈次女，奎璧公子之妹，名燕玉，今年十五岁。我名江三嫂，进喜乃我小儿。”少华忙回揖道：“不知郡主降临，失敬了，愿祈明示为何而来。”江三嫂就将午间小姐梦见生母嘱托良缘，特来与公子订约终身，并救公子逃走等情说了。少华疑问曰：“小生何事，劳烦二位来救？”江三嫂就把刘公子令进喜俟他睡熟，把草塞住房门，放火谋害公子，好夺孟小姐良缘说了。皇甫少华寻思：岂有姻缘不遂、放火谋害之理？莫非燕玉捏此相救情意，好得定亲，亦未可知。乃向小姐作揖曰：“请小姐少坐，小生有话相告。”小姐只得答了万福。三嫂移一椅，强扯小姐坐下，少华亦即坐下曰：“小生曾经聘孟氏，故触犯令兄，怎敢复与小姐订亲，此事不能从命。”小姐曰：“奴因生母托梦，故不避嫌疑到此。孟小姐已经聘定，奴愿作偏房。”少华曰：“小姐差了主意，令姊已为正宫皇后，国丈怎肯把小姐与我作偏房？且令兄既欲害我，怎肯与我结亲？小姐当自三思，免贻后悔。”小姐叹曰：“奴家命苦，慈母早丧无依，因生母托梦嘱咐，故不避羞耻，自订良缘。倘有意外之虑，亦是薄命所招，生母所误，愿独守空房，誓不失节。”言讫，指着灯火跪下曰：“信女刘燕玉，今奉先母梦令，愿作皇甫少华偏房，日后若有异心负约,死于刀剑之下!”三嫂扶起,对少华曰:“家小姐已托重誓,愿公子异日不负小姐终身,今当求一物以为表记。”皇甫少华曰:“人非草木,宁不知情?俺少华若负刘小姐姻缘,死于乱箭之中,鬼神为证!”誓毕,即对江三嫂曰:“今日仓促之间,无甚缘物为记。”江三嫂见少华手执一把白苏扇,就把扇取来,交燕玉曰:“就以此扇作表记。”又见小姐手带一幅白绫罗帕,即取来交与少华曰:“香帕白扇相换,若见此帕,如见小姐一般。”少华把罗帕藏在身上,只见进喜来催曰:“南角门我已闭上,无人进来,但今已二更后,请公子速从后门逃走。”少华与三人一同出到厅上,对进喜曰:“我走容易,来日岂不累你母子受责?”江三嫂母子曰:“公子回去,说是睡在书房内,梦中见一甲神推醒曰:‘尔火已烧身,特来救尔。’尔开眼一看,满房是火,那神将尔拦腰抱起,丢在荒郊野地,方保得性命。若说真情,我母子性命必定难保。”少华曰:“果然妙计,但我那两名家将可叫与我一同回衙。”进喜曰:“若带家将回去,必漏泄真情;况他在外边饮酒,来早自然回府。”少华称是,即谢进喜母子曰:“多承尔母子盛情,救我性命。日后誓当重报。”三嫂母子曰:“救人性命,理所当然,何必言谢。但回府切勿说我母子放走,要紧!”说罢,一同来到后花园门,少华方知花园果是宽大。进喜开了花园门,少华回头对燕玉曰:“今番姻缘,乃是私约,万勿认真。倘尔父母主婚,尔须从别嫁,切不可守我姻缘,误尔终身大事。”燕玉曰:“奴虽庸愚,亦晓得妇人守一而终。”少华曰:“小姐错了主意,若尔父母主婚,尔怎好说出私约之言?须顺从为是。”燕玉曰:“万一不幸,若有意外之变,奴惟有一死而已。公子前途保重,如今且勿别又求亲。”三嫂母子催促曰:“夜已深了,公子作速起身。”少华谓三嫂曰:“小姐年轻执性,日后国丈夫妻若替小姐定亲,尔当劝其改适。”三嫂曰:“此乃老身分内之事,公子不须挂意,但日后休忘小姐美情。”少华称是,即出后门而去。进喜关好后门,三嫂嘱儿子小心行事,休要自误。遂点小灯,引小姐同回晓云阁,把飞鸾的门扣开了,方同归房中各自安寝。

且说少华出了后门,自思不识往南门路径,又无处寄宿,又疑奎璧岂有谋害之事,思必燕玉谣言,便于订亲。此时二更后无月,尚有星光，行有一里之路，忽闻得旁边叫曰："来者莫非皇甫公子么？"少华吃了一惊，即近前一见，是一个小沙弥，年约十四岁，生的眉清目秀。乃作揖曰："小师父莫非是活佛降世，怎知小生姓名？"那小沙弥忙垂手立在一边，曰："公子休要错认，方才我师父静坐，忽叫我到此，说有一位皇甫公子，尔可请来，有话相商。我故一叫，不料果是公子，请进寺奉茶。"少华大喜，谅必是异人，乃问曰："令师宝刹在于何处？劳烦引路。"小沙弥曰："家师法号清修长老，就在前面玄妙寺，待小僧引路。"少华跟着，脚踏苍苔，随来小寺。小沙弥曰："公子少待，容小僧通报。"少华应允。小沙弥进去，停一回出来曰："家师有请。"

少华随转到方丈，见上面坐着一位老僧。小沙弥曰："上面就是家师。"只见老僧离位迎接曰："恭喜贵人幸脱火灾，因祸得福，反得良缘。老僧失接，幸乞恕罪。"少华辩曰："弟子并无火灾，亦无甚良缘。"长老笑曰："便是过往未来之事，老僧却亦略知，何况此事乎？但难得公子到此，亦是有缘，且坐下少停，看刘府火起，方知皇姨所言不谬。"少华见其心事周知，更觉骇然，欲请老师高坐。清修长老辞曰："公子乃是大贵之人，老僧宾主已为过分。"少华只得宾主坐下。小沙弥献茶毕，清修曰："刘小姐与公子，乃是夙世姻缘，终必成就，公子不必多虑。"少华自料难瞒，答曰："非是小生隐瞒，只因男女私约，不敢干渎圣僧，望乞恕罪。"清修曰："说哪里话，但公子还有三年大难，家破人散，骨肉分离，此亦数之所定，到那时公子不必忧虑，只好听天由命。那时立心忠孝，自有皇天庇佑，此事回府不可泄漏，恐遭天谴。"少华惊骇曰："未知会损命否？万乞明言无隐。"清修曰："公子乃贵人，虽有灾殃，焉能损命？三年之后，骨肉完聚，满门极贵。公子且在此下棋看火起。"言罢，即取过棋盘，令小沙弥弄些素饭，来请公子，略表微意。少华谢曰："多蒙收留，免使迷途之叹，又赐饮食，铭刻五内。弟子下棋未精一二，岂敢班门弄斧。"清修曰："小僧之薄技，何足挂齿。公子下棋，自是国手，何必过谦。"二人遂即同坐下棋。

且说江进喜独自搬运干柴茅草，堆积于小春庭厅房，把几件玩器珍重收拾，笑曰："公子着我放火烧死皇甫公子，我却放走仇人，烧了他自己房屋，又陪了妹子，正是周郎妙计安天下，赔了夫人又折兵。然爵主立心恶毒，我若从命，就是助纣为虐了。"此时已三更了，正好下手，就向柴草堆点起火来。事亦凑巧，忽然狂风大作，烟焰冲天，进喜心中大喜，开角门走出外边，一路狂叫曰："不好了，皇甫公子酒醉，酣睡失火，众人快往救火！"

此时众人尚在外边饮酒，和曹胜、吴祥畅饮，忽然见后花园烟焰迷空，刘府家将大惊曰："后花园如何失火？"曹胜、吴祥骇曰："我家公子在内安寝，岂不惊坏了，当速往唤醒逃走。"言未毕，只见进喜慌张走来叫曰："尔家公子在小春庭安寝，不知怎样发起火来，烧得利害。"二家将忙问曰："我家公子可曾出来否？"进喜曰："不曾看见。"一面说，一面大叫："众人快快救火要紧！"众家将忙携挠勾军器前去救火。曹胜、吴祥飞奔角门，见小春庭火光冲天，周围犹如火阱一般，无从下手救火。二家将在外大叫曰："皇甫公子何在？"一片风火必剥之声，并无答应，只得放声哭叫曰："公子快走！"不多时，汛防官闻得国丈府内失火，忙领十余名军士，各执挠勾赶来，自己乘马，叫进花园门。曹胜、吴祥对汛防官曰："皇甫元帅的公子在内安寝，未知生死若何。望将军作速灭火寻死尸！"汛防官大惊曰：要救公子！"喝令军士着力。刘家人登时将屋盖楹椽尽皆拆下，火就半熄，用锄头翻开栋梁瓦片细看，并无尸骸。汛防官对二家将曰："内中并无骸骨，谅公子必是惊醒逃走，二位不必悲伤。"二家将只得收泪，向刘家取了火把起身，意欲入城通报，奈城门未开，只得伺候开城门，不表。

且说进喜见火已灭，嘱咐家将照管家门，自己要通报太郡知道，遂执了火把，上马向顾家进发。不上三里路，已到顾家，下马系在外边。顾家因有丧事，多有人出入，府门开着，上着灯火。进喜入内，恰遇太郡母子正在相议丧事，一见进喜进内，奎璧诈问曰："尔不在家看守，到此何事？"进喜曰："只因公子起身后，皇甫公子独自无聊，就在小春庭书房安歇，小的把残席搬出外面，同他跟随的两名家将在外边饮酒。不料皇甫公子酒醉，不知怎样失火，把那一片厅房尽行烧毁，特来禀明。"顾太郡惊曰："皇甫公子可曾逃走否？"进喜曰："皇甫公子踪迹亦无,多分死在火内。”太郡闻言,心中不忍,埋怨刘奎璧曰:“尔却多事,我们有事当该请他回去,偏要留他在家,遇着火灾,倘皇甫公子有失,伊父岂不见怪?”刘奎璧曰:“只因天晚,故留他歇下,谁知他酒醉失火,把我这屋宇尽行烧毁,难道其父倒来讨命不成?母亲何故怕他。”

未知皇甫元帅如何理论,且看下回分解。

第八回　皇甫敬忿心拷仆　江进喜诡词复主

却说顾太郡曰:“皇甫敬虽不敢与你讨命,但他只有一子,死于非命,我心何忍?来早他必来查问,尔速回去照应。”奎璧曰:“孩儿领命。”主仆上马,一路问进喜怎样起火?进喜曰:“公子去后,皇甫少华呆坐不饮,小的把二仆唤出外面饮酒,皇甫少华方去安寝。至二更后,小的料他熟睡,密把柴草堆塞房门,放起火来。再一会,汛防官亦到,带军士前来扑灭。”刘奎璧问曰:“汛防官可曾挖起尸首否?”江进喜曰:“汛防官发掘过,却连尸骨亦无。”刘奎璧大惊曰:“一个尸首非同小可,岂一时便能烧的无骸骨?这便是逃走!”进喜曰:“房内房外,周围全是火,若要逃走,除非腾云驾雾,方能逃脱。”正言间,已到府前下马。奎璧先到花园火地观看,见小春庭内尽是些烂木飞灰,仅剩下砖墙半堵。后到别座书房。进喜献上小春庭里藏的玩器,奎璧连称能干,心中亦虑皇甫敬来日索命。

且说曹胜、吴祥在南门等至开城,奔入城来。尹夫人昨日等到傍晚,不见少华回来,疑惑对丈夫曰:“孩儿为何此时未归?”皇甫敬笑曰:“昆明池乃奎璧住宅,今晚定留在家夜饮,焉有放回之理?”小姐曰:“爹爹说的不差。”是晚各自安歇。果然父母爱子,无所不至,元帅夫妻因念儿子,睡不安眠。绝早起来,小姐前来请安,尹夫人曰:“孩儿因甚至今未归?”小姐曰:“必是午餐后方回。”忽听得外面脚步匆忙进来,但见曹胜、吴祥向前跪下,流泪曰:“不好了,我家公子性命难保!”元帅、夫人齐吃一惊,问曰:“快起来,公子为何性命难保?”曹胜、吴祥站起,拭了眼泪,细把游湖留宿、奔丧失火等事说了一遍,谅来凶多吉少。夫人闻言,五内崩裂,大骂道:“公子被火烧死,尔这两个狗头因何不死?”二家将道:“小的因在外边饮酒,不然亦是断送性命。”皇甫敬亦怒骂曰:“公子在内安寝,尔不伺候,出去饮酒,倒好快活!”二家将曰:“只因有一个姓江的来请饮,小的推辞,公子念他好意，令我们同领他情，小的方敢退出。谁知不须臾，即便火起，非是小的贪嘴误事。”皇甫敬问曰：“刘公子既要奔丧，公子因何不归，却在他家安歇？”二家将曰：“公子苦苦要回，奈刘公子留住。”小姐对父母曰：“此刘奎璧痛恨射箭夺婚，害死兄弟报怨，好夺孟氏良缘。不然，那有自己奔丧，却留朋友外客在家住宿？”遂问二家将曰：“那花园未知何人掌管，起火之时有何人救否？”二家将曰：“那花园就是江哥哥执掌的，请酒亦是那姓江的，他年约十六七岁。火起之后，众家将立即扑救，随后汛防官军赶来扑灭。”小姐曰：“官军扑灭，可曾掘出尸骨否？”二家将曰：“连骨骸亦无踪迹。”小姐对父母曰：“惟生死恰是难料，想兄弟面貌举止亦非夭折之相，既无骸骨，或是逃走亦未可定。”又问二家将曰：“那姓江的怎样请酒？”二家将就把残席并六百文钱托人买酒陪饮，他自去花园安寝，及火起他即叫人救火等情言明。小姐对父曰：“只此就是破绽，那姓江的既无暇同饮，怎肯把六百文钱便托人买做畅汉？此乃刘奎璧使他调开随从，俟兄弟酣睡，方好放火，故把自己私钱给家人请我们的家将，他好放火烧。”皇甫敬曰：“女儿说得有理，我今即拿姓江的来敲打就是，然后再与刘奎璧算帐。”吩咐备轿，穿上公服，上了轿，出了帅门，直向南门进发。

再说刘奎璧待到天明，火已熄了，自思好好公子，无端被害，皇甫敬怎肯干休？又转念：我一片房屋烧去，还怕他甚么？只见把门慌忙报曰：“启上爵主，皇甫元帅亲临。”刘奎璧出到府前，只见执事分列两边，顷刻间轿到，刘奎璧赶到轿前，欠身打躬曰：“小侄不知老伯下临，有失迎接，望乞恕罪。”元帅出轿，答了半礼，曰：“有劳贤侄迎接。”刘奎璧见元帅面含怒意，即迎到后堂，让元帅坐在当中，自己坐在旁边，旁人献茶。元帅问曰：“昨夜如何失火，小儿现在何处？”刘奎璧拱身，就把初更后母子去顾府奔丧，令请少华郎在小春庭安歇，不知如何失火，及家将飞报，自己赶回，一片厅房已烧为平地，还有家将并汛防官兵如何救火等情言明，“不知令郎怎样失火，真令人不解，料必逃走在外。”元帅曰：“小儿若是逃出，因何此时尚未回来？且到小春庭观看，再作区处。”刘奎璧起身曰：“待小侄引路。”遂同进花园小春庭，只见瓦砾砖头堆满，烧得黑赤不一。元帅吩咐刘府家将速取锄头掘看，家将领命，登时取过四把锄头；元帅令军士细掘，看有骨骸否。军士取过锄头，掘开翻看，不一时周围掘遍，那有骨骸？元帅吩咐住手，即同奎璧回到后堂坐下。

此时刘府许多家将站在厅边，江进喜亦在内，听他说话，曹胜、吴祥早已认的，即向前指着江进喜对元帅曰："昨晚就是他出钱买酒请小的二人。"元帅即向前对江进喜招手曰："尔来，本帅有言问你。"江进喜自恃有恩，即向前跪下。元帅见其方直身大，细看他相貌乃是良善之辈，必是刘奎璧的差遣。便问曰："尔叫甚么姓名，后花园是你掌管么？"江进喜曰："小人叫作江进喜，后花园正是小的掌管的。"元帅曰："昨夜尔发六百钱，托人买酒请我的家将，尔却何处去了？"江进喜曰："小的因太郡母子不在家，我就在后花园安寝。"元帅曰："尔既在后花园安寝，必知我公子失火之故。"江进喜曰："小的到房熟睡，及闻响声，方知火起，却不知公子怎样失火。"皇甫元帅厉声曰："尔既无暇同饮，却把自己私钱托人买酒，请我家将，看来明是调虎离山计策，此火明是尔放的。"江进喜叩头道："相请家将，乃是相敬情义，小人怎敢放火？望元帅详察。"元帅回顾旗牌曰："与我带江进喜根究。"旗牌官向前，把江进喜扯过一边。刘奎璧恐江进喜受刑不过，招出真情，累着自己，忙上前拦住曰："江进喜平日良善，必无放火，老伯休要屈了好人，不须带回。"元帅面上变色曰："尔既要奔丧，何故把我儿留饮留宿，看来莫不是尔陷害我儿？"刘奎璧分辩曰："留饮留宿，朋友之常，岂料令公子失火，烧了我一片屋宇。今老伯拿我家仆，好无道理。江进喜决拿不得！"元帅越加疑心，答曰："尔便好意，我实疑心！"对旗牌曰："可把江进喜带回就是。"旗牌不由分说，推拥江进喜起身。江进喜假意大叫："爵主救我！"官军推拥而去。元帅向刘奎璧拱一拱手曰："请了！"就下庭上轿。刘奎璧怎敢违拗，眼巴巴看他起身而去。刘奎璧回房，心恐江进喜难受拷打，招认真情，不表。

皇甫敬带进喜回府，入后衙，夫人小姐前来迎问详细。元帅说出前后事情，小姐曰："既无骸骨，定是逃走，双亲不须过虑。"元帅曰："若是逃走，因何未回，教我怎不忧虑？待我审问江进喜，再作计议。”

元帅升坐后堂，令军士备下刑具，方传江进喜。江进喜上堂跪下，见两边军士带着夹棍脑箍各件严刑，寻思必是虚张声势，好瞒过刘奎璧，便不以为意。元帅唤上前问曰：“本帅看尔年轻，必无放火之事，定是我家仇人指使。尔可将主使之人说出，我们冤有头，债有主，方与尔无干涉；若不实说，休怪本帅变脸。”江进喜犹认作诈词，叩头曰：“果是自己失火，那有别人敢来放火。望元帅详察，休要冤屈小人！”元帅拍案大怒，喝曰：“我念尔年轻，不忍动刑，不料尔却如此狡猾！再不招认，即上夹棍！”江进喜暗恨元帅如此认真，做官如此无情，谅公子早已回衙，却又向我讨人，真是可恼。即举头曰：“请元帅屏退左右，小的有话告禀。”元帅即令众人远避，不许近前偷听。众皆退出。

江进喜回顾无人，走上前问曰：“敢问元帅，果是要讨公子，还是诈言？”元帅曰：“我儿无有踪迹，自然要讨人。”江进喜大惊曰：“如此说来，公子果未回府了？”元帅见江进喜言语有因，即问曰：“此间并无外人，可即实说，并无漏泄。”江进喜说出刘小姐梦示订亲，自己母子放走等情，“公子昨夜逃走，元帅又要讨人，小的不解。”元帅听了，且惊且喜曰：“若果如此，尔乃我儿救命恩人，本帅还当重谢。但小儿因何此时不归，不知何故？”江进喜沉吟曰：“公子必有别事耽搁，谅少停便回，元帅无须过虑。”元帅曰：“尔可在此饮酒，待吾儿回来自有商议。”江进喜谢曰：“小的若饮酒回去，刘公子便疑小人释回，不饮酒为妙。”言未毕，把门人报曰：“我家公子回来了。”元帅大喜。原来皇甫少华昨晚与清修长老下棋，至二更后，果见刘府火起，方信刘奎璧存心恶毒。直到天明，清修长老请吃了点心，方退辞回来。

当下进入后堂，江进喜向前跪下曰：“公子为何此时才回？”少华双手扶起曰：“义士乃是救命恩人，何须行此厚礼。尔可在此少待，还有话说。”即同元帅退入后衙。夫人母女已在屏风后听的明白，一家俱来问故。少华细说前情，只瞒过清修长老所说三年内家散人逃等情，恐父母忧虑，不敢说出。即对父母曰：“刘小姐订亲，切不可说出，一恐刘奎璧知风，谋害其妹；二恐孟小姐知道，妒忌怒恨。”元帅夫妻曰:“说得是,但江进喜如此慈善,理当厚谢。”即取两锭黄金,每锭五两,父子带出后堂,赏与江进喜,曰:“这十两黄金赏尔,日后若是乏用,可再来取。”江进喜推辞曰:“小人何敢受此重赏。”元帅曰:“尔救吾儿恩情,理当收纳。但刘府待尔若好便罢,若无好意,尔母子可到我这里安身,我还要另眼相待。”江进喜谢曰:“既承吩咐,小的领命了。”遂把金子藏在身边,曰:“小的九岁随母到刘府乳养小姐,至今太郡母子兄妹俱待我母子为心腹。今因我家爵主存心太毒,私纵公子回来,已为不义,怎忍到老爷府中,负刘府恩德?还求元帅、公子只说睡梦之间,神圣救出,抛在荒野,天明访询路径而归;切勿说出真情,连累刘小姐并我母子性命。”元帅、公子曰:“这个自然。”即令家将送江进喜出去。

元帅退入后衙,唤曹胜、吴祥责骂曰:“尔两人贪酒,几误公子性命,我这里用你不着。”曹胜、吴祥哀哀叩求收留。少华在旁,观之不忍,禀曰:“实是孩儿着他二人出去饮酒,非他等自专,乞爹爹收留。”元帅曰:“既是孩儿求情,姑宽勿罪;后若再不小心,即便斥逐。”二家将叩头谢罪。

且说刘燕玉、江三嫂自闻皇甫敬拿江进喜去后,密议少华不归,莫非别处被人所害;又恐刘奎璧将来知情,小姐性命不保。至早饭时,江三嫂见刘奎璧诈说:“小儿被皇甫元帅拿去,倘受刑不过,胡乱招认,岂不利害?”刘奎璧亦虑江进喜畏刑招认,累着自己,只得诈言曰:“莫说我的家人,就是狗犬,他亦不敢损伤,尽可放心。”

再说江进喜一路回来,心生一计,取蒜姜汁揩在眼内,装得两泪交流而进府内。江三嫂假作惊恐曰:“我儿悲伤,莫非受重刑么?”江进喜哭曰:“吓杀我也!把我锁住许久,升坐帅堂,两边如狼似虎,带着夹棍脑箍,正要动手,皇甫少华回家,方免受刑。”奎璧惊曰:“皇甫少华怎样回来?”江进喜曰:“他说睡梦间有一位金甲神人,将他抱出火中,抛在荒野,因不知路径,挨至天明,遇一相识旗牌,请他到家吃了点心,借他衣巾鞋袜,雇车回来。又说遍身被钉抓破,疼痛难当,皇甫元帅命他内堂将息。”刘奎璧忿恨少华不死,反烧了自己房屋。

未知做出何事,且看下回分解。

第九回　元城侯听子荐贤　皇甫敬忠君报国

却说刘奎璧对江进喜曰:“难为你受亏,且进内将息罢。”江进喜领命进内,密对母亲说明此事,江三嫂回到晓云阁报知刘小姐,俱各欢喜。

且说孟士元有一家人,名唤孟宁,在外边闻得皇甫少华在小春庭失火,不知生死,忙进内报知孟士元父子。孟嘉龄知必是刘奎璧谋害,忙入后衙,适遇孟丽君同母韩氏并苏映雪母女谈论家事,一闻此信,尽皆骇然。苏映雪曰:“此必是刘奎璧恨着争婚报怨。”韩氏曰:“贤婿若是有失,女儿终身如何?”孟小姐却满面泪痕,默然不语。苏映雪曰:“我看皇甫公子非夭折之相,大命无妨。”韩氏曰:“刘奎璧既下毒手,贤婿焉有性命?”孟士元曰:“不须着急,待我前往探问便知。”即穿上公服,上轿进城,来到帅府,投帖进内。元帅即开中门,请进上堂,分宾主坐下。茶毕,孟士元问曰:“闻得令郎不知何故到刘府过夜,又如何失火,今踪迹若何?”元帅即说明游湖留宿,奔丧失火,感有神人救出(只不说订亲放脱之事),方才回来等情,“劳烦亲翁屈驾降临,深感厚情。”孟士元曰:“姻缘情分,怎说劳烦?然放火一事,必刘奎璧所谋,今后切宜察防。”元帅道:“正是。”二人说些慰劳言语,士元方辞别回府,说明前情,满门雀跃。惟苏映雪更加欢喜,忙上阁入房来见小姐,说明备细,“果然不出吾所料。”孟小姐愁忿曰:“今怨已成,刘奎璧定必别生枝节,从此以后多事矣。”苏映雪曰:“皇甫少华既知歹意,定即绝交,谅亦无事。”孟小姐曰:“刘家目今势焰熏天,定不干休,姐姐久后方知,但惟听天而已。”

且说皇甫敬是晚与满门议曰:“孩儿虽幸无事,但刘奎璧如此凶恶,来早当上表进奏皇上雪恨。”公子劝曰:“孩儿从今以后与他绝交,就可无事。若要上表奏主,反累江进喜等,又与刘捷结怨不便。”夫人曰:“冤可解不可结,不必进奏罢!”皇甫敬曰:“如此却是便宜了刘奎璧畜生。”自此绝了进奏念头。

再说刘奎璧是晚寻思：皇甫少华不死，枉烧自己房屋，那有神人救他逃走，谅江进喜做事不密，府中人漏风逃走，亦未可定。又转念：皇甫敬已知是我谋害，必定恨我入骨，倘上表奏我谋害伊子性命，我父不知头脑，却难理会，倒是利害。今当寄书与父亲知道，方好提防，并求父亲作主。寻思先害皇甫敬，好夺孟氏姻事，父亲最溺爱我，必为我作主，何愁姻事不就？遂起来写了家书，次早唤家人俞二吩咐曰：“赏尔纹银三十两，可将此信星夜送进京，去见老大人，就把书信呈上。老大人若问，可如此回答，我自有赏。”俞二领了家书，收拾包裹，选了一匹快马起程。一路赶紧，犹如流星赶月，非止一月，赶进京城，直至刘侯府前下马，将马系在一边，即来与把门人见礼坐下，说明备细，把门人进去通知。

按元世祖自庚申年登基，至上年甲午年驾崩，在位三十五年。群臣立皇孙铁木耳，是为成宗皇帝，改元元贞，刘燕珠为正宫皇后，加封刘捷为国丈，每年加俸米三千斛。时帝二十岁登基，年虽幼，聪明仁慈，敬重老臣，闻有鳏寡孤独，即予赈济。此时乃元贞元年，是日，刘捷同妾闲谈，其中一妾名吴淑娘，乃一门生在杨柳胡同一千两买来，赠与刘捷为妾。吴淑娘非但容颜秀媚，且又精通律例，写算料事多中，刘捷甚是溺爱。已生下一子，取名刘贵，尚未周岁。刘捷正在抱幼子谈笑，只见女婢报曰：“启报老爷，云南家中太郡差人前来，有话面禀。”刘捷即将刘贵交与吴淑娘抱着，令叫进那家人。俞二入内叩见毕，国丈问曰：“家中众人可平安否？”俞二曰：“府中俱各平安。二爵主有书请老爷观看。”把书呈上，女婢接交。刘捷拆开看过，跳起身来大叫曰：“罢了罢了，我若不除皇甫敬、孟士元这两个狗官，亦不显我刘捷利害。”对俞二曰：“你可往厨房饱餐安歇。”俞二领命去了。

吴淑娘问曰：“不知书中有甚言语，如此发恼？”刘捷将书付与吴淑娘曰：“汝自己去看，便知细委。”众妾一齐看过，吴淑娘沉吟一会，笑对刘捷曰：“令郎此书，大半诡词，老爷不必恼。皇甫敬官职怎及得老爷侯爵，满朝富贵尽出刘门，且又百官权势怎及得老爷。孟士元又是尚书，岂不晓得高低？且令郎才貌双全，若果二人俱中三箭，孟氏怎会许配皇甫少华？必是令郎三箭有误，皇甫少华三箭不误，令郎贪孟氏容貌，故寄此书，意欲老爷代他出气。若说我家失火、皇甫敬捉人拷打之事，一发可笑。莫说吾门侯府，便是小户人家，皇甫敬亦要看官体，岂有儿子平安无事，反诬人烧死、捉人拷打之理呢？此言真不近理，老爷休要被令郎瞒过。”刘捷点头曰：“此言有理，但皇甫敬既知吾儿意爱孟丽君，就不该再命他儿子比箭，使吾儿失脸，如此就是欺藐本爵。若不弄他家散人亡，吾儿脸面何存，不又笑我为父无能么？”吴淑娘曰：“此言极是，但不可泄漏，俟有机会，即便下手。孟士元日后结亲，先置度外。”刘捷曰：“此言正合吾意。”遂修回书与儿子云：“必要弄的皇甫敬灭亡，代儿子出气。”按刘捷为人好高斗气，人若拜他为座主，凡有事他就竭力袒护，务要取胜方愿，故文武官多有拜他为座主。他只贪名取胜，却不比奸臣贪钱。当下存心要谋害皇甫敬，代儿出气，亦是其性使然。

过了数天，忽一日，成宗驾临早朝，刘捷亦在班中，只见午门官奏曰：“启上万岁爷，今有山东巡抚彭如泽、登州镇总兵殷耀先送来告急表章，因北番国元帅邬必凯英雄无比，领番兵三万，来寇登州；彭如泽召取山东名将精兵御敌，奈邬必凯英雄难当，又有军师神武道人邪术利害，官军俱被所败，请旨定夺。”成宗大惊曰：“朕上年着山东巡抚赶造战船，又调遣全省精兵猛将迎敌，不意反被杀败。”就着值日翰林将告急表章朗诵了一遍，内中十分危急，即宣带表官进朝问曰：“番将有何本领，如此利害？”差官奏曰：“番国元帅邬必凯，年约三旬余，生得身高九尺，力大无穷，惯用两柄银锤，骑着一匹浑红马；又有军师神武道人，身高亦有九尺，手执二剑，上阵念动咒语，呼风唤雨，又能化火烧人，许多邪术。我军连败五阵，现在紧急。”帝曰：“似此如之奈何？”

且说刘捷先闻此言，暗想何不荐皇甫敬为将，谅邪术必然厉害，不怕他不败，那时便好害他家眷。主意已定，随出班奏曰：“陛下初登大宝，人心未定，若不差名将领兵抵敌，杀他片甲无存，恐四夷必定效尤。”成宗曰：“朕亦有此心，但谁堪重任？”刘捷曰：“臣保荐一位大臣为帅，此人是擎天主柱，架海金梁，不日即可奏凯。”帝曰：“不知国丈所保荐何人，如此能干？”刘捷曰：“就是云南总督大元帅皇甫敬，年正勇壮，老成练达，可令他带领精兵二万，赶赴山东征剿，可保成功。”成宗大喜曰：“皇甫敬是能将，此去自可必胜，朕加封皇甫敬为征番大元帅，火速带领云南精兵二万，先斩后奏，便宜行事。”就差官一员，带诏一道，并元帅印一颗，先锋印一颗，任其自召选先锋，其云南元帅令交差官缴旨。再降旨着山东巡抚彭如泽速备伺候，毋得迟延，差官起身出朝，因军情大事，连夜而去。

且说刘捷回府写书，嘱托山东巡抚，称皇甫敬乃他大仇人，此去征战，若有甚事，可即冒奏，务要谋害，为他雪恨；倘有甚事，他自抵挡，决不有误。就差心腹家将飞马往山东而去。

再说差官带诏并元帅先锋印二颗，即赶到云南地界，汛防官忙驰报到帅府，皇甫敬不知诏到何事，即令人知会文武官，伺候接诏。过了数日诏到，皇甫敬同文武官跪在道旁迎接，钦差在马上欠身打拱曰：“老元戎请起，且到帅府开读。”皇甫敬同众官立一边，让钦差下马，来到帅府接官亭内，进内吃茶毕，然后上马起行。来到帅府坐下，摆过了香案，皇甫敬跪听，开读诏书已毕，钦差交了元帅、先锋二印，家将将诏书请入皇亭内供奉，方请差官进入后堂，见礼坐下。皇甫敬问曰：“朝中许多武将，为何差遣本帅远征？”钦差曰：“此乃老元戎禄位高升，刘国丈当殿保奏，朝廷故有此旨。”元帅微笑曰：“我亦知是刘国丈美情，但本帅已承重任，岂怕出征之理。”家将呈上筵席，就请钦差入席，细问番军虚实，钦差备说邬必凯猛勇、神武道人邪术等情，直饮到傍晚散席，送差官到馆驿安歇，方退入后衙坐下。夫人曰：“此乃刘捷为子作恶，如何是好？”元帅曰：“前日若晋言奏主，亦不致有此事。今悔已无及矣。”夫人曰：“今何不上表，奏他助子为恶，陷害大臣？”元帅曰：“吾今奉旨出征，若奏此事，反被朝廷说我贪生怕死，托词躲避，给加上不忠恶名。昔年鞑靼何等猖横，亦被我杀得叩首辕门，何愁此番国。”夫人曰：“元帅虽是能征惯战，但北番军师专用邪术，恐难取胜。”元帅曰：“邪不胜正，本帅仗天子之福，妖术必败，夫人不必过虑。”公子曰：“待孩儿同往，亦可助一臂之力。”小姐曰：“女儿粗知武艺，亦愿同往。”元帅曰：“征战之事，岂是儿戏？吾受国恩,理当冒险。吾儿未受国恩,岂可同往?尔母子姐弟,可收拾回乡,奋练弓马武艺,尽心奉母,以尽孝道,切勿贪求功名,恐刘捷再害。俟我回来,再作商议,贤妻当谨记。”夫人曰:“相公吩咐,应当领命,但一对儿女姻亲,当如何主张?”元帅曰:“我曾说过,女儿生有异征,大贵命格。我若把他择配,反误他终身,且听天命,自有良缘配就。孩儿媳妇俱皆年轻,尚可延缓。我此去征番,多则二年,少则一载,自然班师,那时完姻不迟。”夫人称是。一夜慌乱,到次日,发文差官往各属调取精兵,刻日齐到云南府进征。一面行文飞报与山东巡抚,星夜备办战船,配下水米,俟候大军一到,即便落船;又办粮饷,着本处布政粮道,速备粮饷应用;一面择定八月十二日兴军,八月初八日搬家,从水路回乡里。即具下谢恩表,并云南元帅印程仪,送钦差回京缴旨。

把门人报入说,孟士元父子来拜。元帅大喜,令开中门请进,见礼坐下。茶毕,孟士元曰:“不意刘捷匹夫,助子为恶,果荐姻翁出征,未知尊意若何?”元帅曰:“虽是刘捷报怨,但食君之禄,忠君之事,我已择定八月十二日兴师,初八日搬家回乡,正要来见姻翁,今姻翁来得甚好。令爱小儿,俱皆年轻,姑待一二年后,班师回来,再行完亲。”孟士元曰:“王命在身,即我女亲事,当候班师再议,何须言及。但闻番军师专靠妖术,大为可虑。”元帅曰:“小弟孤忠为国,自有皇天庇佑耳。我主洪福齐天,妖法必败,设有不测,亦是为臣分内之事,此却不妨。”士元曰:“姻翁忠心贯日,吉人自有天相,可保成功。小弟与荆弟相议,特荐一员大将,以为姻翁部下,亦可少助军威。”元帅曰:“姻翁举荐不知是何人?”孟士元曰:“就是拙妻的嫡亲表弟,名叫卫焕,字振宗,乃是江南镇江府华亭县人氏,汗马出身,其人年方四十岁,武艺精通,为人忠厚,现在大理府做本省总兵。弟深知此人,可堪重用。”元帅喜曰:“弟亦素闻此人名,姻翁举荐,弟当重用。”

未知后事如何,下回分解。

第十回　汉元帅过海鏖兵　番军师隐身擒将

却说皇甫敬曰："多蒙举荐卫焕，定是英雄，本帅即行文召作先锋。"孟士元称是，匆匆辞别。

原来元帅平日亦闻卫焕营规整肃，必是将才，随行文差官，往大理府召取卫焕火速前来。差官起程。至次早兴兵，因番军攻打登州城紧急，各处精兵赶紧前来，元帅是日出校场操演，卫焕亦到。原来卫焕乃是英雄，亦欲建功立业，不怕生死；又见孟士元所荐，更要向前，即将总兵印务交副将掌管，随赶到云南府，面见元帅。皇甫敬立传进见。卫焕生的身高八尺有余，面白微须，浓眉朗目，有英雄气概。元帅即隆礼相待，命坐赐茶，叩问兵法。卫焕对答如流，满口忠烈，毫无畏忌，元帅大喜。卫焕说到得意处，即起身卸下公服，就在武器架上取过一把长枪，跳下庭中，使开枪法，如飞云闪电，果然好枪法，元帅连声喝采，坐下茶毕，赞曰："将军真是文武全才，孟公举荐可谓得人。"就留同饮。卫焕饮毕，元帅令其在馆驿安歇，次早同往操演。夫人母子见先锋十分欢喜。元帅拜表进京，奏知出军日期。

光阴似箭，不觉早是八月初七日。是晚，元帅备酒与夫人饯行，夫妻姊弟同席。元帅对夫人曰："夫人回乡，须要管理家务，孩儿日夜习文练武，不可在外放荡，更不可使其求取功名惹祸要紧。"夫人曰："此乃妾分内之事，但愿相公早奏凯歌。"皇甫敬曰："夫人若能曲尽妇道，本帅便可无忧，若本帅出征，毋庸过虑，不久即便班师。"夫人曰："只恐妖术难当。"但行兵之际最要吉利，不敢流泪，乃嘱曰："愿相公凡事斟酌，旗开得胜，免妾悬念。"元帅曰："交战之事，不劳费心。"饮至二更后，方才散席。因次早回乡，便不安寝，只说分别话语，直待天明，各人饱餐后，备下执事，元帅亲送夫人下船。合府官员俱送别落船，孟士元亦遣孟嘉龄来送。元帅亦嘱了夫人几句话，上岸发起三声大炮，扬帆而去。元帅谢了众官员回衙。

元帅各事齐备停当。到了八月十二日早晨,元帅下校场,升坐演武厅,当堂令卫焕上前,挂了先锋印,簪花挂红,赏了三杯美酒,传令就领五千精兵作前部,一路约束军士,不许骚扰百姓,管着闲事,否则取罪非轻。卫焕领令。元帅全副甲胄,祭了旗纛,放炮起行。元帅上了银鬃马,来到十里长亭,探子马报曰:“合府官员在前饯行。”元帅令人马少停,自己拍马上前称谢。三杯酒毕,说些离别话,辞别众官。送出长亭,元帅拱手上马,发炮起行。

且说卫焕号令森严,一路安堵如常,只见旌旗蔽日,戈戟冲空。八月廿一日,已到登州,山东巡抚彭如泽早已接见。即令众官回城,大军来到城下安营,自己进城,来到总兵衙门,早有守将总兵殷耀先迎接至后堂饮酒,殷总兵代巡抚作主人。酒席间,元帅细问番军虚实,殷耀先曰:“那元帅邬必凯,勇力非常,水性精熟,海上赴水浮沉,能受数日夜不失;军师神武道人,能兴波起浪,翻人舟只,又能化火烧人,还能隐身法、定身法,腾云驾雾,兼有许多宝贝伤人,利害难当。元帅会战,须要仔细方妙。十日前在此攻城,只因闻得元帅将到,故落舟而去。海中有一浮岛,名唤沙门岛,番邦粮饷辎重尽积其间,未知元帅欲下海水战,或俟其登陆交战?”元帅曰:“若俟登陆交战,蹂躏我子民,须落海为妙。”殷耀先曰:“下海不难,但妖道利害,恐进退不便。”元帅曰:“本帅仰仗天子洪福,妖术自然败露。”众官称羡曰:“元帅忠义,自然感动上天,何愁不胜。”饮至初更后散席,元帅回营。

次早即令三军拔寨,到海口配搭落船,不数日,全军俱皆落船,定于次日扬帆。巡抚率文武饯行,放起大炮,鸣金擂鼓,扬帆向海洋进发。一路风恬浪静,不数日近沙门岛,只见番船一片屯札,旌旗枪戟,布于船上。元帅传令离番营十余里屯住水寨,小心提防劫营。早有哨船报知番寨,来见邬必凯曰:“启上元帅,今有元朝元帅皇甫敬,闻得乃是武将出身,领兵二万,屯营离本寨十余里。请令定夺。”邬必凯大笑曰:“这匹夫若在旱地交战,胜败当未可定;他今落海,莫说交战,若遇风浪,他必在船上呕吐颠倒,管叫他片甲无存。”一面使人驰报军师知道。

到了次日,皇甫敬升帐,众将站立两旁。元帅令备战船,“本帅亲自出战。”闪出先锋卫焕，向前曰：“末将身为先锋，理当冲锋破敌，何劳元帅亲出？”元帅曰：“初阵最要吉利，恐将军不能取胜。”卫焕曰：“末将若果不胜，元帅再出不迟。”元帅曰：“小心前去。”卫焕领令，带了战船，前去讨战。番将报入曰：“元朝有将讨战。”邬必凯曰：“谁敢去立头功？”只见先锋苗成龙挺身上前曰：“末将愿立头功。”邬必凯曰：“小心去罢。”

苗成龙落船，领了本部战船，杀出海面；两面海船，俱各寄碇，一字儿排开，苗成龙坐船向前大喝曰：“来将通名。”卫焕曰：“俺乃大元天子驾下、皇甫元帅帐前前部先锋官卫焕。尔系何人，敢来讨死？”苗成龙曰：“吾乃邬元帅部下前部先锋苗成龙。尔们元番擅敢侵占中原，吾等特来争夺。你何不早降，以图富贵？”卫焕曰：“吾大元天子乃应天顺人，尔敢造反，须吃我一枪。”言讫，向苗成龙面门刺来。苗成龙举刀架开，回手一刀，向卫焕头上砍来。卫焕挺枪抵挡，两边擂鼓，呐喊助威。战到三十回，卫焕杀得苗成龙意欲逃走，怎奈枪尖只在前心两肋缠住，心中一慌，刀法散乱，被卫焕一枪刺死。卫焕纵身一跳过船，官军随后跳过船来，把番兵乱砍。卫焕下令曰：“番军降者免死。”番军俱皆跪降。卫焕收了番兵，方令收军，把只番船带回，进入水寨，拜见元帅，呈上番先锋首级。元帅记上功劳簿，一面犒劳出战军，备酒与先锋贺功。

且说番军回报邬必凯，邬必凯查点军士，失了苗成龙并战船一只，番军损了六百余人。邬必凯大怒，令：“准备战船，来日本帅亲战。”番军准备。到了次日，邬必凯亲自带领战船，放炮擂鼓，扬帆而来。元军报入，元帅皇甫敬方才升帐。探子报曰：“启上元帅，今有番元帅邬必凯率领大队战船讨战，请令定夺。”元帅令：“速备战船，待本帅亲征。”遂领大小将士，放炮扬帆，摆开阵势。不须臾，番船亦到，元帅立在船头，见邬必凯站在船头上，生得身高九尺有余，红面赤发，宛似火德星君，身穿金盔掩心甲，手执双银锤，船上一杆“帅”字旗。邬必凯亦看见对阵战船上立着皇甫敬，生得身高八尺有余，面如冠玉，手执方天画戟，一面大纛旗，横写“状元及第”，竖写“灭虏兵马大元帅”。皇甫元帅喝令将船冲上前，大喝曰：“来者莫非番元帅邬必凯么?”邬必凯曰:“然也,你可就是皇甫敬么?”皇甫敬曰:“正是。但尔番国乃是亡国之兵,比中原不及一郡,怎敢造反?今天兵降临,尚不卸甲归降,直待侵杀,悔之晚矣。”邬必凯笑曰:“今元番乃无名小邦,敢侵中原,本帅特来争夺天下。尔乃乌合之众,何不早降,以图富贵?”皇甫敬大怒曰:“番狗试我戟尖滋味。”说罢,一戟径向邬必凯心窝便刺。邬必凯把左手锤架开,挥起右手锤来打。皇甫敬把戟架开,大战起来。番将左天枢,将船冲出助阵,先锋卫焕向前迎敌,不上十合,被卫焕大喝一声,一枪刺中左天枢咽喉。此时元帅战住邬必凯,三十余合,邬必凯已是锤法散乱,被皇甫敬一戟,刺中邬必凯左肩,大叫一声:“好利害!”逃避落船。水手将船退走,皇甫敬令各追赶,乱箭齐射,番军死者不计其数。追赶一会,方才鸣金收军,回归水寨,记上各将功劳。元帅大喜曰:“看来番军易破,容易班师。”卫焕曰:“但恐番军师妖术难破。”元帅曰:“且看会战,再作商议。”即备酒相贺。

且说邬必凯回寨,敷上丸药,伤痕疼痛不已。只见探子报曰:“军师爷降临。”邬必凯大喜曰:“来得好。”出到船头,迎接过船,相逊坐下。邬必凯曰:“本帅正要往见军师,不意军师降临,真是有幸。”神武道人曰:“贫道闻得元帅失利,特来探问,未知元师有何才能?”邬必凯便将两日大败情形说明:“看来皇甫敬、卫焕英雄难当。”道人笑曰:“敌将如此凶恶,待贫道明日出阵,略施小术,擒捉皇甫敬、卫焕回来,其余自然不战自逃。”说罢,就在身上取出一个小葫芦,揭开葫芦盖,倾出一粒丹药,放在口内嚼碎,向邬必凯左肩伤痕抹过,登时平复如旧,疼痛全无。邬必凯大喜,拜谢军师恩情,即时令备酒席同饮。军师曰:“来日一阵,管教成功。”邬必凯曰:“全仗军师神通。”神武道人下令,来日准备大战船,各要奋勇向前。

元师报入大寨,皇甫敬知必是鏖战,亦准备交锋。黎明时候,号炮连天,邬必凯同神武军师带领战船讨战。皇甫敬闻报,亲领着大小将官,跟随出战。两边战船排开,只见对面另有一座大船,船头站住一高大道人,生得面如黑漆,头戴道巾,身披白绫鹤氅,手执两把宝剑,船头上一面大旗,上写的“神武军师”。军士认得是妖道,即报元帅曰:“船上那妖道就是神武道人。”皇甫敬传令曰:“各船须防妖术。”

且说神武道人在船头上,见对阵元帅、先锋各站在船头,道人即令将船驶上前,大叫曰:“皇甫敬何不早降?”皇甫敬大怒曰:“妖道恃仗妖术,侵犯天朝,今又抗拒天兵,本帅来取你首级回营。”道人笑曰:“匹夫,你死在眼前,尚犹逞强。”说罢,口中念动真言,将剑一指,喝声:“疾!”只见顷刻间狂风大作,波浪滔天,那风浪只在元军阵上发作,番船竟安稳如故。可怜官军船只,翻波逐浪,打得四散分开,上至皇甫敬,下及官军,立脚不住,有的跌倒船中呕吐,头眩目暗,叫苦连天。皇甫敬曰:“我两脚再立不住。”大叫:“天亡我也!”元帅正在慌乱,神武道人即用隐身法驾起云头,立在皇甫敬面前,奈皇甫敬乃凡胎俗眼,怎能看见?神武道人再用定身法,念动真言,将手向皇甫敬一指,可怜皇甫敬目定口呆,手足麻乱。神武道人拦腰抱起元帅,皇甫敬如醉如痴,任从妖道抱起,驾起云头。元军看不见妖道,却看见元帅驾云而上,谅必是妖道用法捉去,各各高声喊叫曰:“元帅被妖道捉去了。”各船惊喊起来。

妖道拿了皇甫敬,回自己船上放下,现了原身,喝令军士绑缚,囚在舱中,遂再用隐身法腾空来捉卫焕。

且说先锋卫焕站在船头上,被风浪播弄,船将颠覆,立脚不住,正在着急,闻得说元帅被擒,惊得魂不附体,魄散九霄。

欲知后事如何,且看下回分解。

第十一回 彭巡抚冒奏陷忠 尹御史通信保嗣

却说卫焕忽闻元帅被擒，惊得手足失措，喝令船驶上，来问委曲。船至近前，那知妖道隐在面前，用定身法定住卫焕，仍然不言不语，如醉如痴，被妖道拦腰抱回番营而去。官军呐喊："先锋亦被擒去了。"各船闻得元帅、先锋俱被擒去，三军无主，纷纷逃去。番军邬必凯见元帅、先锋俱已拿下，喝令番船用力追杀。可怜元军沉死的、被箭射死的，不计其数，二万军人，剩不得数千人，连船逃走。神武道人令鸣金收军，擂得胜鼓回归水寨。邬必凯拜谢曰："若非军师神通，焉能一战成功？连前日失陷军船，俱皆救回。"道人曰："同是为国出力，何必言谢！"邬必凯曰："方才元军无主，正好畅杀，何故鸣金？"道人曰："元帅、先锋俱已被擒，何必多杀？"邬必凯曰："军师说得有理。"即着军士把皇甫敬并卫焕押来。

且说皇甫敬、卫焕同禁在船舱内，及至苏醒，方知被擒。皇甫敬吼声如雷，谓卫焕曰："不意死的不明不白，但我身为元帅，反为妖术所擒，死固当然，只是误了国家大事，死不瞑目也！皇爷呀，微臣辜负天恩了！尹氏夫人呵，你好生命苦！原想相逢有日，谁知见面无期了。"卫焕劝曰："末将惟有一死而已，以报国恩，顾不得许多了。"帅将叹恨不已。不多时，番军下来，拥过大船，只见邬必凯坐在当中，道人旁坐，皇甫敬、卫焕怒目环睛，面外而立。邬必凯喝曰："皇甫敬，前日刺我一戟，此恨未消，今已被擒，复敢抗礼不跪，本帅岂无尺寸之刃处你性命？"皇甫敬、卫焕回头大骂曰："逆贼休要夸口，俺们非无能杀败，不幸被妖道邪术所擒，一死而已，何必多言！"邬必凯怒曰："两个匹夫乃吾砧上之肉，乃敢恶言伤人。"叱武士押往船头，一并斩讫。

刀斧手方将上前，番军师摇头喝住曰："且慢。"站起身向皇甫敬、卫焕劝曰："尔等徒死无益，莫若归顺我邦。贫道有此神通，早晚取了中原天下,同享富贵,何等美妙。”皇甫敬大骂曰:“吾等乃中原大臣,怎肯降你犬马之辈?我主不日大军齐临,定把尔等杀得死无遗类,方消我恨。”邬必凯大怒,指骂曰:“这两个狗官,气杀我也!”喝令武士作速斩讫报来。皇甫敬、卫焕回头喝曰:“逆贼,要杀便杀,何必怒为?大丈夫视死如归。”说罢,面不改容,大踏步向船头而去。

那神武道人向邬必凯曰:“国主常夸皇甫敬英勇无敌,今幸擒来,且又立心不屈,杀之深为可惜,不若押送王城,囚禁牢狱,使他受苦,自然归降。他们深知中原虚实,又有同僚好友为内应,何愁中原难得?”邬必凯曰:“军师说得极是,但二将不降奈何?”道人曰:“二将怎能受得苦楚,必定归降。”邬必凯称是,即传令将皇甫敬、卫焕加上镣锁,打上囚车;具下一道表章,奏称此二将才堪重用,可禁天牢,俟其回心,定取元朝天下。差一员偏将,带军士五百名,押往王城。偏将领了表章,把皇甫敬、卫焕同坐囚车,安放在船舱中,扬帆起身。

是夜,将帅在囚车内,耳闻海上风波,倍觉凄凉惊骇。皇甫敬寻思:若妻子闻报,不知如何悲伤?直至二更后,朦胧间见毫光万道,有一位娘娘唤皇甫敬曰:“吾乃巡海娘娘林氏是也,怜尔忠义,特来指点。尔命中该有三年灾殃,尔的子女自会兴兵前来救尔回朝,那时骨肉团圆,满门富贵。尔可竟到番邦,耐心等待三年。”皇甫敬正要向前细问,忽被更锣惊醒,乃是南柯一梦。皇甫敬连声称奇,卫焕曰:“原来元帅得此好梦,日后必有公子小姐前来救应。”元帅曰:“梦寐之事,难以全信,但为臣尽忠而已。”卫焕曰:“元帅说得有理。”将帅心如铁石,及后到王城,仍骂番王,被番王囚禁天牢。二将入内,只见并无床帐安身,又无其他器用,四壁尽是蛛网,日常饮食都缺。二将忍耐,不愧臣节,专俟中原大军来救。

且说是日番军大胜,云南兵逃走二万,元军只存一万三千余人,带伤者不计其数。败军驰舟逃走,来见巡抚部院彭如泽,细说元帅、先锋被妖道邪术擒捉,全军大败之事,求巡抚发文与军将,好回云南复上司。巡抚即备文,交与偏将带回云南。败兵回去,再下令将余船收回。自思水路交战,无人知晓,今即奏称皇甫敬、卫焕被神武道人邪术所擒,贪生怕死,投降番营,现为向导官,领军攻打登州府,十分危急；且我军初战，败帅归降，人心摇动，若不早发救兵，恐城池难保；为此具奏，皇甫敬等即是叛逆，连家眷亦当诛戮，国丈岂不欢喜？主意已定，遂具下表文，另修密书，回复刘捷，内称实系被擒无信，我今捏奏归降番邦，他为向导官，你可奏称诛戮家眷雪恨。将密书交付心腹家人，带付刘国丈，不可迟延。随后差一员千总官带表，连夜赶程，非止一日，早来到午门下马，对午门官说明来历。

午门官进殿启奏曰："山东巡抚彭如泽进表，奏称平虏大元帅皇甫敬、先锋卫焕征剿番国，不料被番军师神武道人所擒，贪生怕死，归降番国，充为向导，现在领兵攻打登州城，正甚危急，请旨定夺。"成宗面上失色，令内监取表，付与值日学士，将表朗诵一遍。内有几位忠良官员，心想皇甫敬是一位英雄，且又高官显爵，既已被擒不死，必定被禁，岂肯偷生，以累妻子？谅是水面难探，巡抚误闻错奏。但事关重大，谁敢多言？成宗听表大怒曰："皇甫敬受国大恩，竟敢归降番邦，充为向导，情实可恨。"此时，刘捷早接彭如泽密书，既知是冒奏，即假意出班俯伏请罪曰："臣荐皇甫敬为帅，有妄荐之罪，乞请陛下将臣交部议处定罪，使以后大臣不敢妄荐。再差刑部官带领校尉，分捉皇甫敬及先锋卫焕两家家眷，进京诛戮，以正叛逆之罪。"成宗曰："若依此例，人人畏累，谁敢再荐。但皇甫敬身为大臣，受国厚恩，一旦叛反，若不严办，何以儆戒乱臣？"着刑部官当即作速草诏一道，差官一员，领御林军五百名，速赴湖广荆州府江陵县捉皇甫敬至亲男女，解京处斩；那卫焕乃无名卑将，家属免罪。刑部官草诏呈上，帝用玺印上，差官起身。只见兵部官上殿奏曰："今山东登州危险，乞陛下差官前往御敌。"成宗令兵部会议，合朝有甚能将，堪此重任。兵部官奏曰："御前有振威大将军杨秉义，年虽五旬，精力强壮，兵韬精熟，可当此任。"成宗准奏，即宣杨秉义，加封防御大元帅，领兵一万，即日前往登州，或守或战，便宜行事。杨秉义带兵一万，出城赴登州而去。当下成宗退朝。

且说皇甫敬有妻尹氏，其胞兄尹上卿，乃二甲进士出身，官拜两台御史。是日，在朝见奏此事，惊得魂不附体；及其退朝，上轿回府，见夫人程氏并女儿兰台前来迎接。当下尹上卿卸下公服，夫人问曰：

“老爷何事如此慌张?”尹上卿即唤夫人女儿同上绣房,细将征番事体说明。夫人失色曰:“以此姑娘性命休矣,如何是好?”尹上卿曰:“家姊夫定是被擒受禁,谅无降番贻累妻子之理。必是山东巡抚查探不真误奏。但钦差一往,可怜家姊尽作刀下之鬼。”程氏大惊曰:“老爷保姑丈决无归降,有何不可?”尹上卿曰:“山东巡抚表章具奏,就是叛逆,怎好保奏。今只好修下密书,飞报家姊,预先逃走,此是上计。”夫人曰:“如此作速写书。”尹上卿慌忙写了书信,唤心腹家人尹贵前来,赏了路费,嘱曰:“尔可备一匹好马,将此书赶往湖广姑娘家中,对姑娘说明朝廷误信谗言,疑姑爷归降番军,差官带军擒捉家眷,进京处斩;叫姑娘即速打发公子逃走,倘再差延,钦差到日,玉石俱焚。尔可附近客店安歇,俟钦差到日,看他如何擒捉,打听明白,即速回报,免我忧虑。”尹贵领命退出,收拾包裹,备下快马,辞别本官,上马加鞭去了。

且说刑部官领了校尉军,晓行夜住,虽是赶紧,终不及尹贵星夜兼行的快速。尹贵连夜马不停蹄,迅如风火,不上几日,到了湖广荆州府江陵县帅府前下马,将马系在外边,来见把门人曰:“烦劳报知夫人,说是京中尹老爷有要事面禀。”把门人即请尹贵坐下待茶,一面入内通报。尹夫人吩咐令进,女婢传出,须臾间,尹贵入内叩头曰:“姑娘在上,小人叩头。”夫人心知有急事,即曰:“免礼,尔有何事,如此慌张?”尹贵立起身,要说出话,见左右有女婢数名,停住不言。夫人令女婢退去,对尹贵曰:“尔有何事,只管说来,毋致疏漏。”尹贵见四下无人,乃曰:“不好了!姑爷奉旨出征,不料被妖道用邪术捉了,元帅、先锋谅必被禁,谁知朝廷听信谗言,说姑爷归降番邦,充为向导,攻打登州城。圣上发恼,差官带校尉军前来擒捉家眷。我家老爷令小人特来报知姑娘,速遣公子逃走远方,以存后嗣,倘钦差一到,即难脱身。”说罢,就取出蜡书呈上,曰:“老爷恐路上泄漏,藏在蜡丸内,剖开便见。”皇甫少华取了小刀,轻轻剖开,母子姊弟看过,俱皆悲泣。皇甫少华收泪曰:“我想爹爹被擒,怎肯降番,累及满门?此必刘捷暗使山东巡抚冒奏,公报私仇,害我满门。”小姐曰:“定是如此,弄得我皇甫满门家败人亡。”尹贵曰:“家老爷亦是这等说,但小人临行，家老爷吩咐不可啼哭，倘一透风，就难逃走；又吩咐小人须歇客店，探听消息。夫人速备回书，交付小人带回，好住客店安歇。”小姐曰：“说得是。”就对公子曰：“贤弟速取白银五十两，并取火来。”夫人问曰：“女儿取火何用?”小姐曰：“来焚此书。”夫人曰：“少停焚化未迟，何必如此着急。”小姐曰：“此书留下，倘被钦差搜回奏主，即知是母舅透风，母舅性命就不能保，宁可随手焚化，免致后患。”夫人称是。公子就取了银子并火前来，小姐将书焚化，便唤尹贵曰：“欲修回书，便恐泄漏，不如勿修回书为妙。这五十两银子赏尔，尔可往客店暂住，俟我等有甚结局，方再回家。”尹贵接银称谢，出府往投客店住下。

这里夫人谓子女曰：“此事虽由刘捷陷害，亦是朝廷圣旨，我乃诰命夫人，该当同罪，俟钦差捉拿处死，尔等姊弟速收拾逃走为要。”

未知后事如何，且看下回分解。

第十二回　全忠义主仆逃生　尽节孝母女俟死

却说尹夫人叫子女快些收拾逃生，小姐曰："母亲既愿死节，女儿愿随进京同死全孝。"夫人曰："古云'女生外向'，女儿何必同死？"小姐曰："若是女儿婚亲已定，就是外人，不可同死；今女儿姻亲未定，又是一家至亲，正当同死尽孝，母亲不必多言。且女儿生死，无足重轻，只有贤弟即宜逃走要紧。"少华泣曰："姊姊乃是女流，尚欲同死，弟乃男子，岂不及姊姊？情愿与母亲一同解京死孝。"夫人闻言，倒皱蛾眉骂曰："尔父一身，惟尔这点骨血，尔若同死，岂不绝了皇甫家满门香烟？明是我失教示，畜生何不识忠孝道理？我宁可撞阶而死，免得外人说我不能训子。"说罢，即欲下庭阶撞死。小姐急抱住泣曰："母亲不须心急，兄弟自当醒悟。"公子向前跪下，泣曰："非是孩儿不孝忤逆，我若逃生，怎能忍母亲受刑？"小姐扶起少华曰："贤弟，你错了主意，此乃刘捷斩草除根之计，你若进京，便一同处斩，此乃自速其死；你若逃走，我等必禁天牢，俟候捉你到日，一同斩首。且爹爹必是被禁，日后番军定然加倍猖獗，朝廷紧急之际，必定挂榜招贤，那时你即改名换姓投军，平定番寇，谓之尽忠；救父回朝，救母出牢，谓之尽孝，忠孝两全，方为奇男子。若是同死，父母不能脱身，宗嗣绝了香烟，真是不孝，徒惹英雄耻笑。"夫人叹曰："畜生枉为男子，不及你姊女流见识，真豚犬耳！"公子曰："母亲既如此吩咐，孩儿领命。"夫人喜曰："如此方为大孝。"小姐曰："母亲须仔细一想，兄弟一走，那刘捷必奏请画图重挂赏格，天下会捉；若非至亲，必贪利把贤弟解官请赏，反送兄弟性命。"夫人曰："说的有理，本拟投奔孟士元处，必定隐藏，无如住他家，被刘奎璧知道，累及孟姻家门。除了此处，别无至契可投的。"小姐曰："若非对我等有生死不易之心，兄弟断不可往投。"

夫人想了一会，忽点头曰："还有一处可投，定无闪失。"小姐问曰:“未知何人何处?”夫人曰:“尔祖母有一嫡侄唤范佑,字仁庵,居住湖广武昌省城内,乃尔爹爹姨表兄弟,你们的表叔。十年前,因父母双亡,无力经营,进京投奔我家,住了年余。尔父见他写算皆精,诸事勤谨,遂代他娶了妻室,发一千两银子,备他出外经营。三年之间得了七百余两利息回家,即将原本银一千两还尔父。尔父念及亲谊,把原银助他为本,遂搬回籍。不上十年间,得了数万家资。此人深知恩义,闻得已成富户,生下五个儿子。我想孩儿可投伊家,范表叔家必念旧情,断无漏泄之理。”小姐曰:“此处极好,但贤弟从未出门,不知机关见识,须要差一心腹家人跟随方妥。”夫人曰:“老仆吕忠,乃是祖父的书童,作事谨慎,老成练达,可着他跟随孩儿,又认得范佑。”随即唤吕忠前来。吕忠到了,拜见问曰:“夫人有何使令?”夫人遂把尹上卿寄信事说明:“元帅被擒,奉旨捉家眷。欲使尔随公子逃走,图后来救父;尔虽年老,尚犹壮健,念尔在我家多年,犹如至亲之辈,勿嫌辛苦。若尔的家眷,我自打发别处安身,断无有失。未知尔意下如何?”吕忠闻言泣曰:“老爷受国厚恩,那肯归降番邦?此乃刘捷冒奏。老奴受老爷三世厚恩,犹如骨肉,赴汤蹈火,亦不畏惧。但夫人、小姐亦当逃走,若捉进京,定无好处。”夫人曰:“我乃命妇,情愿死节,小姐亦随我死孝,只有公子必当逃走,以存香烟。尔若起身,我自发放众奴婢逃走,尔的妻子,我另发银两与他养活,令他住在南庄边,尔只管放心起行。”吕忠泣曰:“夫人、小姐尚不惜命,小人妻子生死何足轻重?但不知公子往何处方妥?”夫人曰:“别处断不可往,只好投奔表叔范佑家中,尔道若何?”吕忠曰:“范相公受我家大恩,必定收留。夫人主意极是,公子可就此起身。”小姐曰:“有理。”夫人命小姐速去收拾包袱,好使兄弟起身,又令吕忠:“尔当收拾些行李。”吕忠领命,对妻子蒋氏并二子吕福、吕德密说备细。妻子流泪叮咛:“路上小心,家中不必忧虑。”吕忠收拾小包袱出来,小姐取过白银并四小袋来,对公子并吕忠曰:“此二小袋是珠宝,值银不止数千金;另黄金二袋,值银甚巨,尔二人各取一袋带在身上。另多取碎银十两,作路上费用,若乏用之时,再卖珠宝应用就是。”遂与公子各藏身边。

饱餐后，小姐催促兄弟起身。二人换了素衣，打扮行商模样，到点灯后，乘月色星光，小姐对兄弟并吕忠曰："此时正好起身，路上须要仔细。"吕忠妻子亦来送别，难分难舍。皇甫少华上前拜别母亲姊姊曰："孩儿此别，未知今生可能相会否？真是令人心肠断绝。钦差到日，母上帝都，路上风霜，万祈保重，眼前境界，切莫悲伤。"言讫，两泪交流。小姐慰曰："贤弟不到案，我等定收禁天牢，贤弟一路上放心，不必过虑。"夫人嘱曰："尔若到表叔家中，务须勤习武艺，待时救父，切不可放荡，自误终身。"母姊并吕忠妻子送到后园门，依依不舍，免不得各有许多叮嘱。少华只得拭泪，同吕忠起身，向前进发。吕忠之妻母子亦各退出。小姐对夫人曰："我们今已家散人逃，尚有许多人家借银债字，并有田业契券等物，倘被钦差搜了出来，必交府县追比，反累众欠户主人家。不若请各家借银的前来，当面把契券交还，借字亦一并还他，免累他人受苦。异日我们若得无事，他们若得发迹，或可以讨些银两，亦未可定。"夫人喜曰："女儿论得此事，阴德不浅。"母女是夜寝不安寐。

及早起来，即令家人分请各债户来。至下午，所有各债人俱到，夫人不说犯罪事情，只称俱是邻里之间，愿将各契券借字交还列位，各存良心，日后量力来还多少。众欠银人俱各感激拜别。小姐又对夫人曰："我家产业俱是先人建置，并非父亲私置，今当如何处置？"夫人曰："我今性命难保，田产屋宇，任从官府变卖充公罢。"小姐曰："若经府县变卖，日后我们若得出头，无处去讨，数万产业岂不可惜？女儿有一计，未知母亲意下如何？"夫人曰："女儿何计，只管说来。"小姐曰："趁今差官未到，先唤玄女庵住持僧恭修前来明议，将各产业倒填从前布施与为香资。我们若无出头，永为僧业，倘有出头，只讨原业，租税任从其收用，僧人定必乐从。地方官即是知风，见已舍入庵内，谁肯作恶与神圣结冤？无人说破，钦差怎能知道？异日若得出头，还有可讨。"夫人曰："女儿高见极妙，为娘万不及尔。今当速唤恭修前来说明，好使其收租。"遂着家人往请恭修。不须臾，恭修已到，拜见夫人，只留三家人随侍，其余俱命退出。夫人细说家门被祸，欲将产业舍为香资，日后皇甫家若得无事，只讨原业等情。恭修闻言,喜从天降。夫人即令家人把田产房屋录一总单,立一布施契券,倒填上年舍为香资。恭修回唤徒弟、徒子、徒孙同立一收管字,皇甫家无事,情愿纳还原业,将字交夫人收执为凭。夫人亦将各家契券付交恭修掌管,立叫家将同僧人往各佃户,对各佃户说明收租等情。小姐再收拾金银,作路费进京。

次日,夫人、小姐叫齐众家人女婢仆妇曰:"尔等速速收拾细软物件,各投生路。"众奴婢含泪拜别。只有小姐两个爱婢,名唤锦筝、瑶琴,年过十二三岁,垂泪曰:"小姐,我等情愿伏侍小姐、夫人,生死同在一处。"夫人曰:"尔等仗义同去亦好。"当下众家人女婢忙忙收拾,宛如抢火一般,纷纷逃走。夫人见了伤感曰:"好好一个人家,弄得鸡飞狗走,真是可叹!"不上半日,众家人走得罄空,只存得吕忠妻子,小姐取三百两银子,付他出逃躲避,俟安静后,到南庄边小屋居住,谅无人知道我家产业。各自去讫,家中只存母女并二婢而已,日日候拿。

又过八九天,这一日巳牌时候,差官先到,已知会了上司。差官会了总兵官并道台府县,带军齐到,把府第团团围住,各官下马齐进。上了大堂,公人大叫:"请公子出来接诏。"停了一会,方见夫人带小婢出来。对众官曰:"小儿于数日前,已往山东探访拙夫,不在家了。"即令二婢速排香案。不一刻香案已备,夫人向前伏地。开读诏书毕,即喝令校尉把夫人上了刑具,随即入内,拿了小姐,亦上刑具。前后寻过,并无人影,钦差问夫人曰:"此必是知风逃遁,因甚只有四个女流?"尹氏不悦曰:"我们若是知风,何故在此受擒?况拙夫怎肯降番;此乃奸臣冒奏陷害,妾母女情愿受死,何必多言!"钦差同总兵商议,立差二名千总,各带一军马捉拿皇甫少华,二千总立即起身;又令画工图画皇甫少华形状,榜文行移各处,严拿皇甫少华。一面将府中器物收没入官,然后封锁门户,把夫人母女解入城来,寄禁县牢,着锦筝、瑶琴伏侍。地方官送差官入馆驿安歇。过了两日,二名千总回禀,分大小路追了四百里,不见皇甫少华踪迹,方才回来。差官方把尹氏母女禁入囚车,押解起程,一路地方官拨兵押送。

且说皇甫少华同吕忠出了江陵,急忙赶路,晓行夜宿,冒雪冲风,一路叔侄相称，虽然辛苦，尚属平安。只一日行到一个乡村去处，日方过午，又遇天阴下雪，朔风刮面，行到黄昏，并无客店。只得向前进发，风雪扑面而来，寒侵入骨。皇甫少华一时有感，口占一绝句曰：

迢递行车去路遥，断肠时节又今朝。江陵旧宅无人扫，雪到春回始得消。

吟罢，不觉凄然泪下，吕忠曰："饥饿犹可，寒冷难当，小的手足麻木，寸步难行。前面却有灯光，必是乡村，可向前借宿，来早起行。"少华曰："我岂不知汝苦楚，就在前面借宿。"遂赶到前面，入村见七八十人家，却都是门户紧闭，只有一座大庄院张灯结彩，门前有一对大灯笼，一边写着兵部会试，一边写着熊府。原来这家姓熊，名浩，字友鹤，岳州府平江县人氏，家有千顷良田，两个当铺。熊浩父母亡过，生得身高八尺余，面如满月，眼若寒星，二十岁中过武举人，会试两次不第，时年二十一岁。

未知后事如何，且看下回分解。

第十三回 念忠良义结芝兰 全名节假求配偶

却说熊浩弓马熟练,惯用双枪,力大无穷,却又饱学,为人仗义疏财,恤孤怜贫。娶妻徐氏,容貌平常,为人贤淑,夫妻相敬如宾,时年二十岁,未生男女。是日,乃徐氏生辰,亲人女眷前来相贺,方要回去,不一时火把执起,各眷起身,门首安静。吕忠见一庄丁欲闭门,主仆向前,少华拱手曰:“小人叔侄贪赶路程,错过客店,特到宝庄借宿。”庄丁曰:“尔等既是出外之人,因何无铺盖?焉知好歹,不借不借。”皇甫少华曰:“只因要赶路,嫌其过于耽搁,故不带为便。来日饭钱房金,自当奉送。”庄丁曰:“我们昨夜至今未睡,无暇留客。”少华恳求曰:“别家门户俱闭,难以借宿。家叔年老,难受饥寒,只求方便,饭钱房金加倍奉送,决不有亏。”那庄丁怒曰:“我又不开客店,尔既有房金,何不到别处安歇?”正在喧闹,忽听得内里有人骂曰:“尔这厮又与那个对口?”那庄丁曰:“告禀员外,这两个人不知从哪里来,焉知好人歹人,因此辞不借宿,他只歪缠不去,故此争闹。”言未毕,内面熊浩早已步出。皇甫少华见其头戴软翅唐巾,身穿蓝绫线袍,脚踏一双红鞋,白绫缎袜,知是好汉,即上前作揖曰:“只因家叔年老,难受饥寒,人家俱皆紧闭,故此罗嗦,惊动员外,大为不该。”熊浩见那少华容貌,心中明白,乃答礼曰:“村汉无知,休怪。请进内安歇。”少华主仆称谢,同入庄来。

熊浩请他二人来到一处幽静书轩,问曰:“足下何方人氏,尊姓大名?”少华曰:“小人吕陵,叔父吕忠,乃是湖广荆州府江陵县人氏,今因寻亲,路过贵地;若非员外收留,今晚流离失所。”熊浩曰:“敢问足下,既在江陵县,可知皇甫敬元帅如何降番,公子如今何往?”皇甫少华骇然,停了一会,答曰:“他乃是官家,我与他素无往来,不知详细。”熊浩见他口虽答应,意颇悲伤。心中早已明白,即令家人速去备酒前来。家人领命,进内厨房去了。熊浩见四下无人,对皇甫少华曰:“敝地唤俊彦村,乃湖广岳州平江县管辖。弟名熊浩,字友鹤,忝中武举人,前科进京会试,不第回来,承祖遗薄业,故立心济弱扶危。窃慕皇甫元帅年少高第,屡次平番,立下奇功,真人中之龙。近见钦差图画皇甫公子形状,着天下擒捉。想皇甫元帅乃大英雄,又居显职,既被妖道所擒,必是被禁,决不至于降番,定是地方官水面打探不实冒奏,真为可惜。但愿皇甫公子逃到此间,弟与他异日一同征番,救回元帅,为忠良吐气。足下亦是英雄气概,必有同心。”少华闻言,伤起心来,潸然泪下。熊浩曰:“弟适见足下龙眉秀目,与图形相似。今又见下泪,莫非就是皇甫公子否?不妨实说,何须隐讳?弟有意相救。”皇甫少华两泪交流,倒身下拜曰:“小弟正是皇甫少华,多蒙垂念,敢不实说。”熊浩大喜曰:“幸遇公子,真是天从人愿,大为有幸!”连忙还礼,两人对拜起来。少华分宾主坐下,吕忠立在旁边。茶罢,家人把筵席送上来,熊浩叫再备酒饭,令吕忠在旁边自饮。熊浩与少华饮酒,筵席甚是丰盛。熊浩问曰:“令尊何故如此被害?”公子就把射袍夺婚,刘捷举荐征番等情言明,“谅必刘捷换表启奏,故欲投奔亲人避难,异日平定番寇,好改名换姓,救父回朝,以尽忠孝。”熊浩曰:“刘捷助子为恶,真是可恨。”二人谈起武艺兵法,方知少华亦是文武全才,熊浩大喜曰:“公子有此真才,不愧将门之种。”二人话说投机。少华曰:“弟今负罪,来早便起身,倘在此延缓,被官府知道,累兄不浅。”熊浩曰:“目今官府查访甚严,倘有不测,如何是好?况兄龙眉易认,一到路上,必被擒捉。且喜弟住家离城遥远,舍下深密,只可在此安身。”少华曰:“多承美意,恐有泄漏,累及兄长满门。况方才借宿,今若此地安身,家人岂不议论?”熊浩曰:“这个容易,来早当如此如此,便可瞒过家人。”皇甫少华饱飧已毕,熊浩令家童掌灯,引皇甫少华主仆两人入书房安寝。吕忠密对公子曰:“公子奔走道路,实是不便,我看熊浩相公是个正人,且如此美意相留,可在此安身为妙。”少华曰:“我亦要在此居住。”主仆安歇。

次早起来,家人送上汤水,梳洗毕,熊浩即请到花厅同吃点心。家人送上酒席,熊浩与少华畅饮。二人谈论文武,方知熊浩亦是文武全才,情意相投。熊浩对公子曰:“恨某命乖,并无兄弟姊妹,意欲与兄结为兄弟，异日富贵同享，患难同受，未知尊意如何？”少华曰：“弟系天涯浪子，兄乃富贵双全，若蒙结拜，感激不尽。”熊浩大喜，着家人备下香案，立下千斤重誓。熊浩年二十一岁为兄，少华年十五岁为弟，即请出徐氏，上堂相会。自此合庄人等称为吕相公。那熊浩见吕忠诚实，询知其算写皆精，熊浩亦以家事交吕忠料理。少华一心只念夫人、小姐被擒进京，性命不保。熊浩遂遣家人往山东登州府管下打探番兵并皇甫元帅消息，不表。

且说刑部官押尹氏母女进京，路过山东青州府管下，有一座吹台山，只见山路崎岖，苍松怪石，十分奇险。原来山上有一位头目，名唤单洪，这一早率了一百名喽罗下山，伏在深林中，自己骑一匹马，赶上前打探客商，好待劫取财物。方才赶上六七里路，遇着刑部官押送尹夫人母女前来，单洪勒马在路旁观看，只见两轮囚车，囚着两个妇人，不但那青年的美貌，就是那老年的，约莫四十余岁，却亦丰姿端丽，容貌可爱。单洪不觉动火，忙忙拍马回来，加鞭赶向林中，下马吩咐喽罗曰：“适才见一队官军，解送两个妇人，容貌美丽，面貌仿佛，看来必是母女。莫说那少年女子绝色，就是那中年女人，却亦令我动火。稍停若到，尔等可竭力杀死解官，其余官军不战自散，把两个妇女劫上山中，使我受用，俺自备酒请尔等。”内中有几个喽罗笑曰：“新大王数日前有令，虏捉妇女者处斩，奸淫妇女者剥皮。你倒不怕剥皮吗？”单洪曰：“吾主意已定了，大王少年独宿，岂不寂寞？那少年女子正好匹配，就送与大王为压寨夫人；那中年妇人俺就取来为妻，大王自然欢喜，连尔等亦有功劳。”众喽罗大喜，愿效死力，打点大战。不多时，官军已到，众喽罗一片锣声，拦住去路。单洪挺枪纵马，向前大叫曰：“来者官军，快送上三千两买路钱前来，饶尔性命；若是迟延，管叫尔死在眼前。”校尉军见盗贼敢劫官军，定是利害，即忙停住，报入队内，来见解官曰：“前面有盗贼阻路，索讨买路钱，十分无礼，请令定夺。”刑部官自恃许多官军，大怒曰：“无知草寇，敢来讨死！”喝令校尉军把囚车推在林中看守，自己执了双剑，带护送官军上前骂曰：“狗强盗，劫人亦须打探。我等乃奉旨解送钦犯家眷进京治罪，那有财帛与你作买路钱？快快让开大路，我好起程，休得妄想。”单洪曰：“既是解犯，无有财帛，可将钦犯留下与我为质，尔速进京，问天子取银来赎钦犯回去未迟。”刑部官大骂曰：“狗强盗，少猖狂，欺侮本钦差，看剑罢！”右手举起宝剑砍来。单洪把枪架开，骂曰：“狗官，明是讨死！”回手一枪刺来。刑部官乃是文官，如何敌得单洪，不上七八回合，被单洪一枪刺中前心，死于马下。喽罗一拥，杀向前来。护送军士见军官已死，谁肯向前拼命？被喽罗杀上，校尉军只得向前交战，不上数个回合，被单洪奋勇杀死十余名校尉军，其余逃走，囚车铺盖，尽行弃下。单洪追了一番，方才回马，令喽罗把囚车并二婢、铺盖，一齐推送上山去；又令把杀死尸首埋葬，又得许多军器。

单洪催马上山，令打开囚车镣铐。夫人、小姐喝曰：“此乃朝廷刑具，谁敢妄动？”单洪笑曰：“尔等好不识时务，好意杀死官军，救尔性命，还不知道我恩德。”夫人即曰：“尔杀死朝廷命官、官军，朝廷岂不见疑于我？如今黑白难分，我母女愿往见官府，请解进京受死，断不在此，以受叛逆臭名。”有几个喽罗，不容分说，早将镣铐打开。单洪来到聚义厅禀曰：“小将方才见解官领了四百余名官军，解两个妇女，乃是母女，被小将杀了军官，并十余名军士，劫了两个妇女上山，特来禀明。”那大王摇头曰：“尔好多事，解官乃朝廷命官，不该杀死，况劫夺妇女何益？”单洪曰：“那两个妇女极有姿色，那少年的送与大王为压寨夫人，那中年的赏与小的为妻，却不是救了两条性命？尔我又各有妻子，岂不两便？”大王笑曰：“尔娶他母亲，我娶他女儿，算来你是我的岳父，我是你的半子，你岂不讨我的便宜？”单洪曰：“小的只要有妻子，便已过望，焉敢妄称甚翁婿？”大王曰：“如此可将妇女带来，待我审问，自有处置。”喽兵押了母女上堂，二婢战战兢兢在地跪伏，夫人、小姐头亦不举，远远的面向外而立。大王问曰：“汝这两个妇女，见我为何不拜？”夫人曰：“若见现任的捕巡抚司，我应当拜见；若见大王，断无拜见之理。”大王笑曰：“难道我倒不及一典司么？”夫人曰：“典司虽卑，却是命官；大王虽强，终是绿林，岂有拜见之理？”大王曰：“此言极是，尔丈夫官居何职？姓甚名谁？犯的何罪？可即说来，我自有道理。”夫人即将丈夫姓名事由，征番被害，起解事情说明，只求大王放到有司官请罪，并解上京，受死无恨。大王喜曰："尊夫原来就是皇甫元帅！我闻得他征剿北番，血战三年，立下汗马奇功，今必被番兵拘禁，岂有降番之理？此必奸臣冒奏。但夫人尽节犹可，令爱乃是女流，将嫁外姓，受累不该。"夫人曰："我女未嫁，尚是一家人，故愿死孝。"大王曰："难得令爱贤孝，但我已杀了解官，奸臣必奏是尔亲友劫杀。尔等进京，黑白难分，枉死无益。俺非绿林出身，俺姓韦名勇达，自幼好习武艺，在家守田园。家父在京，官拜御史，因奸臣谗言，被遣往西番，催贡不归，未知存亡。我故欲往探父亲消息，路过吹台山，老仆尤慎先行，被此山贼首韩虎杀死，劫了行李。我后到了，见老仆尸首，一时发怒，杀死韩虎。喽罗见我英勇，又因无了头领，求我上山为头领。我想在此招集人马，请旨愿往征西番，救父回朝，以全忠孝，故暂为栖身，候时举义，非欲久居绿林。俺年十七，少未受室，小姐尚未受聘，或是天缘凑合，愿求小姐成就此婚，夫人一起住此安身。候我人马集齐，那时受朝廷招安，往登州痛剿番寇，救回尊夫，以立功名，望夫人休要推托。"夫人、小姐起初推托，不曾看大王，今闻此言，举头一看，见这大王生的桃花娇面，柳叶长眉，眼映秋波，鼻悬玉胆，身材微瘦，皮肤犹如瑞雪，洁白细腻，如白璧无瑕。尹夫人吃了一惊，暗想此子容貌，若作女流，与吾女容貌不相上下，难分彼此，分明是官家子弟。

未知夫人意下如何，肯将就此婚否？且看下回分解。

第十四回　韦勇达拜认母子　熊友鹤寻访仙师

却说尹氏自思:这大王如此美丽端厚,乃大贵之相,我女匹配,可谓得人。小姐见母沉吟,恐有许亲之意,乃扯母亲到旁边低声曰:"父在番邦,尚无信息;弟逃异地,无有定所,这时怎可提'婚姻'二字,我看寨主也是个豪杰,必不会逼我母女依从。"尹氏曰:"我看此人必是官家子弟,有此才貌,后必大贵;且又年纪相似,正当配亲,又好招军,日后请旨征剿番寇,救父回朝,亦是好处。"皇甫长华着急曰:"母亲怎不知女儿心肠,女儿宁死决不嫁与响马!"大王见小姐面有不悦之意,乃微笑对小姐曰:"俺爱小姐姿容,确令人难舍,但我亦是官家子弟,容貌亦不丑陋,匹配小姐,也不甚玷辱,小姐何必推辞?"长华曰:"若是家母主意,就是肩挑背负,奴亦不嫌。尔虽官家子弟,奈落于绿林之中,名声不美,且家方遭难,父弟存亡不知,岂可背亲论及婚姻大事,倘大王相逼,奴家愿死,断不受辱。"大王曰:"我不过暂屈此山,待人马壮足,便要受朝廷招安。小姐休要错认我为强徒。"遂对尹氏曰:"烦夫人同小姐到后堂请坐,少停再作商议。"即令二名老成的头目引夫人等到后寨,备好香茶伺候,不许怠慢。大王着喽罗速备花烛,宰羊杀猪,犒赏合山喽罗,尽饮一醉。喽罗大喜,合山百余人忙乱,花烛伺候,杀牛宰羊。

尹氏母女同进后寨坐下,头目送上香茶相请。小姐执意不嫁,夫人劝其顺从,后有好处。正言间,大王已走进来,尹氏母女俱站起身来,各立一边。大王暗向那两个头目丢一个眼色,把手向前一挥,两头目会意,即便起身退出,将门掩上而去。大王笑嘻嘻的向小姐深深作了一揖曰:"多蒙岳母不弃,我与小姐结亲,正是郎才女貌,共效于飞,美妙无穷。"羞得小姐满面通红,低头不语,见大王如此,只道是少年慕色,自己不好意思,遂退下两步,向外而立。韦勇达见桌上有茶,即取一大杯,用袖口拭净,满满斟了一杯茶,伸出一双洁白玉手握着，笑嘻嘻的向小姐曰："我无物可敬，小姐领着这一杯茶，方见小姐有情。"小姐哪里肯接茶杯，步步倒退旁边。韦勇达满面堆笑只是要敬，只管挨上前来。小姐已退到壁边，无处退步，恼羞变怒，伸出双手，做个架势曰："奴家心如铁石，难以动摇。尔若再上来，不是尔死，便是我亡！"说罢，蛾眉直竖，杏眼圆睁，已是变怒。韦勇达忙退回，把茶杯放在桌上，向小姐低声曰："小姐不须惊慌，奴家亦是女流，与你说笑，何必认真。"那时夫人见小姐变脸，恐怕相斗，正待向前劝阻，忽闻此言，倒吃了一惊，向前问曰："尔明明是男子，怎说是女流?"韦勇达即退出关门，方进内，正坐在交椅上，把左足的靴脱下，又脱下绫袜，内面俱是白绫，扯下约有丈余，方露出一只红绫绣金线三寸余平底女靴，正是金莲，细小可爱。尹氏母女见了，惊喜不止，忙问曰："你是谁家女子? 敢在绿林安身，真是好胆量。"韦勇达穿好靴袜，方请夫人上坐，自己与小姐见礼，两旁坐下，曰："奴乃令尊的帐前先锋卫焕之女，名唤卫勇娥，并无兄弟姊妹，家父遂叫我习武。后因后母不贤，与我不睦，家父系一武榜举人，欲出仕外方，将我寄养叔父卫振祖家中。近因家君与尊父元帅被妖道邪术所擒，朝廷发恼，捉拿元帅家属，因有家父同年在京，密报我家眷逃走。家叔懦弱，恐要捉家眷累其满门，不敢相留。奴想家父定无降番，不是地方官妄奏，就是奸臣陷害，特打扮男装，欲往登州一探父亲信息。老仆尤慎，负行李先到此，被贼首韩虎杀死。奴见尸骸，一时大怒，力战韩虎二十余合，杀死韩虎。喽罗因山上无主，又见我英勇，恳求我为山寨之主，奴因此住在此安身，恐防喽罗生事，特女扮男装，一点风儿不透，在这里称孤道寡，礼贤下士，部前头目也都敬服，正在招募人马。日后番奴必更加凶恶，朝廷无计可施，那时我人马齐足，奏明愿领兵征番赎罪，救回父亲，以全忠孝。奴本姓卫，故弃'行'字，只称姓韦，娥字于女流相近，故改名勇达。奴与夫人、小姐正是同病相怜，今可同奴在此安身，待时而动，好去征番。"尹氏惊喜欲狂，连声称赞曰："不料小姐有此胆量，孤身女子，敢在虎穴之中安身，真正可敬！"韦勇达曰："此亦情出无奈，望夫人休要泄漏。但夫人怎么不知风逃走，致被钦差所捉?"尹氏亦将尹上卿密书通知，儿子少华逃走，自己情愿死节，女儿愿死孝等情说明。韦勇达曰："难得夫人、小姐节孝，今可住此，待奴招集人马好汉，一同征番，以救骨肉至亲。"尹氏曰："住此固好，但外人只道你是男子汉，我母女在此，秽名难当，奈何?"韦勇达曰："奴自有计。"尹氏曰："未知贤侄女计将安出?"勇达曰："可如此如此，就不涉嫌疑了。"尹氏曰："难得贤侄女妙算。"小姐笑向韦勇达曰："姊既为女中豪杰，何不早说情由，反言语相挑，使奴一时六神无主，令人胆寒?"韦勇达曰："奴亦因问明小姐来历，自思吾乃偏将之女，小姐刚直节烈，身入虎穴，毫无惧怯，可敬可敬！"

且说外面花烛合卺筵席完备多时，只见大王并不出来。有几个喽罗私议曰："大王果然情热，不及拜完花烛，便去成亲。"又有两个笑曰："郎才女貌，无怪情热，但我等当禀明为是。"即到后寨门禀曰："启上大王，花烛酒席完备，请大王拜堂。"韦勇达曰："少停便来。"即开门来到聚义厅坐下，吩咐擂鼓升堂。顷刻间，大小头目喽罗齐见礼毕，分次序站立两旁。韦勇达令老成头目往后寨恭请尹夫人、小姐前来。不多时，头目禀曰："夫人小姐已到。"韦勇达起身迎接，亲扶夫人坐在上面，又与小姐分宾主坐下，向各人曰："我见皇甫元帅的小姐姿容，欲求为婚，难得小姐贞洁，矢志不从。我等同是官家子弟，同病相怜，我故留其在此，招集人马，请旨征番，报答朝廷。然小姐年庚与我只少一岁，若不当天立誓，拜认夫人为母，小姐为妹，终属嫌疑，众人等以为何如?"众人齐声称羡曰："难得大王仗义，真是古今罕有。"内中有几个喽罗暗笑：好不知趣，一个美貌妻不要，却愿做大舅，真是痴呆。韦勇达就叫喽罗速备香案。喽罗领命，立刻当天排下香案，夫人、小姐谦恭曰："我母女有何德能，敢蒙大王如此隆重相待，难以消受。"韦勇达曰："若不如此，何以表白名节？母亲休得推辞。"即对小姐曰："贤妹请来结拜。"小姐同韦勇达来到香案前，各自拈香，立千斤重誓，结为兄妹，拜了八拜；然后行了兄妹礼，一齐上堂，拜见夫人，称为母子。即令把猪羊美酒，赐了合寨头目。喽罗散去，又令赏单洪黄金十两。单洪只得领下，心中暗恨，命中不该得美妻，故遇此头领，愿做大舅。当下令备酒席，在聚义厅上，母子兄妹畅饮，众喽罗亦自招朋结类痛饮，直至黄昏席散。韦勇达送夫人小姐往后寨安身，令锦筝、瑶琴二婢奉侍，自己在前寨安歇，有事方请相议，礼义甚明。从此母女暂把浮踪寄于绿林，长华、勇娥月下舞刀，山前比武，十分相得。韦勇达留心访收英雄，不劫小本经纪，专劫贪官污吏，土恶横户，小民反加感激。尹氏母女深喜得其所，只忧皇甫少华不知吉凶。

且说那败残官军逃回，来见青州府总兵，说明吹台山贼头韦勇达杀死钦差官一员，校尉二十四名，劫去尹氏母女上山，因此逃回。总兵官大惊曰："此贼定是皇甫少华亲党，故敢如此猖狂，但杀死官军，事关重大。"即备文申详上司官，一面拜表差一员千总，星夜进京，奏闻朝廷。

那拜表官赶到路上，与败残校尉军相遇，遂同进京，直到午门，对午门官说明备细。午门官带表上殿奏曰："启陛下，今有青州总兵官周兆麟具奏：前日刑部官陈天锡奉旨捉拿皇甫敬家属，不料逆子皇甫少华知风逃遁无踪，只捉得妻女二名，路过青州府吹台山，被贼首韦勇达带亡命之徒杀死了刑部官并校尉军二十四名，护送官员亦杀伤大半，现有表章并杀败校尉军回来，亦在午门候旨，乞旨定夺。"帝闻奏又惊又恼，即宣为首校尉军进朝。早有数名校尉军上殿，俯伏细奏被劫情形，说明实为寡不敌众，故此退逃。成宗即命校尉军退出，方命翰林学士把青州总兵表章朗诵一遍。成宗大怒，对群臣曰："盗贼是贪财，怎敢杀官兵劫犯人？此必皇甫敬亲党，若不剿灭吹台山，难昭国法。未知众卿谁为朕征剿吹台山？"言未毕，只见左丞相祁成德、右丞相梁鉴伏地齐奏曰："不可兴兵。"成宗曰："盗贼杀死官军，劫夺钦犯，理合征剿，二卿何故阻挡？"二相齐奏曰："盗贼劫钦犯，理合征讨，但吹台山在山东青州地面，陛下若用大队人马前去，彼料事势不敌，必通番国，那时番攻于外，贼攻于内，必致山东鼎沸，反为不美。莫若置之度外，俟番寇已灭，那时乘得胜之师，一鼓征伐吹台山，何难剿灭？"成宗曰："二相言之有理，俟平定番寇，乘势剿灭吹台山。但韦勇达必是皇甫敬亲党，着工部官画皇甫少华图形，颁行天下，不论府州县郡市镇，捉得皇甫少华献官，赏黄金五百两；知情出首者，赏黄金一百两；倘有收留本犯，知情不报，事后发觉，一并同罪。"又赏刑部官并被杀校尉军亲人银两，随后退朝。工部官问明校尉军，知得皇甫少华龙眉秀眼，即画图形，颁行天下，捉拿皇甫少华，真是严紧。只尹上卿却暗恨姊姊无主意，住在山寨，男女混杂，受了秽名，又累得外甥声名更大，难以出头。唯有刘捷暗喜，皇甫少华虽遇大赦，却亦不赦。

且说皇甫少华住在熊浩家中，足步从不出门。他本是英雄心性，那经受得这种拘束，夜对一盏孤灯，半庭残雪，愤气冲空，不时暗自流泪。熊浩乃富贵之家，闲暇无事，日日与他比武、比箭、操演、饮酒、下棋、谈论兵法，以免终日闷坐无聊，然少华心虑母姊天牢受苦，父亲不知生死，且又辜负孟氏、刘氏二妻，以致仍是面无笑容。过了残年，又是新春，熊浩日日酒肉相待。早是元宵，是晚熊浩与少华在书房饮酒，庆贺元宵。饮至二更，熊浩曰："我想番国妖道，专用妖术，使英雄无用武之地，朝廷虽有大队官军征剿，终是无益。日后番寇必更加猖狂，我与你乃一勇之夫，亦难取胜。我想如今番寇尚未强悍，不如你与我同往名山，拜个异人，学习武艺道法。日后俟朝廷着急，你我一同请旨征番，先破妖道邪术，其余番军易破。那时救了伯父回朝，又可受封显爵，岂不是好。"皇甫少华曰："哥哥说得有理，但异人云里来雾里去，哪里去寻异人传授异法。"熊浩曰："我闻得本省武昌府城南门外，离城将有二百里路光景，却有一座名山，名唤黄鹤山；山中有一位道人，号黄鹤仙翁，道行清高，在那里修道。屡有人前往拜问吉凶，亦有前去学道。若是虔诚有缘者，他即令人引路，上山相会，所言祸福，无不应验。倘不虔诚，或是无缘，一到那里找寻，唯有一片荒郊草地，终年寻访，莫道难见仙翁，连那座山亦无踪迹。我同你虔诚前往，或得相会，亦未可知。"少华大喜曰："既有此异人，当往寻访。但仁兄乃富家，许多产业，无人掌管，岂可相抛出外，况嫂嫂年轻，且又怀孕，怎肯放哥哥前往访仙？哥哥断难同往。既是仙山相隔不远，弟自可独去。"熊浩曰："不然，我家管理帐目，各家人俱皆妥当。我若出门，家务银钱可交与老仆吕忠掌管。还有岳父徐仰善，年虽五旬余，尚自壮健，账务极精，家资亦有数万，更有子孙料理家里事，岳父闲暇无事，他离此不过二三里路，数日到我家巡视一次，自可无事。

若说拙荆,才虽中等,却深明大义,若说此事,他必不恋恩爱,劝我访道。至分娩之事,自有岳母女婢照应,我虽在此,亦不晓得生产事情,可放心前往。”皇甫少华曰:“到底要与嫂嫂议妥方可。”

熊浩称是,遂入内见徐氏,坐下曰:“我有一要事务与贤妻相商,不知你意若何?”徐氏曰:“相公要事,只管说来。”熊浩便说:“番寇猖狂,我欲同义弟吕陵往仙山访仙学法,日后好得征番立功,封妻荫子。吕陵恐贤妻不从,特来相商。”徐氏曰:“若论夫妻情分,本难分手日久,此乃正事,妾怎敢阻挡。但妾怀孕在身,日后生产无人照顾,此中吉凶,无从知晓,不知可得平安候你回家否?家事未知嘱托何人?”说罢不觉流下泪来。熊浩曰:“娘子临盆,可请岳父母前来照顾;家事可托吕忠执掌,再烦岳父不时到来查点,便可停当。”徐氏曰:“既如此,亦当见妾父母说明方好。”熊浩曰:“这个自然,少不得请岳父母前来相议停当,方好起程。”即出厅令家人押两乘轿去请岳父母前来。

未知后事如何,且看下回分解。

第十五回　为功名英雄苦练　图美媳太郡进表

却说熊浩令家人押轿起身，不多时，徐仰善同妻胡氏已到，熊浩夫妻迎接入内拜见。茶毕，徐仰善曰："贤婿唤我夫妻到来，有何事体?"熊浩说明访仙立功之事，"烦岳父母不时到舍，代查帐目，日后小婿若得寸进，自当重谢。"徐仰善尚未答言，胡氏吃惊曰："贤婿身系武举，自有正途功名出身，何必寻访虚妄的神仙，丢下许多家产，并夫妻无穷的恩爱？且小女身怀六甲，贤婿如何放心远行？依我主意，还是在家受享现成的富贵，何必抛妻离子，寻取非分的功名?"熊浩曰："岳母有所不知，若照科制的功名，实难荣显。若剿番寇回朝，封妻荫子，岂不是一劳永逸，显见大丈夫有惊天动地奇才?"胡氏曰："且待与小女相商定夺。"熊浩退出，胡氏问徐氏曰："女儿意见若何?"徐氏曰："此乃荣宗耀祖的正事，女儿只得任他前去。"熊浩进来，女婢进上酒肴，岳婿母女一齐同饮。徐仰善对熊浩曰："贤婿既要访仙学法，须要速回为妙。"熊浩曰："小婿若遇异人，得些道法，随即回来，求取功名，焉有耽搁？今已议定，数日便要起身，再报二位大人知道。"徐仰善应允，夫妻上轿仍回家中。

熊浩即定五日后起程，嘱托妻子好生照看家里，保养身体；又嘱托掌家家人守分，凡有出入帐目，须要登记明白，俟我回来查盘有赏；又把家用出入帐务，交与吕忠执掌；并吩咐小婢，小心侍奉主母。

次日，熊浩并少华道家打扮，饱餐毕，别了众人，自有许多叮咛。出门上路，免不得饥餐渴饮，夜住晓行，不数日已到武昌城南门外百余里，并无客店，就在村间借宿。问起寻访仙迹，村人曰："虽此处有仙寄迹，我等不曾一见，这是难事，劝客官休枉寻苦辛。"皇甫少华、熊浩曰："我等虔诚，特来访道，虽有数月，亦无悔心。"村人曰："我们好意劝你，你若不信便罢。"熊浩曰："不是不信你言，实因访道心切。"是晚饱餐宿歇。

次早各备干粮，往僻处寻访，莫道有神仙，连行人也断绝。饥饿吃干粮，夜间即在林中宿歇，不管足痛腰酸，神虚气短，也不管虎狼蛇蝎，郊行野宿，倦了在松林暂歇，取出干粮，用水吞下。一心访道，并无悔心。但是一片旷土山林，哪里去寻访仙迹？一连访了七八日，一日寻到中午，忽见前面有一座山，虽不高大，远远望见苍松翠竹，清幽可爱。熊浩大喜曰："连日寻访，并无山岭，今日忽有此山，莫非神仙怜我苦心，点化相会么？"少华曰："你看此山景清幽，正所谓山不在高，有仙则名，必有异人寄迹此间。可速寻访，必有奇遇。"

二人踊跃向前，只见半山中来了一位道童，年可十四五岁，头梳双髻，身穿水墨道袍，笑脸叫曰："来者莫非熊举人、皇甫少华么？"二人大惊，向前一躬到地曰："正是，弟子唤熊浩、皇甫少华，望乞教导法术，以便破番，保国安民。"那道童闪过一边，欠身曰："二位贵人，休要认错了。我因伏侍师父，忽命我下山来，说熊举人、皇甫公子寻访，可引来相见。我见二位，故来动问，实是家师吩咐，与我无干。"熊浩曰："令师何名？此处是何地名？"童子曰："此处地名黄鹤山，家师人称为黄鹤山长便是。"二人大喜曰："我等特来访寻令师，就烦引见。"道童曰："待我引路。"二英雄踊跃同道童上山，迂回曲折，早见一座观门，高耸碧空，气象辉煌，院门上悬一匾，上写"黄鹤楼"三字。从小门进内，见中间白石甬道，珠栏曲绕，画栋高撑，两旁有着奇花异草，猿鹤往来，并不怕人。道童引到殿外，曰："二位少待，容我通报。"

二人停了一会，只见道童出来曰："家师有请。"二人整衣同进，转弯拐角，来到一座楼，一张乌木柴楼梯。二人上楼，楼上金碧交辉，八卦座上，坐着一位老道，苍颜古貌，鹤发童颜，两眼炯炯，看着有光，头戴七星道冠，身披白绫鹤氅。二人下拜曰："弟子等不量狂妄，欲求师傅传授道法，以立功勋。"道人曰："二位请起，难得尔等忠心为国访道，誓破番国立功，但你们时运未到，在此且学些弓马武艺兵书。候番寇该败，贫道即赠尔宝贝下山，成就尔等功业，但可惜房中琴瑟别调。"按道人知熊浩之妻徐氏之寿不久，虽生子熊起凤，后中状元，奈产后即亡，不能与熊浩相会，故说此话。皇甫少华忙问道："师父此言，莫非弟子的妻室改嫁他人么？”道人曰：“孟氏乃贞烈女子，何必多虑。”熊浩疑而问曰：“依此看来，莫非弟子的妻室有失么？”道人曰：“非也，天机不可泄漏，久后便知，不必多疑。”二人亦只得一心学道，并无他念。从此在山用心学习武艺，略有闲暇，即讲究兵法。道人只传二人六甲，趋吉越凶，奇门小术而已。

自前日山东巡抚冒奏皇甫敬降番，差官奉旨往湖广捉拿皇甫敬家眷进京处斩，时刘捷已写书差家将星夜飞报次子刘奎璧。奎璧见书大喜，合府男女皆知皇甫家满门处斩之事。江三嫂一闻此言大惊，忙到晓云阁密报刘燕玉说：“皇甫家满门处斩，谁知你生母阴魂颠倒，托梦叫与少华订婚，岂不误了小姐终身大事！”刘燕玉闻言，吓得痴呆失措，停了一会，垂泪曰：“谁知吾母托梦，误我终身！”江三嫂劝曰：“小姐不必多虑，且喜此事并无外人知道，日后国丈或是太郡定然与你配下良缘，何必忧伤？”刘燕玉泣曰：“三嫂差矣，奴幼读诗书，岂不知妇人守一而终？我既奉母命与皇甫郎订亲，虽丈夫不幸早亡，我不能同死，已为不义，自当终身守节不嫁，方尽妇道，怎肯改嫁负心？但不知孟小姐可能守节乎？”江三嫂骇然曰：“小姐非孟小姐可比，孟小姐乃明嫁正婚，守节易明；你乃私自订婚，守节实难。国丈问你何事守节，你却如何回答？”小姐曰：“万一父亲迫嫁，我惟一死，以全名节，断不作失节之妇。”江三嫂知小姐节烈，恐其自尽，慰曰：“吉人天相，小姐如此节烈，或者天遣皇甫公子知风逃走，日后还有团圆之日。小姐不须挂念，听天由命罢。”小姐曰：“万一不幸，有死而已。”

光阴似箭，早是元旦，合府文武官员多来与太郡贺喜。闹热数日，已是正月初六日，早饭后太郡与刘奎璧在后堂议论家务，太郡偶然想起一事，对刘奎璧摇头曰：“我儿今年已是十七岁，怎么一些人事不晓得，岂不可笑。”刘奎璧曰：“孩儿何事不谙，请母亲说明。”太郡曰：“我是公侯官家，一向只因你年轻，我系女流，府上从未曾点过花灯，以庆升平。今你年长，不日就是元宵佳节，亦当叫几名灯匠，买新样花灯，庆贺闹热，显耀门楣才是。你竟不思此事，明是不谙人事。”奎璧曰：“孩儿无时不思花灯热闹之事，但恐被人耻笑，说是我何等人家，不自思量，敢点花灯？”太郡不悦曰：“满朝富贵，半出刘门，我们点花灯庆贺元宵,倒被人耻笑,未知何人可点?”奎璧曰:“只因孩儿尚未定亲,恐外人说我无力娶妻,还要点甚花灯,故恐人谈笑。”

太郡闻言大怒曰:“吾屡欲与你订婚,你俱推托,累我至今无有媳妇,自觉有愧。我不怪你便好,你还敢说出此言,莫非为娘无力娶媳么?”奎璧曰:“非孩儿不娶,奈孩儿立愿,若非孟氏为妻,孩儿情愿不娶。”太郡寻思:皇甫少华如今满门已亡,那孟士元乃诗礼之家,女儿若要改嫁,恐人议论;倘不改嫁,误了终身大事。我今不若作个好人,奏上朝廷,赐婚孟氏,亦免外议改嫁之羞,又使孩儿欢喜。主意已定,又对奎璧曰:“汝既迷恋孟氏姿色,待我具表与尔姊姊,求朝廷降旨,将孟氏赐尔为妻,孩儿心愿若何?”奎璧大喜曰:“若得孟氏为妻,心愿已足。但表内不可实言孩儿只中二箭失脸,只说儿与少华俱中三箭,孩儿先射,少华后射,孟士元因皇甫敬乃现任官,威风较大,将女儿许配皇甫少华,实为不公,如此启奏,孩儿方有体面。”

太郡即令人照奎璧言语,具了表章,另修一书付刘捷,说明求主赐婚事情,可将表章进与皇后,转求天子赐婚。奎璧即叫家人刘升,赏了路费,嘱曰:“尔可备快马,星夜进京,若见国丈,只说我先中三箭,孟士元敬他现任官威风,将亲许配皇甫家,切不可实言。”刘升领命,随备快马包袱,星夜赶路。直至正月尽,那一日早饭后,进了京城,直到刘国丈府,将马系住,来见把门人,说明来历。把门人来见刘捷禀明,刘捷着他进来。刘升进见刘捷,拜见毕,遂将表书一并呈上曰:“太郡有书表,请国丈一看。”刘捷将表放在案上,只将书拆开看过,大喜曰:“如此赐婚,方显国戚的势力。刘升,你路上辛苦、可到后面饱食安歇,另日奏去。”刘升往后衙而去。刘捷入内,对吴淑娘说出备细,“你来早可带表入宫,启请娘娘,下旨赐婚。”吴淑娘应允。

到了次早,吴淑娘梳妆毕,换了衣裙,执了玉笏,带了太郡的表章上轿,来到后宫门下轿。把门太监迎见曰:“吴姨娘莫非要见娘娘么?”吴淑娘曰:“正是,未知圣上可在宫否?”太监曰:“圣上在朝未回,娘娘现在正宫。”吴淑娘步行,来到昭阳宫前候旨。把宫门太监进宫奏曰:“启上娘娘,今有国丈姨娘吴氏在宫门候旨。”刘后大喜。按刘后为人仁孝宽慈,即令宣进。太监出来对吴氏曰:“娘娘有旨宣召。”吴淑娘执笏进宫，至殿上俯伏奏曰：“臣妾吴氏朝见，愿娘娘千秋。”皇后曰：“卿平身赐坐。”吴淑娘谢恩，坐在旁边绣凳，宫女奉送茶来。皇后曰：“姨娘久不进宫，未知家中母亲、兄弟、妹子可好么？哀家甚是挂念，奈深宫似海，不能面见父母，未知满门安乐否？”吴淑娘奏曰：“仰仗娘娘福庇，国丈太郡壮健，满门至亲俱皆清吉，毋庸圣虑。只因二国舅尚未定婚，太郡特请娘娘奏主赐婚。”说罢，就从袖内取出表章跪送。太监接表，放在案上。

皇后着惊问曰：“太郡好无打算，大哥夫妻远镇北边，二弟年已十七，理当早娶，以便伏侍太郡，因何姻缘未定？”吴淑娘奏曰：“娘娘看表，便知委曲。”皇后拆表细看，心内沉吟，父亲乃当朝国丈，官封侯爵，弟为世子，岂有三箭皆中，孟家反许别人，二弟三箭必有不全，故孟士元许亲皇甫家，乃曰：“原来御弟心恋孟氏姿容。但比箭定是输了，故姻缘未就。现皇甫敬降番，全家罪在不赦，孟士元将女错配，其女已误终身。待哀家奏准赐婚，以定孟氏终身，并满御弟痴念。你回见我父，早晚自有佳音。”吴淑娘称谢辞别，皇后曰：“难得姨娘进宫，待赐宴回去。”吴淑娘谢曰：“多承厚恩，但国丈在府悬望，不敢延停。”皇后曰：“既如此，姨娘且回，改日再进宫走走。”吴淑娘退出，从后宫门上轿回府。

刘后将表章藏在袖内，停了一会，内监报曰：“万岁回宫了。”皇后便执玉笏迎接圣驾，成宗曰：“御妻平身。”皇后立在旁边，成宗下辇进宫，皇后朝拜毕，赐坐旁边。侍女奉茶，各卸下御服坐定。皇后笑而不语，成宗问曰：“御妻为甚不言而笑？”皇后立起欠身曰：“适才老母在云南家中奏事进表，臣妾故此好笑。”成宗曰：“未知太郡所奏何事，御妻可即奏来。”皇后曰：“请陛下赦罪，臣妾方敢续奏。”成宗曰：“赦卿无罪，只管奏来。”皇后袖中取出表章，宫女呈上御前。成宗接表看过，沉吟一会，微笑对皇后曰：“卿可看此表，乃是谎词。孟士元乃兵部尚书，总辖文武官，岂不知国丈官高，胜过皇甫敬？且尔弟先中三箭，孟士元反将姻缘配与皇甫家，岂不悖礼？至于后射之言，一发是谎词。”

未知成宗如何发落，下文分解。

第十六回　成宗帝曲意赐婚　祁丞相孽缘强合

却说成宗对皇后曰:“看此表必尔弟三箭不全,孟士元特将伊女匹配皇甫少华,尔母此表,必有诈词,有甚难辨?”皇后忙奏曰:“陛下果然圣明,臣妾亦疑有诈。但念孟氏错配皇甫少华,已误终身,伏乞陛下俯念弱弟痴情,恩赐完婚,使孟氏得全名节,以遂终身大事,亦感陛下皇恩。”成宗曰:“近来武士回报,前差刑部官捉皇甫敬家眷进京,不料逆子皇甫少华知风逃走,只捉得伊母尹氏并伊姊皇甫长华解京。路过吹台山,贼寇韦勇达杀死官军,劫去尹氏母女,在山为寇,满门大罪,在于不赦。孟氏错配,已误终身。朕今赐与国舅为妻,非止国舅心满意足,而孟氏亦免重婚恶名。但国舅尚是白丁,朕若赐婚,亦不光彩,如今加封刘国舅为镇国大将军。”皇后谢曰:“陛下如此施恩,臣妾满门感激不浅。但孟士元诗礼传家,虽降诏主婚,恐孟氏不奉婚诏。乞陛下再遣一重臣,带诏前去,孟士元方肯奉诏。并求陛下着弟刘奎璧完婚十二日后,着大臣带刘奎璧进京供职,使妾手足再得相会。”成宗曰:“如此足见御妻友爱之情意。”就着太监秉笔,太监依皇后的口气草诏。又决定着左丞相祁成德前往主婚,十二日后带刘奎璧进京供职。内监写诏完毕,呈上御前。成宗看罢,用印封缄,交与内监孙福,并带镇国大将军封敕衣冠,往付左丞相祁成德。内监先往丞相府交付,后到国丈府交了皇后密诏,方回宫缴旨。

刘捷看了皇后密诏,即备下程仪六百两,上马来到左丞相府。当下递帖,开了中门步入,分宾主坐下。茶罢,刘捷谢曰:“孺子姻缘,劳动老太师返往跋涉。下官何以报答。”祁相曰:“老夫奉旨主婚,怎敢言劳?况是成全两家美事,是有喜酒吃的,正当效劳。”刘捷曰:“还有一事要紧,虽是奉诏赐婚,孟士元前已受过皇甫家聘礼,恐推辞不肯奉诏。乞老太师鼎力,方能成就。”祁丞相曰:“老夫奉旨主婚,怕他逆旨不成?且皇甫家罪在不赦,今主上赐婚,孟氏亦免再嫁之嫌，乃是造化，岂有不从之理。"刘捷谢曰："全仗老太师玉成。"即将程仪送上，曰："区区菲仪，聊申薄敬，幸乞哂纳，足感盛情。若成亲后，相烦带小儿进京，恩德如山。"祁丞相曰："老夫自带令郎进京，不须挂虑，盛赐决不敢受。"刘捷再三推让，祁丞相只得受了。刘捷辞别回府，写书令家将赶回，使孩儿欢喜，好待接诏。

且说祁丞相恐沿途地方官迎送，只带十余随从，收拾行李，背在马上，一路赶紧，至三月二十已到云南云州府。合省官员忙出城迎接，一面备公馆伺候。众官出城二十里，早已相遇拜见，祁相来到接官亭吃茶，对众官曰："老夫奉旨，要到刘国丈府与国舅开读诏书。可令人报知，伺候迎接。"地方官即令人报知刘奎璧，备下香案。不片刻，祁相已到，刘奎璧奔出跪下，众官分立两旁。祁相展开诏书读毕，乃是加封镇国大将军，兼赐孟丽君完婚。刘奎璧好不扬扬得意，谢恩毕，当堂穿戴了将军衣冠，然后请祁相坐在东首上面，众官坐在左边，自己坐在右边。茶毕，祁相曰："老夫难以久延，国舅须速择附近吉日，行聘完亲，便同老夫进京面君。"奎璧领命曰："太师可在此安歇。"祁相曰："不须费心，改日吃喜酒罢。"随即辞别，上轿往孟府。

且说孟士元自见京报，知皇甫敬被擒，捉拿家眷，恐女悲伤，密嘱孩儿不可泄漏。孟丽君料必有凶，屡问征番实信，不及详情。孟士元只推水面征战，难以侦探，并无京报。孟小姐屡对苏映雪曰："公公征番，必有大凶，故此父亲不肯实言，未知终身如何结局。"苏映雪亦不知其细，只劝吉人自有天相，不须忧虑。这一日孟士元闲暇无事，正在窗前评点新诗，忽听女婢在楼下叫曰："县府差人来报，称祁丞相带诏，须臾便到，请大老爷伺候迎接。"孟士元暗吃一惊，慌忙下楼，来到后衙，只见公子已穿了公服。孟嘉龄问曰："祁相莫非来捉妹子么？"孟士元曰："正不知何事？"即穿了公服。忽又报祁相驾到。孟士元父子立在府前，只见祁相坐在轿中，并无背诏。孟士元父子奔到轿前一躬，口称："卑职父子，不知太师驾到，有失远接，伏乞恕罪。"祁相在轿中答了半礼曰："劳老先生父子远接，老夫何以消受？"孟士元让祁相轿先进中门，父子随后方入。祁相直到庭中下轿，众官就在府中下轿进内。孟士元请祁相坐在上面，家人献茶毕，祁相就对孟士元曰:“老夫特来与令爱恭喜,现有诏旨,请孟尚书接旨。”孟士元慌忙整冠举袖,俯伏于香案之前,钦差开读诏书,内称要将丽君赐婚于刘奎璧,孟士元对祁相曰:“老丞相,此事尚容商议。”祁相闻言不悦曰:“老先生有何相议?”孟士元即把刘奎璧只中两箭实情言明,“卑职已受皇甫少华聘礼,不料刘国丈助子为恶,举荐皇甫敬征番,忽又报皇甫敬降番,弄得家破人散;今又仗皇后势大,奏主赐婚。虽强弱不敌,我乃诗礼之家,岂有一女而受二聘之理?尚容商议。”祁相面上变色曰:“你我既为朝廷大臣,朝廷赐婚,谁敢不遵?且老夫又难交旨。若早完亲,方尽臣子之职。”孟士元见祁相变脸,又怕欺君罪大,只得答曰:“卑职非敢逆旨,实惧闲议,蒙一女受两家聘礼之羞。”祁相方才和颜曰:“先生错了主意,今皇甫家罪在不赦,令爱有误终身;刘国舅才貌双全,况是圣上主婚,有何闲议?今老夫即回公馆,待刘家择日,再来通知,完亲后十二日,便要带国舅进京供职。公须速备嫁妆,免使临时慌乱。”孟士元曰:“多蒙太师指教,难得太师远到,待备酒与太师接风。”祁相答曰:“不劳先生费心,另日领情。”说罢,即辞别上轿。

孟士元父子送众官去后,方退入后衙,只见韩夫人、孟小姐、苏大娘母女并媳妇方飞凤俱在后堂伺候消息。孟士元父子进来,一同坐下。韩夫人问曰:“祁相前来,有何事故?”孟士元对小姐曰:“一向不敢对女儿说皇甫家实事,恐尔悲伤,今事已临头,不得不说。”遂将山东巡抚具奏皇甫敬、卫振宗被妖术所擒,归番邦为官,现引番军攻城,主上听信,差官往湖广捉拿皇甫少华,满门处斩等情言明,小姐闻言,心胆欲裂,急将罗袖掩面泣道:“果然如此么?为何今日才知?莫非刘捷奏主,说我是皇甫家媳妇,特差祁相拿我进京同斩?女儿与婆婆同死无恨!”孟士元曰:“今幸皇后奏准朝廷,将尔赐婚配与刘奎璧,故差祁相主婚。我想刘奎璧才貌不逊皇甫少华,今又加封镇国大将军,定亲即为夫人,我儿须当顺从,一则可免欺君逆旨,二则可完终身大事。”孟小姐闻言,登时柳眉紧皱,面色大变,气塞胸膛,叫声:“气死我也!”一交跌倒,昏绝于地。苏映雪暗恨命苦,梦中既已拜订婚之约,今虽皇甫少华满门灭亡,誓必守节;止不住泪下滔滔,忙同孟家满门上前叫了半晌，孟小姐方醒，拭泪曰："公公身居大臣，怎肯降番，贻累满门至亲？谅必被禁番邦。此必刘捷父子串通山东巡抚冒奏，以便夺婚，今仗皇后势力，奉旨赐婚。公公满门实由我而死。我恨乃是女流，不能手刃刘贼父子之首，以与丈夫雪仇，怎肯失身于逆贼？不若一死，以明贞节！"孟士元劝曰："今幸有皇上主婚，可无外议。"孟小姐哭曰："爹爹此言实在荒唐，怎可因朝廷圣旨，皇亲威势，就抛弃朋友姻眷之情。女儿岂不晓得女守一节，重若泰山。女儿自有打算，断不玷辱祖先。"说罢，泪下不止。韩夫人对苏大娘曰："烦大娘与令爱劝小女回阁，不可过于悲伤。"苏大娘母子扶了小姐，回阁而去。

孟嘉龄见妹子退出，谓父母曰："儿想此必刘捷父子定计，谋害夺婚。我等若听从结婚，却亦辱及祖宗；不若上表奏主，就将小春庭放火，谋害皇甫少华不遂，因而挟恨，托父亲举荐征番等情及今冒奏夺婚等情奏明。此表一上，天子方知委曲，或者收回旨意，亦消我们怨气。"孟士元摇头曰："不可，古云：'识时务者为俊杰。'皇甫家何等势力，一旦被害，合家被捉。我若上表，就是欺君逆旨，先已有罪。况刘奎璧的才貌与皇甫少华不分甲乙，今已封官，与你妹子结亲亦无玷辱于我，何苦冒险，以惹不测。"孟嘉龄曰："若如此怕事，何苦做官，惹此闷气？不若辞官，退处林泉，却亦干净。"孟士元不悦曰："时势使然，不得已耳！尔何必多言。"孟嘉龄见父发恼，遂不再言。韩夫人曰："待我劝女儿顺从，方好备办妆奁。"

孟嘉龄夫妻回到自己房中，谓妻曰："家父如此怕事，依我主意，便与刘捷碰一高下，纵然革职，亦无所恨。"方氏劝曰："公公主意，亦出于无奈，但姑娘性烈，若闻此语，岂不自尽？你我只宜苦劝姑娘顺从为妙。"孟嘉龄终是少年负气，只是叹息而已。

且说孟小姐回阁，心想射柳夺袍，曾受皇甫家之聘，指望良缘直到百年时，何期好事多磨，风波忽起，眼见他全家性命难保，想到此处，只是哭泣，苏大娘百般苦劝，那里肯听。苏映雪痛恨刘奎璧入骨，只不敢说出，亦只悲泣。二人茶饭不吃，孟士元夫妻好不着急，正在房中议论，恐怕女儿夜间自尽，即叫小婢荣兰入房来，孟公夫妻嘱曰：

“小姐性烈,恐夜间自尽,我等难以提防。你今夜不能安寝,须要跟候小姐,不可稍离,俟日间自有苏大娘母女照应,你方可安眠,若得小姐无事,我自有重赏。”荣兰曰:“小婢自当小心提防,决无差错。”即下楼去。及至黄昏,女婢呈上酒饭,孟小姐哪里肯吃,苏大娘无计可使。及上灯后,苏大娘密嘱荣兰留心照顾,母女回房安睡。

且说荣兰跟随小姐,坐到二更后,劝曰:“夜深了,请小姐安睡,免得伤了精神。”小姐曰:“我有心事,怎能睡下。你不必伺候,速去睡罢。”荣兰曰:“小婢那敢忍心独睡,愿随小姐相伴。”孟小姐寻思:我若自尽,岂不连累爹爹,徒死无益,不若把首饰收拾,密同荣兰女扮男装,假扮主仆进京,变卖首饰,捐纳京监;幸本年正是乡试之期,想自己也曾读书千卷,七步成章,自可三场应试,若得侥幸,来年会试再得高中鼎甲或二甲,便得在朝居官,除了刘捷父子,代夫报仇,又好救拔丈夫满门,日后流芳百世,岂不是好!但刘奎璧怎肯干休,必上表奏称我家匿女欺君,我父岂不有罪?又转一念曰:苏映雪却亦美貌,且能作文吟诗,虽比不得我,亦才貌双全,况又姻缘未定,待我临行时写一书,教我父亲把苏映雪充作奴家代嫁,便可抵塞。她本寒儒之女,怎不肯做个金章紫诰之人,况且是奉旨成婚,几多荣耀。刘奎璧貌亦不俗,她在楼中也曾看过,由她替嫁,料无不允。如此她作贵人,我能全节,乃计出万全,有何不好,为防万一,我必俟临嫁方逃,使他难以推辞。主意定了,遂不悲伤。孟小姐曰:“荣兰,尔乃我心爱女婢,我有一言,料无泄漏之理。”荣兰曰:“小婢多蒙小姐相待,犹如至亲骨肉,凡有言语,自当秘密,怎敢泄漏于人?”小姐曰:“此事你若泄漏,我惟一死而已。”

未知说出何事,且看下文分解。

第十七回　孟小姐画图慰亲　刘国舅备聘逞势

却说荣兰对孟小姐曰："多蒙小姐恩待，有如骨肉，有言岂有泄漏之理？小姐不妨实说，免使小婢惊恐。"孟小姐曰："我今欲与尔一同女扮男装，作为主仆，把所有首饰带往路上变卖，后槽盗马，逃出家园，进京捐纳京监，入场考试。若得高中，来春春闱再侥幸，便可居官除剿奸贼，救夫满门，那时夫妻团圆，方遂吾愿。"荣兰慌曰："小姐说得好容易，莫道求取功名，就是此处往北京，不知几千里路，小婢闻之，亦觉胆寒。小姐乃金枝玉叶，怎到得北京？"小姐曰："此乃薄命所致，然我们既扮男装，虽天涯海角，亦可到得，何愁北京遥远。"荣兰曰："难得小姐贞节，皇天庇佑，但你我衣服何处而来？"孟小姐曰："今乃夏天时候，我自己现存绫缎纱罗，尔与我相帮，赶做几件衣服，却是容易。来日我多发数两银子，与尔兄赵寿，诈说公子叫他立买一双靴，尔俟他买回，拿来交我。至于你的衣服，你兄定然有余，你来日偷取一套衣服靴袜前来，有何难处？"荣兰曰："偷取衣靴，却是容易，但使我兄买靴，恐我兄往问公子，岂不败露？"孟小姐曰："你有所不知，凡托人买物，务须多发银两，使其有余带回，自然无话。银两不足，买靴不下，方要回来取足，此乃人之常情。来日我多给银子与尔兄，自然无话。"荣兰曰："小姐料得有理，但日间祁相到来，老爷已应承完姻，今小姐忽然逃遁，刘奎璧必奏老爷匿女欺君，老爷怎当得欺君大罪？小姐须当打算，免累老爷。"小姐曰："此事我亦思量停当，待我临行，写一书荐苏映雪代嫁，刘奎璧与我素不相识，定信为真，就可无话"。荣兰叹曰："难得苏姑娘前生种下福田，能得良缘，真是造化。"孟小姐曰："你说苏映雪造化，依我看来，他未必就肯代嫁。"荣兰曰："苏映雪乃小户人家，若嫁刘奎璧，入门就是夫人，小姐怎说他不肯代嫁？"孟小姐曰："苏映雪深有义气，见我被刘奎璧迫走，定然愤恨，恐因此不肯嫁与刘奎璧？"荣兰曰："小婢知道此乃小姐念旧之心,苏映雪受享刘府富贵,分明是他的造化。”小姐曰:“我但愿自全名节,父兄免祸,我愿已足,苏映雪若能依从,现作贵人,正我所愿。此事尔切不可泄漏,除此别无计策。”荣兰曰:“小婢知道,安敢多言。今已夜深,须当安睡。”小姐称是,各自安歇。

到了次日起来,夫人恐女儿自尽,一夜睡不合眼,次早问荣兰曰:“小姐昨夜甚时方睡,可曾啼哭否?”荣兰诈言曰:“小婢百般苦劝,至黄昏后便不悲伤,初更后即便安睡。”夫人闻言,心中稍安。正言间,适遇媳妇方氏前来,夫人曰:“贤媳可同我往劝姑娘,免其悲伤,我方好备办嫁妆物件。”方氏领诺,婆媳同上幽香阁门口。孟小姐梳妆已毕,忙出接母嫂入房坐下。夫人曰:“前年比箭定亲之时,我曾见刘奎璧与皇甫少华面貌无分上下,今既奉旨匹配,亦算嫁得其人,女儿不必悲伤。”孟小姐曰:“女儿非嫌貌美丑,因受皇甫家之聘,今乃改嫁刘门,惹人耻笑,故此伤感。”夫人曰:“女儿此言差矣,既有圣旨主婚,谁敢多言? 女儿知诗识文,怎说这混话。”小姐假作笑容,笑曰:“女儿实恐改嫁失节,故此羞愧。初尚未知圣旨主婚,便无重婚之嫌,今既知道,任从爹爹母亲主意便是。”夫人只道女儿真意,满心欢喜,即同媳妇下阁回房。孟士元父子正在书房候信,就问曰:“女儿可还悲伤么?”夫人笑曰:“女儿虽是能巧,终属年轻,孩子气,易于欺骗。”就把方才安慰言语一一说明,“女儿不但不悲,且有喜容。”孟士元大喜曰:“女儿既不悲伤,我就好备办妆奁。”夫人称是。孟士元随退出,命家人备办嫁妆。

且说孟小姐送母亲下楼去后,即开箱取出绫罗,亲自裁剪,取出针线,同荣兰动手作起男衣,毫无悲伤之态。早饭后,取出五两银子,与荣兰往付他兄买靴。不一时买了一双小靴,荣兰送上阁来,孟小姐看过收藏,主婢用心赶做男服。午饭后,孟小姐叫荣兰去偷取其兄的衣服靴袜,荣兰曰:“这却容易,待缓日偷取,何须此时着急。”孟小姐曰:“凡事多有不凑巧,倘临行取不到手,误事不小。”荣兰曰:“说得是,待我取来。”即下阁去,不多时取了一副巾帻衣袜缎靴,笑嘻嘻曰:“各物取足了。”小姐喜曰:“此物已到,临行好打扮男装,不用忧心。”遂即收存。

忽苏映雪到房门口，见小姐安心同荣兰制作衣服，暗恨枉有满腹经纶，全无节烈，真是富贵动人心，官家女子，更加无情，即跨进门。孟小姐迎接曰："姊姊请坐。"二人见礼坐下。苏映雪曰："老爷已唤八名成衣匠在花楼赶做行嫁衣裙，何须小姐亲自动手。"孟小姐曰："总是闲暇无事，自做几件合意的衣服何妨。"苏映雪暗恨：枉称千金小姐，竟是负心女子！便不去看，故不知是男子衣服。当下苏映雪闷闷退出。

至二十四日，小姐同荣兰赶做男衣，早已做完。早饭后，祁相驾到，孟士元父子迎接到了堂上，见礼坐下。茶罢，祁相曰："刘国舅定三月念八行聘，四月初二完娶，老夫特送日期前来。"即着家人把日帖送上。孟士元看过，曰："劳烦太师宪驾，卑职父子何以消受。"祁相曰："理当效劳，临娶老夫再来。"遂辞别入城。

孟士元将日帖带入，通知众人。荣兰报知小姐，小姐曰："且待三月三十日起身，须于五更方妥。"荣兰曰："何不预先逃走？"小姐曰："我于五更逃走，次早即是初一，使苏映雪限期已迫，难以推辞，方肯代嫁。还有一件，我一出门，未知何年救出丈夫，方能与父母相会，难为双亲思念，如何割舍；我意欲留一形图，免得双亲牵肠挂肚，你道如何？"原来孟小姐棋琴书画无不精通，其中丹青最是入妙。荣兰曰："此举甚妙，免太夫人挂念。"小姐即令取过颜色盒来，开了菱花镜，对面描画面容，伤感曰："奴家命苦，数千里之遥方到北京，又不知何年得完良缘，完了终身，再会双亲？真是古今第一薄命人，言之肠断！"说罢，珠泪盈盈。荣兰曰："小姐既要留图安慰双亲，切不可悲泪，方能画得相似。"小姐泣曰："际此远游之时，虽铁石之人，也要伤心，教我怎不伤感！"荣兰曰："图画须似平日形容方好，今若悲泣，即不相似，留下何益？若要画图形，须忍住悲伤，和颜悦色才好。"小姐曰："说得是。"乃忍住悲苦，强作欢喜，细细画图。至日午画完，取过细看，果然面映芙蓉，眉分柳叶。凤眼微凝秋水，雪腮轻抹嫩红。翠袖轻垂，湘裙半舞。飘然出世，绝代无双。不觉吃惊，问荣兰曰："此图像否？"荣兰曰："小姐画笔比画工更加秀媚，且又相像。"孟小姐看图，仰天长叹曰："苍天苍天！我孟丽君如此花容，却要流落天涯,真是红颜薄命,千古皆然,良可悲叹!”小姐即取笔题一首诗于画图之上,略叙求功名之意,半行半楷,真是银钩铁画。其诗曰:

风波一旦复何嗟,品节宁堪玉染瑕。避世不能依膝下,全身聊作寄天涯。纸鸢断线飘无际,金饰盈囊去有家。今日壁间留片影,愿教螺髻换乌纱。

孟小姐题毕,随手卷起,又写一封荐书以与父母,云欲全节,入山访道,不能侍奉双亲。画图一幅,聊留孤影,免得双亲日夕思念。苏映雪容貌与女儿不分上下,诗文精通,可堪代嫁等语。写完封好,将书并图诗藏在一处箱内锁好,谓荣兰曰:“我今各物藏在一箱,起身之时,把书画放在桌上,衣服更换,即便出走,免致误事。”荣兰曰:“小姐虑事周全,人所难及。”恰遇苏映雪忽然步进房来,小姐起身迎接曰:“姊姊请坐。”苏映雪见礼坐下,见楼窗大开,只道孟小姐无情,不顾名节,还有心赏花,即问曰:“小姐好得清闲,在此赏花。”小姐知其话里藏机,有讥刺之意,乃长叹曰:“不过借此聊以解忧耳!”苏映雪曰:“小姐身为夫人,正当赏花,况小姐才貌兼全,刘奎璧又系好色之徒,一入刘门,夫妻必定恩爱,何忧之有?”小姐曰:“此乃不得已之事,尚不知谁与他恩爱,姊姊久后便知矣。”映雪哪知有代嫁之举,一心只怪孟小姐不守贞节,厌于答问,遂辞回房;暗恨刘奎璧陷害丈夫,立心守定皇甫少华,断不别嫁,自此郁郁恹恹成病。

孟士元夫妻赶备衣服妆奁,不觉已是三月念八日行聘吉期。刘府预先张灯结彩,备下千金聘礼,衣服绫缎,俱各从厚。合府文武官员俱来庆贺,惟有秦布政痛恨入骨,奈自己官卑,不能为皇甫家雪恨,遂托病不出。

早饭后,祁相到,众官同刘奎璧迎入坐下。不移时,各聘礼排列,祁相辞了众官,上轿时音乐喧天,押了许多聘礼,花炮连天,鼓吹动地,好不闹热。万民俱说孟士元不义,一女怎受二聘。亦有晓事的说,此乃圣旨主婚,不得已之事,但孟士元亦不该受此聘礼。押到孟府,孟士元父子接祁相入内,聘礼排列满堂,尽是珠宝物件。孟士元请祁相到花厅坐下,令呈上筵席。祁相苦辞曰:“老夫年迈,酒力不佳,且到刘家的酒是必要领的。老先生谅情,盛席只好心领。”孟士元应允。家人收了聘礼,回聘各礼物亦皆丰盛。

孟士元夫妻令女婢将刘府所送的凤冠蟒袄,首饰绫缎,俱搬上楼去,与小姐收藏,使女儿欢喜。女婢俱送上楼,荣兰连声称赞,小姐俱收入箱内。停了一会,荣兰密对小姐曰:"刘家首饰值银不少,何不拣好的收入行囊,以便路上好使用。"小姐曰:"非义之财,立誓不取。况我囊中物件,值银不下千余金,使用有余。"荣兰赞曰:"小姐仗义,不取非义之财,真是难得!苏映雪姑娘真正造化,小户女子得此许多钱物受用。"小姐笑曰:"尔说他受用,我只怕气死了他的性命。久后你自方知我料事不差。"荣兰不信,从此无事。

光阴似箭,早已三月三十日,乃是月尽日。是日过午后,小姐在阁中谓荣兰曰:"你我今夜间便要起身,尔可速去偷取后门钥匙前来,来早方好起身。"

未知荣兰如何偷取,且看下文分解。

第十八回　贞洁女男装逃难　义烈妇代夫报仇

却说荣兰道:"潘发之妻,为人怠懒,钥匙易取,何须着急。"孟小姐曰:"不凑巧事极多,倘晚间有事,难以盗取。来早不得出门,岂不误事!"荣兰说:"小姐说得是,待小婢就去取。"说罢退去。不一时,只见带了一把钥匙前来。孟小姐大喜,将钥匙收下曰:"来早便好出门,毫无忧虑,何等放心。"荣兰称是。

到了日色西斜,饱餐已毕,主仆闷坐。至上灯后,孟小姐对荣兰曰:"来早起程,未知何年再会父母?你可掌灯同我往辞父母,方得心安。"荣兰领命,点了一盏明灯引路。主仆下楼,来到夫人房中。韩氏正在查点妆奁,若有不足,方好备办。小姐入内,作了两个万福,坐在旁边,问:"爹爹何往?"夫人曰:"他在外边查点行李桌柜等物,恐有不足,来日方好备办,免使有误。"小姐曰:"此乃将就之事,何必如此费心?"夫人曰:"这是我们的脸面,将就不得。"孟小姐对夫人曰:"女儿此别,未知何日得与母亲相会。养育之恩未曾报答,女儿不孝实深!"夫人曰:"女儿,你怎不知顾太郡有言,大媳妇陆向容随长子刘奎光远镇雁门关,不得回来,使他冷落。今女儿嫁去完姻后,刘奎璧即要进京,女儿留在家陪伴。你要归宁,路途不远,更加容易。"孟小姐只得答曰:"虽是如此,凡事不易逆料;倘女儿不得相见,望母亲不须挂念,比之当日不育一般。算来生女不孝,总是不能奉养双亲。"夫人曰:"女生外向,焉有终身不嫁,长养双亲之理?"小姐说些离别言语,夫人只道是临嫁离别,一片孝心,再不动疑,就把些温言安慰。

小姐离别出门,荣兰执灯引路。孟小姐曰:"可到嫂嫂房中辞别去。"主婢来到方氏房中,适苏大娘前来,孟嘉龄退出房门安歇。孟小姐曰:"奴家去后,父母双亲有累嫂嫂奉养。奴家真是不孝,全望嫂嫂休怪!"方氏曰:"妾乃媳妇,理当奉事公姑,何须姑娘嘱托。况姑娘嫁近,容易归宁,何须过虑。”孟小姐曰:“言虽如此,然一出门,便难相会。双亲总劳嫂嫂孝养,实是不该。”方氏曰:“男愿有室,女愿有家,姑娘出嫁,乃是美事。公姑自是妾该奉事,何须再三嘱托。”孟小姐不敢言明,再说几句分别话,即令荣兰点灯,辞了方氏并苏大娘,回归幽香阁,对荣兰曰:“难得映雪姊姊与我相处十六年,今当远行,且又烦他代嫁,理当作别。”荣兰曰:“难得小姐多情。”主婢上阁,来到映雪房前。

原来映雪心恨奎璧陷害皇甫少华,误他终身姻缘;又见孟小姐薄情无义,并无半点悲怨;恨己又是下人,不敢多言。这两日气得忧闷欲病,不敢说出。是晚又适其母前往照顾孟公子不在,只有自己在房,独坐无聊,天色尚早,不便安寝,将门虚掩。孟小姐推开房门,映雪和衣安睡在床上,见小姐进来,慌忙迎接曰:“妾因家母不在,少憩片刻,不意小姐下降,有失远迎,望乞恕罪。”孟小姐握其手曰:“奴与姊姊情同骨肉,何用客套?”遂携映雪同坐床沿之上,曰:“我与姊姊相聚十六年,今当远别,特来与姊姊相辞。更有一言嘱托,未知姊姊肯听从否?”映雪曰:“小姐有话吩咐,敢不遵命。未知何事,只管说来。”孟小姐曰:“奴家今番出门,倘家父母若有事相求,望姊姊念奴情分,莫要推辞,足感盛德!”映雪怎知教他代嫁,即答曰:“贱妾母女受老爷满门大恩,妾非忘恩背义之辈,老爷夫人若有差遣,虽赴汤蹈火,亦不敢辞。”孟小姐闻言大喜,曰:“今日你我同荣兰三人在此作证,姊姊须记此日言语,日后方好相见,切不可违悖!”映雪曰:“正是。若有异心,狗彘不若!”荣兰暗笑:“好呆痴!叫他与男子同睡,却亦应允。”孟小姐曰:“既蒙姊姊应承,妾亦可放心无虑。”映雪曰:“贱妾之事,只管放心,但愿小姐此去,与刘国舅加倍恩爱,早生贵子,妾愿足矣。”孟小姐曰:“怕今生是不能够了。”映雪曰:“刘国舅为了小姐费尽心力,小姐却又才貌双全,一娶入门,即便如鱼得水,小姐怎说今生来世的话。”孟小姐曰:“亦不知何人与他恩爱,姊姊久后便知。”映雪暗想,明是抵饰之言,便说了几句闲话。孟小姐辞别曰:“姊姊好得安寝了。”荣兰点灯,映雪送到房门口,孟小姐拦住曰:“夜深了,各人自便,不必远送。”映雪曰:“领命了。”见小姐去,方回房闭门,解衣上床,暗骂:“枉读诗书,全无一分节操,真是可耻!”

且说小姐主婢入房,丽君心念,再不得绕膝承欢娱父母,分题问学共同胞。一旦出门,不知飘流何处,逃向何方,不觉哭倒在地,荣兰急忙扶住道:“欲逃就要狠心肠。”丽君收泪,令荣兰:“将火盖上,你我坐待夜深,好得改装。”荣兰侍坐,不敢言语。只听外面更点分明,延至三更四点,四处寂静无声。小姐曰:“更深了,宜速打扮。”即把灯挑亮,开箱取出衣包,主婢先包上网巾,将发理好,带上儒巾——这头巾网巾,是孟小姐预先在伊兄孟公子处盗取来的,穿上靴袜,换了白绫罗裙。打扮完毕,向照身镜一照,笑对荣兰曰:“我今如此打扮,恰是一个美少年一般。”荣兰亦笑曰:“小姐如此装束,若被佳人看见,岂不销魂!”孟小姐取出那幅图画和那封书,放在桌上,又取包裹;先向祖庙下拜曰:“不孝女孙儿,抛弃故乡,惟愿祖宗庇佑,功名成就,救援丈夫满门早得出头,完成良缘。设有不测,孙女总为贞节,虽死无恨!”拜罢起来,再向父母卧房下拜曰:“不孝女抛弃双亲,辜负生养大恩,从今以后,苦雨凄风,投身客旅,好一似遭弓箭的失巢乳燕,在野飞的辞树残花。不知归期又在何日,诚为天地间大罪人。但愿功名早就,丈夫出头,还家拜依膝下;倘不遂愿,宁死于他乡,亦是薄命所招,乞恕不孝之罪。”拜罢,荣兰背了包裹,主婢出了房门来,轻轻把门掩上。此时已是四更后,幸有星光,认得路径。荣兰辨识锁匙,把一路栅门俱开,来到花园,已开四重门;复把外门锁亦开下,将锁连那把钥匙,俱放地下,只有门棍不能移下。令荣兰速往盗取有鞍的一匹马来,主婢同乘,好好赶路,方能不被家人赶着。荣兰领命,不一时牵了一匹带鞍子的黄骠马,来到孟小姐面前,遂向前把门棍取放地下,整了整包裹,将马带出门来。小姐将门掩好,主婢一同上马。小姐坐在马后,恐荣兰跌下,一手揽住荣兰,一手执了鞭,把马加鞭。那马发开蹄,“豁喇”奔向前途进发。奔到黎明,已走到五六十里路,不便同乘,即令荣兰步行相随。路上吃了干粮,赶到天晚,已有百余里,料家人追赶不着,方投客店,寻了一房,两张床安寝,次早起身,不表。

且说那潘发虽是看守花园,不在更楼,却在内园书房内睡卧,是日天将黎明起来,忽见园锁并一把钥匙丢在地上,门棍放在一边,大吃一惊,忙拾起锁并钥匙入内来,一路五重门锁俱开,正通幽香阁;忙回自己房前敲门,其妻春香开门出问曰:“何事如此慌急?”潘发曰:“如此如此,恐小姐房中聘礼有失,你快去通报。”春香曰:“待我前去报知,恐贼尚躲在楼上,亦未可知。”潘发曰:“不差。”春香忙奔到阁下,大叫荣兰,叫了好久,映雪在床惊醒,问曰:“何事如此着急?”春香在楼下曰:“只因花园外门门锁直开到幽香阁,恐失脱财物,烦姑娘代报小姐,着速查明。”映雪闻言曰:“知道了,你可退出,待我禀明。”即忙披衣开门,连叫荣兰,并不答应;奔到房门前一推,原来房门却倒扣上的,心中骇异曰:“莫非主婢逃走,故连日假做欢容?”急开门扣,进房把小姐几个首饰匣开看,并无一件,方省悟曰:“谁知小姐存心逃走,真是节烈!我却错认他失节,我真痴呆。”即慌忙下阁,奔到孟士元夫妻房前,就在窗前低声叫曰:“老爷、夫人,快快起来,小姐同荣兰逃走了!”孟士元夫妻已醒,一闻此言,急得手足失措曰:“女儿好无良心,要走须当早走。今受了聘礼,刘奎璧必奏我欺君匿女重罪,性命必不保。”夫妻穿了衣服,令女婢密报公子。女婢领命而去。

孟士元奔到上阁房,原来苏映雪已同公子并苏大娘先在房中。孟公进内,寻见刘家聘礼俱在,惟有自己首饰半件无存。苏大娘见案上这纸幅,却未知何物,即取付夫人解开,那封书落在砖上。苏映雪拾起,送与夫人,执在手中,先展开画图一看,果是真容一般;后看了诗句,曰:“难得女儿孝心,留此形像与我解闷。然不知睹物思人,令我直欲肠断!”孟士元慌曰:“且看书中有甚言语。”遂拆书细看,哭曰:“女儿怎样如此忍心抛弃双亲远离,却又深心留下移花接木之计,救我性命。”孟嘉龄向前看过,泣曰:“都是爹爹自误,我知妹子怎肯降志辱身?今事已如此,只得依计替嫁,方不有误。”夫人亦看了书信,暗想苏映雪好造化,得这等良缘,乃曰:“此计极妙,苏映雪姑娘人物又好,才学又高,妆来恰切。”即将书付苏大娘曰:“请贤母女看书。”苏大娘接过一看,映雪惊得魄魂飘荡,暗恨小姐:此书明是徐庶走马荐诸葛,叫我出来呕血,我怎肯辜负梦中誓盟改嫁?乃哭曰:

“刘奎璧逆贼陷害姑爷，满门拆散；今又迫得小姐远遁，难料存亡。奴受孟府大恩，自恨女流，不能代小姐报仇，已为不义，怎肯嫁与刘贼？妾观皇甫公子人物端厚，乃贵人相，日后必出救父。自古道，奸臣势焰如冰雪，容易兴来容易灭。奸贼终必败露。那时刘贼全家尽作刀头之鬼，我怎肯与奸贼同死？老爷可上表实奏小姐守节逃走情由，我断不肯前去同死！”孟士元惊慌曰：“我受了刘家聘礼，今若实奏，就是匿女欺君大罪。幸你才貌与小姐仿佛，正当代嫁，救了我满门。姑娘可就此听我夫妻认为亲女，不可推辞。”苏大娘暗喜有此好机会，求之不得，如何反要推辞？即安慰曰：“我们母女受孟府满门大恩，正当代嫁以报德。”说罢，即附耳低言曰：“我们小户人家，难得有此良缘，岂可推辞，误了终身大事。”遂强扯其袖曰：“速上前拜老夫人老爷为父母。”映雪此时苦在心头难说出，暗恨生母喜作岳母，怎知我早已心归皇甫郎，荣华不改冰雪志。迫我改嫁，只怕你失却了女儿。待我临嫁，带一把短刀刺死刘奎璧，替小姐夫妻报仇；然后自刎，以全名节，免得被捉受辱。

未知后事如何，且看下回分解。

第十九回　苏映雪行刺投水　刘奎璧夺妻受伤

却说苏映雪意欲刺死刘奎璧,然后自刎,免得受辱;遂拭了眼泪,假说曰:"不是贱妾推辞,奈此乃小姐的姻缘,妾怎好乘闹中争夺,是以推托。"孟士元夫妻曰:"小姐今已逃出,你肯代嫁,便是报恩,怎说夺婚?"映雪曰:"既如此,女儿就此拜见老爷夫人为父母。"孟士元夫妻曰:"女儿何必多礼。"苏映雪拜了八拜,立起身来。孟嘉龄亦上前行了兄妹礼,方氏亦认了姑嫂。士元等下楼,吩咐合府女婢,称映雪为小姐,不可使外面家人知道代嫁之事。众婢领命,暗道苏映雪好命,得此良缘。苏大娘更喜,嫁女不费分文。当下韩氏终溺爱不明,对丈夫曰:"今既有金蝉脱壳之计,苏姑娘肯代嫁,可使心腹家人分往四处追赶女儿回来,免其流落外方受苦。"士元亦是爱女之心,即答曰:"此言正合我意,谅女儿逃走未远,可令人速去赶回。"孟嘉龄忙阻止曰:"不可不可,岂不知妹子知识过人,他已逃出,即使赶到,亦不肯回来。他出门时,金珠盈囊,到处便可安身。况妹子矢志冰霜,必无失节之事;且为人慈惠,亦无夭折之虞。爹爹母亲何必过虑?"孟士元夫妻省悟曰:"我儿说得是,不必追赶惹祸。"嘉龄随即退出。只见家人报曰:"后门人报称,昨晚失脱了一匹黄骠马,并鞍子全副。门户关闭,不知从哪里去的,特来禀明。"孟士元知是女儿盗去,即曰:"偶然失脱,从宽免究,下次须要小心。"

苏映雪就在阁上寻思刺了刘奎璧,为丈夫报仇,替小姐雪恨,遂寻取一把利刀,藏在身边。韩夫人密向孟士元曰:"苏姑娘代嫁,又非我的亲生,嫁妆各物,何必许多?那些好的物件,留下家中应用若何?"孟士元曰:"我亦是如此主意。"遂把几件好的物件留下。是日因来早女儿出嫁,甚是忙乱。

刘奎璧因思孟小姐饱学,新房须近花园方好,即使小姐要吟咏,那池直通昆明湖,客船货物,俱在湖边安泊,来往船只热闹非常,使孟小姐观山玩水，正好作赋吟诗。就在前楼作新人的卧室。初二早饭之后，合府官员齐到侯府恭贺，因大堂备下花烛，众官俱在东花厅饮茶，只有秦布政推辞不至。刘奎璧穿了三品公服，扬扬得意，陪伴众客。不须臾，祁相大媒已到，刘奎璧出门迎接，祁相后堂下轿，众文武官员一齐降阶，接入花厅，让他坐在上面，众官与刘奎璧两旁坐下。茶毕，祁相问刘奎璧曰："各物齐备否？"刘奎璧曰："已完备多时了，专候太师驾到。"祁相曰："老夫理当效劳。"即辞了众官，连忙上轿，押了花轿及执事人等，一路音乐喧闹，花炮震天。祁相轿上簪花挂红，进城方转出东门，来到孟府。

当下孟士元父子迎接祁相，步入花厅，见礼坐下。茶毕，家人呈上筵席，祁相谢曰："不必费心，请令爱速速登舆，免误良时"。孟公令家人小心服侍祁相，父子入内。映雪之母早间催促映雪，已打扮停当，暗藏一把利刃，系在裙带之上，插在腰间，俱未知道。孟士元夫妻早备二名小婢随嫁。当下乐人奏乐，女婢扶了新人上堂。苏映雪凤冠蟒袄霞帔，打扮得如天仙一般，拜辞父母。孟公夫妻甚不过意，令请映雪之母前来。孟公夫妻搀住曰："大娘乳养深恩，请即高坐，受小女拜辞。"苏大娘假意谦让道："妾有何能，敢受小姐拜见。"孟公夫妻曰："理当拜见。"遂强扶大娘坐在当中，苏映雪下拜，大娘连称"得罪"，受了四拜，即下来扶起了新人。苏映雪追思母女此别，难得相见，何等悲伤，奈花轿已到，只得忍耐。夫人代为盖上罗帕，携其上轿，即便起行。执事排开，又有许多御赐完婚金字朱漆的高牌，更有许多妆奁，真是尚书嫁女，国舅娶妻，极尽人间富贵。

一路笙簧并奏，花炮震天，宫灯百对，白马千骑，仙乐悠扬，彩旗招展，从东门进城，转出南门，来到刘府，就把花轿停在甬道之上。祁相到东花厅，众官迎接坐下。略停了一会，良时已到，就请新人新郎出来拜堂。刘奎璧扬扬得意，女婢揭开轿帘，扶上堂来，同拜花烛。众官向祁相曰："老丞相请看新人同拜花烛。"按祁相闻秦布政说明比箭放火荐他征番等情，寻思新人不知是何等美貌，致刘奎璧如此执迷；当下笑对众官曰："老人家看新人，恐被人议论。"众官曰："老少同乐，最是美事，有何议论？"祁相曰："有如此说？"即同众官到后堂，见新人头盖罗帕，虽不见面容，但见柳腰细瘦，三寸金莲，娉婷袅娜，有如玉树迎风，尤多风韵。众官莫不称羡。夫妻参拜天地，叩谢圣上之恩；再向北拜见公公，方拜见顾太郡；然后夫妻交拜。拜毕，拥上五明楼合卺席上，对面坐下。女婢向前把头上罗帕揭去，刘奎璧认得正是楼上所见的美人，不觉喜从天降，向前笑对新娘曰："下官当日到尊府比箭，不是箭法不精，因见夫人在楼上，颜色动人，故此神迷失守，以致一箭不中。谅夫人亦必为下官不甘。"苏映雪暗想："这匹夫好得志，今晚定结果尔性命，方消此恨。"刘奎璧只道是害羞，故不敢答应，遂回位坐下饮酒。女婢进酒奉菜，好不热闹。

酒过数巡，只听得楼下女婢高叫曰："外面酒席已备，请公子下来陪客。"刘奎璧寻思：自己若往陪客，新人无人陪伴，岂不冷清？且说刘燕玉自闻得孟小姐受聘，暗道孟小姐既然失节改嫁，日后皇甫少华若得救父回朝，自己便可为正室夫人；又叹孟小姐向有才学，虽迫于君父之命，何不自尽以全名节？又怜若不失节，乃丈夫的旧人，与我乃分居妻妾，何不前去相会，看他怎样美貌，致皇甫郎家散人离，亦尽我一点妻妾之心。即从后楼步到前边绣房，只见兄长尚坐案前饮酒，急忙退出。刘奎璧早已见他，正中心怀，招手曰："我要下楼，你嫂子独坐无聊，你来得恰好，陪伴你嫂游耍，我好去陪客饮酒。"刘燕玉应允曰："哥哥请便。"刘奎璧即下楼而去。

刘小姐步入新房，向苏映雪作下万福，曰："嫂嫂在上，奴家有礼。"苏映雪见她如此美貌，而且多礼，忙起身答礼曰："姑娘请坐。"二人分宾主坐下，女婢奉茶，先说些套话。刘燕玉自思：只道孟小姐怎样绝色，今日看来，与自己的容貌不相上下。乃曰："奴虽识几个文字，惟赋诗一道，一概不通。久闻嫂嫂万斛珠玑，今后专望指示。"苏映雪曰："奴虽有诗句，不过涂鸦而已。姑娘言及诗赋，令奴抱愧，还望指教。"刘小姐曰："嫂嫂乃阀阅名姝，何必过谦。"苏映雪暗思：少时刺死刘贼，便要自刎，岂不苦楚；何不乘此寻个速死去处，免得自刎疼痛。主意已定，乃谓刘小姐曰："未知这里可有什么玩耍的所在么？"刘小姐曰："这五明楼前临街道，旁靠花园，后通滇池——就是昆明湖，乃各船往来的口岸，俱有风景，好使嫂嫂即景吟咏。如蒙不弃,奴即陪到后面观看风景。”苏映雪自想投水最是利便,免得尸骸血溅,遂答曰:“敢烦姑娘同往。”刘小姐曰:“嫂嫂有兴,奴当引道。”说罢,同往后楼,就在栏杆内,令女婢移椅坐下。苏映雪诈向女婢曰:“这栏杆碍眼不便,可速拆去。”女婢领命,就把一带的栏杆尽行拆下,只见绿水滔滔,青山叠叠。晚霞微露,浓树高遮。野草无边,寒波清澈。船只许多,往来不绝,人烟十分热闹。映雪故意说话挨延,俟刘奎璧到来,好得行刺。刘小姐只道姑嫂情深,竭意畅谈。

且说外面众官饮酒,日未斜西,那祁相年过六旬,酒量已足,即便辞席。刘奎璧再三相留,众官亦挽留曰:“天色尚早,老太师再饮几杯,进城未迟。”祁相笑曰:“列位好不晓事,只管吃酒,却不道还有二人见怪,说我们贪杯,误人好事,故早去为是。”众官亦笑曰:“老太师真是老练,不致被人见怪。”遂各辞别起身。刘奎璧乘着酒兴,回归五明楼,欲与孟小姐畅饮。来到房内,只见二婢在旁,刘奎璧忙问曰:“新夫人往哪里去了?”女婢禀曰:“新夫人小姐引到后楼观看风景。”刘奎璧即往后楼进来。

却说苏映雪坐想:投水死得清净,一道阴魂又好庇护皇甫郎与孟小姐早得团圆,谁知这池是我的死地。正在伤心,忽见刘奎璧来到,燕玉与映雪即立起身来。刘奎璧笑嘻嘻向妹子曰:“日色西斜,水面风冷,汝嫂身子薄弱,怎好引到此间受风?实为不该。”燕玉闻言暗恨:嫂嫂与我同庚,不怕我寒冷,只顾着妻子,我乃命苦,无人爱惜。刘奎璧即向苏映雪曰:“舍妹不晓事,使夫人受冷,可回房畅饮。”说罢,笑嘻嘻伸出手来,携苏映雪回房。刘燕玉暗想:“哥哥好不怕羞,有我在此,却如此不掩人耳目。”即便返身退避。

当下苏映雪见公子如此形相,一时发火,遂指着奎璧厉声曰:“刘奎璧!尔好不自忖,既无本领,敢来我家射袍讨辱;又不悔过,包藏祸心,小春庭留宴放火,谋害我夫性命,幸皇天庇佑!却又通父举荐征番,陷夫满门拆散;再通尔姊,惑奏朝廷,立赐完婚。父子济恶,少不得恶贯满盈,自有灭亡之日。今我孟丽君怎肯失身与尔为妻,尔休生妄想!”刘奎璧一闻此言,心中火发,然犹有怜色之心,自思好事方成,若是发怒,岂不弄撒了好事?不如忍耐为是。只得强作笑容曰："我今奉旨赐婚，你说此话，莫不是没福作夫人么？今念你年轻，姑不见罪。尔宜省悟，快回绣房饮酒。"言讫，向前伸手，来携夫人。苏映雪寻思：看他这等形状，怎能等得灌醉下手？不若就此动手，即跳下池中，却是爽快。遂指着刘奎璧曰："你这奸贼，我与你仇深如海，还敢妄想！我今为夫报仇，与你拼命罢！"言未毕，早从腰内拔出利刃，飞向刘奎璧的咽喉刺来。奎璧吃了一惊，即把头一低，那刀尖早着左额角眉上。奎璧觉着疼痛，忙将右手向额角一拭，不着犹可，一着满手尽是鲜血，一时大怒，骂曰："贱人，胆敢带刀行刺，料你飞不上天！"即奔上前来拿捉。苏映雪喝声"奸贼休得无礼"，赶向楼前踊身一跃，投下昆明池去了。奎璧忙向前一看，忽有一阵狂风向水面一激，水珠溅上楼来，把刘奎璧泼了一身透湿。谁知风神有意作此波浪，遮住刘奎璧的两目。是夜又有水神作起神通，把苏映雪托出昆明池去了。后来自有好人相救，按下慢表。

原来刘奎璧本是奸诡之徒，心想若无尸首交还，孟士元必诬我谋命灭尸，更难抵挡。当下心慌，容颜大变，双靴乱顿，顾不得额上中伤，急奔下楼，大叫家将曰："新人投下昆明池，汝等快从后门出去，吩咐大小船只，若能捞得尸身来献者，赏银一百两；若捞不着，每人各酬银二两。"家将忙出后门吩咐，各船上的水手知有重赏，各自争先打捞。

却说苏映雪行刺投水，刘燕玉尚未下楼，听得明明白白，暗道："好个烈女，死得有光。"亦到楼前来看，只见白浪滔滔，那有尸身？暗叹道："可惜一位节女，葬身鱼腹之中。"回想自己，日后若父母为我主婚配亲，我亦怎肯失节，负却从前订约？亦难免投水之事。

且说女婢回报，顾太郡闻得儿子中伤，好不惊讶，忙赶上楼来，但见儿子血染衣襟，着急叫曰："痴儿，伤得如此利害，尚不敷药，还要急捞尸身何故？"喝叫女婢速取金疮药来，照顾公子要紧。女婢下楼而去。刘奎璧曰："母亲有所不知，岳父此番嫁女，迫于圣旨，本来不愿。今若无尸交还，岳父必来讨索人命，怎肯干休。"太郡大怒曰："我儿好没志气，他教女行刺，若来吵闹人命，待为娘与他理论，怕他甚么！"正言间，女婢已取药来，替刘奎璧敷上伤处，又取一方纱帕扎好。太郡埋怨刘奎璧曰:“你恰自作怪,新娶妻子,何故引他到此,又拆去栏杆,使他易于投水?是你自取其祸!”刘奎璧恨恨指着燕玉道:“孩儿在前堂陪客,恰是这个贤惠妹子引他到此的。”顾太郡本来不欢喜燕玉,一听此言,恰似旺炉加了干炭,勃然大怒,指着女儿燕玉骂曰:“原来是你引了孟氏到此地方投水,来日孟士元若来追索他女儿的性命,定把你这个贱人交他偿命。”刘燕玉年轻胆怯,听得要把他偿命,心内慌张,向着他母亲跪下曰:“多是哥哥叫我陪伴嫂嫂,伊要观看风景,女儿实是敬重兄嫂,特引到此,怎知他要投水?望母亲念女儿年轻,救我性命。”太郡益怒曰:“人命之事极大,怎么说得如此容易,总把你交与他抵命,说甚闲话!”遂忿忿下楼去了。燕玉一时慌乱,立起身来,向奎璧求情曰:“妹子因敬兄长,故引嫂嫂前来,乞哥哥救我。”

未知奎璧如何回答,且看下回分解。

第二十回　孟尚书怒索人命　景夫人喜认义女

却说刘奎璧见妹子恳求相救，怒气冲天曰："我被你害得险丧性命，保了自己无事就是了，怎肯管别人闲事！"说罢，不瞅不睬，竟下楼去了。燕玉更加慌张，眼泪汪汪，急回晓云阁而去。顾太郡即差一名家将，曰："趁天色尚早，可着两乘小轿，送那随嫁二名女婢，回见孟士元报死信，你便押空轿回府。"家将领命上马，送二婢回去，不表。

且说家人来报曰："许多水手四处遍捞，并无尸身，甚是辛苦，特来领赏。"奎璧曰："你可取银，照人给银二两赏他。"家将去发赏。刘奎璧来到新房，见合卺筵席尚在，叹曰："今日只道红鸾照命，怎知却是白虎临门！洞房吉庆良宵，出了人命关天的大事情。使我白白地用尽机谋，费尽心血，真是可恨。"吩咐把席撤去，免得见物伤情，遂回书房安歇；又恐孟家满门前来吵闹，心中纳闷，不表。

且说刘家家人押了二婢来到孟府下马，同二婢上前来见把门人，曰："奉我家老太郡之命，特送二婢回来交还，你可带入内去，见你老爷。"把守大门人疑曰："为何不待我家小姐归宁带回，如何赶急即遣回家？"家将曰："可问你的女婢，便知委曲。"言讫，即急忙上马回府。

把门人引了二婢进内，孟士元夫妻、父子和苏大娘正在后堂议论，苏映雪此去与刘公子必是相得，忽见二婢回来，各吃了一惊。孟士元忙问曰："你等为何赶急回来？"二婢曰："不好了，我家苏姑娘嫁到刘府，已死得身尸无踪了。"苏大娘吓得半死，急忙问曰："这是何故？细细说来。"女婢就把辱骂行刺，投水打捞无踪说明。孟士元夫妻、父子、姑媳，俱各吃一大惊，流下眼泪。苏大娘惊得遍身发战，心胆俱裂，泪如泉涌。孟嘉龄劝曰："令爱身死，有光孟府名节，我等自当服侍你终身，养老送终，不必过于悲伤。"苏大娘泣曰："多蒙主人厚恩，不致流离失所，但妾命甚苦；小姐是我乳养，亲生女儿如今身尸无存，叫我怎不痛心也。”孟士元亦泣曰：“令爱有此良缘，为何怨恨，举刀行刺？真是令人不解。”方氏曰：“苏姑娘有义，恨这刘贼暗害姑娘逃避无踪，故欲行刺杀。公婆来早乘此报怨，速往刘家吵索人命雪恨。”夫人曰：“明是女儿行刺不成，惧罪投水。我是诚实成性，怎能索讨人命？但想不到姑娘如此痴心，这也是我家害了她。”孟嘉龄曰：“母亲若往，反露破绽，不如勿去为妙；只好爹爹同孩儿前去吵闹可矣。”孟士元曰：“说得是。”一家哭泣苏映雪死得可怜。

次早，用餐毕，父子穿上公服，上轿来到刘府。早有刘家家将瞭望，报进后堂，来见太郡母子曰：“孟尚书父子来了！”太郡谓奎璧曰：“你可去以礼迎接，若有甚言，待为娘的与他理论。”奎璧原有些肝胆，但少不得也有些心惊胆战，忙令大开中门，自己奔出府来，到孟公轿前作揖曰：“小婿不知岳父同大舅驾到，有失迎接，望乞恕罪。”孟公以手一招曰：“贤婿免礼。”奎璧让二轿来到后庭下轿，请孟公坐在上面，自己与孟嘉龄在两旁坐下。茶毕，孟公怒容满面，问曰：“小女如何投水，尸身何在？”奎璧乃将前事重说，曰：“小婿额角现有刀痕。”孟士元厉声曰：“小女既是不愿，便不肯嫁；若是投水，你当捞起尸身还我。看来明是你醉后说起往日夺婚之事，小女羞愧，恶言回答，触你怒气，或是杀死踢死，因此灭了身尸，诈言投水无尸，复把额角装出伤痕，以图脱罪。你恃国舅贵戚，但杀命灭尸，亦当偿还我女的性命！”刘奎璧被他说得无言可答。顾太郡立在屏后，一时怒发，上堂对孟士元曰：“亲翁请坐，有话请教。”孟士元答礼曰：“太郡请坐。”孟嘉龄、刘奎璧坐在两旁。太郡面带怒容，对孟士元曰：“小儿与令嫒结为姻亲，未尝有辱令嫒。亲翁却教令嫒带刀行刺，幸而小儿眼快，方得无害性命。今你父子却来争闹，我堂堂侯门，难受此凌辱！”回顾家将，速请祁相来公议。士元曰：“极好，纵无活口，也要留尸，只怕祁丞相亦不能教我勿讨人命。”

且说祁相在公馆早知孟小姐行刺投水之事。祁相已闻秦布政说知刘奎璧放火烧小春庭事情，今闻此报，暗赞孟小姐节烈，死得有名；又料孟士元不愿，必乘此往刘府吵索人命，即上轿欲到刘府，恰遇刘府家将。家将慌忙下马，向前拜见，方把孟士元父子在府吵闹、太郡拜请太师前往说知。祁相曰："汝可回报，我随即前来。"刘家人上马回去。

祁相来到刘府，刘奎璧出府迎接祁相，下轿请进。孟士元父子、顾太郡降阶迎接。方上堂，未及施礼，孟士元诉说曰："必是刘奎璧夸称夺婚势力，女儿怀惭，恶言回答；奎璧恃势杀人灭尸，务要刘奎璧偿命方休！"顾太郡亦说："孟士元教女行刺不遂，畏罪投水，孟尚书反来吵索人命。求丞相作主。"孟士元怒曰："若不愿，便不出嫁；虽系投水，亦当尸身发还。明是灭尸绝迹，求丞相定夺。"两下喧闹不休。祁相只得微笑不答，俟两面喧嚷稍息，方说曰："老夫已略知列位前情，当据实而言。孟公既遣女出嫁，焉有教女行刺之理；但刘国舅莫道奉旨赐婚，纵是当权大臣，亦无新婚入门，未曾同床，无故杀妻，此诚亘古及今所未有之奇闻。况国舅为爱孟小姐姿色，特奏赐婚，怎肯逞凶杀死令爱？看来必是孟氏耻于重婚，奈迫于君命父命，不得已出嫁，心中不愿，私自带刀，为夫报仇，实欲刺死刘国舅，以雪其恨。今国舅不死，孟氏必含怨九泉。依老夫愚见，二位系同朝之臣，不必争论，待我奏主，着此地有司建立节义牌坊，旌表孟氏节烈，此乃至当不易之论。若不听从，就使奏请朝廷，谅亦如是处置，断无别种律例。未知二位肯从否？"顾太郡曰："教女行刺不遂，又来争闹侯门，务使小儿面奏方休。"孟士元怒曰："杀人灭尸，装伤脱罪，我亦要奏主方休。"祁相曰："既欲面君，孟公父子假期已满多日，便可同老夫进京，若何？"奎璧与士元父子忙齐声曰："丞相说得极是，未知太师几时回京？我等同往公馆伺候，一同起程。"祁相曰："本月初六乃黄道吉日，即可动身。"就拱手作别上轿，刘奎璧送出。

且说孟士元父子回府，进后堂，韩夫人同苏大娘齐问索命事件若何，孟士元含笑而言曰："方才闹得畅快。"遂说明前事，"今且勿论，候初六日起程，家眷后日再搬进京。"夫人称是。父子二人即备行李。不觉初六忽已到了。一早，父子带了十名家人，押了行李入城，即进了祁公馆，见礼坐下。茶毕，祁相、孟公父子上轿，刘奎璧上马，放起数声大炮出城，合府文武官员备酒饯行。

且说当日苏映雪投水，夜叉水卒托出大江，自觉非云非雾，如醉如痴，恰遇一只家眷官船前来。按此官姓梁名鉴，字尔明，年约五旬有余，由二甲进士出身；妻景氏，夫妻相得，并未娶妾；子振麟，官拜礼部侍郎，已有妻子。梁鉴在十年前即升吏部尚书，自四年之前，梁公有心告病回乡，享那老妻画纸为棋局、稚子敲针作钓钩的闲趣。谓景夫人曰："我自出仕以来，矢志清廉，今居吏部天官，欲再升擢，就是首相，今已数年未得升迁，夫人可先回乡照管产业，我再俟数年，亦欲辞官返里，以养天年。"景氏听从，即便回乡。近因右相孙从文病故，成宗即拜梁鉴为右丞相。梁相心感帝恩，又兼精神壮健，欲再仕数年，以答圣恩，故催夫人进京相伴。景氏即由水路进京。是夜路过贵州地面近岸停船，夜叉水卒托住，船不能进。梢公嘱令水手点火照看，莫非船只搁浅，故不能行。水手忙点起火一看，呐喊道："原有一女尸托住，故而难行。"又一水手曰："这女尸面不改色，看似未死。"众水手曰："管他死也不死，只把尸推开，船好起行。"争论之声，早惊动舱中景夫人了，急令女婢出阻曰："夫人吩咐，既尚未死，不可动手，待夫人来亲自一看。"水手听命。夫人同众婢到船头细看，众婢曰："不但气尚未绝，而且容貌美丽。"夫人曰："正是。快叫水手捞起救活，皆有重赏。"众水手将捞钩勾住衣服，扶起放在船板上。夫人上前摸着心窝尚热，口内尚有气息，忙唤女婢扶入船中，取干衣服替他换下；一面速煎姜汤来救。不须臾，只见手足略动，两眼微开；再停一会，便翻身叫曰："奴好苦呀！"众婢喜笑曰："回魂了！"苏映雪闻声，如梦中惊醒，睁开两目，但见灯火辉耀，十分惊惶；忙起身来，只觉身立不住，又不知在何处地方，便惊问曰："奴家自甘一死，多蒙救命回身，当效犬马之报。"景夫人见其动止端庄，心中骇然，即令女婢移椅，教他坐下细谈。映雪曰："妾甘一死，不知列位中何人救我性命呢。"众婢答曰："是你的造化，我家夫人救你的，那上坐的即是。你快去拜谢救命之恩。"苏映雪上前一看，见夫人年约五旬光景，忙下跪曰："贱婢甘死，多谢救命回生。"夫人命坐。映雪曰："夫人在上，理当侍立，焉敢就坐。"夫人曰："坐了好说话，不必固执。"映雪便在旁坐，女婢献茶。夫人问曰："你是何方人氏？谁家女子？何故自甘投水寻死？"映雪曰："是云南省覃州府昆明县人氏，父名小泉，读书未就，早亡；母杜氏抚养成人，取名映雪，今年方十六。有一胞兄，名天禄，游荡无成，将奴家卖与势豪郑鲸为妾。奴不愿为妾，倘在家自尽，又恐郑鲸欺我母亲寡弱，复向家兄讨回礼银，故俟嫁到郑家，乘其不备，投昆明池中尽节。”言讫，泪下不止。夫人闻言感叹曰：“依你所言，真是可怜之极。我欲差人送你回家，郑鲸必向汝母兄讨人。老身实对你说，老身景氏，我夫梁鉴，当朝宰相也，原系贵州大理府太和县人氏。小儿梁振麟，夫妇已往江南为巡抚。老身现在进京，正为侍奉拙夫。只有一女，名丹华，嫁在贵阳，面貌恰与尔相仿。今念尔是一节女，愚意欲认尔为义女，未知尔心中如何？”苏映雪大喜曰：“此乃夫人提携，世上难得；但恐福薄命苦，难以消受。”夫人曰：“尔贞节可敬，不必过谦。”苏映雪叩头不已。

未知后事如何，且看下回分解。

第二十一回　成宗主金殿劝和　刘皇后内宫赐妾

却说苏映雪见景夫人要认他为义女，好不欢喜，忙向前拜曰："既蒙母亲不弃，请受女儿一拜。"恭恭敬敬拜了八拜。夫人向前扶起曰："小女远嫁故乡，小儿同媳妇孙儿就任江南，只存老夫妇甚是冷落。想你大难不亡，必多后福，他年诸事完了，也是我一片济困扶危之心。又得女儿伴我夫妻老景，真是三生有幸。大女儿取名丹华，今尔可取名素华。"看官切记，素华就是苏映雪了。此时天色已明，女婢进上一杯参茶。夫人对素华曰："尔方才坠水寒冷，这是参茶，可去吃了。"素华推辞曰："母亲年高，正当补养，女儿年轻，怎吃参茶。"夫人笑曰："此物老身常服，女儿罕吃，不必推辞。今为母女，凡事从便。"素华随即吃下。夫人引进舱中梳妆，又取绫缎衣裙以及珠玉首饰，使其更换。随后取出许多银两，赏赐合船梢公水手，家人女婢各赏银三两。众皆叩谢。不须臾，素华更换衣服首饰出来，更加娇艳。夫人喜曰："如此打扮，与我大女仿佛，真不愧相府千金。"就令众家人女婢俱来拜见小姐，"从今以后，即称为二小姐。"家人领命，俱皆小心奉侍。素华谦恭有礼，孝敬夫人，诸般体贴，有如亲女。待下以宽，夫人更加爱惜。

且喜一路顺风，日夜扬帆，不上一月，早到天津港起岸。家人雇了夫役，搬上行李，夫人母女上了大轿。一面报到京城相府，许多大臣出城迎接，伺候夫人。相府员役预备大执事，跟从夫人起身。梁相亲自出来迎接。不移时，夫人来到接官厅，入内吃点心。梁相代夫人谢了众官，先回城中。夫人笑对素华曰："少时若进府，可如此如此，与尔父作耍。"小姐笑允，母女上轿，众官随后进城，好不兴头。

夫人进入右相府庭中下轿，梁相迎接，相揖坐下。素华亦是一乘暖轿停下，却不出轿。女婢随后纷纷进来。梁相疑惑，急忙问夫人曰："暖轿内却是何人，因何不出来？"夫人亦不回答，回顾女婢曰：

"快请小姐出来。"女婢向前,开了轿门,素华缓缓出轿前来。梁相仿佛认是自己女儿,乃埋怨夫人曰:"夫人真是溺爱不明,人家娶室,原为侍奉公姑,你怎将女儿带进京来,贤婿母子岂不见怪。"夫人闻言笑曰:"太师细看此女,岂是你的女儿否?"梁相仔细一看,面貌虽似,年纪却少几岁,实不明何故,心甚疑惑,问曰:"此女好似我儿,但年纪略少,不知其故。"景夫人曰:"你的女儿在家孝养婆婆,我怎好带来。此女乃我一向瞒你,是私养的女儿,与你何干!"梁相暗想:这话好不颠倒,难道夫人另生此女,我却不知?故沉吟不语。夫人就对素华曰:"此亦是尔父,可前来拜见。"素华即向前要拜。梁相忙摇手曰:"尔非吾女,不要乱拜。"素华只微笑,立在一面。梁相又问夫人曰:"此话甚是糊涂,使老夫满腹疑心。究竟为何,请夫人细说。"夫人即说明苏映雪节烈投水情事,"因见其貌似女儿,特认为义女,取名素华。一路船上全赖此女侍奉,极其尽孝,方不寂寞。"说罢,令女婢铺毡,小姐好得拜见。梁相方始明白,大喜曰:"不意小户女流,如此有志,诚可钦也。"女婢早已铺好了红毡。梁相曰:"女儿只行常礼,不必下拜。"素华曰:"女儿得蒙二大人收留,真是死生骨肉者,怎敢不拜。"说罢,恭恭敬敬拜了八拜。梁相即着女婢扶起,坐于一旁。女婢呈上酒席,三人同饮,就令收拾弄箫楼,与小姐做卧房,饮至尽欢方散。数日后,买了两名十二三岁绝色伶俐的女婢,一名小鸾,一名翠鹤,与素华使唤。素华心念生母,自思孟府必然厚待,不必过虑,遂曲意伏侍梁相夫妻,不表。

且说祁相等俱从旱路进发,将到京城,刘奎璧先差一家将赶路,进京报知父亲,好作准备。这一早,祁相同孟士元父子并刘奎璧齐到午门候旨。成宗先宣祁相入朝,朝见毕,成宗安慰曰:"难为老卿劳苦,朕甚不安,赐卿官回原职。"祁相欠身曰:"臣劳而无功,甚为有愧,何劳陛下褒奖。"成宗疑惑问曰:"这是何说?"祁相曰:"臣于三月二十二日抵昆明县,择于三月二十八日行聘,四月初二日完娶。谁知孟氏临嫁暗带利刀,及至刘府,行刺刘奎璧不遂,砍中刘国舅左额角,因畏罪投落昆明池,尸首无存。次日孟士元父子到刘府吵索人命,欲讨尸首。刘国舅与其喧闹,言其教女行刺。臣不能决断,现在午门外候旨。”成宗骇然曰:“郎才女貌,何故行刺?”祁相方把刘国舅三箭一空,皇甫少华全中,孟氏耻于重婚,暗藏刀行刺是真等情奏明。帝方省悟叹曰:“但不知先生当时如何处置?”祁相细把令有司立下节义牌坊,旌表孟氏节义,孟、刘二臣不从,特同来面奏,未知圣意作何处分? 成宗闻言,沉吟一回曰:“律无二理,丞相所议,至当不易之言,寡人亦是如此处分。”即传旨宣孟士元细奏:“刘奎璧射袍,只中二箭,包藏祸心,遂于小春庭放火,幸神明救脱,今又瞒奏赐婚。臣遵旨遣女出嫁刘府,不意欺臣懦弱,将女谋命灭尸,望乞明断。”刘奎璧亦上前诉曰:“臣虽不才,匹配孟氏,未为玷辱,况是奉旨赐婚。不意孟士元教女行刺,幸臣眼快,不至伤命,只砍中左额角,虽经日久,现有痕可证。孟氏自知缺理,投入昆明池,一时风浪大作,打捞不及,尸首漂流无踪。次日孟士元父子冒昧良心,进府吵索人命。乞为伸冤,根究孟士元使女行刺之罪。”孟士元辩曰:“臣若不愿,便不遣女出嫁;既是投池,便当捞尸还臣。明是刘奎璧恃势说起重婚,臣女知耻,恶言回答;国舅乘醉杀死,因此灭尸无证,复又装伤,希图脱罪。若不偿命,臣心何甘。”成宗见刘奎璧人物俊雅,已自欢喜,乃曰:“二卿不必争辩。”即对孟士元曰:“朕方才问祁相,已知其详。朕实念卿女错配叛反,误了终身,因此赐婚,完尔女良缘。不意尔女节烈,带刀行刺,惧罪投池。谅卿决无教女行刺,实朕迫死尔女,与刘奎璧无干,是寡人之过也。二卿乃是同朝之臣,还要尔等齐心协力,同辅朕躬,从此两下和睦。”传旨着差官带诏,命云南巡抚给出库银,在昆明县速造节义牌坊,旌表孟氏节烈。孟士元叩头谢恩,帝命孟士元父子领旨,各复原职。帝又令刘奎璧领镇国大将军印,在朝供职。刘奎璧谢恩曰:“深蒙陛下隆宠。”帝又曰:“御妻思念满门亲属,国舅可以进宫朝见,以叙手足之情。”就着内监引国舅朝见皇后。

刘奎璧随内监进内,到了昭阳宫前,内监进宫,见刘皇后曰:“奉圣上差遣,送到刘奎璧在宫门外候旨。”原来刘皇后乃是织女娘娘降世,秉性孝友仁慈,一闻此言大喜,便宣进宫。奎璧入宫,山呼朝见。皇后笑嘻嘻传旨曰:“御弟乃手足至亲,何必朝见。”刘奎璧曰:“君臣之礼,焉敢紊乱。”皇后曰:“御弟平身赐坐。”奎璧坐旁设绣墩。内监献茶毕，皇后问曰："贤弟几时完娶？几时起程到京？"奎璧曰："臣于四月初二日完婚，初六日起程，因同祁相相从旱路进京，今日乃是七月初五日，早间方得到京面君。"皇后曰："数载睽违，且喜贤弟长成如此雄壮，真是家门有幸。未知孟氏与贤弟可相得否？"奎璧曰："孟氏带刀，才饮合卺酒，便拔刀刺臣；幸得躲过，刺中左额角。孟氏惧罪，投下昆明池而死。次日士元父子吵索人命，故一同早间面君。"皇后大惊曰："不意孟氏如此节烈，未知天子怎样处分？"奎璧又把朝廷判断奏闻明白。皇后心知孟氏贞节，乃曰："朝廷如此决断秉公，但不知母亲贤妹在家颇好么？"奎璧曰："全赖娘娘福庇，母亲一向壮健无事，妹子亦已长成，敬守女箴，无须娘娘过虑。"皇后曰："这等话实为可喜，难得今日手足相会。"传旨备下九龙筵，前来庆贺；又着内监宣诏秦少媚、杜含香前来。不须臾，只见二名绝色宫女，年可十七八岁。朝见毕，皇后令立在一旁，笑对奎璧曰："此二女一名秦少媚，一名杜含香，非但美色，且又举动端庄，含香更知文墨。我一向欲使其成人，不使近侍天子，恐被所染。今孟氏已亡，先赐二女侍奉贤弟，若生儿亦是美事。尔再慢慢打听，若有才貌双全宦家女子，那时哀家奏主赐婚，以完室家之好，若何？"刘奎璧谢曰："多蒙娘娘厚赐，臣敢不感激。"皇后传宣赐坐，乃谓二女曰："汝若小心侍奉御弟，早生贵子，终身有靠。"二女见刘国舅少年俊美，十分欢喜，向前谢恩。皇后备二小轿，令太监先送秦少媚、杜含香二女往国丈府中，筵席已备，国舅与皇后入席，女乐奏动音乐。酒过三巡，肴供数套，奎璧辞席出宫，上马回府，拜见父亲，又与吴淑娘相见，刘捷问些家中事件。是夜二女就与奎璧同寝，成亲之际，方知皆是处女，自此留心要娶正室夫人，不表。

且说梁相亦在殿随驾，因闻孟士元所奏，心疑素华必是孟丽君，假作名字为苏映雪的，应该使他父女团圆方好。及至回府，进入后堂，恰遇景夫人，正在此处安坐。一见丈夫进来，即立起迎接，上前相见。梁相坐下曰："我有一事问女儿备细。"夫人曰："太师何故要问女儿？"梁相就把孟、刘及祁相所奏，朝廷劝和，建立孟氏节义牌坊等情细说一遍。夫人连声赞曰："难得孟氏有胆，代夫报仇，死得可怜。

但刘奎璧青年迫死烈女，日后天道必有报应。”梁相曰：“夫人说得是。只是有一件可疑之事，我想孟氏投水昆明池，凑巧我次女亦投入昆明池，那里有许多节女，看来莫不是孟氏变名，亦未可知。”景夫人曰：“相公之言是也，若孟氏改名，相公当如何打算？”梁相曰：“疏不间亲，若是孟氏，自当密送交还孟士元，完其天性至亲。”夫人曰：“妾自得此女同来，得他克尽孝道，娱我老景。若果是孟氏，我只通一密信与孟士元，使其无忧，女儿我要留在身边，决不送还的。”梁相曰：“夫人休说混话，问明再作商议。”即着女婢速请小姐前来。女婢奔到弄箫楼下，叫曰：“奉太师夫人之命，请小姐到后堂叙话。”不一刻，素华下楼问女婢曰：“太师夫人请我何事，你可知道否？”女婢一头行，一头说，就把孟尚书与那刘国舅早间面君、朝廷判断，太师因疑小姐是孟氏改名，故请小姐问明，要送小姐回府，夫人要留小姐等情说明。素华暗想：为一个弱女，致使两家面君。但我母在孟府，谅孟家满门决不薄待。我今若认作是那孟氏，不过是乳母之女；若认作苏氏，梁相决不疑惑，亦不往问孟尚书，我就是一位相府千金，岂有舍贵就贱之理？早到了后堂，上前向梁相夫妇各作了四个万福，然后坐在一旁，问曰：“爹爹母亲呼唤女儿，有何吩咐？”梁相细说孟尚书与刘国舅面君，朝廷判断等情，“我想昆明一个小县，一时那有许多节女，尔莫不就是孟小姐改名？若是，待老夫密送尔与令尊相会，完全尔天性大伦。可从实说来，不必隐瞒。”素华曰：“二位大人尊前，怎敢欺瞒。女儿果是贫士之女，晓得甚么孟小姐，怎敢冒认，大人何必疑心。且昆明池周围数里，直通大江，岂只一位孟小姐而已。”梁相夫妻大喜曰：“我亦实难舍尔回去，但尔乃是至亲父女，我不得不送尔回家。尔若果不是孟小姐，便可住我家，娱我晚景，真乃天从人愿。”

未知后事如何，且看下回分解。

第二十二回　孟小姐换姓改名　康若山移花接木

却说素华再陪梁相夫妻坐谈些家常絮语，乃辞别回楼，寻思：我今在相府，呼奴使仆，锦衣玉食；可怜小姐主婢奔走天涯，无限苦恼。天若可怜，使其到此，以报大恩于万一，但恨皇天不肯与人行方便。每想到前情，便自珠泪交流，又不便对人说的，只是暗自悲伤。

且说孟小姐自四月初一早逃走，主仆同骑，赶到天明，已离家二十余里。赶到一百四十余里，主仆不便同骑一马，乃雇乘小轿自坐，将马给与荣兰骑着。是日方寻客店，租了一座房，二张床，主仆饱食，各自安息。小姐对荣兰曰："若人问我来历，可说我是昆明县书生郦明堂，字君玉，要进京求功名。只因你本是女流，又兼貌美，惹人疑心，从此可改名荣发。今对尔说过，免得临时匆惶，露出马脚。"荣兰称是。主仆二人，一马一轿，或明堂坐轿，就把包袱放在轿内。明堂体恤荣发娇弱，凡事爱惜。

至四月中旬，来到贵州一小镇中，荣发受不得辛苦，经不起日晒风吹，早已神虚气弱，就患起病来，即觅客店调息。明堂亲自理其脉症，将药吞下，服侍一切，而荣发不即见痊。按郦明堂虽看过《本草纲目》，曾知药性，乃未曾习学脉理，一连诊到四天，反成了寒热。至二十日，只是仍不痊愈。又遇连日下雨，一日夜降了数十次，实在烦闷。偶对荣发曰："今天已是四月二十日了，未知到京尚有多少路程？倘赶进京不及捐监考试，须待后科，又要延缓三年，岂不老之将至。哀哀苍天，何其恨人至深！"荣发躺在床上答曰："相公矢志为此，谅天庇佑，功名定必成就。"此时房中业已上灯，荣发不觉沉睡。明堂独自对灯闷坐，天又下雨，忽大忽小，初更后，好似深夜时景。想自己身离故土，有似落叶浮萍，荣发又偏在此时生病，行李书箱无人照管。不觉百愁攻心，遂口吟一绝曰：

凄凉旅店正黄昏，苦雨偏惊远客魂。听得更深无一事，方知都为写悲痕。

郦明堂吟毕，独自无聊，解开包袱，取出一卷文字，披在案上，挑灯看玩。一时高兴，轻轻朗诵，清脆无比，早惊动了一位富商。这富商乃湖广武昌府咸宁县城内人氏，名叫康若山，字信仁，娶妻孙氏，夫妻相得，并无儿子。孙氏但生一女，取名胜金，却有几分姿色。康若山亦只道命中缺子，不思取妾。因思吾女及笄，要嫁个饱学佳婿，日后高中居官，亦荫我为外封翁，便是富贵人家。就吩咐媒人，女婿要择饱学书生，选来择去，恰好同县有个新进的秀才，名叫滑全，年方二十岁，父母俱在，家资约有十余万金，务农为生。自己居长，尚有四个弟弟，皆年幼。这滑全十四岁出考，恰遇学政出的题目正合着他熟读的旧文，抄上卷子，学政误取，进了咸宁县第二名秀才，世人即称为神童。康若山只晓得买卖账法，诗文一道，俱皆不谙；访问他才学，念书人只隐恶扬善，谁肯败人名声？俱称滑全奇才，定是未发的翰苑之才。康若山闻言大悦，许允婚事。及行聘过门，家中夫妻极其合式。孙氏只此一女，滑全随与父母相议：岳父母无子，我夫妻假意侍奉，岳父母必定欢悦，将家财付我执管。父母听从，滑全即向岳父母称伊父母尚壮健，又有四弟服侍，岳父母膝下冷静，小婿夫妻想欲常住岳家，侍奉一切，以尽孝心。孙氏听说，大为喜悦不已。惟有康若山忖知其意，寻思我已无子，少不得死后家资与他们夫妻受用；且他的父母年过六旬，怎说尚壮？我夫妻只四旬外，且有童仆服侍，他若不贪想财物，岂肯丢去生身的父母，却来奉侍我二人么？此真势利不堪。我若说破，反似无趣。康若山自知夫人孙氏愚昧无智，反要说我无情，在女儿夫妻，却来怨我。我今诈作欢欣，掩人耳目，家财偏不交他执管，将计就计，使他大失所望。因假作喜色，对滑全曰："女婿夫妻果然孝行，此事正合吾意。"滑全只道其中计了，遂般来同住，百般承顺，孙氏更加喜悦。

按康若山家宅、田园、金钱各项，早交妥人执管，连孙氏且无权柄；滑全夫妻要用一文，亦须向执管人领出。这一年岁考，考在三等之后，深恐革去一领青衫，遂向岳父母说，使人进京捐纳九品职员，免了岁考罢。恰正岳父知其文理不通，亦恐其革去生员，只得用了数百金,代其捐纳职员,惟存心账项出入,不交他管理。滑全无可奈何,只得使妻运动岳母孙氏。孙氏劝其夫曰:“女婿诚实俭朴,何不把银账交其管理?尔亦清闲。”康若山心思,我若是把家务交他,岂不被他笑我中计?乃诈言曰:“我所托的,皆是妥人。贤婿要用,即可向取,何等清闲,贤婿正可讲究诗文。若将家事交他管理,他便劳心费力,连才学亦荒了。本是爱婿,反为累婿。”孙氏信以为真,遂不再言。

滑全颇有些恨岳父之意,康若山亦知其暗恨,总想我为无子,故被这厮打算;我今年五十岁,四季补养,精神不减,岂真不能生产?妻孙氏年虽小吾一岁,体力微弱,不能受胎。今婿如此存心欺我无子,何不取一少年美妾,或能生子,亦未可知。即令媒婆探访贫家之女,只要才貌双全,不惜厚金,娶来为妾。此言一传,就有许多贫人贪他重价,若得生子,便可得他财产,一时就有许多庚帖送来。康员外拣了一个寒士洪任之女,名柔娘,颇有姿色,年方十七岁,的是处女。员外用了四百余两银子,娶入偏房,却亦小心敬奉大娘,因此妻妾相安,甚是相得。入门不过月余,柔娘已怀胎了,员外大喜。到了次年正月,康若山已五十一岁,柔娘果生出一子。员外收得贺礼珠玉甚多,满月以后,贺客满堂,真是热闹,皆称老蚌生珠。若山即将此子取名元郎,即叫一个乳母抚育。惟有滑全恨之入骨。康若山早知滑全暗中怨恨,诈为不知。再一年,若山已是五十二岁,自思我已生子,偏遇女婿贪财,待我再娶一妾,或得再生一子,正好气煞我存心不良之女婿,看他有何能为。就再用银子五百,再娶了贫民张大洪之女,亦是处女,名德姐,年方十六,亦有容貌。孙氏虽是不悦,却不敢多言。这滑全自思老儿不死,家资一定要花费过半,真是说不出的可恨也。康若山正喜二女和合。

又过二年,已是五十四岁,自思我已老,岂能抚育元郎长大,我若先死,孙氏必将家产和女婿对分,且又袒护女婿,隐匿财产,名称对分,元郎母子无有十一。今尚算壮健,且再出外经商,吃三四年辛苦,亦可多得十万银子,就好设法分定,免得日后异言。乃领了四个惯出经商的家人,往外省买了七八万银子的珠宝,欲回家园。因遇连日下雨,路上泥滑难行,是夜亦歇在郦明堂同店。又值天气炎热难睡,步出房外散步。正在纳凉，忽听书声朗朗，从门缝中偷看，恰见郦明堂乌发满头，比女子还要加倍。正为因热脱去头巾，看得明明白白。面形如莲子，颜色似瑞雪朝霞，秋波一转，百媚俱生，又见一双玉手，洁白如雪。自思富贵生于手足，聪明生于耳目，看此少年，日后必是大贵人无疑。且珠宝我能识货，岂有人之贵贱反看不出之理？我今凭这目力进去，他必和我相会的，若肯认我为父，将来做官，我岂不荣耀呢！

明堂已停了读书，此时康若山走将去，即轻轻敲门。明堂吃了一惊，忙将头巾戴上，问曰："是谁？"若山低声答曰："同店客商，因见客官如此勤读，特来动问，大为不该。"明堂即开门相迎。若山入内，明堂见是一位老人，虽着家常便服，却也大有丰采精神，忙移一把椅子，同若山分宾主坐下，壶中尚有茶，忙敬一杯曰："旅舍不恭，望乞恕罪。"若山接茶谢曰："雨夜无聊，特来相访，多蒙足下过爱。"明堂问曰："老丈乡居何处？高姓尊名？作何营业？请道其详。"若山曰："老夫姓康，名若山，字信仁，因贩些珠宝，欲回寒舍，就在湖广省武昌府咸宁县居住。请问客官尊姓大名？贵府何处？欲往哪里贵干？"明堂答曰："原来就是康员外，失敬了。"若山曰："怎当员外之称。"明堂曰："小生姓郦，名明堂，字君玉，乃云南云州府昆明县人。小生年方二八，意欲进京捐监，赴省乡试，以图便捷。奈小仆抱病，在此调理不痊，心恐进京考试不及，有误功名，因此闷读。不料惊动老丈，获罪良多。"康若山曰："原来是一位名士，少年有志，真是可敬。但你主仆年幼，又未到过北京，且山东一路，响马甚多，倘有失错，人财两失，深为可虑。"明堂叹曰："老丈见教，实金玉之言。但为着功名，其余只得俱付之天命了。"若山曰："事须万全，岂可冒险而行。老夫虽久出外在北，亦只有几个相好，若要捐监，只寄姓名住址年貌上京，相好铺户即替你捐下，监单一到，就可进省考试，不必进京，岂不两便？但有一事，足下若肯听从，却就便捷。"明堂曰："老丈有何言语，只管见教。可行则行，不可行则止。"

未知康若山说出何语，且看下回分解。

第二十三回　风流妾暗羡才郎　慷慨父厚待义女

却说康若山先将自己备细说明:“人虽称我为康百万,其实只有五十万。只有一子,年方四岁,我只望他做官,荣显福荫,我受些荣耀;又有一女,名胜金,嫁婿姓滑名全,乃是生员。但滑全这夫妻贪我家资,假来奉敬,若想将婿为子,我替他捐纳了职员。今小女年已二十四岁,虽生有一子,终是外人。荆妻痴愚,只是溺爱女婿。今看足下如此才貌,定是翰苑之品,欲与足下相交,奈老少不相配;足下若肯怜我苦命,认我为义父,亦不望你更换姓名,只顾目前热闹而已。足下如肯体恤,即同我返舍,捐监一切银两,俱是老夫料理,足下只准备进考,未知尊意如何?”郦明堂曰:“既承老丈不弃,怎敢不从。但有一说,我家亦有些产业,非是贪图老丈富裕。我立誓分毫不取,务要成名,报答老丈,受个诰封,方足吾愿。”康若山曰:“此乃足下立志,但老夫自有设法。”郦明堂即恭恭敬敬拜了八拜,叫声“父亲”。若山笑逐颜开,两手扶起曰:“多承我儿好意,但恐老夫福浅,难以消受。”明堂曰:“正欲荷庇荫,且儿若能得志,父亲正要受朝廷恩赐,怎说不能受拜之言!”言讫,即拾起席来,仍安放床上。康若山曰:“今当各早安睡,来朝便到我房中梳洗饱餐,以便赶路要紧。”就出了房门,回到自己房内安息。到了四更多起来,催促店家备好酒饭,一面对家人说明郦明堂的住处房屋:“尔去探看,大相公若是起来,可请到这里来梳洗用餐。”

家人来到明堂房前,见郦明堂一个正在收拾物件。家人曰:“员外请大相公前去用餐。”明堂忙开门去唤醒荣发看守门户,即同家人往见康若山。若山就汤水梳洗毕。家人取了点心与荣发吃,各人饱餐。车夫早备车伺候。明堂带领家人把各物搬运上车,扶荣发卧在软车内。家人算给房饭钱。员外同明堂各坐一车,家人脚驴起程。近早饭时,一家人先奔前面,饭房备下好饭菜。及康若山一同进内,各人吃饱,起身赶路,将晚即找一个大客馆安歇。果然富家出外,却亦利便。不上两三日,荣发病亦好了。驰驱一月,已是端阳后九天,这一天早饭后,已进武昌城。只见家人已报家中,说员外回家,满门欢喜,迎接员外,惟有滑全假作殷勤,出门迎接,一见岳父,欠身打恭曰:"小婿不知岳父回来,有失远迎,望乞恕罪。"若山即同明堂下车,谓滑全曰:"烦劳贤婿迎接,大为不安。"即对明堂曰:"我儿可来与姊夫相会。"又对滑全说明他的乡贯姓名,欲进京捐监赴考,偶于贵州旅邸相会,承他的美意,拜我为父,尔便是郎舅了,可前来相见。

滑全自思:去年生子,已分一半家财;今又螟蛉此人,眼见我只得家资三分之一;若再数年不死,这些家产要弄个十余股分派,岂不枉了我一片心思?无奈勉强向前作揖,一同进门。家人忙搬行李物件进内。孙氏同若山的堂妹康氏,年三十余岁,前来相会,忽见郦明堂人物俊秀,皆起疑心。若山重复说明来历,孙氏不悦,但不敢多言。明堂当即拜为母亲,再拜姑母。若山又唤女儿前来,令其与弟相见,曰:"以后姊弟相称,无用避嫌。"明堂向前拜见姊姊,胜金行了同辈之礼,即退入内去。

且说柔娘抱了儿子元郎,同姊德姐来接丈夫,忽见明堂骨格轻盈,丰姿灼灼,俊秀难言。二妾眼中看得细致,欲来相问,又恐见疑,只得躲在门帘内,愈看愈动起火来,假意不知而出,一见明堂,即诈羞躲避入内。若山招呼二妾上前,曰:"这郦明堂认我为义父,与尔姊妹年虽仿佛,却有母子名分,正该前来相会。下次我若不在家,尔等与明堂相见,即以骨肉相待,不必回避。"二妾闻言,正中心意,即将孩子放下,与明堂行礼。拜毕,明堂问曰:"贤弟唤甚名字?"柔娘答曰:"叫作元郎。"

闲文不表,康若山忙写书信到京,托相好铺户代捐京监,以便赴试。开了明堂的姓名年貌,只入籍湖广武昌府咸宁县,把履历封在书内,差了两名家人起程,限日赶到。

且说滑全乘隙暗对胜金曰:"你可知道,这明堂必是外方小旦,故此美貌。令尊勾搭上了,认作父子,绝人闲论。"胜金曰:"家父从来未有如此之事,尔今休错认。"滑全曰:"令尊这几年连娶二妾,自然连少友亦好了。”胜金称是,乃密对孙氏说明。孙氏本村妇出身,心中大怒,曰:“待我看出破绽,把这人打逐出门就是。”登时在内喝鸡骂狗,狠声恶气。康若山知必是滑全播弄,诈为不知,令人打扫花园等处,与明堂安息。明堂进入花园,虽是窄小,却是花厅书房,亦有可观。厨司时刻送点心来,堪称佳品,荣发亦受享不完。到晚间荣发对明堂曰:“员外虽好,安人却有些不喜。”明堂曰:“安人乃村妇,胸无识见,听信滑全之言,我只看义父面上,置之度外。但是元郎须找件物事相送。”当下打开行李,找出一个珍珠穿成的珠球,真金小锁一把,并假金小练一条——穿了在项上制煞的,外有玉盘龙小手镯一副,安放停当,主仆安寝。

到了次早起来,带着三物进内,便去请安。女婢问曰:“大相公早来何事?员外安人尚未起来。”明堂曰:“既未起床,不必惊动,少停再来。”若山在床早已听见,大叫曰:“孩儿不必退去,我起来了。”明堂只得手揭门帘入房,向前请安。礼毕,女婢移椅子坐下,并茶亦送来。原来二妾贪看明堂姿色,今来请安,正好抱着元郎,故意亦来请安。明堂心中大喜,把元郎抱来曰:“贤弟,我有物件与你带上。”即取出黄金练,把它带在颈上,再把玉镯亦套在两手。元郎大喜,走下地来,来见爷娘曰:“我的物件整齐么?”若山把手上细看曰:“明堂好无打算,小孩子只好买假的,何必用真的金玉,破费太多了。”明堂曰:“这两件物俱是我年幼挂的便物,不是买的。”若山再看,果然是旧物,乃赞曰:“孩儿有此物件,不愧是富贵人家。”明堂曰:“舍下虽有薄产,却是土户乡民,此物不足见重。”说罢,即告别回到花园去了。

且说柔娘、德姐因见明堂容貌,俱皆欢喜着魔了,二人回房,称羡不已。德姐曰:“明堂一双眼目,生得天然俏丽,虽好手画工,亦画不出的。”柔娘曰:“莫道俏眼难及,我细看他皮肤,洁白嫩软,就如轻绡一般,实在可爱。未知异日那家女子得嫁此夫,真是三生石上好姻缘。就是家财不多,亦已甘心情愿。论他皮肤,莫说我年大,不能与他相比,我方才细看贤妹,尚且不及。虽年纪相仿,看他真是比花鲜明,比玉生香,袅袅若嫦娥出世。”德姐听说,知其已动心了,答曰:

“尔我虽称异姓，情同至亲。我看此人，必是山川毓秀，天地生就的如此美貌，莫说男子少有此等容貌，就女子中亦无其配。”柔娘曰：“尔我父母贪了厚聘，嫁着个老头儿，弄得不上不下，真是无趣。若得配明堂，虽死亦风流了。”二人长吁短叹。不须臾，家人已把元郎各物买来，惟有玉镯，无有盘龙的，只拣了一双羊脂。康若山看过，把旧的收下，日后赠与外孙，不表。

早饭后，若山进花园来，明堂迎坐曰：“非孩儿迫促，奈功名大事，望爹爹速差人进京，此事要紧，不可延误。”若山笑曰：“我昨日进门，即打发两家人进京去了，何待今日？”明堂曰：“既是进京，何不与孩儿说明，可将捐监银两并这路费取去。且不知父亲是把孩儿报甚名姓？”若山曰：“为父岂不能捐一监单，与孩儿进考，却要费我儿的银子。姓名原是郦君玉，只是入了湖广的籍，尔道做得么？”明堂曰：“何不报父亲这康姓，何必原姓，分别亲疏？”若山曰：“多承我儿有此美意，父子相称已是过分，何敢改姓？”明堂曰：“孩儿蒙爹爹厚恩，改姓亦不为过。”正言间，厨房备上两碗粉汤，前来解暑。若山问明堂曰：“这厨房煮的滋味可合式么？”答曰：“极好。孩儿正要说明，身子薄弱，受不得许多饮食，请一切从便。”若山大笑曰：“我正虑厨房不会小心供奉。”乃吩咐厨司曰：“尔务要格外做好，能合大相公之意，我重重有赏。”厨司连声答应而去。若山退出，即叫两名成衣匠前来，量明堂身材，赶造几件纱缎衣服，与明堂替换。滑全看见如此情形，好不痛恨。

一日，家人忽报吴姑爷回来了。只见吴道庵手执两物，汗流两颊，进来见礼曰：“老兄几时回来，适值小弟他往，有失迎接，望祈恕罪。”若山答曰：“昨日方回，且进去换衣服再来。”

未知后事如何，且看下回分解。

第二十四回　错中错二妾求欢　人上人三元及第

却说康若山只一个堂妹，凭媒配与寒士吴道庵，只为夫家贫窘，入赘岳家，两家父母俱亡。道庵才学却亦将就，已入泮得了一名秀才，早年亦曾讲究药书脉理，他即力学脉理，甚是精通。当下进去沐浴更衣，康氏即说知郦明堂事。

道庵更换衣服后再来见若山，礼毕，问曰："老兄回来，生理利息好否？"若山答曰："我的生理，只怕不做，不怕无利息。"道庵曰："闻得收一义子，乃是一位佳士，未知才学究竟如何？"若山曰："此子我凭着两眼看来，知是个佳士，实未知才学如何，正待贤妹丈前往评量。"道庵曰："老舅巨眼，珠宝尚能看出，岂有人才看不出之理。"若山曰："这文字我却不通，就烦贤妹丈一试。"道庵曰："既是贤侄，理当一会。"二人即到花园，明堂出来迎接。若山指着吴道庵曰："此位就是我前对尔说的姑丈，乃是生员。"明堂即上前拜见。三人坐下，若山即令厨司备一酒席，前来会亲。

不一刻，家童送上酒肴，三人入席。道庵论起诗文一事。这道庵的才学，原来远不及明堂，谈论之间，明堂引古证今，滔滔不绝，有问一答十之概，真天下奇才，吓得吴道庵不敢再问，自思我与他比学力，犹如竹篙探海，怎知深浅？明堂见他学浅，知道他行医，就问起脉理一道。吴道庵本为儒医，脉理尚有讲究，直至日夕而散，道庵入内去了。若山谓明堂曰："尔姑丈老成练达，凡文字有不到之处，须问他便是。"明堂答曰："文字却不必烦，父亲可向姑丈说，孩儿现今要求姑丈尽心指教脉理，就感恩不浅了。"若山笑曰："尔不行医，反要学习脉理，这是何说话？"明堂曰："医能救人性命，正是第一件大事。"若山曰："此却容易。"即入见吴道庵。道庵亦从内出来接见，连连打恭曰："我只道尔发财，是八字生得好，财气极旺，未必有兼人之能。今看你认的这义子，有如此之眼力，小弟甘拜下风，敬服敬服！"若山大喜曰:“妹丈此言,莫非明堂有些才学,将来功名有望么?”吴道庵曰:“若论文才,真是翰苑之品,且其面貌美丽,生得端正,不是官家之子,定是公孙之苗裔,却未知如何与你认作父子? 令人不解。”若山就把前情说出。道庵不信曰:“我只道大官员是祖坟风水得来,故能有此才貌,谁知却是农家出身,真乃令人不解。”若山曰:“他虽有些才学,还望姑丈指教。”吴道庵答曰:“学无前后,达者为尊。贤侄天资聪敏,莫道小弟拜服,就是云南乡绅中恐亦无此才学及得明堂。”若山曰:“方才要求教脉理,望妹丈不可妄赞。”道庵曰:“这事便当,通文之人,待我略为指点,不须一月功夫,脉理自然精通。”次早即取脉学,与明堂讲究,尽心指教。果然明堂胸中早已透彻了。

且说柔娘、德姐自见明堂之后,心恋明堂美貌,时刻私下窥探,故意出入相遇,温存询问。明堂深知其意,寻思月里嫦娥爱少年,凡相逢之际,即笑脸相迎,弄得二女动情,恨无机会共效连理之枝。一俟康若山不在内,二妾即诈接元郎到花园耍玩,暗探机会,奈荣发寸步不离。

忽一日早饭后,康若山有事出门,荣发亦到街游玩。明堂独坐读书,正用功之时,恰逢二妾思想无聊,特抱元郎来到花园,遥见明堂攻书,荣发不在。柔娘自思:此真机会难逢,我今假意回避,德姐必去俯就,且待好事将成,我偏去撞破,然后三人合为一路,互相照料,此事必不败露。即对德姐曰:“我外面还有事未完,好一番耽搁,孩儿烦贤妹看管。”德姐闻言,正合私意,心花大开,抱了元郎曰:“姐姐请便。”柔娘即自出去。

德姐遥见明堂在窗内犹如潘安一般,忍不住欲火上焚,却又不便直进。寻思此刻不成,更待何时,当即向前含笑曰:“天气炎热,少年人当寻芳取乐,何勤读若此,有损玉体,徒伤精神?”明堂心知张松献地图,待我戏弄试试,看他如何? 即立起,亦含笑曰:“功名大事,若不如此,何以报答义父。此间并无外人,姨娘何不进来少坐么?”德姐闻言,正中心意,即对元郎曰:“我抱尔同到哥哥房中少坐。”遂手揭门帘入内,把元郎放下,元郎自去游耍。明堂即移一把椅子曰:“姨娘请坐。”德姐终有含羞之意,无奈春心已动,将椅放在案头坐下，一手把在桌上，笑迷迷两眼望明堂送情。停了一会曰：“我尝与柔娘称羡尔的美貌，未有妻室，岂不寂寞？员外却不念及此事，亏你孤枕独眠！”明堂曰：“小生立志，功名未成，不敢言及婚事。”德姐曰：“尔言愚哉！功名虽是正事，而色欲亦是风流。岂不闻唐李靖提着红拂女灯夜间私奔，后来双双成仙，千古以为美谈，未见有伤风化。”

明堂知他深明故事，即说司马相如贪卓文君，唐伯虎爱秋香，亦士人佳话，奈小生命舛，未有此奇遇，故终未动心耳。德姐乃乘势曰：“贱妾虽及不得私奔，亦可效其叙情，但郎君乃解人，不用多言。主人年老无能，耽误青春，向慕郎君才貌，形于梦寐。君不嫌妾丑，愿以身私约。”明堂暗笑：要我作情，哪里能做。

却说柔娘早已在旁窥伺，料到好事将成，笑而进曰：“贤妹在此，诉得隐情。”德姐自知难瞒，即携手向内：“你我同病相怜，何不进来，剖白心曲。”柔娘进内，向明堂曰：“妾等不顾羞惭，实慕郎君才貌无双。君可放心而行，员外并不防备。”言讫，眼泪汪汪。

明堂自思：酒不醉人人自醉。但义父年老，精力不足，二女若与他情热说笑，义父亦可助兴；我若不说绝，二女心向在我，心越发不理老人，老人愈无兴致，势必结怨，岂非是我害他？遂曰：“多承二位姨娘美意，非我不知情，但恨你与我缘悭，乃母子名分，不比红拂女、卓文君，得以叙情。况员外义重，安人量浅，倘亦知道，利害不小。不但前程难保，还要累及二姨。劝二位收心，和老父相亲，自必加倍相得，多生贵子为是。”

二女闻言失色，心中悔悟，谢曰：“难得你年轻有此大义，我等蒙教，不致失节，感恩不浅。但我等丑行，望为遮盖，不可人前泄漏，足感大德。”明堂曰：“隐恶扬善，士人之立品，不必叮咛。但月里嫦娥尚爱少年，况我尔年正相仿，理当情投意合，休为此生嫌。日后相会，须要情意如初，倘起邪念，即坏人伦。尔我有如知己，不须怀惭方好。异日倘能荣贵，不负姨娘照拂之情。”二女喜曰：“不意明堂情义两全，我等真是粗莽。”明堂曰：“名分要重，情欲乃无厌之事，我立志自持，如今事过，不必再提。”二女连声称是，即抱元郎回房，互相敬服明堂大见识，从此愈见亲厚，即不再生邪念；待员外则加倍奉承，愈见明堂此举阴功不浅。

且说明堂专候赴考，是年闰七月，已放湖广正主考，乃翰林大学士袁容，副主考乃礼部郎中孟昭，到省文武官员接入贡院。是年科考，吴道庵取入一等，不是遗才，毋须再考。只是郦明堂自思监单不到，又要迟至下科，再缓三年，如何是好？康若山亦为监单因此坐立不安，走进走出，摇头叹息，只是念这监单不到，如何好考？

又过几天，学院挂牌，闰七月二十六日考贡监大收。康若山更加心急，直到七月十七午刻，捐监家人方回。若山骂曰："你这两个混账，如何至今方回，使我望眼欲穿。"说罢，解开包袱，取出监单并友回信。若山得了监单，如得珍宝，把监单送入花园，曰："此乃进身之阶。"明堂大喜，谢了爹爹厚德，即打算进场。

三场完毕，文字极做的得意；及揭榜，郦君玉已取了乡荐。当未出榜之前，若山将三场卷稿私问吴道庵曰："明堂文字如何，今科有望否？"道庵曰："令郎满卷珠玑，自是仙才。"吴道庵又对明堂曰："你看我的卷子如何？"明堂只是推辞看不出。到了次日，康若山探问明堂曰："孩儿今科有望否？"对曰："功名之事，岂可预料。但爹爹吩咐，孩儿怎敢欺瞒。今科文字论来该中，不知命运如何？此言切勿泄漏。"若山大喜曰："尔若能高中，我就有幸了。但不知你姑丈功名若何？"明堂曰："孩儿乃后辈，怎敢妄言。"若山曰："尔姑丈是至亲，我故关心。尔就实言何妨，我亦决不声张姑丈。"明堂曰："姑丈文字今科可中，但前列却未能。"若山曰："尔姑丈倘能得中举人，岂望前列。"

是年八月二十六日出榜，只听得大炮连声，料是贡院出榜。三人正在悬望，不须臾，只见一二十人敲锣进内，乃是报喜，大叫曰："恭喜，贵府相公高中了！"康若山、吴道庵忙问曰："郦君玉中了第几名？"报人曰："不晓得什么郦君玉，我只是报三十二名举人吴道庵相公。"便把报条取出，粘在门屏，果是吴道庵的姓名。若山再问曰："郦君玉究竟中否？"报人曰："我们不知。"若山心中大为不悦，料是不中，即取银两并折席仪，打发报人去了。

道庵对明堂曰："贤侄的文字不中，我的文字偏中，岂不考官无目！贤侄不必动气，且待下科高中。”明堂此时满面通红，曰：“小侄的文字原是欠通，莫怪不中。”正在谈论之间，荣发曰：“且待我去看榜。”

未知荣发此去看榜如何，且看下回分解。

第二十五回　为救夫明堂进京　贪美妻奎璧挂帅

却说荣发即忙赶到贡院，只见一阵人围住。荣发向前停住，就问旁人。旁人答曰："头名解元，无人认得，名字叫个郦君玉。"荣发曰："解元果是郦君玉么？"人见其问得有异，忙问荣发曰："老兄若知解元踪迹，望乞指示。"荣发听得主人中了第一名解元，喜不自禁，连话都说不出来，停了一会，就说曰："解元就是康若山员外的义子，捐监高中的。"报人闻得此言，即便往报。

荣发奔回家中，喘息不定。明堂吃一惊，曰："尔为甚这等慌忙？"荣发喘了一会，方答曰："原来相公高中解元了！报人在贡院打听，无人得知，小的对他说明，少停即便报来。"道庵大喜曰："这方是大主考识文了。"不一刻，只见二三十人进来报曰："恭喜郦相公高中了解元！请老封翁并老太安人前来受我们叩贺。"头报去了，二报又来，一班去了，一班又来，一时堂上热闹，人声鼎沸。康员外吩咐备酒款待报子。

这解元比不得举人，登时有抚院公人押轿前来，明堂先去拜了主考。袁公见是一个垂髫俊雅书生，留坐待茶，曰："老夫看贤契佳作，只道是老成宿儒，不意却是青年书生，令人敬服。春闱务要早进京赴试，免使老夫盼望。"郦明堂曰："全仗恩师栽培。"遂叩谢而出，又去拜谢副主考及房师，各各夸奖；然后拜见上司府县，忙了一日。早惊动了满城文武官员，陆续前来拜贺，或送联礼，纷纷不绝，俱是康员外陪坐接待。至晚，明堂方回。乐人奏动音乐，先拜家堂祖先，后拜若山夫妻，到初更后方静。次日，自有许多乡绅、同年来拜，又闹了一日。康员外乐意难言，厚赏贺客仆人。不几日，赴了鹿鸣筵宴，及送主考回京。孟、袁二主考叮嘱："冬内赶早进京应试，是为厚望。"明堂唯唯敬喏。

康员外择了吉日，竖立旗杆。一日，若山与明堂谈论家务，明堂偶问曰:“爹爹祖坟在于何处？理当祭祖。”若山曰:“尔不知吾祖家远在荆州府江陵县乡间,称我家为巨族,祖坟皆在此处,路程须要八九日,怎能累尔跋涉?”明堂曰:“既要祭祖,何辞遥远,就在来日吉期起程。”若山更喜曰:“如此则是极好了。”即进内,见孙氏夫人说:“孩儿孝心,来日同我往祖家祭扫坟墓。我族中知孩儿荣宗耀祖,亦是我的体面。”孙氏闻言,心中喜悦,急忙收拾行李物件,令人备了三乘大轿;因荣发力弱,跟随不上,亦坐一肩小轿,带了四名家人,多备银两,次早一同上路。

夜宿朝行,赶了八九日路,已到江陵故里,就在亲近族中安歇。若山率子拜会同宗并及诸亲友家人,皆说富贵双全,日日请酒。其中寒苦亲族,各有所赠,无人不感激欣幸。一连三日,祭祀祖坟毕。次日闲暇,明堂探知皇甫敬元帅府第,离此不过十里之遥,思欲前往一游,以遂志愿,即对荣发说知。早饭后,向义父说曰:“孩儿欲带荣发出门游玩景致,特来告禀。”若山曰:“游山玩景,正是雅人所为,但尔主仆柔弱,不宜远行,当早回来;若路稍多,则宜坐轿,步行恐太劳累。”明堂称是,带些碎银,两人步行,一路访问皇甫元帅府第。

行了七八里已到。按皇甫家风已四代富贵荣华,所以府第极其高大,屋上两头挂着兽头,重门关锁,府前寂静无人;门上一对大铜环,带着一把大锁,加上十字形两条封皮,乃是锦衣卫所封的,上面用油纸盖住,以蔽风雨。但见蛛网布满门前,数株大树,鸦鹊无声。此正深秋时候,黄叶满地,无人扫除。门前有一告示,乃上书着地方官看管的榜文。明堂不觉对景生悲,泪忽流下,对荣发曰:“此乃我家,可恨奸臣陷害,室封人逃,未知何年重振家门,夫妻再得团圆。”荣发答曰:“小姐如此节义,皇天自当庇佑,早得团圆。”明堂立在门前,秋风拂面,遂有感口占一律,诗曰:

> 秋风寂寂掩重关,道是将军旧宅前。血战已虚除画戟,朱批初赐镇铜环。征衣战马人何在？夜月空梁燕不还。争似当初王谢府,英雄徒忆贺兰山。

郦明堂吟罢退出,行来不远,只见一座庙宇,甚是巍峨,匾额上写着“九天玄女娘娘行宫”。主仆进庙,由走廊下来,到大殿桌前,只见一僧坐在此处卖香烛，便问曰："闻皇甫元帅失陷番邦，家眷解京，未知可有音信否?"僧人曰："可惜好人无好报应，前日擒捉母女进京，幸而公子知风逃走，至于母女，俱无消息。闻得人说，此事皆因公子与势豪之子争婚，孟氏不许势豪之家，却许皇甫公子，故生此祸，以致陷害皇甫满门，谋夺孟氏姻缘，未知孟氏小姐能守节否? 倘不能守节，枉了皇甫灭门之祸，真是不值!"明堂闻言伤感，问曰："谅皇甫公子武艺弓马精熟，文事料必有限。"僧人曰："闻得公子与小姐乃元帅亲自教诲，诗文皆通。"即指着柱上一副对联曰："此就是皇甫公子亲笔，教工雕匠人刊刻的。相公观看，便知其才学如何?"明堂闻言，立正一望，见是八分字体，其对联文曰：

圣界岧峣清磬远，禅心寂静妙香高。

旁写皇甫芝田沐手拜题。自叹谁知却是文武全才，真是可惜；遂问曰："皇甫公子名叫芝田么?"僧曰："芝田是皇甫公子的字，尚非官名。"此时日将西斜，明堂取出四钱银子，折作茶仪。僧即欲留斋，明堂曰："敝寓离此处甚远，日后领情。"僧人送出庙门，作揖而别。

主仆辞别上路，乘轿回寓。明堂自见丈夫笔迹，暗想家门不幸，平地风波，丈夫不知逃向何方，却有幸在这里看到笔迹，真乃一代英豪，自此时刻念念不忘，寝食俱废。次早明堂起来，尚未梳洗，荣发大惊问曰："不意小姐容貌为何憔悴?"明堂不信，取镜一照，果然，不觉流泪曰："自见丈夫笔迹，朝夕思想，不知流落于何处?"荣发曰："小姐乃明理之人，须当丢去愁烦，保养精神，以求功名，救出姑爷全家性命。倘日日伤感，损了精神，则自误功名，枉了小婢苦心。"明堂谢曰："蒙尔良言相劝，自今以后，当痛改前非，用心书史。"祭扫已毕，仍回咸宁。

一日，若山对孙氏曰："尔看孩儿前日赠元郎盘龙玉镯等物，足见其非小户人家；他今乃念旧，同我远方祭祖，可见我待他不差。"孙氏曰："我看你待人尚不周到。"若山曰："我有何不到之处?"孙氏曰："你许多年纪，尚娶二妾；孩儿青春年少，孤枕独眠，你竟不言及聘娶，岂是为父的道理?"若山曰："此事我已思过多时，欲要聘娶，哪里去寻个女子容貌及得孩儿的? 我想他进京赴试，自有才貌超群的女儿可配得孩儿的。"孙氏点头曰:"孩儿容颜太美,难寻配偶;既有此意,当向孩儿说明。"

若山曰:"说得有理。"就书房去见明堂,将方才与孙氏商议进京及招亲之事对他细说,"遇有妥当婚姻,即便许允,不必写信告我。"明堂曰:"孩儿立志功名,若不成就,决不提婚姻之事。"若山曰:"婚姻亦是大事,务要留心。今可赶早同你姑丈进京,好用心攻书,免得慌忙。"明堂允诺。即取过历日,一看三日之后就是黄道吉日。若山入内取足色赤金一百两,"你可带在身上,休使众人知道。尔姑丈乃是寒士,凡事老成练达,我将路费交他,免尔劳心。"明堂曰:"既有路费,此金无用,不必带去。"若山曰:"此金以防遇有官员招亲,聘金之用,务要从厚,若是不足,可向俞员外借用,方不有误。我修书一封交付,尔进京可住在文兴号缎店俞智文员外家中,场事亦可托其照料;倘要用银,就向他告借。"明堂十分感激。若山把路费交吴道庵。次早,主仆三人辞别上轿,一路平安到京。

且说山东巡抚奏称:吹台山贼寇韦勇达,拜认皇甫敬之妻尹氏为母,伊女皇甫长华为妹,聚集贼伙数千人,看来为患不小,请旨定夺。成宗因辽东番寇攻打登州利害,遂置不闻。刘奎璧知有祸来,密与心腹商议:可恨皇甫少华夺我良缘,孟氏带刀行刺,使我至今无妻。待我请旨领军,征剿吹台山,擒捉贼首韦勇达献功,夺了皇甫长华为妻,岂不一举二得?家将同声称是。

刘奎璧主意已定,连夜修了表章,次早顶冠束带,红灯照道,入朝上殿奏曰:"臣闻韦勇达并叛逆皇甫敬妻女在山聚集匪类,杀人放火。臣愿领军一万,就前往征讨,以报国恩。"成宗大喜曰:"难得国舅忠心,寡人正要差你。"即赐蜀锦袍一领,加封灭寇大元帅,就着御前二等指挥使连登为前部先锋,领一万军前往。若得破贼巢班师,自有封赏。一面着钦天监择定出军吉日。刘奎璧就在殿上穿了大红袍,挂了帅印;连登亦挂了先锋印,各赐簪花挂红,各赏三杯御酒。

那钦天监奏称十二月初三日青龙吉日,便好起军。帝准奏,就着国舅入宫,拜别皇后。内监引到昭阳宫外,刘皇后宣入,行了君臣礼,赐坐。奎璧奏明请旨征剿吹台山,特来辞别等情,皇后大悦曰:"难得贤弟有志,若得取胜,自有封赏。”即赐宴饯别。奎璧饮了数杯,即辞别回府。

刘捷闻知,惊怒交加,大骂曰:“你岂不知吹台草寇如狼似虎,吾久经大敌,还不敢自请出征,尔不曾出征,且近来气色不好,怎敢请旨出征!”奎璧曰:“凭着武艺,自信可以取胜,何必多虑。”刘捷因圣旨已出,难以挽回,只得嘱曰:“凡事须要相议而行。”奎璧口虽答应,心中大为不然。次日,奎璧领兵到操场试演。到了十二月初三日,就着连登领兵三千作前部,元帅挂印披袍,五鼓祭旗,三声大炮,浩浩荡荡,出了京城,向吹台山随后进发。

欲知后事如何,且看下回分解。

第二十六回　刘奎璧中计被擒　韦勇达迫写供状

却说郦明堂、吴道庵等进了北京城，家人领到文兴号缎店，嘱家人呈上康若山书信。俞员外看过，方知康若山的义子郦明堂，乃湖广新科解元；并吴道庵妹丈，新科举人，要借寓住宿，等候会试，心中大喜：康若山今乃富贵两全，在我亦叨荣幸。即迎入书轩，在花厅上见礼坐下，各通姓名，一面备酒接风。俞智文相陪，暗羡若山哪里寻得这等才貌双全的少年，因问曰："未知贤侄可有儿女否？"郦明堂曰："小侄年方十六，尚未定婚。"俞智文着惊曰："贤侄为何尚未定婚？"明堂曰："小侄立愿，必要功名成就，方敢议婚。"俞智文叹曰："贤侄如此诚实，比着刘国舅好色，真有天渊之隔。"

明堂正欲探国舅消息，即诈问曰："什么刘国舅？请问其详。"俞智文笑曰："刘国舅名奎璧，刘捷的次子，现拜镇国大将军，近来挂灭寇大元帅印，领军往山东剿贼。"明堂曰："小侄前闻刘奎璧与皇甫少华争婚孟氏，奎璧父子害得皇甫元帅人陷家破，未知皇甫敬妻女解京，如何处治？"俞智文就讲了擒捉母女解到吹台山时，被那韦勇达杀了解官，劫了母女上山。明堂曰："皇甫敬妻女被劫上山，谅必自能尽节。"俞智文曰："尔不知这韦勇达年方十七八岁，真是个英雄好汉，闻他极讲义气，他拜皇甫夫人为母，认皇甫小姐为妹，十分礼待。刘国舅因探皇甫小姐绝色，故奏往吹台山征战，实欲擒皇甫小姐为妻。"明堂又问曰："闻得刘国舅奉旨赐孟氏结亲，国舅怎舍得丢去孟小姐，却去远征？"俞智文就把孟氏带刀行刺，砍中额角，投水而亡，孟兵部奏讨人命，天子判决，云南建立节义牌坊，旌表孟氏节烈等因说明。郦明堂闻言，一时悲伤："可怜苏姑娘为我守节报仇，身葬鱼腹。"忍不住流下泪来，退入书房悲泣。

到了次早，即封四十两银子，送与俞员外以为薪水之费。俞员外不肯收受，明堂曰："此乃家父之命。叔父若不受，我等便不敢在此叨扰。”员外只得收了进去。

且说奎璧领军，挂印披袍，旌旗浩荡，甚是威风，却一路风雪阻住，延至次年正月初十日方到山东青州吹台山；传令离山数里屯扎营寨，三声大炮，安下营寨。

又说韦勇达原名叫做卫勇娥，改得此名。在吹台山欲招集人马，请旨剿征番寇，救父回朝。原来卫勇娥之叔名振祖，有亲生次子名勇彪，身材魁梧，好习弓马，少勇娥一岁，因其父怕被连累，迫勇娥出门，勇娥往登州探听父信。勇彪心怜其姊流落，窃取路费，欲往登州寻姊。路过吹台山，山中喽罗前来行劫，被卫勇彪杀败。韦勇达下山亲自来战，恰好姊弟相逢，遂密言改姓之事，改称兄弟，与勇彪同住山寨，招集四千余众，专劫贪官污吏、土豪势宦，小民深感其恩。

忽一日，喽罗来报曰：“启禀头领，今有镇国将军刘奎璧领军一万，前来征剿，离山数里下寨。请令定夺。”韦勇达闻报，拍案叫声：“来得好，我正要去找他报仇雪恨。”即令头目分带喽罗把守栅寨，一面退入后寨，来见尹夫人。母女见礼坐下，撤退喽罗，韦勇达细说仇人刘奎璧领军来征等情。皇甫长华恨了一声曰：“逆贼前来，待妹子明日出战，擒捉回来，碎尸万段！”韦勇达曰：“贤妹不可会战，他是朝廷命官，尔若擒他，朝廷必然移恨，令弟更难出头。我是改名换姓，纵使朝廷见怪，我亦无伤。待我捉他上山，用严刑审问，迫取亲笔供状，拘禁土牢，饶他性命。日后受朝廷招安，把他并供状拜献朝廷，方知他奸恶。”夫人曰：“孩儿说得是，但要小心。奎璧勇悍非常，弓马精熟。”韦勇达曰：“不妨，孩儿自有计策擒之。”

直至次早，勇达升座聚义厅上，曰：“刘奎璧乃是奸贼，陷害皇甫元帅，待我领军前往擒之。”只见韦勇彪向前曰：“待弟先去会战，哥哥再出未迟。”勇达曰：“贤弟须要小心！”勇彪领了骁将吴武，带人马下山。

且说刘奎璧闻得贼人讨战，即领人马出阵。勇彪见奎璧面白唇红，膀阔腰细，金盔金甲白马，手持银枪，背后红旗金字大旗高标，上写“灭寇大元帅刘”。旁边闪出大将连登，拍马向前喝曰：“来者莫非贼首勇达之弟勇彪么?”勇彪答曰：“我乃韦勇彪也。何来狗贼，留下姓名！”连登曰：“我乃刘元帅帐下前部先锋，二军指挥使连登也。尔既非韦勇达，吾不杀尔，尔快去叫韦勇达前来受死！”旁有骁将吴武，拍马提刀冲出，大叫曰：“二头领不须与这狗贼闲口，待我擒捉此贼。”纵马向前，提起大刀，即向连登头上砍下，大喝曰：“看我吴武大刀的滋味。”连登喝声：“不得无礼！”举枪架过，回手一枪刺来。两将各逞英雄，战上十合，未分高下，奎璧一时性发，放马从阵旁出来，暗助一箭，向吴武射来。吴武不提防，一箭正中咽喉，遂死于马下，官军向前取了首级。

韦勇彪大怒，纵马提双锤向前喝曰：“狗官焉敢伤我部下！”刘奎璧跃马上前曰：“本帅来取尔命！”提枪便刺，韦勇彪上前双锤迎敌，但见锤来枪架，枪去锤迎，二将战到二十余合，不分胜负。刘奎璧杀得性发，抖擞精神，这杆枪犹如万点梅花。再战三十余合，勇彪气力不支，只得掉转马头望本阵逃走。奎璧统领官军，掩杀下来，追至山下，勇彪已走上山，即将櫑木炮石打下，官军不能上山。韦勇彪败回来见勇达，说明交战情形，“奎璧着实猛勇，因此败回。”勇达曰：“胜负兵家常事，来日待我亲自出战，自有破他妙计。”

到了次日，喽罗来报，刘元帅又来讨战了。勇达顶盔贯甲，带领人马下山。皇甫长华曰：“刘奎璧实是凶勇，哥哥须要仔细！”勇达称是，冲下山来，分布阵势。有认得的官军报于奎璧曰：“那使双刀的贼头就是韦勇达。”奎璧见勇达面如桃花，眼含秋水，宛如玉树临风；银盔银甲，手执两口日月双刀，坐下一匹五色马。奎璧吃了一惊曰：“不意贼首如此美貌年青，谅与皇甫长华有通。”又一转念曰：“我只图皇甫氏容貌，不管他的私情。”随即向前喝曰：“来者可是贼首韦勇达吗？”勇达答曰：“正是，尔可是刘奎璧奸贼么？”奎璧曰：“然也，尔这贼首，敢不下马受绑！”韦勇达曰：“正待捉尔，碎尸万段！”飞起双刀便砍。刘奎璧举枪来迎，二人大战。奎璧力大，战到三十余合，韦勇达自料难以取胜，即诈败退下。奎璧军追赶，喽罗乱箭射来，奎璧败军回营。心想不意绿林人马如此之众，且又雄兵如虎，一时难以取胜，皇甫长华总不见出阵交锋，只怕姻缘又成画饼，不觉连声长叹，一夜无眠。

韦勇达回寨，尹夫人母女问交战情形，勇达细说交战之事，曰：“此奸贼当用计擒之。”即叫勇彪附耳低言曰：“贤弟可如此如此。”到了初更后，勇彪带了五百喽罗下山，直到四更后，回来交令。

次日，奎璧又来讨战，韦勇达领人马下山。奎璧骂曰：“你是我手中活放的匹夫，怎敢又来讨死?”勇达曰：“今日若不擒尔，誓不回山。”二人又战。约战到三十合，勇达勒回马，落荒便走。奎璧领兵追来，喽罗一声呐喊，四散丢下刀枪，各自奔走。奎璧见人心已乱，放胆追来，大喝曰：“韦勇达叛贼，上天入地也要擒你回来!”追赶二三里，只见连登赶上大叫：“叛贼不回山寨，恐有奸计，元帅不可追赶!”刘奎璧遂勒马不追。勇达回马叫曰：“狗官，已中我十面埋伏之计，还不下马受绑。”刘奎璧怒曰：“吾今偏偏要杀尽埋伏。”拍马再赶下来，不听连登之言。

早已赶了三四里，将到林间，勇达认明暗号，即大呼曰：“刘奎璧快来受死!”奎璧回言骂曰：“狗强盗不得无礼，待本帅来取你狗头。”拍马飞上，只听得一声炮响，如天崩地裂，刘奎璧连马跌入陷坑。原来韦勇彪昨夜领命，在此掘得陷坑，上盖席片，用浮土遮好，奎璧逞勇，故中此计。林中埋伏，各执挠钩，用力把刘奎璧生擒活捉，捆绑起来。官军立即退下，报知连登。连登大惊，收军回营，令人打听元帅消息。

到次日，勇达请出尹夫人母女，到聚义厅，尹夫人坐在上首，自己与小姐在两旁坐下。韦勇达曰：“刘贼被擒，请母亲发落。”小姐曰：“这奸贼弄得我家破人亡，把他碎剐，方雪我恨。”勇达曰：“不可，奎璧乃是朝廷命官，不可杀他，须留下性命，天子方知我有道理。今可严刑拷打，迫他亲立作恶供状，画供之后，献奏天子，方好明白冤枉了。”夫人曰：“孩儿说得有理。”即令押奎璧前来。

顷刻间奎璧已到，心内慌乱，举目一望，只见厅上朱红大柱，金龙双绕，厅中垂挂着百盏花灯，两边刀斧手林立，中间坐着一位端庄妇人，韦寨主与一女子分坐两旁，命他就在下面待命。勇达骂曰：“奸贼，既已被擒，怎敢抗礼不跪?”奎璧曰：“我虽被擒，不过一死，岂肯屈膝。”勇达曰：“你倚了姊姊裙带之亲，陷害皇甫元帅，你毫无功劳，反加封显职，真是个大奸贼。”喝令打他狗腿，看他跪也不跪。喽罗即取木棍，向奎璧两腿打来。奎璧忍打不住，只得跪下哀求曰：“伯母大人在上，念及通家前情，放我回朝，感恩不浅。皇甫小姐，今朝我就向你跪下了。”皇甫小姐满面通红，柳眉倒竖，大骂道：“刘奎璧，谁要你下礼！”夫人骂曰：“尔这匹夫，夺亲不遂，小春庭放火，谋害我儿；又暗通尔父保荐吾夫征番，冒奏降番。可把实事招来，免受刑具。”吩咐带上各刑具伺候。喽罗应声曰：“唯！”把夹棍脑箍，荆条皮鞭，一齐带上。奎璧吓得魂不附体，哀求曰：“今来征战，实是天子差我，非小侄敢来犯上，望伯母大人谅情恕罪。”言讫，一连叩头。韦勇达曰：“奸贼存心险恶，不用大刑，决不肯招。”喝令喽罗：“快上夹棍！”众喽罗把奎璧按倒在地，两腿拉入夹棍，把绳收紧。奎璧晕去，只求宽刑，情愿招认。勇达遂令放了夹棍。奎璧恐再受刑，即把小春庭如何放火，设计焚烧皇甫少华，后来如何寄书，托父保荐皇甫敬征番，以及谅必元帅陷入番邦，其父如何冒奏降番等实情说明。喽罗取文房四宝，付奎璧自具供状。奎璧自料必死，乃具了供状。勇达又令打了手印，问曰：“尔既害皇甫元帅，势必谋夺孟氏婚事，如今成否？”奎璧曰：“为着孟氏，故累我到此受祸。”就把伊父奏主赐婚，孟氏行刺投水，他同孟士元一起进京，奏旨建造孟氏节烈牌坊，因此奉旨领军来征等情说明。

未知奎璧性命如何，且看下回分解。

第二十七回　梁相取士得佳婿　苏女守贞感异梦

却说尹夫人闻得孟丽君行刺投水身死一节，泣曰："可怜孟氏贤德，为我皇甫门中守节，送了性命。"韦勇达并小姐亦一同下泪曰："难得此女，真不负皇甫氏的家声，死得可怜又可惜。"尹夫人指奎璧大骂曰："都是尔这狗贼，害死我的媳妇。"勇达刷地立起身来，喊道："左右快来，不必等他招认，速速取他心肝下来，看是红是黑！"两边一声答应，就拔出刀来，长华小姐连忙止住道："不如让他招认，留下活口，将来好在朝廷质证。"勇达连连称是，就让他亲笔供认，写完后，又把奎璧上了镣，打入土牢，使他受些苦楚。吩咐牢卒好生照顾，留其性命。

且说那二等指挥使连登回寨后，是晚探子来报，山前并无首级，知已被擒，传令三军拔寨回去。不到十日，已抵北京，将人马屯下。次早，连登到午门外候旨，成宗即宣连登朝见。上殿时，将先后交战情节并奎璧不从良言以致中计一一奏明。成宗闻言，又惊又恨。国丈刘捷闻报，只吓得魂飞天外，泪下如雨，手冷如冰。哭奏曰："臣次子为国被擒，伏乞速发大军上将攻破贼巢，救了臣次子，并捉韦勇达、尹氏母女回京，以正国法。"成宗大怒曰："贼寇擒捉命官，朕立遣大将征剿。"言未讫，只见左丞相祁成德、右丞相梁尔明启奏曰："吹台山不可加兵，现今番寇正攻登州，振威大将军杨秉义屡次失利；今若征剿吹台山，韦勇达势必投番寇，那时内外摇动，大为不便。"帝曰："奎璧被禁，性命难保，朕心何忍！"二相曰："皇甫敬妻女现在吹台山，即韦勇达欲害刘国舅，尹氏母女必然阻止，陛下不必过虑。"成宗即对刘捷曰："尔且勿忧，俟番寇稍平，去救国舅，未为迟也。"刘捷无奈，只得领旨。

成宗回宫，京城军民皆知奎璧被擒。郦明堂得此信息，心中又喜又惊，暗想奎璧遭擒，不致在朝中兴风作浪，自己乔装会试，出入可以安心。但婆婆所为,天子必然移恨,皇甫少华更难出头。荣发劝曰:“但听天由命,求取功名要紧。”

且说二月初六日,成宗临殿,群臣朝贺已毕,分立两班。见礼部尚书孔通出班奏曰:“本年乃会试之期,自上年天下举子齐集。请陛下钦点总裁,以副天下士子之望。”成宗即点右相梁鉴为大总裁,礼部侍郎文明远为副总裁。二臣领旨。散朝后,梁相回入后堂下轿,景夫人迎接。梁相曰:“多蒙天子命我为大总裁。”夫人作贺曰:“恭喜老爷,老龙发角;门生满天下,真是显荣。”素华亦来恭贺。家人立押行李,梁相上轿进闱,众位考试官迎接二总裁,不表。

且说郦明堂、吴道庵在寓,至初八日,随牌进场;不觉三月十五日,三场完毕,回寓伺候出榜。到了出榜之日,大炮三声,挂出榜来,明堂中了第一名会元,吴道庵亦中二十三名进士。报子报到客寓,明堂大喜:天从人愿,夫仇可报。俞员外更加快活:两个书生借寓,一中进士,一中榜首,真是难得。明堂登时上轿,到贡院拜谢座师房官。按梁相出榜后,细看序齿录,方知会元年只十七岁,尚未定婚,心中大喜,寻思:十七岁已中了会元,真是天下第一才子,若有五分容貌,便可招亲。正想着,家人来报曰:“会元来府禀见。”梁相即令进见。明堂此时姣花初开,志气扬扬,满面喜色,梁相见他广额珠庭,长眉秀目,继女虽然貌美,还觉容颜不及。正中心意。明堂下拜曰:“门生以樗栎庸才,蒙恩师提拔。”梁相立起答了半礼,曰:“贤契请起。”明堂拜毕,左右献茶。梁相曰:“我看君佳作,疑是宿学,不料竟是未冠书生,可敬可敬！想尔先世必有积德。”明堂曰:“先世及家父俱无甲第,务农为生,门下蒙义父湖广武昌府富商康若山字信仁扶持成人,方得侥幸。”梁相骇然曰:“贤契家世务农,乃能有才貌若此,真所谓白屋出公卿也,可羡可羡。但不知何故尚未定婚?”明堂曰:“一因年纪尚轻,一因功名未就,故当时一概谢绝。”梁相称是,遂叮咛殿试务要小心,可望夺元。明堂辞出。是晚俞智文备酒,与二位新贵人庆贺,不表。

次日梁相领同考官上殿复旨,呈上前列十七名文卷。成宗先看文卷,赞不绝口,传旨梁相及同考官各记功一次。众官谢恩。梁相退朝回府，夫人、小姐迎接坐下。夫人曰："丞相为国勤劳，想必已有真才。"梁相曰："老夫论文取士，一秉至公，果得真才，乃国家之福。"并不谈及亲事。

且说明堂报至家中，过了数日，殿试前列十名进士，一同上殿对策。成宗见郦君玉眉目清秀，超出众人，早存特拔之心。梁相知明堂稳点状元，与夫人密言："我女得配此人，三生有幸。"夫人曰："如此何不向他说定亲事？"梁相曰："恐吾女才貌不及郦君玉，因此推辞，反多不便。且待四月初三，金殿簪挂之期，我先在府前结一彩楼，诈称抛绣球招亲。俟初三日簪挂后，通榜进士必要拜我，教他尽从楼下经过，先嘱女婢伺候，若郦君玉一到，暗令女儿将球抛中郦君玉身上，一面即在府前候拜新姑爷，立即交拜成亲。"夫人笑曰："姻缘大事，要两相情愿，岂可用此圈套。"梁相笑曰："但想招得佳婿，管他什么！"

不觉已是四月初一了，右相府前左首，许多工匠赶造彩楼。素华闺中闲暇，正在窗下拈针，只见日映纱窗，风摇绣幕。夫人入内对素华曰："女儿快绣成一对鸳鸯交颈的枕头，以备完姻。"素华听得此言，满面通红，忙问曰："母亲何出此言？"夫人曰："尔尚不知，父亲为尔选一佳婿。"就如此如此说明。素华自思：我与皇甫郎梦中拜月，盟言尚在，前逼婚刘家，我花烛带刀，画楼投水，虽万折千磨，还心不改，怎肯失节改嫁？现在又要招亲，真是躲过一灾，又逢一祸，急得两泪交流曰："女儿多蒙爹爹母亲高恩，眼前无人侍奉，故女儿立志不嫁。"夫人曰："做了女流，岂有不嫁之理？况是招亲，并非嫁出，得了一个才貌双全的美婿，岂不是天生好姻缘么？"素华答曰："女儿立誓不嫁，若不从我，唯死而已。"言讫而哭。夫人无兴，退出后衙纳闷。素华立意，若果招赘，决计自尽，以全名节。不一刻，梁相回府，夫人迎接。梁相曰："明日就可抛球招亲，真是可喜。"夫人曰："正为此事，在此纳闷。"遂将女儿哭泣发誓情形告知。梁相曰："此乃美事，女儿若得见了郦君玉面貌，就欢喜不尽了。"夫人曰："此女性烈，万一真个寻死如何？"

且说素华意欲寻死，不觉怏怏睡去，忽梦见一老道人，鹤发童颜，葛巾布袍,手执拐杖,步进房来。素华不悦曰:“出家人为何不分男女,突进房内,是何道理?”其人答曰:“苏映雪,尔命该三次洞房花烛,方完终身姻缘。今将二次为尔抛球招亲,此亦前生注定,不损名节。我乃月合老人是也,奉玉旨专主人间姻缘,尔休寻死自误。有诗为证:‘莫须惆怅误良辰,即日妆台共故人。夙世良缘终会合,三番花烛始为真。’”月合老人歌毕,曰:“此四句诗乃尔终身大事,尔须小心详解,自然有验。”即上前把手一握,素华早已惊醒,坐起身来,寻思梦中,明明是月老仙翁托梦。据他诗中说,头二句教我不要怒恨,所招乃是故人。前闻皇甫少华逃出在外,来日我上楼抛球,或许皇甫少华亦来观看,我即撇开鼎甲,把绣球送他,完此心愿,故说妆台故人;若果如此,大妙大妙。如若不能,再图别计,想到此处,满心欢喜。忽又念:诗中三次花烛之言,令人不解。我且勿死,看明日上楼果有皇甫郎否?

未知明日彩球抛得如何,且看下回分解。

第二十八回 得绣球大小登科 认首饰惊喜交集

却说素华打算已定，即便起床，并不悲伤，专望绣球抛与皇甫少华，不表。

次日已是四月初三日，乃御驾簪挂、大赐琼林宴之日。梁相率领三百六十名新进士上殿朝贺，立在一面。传宣官在殿高叫："奉旨召第二甲第一名传胪傅道昭上殿。"傅道昭年已四十，朝见毕，内监传旨，鼎甲三及第文卷，命传胪拆开弥封，传胪高唱第一甲第一名状元郦君玉，年十七岁，湖广武昌府咸宁县人氏；再唱第二名榜眼杨天爵，年二十四岁，河南开封府祥符县人氏；又唱第三名探花朱绍麟，年二十二岁，广东潮州潮水县人氏。一同朝拜毕，帝宣召，各赐蟒袍，并酒三杯。各皆九叩谢恩，郦君玉得意扬扬，喜气满面。成宗谕曰："朕登位亦是十七岁，今卿十七岁高中状元，可谓少年发达。"说罢大笑。郦君玉奏曰："臣庸愚之材，蒙陛下钦点状元，虽粉身碎骨，难报圣恩。"成宗大喜，宣武士牵马赐三鼎甲及第游街，就在御前上马，由中门出朝；三百三十七名进士，出午门上马，跟随赴宴。是日恰遇孟士元父子未曾上殿。当下太仆寺卿已照例备全副执事跟随，齐赴琼林。宴罢，先谒孔圣，次拜座师，然后游街。合城士女争看，无不称羡状元美貌。

且说梁相簪挂后退朝回府，即令人役把两长街截住闲人，伺候新状元及新进士到府拜见，一面对夫人曰："速教女儿带球上楼。"夫人大喜，着一个十四岁的书童，认明郦状元面貌，嘱曰："若见郦状元到，即指点小姐知道。"又嘱众女婢曰："郦状元前来，小姐若不将绣球抛下，尔等可将球掷中新状元身上，须看明细心为要，我有重赏。"又令家人立在府前，见绣球抛中新状元，即便上前，拜称姑爷，请他进府。众人领命暗笑。

不多时，小姐已到彩楼，往下一看，但见人山人海，簇拥府前，交头接耳，似醉如痴。家将挥散众人，夫人曰："尔父费尽心思，郦明堂三元及第，古今罕有，且又年轻美貌，更其难得。少停若到，听书童指点，速将绣球抛中，不可自误。"素华一心要见皇甫少华，假意应允。夫人即谕女婢，将绣球送上彩楼。乐人奏起音乐，众民俱在远望。彩楼前后寂静无人，哪有皇甫少华形影？小姐此时如万箭攒心，两眼含泪。

不一时，众进士已到，郦状元匹马当先，问长班曰："相府前彩楼何用？"长班叩曰："闻说梁丞相为小姐抛球招亲。"明堂心机最灵，一闻此言，却有踌躇，马不前进。随后杨天爵、朱绍麟拨马向前问曰："年兄为何不前？"明堂指前面曰："梁世妹在楼抛球招亲，我怎好突进。"二人大笑曰："如此更妙，弟等俱已娶过，年兄尚未定婚，正当向前，以期大小登科，岂不是美事？"明堂心知此是梁相圈套，要招我为婿；但恨刘捷势大，梁相乃是首相，日后或可仗其势力，以期报仇救夫。至于梁小姐终身一事，我别有主张。暗想道："我敢中状元，怎不敢娶妻？"即纵马直前。

那相府书童忙报小姐曰："启上小姐，那当先马上少年官员，就是新中状元郦君玉。小姐速把绣球抛下！"素华只一心守节，不见不闻，当不得众婢推迫，方恨恨站起身来，接着绣球，不管哪个，抛了下来。

不料郦状元匹马当先，正中身上，素华一见打中了状元，不觉玉容失色，低首无言，早有四名侍女，笑嘻嘻扶下高楼。郦状元右手接住绣球。相府家人男女奔向马前跪下曰："迎接新姑爷！"但听喝彩之声不绝，音乐齐起，大炮三声，请姑爷入内拜见丞相。明堂招手曰："众位请起，我本要来谒见太师。"后面众进士笑曰："果真大小登科了。"

且说梁相夫妻在后堂专望好音，忽见女婢慌张报曰："恭贺丞相、夫人，小姐绣球已抛中郦状元。"梁相大喜，问曰："小姐因何未回？"女婢答曰："却不知何故，小姐只是忿恨，从楼房后面小路回房去了。"夫人曰："女儿只是不乐，奈何？"梁相曰："女儿不乐，必为别事；若得此佳婿，不怕女儿不欢喜了。夫人只管放心。"又见家人报曰:“小姐绣球打中郦状元,并有同榜进士在府前求见。”就把各人禀帖呈上。梁相对家人曰:“尔可向众进士称谢,说另日相会,各去游街;只请郦姑爷入内,有话相叙。”家人退出,对众进士曰:“请列位老爷自便,只请郦老爷进内。”郦明堂向众进士谢罪曰:“小弟失陪了。”众人同答曰:“年兄正当拜见岳父母。”遂各上马游街。

当下明堂随家人来到后堂,拜见梁相。梁相亲自扶起,命坐献茶。梁相笑言曰:“小女素华,愚夫妇极为钟爱,不免顺性太过。今绣球打中贤契,小女何等幸福。其有不到之处,尚望贤契尽心指教。本师生今更为翁婿,实为有幸。”明堂曰:“门下系是寒儒,三楚微才,深感相国拔举,但门户衰微,怎敢耽误世妹终身,乞恩师另择高门为是。”梁相曰:“此乃天假之缘,贤契不必过谦。”明堂曰:“既蒙岳父不弃,小婿亦不敢自外生成,以负栽培。”就向前八拜为定,并请岳母出来受小婿一拜。梁相曰:“贤婿请坐。”明堂旁坐一边,梁相问曰:“令尊堂在何处?”明堂曰:“家父母乃是襄阳贫苦农民,小婿自幼承武昌府富商康若山字信仁认为义子,抚养成人。”梁相曰:“既如此,不妨入赘吾家,小女与你同庚,性情柔顺,颇知礼仪,实乃天赐良缘,择定吉日完姻可也。”明堂曰:“此事极妙。”就此告别,出府上马,赶着众进士一同游街,直至日落西山,各自回寓。

俞智文、吴道庵俱向前恭贺梁府招亲之喜,道庵更喜日后有亲谊可靠。俞智文又备酒席贺喜,宾主入座。酒半酣,道庵转一念曰:“相府招亲,必须重聘,我等带银有限,如何是好?大约总需三千两,方可办些珠宝绸缎等聘礼。”智文笑曰:“此无用过虑,弟虽不才,终可代谋。”明堂称谢,即进书房取出黄金百两并带来的首饰,亦可凑数,当交与俞叔父收下。智文接手曰:“令尊诸事周到。”众人酒兴勃发,举杯畅饮。

且说荣发在旁见交黄金,真要聘亲,不觉失色大惊,心中暗想:此事岂不有误梁小姐终身大局?只得把明堂的衣角乱拉。明堂佯为不知,饮至上灯后散席,各自回房。明堂得意之极,荣发着急曰:“小姐怎么娶妻,却是何故?”明堂曰:“我已中了状元,状元敢中,怎不敢娶妻?”荣发曰:“中状元乃是才学,若娶妻恐有些不便。岂不耽误相府千金。”明堂曰：“我自有主意，尔勿多言。”荣发暗想：他既如此说法，莫非真真变成为男子了？我且休管他的事。

次日，成宗钦点状元为翰林院修撰，榜眼、探花为编修，二甲进士吴道庵亦点为庶吉士，以知县用，各皆受职谢恩。

却说郦状元已作为梁相赘婿，四月十七日行聘，二十日完亲，即请西台御史夏逢寅为媒。到了吉日，夏御史押了聘礼，花炮震天，鼓乐动地，送入右相府。梁相迎入花厅坐下，礼物排满。梁相甚欢，收回礼物，回聘加盛，请大媒饮酒。夏逢寅饮罢辞去，又到新郎家赴饮。至日夕散席，送出媒金三百两，随从另有赏银，即送大媒起身。即日仆婢人等无不欣幸，惟荣发心中不安。

且说梁相夫妻捡点收受各物，光彩夺目，曰：“有此等物件，何患女儿不喜。”不料翠鹤到来说：“小姐日间闷坐，刻正安卧在床，十分不乐，不知何故？”夫人对梁相曰：“说起姻缘，女儿便不乐，令人不解。”即令女婢将这些贵重礼物相送上楼，说是姑爷送与小姐的。

翠鹤与小莺领命，将各盘各盒送上楼，安排桌上，连声喝彩，即向前请小姐收藏。素华曰：“知道了，不要多言。”二婢恐其发怒，忙扮笑脸，将双凤钗献上，曰：“小姐请看，这双凤好似活的。”素华接上手一看，不觉大为奇怪：原来是孟小姐画样交匠人打造，戴在头上，前日逃走，所有首饰尽行取去，因何此物流落在此？愈看愈像。此粒大颗珠，记得以前金线断，珠脱落，我幸有银线一条，代为穿好。今此珠亦是银线穿的，细看果是孟小姐旧物。再看匣内那些首饰，三分却有一分是认得的，俱是孟小姐首饰。即坐下寻思：孟小姐只因心爱带出，今俱到此间，莫非孟小姐已死，首饰因流落到此？又转念：孟小姐形容作事，亦大贵之相，纵然身死，各种首饰四散流落，焉能俱归旧主？郦状元之事，真令人不解。

沈吟一会，忽然猛省：若论小姐平生才学，女胜于男，况且临去又是女扮男装，那日彩楼望去，他十分面善，梁相有言，郦状元姓郦，名君玉，除去了玉字，岂不是郦君二字？莫非是孟小姐改名姓，高中状元？又转念，小姐虽然有才学，亦不敢作此欺君大罪。一时愁肠万转，回思也许是孟小姐一时高兴，忘了欺君大罪，故梁相称其俊逸美貌；前日月老托梦，有言“即日妆台共故人”，明是孟小姐，乃是妆台故人，我错认是皇甫郎相会。记得前日抛球招亲，我虽无心观看郦状元面貌，依稀记得背后好似孟小姐身段。但愿果是小姐，两个婵娟结就百年伉俪，做一对假夫妻，岂不有趣。那时倒可尽诉衷肠，也见我守节持身这番遭遇。今且不必寻死，可藏利刀一把，俟饮合卺时，若不是孟小姐，那时取刀自刎未迟。

未知后事如何，且看下回分解。

第二十九回　贺新婚士元悲伤　饮合卺映雪叙旧

却说素华自思，俟饮合卺时细看，若非孟小姐，方才自刎，亦可加活几日；再见那些旧首饰，果是孟小姐之物，恰可免出嫁，同守皇甫郎，又可报答其前情，一时大悦。

二婢见状，忙报梁相夫妻曰："小姐连日发怒，方才看见这些聘物，十分欢喜。"梁相闻言，笑对夫人曰："谅女儿乃小户人家出身，那见此物，怎不欢喜。"即着女婢速打扫弄箫楼为新房，又令家人分办各物，不表。

且说郦明堂初更后安寝，寻思无计；但梁小姐既是相府娇客，定然识礼知书，成亲之夜，就将真情告诉，恳其遮盖，自然无事。若日后皇甫郎出头，愿让梁小姐为正室，我为偏房，谅小姐必怜我贞节，为我隐讳，不忍撞破。又叹一声道："奴真薄命，历尽艰难，方中状元，未知丈夫何往？怎知你妻明日为尔娶妻费尽心思，又几时方得团圆。"

到了次日起来，俞智文已备席恭贺起行，连道庵三人同饮。未及数杯，只见把门人报曰："启老爷，有内监吕福公公在外，口称奉旨宣郦老爷入宫谕话，请老爷接旨。"明堂吩咐家人速备香案，跪接圣旨。吕太监在马上曰："郦先生请起，奉旨进寓开读。"郦明堂跪在香案前，吕太监将诏开读，诏称欲宣进宫谕话。宣毕，郦明堂与太监分宾主坐下。茶毕，郦明堂问曰："老公公必知宣诏下官何事？"吕太监曰："主上早间到上林苑，见百花盛开，景致非凡，今在通明殿宣诏，必是饮酒赏花，谅无别事。"明堂即入内，取了礼封，送与吕太监曰："这是薄礼，望公公笑纳。"吕太监推辞曰："咱家无功，不敢受赏。"郦明堂曰："公公请坐下，弟有一事拜恳鼎力。"吕太监方才收下，问曰："何事只管见教。"郦明堂说明梁相招亲，恐延缓到天明，特恳公公成全，早得出宫完婚，足感盛德。吕太监曰："此事俱在咱家身上，管教先生立即出宫。"郦明堂称谢。

二人各上马，直到东华门外。吕太监缴旨，内宫引进，原来御宴安排在上林苑，遂拂柳穿花，到苑中拜见天子。拜毕，赐坐绣墩。郦明堂奏曰："未知宣臣有何圣谕？"成宗曰："朕见上林苑百花盛开，欲招卿家同度良宵。"郦明堂谢曰："臣有何德，敢蒙陛下赐宴，何以消受？"成宗曰："君臣畅饮，正是盛举。"即令备九龙筵席。吕太监立在旁边，嬉嬉而笑。成宗问曰："吕太监何事不言而笑？"那吕太监颇有机变，即奏曰："奴才笑郦状元，身在此间，心在他处，哪里有心饮酒赏花，故此失笑。"成宗曰："郦君玉何事关心？"吕太监奏曰："郦状元今日娶妻，方才正欲起程，怎不心焦。"成宗问郦明堂曰："郦卿今日娶妻么？"郦明堂曰："正是。"帝又问曰："何人之女？"郦明堂曰："就是梁相招臣为婿。"成宗责吕太监曰："你好不晓事，你既知他今日完娶，就不该着他入宫为是。"着太监押此九龙筵席往梁府，赐为合卺筵席，并赐金莲宝灯一对庆贺。成宗笑曰："今乃卿的一生大事，须得速往为妙。"郦明堂谢恩，退出回寓。

且说梁相府自巳牌众官齐到，忽报朝廷赐合卺筵席及金莲宝灯一对，梁相备香案接旨，赏了武士回去，将九龙宴送上弄萧楼，为合卺筵席。孟士元已升刑部尚书，父子不便同来，惟孟士元到相府庆贺。媒人夏逢寅亦到，辞别梁府，往迎新郎。郦明堂迎接奉茶，夏逢寅曰："请殿元公速到相府，免误良辰。"郦明堂拜别俞智文、吴道庵上轿，荣发押了行李起身，随郦明堂来到相府。

进内宅门，文武百官俱下庭迎接，郦明堂慌忙下轿，向前行礼。按孟士元父子虽在朝，尚未相会，今一见面，不觉大惊，心想这新郎如何与女儿这般相似，但郦明堂先已料定，父亲定来庆贺，倘若相认，欺君死罪难免，宁可不孝，方能救丈夫。故今虽见父亲，却当不相识，连一眼也不看。

且说孟士元暗想：若是女儿，好生大胆，连中三元，还敢来作相府女婿。就同众官请新郎来到偏堂。此时正堂备着花灯，郦明堂向众官一一叙礼，及见士元，亦作套语，并无眷恋之意。孟士元疑惑：若是女儿，虽不敢相认，亦当有顾盼之情，为何竟似不相识的一般？若是面貌仿佛，亦无有这等相似。及坐下吃茶，半眼亦不回顾，反惹得孟士元满腹疑心。郦明堂窥见父亲，沉吟暗悲：生身之父不顾，真是不孝。但既要救丈夫尽义，就顾不得尽孝了。

过了一会，阴阳官报：良时已到，请新郎新娘拜堂。大厅上排着香案，红烛高烧，乐人奏动音乐，众官俱躲在旁，偷看新人。四名女婢扶起小姐上堂，赞礼官唱礼，先拜天地，后谢圣恩，又向湖广拜见公姑，然后拜见岳父母，随后夫妻交拜，送入洞房对坐。女婢揭去新人头上罗帕。素华留心窥看，果是孟小姐容貌，比在家之时，更加娇艳，心中大喜，真是天从人愿。众女婢向前来侍奉，好不热闹。郦明堂因新娘珠络低垂，又女婢众多，难以细看。素华见新郎举止全无半点女态，心中疑惑：若是孟小姐，为何不认得我？酒过三巡，女婢在楼下叫曰："外面席备，请姑爷陪客。"郦明堂听了这话，即起身下楼，往后堂与众官叙礼，遂各安位，坐下饮酒。孟士元见是右相爱婿，不便动问，看戏台上戏班演唱饮酒。

且说荣发来到楼下，向女婢作礼曰："劳烦姊姊，禀知主母一声，说小人乃是郦老爷的书童，名唤荣发，特来叩头。"女婢即上楼见小姐，把荣发言语禀明。原来素华在楼上已听出是荣兰声音，心想今改荣发，只改一字，看来必是孟小姐无疑。但恐荣发年轻，若唤相见，叫我旧名，反为不美，故回说改期再见，今朝免了。

堂上众官饮到半酣，郦明堂起身向百官敬酒，敬到孟士元，又似不相识的一般。孟士元暗想：何竟面貌相似，若是女儿，断不敢如此大作弄；寻思半晌，猛省曰：我好痴呆！若是女儿，怎敢娶妻？想到此处，随即绝念，自思郦明堂才貌与女儿仿佛，他有福连中三元，赘亲相府，我女儿不知死于何处？尸骸若何？我这等苦命，有何颜面吃酒，推说腹痛，辞别回衙，来见孟嘉龄，说起郦明堂貌似尔妹。孟嘉龄笑曰："此必面貌相似，若是妹子，怎敢娶妻。"孟士元曰："我亦如此想，方知不是女儿。"自此父兄在朝，与郦明堂相见，亦只作不认得一般，此是后话，不表。

当下郦明堂送孟士元去后，心中伤感：父女相会，如隔天渊，今为救夫，亦顾不得孝了。众官饮到傍晚散席。郦明堂陪礼，两足疼痛，进入绣房，素华亦站起身。女婢移椅，请郦明堂对席，坐下饮酒。明堂一心只想梁小姐今夜未知听我恳求否,哪里有心看新人的美丑,素华见新郎似孟小姐,但为何并不认得自己?况举动气概,并无女子气象,倘非孟小姐,少停要与我做那件事,如何是好?又转念:且喜刀在床下,若有不测,即便自刎,亦顾不得疼痛了。二人直饮到初更,郦明堂酒量极大,亦觉得有五六分醉意,偶然觑面看见新人,只见梁府千金,倚床低首,半带羞容,芳容艳丽,妙态风流。细看不觉一惊,早认得是苏映雪,心中明白:闻得梁相祖贯云南人氏,必定夫人进京,水路救活苏映雪,认作母女;我今相会,省了许多口舌,果是我的造化。细细再看,果是苏映雪无疑。

且说素华窥见新郎,把他细看,见他并不言语,暗自吃惊:若是孟小姐,岂不认得我,为何注目不语?看来明是书生,怎好与他觑面相视,遂一时害羞,乃不敢举头。郦明堂暗笑,痴姊姊因何反害起羞来,遂故意目不转睛注视。素华此时好似小鹿撞心,已是乱跳,满面通红。郦明堂暗自好笑:真是庸才,待我作弄一番。即吩咐众婢曰:"夜深了,尔等辛苦,可把楼下房门带上,各去安寝。"郦明堂见众婢俱已下楼,料楼上无人,遂闩上楼门,即上楼闭上房门,仍旧坐下,自言自语曰:"日间众婢碍目不便,谅相府娇姬,必定绝色。"一面吃酒,一面注视。素华闻言,情知不是小姐,羞得无处藏身,又见面貌似孟小姐,何故却出此言。即起坐于床沿上,满腹疑惑,低头不语。明堂故意站起身曰:"下官醉眼朦胧,观看不清,待我取烛细看,方不负千金小姐美容。"即取一支小烛过来。素华听说,明是云南声音,怎说湖广人?一时难猜,乃立起身来曰:"闻新状元乃襄阳人,为何满口俱是云南口音,并无湖广口气?吾知尔乃女扮男装,若不实说,吾即诉知家父,奏主严究。假扮书主,欺瞒相府小姐,其罪非轻。"郦明堂暗笑:到此时还疑我未必是男装,待我再混他一混,乃曰:"夫人差矣。下官由三元出身,官至翰林院修撰,若是女扮男装,县府宗师,乡试主考,怎肯徇情?纵考混过,令尊又怎取中会元?我怎敢赘入堂堂相府?夫人何必多疑。竟将新女婿当做女裙钗,岂不好笑!"素华细听,明是云南腔口,即答曰:"状元,我知尔来历,乃云南孟家之女,因御赐婚姻,尔欺君女扮男装逃走,康公收为义子,幸中状元,怎瞒得我。”郦明堂暗想：如今是相府小姐，岂可让他独逞威风？乃向素华曰：“我亦知尔来历，尔系云南苏家之女，因孟氏守节逃出，尔即欺君，冒充孟氏，嫁入刘府，行刺投水，梁相救为义女，致累孟尚书向刘国丈索命，奉旨已死勿论。尔敢诈死欺君，复敢假冒相府娇娅，欺骗天子门生，若奏天子，罪孽深重，不知作何处治？”

素华已知是孟小姐，一时惊喜欲狂，忙举手掩住郦明堂之口，低声曰：“小姐休要高声，隔墙有耳，恐有漏泄。”郦明堂脱下纱帽蟒袍，戴上巾帻，二人携手坐于床沿。素华问曰：“难得小姐奇才，年幼弱女，如何高中？”郦明堂细说路遇康若山高中等情，“梦中亦不想得与姐姐相会。”素华笑曰：“小姐实在狂妄，既中状元，已就过分，怎好相府招亲？今幸遇着奴家极好，倘果是梁相之女，今夜她岂肯干休？”郦明堂曰：“此乃梁相设计招亲，几使我惹祸。那样就只能恳梁小姐作情，日后愿让梁小姐为正室，自己作偏房，同嫁皇甫郎。谅梁小姐怜悯，必代为遮盖。”素华叹曰：“皇甫郎前生种下福田，故有贤德妻室为他娶下妻房，真是罕有。”郦明堂曰：“此乃妇女本分，何劳褒奖。但我前日逃走，举荐姊姊代嫁刘奎璧，未为不美，不知姊姊何故甘心行刺投水？我窃为不解。”素华即把比箭定婚，夜梦到花园，与皇甫郎拜月订为偏房，并知小姐宽洪，必然陪嫁为妾等情言明。

未知后事如何，且看下回分解。

第三十回 崔攀凤喜求佳偶 刘燕玉践盟自缢

却说素华说明夜梦与皇甫郎入花园拜月订亲，又料小姐宽宏，日后必令我陪嫁，立我为妾，“不料小姐徐庶走马荐孔明，家母贪图富贵，劝我代嫁。一则不负皇甫郎拜月之梦，二则代小姐报仇雪恨，故行刺投水。哪知坠楼不死，神风摄向贵州，当时只觉非云非雾，飘飘荡荡，醒来落在船头。天幸景夫人搭救，蒙义父母十分爱我；不意又会着小姐，真是上天怜悯，三生有幸。”郦明堂谢曰：“但姊姊既念皇甫拜月之约，又怎肯抛球招亲?”素华曰：“只因梁相夫妻主意抛球，我立要自尽；幸月老托梦赠诗，疑是得会皇甫郎，及见彩楼前无有人影，立志俟候寻死。见行聘首饰，多是小姐旧物，又疑是小姐改装，得中状元，又恐不是。”说罢，即向床榻下取出一把雪亮利刀，与郦明堂观看。明堂曰：“既欲结亲，何故床下藏刀，大为不祥，莫非要行刺于我么?”素华曰：“非也，我恐不是小姐，待合卺之时即便自刎。我为着这姻缘，真是肠断。今幸有小姐作假丈夫，可免出嫁之祸，好待皇甫郎出头，定此终身。”郦明堂曰：“耽误姊姊佳期，日后姊姊若完亲成就，当让姊姊为正室。”素华大惊曰：“奴母女受小姐满门大恩，无可报答，但愿为偏房足矣。”二人说说笑笑。郦明堂一时高兴，把素华抱在腿上，赞曰：“姊姊如此花容，令我消魂。”素华右手扳住郦明堂香肩，笑曰：“小姐年轻，缘何调戏奴家，岂不作怪。”郦明堂笑曰：“姊姊好不晓事，今日完姻，谁不知尔是我夫人，少停还要兴云作雨。”素华笑曰：“我已两次花烛，俱成虚话，着实可笑。”郦明堂笑曰：“尔好贪心不足，嫁我乃是才貌双全的丈夫，满城妇女称羡尔好造化。”素华曰：“妇女怎知尔乃是中看不中吃的东西，若是真正的梁小姐，来早一定闹事。”郦明堂便说起日间连家父亦不敢认，莫道姊姊难辨真假。素华曰：“小姐今番得志，比前秀媚更多。”言讫翻身，双手攀住郦明堂粉脸，开口把玉齿轻轻向郦明堂右脸咬曰：“小姐花容，令人爱煞。”二人又悲又喜，共诉离情，不觉早见灯花留半壁，已闻点鼓过三更。遂宽衣上床，共枕而睡，比真夫妻更加相得。

天色始明，夫妻起床。二人洗面毕，郦明堂梳洗过了，素华正在梳洗，郦明堂坐在旁边，代其掠发。女婢报知梁相夫妻曰：“姑爷在房替小姐掠发。”梁相笑对夫人曰：“女儿夫妻果然相得，不出我之所料。”夫人喜曰：“儿婿夫妻相得，我老夫妻便可无忧。”须臾间，郦明堂夫妻出来谢亲，好似一对玉人，梁相夫妻好不欢喜。从此郦明堂夫妻孝养二老，待下以宽。

当下郦明堂下楼，步出不远，只见荣发迎问曰：“小婢昨夜替尔担忧，未知梁小姐相待若何？如何哄过？”郦明堂曰：“有我这等容貌，自然欢喜，何必多疑。”荣发曰：“老爷乃假男子，有名无实，怎得欢喜？”郦明堂密将苏映雪前事言明，“若相见，休说前情。”荣发惊喜欲狂曰：“机缘凑巧，天公弄人，一至于此，实为可喜。”正言间，家人执帖报曰：“新科众同年来拜贺。”郦明堂忙接进后堂待茶，方才退出。

过了数日，吴道庵已选了江南苏州府吴县知县，文凭部札，尽是郦明堂代为领取，全不费力，即欲回乡同妻子上任。郦明堂写书交其问康若山夫妻，并嘱如我义父寄银上京，请还俞智文；俟其翰林出缺，补授有权职任，即请双亲上京，同享富贵。又寄小玉镯一对，并御驾簪挂那一对金花，付与贤弟元郎，日后聪慧勤读。吴道庵倚着康若山义子现为翰林，亲翁又是首相，合省官员俱称为老太翁，康氏亦称老太太。

郦明堂在朝随驾，遇事即直言进谏，凡有国政，言皆合式。成宗喜其聪慧敢言，十分厚礼。凡朝臣遇有小过，郦明堂存心为其回避，文武官员俱感厚情。光阴迅速，今已完亲一月有余。

且说当年刘奎璧外祖母之子顾宏义，有胞妹与本处人崔树敏为妻；崔亦进士出身，做过两任湖广布政，身亡。生下二子，长名攀龙，年经三旬，中过二甲进士，告假养亲，回家将已限满，部文催促进京，就选外任知县。次子名攀凤，年十八岁，人材俊雅，文学精通，且为人纯厚谦恭，人人钦仰，十三岁即入泮，前聘张家之女为妻，上年春初，张氏病故，崔攀凤正欲求聘佳人。那顾宏业一日请崔攀凤母子来家，留下兄嫂亦来看待。次日，顾太郡因次子奎璧进京，二小姐刘燕玉却又尽孝，顾太郡比前加倍爱惜，即着江进喜母子同守府第，自带燕玉来到顾府前下轿，诸位女眷迎接。此时燕玉小姐年已十六岁，更加娇艳，崔攀凤一见，不觉神迷，寻思三年不会，不想如此美貌，且又眉目慈善，何不告知母亲，求配良缘，就躲在左右偷看。燕玉见表兄注目观看，情知不怀好意，自思我已守皇甫少华之约，表兄虽有才貌，怎可失节，宁可回避为妙，遂同顾家女伴竟进内房言谈。崔攀凤密对母亲说："欲求表妹为妻。"崔母却亦欢喜，便向二兄弟说明，求其相帮求亲。顾宏义曰："待弟为媒。"商议停当。崔攀凤曰："待吃午饭时再细看，若无破格，方可求亲。"顾宏义曰："待我请他会亲，看定了，求亲未迟。"

二顾同攀凤母子来见顾太郡，崔母对太郡曰："数年不见次甥女，长成如此美颜，真是可喜。"崔攀凤即下庭回避。顾宏义曰："弟出仕外省，请外甥女前来会亲。"女婢进内来请，燕玉情知不是好意，愈不敢出。女婢出来复曰："二小姐怀惭不出。"太郡不悦曰："这妮子好做作，自家至亲，有何害羞，偏要他速来。"女婢只得复进来见燕玉，把太郡发恼言语说明。燕玉无奈，出到堂上，先拜两位母舅，后拜姨母、母亲，然后坐在下边。崔母与他说些闲话，燕玉告辞，入内而去。崔攀凤已饱看了，密对母亲、母舅说明，愿结良缘。

少停，午饭后，崔母曰："大孩儿不久进京就选，要做知县，夫妻一同上任。二孩儿姻缘未定，我又年迈，无人照管家务，甚是可虑。且喜次甥女燕玉，年貌与攀凤相当，幸次甥女姻缘未定，我意欲求贤妹俯就这段良缘，亦是亲上加亲，未知贤妹尊意若何?"顾宏义曰："燕玉适配攀凤，正是郎才女貌，弟当为媒，成就此段良缘。"太郡曰："贤弟、姊姊，此事极好，奈此女非我亲生，贤弟当寄信进京，请国丈主裁方妥。"顾宏义曰："待我修一书，二姊亦修一书，我立即上京求亲。国丈识得攀凤言容，谅必应允。"说罢，令家人取过文房四宝，太郡并顾宏义各修一书，向刘捷求亲。封缄停当，顾宏义立唤一名惯事的家人，步行起身，攀凤好不得意。

早有女婢报知刘燕玉，燕玉一闻此语，如有乱箭攒心，心迷意乱。寻思此事父母必从，崔攀凤虽才貌双全，我怎肯从母命，背盟负约，辜负皇甫少郎？万一逼嫁，即效孟氏投池，保全名节。想到此，恨不得即时回家，与江三嫂商议。从此翠眉惨淡，寝食俱废。

到了第四日，太郡母女方才回府，江三嫂迎接入内。燕玉即回晓云阁，教飞鸾下楼，便对江三嫂曰："奴的催死文到了。"江三嫂惊问曰："何事？"燕玉即将崔攀凤求亲，并二母舅写书上京言明，"谅父亲必允亲事，未知江三嫂何以救我？"江三嫂痴呆半晌，寻思：我又无计，小姐性烈，万一寻死，怎生是好？且用缓兵之计，安慰他勿寻死，再作商议。遂叹曰："小姐何必认真，舅老爷写书求亲，老爷未必听从。"燕玉曰："表兄才貌，家父素所深知，且又亲上加亲，焉有不从之理。"三嫂曰："古云姻缘事非偶然，岂有一说便成之理。若果听从，我自有计保全你名节。"燕玉方才心宽曰："尔若不设计救我，唯有一死而已。"江三嫂曰："莫着急，我自有妙计。"

且说那顾府下书人行到次年二月初旬方才到京，直到刘府报入。此时适遇连登指挥三日前回朝奏称刘奎璧失陷吹台山，刘捷正在悲伤，一见求亲书信，燕玉长成，崔攀凤人物俊雅，况是书香一脉，遂修两封书，一寄与顾宏义告知许亲之事，一着太郡遣女出嫁，交付差人带回。下书人直到四月间方回云南府昆明县，先见顾宏义，顾即把那封家信着下书人送交与国丈府。

燕玉小姐是日正与太郡在后堂闲话，忽听得云板响，女婢报曰："外面报称，顾府家人往京求亲回来，带国丈回书来报。"太郡曰："待我往见便是。"即移步而出。燕玉寻思，生死全在此书，忙随后而出。太郡想起前日旧事，恨对燕玉曰："为自己姻缘，便会如此关心，要探消息。娶尔二嫂，尔便引到后楼投水，岂不可恨！"燕玉闻言，羞得满面通红，即停步不敢随出。

太郡到后堂坐下，燕玉闪在屏后偷看。太郡拆开书信，先看几句，笑曰："因亲求亲，果然许允。"燕玉闻得此言，急得容颜大变，素手如冰，一阵悲酸，泪如雨下，自觉魄散魂飞，支持不住，急忙入内去了。那太郡看下去，方知奎璧请奏出征，失陷贼巢，太郡大叫一声，跌倒在地，人事不知。女婢一面入内报知小姐曰："太郡昏倒在地，人事不省，请小姐救护。"燕玉正要进内与江三嫂商议，闻得此言，慌忙奔出后堂。与众婢扶起太郡，扶在椅子上坐下，取书来看，方知兄陷贼巢，亦觉悲伤。太郡大哭曰："可怜姣儿，怎受得贼巢苦楚！"真是肝肠寸裂，令人伤悲。

未知后事如何，请看下回分解。

第三十一回　逃尼庵燕玉守节　诘奸情太郡拷婢

却说太郡回归卧房,哭倒床上。江三嫂教燕玉曰:“趁今太郡痛子之时,小姐小心伏侍,太郡自然不忍使尔出嫁。”燕玉曰:“向来我曲尽女道,自是嫡母分别亲疏耳。”即时刻不离太郡床前,百般安慰。到次日,太郡谓燕玉曰:“尔爹爹已把尔姻缘许配崔攀凤,我又方寸俱乱。无心备办妆奁,只将前日出嫁物件与尔带去,待日后再行补足。”说罢,燕玉苦辞曰:“大哥夫妻远在边庭,二哥失陷贼巢,我若出嫁,母亲举目无亲。若要出嫁,须待大嫂回来,女儿方得放心。”太郡曰:“难得我儿孝心,如此极妙。”燕玉暗喜,加倍小心孝敬。

到第三日早饭后,女婢报曰:“二舅老爷前来请安。”太郡曰:“请他进来。”燕玉退出。须臾间顾宏义进入房来,太郡坐在床上,令女婢移椅,请舅老爷坐下。茶罢,太郡曰:“痴儿好勇,自请出征,失陷贼巢,令我肠断。”宏义劝曰:“奎璧虽暂时失陷,姊夫必设计相救,不久自然回家,不必过虑。”二人说些闲话。宏义曰:“姊夫回书,甥女姻事已定,大约即要择日行聘完娶。”太郡大怒曰:“姊姊太无良心,我家现有横祸,还说甚亲事!尔做兄弟也不思量,何厚于彼而薄于此?”将手捶床,大叫曰:“尔们要迫杀我!”顾宏义愧羞无地,只得说:“姊姊不欢喜便罢,何必发恼。”又说些闲话,方才辞别。燕玉小姐暗自欢喜。

过了五六日,顾太郡起床,料理家事。忽报崔母来探,太郡迎接坐下,说了许多闲话。崔母曰:“大孩儿夫妻一月间便要进京,次孩儿亦欲进京捐监,俟来年考举;我又老迈,家无次丁,若二侄女相伴亦好。”太郡曰:“前日贤弟来说,我因无心料理妆奁;既如此,如今就可择日而行。”崔母大喜。那燕玉偷听,惊得魂消魄散,奔到后楼,来见江三嫂,说出前情,求其速定计策救己。江三嫂只得安慰曰:“小姐不须着急,待我设计。”不多时,崔母辞别回去。

不觉又到第三日已牌后,顾宏义送日课前来曰:“崔家亦已择定四月十八日行聘,二十五日完娶,吩咐各物从便,不必费心。”太郡看了日课应允。宏义辞出。燕玉急推江三嫂曰:“五日后便要行聘,尔今计策若何?”三嫂曰:“我蠢人无计可施,且从容商议。”燕玉曰:“此乃缓兵之计,罢了,奴惟有一死,以保名节,免得忧虑。”江三嫂恐其自尽,乃曰:“计策却有一条,恐小姐难受苦楚。”燕玉问曰:“计将安出?”江三嫂曰:“我有一个胞妹,十七岁时,出嫁于张姓,妹丈忽然病故。吾妹自知命苦如此,决投在本地万缘庵削发为尼,法名梵如。伊师善灵,年已四旬,乃是庵中住持,师徒六人在庵。其庵名万缘庵,离此有十二三里路。其庵中房屋甚多,不若尔我到庵中潜身,未知小姐意下若何?”小姐道:“三嫂专说混话,庵庙寺院,乃万人所到,俗女同居,动人疑心。倘被母亲知道,性命不保。”江三嫂曰:“这万缘庵虽供奉仙佛神祇,从无男人入庵点灼问箬,香火最是冷落,庵内深远,房屋颇多。小姐须打算定方可前去。”燕玉曰:“我若得守名节,虽死无恨。”江三嫂曰:“只可尔我同走,太郡好洁,尔走恐辱坏家门,必不敢说起。”燕玉曰:“说得是。当密差尔先往,见善灵诈说如此如此,看尼姑肯收留否,免我忧虑。”江三嫂曰:“尼姑贪财,闻得避难,必有银两,一定收留。待我着儿子前往问明。”燕玉曰:“正是,当速前去约定。”

江三嫂下楼,寻见江进喜,密把刘小姐欲同自己避住万缘庵,伺候皇甫公子出头等情言明,“尔可往见善灵,不可说实事,只说如此如此,若肯收留,有些银两送她应用。”江进喜曰:“今小姐贞洁,天道必有好报;但善灵贪财,小姐并无多银两,难免受其欺侮,切不可往。”江三嫂曰:“我已说过,小姐但愿守节,虽死无恨。尔可往说个定着。”江进喜曰:“待我来朝前往。”言未毕,只见女婢从内出曰:“太郡吩咐,四日后崔家要来行聘。”

过数日,到了四月十八日行聘日期,顾宏义着其侄顾本仁——亦是文举人押聘前来,一路音乐喧天。太郡无心,收了聘礼,发了回聘回去。是晚赏了众家人花红,次日即整顿孟氏的嫁妆,赔嫁女儿。燕玉急着江三嫂催促儿子,速往万缘庵议定,来晚即欲避走。江进喜应允。

早饭后，进喜拽开大步，急奔往万缘庵，正遇着善灵。问曰："江大叔何事，如此着急？"江进喜曰："要见姨母商议一事。"即进内寻见梵如，曰："有一事与姨母商议。"梵如曰："贤侄请坐，有话说来。"江进喜坐在旁边，诈言曰："刘燕玉小姐我太郡原许配皇甫家，今又改嫁崔家为妻。二小姐怎肯改嫁失节，欲寻死路。家母苦劝，是以家母欲同小姐来到庵内避难，帮作女工；待皇甫家出头相认，自当重谢庵主，未知庵主可肯收留否？"梵如摇头曰："庵中香火冷落，庵主善灵又贫穷贪财，二小姐并无私房银两，到此定受欺侮，须寻别处安身，断不可到此地狱来。"江进喜曰："善灵贪财，侄亦曾听说过，奈无别处可投。小姐但愿守节，甘心同作针指度日。姨母同侄前去恳求善灵收留便好。"梵如曰："她若有利，无不应承，有何不肯之理。待我请她来说。"随出房门，顷刻间同善灵进来，江进喜见礼坐下。江进喜乃诈言太郡赖婚，二小姐同吾母要借此守节。善灵曰："难得小姐节操，里面尚有两间房，并可安身。只是只有两张空床，连席盖亦无，况吾等穷苦，菜羹蔬食，小姐须多带些银两前来应用为妙。"江进喜曰："吾家小姐日食最俭，女工针指，极是娴熟，到此便可帮作针指。"梵如曰："未知几时来，亦当约定。"江进喜曰："来晚二更后即来，劳烦师父开门。"善灵曰："就是三更后前来何妨，我等自当守候。"江进喜辞别退出。

不说善灵即着梵如打扫后房伺候，单说江进喜赶到刘府，寻见母亲，说明已约来晚前往。三嫂回阁，密通燕玉，且教收拾细软，来晚好得起程。燕玉曰："我已收拾完备，天晚过来。"原来燕玉手头乏缺，只有平日买针指线剩下碎银百余两，并有首饰约值五六百两。次日日色坠西，俱各饱餐，燕玉、江三嫂同在房等候。到上灯时，燕玉吩咐飞鸾女婢先去安寝，"我亦要睡了。"飞鸾大喜，回进自己房内，闭门睡下。燕玉自思未知何年得见母亲，岂可不辞而去？即令江三嫂掌灯，一同来到太郡房中，见礼坐下。适值太郡正吃参茶，即将半碗参茶付与燕玉吃下，再说些闲话，方才回阁，同在床坐下，将火掩住。候至二更，四处寂静无声，江三嫂曰："此时正好起身。"遂下阁来，江进喜正在阁下等候。江三嫂上楼取了一个包裹,收拾定当燕玉、江三嫂寒暑衣裙;再上楼取了一把锁匙,本是江三嫂执掌。刘小姐首饰包做一拜匣,那百余两银子亦藏一拜匣,取下楼来。江进喜一路开门,直到花园后门,共六重门。江进喜便把衣服包裹灯笼放下,曰:"待我去牵一匹马来,与母亲小姐同乘,好得赶路。"燕玉曰:"极好,但不可使马夫知道。"江进喜去了一会,取了一匹青鬃马,鞍辔俱备,牵出花园门;关上园门,先扶母亲上马,后扶小姐坐在前面。当时星辰初落,夜气正浓,寒风扑面,晓露沾衣,燕玉顶上盖着缎帖,以挡寒气。

三人起身,行了里余路,再向前赶了一会,已到万缘庵前。即扶二人下马,上前扣门。香公开门请进,六个尼姑尚在伺候,郡主道:"深夜惊动,望师父谅情恕罪。"善灵连称不敢。一齐接进。后边有一座空房,进内只见有两张空床,连席亦无。江三嫂见这光景,问曰:"连席亦无,如何安身?"燕玉曰:"来早备办铺陈便是。"梵如曰:"我里面还有两领旧席。"即去取出二领旧席,安顿床上。江进喜把包裹放下,曰:"我要回去了,若有急事,即来通知。"燕玉曰:"难为尔了,倘有急务,须当来报。"江进喜称是,出门上马而去。

当下燕玉与众尼姑见礼,各通名号;开一个拜匣,一看却是藏首饰的,燕玉即解开银包,秤了十两银子,放在一边曰:"此银留下,备二付铺盖应用。"又秤下十两,送与众尼曰:"奴在此守节,有劳列位师父,权为一茶之敬,幸列位笑纳。"众尼大喜称谢。又将银交付善灵曰:"此是十余两银,付与师父料理我等二人粮食,若有女工针指,自当尽心相帮。"善灵只望取许多银两,今见只有这些银子,甚为不悦,只得接了。众尼退去安歇。

江进喜赶回花园,将马仍带进马房系好,把锁并匙俱丢在地上。这花园只有江进喜住宿,从无他人混杂。当下江进喜回房,把门虚掩,解衣上床假睡。

且说飞鸾睡到五更醒来,有些腹疼,即忙起床解手,火已熄了。飞鸾最是胆怯,遂要往江三嫂房中来取火,把门推开,残灯尚明,房中无人,只道在小姐房中,及到小姐绣房,门却虚掩,火尚未灭,心更害怕,即点火燃照着,并无一人。随即下楼要报太郡,忽一阵狂风把火扑灭，那飞鸾大惊，哭叫起来，即到太郡房中，便狂叫“太郡”不绝。

顾太郡亦已醒了，忽听得哭叫，吓了一跳，暗想时运已退，次子贼巢被陷，此所谓祸不单行，谅必是凶事。忙叫曰：“不须啼哭，快快前来。”即披衣坐起床上。小婢已开房门，飞鸾进房，就说小姐及三嫂不知何往，只有小婢，故言害怕。太郡疑惑曰：“江三嫂或有事起身，亦未可定；小姐不在，却是何故？”叫起众婢，只见后面花园，门半开着，一把铁锁已开，抛在地上，点灯奔上晓云阁，四处一看，并无人影；遂进小姐房中，开首饰匣一看，却暗自骇然曰：“莫非与人逃走，连首饰带去？”再开箱看，好衣服俱失，只留几件旧衣裙，急得手足失措，明是家世该败，做出这败坏家声的事来。太郡因大怒道：“呵唷，好个侯门郡主，帝室王姨，不顾千金身价，竟和乳母逃奔。”又寻思：此必江三嫂代女儿牵马，奸夫方得进来。即下楼坐下，吩咐女婢，速唤江进喜前来。早有一婢起身前去。又嘱众婢曰：“家丑不可外扬，此事不可令家将知道，倘有多言漏泄，定即活活处死。”一面喝问飞鸾曰：“尔在楼上，可有男人上楼，快快说来，免得受刑！”就令女婢速取皮鞭荆条前来。飞鸾曰：“哪有男人上楼，即女人亦不敢上楼。”太郡提起皮鞭，向桌一拍曰：“既无人上楼，小姐如何逃走了？再不实说，一定打死尔这贱人！”飞鸾放声大哭曰：“自从上年太郡带小姐往顾府探亲回来，小姐就时刻与江三嫂密语，甚至叹息流泪，只是不许小婢窃听。近来京城国丈回书，许婚崔家，小姐更加着急，日夜同江三嫂密语。昨夜灯后，小姐叫小婢先睡，小婢只得先睡，不知小姐因何逃走，只此便是真情。”太郡怒曰：“江进喜因何不来？”再着一个女婢速去催来。

未知后事如何，且听下回分解。

第三十二回　顾太郡将桃代李　崔攀凤移东易西

却说顾太郡怪江进喜不来，再着一婢赶到进喜房中，见先来女婢尚在呼唤，江进喜不醒。女婢慌忙回禀太郡曰："江进喜想是昨晚酒醉，任呼不醒。"太郡寻思进喜却刚直，通奸之事谅必不知，故睡眠安稳。

且说那女婢强扯进喜曰："太郡唤尔谕话，作速起来！"进喜佯作初醒，问曰："绝早时候，何故大惊小怪？"女婢曰："小姐同尔母开了后门，逃走无踪，太郡特唤尔去问备细。"进喜流泪曰："昨晚好好还在房中，今日如何就没踪影？家母无踪，教我倚仗何人？"进喜忙即走进，泣问曰："家母真个何往？"太郡怒曰："尔母子作弊，拐带小姐逃走，尔还诈作不知，倒来问我！"进喜故意大哭曰："母亲好忍心，你往哪里去了？教我衣服浆洗缝补无人，好不苦楚！"太郡更怒曰："吾女年长逃走，损坏家声；你休高声，被家人知道，传扬出去，玷辱我侯府门风。本该将你逐出，念你平日正直，仍旧照管家事，不可懒惰。"进喜曰："多蒙太郡厚恩，但家母必是被妖魔迷去心神，故此逃走。待小人写几张招帖，挂在四方路口寻访若何？"太郡喝曰："尔母拐带逃走，寻他做什么！若悬招帖，岂不合府周知？外面尔若说出此话，我不与尔干休。"进喜曰："太郡吩咐，小人怎敢多言。"果然家人亦不知道。

是日，太郡自思丈夫作事过分，故有此报应，将来不知如何结局？是日连早饭也吃不下，闷闷不乐，在花厅坐到中午，暗忖：崔家聘礼，有女无妻，必来争闹。可恨贱人未受聘不走，偏待受聘后方走，明是欲累我失了脸皮，真是可恨，此事怎得开交！正纳闷间，忽听外边云板声响，只见女婢来报曰："把门人报称福建延平府梅姑太太前来请安，正有一位小姐同来的，请太夫人定夺。"太郡疑惑，即到后堂，令开门请进。

因刘捷有个堂妹夫，名梅占春，乃一榜举人，倚仗刘捷势大，升至福建延平府知府，膝下未曾生儿子，只生一女，同妻随任。此人贪财纵役，作事糊涂，万民怨恨，呈控上司，俱念着刘捷情面，置之度外。不料新来一位福建巡抚部院周呈祥，乃是吏部侍郎出身，为官清廉。初接任得知梅府控案极多，巡抚大怒："不严办，无以儆戒贪官！"即密访梅占春，奏称十恶大罪。密表到京，成宗看表大怒，解京交三法司严审。幸刘捷代到上下求情，方得免死，就在京城着解差押梅占春往岭南充军；再差官一员带诏一道，会同福建巡抚部院将梅占春家产搜没入官。只周巡抚因有心得罪刘捷，一到府中，即同钦差到衙内，把女婢家人尽行逐出。梅占春无子，只有刘氏并一女，名唤雪贞，年已十六，容颜美丽，姻缘尚未定着。周巡抚连刘氏母女不许夹带一物，立即一同逐出。所有财帛产业，一并官买充公。刘氏母女只得暂租民房安身，把女婢变卖为路费。母女无处栖身，故来相投顾太郡。

当下刘氏母女轿子入内，太郡迎出，令家人打发轿子退出。太郡与刘氏行了姑嫂之礼坐下，雪贞上前拜见舅母，坐在旁边。女婢献茶毕，太郡问："姑娘满门随任做官，因何到此？"刘氏就把丈夫庸愚，庇护属官，我母女苦劝不从，作成门丁差役卖法，并带罪充军，家产入官，母女无依等情一一诉说，"全望嫂嫂念及亲戚之情收留，感恩不浅。"说完哽咽唏嘘不已。二人说些闲话。刘氏问曰："次贤侄奎璧同侄女燕玉，谅多婚娶了。"太郡因见雪贞在座，不好说出，转口曰："老身家务浩繁，男女俱未定亲。"刘氏曰："姻缘乃是大事，嫂嫂亦当赶紧为是。"太郡曰："但不知贤甥女亲事若何，配于何家？"刘氏曰："拙夫不以姻缘为重，尚未定婚。"太郡闻言暗忖：雪贞娇容嫩色，与燕玉容貌看来不分上下，我何不用移花接木之计，把雪贞代嫁，免得贻辱，岂不是一举两得？

主意已定，太郡叫众婢退出，不许潜听言语，女婢俱各退出。又让雪贞出去游耍。太郡对姑娘细说刘奎璧征战失陷，次女昨夜同江三嫂逃走，并收过崔家聘礼，后日探知，定来争闹，岂不大辱门风等情，"方才因甥女在座，恐笑我治家不严，故不敢说。深知我虽庸才，论我治家，却亦严密，谅此事必是江贱人三嫂引诱。尔道家门不幸，我好羞愧!”梅太太叹曰:“这事可恨江三嫂非为,但崔攀凤有聘无娶,虽是至戚,亦必前来争闹。此事真晦气。”太郡曰:“今幸甥女颇有才貌,婚事未有定着,我欲将甥女代嫁;况崔攀凤乃才貌双全的书生,匹配甥女,却是一对姻缘。姑娘若肯顺从,我即写书,请家姊来日同崔攀凤诈来游耍,与甥相会,姑娘细看女婿,崔攀凤好偷看新人,两下便可完亲。未知姑娘意见若何?”梅太太称是。太郡取锁匙付女婢,打扫晓云阁,与梅姑娘母女安身,女婢领命而去。只见梅雪贞游玩已回,满面愁容,太郡暗喜此女孝心,兼识时务,却是可敬,随即入内写书,要求崔攀凤母子念及亲情,将梅氏代嫁;着心腹家人送往崔家,交太太开拆。

女婢将书送入后堂,恰遇崔夫人同二子叙话。女婢送上书来,夫人认是太郡笔迹,拆开观看,面上失色,将书付二子同观。攀凤叹曰:“孩儿联亲,有甚玷辱于她,表妹竟连夜逃走。”夫人曰:“姨母乃我的胞妹,若然争闹,二家俱各失脸。今幸有梅家之女代嫁,来日次儿同我去会亲,若梅女有些颜色,便可应允,免得自相矛盾。”崔攀凤称是。崔攀龙谓崔攀凤曰:“隐恶扬善最是。梅女若是举动端庄,便可取来,切勿贪色,有伤母党至亲。”崔攀凤曰:“弟非好色之徒,梅女若有风范,即当应承。”崔母大喜,准备来日前往选择新人。

且说顾太郡备酒款待梅家母女,送往晓云阁安歇。雪贞揭罐观看,有些茶油蜜水,又有胭脂花粉,雪贞问母亲曰:“此楼未知何人卧房,各物具备?”梅氏曰:“此间就是你表姊燕玉的卧房。”雪贞曰:“舅母说表姊已往外家未归。”梅母便将燕玉昨夜同江三嫂逃走之事说明,“舅母因此丑事,故不使你知道,你不可多言。看来与人私通,今见迫嫁,因此逃走。”雪贞曰:“舅母若非山川毓秀,怎能满门高官显爵?长女现居正宫,乃天下母仪,次女怎肯做出伤风败俗之事?母舅终是武将,作事猖横,从幼将表姊许配人家,今见对方家世败落,母舅恃强赖婚,改嫁别家;表姊不肯失节,特同三嫂躲避他方守节,等候前夫出头完亲。若是与人私通,何不预先逃走,直到临嫁方走,江三嫂同去何益?此必有别故,岂是暗昧逃遁?舅母乃瞒人言语,母亲休信为真。”梅母省悟曰:“吾儿此言是也。”遂隐住代嫁之言,母女安寝。

次早梳妆毕，下阁同太郡用餐后，忽见女婢传帖进见曰："启太郡，崔太夫人母子前来拜访。"太郡令开中门请进，雪贞即躲进内去。不须臾，崔母二轿已到庭中，太郡迎接母子下轿上堂。太郡对梅母曰："此乃家姊崔太夫人并次子攀凤，乃是秀才，系是至亲骨肉，我同尔请令爱出来会亲。"梅母曰："待我唤小女前来拜见。"崔攀凤退在庭边。梅母细看攀凤人才俊雅，心中已自欢喜，即合太郡进内，来见雪贞，曰："家姊前来，与贤甥相会。"雪贞只得随同到堂上。一见崔攀凤立在庭后，雪贞即欲回避，太郡扯住曰："此乃外甥崔攀凤，亦是一家人，何必回避。"崔母招呼攀凤曰："我儿可来拜见梅母，然后与雪贞作揖。"雪贞羞得满面通红，只得回答万福，已被攀凤看得眼饱，除了身材不如燕玉，脸色却更娇艳。只喜得心荡神飞。太郡放手，雪贞即闪入内。崔母携攀凤下庭来问曰："我儿意见若何？"攀凤曰："母亲即可应允。"太郡大喜曰："贤侄已中意，从今以后，休说代嫁之言，就是母舅面前，亦不必说实言，替我遮盖。到廿五日，即可娶去完亲。"攀凤称是。

原来梅母亦进内把舅母移花接木代嫁对女儿说明："今我门庭败落，攀凤乃是官家子弟，况又才貌双全，可顺从为是。"雪贞心想现在一家骨肉离散，不如早早了却终身，若崔公子果然显达，或能救出严亲。想到此处，含羞无语，乃已应承。梅母出来，攀凤辞别回去。梅母与太郡知会定着，强请雪贞出来相见。崔母取过一把五云如意钗，插在雪贞头上，曰："老身将此物聊表微意，贤侄女休要推辞。"雪贞心中明白，退入内去。女婢呈上酒席，梅母、太郡、崔母入席，雪贞抵死不肯出来。三位饮至日将西沉，崔母方辞别回去。太郡将孟母送来的物件嫁资，再备些妆奁作陪嫁，梅母甚是感激。

到了二十五日，刘府张灯挂彩，顾宏义前来迎娶。太郡见事做得秘密，十分喜欢。是晚攀凤完亲，小夫妻郎才女貌，你怜我爱，吟诗作赋，夫唱妇随，甚是相得。三日后，夫妻到刘府拜见太郡，亦以岳母礼交拜梅母。太郡备席，一同畅饮，至天晚崔攀凤夫妻方辞别回家。自此梅母住在刘家，太郡以礼相待。

且说江进喜知善灵贪财，乘太郡嫁女，着他备办物件，赚了二两银，思量送往万缘庵，与小姐应用。到第四日，乘隙赶进庵来，只见小姐同母亲正做针指，进喜请安毕，问曰："不知尼姑相待若何？"三嫂曰："尼姑前日得了小姐百余两银子，每日只两餐粗茶淡饭，小姐还要为他做针指，从早间做到晚方止，还嫌不勤紧，看来日后更难安身！"进喜曰："姑且忍耐，谅皇天不负善人。不久皇甫公子得救父回朝，孟氏已经投水，小姐就是正室夫人，我母子便得富贵，那时享用未迟。"燕玉曰："若能如进喜所言，那时当报答你母子大恩。但我走后，崔家怎肯干休？"进喜曰："事有凑巧。"便将梅家败坏，雪贞代嫁，太郡怕羞，再不许言及小姐名字等情说明。江三嫂闻言恨曰："好一场富贵，送与梅家母子受用，小姐却到此吃苦！"燕玉喜曰："幸有梅家表妹代嫁，母亲免费口舌，此乃极好的事，真是有幸。"江进喜就把二两余银交付小姐零用，曰："小人即刻回府，若有甚事，即来报知。"燕玉称是。江进喜辞别回去，只见善灵来请小姐去裁衣。

未知作出何事，且看下回分解。

第三十三回　失首饰节女受苦　医太后贤臣逞能

却说善灵来见燕玉曰："请小姐到我房裁衣。"燕玉曰："既要裁衣，可拿来这里裁罢。"善灵曰："因要裁三件衣服，好一番耽搁，又好在我那里拢合，免得零星失落。"小姐称是，即同江三嫂等把门锁上，齐到前面方丈。小姐用心裁剪毕，方同江三嫂取针线拢合。众尼各自做工，后边竟无人进去。

按庵中有一位香公，名唤曾七，年已六旬，有一子名曾黎，做豆腐生意，最好赌纸牌，不安本业。曾七自五年前在此，香公因尼姑穷苦，却就相安无事。不料刘燕玉那夜到庵，曾七在窗外窥得拜匣内首饰，值银不下三四百两，他就起了不良之心；买了一把锁匙，察知拜匣锁匙江三嫂藏在席上。是日见刘小姐同众尼俱到前边，便潜到后房偷看，开了锁，推开房门进内，见拜匣放在三嫂床上。曾七揭开席，取过小锁匙，又取出一块方帕，将匣内首饰尽倾帕内包好；然后把匣锁上，仍放原处，小锁匙仍放席上，出门将门锁上，把首饰带回家，交其子曾黎，嘱其变卖做本钱，休再赌荡。自己赶回庵中，佯睡在床。

刘小姐、江三嫂直至日西斜方回房来。三嫂把匣取放桌上，觉得甚轻松，吃惊谓小姐曰："匣内首饰被哪贼子尽行取去。"小姐不信曰："房门拜匣俱锁好，首饰必在匣内，怎能失脱？"江三嫂把匣向小姐面前一摇，曰："里面无声，哪有首饰。"小姐面上失色曰："这贼奇怪！"忙向席上取出锁匙，开匣一看，已是空空。江三嫂着急呐喊曰："哪个欺心贼，把六七百两银首饰盗去，气杀我啊！"众尼俱来问故，刘小姐把拜匣与众尼观看，曰："我们往那边做衣服，不知哪个贼开门锁并匣锁，首饰尽皆盗去，却又把锁仍然锁好。"三嫂呼天叫地喊曰："那明显是里面贼，方知小锁匙放在席下。"众尼愕然曰："此间从无外人进来，我们未尝失脱钱物。"善灵沉吟曰："贼人既得入房，何不连匣取去？哪有良心留下拜匣，又把拜匣各锁锁好？莫非前日来的心慌，忘记带首饰来，仍放在府上么？”三嫂闻言，将嘴一呶曰：“前日与众人开看，满匣首饰何止值六七百两银。众人眼同观看，怎说无有带来！明是里面人存心盗取，真是天杀的贼子！”善灵曰：“我今日同在外边，不管闲事。”说罢，竟自退出。刘小姐掉下几滴泪来，三嫂号哭带骂，二人连饭亦不吃。刘小姐对三嫂曰：“今已失脱，哭亦无处讨回，反惹尼姑厌烦，安身不便。总是我的命苦，忍耐为上。”江三嫂曰：“值数百两的东西一旦失脱，我还要咒骂，如何就肯干休！”是夜，直骂到二更方才安寝。

次日起来，却又叫骂。善灵明知小姐手内乏缺，无有出息；又见江三嫂喧闹，忍不住向前曰：“我若不说，尔等只道我是痴呆。世上哪有良心贼，只取汝首饰，不取别物，又各锁锁好？分明是尔等把首饰藏过别处，诈称被盗。明是嫌我出家人清淡日食，若有好去处，便可别寻安身，何必诈称被盗争闹。”江三嫂心中火发，即要回答，刘小姐扯进房内恳求曰：“出家人最是恶毒，若再较闹，恐他到我府中出首，我便无有安身之所，且忍耐就是。”江三嫂只得忍气吞声，买了许多香烛，旦夕在佛前许愿，责那盗首饰贼子自己招认报应。后来未到两月余，曾七忽然狂言乱语，打得面青头肿，自招伊心不良，盗取刘小姐物件，与儿子为本钱，是故天所以责罚我父子没良心，日后为乞而死。众尼方知刘小姐受屈，把曾七送还伊家中调治。曾黎赌荡，财本俱尽，只得沿街求乞，此是后话，不表。

善灵见小姐手内乏缺，不好赶出，不管轻重生活，尽令刘小姐、江三嫂去做，还要打鸡骂狗，骂他二人。刘小姐忍气，浆洗衣服，粗重生活，竭力勤作。幸江进喜不时送些碎银，小姐即转送善灵，取其喜悦。即几件好衣服，亦陆续典质，交善灵应用，真是受苦难言，不表。

且说郦明堂自入翰林，因学力太高，合院翰林称他为飞虎大将军。朝中官员多有求其批点文字，又有士子闻他宽宏，亦送文字求其批评，明堂并不推辞。

再说刘皇后原是上界织女，因与金童有约，故降生为皇后，成亲已有七年，成宗待之，甚是相得。是年六月，刘后已怀孕八个月，帝暗喜。无奈刘皇后寿缘已尽，至六月初二日，小产坠胎，却是男身，成宗天子甚为可惜。不料刘后又患血崩，日夜不止，疼痛难当，太医下药，日重一日。至初六、初七，更加痛楚，哀叫不已。至晚上灯后，皇后自知垂危，勉强坐于床上，令宫女请帝驾前来，有话奏闻。帝即起身，方到门口，皇后令二宫女挡住曰："臣妾染此恶病，陛下不可进来。臣妾命在须臾，只有二事恳求陛下留意。"成宗泣曰："卿有事只管奏来。"刘后曰："臣妾年二十三岁，陛下恩宠七年，忝为天下母仪，死亦瞑目。但陛下须有皇嗣，况太后大寿在迩，臣妾若死，即选择贤德福泽之女，立为正宫方安，万勿延迟。臣父乃是武将，又系汗马出身，今年又老，做事颠倒，倘有差错，赦其还乡。臣妾虽死，当保佑皇后早生贵子。"成宗泣曰："御妻为着生产亡身，此朕薄福累卿。国丈若有甚事，朕当加恩，决不有负。"说罢，退回殿上坐下。

刘后倒在床上，叫苦连天，太后十分伤感。延至三更，刘后薨逝，时年二十三岁。帝甚是悲伤，太后为之哭泣，令以皇后礼收殓。着礼部官照皇后礼传诏天下，禁奏鼓乐，举哀发丧。次早，刘捷悲伤，自知失势，即当辞官免祸。

刘后丧葬完毕，时太后年五十八岁，感念皇后贤淑，血崩惨死，又恨自己后年不好作大寿，因此患病。太医恐年老衰弱，用温源固本，人参为主，医治七八日，太后被参气攻迫，积胸塞脯，不能饮食，满面热极，气又逆上，屡次晕去。第八夜三更后晕醒，把后事对成宗曰："宋君因贪酒好色，不听忠言，故江山属我。俺死后，须当大展乾坤，听信老诚忠谏，关心民瘼，倘失君道，求为匹夫而不可得。"成宗泣慰曰："太后何出不吉之言，若用心调治，自可痊愈。"太后曰："哀家胸上结了一块气，屡逆上来，看来大命难保。"言罢，昏沉睡去。

成宗退出，忧闷不已，坐至五更临朝，谓众官曰："太后患病六七日，太医医治无效，反加沉重，说出辞世之语。朕方寸俱乱。尔等若知有良医，可即保荐医治，若得症安，荐官亦有封赏，不必挨延。"众官俱思：太医无效，哪个敢荐？连问数声，无人答应。只见梁相启奏曰："臣受两世厚恩，愿保一人，医治太后，可望痊安。"成宗喜曰："老先生乃老成大臣，见识沉潜，未知所荐何人，可速奏来。"梁相奏曰："臣自招郦君玉入门，凡有男妇老幼大小病症，俱是小婿诊脉，用药一剂不痊，两剂病即除根。有彼同年何兴伯近染伤寒，医士尽皆回绝，臣婿亲自去看，下了三四剂药，今已痊可如故，看来医道颇精，恭请圣心裁度。”成宗大惊曰：“不是寡人多疑，想郦君玉年轻，既是文字精通，焉有心思学习脉理医道？”梁相奏曰：“老臣非敢妄奏，实不忍太后垂危；乞陛下召来垂问，不至有误。”祁相奏曰：“梁公做事仔细，郦君玉虑事周全，望陛下任其医治，谅不误事。”成宗曰：“既二卿所奏，朕当听从，就烦梁卿宣召君玉前来。”

梁相领旨，即出午门，上轿回府，对郦明堂说明前事，曰：“今特选贤婿入宫看脉。”明堂尚未答应，素华不悦曰：“爹爹好无打算，太后年已六旬，太医尚不能调治，尔婿虽知脉理，岂能医险？倘有差错，性命难保，不若勿去为妙。”景氏亦埋怨曰：“太师果然多事，众官无人敢荐，便是不好事情，你却领贤婿当此险事。”梁相曰：“若是朋友患病，我即不言；奈君臣犹如父子，譬如父母有事，为子者岂忍坐视不救？况明堂作事仔细，断不差错。”明堂唤女婢取冠服前来，曰：“不妨事，凭着三指诊脉，视其病情，若可医，我方为其下药。”

翁婿下了轿，梁相上殿奏曰：“郦君玉已在午门候旨。”帝宣入朝。拜毕，帝宣上前曰：“卿用心医治，太后若得痊安，朕自当封赏。”郦君玉曰：“待臣入宫诊脉，便有处治。”帝着文武散去，即上辇。明堂步行，随入内宫。原来有八名太医在偏殿公议下药，便同出接驾。帝下辇，令太医往偏殿伺候，“朕引郦卿入宫诊脉。”明堂随帝入万寿宫太后卧房内，赐坐旁边。明堂奏曰：“待臣诊脉，方知委曲。”帝揭开龙帐，安顿定于床前，复又把龙帐放下。明堂到床前跪下，帝候其左右诊脉。明堂曰：“请太后容颜一观。”帝连忙揭开龙帐，明堂近前细看，见太后昏沉睡着，面红唇紫；明堂举掌向太后头上摸去，甚热，即奏曰：“太后病虽沉重，若敢服臣的药，管教三剂药病就好了大半。”帝疑信相半曰：“卿可用心派药，若得平安，自有不次封赏。”明堂坐在旁边，暗思太后身体壮健，只因悲伤过度染病，而太医所有药草，尽是参汤，故不奏效，遂开了一剂破散药方。内监呈上御前，天子见了药方，大惊，对明堂曰：“此方俱是破散药料，少壮人可服；太后年经六旬，难免衰弱，须温源固本。现病势垂危，再服此药，倘有不虞，利害不小。”明堂奏曰：“太后本无大病，实被参气所迫，热气逆上，胸膈满涨。须先用破散方消其参气，次用消食方消其积食，气便和平，再略进温补大剂便愈。望陛下不必疑心。”成宗曰：“卿言虽善，奈太后年高，朕终不放心。今有众太医俱在偏殿，可把此方带出，与太医议妥，然后可服。”明堂奏曰：“太医非不尽心，缘错认太后虚弱，此方决不敢用。乞陛下速自决断，方不有误。”成宗曰：“独见者偏，众见者明。”就令内监权昌：“将此方与郦卿同见众太医商议为妥。”

明堂即同权昌来到偏殿，众太医见礼叙坐。权昌先传出圣谕，后把郦翰林药方献出。众太医看毕，摇头吐舌，各曰：“少年好不凶狠，敢用此种药方。”即对权昌曰：“烦公公奏知天子，我等医病，但知老年人患病，务须温源固本；今郦翰林所用，俱是破散，我等不敢商议。若服此药，与我等无干。”郦明堂暗笑太医不识诊脉，反要怪他人错用药料，真可谓庸医误杀人。即答曰：“学生愚见，此药并无差错，我敢独任其咎。”众太医因念其是翰林，又是梁相的爱婿，遂不敢多言。内有两个老的，劝郦明堂曰：“老先生既自任咎，我等可无干涉，但太后年老，须当固本为妙。”郦明堂曰：“愚意必用此药，方能应效。”遂同权昌缴旨。

未知如何医治，且看下回分解。

第三十四回 郦明堂擢升尚书 康若山荫封忠宪

却说权昌同郦明堂回宫，权昌奏明众太医言语，成宗踌躇不决。郦明堂下跪奏曰：“太后实被温补所害，若服此药，有甚差池，臣愿处斩。臣实忠心，不忍太后有失，陛下切勿迟延，速当备药煎服。”成宗见他如此恳切，乃曰：“卿平日作事谨慎，朕今冒险服此药罢了。”即令照此单称药。只见内监奏曰：“众太医奏称郦翰林药方相反，当即告退。”成宗准奏令退。郦明堂称药完毕，帝对明堂曰：“卿可住宿南阁，太后若有缓急，方可看视。”令权昌送去。

这里成宗亲督内监煎药，及至煎好分数，内监欲请太后吃药，成宗曰：“且慢。”寻思此药若应效，病可消除一半；若不应效，性命休矣，真犹青龙与白虎汤并行，吉凶未卜。凑巧此时太后苏醒，问曰：“太医可曾下药否？”成宗曰：“太医屡治无效，梁相奏令伊婿郦君玉诊脉下药，现药已煎好。”太后曰：“药既煎好，不唤哀家吃何故？”成宗曰：“奈君玉此方，俱是破散药料，故不敢奉与太后吃。”太后曰：“胸膈不宽，想是病食，未能消除，既温补不效，或者凉药调和，倒得痊安，亦未可定，可速取来与我服。”帝暗思此中当有天意，纵然不测，亦是太后要吃，总是听天由命。即着内监扶太后坐起床上，自己奉药伏侍。吃完，仍扶放在床上，将被盖好，放上帐幔。帝同众退出殿上，与观动静。

不须臾，太后睡下，成宗疑心不定，和衣而卧，醒来已是五更，太后未醒，成宗疑惑，入宫揭开帐幔，见太后安睡，面上红气已退，口唇紫色亦变鲜红，头上热气亦已消退。情知药已应效，随即出殿坐下，谓侍御曰：“可恶太医，不识脉理，不及郦明堂一个十余岁的书生，一剂破散药，太后已病好几分，实是可喜。”即令内监办四盘小菜并一壶酒，赐与郦君玉在阁畅饮。

太后睡到日已西斜方醒。帝入内问安，太后曰：“好笑众太医不及君玉。今觉得胸前不胀,气亦稍顺,今后只着君玉医治罢。但口中有些烦渴,要吃杯好茶。”立着内侍往内阁对君玉曰:“太后睡醒,热已退,要吃香茶,未知可否? 并问可否再诊脉用药?”君玉曰:“可以奏帝如此。”内监即来缴旨曰:“郦翰林称药气稍行,不可攻迫,且待来早下药诊脉为妥。好茶可吃,只不可吃香茶。”帝即令泡些好茶,太后吃了一杯安寝,帝心方宽些。一夜无事。

次早,帝见太后酣然大睡,即宣君玉上殿赐茶。帝赞曰:“朕昨日见卿药方,大为惊恐,因太后执意要服,今热已退矣,精神爽快,一夜安然。卿可用心调治,自有重赏。”君玉奏曰:“臣敢不尽心报答陛下知遇之恩。”帝引入内,跪下诊脉毕,君臣退去殿上。君玉奏曰:“太后热气虽退,奈积食未消,今当用消食方,消了胸中的补物,气便和顺。后服温补,病根尽除。”帝曰:“卿可用心便是。待太后稍安,卿方可出阁回府。”明堂再开消食方,称药毕,方回内阁。

帝入内煎好,请太后吃过。停一会,太后令宫女扶上马桶,解手毕,觉得胸中宽松,腹中饥饿。内监往问,明堂教煮稀粥。太后吃了精神顿松,即能言笑,对成宗曰:“俺家余生,尽郦明堂之功,须当厚待,方不有负。”帝曰:“此人甚有见识,药料甚是合用。”是日无事。

到第三早,明堂入宫诊脉,用温源固本方毕。帝对明堂曰:“难得贤卿辛苦,今回府,每早进宫,与太后下药诊脉。”明堂退出午门,上轿回府。进后衙,正遇景夫人母女,念及君玉因何尚未回来,忽见明堂,便皆欢喜。见礼坐下,齐问曰:“自尔进宫,我等晓夜不安,未知太后病情如何?”明堂曰:“太后病已好了八九分,再治数日,就除了病根,何必过虑。”景氏母女方才放心。梁相笑曰:“我料明堂决不误事,尔等不必过虑。”素华夫妻退入绣房,素华赞曰:“难得小姐奇才,胜过太医。”明堂曰:“所以冒险治太后,实欲高升显职,好救丈夫满门,非图虚名。”素华曰:“小姐时刻以救丈夫为念,皇天必佑,早从心愿。”明堂曰:“且看天意若何?”

到了次早,帝升殿,着内监扶太后左右手,与明堂诊脉毕。明堂出到殿前,开药方毕,退出金殿缴旨曰:“太后气已和顺,以后渐渐平复,不劳圣虑。”帝喜曰:“卿勿辞劳苦,逐早须入宫诊脉下药,朕自当升赏。”明堂领旨回府。

次早，再入宫，跪在床前，用心诊脉，适遇太后苏醒，在幔帐内，明堂怎知其详，只管当心察脉，眼神形容，便露出女人气概；况跪在床前，下截公服，被床遮住，只现出上身。太后在床内细看，是绝色女子打扮男装，思想有此才貌女子，正可取为正宫。主意已定，明堂诊脉过，随开出药方称药。明堂退回，内监取药去煎。

停了一会，成宗退朝，入宫请安，坐在旁边。太后谓成宗曰：“皇儿好得颠倒，那郦君玉乃女扮男装，尔因甚看不出？今可唤其改装，纳为正宫皇后，后年俺家好作六旬大寿，皇儿亦得贤内助，岂不是好！”成宗笑曰：“他已抛球中采，娶梁相之女为妻，甚是相得，若果是女子，怎无异言？”太后曰：“若果娶妻，就是哀家错认。不意世上有此美少年，又有才学，医术胜过太医。哀家余生，尽出其手。皇儿须当升他官职，方不负其辛苦。”自此以后，太后不上十日，渐渐平复如常。

忽一日，成宗驾临早朝，吏部官奏曰：“有兵部尚书朱圭，于昨夜病故，合应奏闻。”帝叹曰：“不幸失了一位忠臣。”传旨赐其御祭一筵，着吏部官员领旨祭奠。吏部官领旨，再奏曰：“兵部尚书总管天下武职官兵，实为要任，难以空悬。乞陛下超选殿臣补授，方可不误。”成宗闻言，正中心怀，答曰：“朕已知道。”即宣君玉上前，谕曰：“卿是王佐之才，朕今封卿为兵部尚书之职，赏卿拯救太后大功。”明堂俯伏辞曰：“太后身安，乃陛下孝心感动上天庇佑，与臣何干？况臣年轻，擢升显职，群臣必疑陛下赏罚不明。臣不敢领旨。”成宗对曰：“卿乃宰相之才，一个兵部，岂足展卿大才，何必推辞。”明堂谢恩。当殿换了尚书公服，竟是一位二品公卿。众武官亦知其平日清廉，免得送礼之累。

当下成宗问曰：“郦卿父母何人，官拜何职？可即奏明，朕欲封赏其教子有方。”明堂奏曰：“臣生父郦朝恩，母贾氏，俱是农民出身。臣幸读书成名，此乃义父母康若山、孙氏之力，臣不敢忘恩，据实奏闻。”成宗曰：“难得康若山，朕今封卿生父母俱四品官职，义父康若山为忠宪大夫，孙氏为四品恭人，再封卿妻梁氏为一品夫人。”明堂大喜谢恩。成宗又宣梁相谕曰："难得老先生任咎保荐郦君玉医治太后，方得痊安，今加封太子太保。"梁相向前叩首谢恩。

成宗退朝，梁相翁婿带了封诰并凤冠蟒袄回府。素华闻报，忙排香案，迎接封诰入内，寻思真正丈夫亦未必能荫我为一品夫人，好笑是假丈夫，譬如逢场作戏，只图好看而已。

明堂即往兵部上任。不多时，便有许多官员到府，与梁相称贺。又有兵部属下官俱来禀谒。明堂令所有礼物尽皆璧还，惟有门包俱收。次日，明堂对素华曰："我有义父康若山，待我甚厚，前因翰林散职，请他进京，不甚荣华。今为兵部权重，我欲把他家眷搬到燕贺堂居住，以报答深恩。尔意以为如何？"素华曰："小姐情重，正当如此。"夫妻来见梁相，说明搬取义父家眷等情。梁相曰："此乃正事，有何不可。"明堂写了书信，收拾忠宪大夫纱帽蟒袍，并孙氏凤冠以及官诰，差了二名得力家人，给了路费，上马向湖广而去。

且说帝因太后身体平复如旧，着钦天监择吉日与太后谢病，到了吉期，帝备下吉礼，当天祭奠；宫中人等俱赏酒席散福，金銮殿大宴群臣，除在朝左右丞相外，就着君玉坐于首席。君玉苦辞年轻职微，不敢僭坐。成宗慰曰："此席为太后而设，谢尔名医；上自寡人，下及文武，皆受贤卿所荫，首席理当卿坐，谁敢僭越？今日君臣须当尽醉方休。"明堂方才就坐。群臣依次坐下，君臣畅饮。君玉见帝褒奖，好不扬扬得志。献酬交错，酒到半酣，太后差内监赐君玉金紫罗袍一件，雕花玉带一围，大明珠十粒。明堂谢恩毕，当殿换上罗袍，系了玉带，加倍雅观。

入席再饮数巡，帝宣八位太医责曰："太后壮健，尔等反认郦卿医方为逆药，力阻莫服；幸郦卿以全家性命保奏，太后方得病安。尔等不明脉理，阻挡妙药，该当何罪？"众太医叩头曰："论罪当斩。"帝笑曰："尔等亦是学力不到，今只罚尔等每人敬郦兵部一大杯酒。"众太医谢曰："臣等愿罚。"八名太医欢喜，每人各敬一大杯酒。按郦明堂酒量极大，从未尝醉，而今挡不了八个太医各人劝酒，一杯又一杯，虽是量大，亦觉有六七分醉意，勉强支持，犹如杨柳摇风，身体摇动，面上绽出桃花，兼穿着簇新的紫罗金袍，越加娇艳。成宗乘着酒兴对明堂曰:“郦卿前为太后诊脉,太后疑卿是女扮男装,及朕说卿已娶梁相之女为妻,太后方信是男。今观卿微醉,更加秀丽,虽裙钗中亦不及卿容貌,无怪太后错认为女。”明堂乃正色跪奏曰:“臣因年轻骤居显职,外人必疑心;今又当殿戏说女流,外人必疑臣官职从趋媚得来。且君臣犹如父子,加之戏言,所谓君不君,臣不臣,臣怎能代陛下理政?愿陛下今后慎言,切不可与臣子戏言,非但有渎至尊,且令臣子藐视圣驾。臣愚昧不避斧钺之诛,愿陛下修身慎言,国家幸甚,臣等幸甚。”成宗闻言,自觉惭愧。改色含糊答道:“卿所言甚是,今后当从规谏之言。”君臣尽兴畅饮,直到日将西斜散席。明堂翁婿回府,一出宫门,明堂上轿端坐,自思我本一个深闺弱女,竟能三元及第,官拜尚书,也算得吐气扬眉了,且做个忠心保国良臣,何必定要洞房花烛。回到家,素华迎接,夫妻回楼,明堂取出明珠,说明太后赏赐之事。

且说那送封诰的二家人,赶到八月下旬方到湖广,先遣人驰禀康若山知道。康若山大喜,差人带银往雇彩旗执事音乐,迎接官诰到家。夫妻备下香案,跪接官诰。康若山穿上冠服,孙氏戴上凤冠,穿上蟒袄,向北谢恩,然后着人备酒席相待。来人呈上书信,自去畅饮。康若山退入内,当众面前拆书读过,乃知是搬家进京之事。孙氏坐下说道:“咳,正是异姓有情非异姓,亲生无义枉亲生,不想我们一个庄户人家,承继了个干儿子,就做了封翁命妇,你说好也不好?”员外道:“你想想当初是怎样待他的,还说我老没正经。”安人说:“那些事情就不必提了。现在和你商量大事情,尔可要进京否?”康若山笑曰:“你好无打算,我若进京,与宰相称亲翁,好不荣耀!自然同二妾、孩儿等进京,受享富贵,你可在家照管产业。”孙氏曰:“我亦要进京,与千金小姐为婆媳。”

未知康若山如何对答,且看下回分解。

第三十五回　登州镇上表告急　郦兵部力奏招贤

却说孙氏要同康若山进京,康若山曰:"你我一齐进京,产业交与何人掌管?"孙氏曰:"产业自然交与女儿掌管。"若山寻思,真是馒头落地狗造化,这亦是女婿运到,随即应允。孙氏入内往见女儿胜金,说起进京等事,胜金曰:"爹爹先进京去,母亲且停,候我怀孕分娩后,你才进京,女儿临盆,方有母亲照顾,你方得放心。"孙氏沉吟一会,曰:"我就在此,候尔生产后方可放心进京。"即来见康若山,说明备细。

次日,若山一面择吉日,准备起程;一面穿公服,备执事,乘着呢轿拜客请酒。到了吉日那天,若山带儿子并二妾起程,十余名奴婢跟随,大灯写着兵部尚书。一路武官俱属兵部官管辖,恐其有失财物,派拨官军来护送,好不威风。将到京城,那两个接请的家人预先雇人驰报禀知。郦明堂使人打听,出城迎接。巳牌后康若山已到,明堂接进茶站处奉茶,然后上轿。明堂先回相府,梁相翁婿同坐后堂候接。

不多时,康若山并二妾俱到,家人开了中门,梁相降阶迎接。康若山急忙下轿,奔上前要拜见,梁相扶住曰:"亲翁光临,老夫有失远接,望乞恕罪。"康若山向前谢曰:"小儿多蒙提拔,老汉感恩不尽;又来迎接,实在消受不起。"二人相逊上堂,分宾主坐下,明堂坐在旁边。茶罢,梁相令小姐拜见公公。素华已出,明堂起身,同其拜见,若山答了半礼;然后与二妾行平辈礼,同到后堂拜见景夫人叙话,不表。

且说明堂自升兵部尚书,日随大臣在内阁批案。一则明堂天资聪敏,料事多中;二则秉公无私,凡有案牍曾经郦兵部批过,成宗即放心举行。以此上自天子,下及群臣,俱皆钦敬。凡明堂奏事,无不言听计从。明堂无有机会救亲夫出头。

不觉早是九月间,忽一日驾临早朝,午门官奏曰:"启上万岁:今有山东巡抚部院彭如泽具表告急,内称振威大将军杨秉义自昔年领军一万，往镇登州，奈番军师神武道人邪术利害，屡战屡败。杨秉义势穷力尽，在此七月呕血身亡。现在番军攻打登州，恐九月后天降霜雪，海水冻冰，船只难行，必退泊沙门岛，声言来年三月春间必竭力攻破山东，直捣北京。陛下趁其不日退兵之际，祈发良将大军前来救援，方免误事。”帝令值日学士读表，问群臣曰：“可恨狂寇，屡胜官军，众将谁敢领军破敌？”连问数声，无人答应，帝不悦曰：“朕有许多武将，却都是贪生怕死之徒，竟无人敢为朕退敌，真是可恼！”

郦明堂在班中寻思：趁朝廷此时急迫，或可救丈夫出头，亦未可定，只是皇甫郎君如今躲得无影无踪，怎能寻访得他回来，建功立业，看来只有挂榜招贤，郎君或能回朝，想到此处，即出班俯伏奏曰：“陛下休要错怪，非是武将不忠，不肯尽力；奈众将俱是陆地英雄，一到战船下海，立坐不定，呕吐不安，多生疾病，若不量力，妄自领军，有伤国体，故不敢妄自领旨。”帝曰：“卿言极是。若不发军前去，眼见番寇攻入北京，岂不是束手待毙。”郦明堂奏曰：“依臣愚见，今番寇兵势浩大，更兼军师邪术利害，乘着此去寒冬雨雪，海水冻冰，按兵数月，陛下可降诏颁行天下。榜内言明招军下海征番之事：若有弓马武艺韬略俱熟，兼不怕风浪者，不论文武官员，军民人等，流徒配军，可速进京，到兵部报名。定于来年二月初一日，差一员大臣下校场，先考弓箭技勇武艺，后考内场韬略；可重用者，照次第取中武进士九十六名，从中俟御驾复试，再取等第名次。状元即为大元帅，榜眼、探花即封为左、右先锋，其中武进士俱令随征立功。如此施行，文武全才、智勇足备者自然前来。再降旨一道，着兵部来年正月间，调精兵六万，着大臣操演精熟，随征番元帅往山东上船征战。闻得番寇共有五万番军，但屡年损失不少，尚存不满四万余。我军尚多骁勇，自可去取胜，但所调之兵，须各省各府水军方能有济。再降旨一道，差山东巡抚发出库银，星夜备下大小战船，堪足六万人马乘坐，待下船到海征战，免伤登州人民。未知圣意若何？”成宗大喜曰：“郦卿所奏，大为有理，可无呕吐晕眩之苦。朕当准奏。”就着兵部依郦卿所奏之言，草诏十三省巡抚刊刻皇榜。

兵部领旨，就在殿上草诏。帝又传旨曰：“诏内须言明惟逆臣皇甫敬之子皇甫少华不许投军外，其余流徒配军，凡有本领，俱皆录用。”郦明堂一闻此言，不觉痴呆：我此奏专救丈夫出头，改换名姓，可以投军；丈夫既是不赦，岂不徒费心力？忙向前奏曰：“陛下圣恩浩荡，譬如汪洋大海，清浊皆纳，岂皇甫少华不及流徒配军，不许投军？外边军民恐疑陛下量窄，不能容物，有伤圣明。乞陛下开赦，以示圣恩广大。”成宗闻言，咬牙曰：“皇甫敬受两世厚恩，身居显职，征剿番寇叛逆，被邪术所擒，贪生怕死，归降番寇，充为向导，率领番军，攻打登州，伤害官军人民。及着差官往拿家属进京，逆子皇甫少华知风逃走，只捉得伊妻女解京；道经吹台山，叛党韦勇达领了众贼，杀死解官，劫夺皇甫敬妻女上山为寇，屡伤捕盗官军。前遣刘奎璧征剿，中计被禁山上，未知生死。朕切齿痛恨，俟番寇平静，就便剿灭吹台山，擒捉皇甫敬妻女并韦勇达，碎尸万段，以昭国法。逆贼皇甫少华朕已谕天下会捉在案，怎肯令其投军？”郦明堂奏曰：“臣闻皇甫敬少年高中，力剿北番，再征土番，历官显职；今必被邪术所擒，禁在番邦，怎有失节降番，贻累满门之理？谅因水面战争，打听不真，难以凭信，臣前在湖广，深知皇甫少华武艺超群，韬略精通，定有忠孝之心。若闻招军之旨，必然改换姓名，前来投军，奋不顾身死战，洗白千秋恶名，上报朝廷谓之忠，下救伊父谓之孝，此亦陛下仁慈，容其自新。陛下倘不容其投军，皇甫少华进退两难，无计救父，势必投降番寇，父子同在一处，即可救父，借番兵杀入中原，反为大害！臣实为社稷大计，并非浪言，望陛下网开一面，使其尽忠救父，未知圣意如何？”成宗闻言，点头称是曰：“郦君所奏，大为有理，只是还有一件可虑，似为未妥。朕思皇甫敬若无归降引导，山东巡抚岂敢冒奏？朕若准皇甫少华投军，倘皇甫敬果然降番，皇甫少华定念父子之情，内应外合，那时岂不利害？郦卿乃是智士，尔道此事果可行否？”明堂只得再奏曰：“陛下圣见极明，但依臣愚见，皇甫敬决不降番，皇甫少华必能竭力报国。倘皇甫少华投军反叛，臣愿满门处斩，敬戒冒奏之罪。臣实为国荐贤，亦是容人自新之意，非有异心。”成宗大喜曰：“卿见识极高，既如此恳切启奏，谅皇甫敬必不归降。莫说皇甫少华不敢反叛，即使皇甫少华果然谋反，卿亦秉公之言，朕若为难了卿，恐后来俱要钳口不言,谁敢秉公奏事。”传旨草诏官,将诏更改,立即草了十三道诏书,上称:告示各省,如有破敌之策,冠军之能,不论九流三教及有罪革削之人,亦皆赦免,可赴兵部尚书郦君玉衙门验看。再比赛武艺,钦定状元榜眼探花,余者悉做随征将士,以敷国家之用。用印完备,当殿差了十三员差官,分赴十三省,巡抚连发榜文,天下张挂招军。分发已毕,驾退回宫。

郦明堂满心欢喜,谅丈夫必来投军。回到相府,退入后堂,梁相恰已先回,正与景夫人母女言谈。郦明堂卸下公服,一同坐下,梁相埋怨明堂曰:“贤婿好多事,皇甫敬降番,今有山东巡抚具奏,已有实据。倘皇甫少华内叛,尔一力保奏,其罪不小,怎如此多事?”郦明堂曰:“小婿想皇甫敬怎肯降番,定是水路侦探不实,所以竭力保奏,使伊子得以救父回朝,是亦兔死狐悲之意。”梁相曰:“知人知面不知心,倘皇甫敬父子果有异心,尔的罪名不小,下次切不可如是担承罔法。”郦明堂曰:“岳父吩咐极是,小婿领命。”

夫妻退入弄箫楼,命女婢退出,素华忙问曰:“小姐,方才家父何事,故出此言?”明堂说明早间的事情,“若非我的丈夫,我怎肯如此尽力?今番必来投军。岳父不知委曲,是以惊恐,怪我多事。”素华叹曰:“谁知小姐为皇甫少华,尽心费力,上天必然保佑。此去征番,定能得胜。俟父子班师回朝,完了小姐的亲事,岂不是好。”明堂曰:“未知天意如何,只是各尽人事罢了。”

过了三四天,京城之内招军榜先出,郦明堂即向众书吏曰:“招军乃国家的大事,凡有投军人来下投军状,只须收一包笔资,限定一百二十文为则,不准勒索贿赂。如违重治,不稍宽贷!”这榜一出,咸曰白丁亦能中状元,谁不欢喜投军;但因跨海征番,邪术利害,波浪险阻,未免欲行又止。然自有那不怕风浪的陆续而来,投下军状。

未知皇甫少华如何投军,须看下回分解。

第三十六回　黄鹤楼师徒分手　吹台山母子相逢

却说这招军诏乃军机重情,各限时日。差官星夜赶往各省,巡抚接诏,刊发四处张挂。凡有英雄不怕风浪者,俱赶上京师候考。

熊浩与皇甫少华自上年正月中上黄鹤山,学些趋吉避凶的奇门小术,日夜用心习练弓箭武艺。延至次年十一月初一早,少华正行到后山,坐在松林中一块大石上,搅上清泉,磨砺宝剑,但见一泓秋水,二尺寒光,锋利无比,少华想起事业无成,不觉对天长叹。此时黄鹤仙翁正在禅坐,默运元神,忽一阵风从面上吹过,带着吼声。仙翁早知其详,立命人唤熊浩、皇甫少华吩咐曰:“目今番寇猖獗,朝廷颁诏招军,天下英雄俱进京师,到兵部报名。俟明年二月初一日,差大总裁下校场,照武场例考弓马技勇、武艺韬略,选取武状元并九十六名武进士,一同挂帅征番。尔二人时运已到,可收拾回家,速往京城投军。”熊浩曰:“弟子等往常见山下周围俱是大海,要往哪里回去?”仙翁曰:“我教尔回去,自然有路可归。”熊浩二人曰:“告禀师父知道,那番军师法术宝贝利害,弟子等并无法术,如何抵敌得过他呢?”仙翁曰:“不妨,我自有宝贝赠尔成功。”即令小童:“把我禅房桌上鞭剑锤镜取来。”小童前去,取出一面圆镜,乃是铜的,约有碗大;一支剑;一把金锤;一条鞭。仙翁取镜并锤交与皇甫少华,附耳曰:“此锤名飞电锤,若遇神武道人腾云驾雾,可把此锤祭起,半空即有电光,打他身上疼痛难当。此镜名叫破浪镜,又名平火镜。妖道若败,必作起风浪,颠覆尔的船只,或遇汪洋风浪,可把此镜一照,风浪立平。妖道吐火烧舟,把此镜一照,火即消灭。”言讫,并对熊浩曰:“此剑名叫斩蛟剑,陆地能诛犀牛大象,水面能斩蛟龙,祭起即发毫光,能砍伤人的身体。此鞭名叫化龙鞭,祭起即有毫光,若打着妖道身上,疼痛不小。今各赠尔等物件宝贝,以破妖道。”二徒拜谢,各自收在身边。仙翁又取二道灵符,交与二徒道:“此符乃护身符,每人各一张,放在发际，妖道紧迫便作起隐身法，腾在空中，他看得见人，人看不见他。尔等此符在身，便可破他的隐身法，即祭起宝贝打他。”

二徒受了灵符，各藏在身边。皇甫少华问曰：“神武道人究竟是何人，敢如此作恶？”黄鹤仙翁曰：“他乃鸾山老祖之徒，是吾之徒侄。只因此人贪色，欲变化为书生，通奸人家妇女，鸾山老祖逐他下山。他心中怨恨，总是逆天，亦是天意，故助番寇造反。”又在怀中取过一件红锦套索，另锦囊一个，交与皇甫少华曰：“尔此去与神武道人对敌，他若大败，乘夜入营行刺，他即是大逆难容，尔方把红锦套索拿他，切不可伤他性命，可把锦囊付他看。内有一封求情书，向他师父求情，他师父必定收留他。那时劝番王献出降书贡礼，送出皇甫敬、卫焕，神武道人就可回山，从师练道。尔等班师回京，即受享富贵。”皇甫少华忙问曰：“皇甫元帅尚有性命么？”仙翁曰：“尔父将帅不肯屈节，现在番邦收禁牢中，何尝有损。”皇甫少华大喜，拜谢仙翁，遂同熊浩入内收拾包裹；出来拜辞师尊，二人倒身下拜，绕座依依。仙翁道：“贤徒不需留恋，快快离山。”二人背上包裹，出了洞门，起身下山。果见俱是野地，翠草青青，并无波浪，熊浩曰：“师父法力果然神通。”皇甫少华曰：“正是。”二人望空拜谢，即便起程。

皇甫少华与熊浩下山，一直竟寻旧路。依然是黄昏借宿，天晓起行，前后五六天，已到出城的近处。一路上见擒捉皇甫少华的图画已被风雨打坏，亦无人盘诘，二人放心穿州过府，熊浩心念妻子，未知若何。

且说熊浩自起身以后，伊妻徐氏至四月初三日已生下一子，取名熊怀，字起凤。徐氏因产后身故，自有徐仰善夫妻照应，雇了两个乳娘抚养。及至十二月初旬，早饭时，熊浩同皇甫少华回来，家人向前迎接曰：“相公因甚至今方回，可怜安人已无处相会了。”熊浩骇然曰：“安人莫非因产身亡么？”家人曰：“安人生产平安，月余方才染病，缓至半载身死。现停柩内堂，伺候主人回来安葬。”熊浩闻言，心如刀割，皇甫少华亦不过意，急入内堂，只见灵帏寂寂，那棺木魂帛上写着熊府正室孺人徐氏之位。熊浩上前倒身双膝跪倒，扶棺痛哭曰：“呵唷，贤妻呀，你丈夫回来了。几年离别，今日回来，不见人来只见棺。原指望夫荣妻贵,不料竟成隔世!患病我不能侍奉茶汤,临终不得当面诀别,使愚夫抱恨终天。”皇甫少华亦上前大哭曰:“总是不才累尔夫妻分离,不才实是罪人,望贤嫂阴魂勿恨。”

恰遇徐仰善从外进来,一见女婿,心内好不伤感。又见熊浩、皇甫俱哭得哀惨,忙向前劝曰:“小女身亡,亦是天数,哭亦无益。”熊浩等方拭眼泪,见礼坐下。里面乳娘急抱熊怀出来,徐仰善说明备细。熊怀已周岁有余,生得眉清目秀,面貌端庄。熊浩见子思妻,抱在手中又泣了一会。徐仰善细谈女儿产后的病由,临终的言语,熊浩与少华更加悲伤。徐仰善问曰:“二位此回可曾学得异术么?昨日诏谕番寇军师妖术利害,召募天下英雄赴京投考,夺取状元。二位若有神术,亦可进京应募。”熊浩叹曰:“小婿等颇有奇遇,但思人生在世,一如春梦,功名富贵,好似浮云,令人心灰意懒。”徐仰善劝曰:“既有异术,当速择地埋葬小女,赶赴京师,来年二月初一日应考,怎说这心灰之话!”

皇甫少华退出花厅,老仆吕忠拜见,细说别后之话。熊浩向神祇祖先并徐氏位前点了香烛,参拜已毕,因是初回,各有事体盘问,到了黄昏以后,各自回房。吕忠先说徐氏患病,及病后被胡氏赶逐难堪,几欲出门往投别处,只恐公子无处寻觅等情,皇甫少华劝曰:“胡氏女流,见识不远,可置之度外;但夫人小姐进京消息如何,尔可知道么?”吕忠曰:“夫人事体,老奴时刻用心打听,深知委曲。”就把吹台山韦勇达杀了解官,救了夫人小姐上山,闻得韦勇达年方二十,少年豪杰等说了一遍。皇甫少华寻思:母亲恰亦不该,盗贼哪里有仗义之人?姊姊年少,怎好在山上男女混杂,若是朝廷知道,岂不见怪?吕忠曰:“昨日黄榜招军,今公子回来,恰好进京应试。”少华曰:“我正有此心。”二人说到三更,方才安寝。

次早,胡氏知女婿回来,尚未相见,免不得说了许多埋怨话。熊浩忙备祭礼,哭奠妻子;少华亦取银付与吕忠往办祭礼锭帛等物上祭,哭泣甚哀。家人备上筵席,请徐仰善坐在上面,熊浩与少华两旁坐下。酒过数巡。少华向熊浩曰:“果然天子挂榜招军,兄可速择吉穴,安葬贤嫂,就可进京投军了。”熊浩叹曰:“我想亡妻不过二十一岁，业已去世，人生在世，譬如白驹过隙，尊荣有限，今已无志功名；且家中乏人照管，难以分身。贤弟有要务在身，可速进京，休得自误。”少华着忙曰：“弟若无兄长相助，怎得成功？兄当同往为妙。”熊浩曰：“我已无心富贵，决不进京。”徐仰善劝曰：“小女自从染疾，每言贤婿贵相，后必极贵，自恨福薄，不能受享诰封。临终之时，嘱贤婿励志功名，早续贤德之女，务为小女请个诰封，小女九泉方得含笑。老夫喜犹壮健，可为尔掌管家业。贤婿速同少兄进京投军。若得高官，非但小女含笑，老夫亦有余荣。”少华暗喜道：徐仰善真是好人。乃赞曰：“贤嫂真是贤德！兄当求取功名，以慰幽魂。”徐仰善又极力苦劝，熊浩方才允许，就着家人请了地理先生，往祖山择地，不上十日，安葬完毕；又赏乳娘，仍将家业托与徐仰善掌管。吕忠亦要跟随，皇甫少华允诺。

因限期太迫，不及择吉，就于十二月半后起程。熊浩、少华各备一马乘坐。吕忠沿途雇轿，一路上只见春雪飞花，早梅初放，寒气袭人，免不得夜宿晓行。路上少华向熊浩问道：“母姊不知何以流落绿林，必有别样缘故，正当同往吹台山访问。”熊浩曰：“伯母既受朝廷封诰，怎愿轻身流落绿林？必有别样缘故。理宜同往省视一番，顺路赶速进京。”三人赶路，不觉已到山东青州府，问到吹台山。

这一日中午，已到山前，二人勒马观望，只见山峰高耸，营寨重重，直入云霄，并无人影。吕忠曰：“此地谅是吹台山，因甚无人？”早有伏路喽罗向前问曰：“尔等在此探听何故？”皇甫少华曰：“山上可有个韦勇达么？”喽罗曰：“那是我家头领，尔问他何故？”少华曰：“敢烦通报，说是皇甫少华求见。”喽罗大喜曰：“原来是皇甫公子！我家头领甚是仰慕，待我通报。”说罢，一个喽罗奔上聚义厅曰：“启上大王：山下来了两个豪杰，骑着马，随一老仆，说是皇甫少华拜访，特来禀明。”韦勇达大喜。立刻升堂出令：诸将士不须参见，只招皇甫少华进来。一声令出，连叫相邀，少华入内，寨主在座上细瞧，果然好个品格，离座欠身言道：“呵呀，来的英雄果是皇甫少华么？不知下顾敝山，有何见教？”少华举头一看，心中大骇，不意草莽中竟有如此丰姿英杰，敢藐视朝廷，独当一面，看他威风凛凛，英气逼人，连忙深深一揖。随后熊浩亦进入参拜。韦勇达见少华面与小姐相似，又见熊浩一表非凡，暗思强将手下无弱兵，料是一位英雄，即忙下座。少华曰："老母家姊，多蒙头领救命，恩同山岳。"韦勇达答礼曰："愚兄已拜令堂为母，贤弟与我即是兄弟，何必言谢。"随指着熊浩问少华曰："此英雄是谁？"少华曰："此乃湖广岳州府平江县富户熊浩，字文鹤，乃一榜武举人，是一位大英雄。小弟自从避难，蒙他收留，又同我访仙学法，特此进京投军。"韦勇达即向熊浩曰："仁兄乃一位豪杰，小弟失敬了！"熊浩答礼曰："小弟乃庸才，谬登一榜，自觉有愧，怎及仁兄的大才。"

三人叙些寒温，少华对二人曰："二兄请坐，待弟见过家母。"韦勇达令喽罗引入后堂，恰遇见尹氏母女正在闲坐。少华入内泣曰：不肖孩儿逃走外方，不能伏侍晨昏，罪该万死！"尹氏母女悲喜交集，连忙起身迎接。少华先拜母亲，后拜姊姊，吕忠亦向前叩头曰："老奴自前逃走，不料再得相见主母小姐，实是过望。"夫人扶起曰："难为你老人家受尽辛苦，照顾得我儿无恙，其功不小。"令女婢引去吃些酒饭。夫人方把解到此间，多蒙韦勇达对天立誓，认我为母，相待有如至亲的话一一说明。少华曰："难得韦勇达才貌双全，正在年少，因何流落绿林？"尹氏曰："他原是将门子弟，暂时流落。不知尔一向何处安身？今者欲往何处？"少华细把前情说出，又将熊浩为友忘家，访道投军等情说明，"儿受他的大恩不浅。"尹氏母女赞曰："原来世上亦有如此好人，我等母女当往外边拜谢。"母女二人亦一同来到聚义厅。

少华先到聚义厅说明母姊前来叩谢，熊浩着惊曰："我有何能，敢受令堂伯母拜谢？烦贤弟速往阻挡。"言未毕，夫人在前，小姐在后，进了厅内。夫人上前对熊浩曰："为我家门不幸，累及贤侄抛妻别子，欲救出拙夫回朝。我等满门自当衔环结草，报答大恩！"说罢，母女姊弟一齐跪下。熊浩即忙跪下曰："小侄受伯母、公子、小姐下拜，有折小侄阳寿。"大家对拜毕，熊浩起来，扶起夫人母女，又请少华起来。夫人又称谢了一番，对韦勇达曰："烦孩儿备酒，请熊恩人。"韦勇达曰："这是孩儿的事，母亲贤妹请退。"尹氏母女退出。

喽罗排上筵席，三人入席，酒筵间闲谈些武艺，意气投合，直到初更散席。少华向熊浩曰："弟要进内，问明家母前情，失陪了。"熊浩曰："理当进内。"喽罗掌灯，引入后堂。韦勇达见了熊浩，情意两足，原要畅饮，又恐日后惹人嫌疑，即送熊浩入客房安歇，自己回房安寝，自思日后欲配与少华或配与熊浩，我之心愿足矣。

未知后事如何，且看下回分解。

第三十七回　熊友鹤京城投军　王少甫教场比武

却说韦勇达在床上寻思，将来未知如何，只好听天由命。少华退入后寨，密对尹氏曰："姊姊年已长成，韦勇达有此才貌，且有恩于我等，若把姐姐与他结亲，何等美满。"尹氏笑曰："韦勇达乃女扮男装，若是男子，为娘宁死不可受辱，怎肯在此男女混杂！"少华骇异曰："世上有此奇女子，年少貌美，敢在绿林虎穴内安身！且言语并无半点羞愧之气，真是女中豪杰，亘古未有之奇事。不知谁家女子，具此慧胆，真是羞杀男子！"尹氏方把卫勇娥真情细细说出，"他年方十九，今孟丽君已死，日后尔若救父居官，必娶此女为妻，方遂我愿。此女我深知其贤淑智慧，真是贤妇。"少华闻言疑惑，忙问曰："母亲怎知孟氏身亡，此话从何出来？"尹氏便把刘奎璧征剿被擒，招认孟氏行刺投水等情说出，并取出刘奎璧供状与少华观看。少华看得明白，问曰："如今刘奎璧安在？"尹氏曰："当时捉获，尔姊遂要将他斩首，韦勇达恐朝廷见责，乃囚于土牢受苦。"少华曰："这厮存心险恶，理当受苦。只是难为孟氏死节，为皇甫家争气，实在可怜。"说时不觉泪下。尹氏曰："俟尔日后居官，奏请诰封，便是报答。"母子二人直说到四更，方各安寝。

次早，梳洗完毕，即到聚义厅，熊浩、韦勇达正在言谈。少华见礼坐下，酒席呈上，三人入席。韦勇达问曰："二位如今欲往何处？"少华就把遵奉师令，改名换姓，往京投军救父事体一一说明。韦勇达曰："我闻黄榜招军，亦欲上京投军，惟恐朝廷变面，性命难保。今二位进京，谅必功名成就，那时代我奏请天子，若肯赦罪招安，我愿作前部先锋，以赎前罪，我即感恩不尽。"少华、熊浩齐声答曰："韦兄如此高义，礼待夫人母女，恩同再造。我等若得录用，自当奏请招安，使兄尽忠报国。"韦勇达大喜，谓少华曰："前日刘奎璧被禁土牢，此乃贤弟的仇人，贤弟可要一见否？"少华曰："弟昨闻家母言及，方知此事，今烦唤出,待弟一见。”韦勇达曰:“这个容易。”就着左右押刘奎璧前来。

不须臾,只见喽罗业已将刘奎璧押到。少华遥望刘奎璧蓬头垢面,赤脚破衣,带着手铐脚镣,好似枉死的恶鬼一般。少华乃是宽宏大度之人,想起他昔年,比着今番,不觉伤感,遂向刘奎璧言曰:“呵唷伤哉!这就是刘侯的世子么?何故弄得这般模样?想你平日所为过分,才受此苦楚。”刘奎璧自囚禁至今,从来未见天日,惨不可言。今见上面三位,一位正是皇甫少华,坐在客位,不觉顶上走了真魂。但满望救命,遂不顾羞耻,上前叫曰:“皇甫贤兄,昔日小春庭失火,弟同家母往外祖母家中避祸,不知其详。及老伯征番失陷,弟亦曾寄书与家父,保救令尊;奈山东巡抚奏称令尊降番,为攻城向导,故朝廷不肯开赦。及征吹台山,乃奉旨差遣,不得不来。所写供状,实系受刑不过,屈打成招,贤兄休信为真。可怜弟禁在土牢,受尽苦楚,宿食总在一处,从不见天日,求生不能,求死不得,惨难言尽。望兄高抬贵手,释放回京,满门感激不尽。”说罢,连连拱手到地,眼含泪痕,依依欲泣。少华曰:“刘爵主,尔心肠恶毒,当年你若念交情,那里会小春庭放火烧我,又陷害我父为反叛,今若放你回去,必另生事端。但你虽不情,我究何忍。”乃向韦勇达求情曰:“望兄看弟薄面,免禁土牢受苦,可禁在空房,日日使其饱暖,寨主做个慷慨英雄。”韦勇达大喜曰:“贤弟如此大量,小弟怎不作情!”就令四名喽罗日夜照顾,勿容逃脱,仍带镣锁,禁在一所空房,衣食毋使缺乏。刘奎璧闻言,叩谢少华曰:“贤兄豁达大度,不念旧恶,弟自量该受苦楚,愧悔无及!”少华立起身来,令喽罗扶起,遂押进空房,取水与他洗净身体,并取了陈旧的衣服与他穿上;日食两餐,俱得饱腹,比平日享用不少,深感少华的大恩。

当下三人畅饮,少华说起孟小姐行刺投水的事情,熊浩、勇达称赞曰:“贤弟家门有幸,孟小姐这等节烈,果然罕有,贤弟只好娶刘小姐为正室了。”少华曰:“孟氏如此节烈,我正该终身不娶,方为正理。且刘氏不过一时戏言,况又是仇人之女,怎好完娶。且俟异日娶下一妾,以传宗祀而奉双亲,留着正室报答孟氏,方是本心。”熊浩曰:“孟氏既死，亦不必如此，就娶为正室何妨？”少华曰：“我但凭本心，即要娶妾，亦须家父回来，再守孟氏三年之丧方敢，此事才是大丈夫所为。”韦勇达赞曰：“贤弟夫妻，可谓义夫烈妇，世无其匹。”少华曰：“此乃为人本分，何劳褒奖。弟本日便要起身进京。”韦勇达曰：“本要再留二位几天，只恐误了投军的日期，不若来日起身为妙。”是日饮至午后，方才散席。

少华入后寨辞别母姊，来日便要进京。尹氏曰：“孩儿此去，须要留心，倘能得胜，父子回朝，好娶卫氏为妻。”少华曰：“娶妻之事，容俟日后商议罢。”遂退出聚义厅，唤吕忠问曰：“尔年纪已大，未知可跟我进京么？”吕忠曰：“老奴自当跟随，怎敢辞劳。”韦勇达曰：“不可，吕忠年老，怎经得京城严寒。我有二名勇校，一唤李猛，一唤丁宣，做事勤谨，且能劳碌。我要差这二人随尔进京，路上若有甚事，亦可相助。”即唤李猛、丁宣前来。顷刻间，李猛、丁宣来到，向三人叩头。熊浩见此二人年未三旬，膀阔腰圆，颇有气力。韦勇达对李、丁二人曰：“尔等须小心跟随皇甫公子与熊相公进京，日后我自有重赏。”李、丁两人领命退下。

次早，韦勇达齐备酒席，与二位饯行。少华又入内辞别母姊，小姐曰：“贤弟若得出头日子，愚姊亦要随征救父。”少华骇异曰：“姊姊乃是女流，且水面波涛不测，岂可同往。”小姐曰：“我只尽一点孝心，怕甚波涛，贤弟只管奏请从征，不必疑虑。”少华曰：“这却容易，但吕忠留此伏侍母姊，免他奔波为要。”夫人允诺。少华就此辞别，同熊浩上马，李、丁二人背上行李，韦勇达送到路口分别。韦勇达叮嘱少华曰：“贤弟此行，若得中试，千万奏请招安，使愚兄得赎前罪，切莫忘怀！”少华曰：“弟满门受兄大恩，正难报答，如今一事嘱托，怎不尽心！”两下拱手分别。

主仆四人晓行夜宿，一路赶紧进京。至正月半后到京，遂租了一所民房安歇；忙写了投军状，熊浩据实陈明，皇甫少华亦称岳州府平江县人氏王少甫，字松华，年十八岁。各备举资一封，早饭后问到兵部衙门，投下军状，注入花名册，然后回寓静候考试，不表。

且说郦明堂忽一日寻思：丈夫未知可曾来报名否？即令家人取

投军花名册前来细看,及见了王少甫姓名,心疑是皇甫少华改换名姓,即将花名册带进内堂,密向素华曰:“这一名王少甫字松华的,谅是丈夫假名。”素华曰:“怎见得是他假名呢?”郦明堂曰:“除去一个松字,岂不是皇甫少华么?况且年岁十八,又是相同。且同来这个熊浩,亦是平江县人,又是庚午科武举人出身,必是英雄,亦来冒险投军,定是丈夫的好友。不日考试,我便知端的。”素华曰:“小姐说得极是。”

光阴似箭,已近考期。三日前成宗早朝,郦明堂出班奏曰:“上年奉旨招募英雄,定于二月初一日考试。今试期已到,理合请旨钦点大总裁,以便考试。”成宗曰:“此事系卿所奏,武官又属兵部管辖,自然卿作大总裁,何须另点。”郦明堂笑曰:“选拔英雄,务要秉公遴选真才,若一人作总裁,易于作弊。乞再点一二大臣同考,方服众心。”成宗赞曰:“卿既如此过谦,朕当再点二大臣同往监临。”即着通政司尚宜先、副都御史游载物吩咐曰:“朕选英雄,全托郦君玉,今特令二卿同往监临,遴选事情,即着郦君玉专主,二卿不必争辩。”二人领旨退朝,向郦明堂曰:“大人乃主试官,请即挂牌晓谕,下官于二月初一日同赴校场监临。”郦明堂称谢,退朝回府,即令挂牌晓谕投军人等限于二月初一日黎明各带弓箭,早到校场候考。此牌一出,凡有投军人等,俱要看主考如何考试。

光阴迅速,早是第二日,少华对熊浩曰:“来日五更下校场,看主考如何考试,并看郦兵部怎样人才,竟有这等才能?”是日过午,即入房安寝,到了晚饭时分,方起来饱餐。是夜梳洗完毕,换了衣巾,上马到校场,令李猛、丁宣看守马匹,二人上演武厅伺候。

不须臾,尚宜先、游载物先到,人役簇拥到演武厅坐下。至天明时候,只听得三声大炮,人役报上厅来曰:“启上二位大人,郦兵部将到。”二副主考忙下演武厅站立。郦兵部已到,二人向前迎接,郦兵部忙下轿,只见他身着大红锦袍,足踏粉底朝靴,腰垂一根羊脂玉带,面如傅粉,腮似含花。连声曰:“下官怎劳二位先生迎接,何以克当。”尚、游二人齐声曰:“下官等理当迎接。”三人相逊上了演武厅,郦明堂坐了左边,尚、游二人坐了右边。茶罢,郦明堂对二人曰:“敢问二位老先生，当如何考试？”尚宜先答曰：“考试乃贵部管辖，况大人系主试官，自当主张，下官等惟有监临而已。”郦明堂曰：“二位老先生既如此吩咐，下官只得僭自主张。”寻思投军人等如许众多，怎能考试得完？不若出个极难的题目，使无能者胆寒自退。即向军政司曰：“水面交战，最重步箭，若中红心，更容他连射三箭；初不中，不许再射；若三箭俱中红心，方许考技勇武艺；若技勇武艺合式，方许入内场默写韬略。但步箭遥远，二百步为界，箭垛只许一尺五寸阔，能射中红心，方为中式，才可擂鼓；倘中垛蹄或中他处，俱不算中，不许擂鼓。”军政司即取步弓，量定垛位。

此时天色已明，熊浩密向少华曰：“贤弟，尔虽貌美，终不及郦大人皮肤如白雪，眼神如秋波。”少华曰：“他十七岁竟连中三元，擢升了二品尚书。山川毓秀，古今罕有，真所谓人中之龙，我怎能与他并比。”正言间，军政司选定垛位，传下主试官的号令。那些赴考的人见了垛位遥远，直有二百步，又有二百余斤的重弓，如何射得到垛？早已散去了许多人。只见军政司照武场例，从京师唱名赴考，须要三箭全中的，其他力微射不到垛，或初箭得中，亦不能中红心，二箭即便落空，就不许射第三箭，因此考得极速。赶考的人见此形状，十分早散去了六分。郦明堂直考到天色将晚，方才上轿回府。是日北京全省将次考完，共计只有二、三名中得一支箭。郦明堂对二大人叹曰：“才难不其然乎？”二副考官曰：“正是。”遂各起身，放起三声大炮。

熊浩回寓对少华曰：“郦兵部不但人物俊秀，而且作事敏捷，设此场规，使无能者不射自退，免令鱼目混珠。”少华答曰：“他定这例，可免延宕日期。”次早，二人绝早即往考试，其外省路远投军者更少，考得尤速，一日就考得一省有余。及至二月初四日，已考到湖广岳州府平江县。熊浩等日日下校场看考，到了第三晚，嘱李猛来日绝早饱餐，伺候考试。

是晚郦明堂向素华曰：“来日便考到了岳州府，未知皇甫郎怎样的面貌？”素华曰：“皇甫郎身长八尺余，面貌四平八稳，龙眉秀眼，极是好认的。”到了次早，仍到校场考选。才到早饭以后，已考到岳州府平江县。熊浩同皇甫少华俱挂弓箭，立在左边。早唱到武举人熊浩字友鹤，熊浩上前跪下。郦明堂见其容貌魁梧，赞曰："尔是武举人，既来投军，定是个豪杰，可用心射箭。"熊浩应声"领命"，走到厅前，取过描金弓，架上雁翎箭，喝声"着"，一箭正中红心点，擂鼓咚咚。熊浩大喜，又架上第二箭，又中红心。一连三箭，红心齐中。看考的人齐声喝彩曰："自考至今，只有此人全中，恰又中着红心，真是英雄！"熊浩得意扬扬，向前跪禀曰："武举仰仗大人福荫，三箭齐中。"郦明堂大喜，站起身来，答了半礼，曰："熊举人有此才能，日后乃同殿臣僚，何必如此过礼。况下官年轻，只行平辈礼，可请起罢。"熊浩叩头曰："武举怎敢侮慢大人？"言讫退下。

军政司再唱到王少甫，少甫答应上来。郦明堂早已留心细看，果是眉横远岫，眼映寒波，金盔映日，宝甲迎风。身坐白兔征驹，手提红缨战戟，明堂又惊又喜，暗自伤心道：尔妻为尔费尽了心力，直到今日方得相见，怎好使你下拜。急忙站起身来叫曰："王少甫，尔只管射箭，可不必拜见了！"王少甫向前跪下曰："小人焉敢紊乱礼法？"郦明堂不忍使丈夫下拜，意欲亲自相扶，又碍在公堂之上，一时难以退避，一心只望后来相见，再表温柔罢了。即将手一拦曰："好汉请起。尔一貌堂堂，定是栋梁大才，下官今日亦不过为国荐贤，何必行此大礼？下次相见，可不须拜见了。"王少甫闻言，心中十分感激。郦明堂曰："豪杰可用心射箭，不必拘礼。"王少甫答礼下来，郦明堂方才坐下。尚宜先、游载物齐声赞曰："老大人真是谦恭下士。"郦明堂曰："怎敢放肆，若是有才，无论文武，悉是同僚，敢不相敬。"两旁看考的人齐声赞曰："万民有幸，放出这等谦恭的官员来。"王少甫见了大总裁如此相敬，心中欢喜：求取功名，可在此一举。即留心取过了弓箭，正射三箭，连中红心；反射三箭，亦中红心。演武厅中上下人等齐声喝彩曰："如此箭法，真真罕有！"尚、游二大人喜笑颜开说道："有此才能，自可夺元。"郦明堂暗喜，正可拔取。

未知如何，且看下回分解。

第三十八回　贤淑妻取夫高中　武状元挂帅征番

却说郦明堂见王少甫连中六箭，吩咐曰："王少甫可留心夺元。"王少甫跪下曰："多蒙大人提拔。"郦明堂站起身来说道："方才说过，何须多礼。"王少甫连称不敢，忙退下去，暗对熊浩曰："郦大人真是谦恭下士，令我于心不安。"熊浩曰："郦兵部本来谦恭，但对待贤弟，恰又格外看待，看来贤弟必定高中。"

到了次早，郦明堂挂牌晓谕，凡有中式者，俱于场尾考试技勇武艺韬略。早晚回府餐毕，密对素华曰："王少甫果是皇甫郎改名。"就把前事说明，"我见他下拜，甚不过意；连那熊浩亦有才貌，必是丈夫的契友，就把他二人高中，恰亦秉公。"素华曰："小姐如此节义，皇甫郎定奏凯歌，完此良缘。"郦明堂曰："未知天意若何?"从此赶考，早出晚归。

至初八日，十三省考射已毕，共中一箭、二箭者三百七十八名；只有湖广岳州府王少甫中六箭；武举熊浩中三箭；还有广东广州府人王豪，年二十四岁，三箭俱中红心；又蒙古一名马军赤英南，年二十三岁，三箭亦中红心。惟有四人全中，其余或中二支，或中一支，不一而足。

初九早，三位主考到了校场，忙令全中四人，先试技勇，后试武艺。郦明堂令军士抬过那插帅字旗的石环，这个石环约重六百斤，放在厅前。传令曰："若有能扶起石环离地三尺，疾行三步，方为中式。"王少甫向前卷起双袖，把袍角扎在腰带之内，双手把石环从地上扶起，插入石环内，喝起"起"，石环离地三尺有余；行了六七岁，然后放在地上，近前跪下叩头，面既不红，气又不喘，站在一边。第二熊浩，上前照王少甫模样将石扶起，双手插入环内，离地亦三尺多，行了六七步方才放下，面亦不红，气亦不喘。第三就是赤英南，英南身瘦力微，石环离地亦有三尺多，勉强行了三步，支持不住，只得放下，满面通红，喘息不定，跪见退下。第四就是王豪，你看他一手把石环扶起，方用双手穿入石环，喝声“起”，离地四尺，就在演武厅前往返行二十余步，方见力尽；又把石环掷向半空，将身一躲，那石环约有二丈之高，响的一声坠落地上，陷入地中将及半尺。看考的人齐声喝彩：“这好神力！”那王豪岂不欢喜，面固不红，气又不喘，向前下跪。郦明堂暗骇：此人胜过皇甫郎；恐他夺了头名，即令站起，吩咐曰：“可令王少甫与尔等四名先试武艺，若无马匹，可把本部院坐骑借用。”

王少甫领命，就在军器架上取了一支方天戟，下了演武厅。李猛带过马来，将身一跃，便跨上马，使开戟法，犹如银龙出海，玉蟒翻身；枯树盘根，仙人唤影。两边观看的人，连声喝彩。郦尚书看得呆了，口里轻轻念着：“呵唷，妙啊！”及考完戟法，王少甫跳下马来。熊浩取了二支短枪，跳到丁宣的马上，使开阴阳手的好枪法，一如双龙戏水，二凤穿花；使完枪法，而后下马。那赤英南自带坐骑，取了一支长枪，枪法恰亦精通，气却稍减，不及王、熊二人的英勇。及轮到王豪，无马，军士就把郦兵部的青棕马借他。王豪取了一杆七十余斤重的九耳八环大砍刀，上了马，好刀法，使得呼呼风响，犹如纺车一般；使完八八六十四路刀法，把双足一夹，那马奔到演武厅前，下马把刀仍放架上，向前跪下。郦明堂心恐王豪与丈夫争夺状元，遂令且退。其余投军人等亦先考过技勇，至巳牌后，方试武艺。郦明堂将花名册秉公登记明白。是日武场完毕，郦尚书悬牌晓谕，凡中式人等来早自带文房四宝，齐到兵部衙门考试韬略。三主考乘马回府。

到次早，正副总裁齐到兵部衙门。郦尚书迎接出来，放炮升堂，点名发给文卷，封好门，出了题目。三位大人坐在堂上监察，杜绝怀挟枪代等弊。先是王少甫上前交卷，郦明堂细看，不但韬略精通，文笔流畅，更兼字画端丽，心喜果然是文武全才。及至王豪交卷，原来王豪一字不识，竟交白卷。二主考对郦尚书曰：“王豪箭法精通，武艺英勇，惜乎目不识丁。”郦明堂暗喜，状元稳是皇甫郎高中。

是日，内场考毕，三主考退入后衙参酌等第，令书吏写榜，把王少甫中了武会元，熊浩第二，赤英南第三，王豪第四，其余共取武进士九十六名。到了次早，一面挂榜，一面三主考上殿奏曰：“臣等奉旨选取武进士九十六名，谨将中式花名册呈上御鉴，并请陛下择日亲自下校场，遴选武状元挂帅出征。”帝令内监把花名册收下，著该部悬牌，定于二月十五日早，御驾下校场拨选武状元。

郦明堂领旨退出，遂悬牌晓谕。新取众武进士齐来拜谒师长，郦明堂密嘱素华曰：“姊姊可躲在屏后偷看，来的可是皇甫郎么？”遂出见众人曰：“单请王会元进见，其余请回。”家人领命而出。按众武进士谒见的门包，俱是门丁荣发收下。家人打发众英雄退出，只有王少甫从东阁门进入后堂。素华已知少甫在外，便绕过回廊，来到外厅，以袖掩面细看，果是皇甫郎君，但觉风流无改，光彩添新。郦明堂离座迎接，王少甫慌忙跪下曰：“门下怎敢劳大人迎接？”郦明堂向前扶起曰：“下官年轻，只消年兄之礼相见，下次休要如此过礼。”王少甫欠身曰：“门下怎敢紊乱礼法。”郦明堂要与宾主礼叙坐，王少甫不肯，坐在旁边。茶罢，郦明堂曰：“年兄，二月十五日御驾下校场，下官务要力荐状元，年兄须自留心为要！”王少甫离座，打拱谢曰：“门下承蒙恩师提拔，何以报德？”郦明堂曰：“年兄有此才能，理当力荐，何必道谢！”

王少甫辞别，郦明堂曰：“本欲留饮，惟恐涉嫌，俟拔元之后，庆贺未迟。”那王少甫谢曰：“门下屡蒙提拔，恩同再造，若蒙赐饮，何以消受？”郦明堂即令人役将王老爷坐骑带来。人役答应，把王少甫的坐骑带在堂下，郦明堂对王少甫打拱曰：“请年兄就此上马。”王少甫大惊曰：“门下怎敢无礼？”郦明堂曰：“尔我年纪仿佛，不必拘礼。”就扶王少甫下阶，强迫上马，王少甫一再推辞，郦兵部意欲扶他上马，又觉不便。王少甫恐再推辞，拂他美意，只得谢罪曰：“多蒙恩师美意，门下只得放肆了。”即拱身上马。郦明堂令人役请王老爷从大门出去。王少甫加上双鞭，奔往东角门而去。

郦明堂退入后衙，素华一同回房曰：“方才正是皇甫郎，我为他险葬鱼腹。小姐真正情重！”明堂曰：“他只认作师生之礼，令我心肠伤感。且俟御前务要荐他为帅，方遂我愿。”素华赞曰：“难得小姐真心重义。”

过了数日，已是二月十四日，是夜三更发头炮，四更发二炮，开了城门，好待新武进士各带弓箭下校场，伺候御驾到来。五更发三炮，郦兵部上桥，将到午门，尚、游二大人已先到迎接，郦兵部方到午门下轿，进朝奏曰："通榜武进士齐集校场，请御驾降临考试。"成宗曰："卿可先往，朕随后便来。"郦明堂即起身前去。帝令武士备辇，御驾上辇，文武官员跟随在后，发了三声大炮，即便起程。来到城门口，又是三声大炮，及至进场，三总裁跪接圣驾。帝传旨平身，直到演武厅前下辇，登了龙座。

群臣朝见毕，分列两边，左右赐礅坐下。帝赐郦君玉坐下边。新取武进士向前朝见毕，立在一旁。早有两台御史尹上卿，认得王少甫是外甥改名的，暗自欢喜，只是不好相认。帝传旨：仍照前例，先考步箭，垛位以二百步为限。内监呈上花名册，帝令依次先考步箭，后考技勇武艺。军政司喝唱头名，王少甫向前跪下，帝见其容貌，知其英雄，即令射箭。王少甫起身，立在厅前放箭，正射中红心，背正三箭，射中了六箭。帝笑逐颜开，谓左右相曰："难得郦君玉好眼力，取得好门生，箭法超群。"祁成德曰："若论王少甫面容，定是贵相。"成宗称是。熊浩、赤英南、王豪俱中三箭。不多时，九十六名射过，或中二箭，或中一箭，只有五名三箭俱空。众人俱抱石环过后，只有王豪第一英勇。帝宣王少甫、熊浩、赤英南、王豪向前谕曰："尔四人箭法不相上下，朕欲取王少甫为状元，尔等可与他比试武艺，以定甲乙。但比武只许施逞本领，有敢逞凶杀死者，即当偿命，杀伤者亦即治罪。须要小心，毋得违误。"

王少甫领旨，步下演武厅，取了一杆方天戟。丁宣带马上前，王少甫跨上马，纵下校场，把方天戟摆开，大叫曰："我奉旨与三位年兄比武，倘有不服者，可即前来比武。"熊浩巴不得少甫拔取状元，拜为之帅，怎肯与他比武。只有赤英南喝令服侍之人带过马来，乃绰枪上马，对着王少甫拱身曰："为着功名，只得与年兄比武，望年兄恕罪。"王少甫欠身答曰："年兄只管赐教。"赤英南拍马向前，挺枪向王少甫心窝里刺来，叫声："得罪了。"王少甫把戟架开曰："说哪里话来。"回手亦是一戟，向赤英南便刺。两下枪戟并起，战到了二十余合，不分胜负。王少甫心中恐王豪英勇，如自己力怯，难以抵敌，今须打败赤英南退去,好与王豪比试;遂拼出平生枪艺,再战了十余合,连前共三十余合,杀得赤英南枪法散乱,招架不住,拨马从左边退下,叫声:“年兄果然好戟法,状元让尔罢,不再比武。”王少甫欠身曰:“如此得罪年兄了。”

王少甫在马上高声叫曰:“倘有不服者,快快前来比武,不然俺就要挂帅印了。”王豪大叫曰:“休得逞强,俺来也。”忙取了一口大刀,跟随的人送过马来,王豪跃身跳上马,举刀向王少甫头上砍来。王少甫喝曰:“来得好快!”挺戟架过。王豪接上手一连四五下,其势如狼虎一般,王少甫暗想,果然好气力。二人战上二十余合,王豪越战越有精神,看的人俱说道:“可惜王少甫战法稀奇,今番竟败于王豪之手。”看看战到三十余合,王少甫料难抵挡,不如放出宝贝拿他为妙,遂拨转马头,向演武厅边便走,大叫曰:“年兄若敢过来,俺方服尔是个英雄。”王豪闻言大喝曰:“尔不怕俺,怎不追赶,回马就走?难道俺怕你么?”说罢,拍马赶下。王少甫左手就在怀中取出红锦套索,祭起空中,回身大喝曰:“年兄请看,我的宝贝来了。”那王豪听得宝贝,吃了一惊,即便驻马,抬头一看,只见一道亮光,遮住两眼,一声响把王豪绑下马来。王少甫慌忙下马,把手一招,收回套索,双手扶起了王豪,连连打拱谢罪道:“为着功名,不顾冒犯,望兄赦罪。”王豪羞得满面通红,答曰:“说哪里话来,争夺功名,有了宝贝,自当放出。”言讫,向帝跪下。

帝令平身,即宣王少甫问曰:“尔方才所用何物擒捉王豪?恰有毫光一道。”王少甫奏曰:“此物名叫红锦套索,乃神仙丹炉内炼就,出手即有毫光,能令百步擒拿。”成宗疑心问曰:“既是神仙的物件,尔从何处得来呢?”王少甫又奏曰:“臣与熊浩结拜兄弟,因三年前闻得皇甫元帅失陷番邦,乃被妖道的邪术所擒,臣等寻思他恃妖术,英雄无用武之地矣,将来必更加猖獗,定劳圣虑。于是入山访道,幸遇异人传授法术宝贝,即便下山,专心破灭妖道邪术,以立微功,而宽圣虑。臣同熊浩俱有法术宝贝,不止一件,可保必胜。”郦明堂连忙离座,向前曰:“恭喜陛下,难得王少甫虽是年少,如此忠心,访道三年,定是天赐正法,可破邪术;且久蓄报国之心,可予重任。”成宗闻王少甫之言,先已欢喜,又听得郦君玉褒奖,喜动颜开曰:“此皆卿巨眼识人,故得此忠良杰士,眼见猖狂番寇指日冰消了。”又慰王豪曰:“尔气力过人,亦堪重用。”王豪连称不敢。帝令通榜考生九十六名一齐考了技勇,又令就在演武厅考试韬略,直到了日影斜西,方才完毕。帝着来早上殿,候定名次,然后驾退回宫。

郦明堂回府,密对素华说明皇甫少华同熊浩学法之事:“此去征番,定获全胜。”素华大喜。惟有尹上卿恐刘捷知风,不敢相认,暗自欢喜。次早成宗临朝,宣九十六名进士上殿。内监取出钦定黄榜张挂,王少甫中鼎甲状元及第,熊浩武榜眼,赤英南武探花;王豪因欠韬略,取中二甲第一名进士;其余九十六名,照名取中武进士。众皆谢恩。帝传旨曰:“新中众武进士,本该游街三日,因番寇猖獗,上年着山东巡抚备下大小战船,可容六万人马。又召天下精壮水军六万人。今战船已完备多时,朕已定于二月二十二日兴兵,限期急迫,可免游街。”赐王少甫盔甲全副,加封征番大元帅、灭寇大将军,敕赐尚方宝剑一口,便宜行事;加封熊浩龙骧将军,赤英南封虎奋将军;熊浩为左先锋,赤英南为右先锋,王豪为护卫使,九十六名武进士俱挂部将,随征调用。众各领旨。王少甫穿上御赐的盔甲,挂帅印,簪花挂红,赏了三杯御酒。熊浩、赤英南俱挂了左右先锋的印,簪花挂红,各赏了三杯御酒。王豪亦簪花挂红,赐了三杯御酒。不须臾,驾退回宫,文武散朝。

王少甫向众将曰:“列位年兄,可同去参谒梁丞相并郦恩师。”众皆称是,来到右丞相府前下马,投递禀折,适遇梁丞相与景夫人闲谈。女婢报曰:“征番元帅王少甫率众将参谒太师并郦姑爷。”梁相曰:“此事与我无干,只唤明堂前去便是。”女婢入内报明,凑巧郦明堂退朝,与素华说起二月二十二日兴兵的事情。女婢报曰:“王元帅同众将禀见,太师吩咐姑爷前去相会。”郦明堂曰:“我即去相会。”素华曰:“待我少停偷看皇甫郎如何进见小姐。”

未知后事如何,且看下回分解。

第三十九回　保奏招安吹台山　降诏勇达为前部

却说郦明堂走到堂上，令家人专请王元帅相见，其余请回。家人出来吩咐：只请元帅进见，众将请回。郦明堂令开中门，请王元帅相见。王少甫从东角门走进，郦明堂离座迎接，拱手道："年兄恭喜了，此行大吉，一定得胜班师。"王少甫慌忙跪下曰："门生怎敢劳恩师迎接。"郦明堂扶住曰："年兄何必如此拘礼。"王少甫曰："上定仪制，礼当如此。"郦明堂欲行宾主礼，王少甫坐在旁边。茶罢，郦明堂寻思：夫妇虽未能共枕同床，今当远离，岂无一饮？即令备酒席前来。王少甫谢曰："门生尚未孝敬恩师，何劳恩师赐席。"郦明堂曰："尔我年纪仿佛，只是同年相待，不必拘礼。"王少甫曰："请师母出来，受门生一拜。"郦明堂曰："拙内近来欠安，另日相见未迟。"

二人入席，郦明堂嘱曰："年兄执掌三军，务要小心谨慎。赏罚分明，恩威并用。行军之时，沿途须要约束官兵，休使侵扰百姓。须当爱惜官兵，临急之时，官兵必竭力相助；上阵交锋，必能得胜。得胜后须要细察虚实，不可乱追。且上天有好生之德，得胜之时，可招降，不可多杀生灵，以快己意。此数件乃主将要务，请兄留意。"王少甫谢曰："恩师金言，门下敢不铭刻肺腑。"

酒过三巡，王少甫辞谢曰："门下酒力不堪，就此辞别。"郦明堂几度凝眸，暗窥少甫；数番俯首，细想姻缘。寻思：未知何日共枕同床，当再图个尽醉，略表恩爱；答曰："不须拘礼，尽醉方休。"王少甫方才再饮。素华闪在屏后偷看，眼见皇甫郎，暗自悲伤：我为尔死里逃生，尔怎知我的苦楚，流落在此？恰遇柔娘、德姐前来，问曰："夫人在此看什么？"素华曰："乃是拙夫选的武状元、征番大元帅王少甫在外饮酒。"二妾曰："我等去观看。"即上前看了会，对素华曰："王状元好一表人才！尊夫好眼力，取得好门生，日后必居显爵，福荫座主。尊夫十八岁的书生，能门生满天下，夫人恰是有幸哩！"素华笑曰：

“此乃天子洪福，拙夫何能之有？论他外貌，虽属可亲，而性格作怪，殊令人厌。”二妾心想，夫人真不知足。

且说王少甫因是师生，屡次辞酒，郦明堂笑吟吟殷勤留饮。王少甫也迟迟不忍离开。心想敬师如敬父，不可失礼，殷勤谈笑，敞开心扉，郦明堂因情义相关，心中不舍。饮至六分，王少甫恐怕酒醉失仪，苦苦推辞，郦明堂即令人役把元帅的坐骑带来。人役答应，把马牵到堂上，郦明堂曰：“请王年兄就此上马。”王少甫敬辞谢曰：“门下怎敢无礼，须到外边上马。”郦明堂执意强扶他上马，王少甫推辞不得，只得告罪上马。郦明堂令开中门，王少甫把马一拍，径从东角门而去。

郦明堂退回房中，问素华曰：“方才饮酒间，可见皇甫郎么？”素华曰：“已从屏后看到，小姐果然多情，相待格外。”郦明堂曰：“夫妇同饮，不好实言，情属可伤；又误了姐姐青春，更是不忍。”

王少甫回归公馆，熊浩先立在公馆前接，曰：“末将不知元帅回来，有失远迎，望元帅恕罪。”王少甫大惊，慌忙下马，一同跪下曰：“弟与兄不异手足，何故如此拘礼？”熊浩曰：“正法难及私情，今乃将帅仪制，理当拜见。”王少甫对拜扶起曰：“年兄若再行此礼，便不是结义的情义了。”熊浩应允，二人退入公馆，卸下盔甲坐下，王少甫说起郦明堂相敬等情，“使我感激不尽。”熊浩曰：“郦大人实是仁德，但款待贤弟，尤另外相敬。”王少甫曰：“果是比众不同。”

到了次早，王少甫四更后饱食毕，即进朝房，思欲奏赦韦勇达随征。是早，恰遇郦明堂、刘捷俱未上朝。五更三点，成宗临朝，群臣拜毕。王少甫昨见天子融融和气，即便放胆，出班奏曰：“臣王少甫有事启奏，望陛下赦罪，臣方敢奏闻。”成宗曰：“赦卿无罪，只管奏来。”王少甫奏曰：“臣同熊浩前日进京投军，路过吹台山，贼徒下山抢劫，被臣等杀败。后来韦勇达亲自下山，臣与他大战百余合，不分胜负，遂请臣等上山饮酒。方知韦勇达年方十七，容貌俊雅，智勇双全，原系将门子弟，因路过吹台山杀死贼首韩虎，众贼见其英雄，留他在山上。韦勇达意欲借此山招军，好待请旨招安，率领本部人马往征番寇，立功赎罪，以求富贵。及询知臣等欲求投军，恳臣代奏陛下，若肯降诏招安，伊愿为前部先锋，冲锋破敌，臣见其忠心为国，伏乞陛下降旨招安,令为先锋,必成其功。未知圣心若何?"

帝闻奏,恨气冲天曰:"贼寇韦勇达,前杀刑部官军,抢夺皇甫敬妻女上山,已属叛逆;且屡败地方官军,更加不法;况又设计擒捉刘奎璧,至今未知死活。朕怀恨在心,意俟番寇败后,乘势剿灭吹台山,擒捉韦勇达并皇甫敬妻女进京,碎尸万段,救回刘奎璧,方消朕恨。此乃大罪不赦的重犯,卿不必多言。"王少甫叩头奏曰:"臣非敢饶舌,因前住山上数天,察知前救皇甫敬妻女,缘念其衔冤,已拜皇甫敬之妻为母,又与皇甫敬之女皇甫长华为兄妹,立下千斤重誓,留在后寨安身;出下条规,禁约不许喽罗混入,每逢朔望,方往请安,礼法分明,毫无苟且,就是刘国舅,亦以礼相待,留在山上,俟陛下招安,即送回朝,并不敢欺侮。臣日前亦曾面见刘国舅并皇甫敬妻女,方知其详。况皇甫敬之女乃女中豪杰,武艺超群,亦愿随征救父。伏乞陛下俯念律容自新,降旨招安为是。"帝闻言,面上变色曰:"卿非吹台山细作,何故如此苦奏?"王少甫惊得汗流遍体,连连叩头曰:"臣因念其真心向化,故敢冒奏,罪该万死。"帝见其惊恐,方转喜容曰:"朕特戏言,但吹台山不灭,难消朕恨。"王少甫退在一边,暗惊九重一怒,令人胆寒。

少停退朝,回见熊浩,说明早间的事情,惊破了胆,今当转求恩师代奏,或蒙准奏,亦未可知。熊浩曰:"不可!尔今将事体业已弄坏,方求郦恩师,他必然怪尔自专,怎肯代尔启奏。"王少甫曰:"为着母姊事情,怎避郦恩师见怪。"遂匆匆吃饭毕,连忙上马,径到右相府下马禀见。郦明堂闻报,不胜欣喜,即令家人请进相见。坐下茶罢,郦明堂问曰:"年兄为何如此忧容?"王少甫乃将路过吹台山,韦勇达重托代奏招安,圣上发怒等情言明。又道:"不是门下敢于自专,实因私事,不敢惊动老师。今特恳求恩师,念韦勇达、皇甫敬妻女俱是真心向化,代为奏请降旨招安,阴德无量。"

郦明堂听得路逢韦勇达及皇甫敬妻女有意征番立功等情,暗想我岂不知是尔母妹?却来瞒我;及闻圣上不准,大惊曰:"年兄好不识王法,尔乃初中的外官,又非在朝的大臣,怎好妄自奏事!且喜圣上宽洪,不加罪过,但尔一个越职妄言,欺侮王章的罪名恰就不小,下次须要仔细。"王少甫曰:"门下实见韦勇达及皇甫敬妻女果是忠心为国,恩师若肯周全,力奏招安,门下亦多得一帮助。恩师只管放心保奏,决不有误。"郦明堂曰:"年兄既如此说,岂有误事之理。年兄请回,待来早下官力奏,务要降旨招安。"王少甫谢曰:"恩师如此施恩,门下当结草衔环,报答万一。"郦明堂曰:"都是为友尽情,说甚报答?"王少甫辞别,回归公馆,向熊浩赞曰:"郦恩师真是仁德,世所罕有。"

郦明堂入内,素华问曰:"方才我已窃听,知道朝廷不准招安,如何是好?"郦明堂曰:"为着婆婆的事体,来日我当冒死保奏,务要圣上听从,方遂我心愿。"二人议论,到了四更后进朝,王少甫早已在朝房伺候。

不须臾,刘捷亦到。迨至五更三点,成宗临朝,群臣朝贺毕,分班站立。值殿官传旨曰:"百官有事启奏,无事就此退朝。"郦明堂出班奏曰:"臣有事奏请。"帝曰:"卿可平身奏来。"明堂立在旁边奏曰:"臣访得山东吹台山贼寇韦勇达,乃少年豪杰,专劫贪官污吏,土豪劣绅,不扰良善之家。前劫皇甫敬妻女,正留在山后;擒捉刘国舅上山,俱以礼相待,欲俟投降圣朝,以图立功,一腔忠义。乞陛下降诏招安,使其冲锋立功。皇甫敬之女长华,深通韬略武艺,亦乞使其东征,以全忠孝,仰见陛下洪慈,容其改过自新。望陛下准奏。"

成宗闻奏,笑谓郦兵部曰:"郦先生,此乃贵门下托尔代奏,但此事难以准奏。"按成宗心感郦明堂救活了太后,又察知其平日聪明忠直,遂十分敬重,故有此戏言。当下郦明堂跪下曰:"臣并非受王少甫嘱托,实因平日访知韦勇达忠义,且皇甫敬必不降番,定是哨探不实,臣故欲使他立功赎罪,并无异心。且臣自出仕以来,同岳父立誓,从无受人礼品财物,怎肯受人嘱托,以负陛下?望陛下休要多疑。"成宗令郦君玉平身,唤上前谕曰:"卿乃高见明理,虑事须要周全。前年山东巡抚具奏,皇甫敬将帅降番,充为向导,带领番军,攻打登州。今皇甫敬之女失陷吹台山已久,韦勇达又是少年,才貌双全,此所谓干柴烈火,无怪其燃,焉知男女竟无沾染?倘有情弊,及皇甫敬果然降番,乃着皇甫敬之女并韦勇达此去征番,倘若彼念父女翁婿之情,或暗通军情,里应外合,全军休矣。且韦勇达流落绿林,习成狼子,野心叵测,岂可任用?卿当三思而行。”郦明堂欠身奏曰:“陛下圣见虽明,但臣想皇甫敬诗礼传家,其妻女谨守礼法,故其子知风逃遁,此乃传接香烟之意,又可得图代父伸冤;其妻女守候解京诛戮,此所谓宁死不辱,焉肯受污至屈身于绿林之中?此必韦勇达与他乃亲友世交,以礼相待。前刘国舅往征,虽被他设计擒捉,卒不敢伤害,或是留为异日代皇甫家辨冤,亦未可定。依臣愚见,皇甫敬之女并韦勇达此去征番,若有异心,臣满门甘受处斩,以正妄荐之罪。臣实为国荐贤,不忍忠良受屈,故敢哓哓饶舌。”

言未毕,早有元城侯刘捷出班奏曰:“郦兵部见事极明,既将满门性命保奏,韦勇达必无异心。伏乞降旨招安,使其随征,臣儿奎璧可得回朝,此固一举而两得也。倘彼等降而又叛,班师回国之后,尽可处置,目下招安,将来处置,都可断自圣心,无须多虑。”成宗对郦明堂曰:“卿乃为国荐贤,朕从无责人过难之事,纵使韦勇达等内叛,亦与卿无干;若说保奏一体同罪,则文武百官俱要缄口结舌,谁敢多言?”遂令该部官草诏招安,着韦勇达带领本部人马为右先锋,赤英南改为右翼官,王豪为左卫官;皇甫敬之女皇甫长华加封靖国将军,标下许扯孝女兵的旗号,就令随军进征;刘奎璧着送回家。郦明堂闻得刘奎璧回京,心中怨恨,向前谓刘捷曰:“国丈错了主意,令郎奉旨剿匪,身为主帅,反被匪擒,已属有罪;今当令韦勇达带同刘奎璧征番,立功赎罪,日后班师,加升官职,岂不是好。”成宗闻奏大喜,向刘捷曰:“郦君玉所言,甚是有理。”即宣王少甫上前谕曰:“刘奎璧发在卿部下,随征立功。”王少甫领旨退下。

顷刻之间,兵部官写完了招安的诏书,帝看毕,加上国宝,当殿遣户部主事饶丰盈前往招安。饶年过四旬,虑事周到,奈帝差遣,只得领旨出朝。刘捷暗喜儿子得脱罗网,及至退朝,忙到午门外携住王少甫的手,恳嘱曰:“小儿痴拙,望元戎照拂,苟得立功回朝,老夫自当厚谢。”王少甫暗恨老贼害得我家散人离,还望照顾伊子,难道不易地以思么?但他势力浩大,只得答曰:“国舅随征,下官自当另眼看待,何须国丈忧虑。”刘捷称谢分别。

王少甫回归公馆，换下公服，向熊浩盛称郦恩师把满门性命保举，帝方准招安，但刘捷势力如山，刘奎璧与我相识，大为不便。正言间，家丁报曰："饶主事特来拜访，说有机密事面议。"王少甫忙令迎接入内，分宾主坐下。茶罢，饶主事曰："下官奉旨招安吹台山，但恐韦勇达其心莫测，下官此去凶多吉少，特求元戎相商。"王少甫骇然曰："此事乃是下官保奏，老大人若有不测，下官寸斩难偿其命。大人只管放心，万无一失。"饶主事曰："虽是如此，大元戎必须寄信前去方好。"王少甫曰："老大人见教极是，下官即便寄书前去，可保无虞。"饶主事辞别上轿。王少甫上马，往谢郦兵部去了，按下慢表。

且说郦兵部回府，恰遇梁相已回，同了夫人母女正在闲谈。郦兵部拜见已毕，同坐在旁，梁相埋怨郦兵部曰："古人云：'知人知面不知心。'韦勇达流落绿林已久，其心叵测，尔竟把全家性命保他，倘有差池，祸害不小。皇甫敬妻女并韦勇达与尔非亲非故，若有异心，尔全家的性命难保矣。"郦兵部曰："小婿因访知韦勇达、皇甫敬妻女乃真心为国，故特保奏，谅无更变之事。"梁相曰："即无更变，于尔又有何益？下次切不可如此妄为。"郦明堂称是。

停了一会，夫妇回房，素华问曰："方才爹爹怨尔为甚么？"郦明堂说明硬保招安的事情，"他怎知我为着婆婆的事体，故怪我管人闲事；若是别人的事，我怎如许舍身保奏。"素华曰："难得小姐肯用心乃尔。"正言间，女婢报称王元帅禀见，郦明堂曰："我正有话嘱托。"忙入后堂，令家人开了中门请进，一面喝退从人。王少甫行过了礼，坐在旁边，只见一个小小的书童上来献茶。茶毕，又说些寒温，王少甫乃立起身来，拜谢力奏保荐之恩。郦明堂又谦逊了一会，嘱曰："方才主上虽令刘奎璧军前立功，但奎璧存心险恶，不可任用，尔当通知韦勇达加意防备。"王少甫闻言，忙问何故。

不知郦明堂说出甚么话来，请看下回分解。

第四十回　王元帅跨海出征　熊先锋祭宝立绩

却说郦明堂嘱王少甫曰："刘奎璧存心险恶，尔须通知韦勇达，密把刘奎璧监禁囚车，用布篷遮住头面，隐藏军中；若下舟，即禁在舱内。日食须要照顾，无使有亏。"按王少甫心中恐刘奎璧放出后，知其改名易姓，势必通知伊父刘捷，刘捷恐皇甫敬父子回朝报怨，必先设计败其功劳，故不如先下手为强；若不放出，又恐刘捷知风，奏闻天子，坐其欺君逆主之罪；正在进退两难，一闻此言，正中心怀，忙问曰："恩师吩咐极是，但恐国丈知道，奏闻天子，门下就有欺君逆主的大罪。"郦明堂曰："刘国丈有甚言语，下官为尔抵挡，决不有误。"王少甫谢曰："若得恩师如此鼎力，门下便放心行事。"郦明堂答礼曰："只管放心行事，下官自有主意。"

王少甫辞别，回归公馆，对熊浩说明前事："我正虑刘奎璧泄我根底，败我功劳，不料恩师恰有此言，真是天从人愿。"熊浩喜曰："今当写书前去，知会韦勇达，方不误事。"王少甫称是，遂细细写了一封信，内言奉旨着韦勇达为右先锋，速带部下人马到登州伺候随征；并言把刘奎璧囚车遮掩，不可泄漏；至接待钦差，须要加礼厚待，使其回朝善言复旨。即叫李猛、丁宣，各赏路费，将书交代，赶交与韦勇达。李猛等随带干粮银两，上马而去。

光阴似箭，早是二月二十一日早朝，少甫辞朝别驾。及至出朝，又去拜别郦恩师。明堂心想丈夫此去征番，见面不知又在何日，不免心中难舍，几度凝眸，数番俯首。面容惨淡，几乎要流下泪来。碍于名份，只得打起精神，当面嘱曰："得胜之时，即当招降，切不可多杀。"王少甫领命，也不胜依恋，勉强躬身告退。

到了次早，便下校场，齐集了六万人马。王少甫祭旗完毕，先发下五千人马，交付熊浩为前部，吩咐沿途务要约束军士，不可扰害良民。熊浩领令起程。王少甫大队人马随后进发，旌旗蔽日，戈戟如林，三军悉如猛虎，众将胜似蛟龙，一路号令森严，万民喜悦。

李猛自前日起身，一路行来，早到吹台山，来到后寨聚义厅，参见韦勇达，呈上书信。韦勇达看毕大喜，令往后寨请尹夫人母女。不须臾，母女已到，韦勇达迎接坐下，遂把书信送上。尹夫人母女看毕，大喜曰："不料圣天子如此宽宏，降旨招安，小儿又得高中，真是有幸！"李猛、丁宣曰："不是天子宽宏，俱是郦兵部屡次力奏，天子方下此旨。"尹夫人曰："郦兵部如何人，怎肯如此施恩？"李猛曰："郦兵部年方十八，人物秀丽，乃三元出身，系右丞相的令婿；为人谦恭，正直敢言，又深明医道，近来救活了皇太后，故朝廷擢升兵部尚书，甚是信任。"尹夫人赞道："谁家有福，产此亘古未有之人。"韦勇达即召众头目上前，言明招安等情，速速传知众喽罗，若欲回乡者，赏其银两，使他们散去，做些小经纪度活；若愿投军征番者，速即招名上册，同往随征。众皆欢喜。寨主当众改了装束，除下了兰田宝带与金翅龙盔。众人中欲回乡者有一半，愿随征者亦有一半。过了四五天，哨马报曰："小的探得钦差来日就到。"韦勇达忙令张灯结彩，准备筵席伺候。只有单洪心怀妒忌，寻思来日出见差官，出其不意，刺死钦差，使其不能投降，方能在此享用。

到了次日，单洪身藏一柄利刀，尹夫人母女俱到聚义厅。未及巳时，喽罗报称钦差将到，韦勇达率领兄弟韦勇彪并十名头目，来到路口。钦差已到，韦勇达带同众人跪接。饶主事心怀恐惧，即下马扶起众人，慰曰："请到堂上读诏。"韦勇达即请钦差大人上马，自己随后起身。钦差虽见韦勇达少年俊雅，但部下的形状都是凶恶，心中十分提防。及来到聚义厅外，尹氏母女跪在门外高声曰："犯妇皇甫敬之妻尹氏，率女长华接诏来迟，罪该万死。"饶主事在马上欠身打拱曰："夫人、小姐且起，请到聚义厅上开读诏书。"即刻便下马，步入厅上，打开诏书。尹氏跪在前，韦勇达同小姐跪在后，韦勇彪同众头目排开香案，读诏已毕，众皆谢恩，将诏书请到别寨安顿。尹夫人密嘱韦勇达道："孩儿小心礼待钦差。"又向钦差曰："犯妇母女失陪了，乞大人恕罪。"主事曰："夫人、小姐请退，不消费心。"尹氏母女于是入内。

钦差坐在上面，韦勇达旁坐陪伴吃茶。不多时，酒席俱备，钦差首席坐下，韦勇达在左，韦勇彪在右，众头目在下边，相陪跟随。皇甫长华依旧退归后寨。钦差的十余名家丁，喽罗另席相待。饶主事恭恭敬敬，留心提防，韦勇达兄弟尽礼相敬。酒过数巡，钦差即便辞席，众头目苦留曰："难得大人宪驾到此，理当尽欢，何必过谦。"饶主事遂再坐下，韦勇达先敬了一杯酒。单洪寻思，此时若不下手，更待何时？即立起身来，斟了一杯酒，假意向前曰："小的奉敬一觞。"饶主事先见单洪在坐下，满面杀气，注视不休，已是怀疑，及见其敬酒，着实提防，立起身来接酒。单洪将酒连杯掷在地上，手扯饶主事右手的袖口，左手在腰间抽出明亮亮的短刀，望饶主事胸膛刺来。饶主事尽力挣脱，翻身逃走。单洪大喝曰："往哪里去，我来了！"将身一跃，跳过桌面，忙来追赶。众头目大惊，欲救不及。只有韦勇达惊得心神飘荡，忙跳过桌面子来，果然手足伶俐，赶到单洪背后，伸出手抓住单洪的后领，把单洪掀翻，仰面倒地，那时刀早掷在一边了。韦勇达把脚踏住了单洪的胸脯，拔出宝剑，把他杀死，方上前扯住钦差曰："大人不必惊慌，那单洪已杀死了。"饶主事吓得面如土色，回身作礼曰："下官乃奉旨前来，未知此人何故行刺？"韦勇达着喽罗把单洪的尸首带往山后埋葬，随请钦差坐下，说明单洪心意："恐仇人报仇，不愿投诚，欲刺大人，以陷小将，今特杀之，以免大人疑心。"饶主事方才明白，自思韦勇达虽是真心归降，但部下之心难测，倘夜间有甚更变，性命必不能保全，以早离此地为妥。遂起身辞别曰："将军虽是好意相待，但部下人心叵测，下官就此告别，将军亦免挂怀。"韦勇达曰："大人说得极是，小将只得从命。"忙令皇甫长华具一道表章，以谢天恩。长华即便写就，并代母亲具下谢恩的一道表，一并交与钦差，又送了许多金银彩缎，并厚赏跟随人役，皆大欢喜。饶主事称谢了一会，又嘱曰："将军速往山东合兵，不可迟误。刘国舅不知要寄信回京否？"韦勇达曰："再缓三四天，即便起身。刘国舅即要随征，不必寄书。"遂上马送钦差下山，来到路口分别。韦勇达恐路上有失，并着四名头目护送，到来日方得回山。饶主事十分感激，分别而去。

韦勇达回山，限四日内起身，连忙收拾。到了第四日早，各物收拾上车，将刘奎璧押上囚车，把四围密遮，其投军之人三千余；预请附近各乡的父老上山，嘱其将山寨上的物件一并取去，然后放火，顷刻间只见赤焰冲天，金光卷地，把山寨焚烧殆尽，免使复集匪类。方待起身下山，向山东进发，四处张挂安兵榜，传令如有奸淫强买等情，立即处治。万民安堵如故，俱感主将约束严明，按下不表。

且说山东巡抚彭如泽自上年到了登州，即备战船，凡水米柴草，俱已配搭定当。到了三月，王元帅大军已至，巡抚彭如泽率领百官出郭迎接。王少甫相见，令大军屯扎城外，不许扰害居民，违令者斩。王元帅同众将到了馆驿，地方官备酒接风，众官陪奉。王元帅问曰："近来番军势力若何?"总兵殷耀先禀曰："番军除阵亡及病故，现存不及四万，只有军师神武道人邪术利害，元帅邬必凯英勇无比，部下又有九员番将，十分凶恶。自杨大人死后，番军恐时值严寒，海水冰住船只，因此退入海中。海中有一浮岛，名叫沙门岛，粮米细软，俱屯在此岛，岛之左右尽扎战船，近因闻得元帅大军将到，故不敢前来。未知元帅欲往岛中迎敌，抑俟其前来?"王元帅曰："番人欺我军向怕风浪，故敢造反，本帅当海中决战，杀得他片甲不回。"彭如泽曰："不可近岛，倘遇妖道祭起风浪，或放火烧舟，恐难退兵。"王元帅曰："我们靠主上洪福，邪不胜正，不怕邪术。"王元帅因彭巡抚在坐，不便问及皇甫敬的消息，只问番军帅邪术等情。酒饮到黄昏散席，王元帅即入驿中，心腹家人密报曰："小的访得皇甫元帅及卫先锋早已被擒，不知存亡，并无降番引军攻城等情。"王少甫心知父亲必无降番之举。

次日，元帅择定三月二十日祭江，二十一日扬帆，三军各备下船。

到了第三早，韦勇达人马也到，韦勇达、韦勇彪同皇甫长华入营参见。王少甫恐彭如泽知风，不敢相认，只行常礼，令归降的喽罗准充军士，发与右先锋韦勇达为部下。韦勇达到帐前挂了右先锋印，簪花挂红，赏了三盅美酒。又拨一百名军士跟随皇甫长华为部下，另拨一号船只交与小姐，小姐仍带先前女婢锦瑟、瑶琴照常跟随。王元帅又传总兵殷耀先谕曰："今有皇甫元帅之妻尹氏，闻得尔有宝眷在署，将尹氏寄尔署内，须拨一所房屋与他居住，日食他自有老仆女婢料理，休要费心。"耀先领命退出，差人押轿往营中恭请尹夫人。尹氏嘱咐韦勇达及女儿道："凡在船上及征战之时，务要小心，俾得早奏凯歌，免我悬望。"母女二人恋恋不舍，夫人勉强上轿，来到总兵衙门，吕忠跟随从中门进。殷总兵令母女迎接，备酒接风，打扫花厅，与夫人安歇。次日夫人发银与吕忠，买了两名女婢，自行料理一切，恰亦利便。殷总兵夫妻等俱极相敬，不表。

且说大军自配搭下船，王少甫遂具表奏明出军日期，彭巡抚备酒饯行，王元帅下船。到了三月二十日祭江，元帅各发五千兵，交与左右先锋熊浩、韦勇达为部下。二十一日祭旗完毕，彭如泽率领文武百官送到海边，官军鸣金擂鼓，扬帆向海面进发。众官报称离沙门岛不远，请令定夺。王元帅即上尾楼，把千里镜一照，见番邦的战船布满海面，传令离营十里，即水面屯扎水寨。王元帅下令，各营小心提防劫营。是夜，各营防备严紧，不表。

且说番元帅邬必凯自去冬退回沙门岛，主意春间便要攻破登州的城池。后闻成宗令王元帅大集水军，欲下海决战，遂打听登州备下战船，知必有一场大战，即与神武道人商议水战方有便宜，故停船在海面候敌。后闻王元帅大军已到登州，邬必凯料定元帅必不敢过海。这一天探子报曰："王元帅许多战船已到，离营十余里屯扎水寨，请令定夺。"邬必凯令赏银牌，再去打听，一面哈哈大笑曰："元朝主帅好不识生死，他若在陆路交战，胜负尚未可定；他今到此来水战，性命必不保了。"

次早，邬必凯升帐，问曰："哪一位将军往立头功？"闪出前部先锋山头虎向前曰："待小将前往立功。"邬必凯曰："小心前去。"山头虎领命，遂带领本部人马战船，摇旗擂鼓，前来讨战。

元朝哨船报入中军帐，来见王元帅曰："启上元帅，如今有番将讨战，请令定夺。"王少甫曰："待本帅亲出会战。"只见熊浩挺身上前曰："一员番将，何劳元帅亲战，只消末将前往足矣。"王少甫曰："恩兄有所不知，初阵交战，最要吉利，务宜小心，不可挫了锐气。"熊浩称是。遂领了本部战船，杀出水面，两船相遇，各自寄碇停住。

熊浩抬头一看，只见山头虎年近三旬，生得身高体壮，发似朱砂，手执一把大斧，约重八十余斤。山头虎见熊浩生得面方耳大，手执两支短枪，身穿着掩心甲；旗帜飘扬，上绣“武榜眼及第龙骧大将军前部先锋熊”几个大金字。熊浩大喝曰：“来将留下姓名，好取尔的首级。”山头虎曰：“麾下乃郐元帅帐前前部先锋山头虎便是。尔是何人，快通名来，功劳簿上好记尔的首级。”熊浩曰：“我乃大元皇帝驾下王元帅帐前前部左先锋熊浩，特来取尔的性命。”说罢，将船冲上，举起右手，一枪照面刺来。山头虎把斧一架，回手一斧，向熊浩头上砍来。熊浩见来得凶恶，把双抢一抬，震得两膀苏麻，喝声：“好厉害的番狗！”山头虎喝曰：“如今方知俺的利害！”又是一斧砍来。熊浩情知凶恶，留心迎敌，战到三十余合，怎当得这把利斧一如猛雨狂风。熊浩抵敌不住，恐头阵失利，挫了三军的锐气，即令战船退下。山头虎推船追赶，熊浩急取宝贝。

未知什么宝贝，毕竟胜负如何，且看下回分解。

第四十一回　破邪术元将施威　逃海外番师大败

却说熊浩见山头虎船即赶近，就在背上拔出斩蛟剑，祭起空中，回头喝声：“番狗慢来！看我宝贝来取尔命。”山头虎听得“宝贝”二字，大吃一惊，举头一看，见半空中一道毫光，犹如电光飘下。山头虎忙将身一闪，哪里闪得及，那宝剑早砍中山头虎左背之上，疼痛难当，跌倒船上。两船相依甚近，熊浩将身一跳过船，加上一枪，结果山头虎性命。番军把熊浩围住，元帅亦已过船来杀番军。熊浩下令曰：“如番军要性命者，可丢下军器，空手跳落船中；若手执军器，并立在船上，即是抗拒，杀死勿论。”番军并水手一闻此言，俱各空手跳落船中，元帅急将船板枋钉上，即割了山头虎首级。元船一齐上前冲杀，乱箭射死番军无数，番军大败逃走。

熊浩追赶数里水路，方才收军，回见王元帅，呈上番将首级，曰：“末将仰仗元帅天威，杀了番军先锋，夺了战船二只，番军归降约有二百余人，特来报功。”元帅大喜曰：“恩兄初阵得胜，其功不小。”即上了功劳簿，一面令押归降番军前来。元帅令把番军放缚，番军一齐跪下叩头。元帅安慰曰：“降者免杀，尔等不须忧虑。今将尔等暂押舱中，俟尔国王献降，即放尔等回国。”番军叩谢。元帅随令备酒贺功，犒赏三军，是日至上灯后散席。

看守官密问番军，俱称皇甫敬、卫振宗番军劝他归降，使为向导，皇甫敬不屈臣节，现禁王城天牢。看守官将此言密禀，王元帅暗喜父亲有志，日后可以伸冤。

且说番军败回，报称山头虎被杀事情。邬必凯大怒曰：“可恨熊浩，杀我上将。来日本帅亲出，务必擒他雪恨。”闪过大将富利曰：“敌将既用邪术，元帅焉能取胜？不若请军师破法为好。”邬必凯曰：“些须小术，何必劳动军师。”次早元帅亲督，令战船讨战。元朝大军哨船报进曰：“今有番军邬必凯讨战，请令定夺。”王少甫即令拨出战船，待本帅亲战，号令三军，众将各依队伍将船驶出。两船相对，邬必凯大喝曰："来将留名，好取首级。"王少甫答曰："本帅乃大元天子钦点状元，加封灭寇大元帅王少甫，奉旨特来杀尔。"邬必凯喝曰："不须多言，吃俺一锤！"举锤打来。王少甫举戟一架，回手一戟刺来，一连三四戟，有如飞云闪电，邬必凯暗想好英勇。二帅立在船头，各逞本领，恼了一员番将，上船驶出，大叫曰："哪个不怕死的来战俺芦蒲剑。"元朝冲出韦勇达，一船抵住，接战曰："俺右先锋韦勇达来也。"举起日月双刀便砍。芦蒲剑举枪迎敌，韦勇达终是女流力弱，战到十合，情知难胜，诈败，喝令将船退走。芦蒲剑将船赶下，韦勇达暗取一箭，回身射来，芦蒲剑躲闪不及，正中右肩，跌倒船上。韦勇达忙跳过船，加上一刀结果性命。元军跟随过船，割了首级；番军水手跳下舱中，齐称愿降。韦勇达令把船板钉了，将船夺回。

此时邬必凯敌住王元帅三十余合，被王元帅杀得锤法散乱，又见芦蒲剑被杀，心中慌张，被王少甫一戟，刺中左臂，番军部将上前助战，水手将船驶走，元军一齐追赶，乱箭射死番军不计其数。王豪夺了一只番船，追赶一会，王元帅方令鸣金收军回寨，记上功劳簿，随具捷表，差官下快船进京奏捷。

且说邬必凯败回，抹上金枪药，查点失去战船二只，番将四员，番军死伤将及三千，心思须求军师亲出，方可得胜。只见军士报曰："军师前来。"邬必凯大喜，急令请来。神武道人上船，邬必凯出帐迎接进帐，见礼坐下，军师问曰："闻得元帅失利，特来问候。"邬必凯细说连败二阵始末，"看来这伙匹夫胜过皇甫敬。"军师曰："不妨，来日贫道同出会阵，自然取胜。"邬必凯曰："全仗军师神通。"神武道人就小葫芦里倾出一粒药丸，纳在口中嚼碎，涂在邬必凯伤处，顷刻平复如旧。元帅传令大小三军，准备来日大战。番军闻得军师亲自出战，料必大获全胜。

次早，号炮连天，战船齐出。元帅正在升帐，探子报曰："邬必凯大队船只讨战，比昨日更加凶恶。"元帅谓熊浩曰："必是妖道亲出，尔我须防他妖术。"熊浩称是。二人各把破隐身符宝贝藏在头发内，并带宝贝，率领众将将船驶出，到海面一齐排定。只见天低水阔，波浪滔滔，万片征旗，千重战舰。早有船上人进报曰："启元帅，左边那只船上立着那道人，就是神武军师。"王少甫举眼一看，只见妖道立在船头，道家打扮，身材高大，年将四旬余，手执双剑，旗上横写"护国军师"，直写"神武道人"。番元帅邬必凯大叫曰："谁与本帅擒下王少甫，前来献功？"闪出左翼富利，手执一口大刀；右翼泽风，手执方天画戟。二船齐出，大喝曰："元朝不怕死的，前来与咱家富利、泽风决一死战！"元军冲出左翼官赤英南，举枪敌住富利；右翼官王豪，挺刀敌住泽风；王元帅令擂鼓助战。王豪力如狼虎，不上十余合，大喝一声，一刀把泽风头颅砍开，死在船上。王豪跳过船来，番军俱降，元军一拥冲上番船，向前混战。

番军师慌忙口念咒语，用隐身法驾云，要来行刺王豪。早有熊浩头上所藏破隐身符的宝物看见，大喝曰："妖道休使邪术，吾已看破。"王元帅早已祭起飞电锤，一道电兴，竟向妖道头上刺下。妖道忙将身闪过，暗惊元朝将帅，怎能看破我的隐身法？王少甫手指着大骂曰："妖道，还在云头候死么？"言讫，手向飞电锤一指，喝声："打死这妖道！"番军师大惊，忙逃回船，现出真身，大喝曰："小畜生！尔看破我的法术，是尔死日临头。且看我的宝贝取尔性命！"就在豹皮袋中取出一块金砖，祭起半空，一道乌烟，向王少甫头上打来。王元帅不晓得是什么宝贝，又祭飞电锤，一道毫光冲起，把金砖一冲，冲落海中，杳无踪迹。王少甫将手一招，收回飞电锤。道人大怒，把十一块金砖尽行祭起，黑烟布满空中。王元帅大惊，急祭起飞电锤，一声霹雳，数道毫光，早把十一块金砖打下海去了。

王少甫大喜，收回飞电锤，大叫曰："妖道还有什么宝贝，只管放出。"道人大喝曰："贫道还有神通。"即念呼风咒语，向海上一指，喝道："疾！"只见狂风大作，那风就向元船阵前打来，波浪涌起，有如雷鸣，元船几被倾覆。元兵站立不住，连声叫苦。王元帅大喝曰："不要慌张，本帅自有破法。"忙向怀中取出破浪镜，高擎在手，逆风一照，正能克邪，立即风静。

此时赤英南大战富利六十余合，赤英南已刺死了富利，乘势夺了船只。王元帅喝令大小船只，冲杀上前。番军支持不住，只得退走。

道人心慌,正要再作法,王元帅乘其不备,祭起飞电锤。妖道看见,要躲不及,一锤打中后心,疼痛难当,逃入舱中,番军大乱败走。元船追赶,乱箭齐射,番军叫苦。道人已服了丹药,急走上船头,仗剑召起阴兵,顷刻间黑雾罩下,无数阴兵手执枪刀,从空中坠下,大战元军。元军大惊曰:“妖道,尔请出尔的祖宗来助战了。”王元帅亦觉胆寒,又不知怎样破法,只得祭起飞电锤,一声雷响,那阴兵就现落原形,俱是用白纸剪的,吹落水面,黑雾亦散。番军被箭射死的不少,余皆逃走。元船追赶了一回,王元帅方才收兵回营。此一阵共夺番船三只,降军甚多。元帅仍令照顾日食,随即具表差官报捷,记上众将功劳。

且说邬必凯败回,急下令速把沙门岛安顿的粮饷收拾下船,免得误事。番军师曰:“元帅何必惧怯,贫道再战,必获全胜。”邬必凯曰:“军师法力俱破,身上带伤,何故说得容易取胜?”道人曰:“贫道有一柄散毒刀,用一百件毒药炼就,若砍中身上,见血即死,贫道不敢妄用。后日交战,即放散毒刀,何愁不胜。”邬必凯曰:“既有宝贝,后日便当施放。但我军历年病故并近来死失,仅存一半。元军众多,今将各物速运下船方妥。”道人曰:“说的是。”即令军士连夜把山上各物俱运下船。

过了三日,又整顿战船,齐出讨战。王元帅下令曰:“番军短少,屡败心乱。今日众将当竭力追赶,欲收全功,尽在此举。”官军齐声:“愿效死力!”号炮三声,战船冲出。番军师立在船头,见自己兵丁垂头丧气,敌军踊跃精神,一时怒发,喝令将船驰上,大喝曰:“王少甫!你与我决个胜负,免伤部下生灵。”王少甫大笑曰:“尔乃败将,何能与我决战?”举戟便刺。道人举剑相迎,战到十余合,道人招架不住,令将船退下。王元帅即令追赶,元将一齐杀去。

邬必凯率领众船向前,迎敌助战。道人祭起散毒刀,大喝曰:“王少甫!看我散毒刀来取尔命。”王少甫见那刀祭上半空,有黑雾火光,有如狼虎罩下,又不知什么宝贝,忙又祭起飞电锤。刀一飘下,撞见飞电锤,一声雷响,散毒刀打落海底。王元帅收了飞电锤,大叫曰:“妖道!还有多少妖物,可再放出来。”道人大怒,吼声如雷曰:“王少甫!尔敢破我法宝,今与尔决个尔死我活。”熊浩乘其不备,暗祭起斩蛟剑。妖道只顾推船向前，那斩蛟剑早已飘下，道人躲闪不及，砍中左肩，大叫一声，跳下舱中，急服下丹药。熊浩收了宝剑，上前来战番将。番将大败，死者极多，余军一齐逃走。王元帅尽力追赶，次日已过沙门岛，方令收军，又夺了二只战船，大犒三军。

且说番军逃走远了，方才屯寨。妖道曰："贫道今夜只带十余只船前去劫寨，使法烧他战船，可保必胜。"邬必凯听说，即拨十只战船，交付妖道。妖道待到二更，悄悄扬帆，径向元营进发。

按王少甫军务严紧，逐夜令哨船远出探望，当下哨船知是劫寨，急赶回寨，击聚将鼓。众将赶进寨船，元帅慌忙升帐。探子报曰："远远有十余只战船，掩旗息鼓前来，恐是劫营，特来禀明。"王元帅重赏探子，遂下令曰："妖道日战屡败，故乘夜劫营。但黑夜交兵，难分彼此，倘若近前，可使乱箭射住，休使近前。"各船听令。

顷刻间番船俱到，整起灯船火把，擂鼓杀来。元军乱箭齐射，番军不能近前。道人立在船头，便口中吐出三昧火来。那火出口，见风即大，大块的有如车轮，小块的有如磨盘，相连相扯，趁着顺风，吹到元船。元船即发起火来，一时间几只元船火发。元军发喊曰："速斩断船索逃走，免使株连着火。"王元帅大喝曰："不要慌张！本帅有法破火。"忙取出平火镜，向各船一照，果是邪不近正，火已尽灭。那道人着急，无计可施。王元帅祭起飞电锤，打中道人后心，口吐鲜血，逃走下舱，急取丹药服下。番军被箭射死者不计其数，余各逃回。

邬必凯闻知大惊，神武道人曰："不料王少甫如此利害，贫道法宝法术俱被破尽，真是力尽计穷。明是天数，故出这个匹夫。"邬必凯叹曰："军师身带重伤，且去保养，再作商议。"道人羞惭无地，只得上床歇息。不一时，听得战鼓如雷，探子报曰："王少甫分兵五路杀来，势如山崩。"邬必凯只得同军师分队迎敌。原来王元帅令王豪、熊浩、韦勇达、赤英南并自己分为五路，扬帆擂鼓而进。邬必凯正遇王豪交战，怎当得王豪这口刀急如狂风，战到三十余合，邬必凯抵敌不住，被王豪一刀砍中左肩，逃走下舱，各船败走。王元帅下令，连夜追赶，休辞劳苦。一路追赶，夺了三只敌船，邬必凯连败数阵，损兵折将，番军只存万余，俱皆失志，只得逃进狮子口屯住。

王元帅就在狮子口离口有二里水面屯扎水寨,元军一连讨战三日,番军并不出战。王元帅谓众将曰:"水口窄狭,船只难通,恐番兵夜间来劫营,本帅设定左右先锋、左右翼官共四将轮流,每一将值夜,带领哨船十只,军士六百名,沿海提防,毋得有误。"四将领令而去。

且说番军退进狮子口,元军每日讨战,总是坚守不出。过了半月余。这一夜轮着右先锋韦勇达巡哨,月色朦胧,巡到三更后,遥见远远一只洋船,悄悄前来。韦勇达下令曰:"番军扰乱山东,已有几年,天下周知,哪有货船夜间往来?此必细作,速放号炮追赶。"

不知果能捉得否,且看下回分解。

第四十二回　神武道计穷力竭　郛必凯数尽身亡

却说韦勇达令放号炮，那快船两边有四十余支水杆，似蜈蚣脚一般追赶来。早有四只哨船来围，齐叫前面是细作，快放箭射死。船中答应曰："我等乃是中原商船，现有官府印信关防，请老爷过验。"说罢，俱逃下舱中。顷刻间韦勇达已到，即上船来，令押众水手货客，共六十一人，跪下叩头。韦勇达问道："你们是哪里人，载什么货，往哪里发卖，几名水手，几名客商？"众人曰："我们都是雇佣的水手，只有一名船主，自带药材往番国发卖。"韦勇达唤那船主上前。船主年将五旬，跪下诉曰："小的姓秦名赛宝，自二十年前贩货往各邦发卖，家住北京城内，现有官府印信关防呈验。"韦勇达曰："你既贩货，岂不知番国造反？偏要到此，必有弊端。"秦赛宝曰："小人得闻番军被老爷等杀得大败，故敢前来。"韦勇达曰："可把关防货单取来验看。"秦赛宝即取出呈上。韦勇达见货单俱是粗药材，值银一千二百余两；关防是元城侯刘捷的印信钤记。韦勇达疑问曰："你因何不领地方官关防，却领元城侯的？"秦赛宝曰："因地方官勒索重费，小人有亲戚在元城侯处公干，故求他的关防。"韦勇达摇头曰："你货物只值一千余两银子，从此得利息，怎够往来船税及水手工食？明是细作。"即令缚下，俟元帅发落。军士动手，一齐缚下，将船带回，俟禀元帅定夺。

按此船乃元城侯刘捷所发，因王少甫去后，饶主事回京，并无刘奎璧回京来，心中疑惑。差人往登州暗访，回报言刘奎璧密禁囚车；王少甫书到，诈称现在军中重用。刘捷恨王少甫，明欲与他结冤，有心腹门生指点曰："王少甫名松华，去了一个'松'字，岂不是皇甫少华四字？且皇甫敬用戟，他亦是用戟，又生的龙眉凤眼，必是皇甫敬之子皇甫少华改名投军。那韦勇达年未二旬，必是前年先锋卫焕之子卫勇达改姓的。那王少甫去了头上一个'白'字，韦勇达去了两旁一个‘行’字。故自上山以来，不杀官军，召兵屯粮，惟救皇甫敬妻女。今将帅俱是国丈仇人，日后得胜回朝，国丈必遭其害。”刘捷方才省悟，痛恨入骨。因王少甫屡次奏捷，只怕番邦降顺，皇甫敬父子回朝，定然报仇，反为不美，特写密书与邬必凯，言元帅王少甫乃皇甫敬之子，韦勇达乃卫焕之子，可把皇甫敬、卫振宗缚在船头，置于油镬之上，王少甫等念及父子之情，定必归降或退兵；如不肯降，亦不肯退，可把皇甫敬等当着王少甫等面前，每日各割一刀，王少甫必定肠断或是气死，定然无心料理军情，那时一鼓可灭。写得详细。即租一只大船，假作洋货船，备下千余两银的药料，寻这久年洋商秦赛宝，嘱其带了密书，往登州海面。若遇番国哨船，将书交付邬必凯收拆，即可回京，所有药材，尽行赏秦赛宝；又发一印信关防，以便盘验，另雇水手撑船。秦赛宝不知是反书，贪其利息前来，不料番军已败入狮子口，故乘夜欲来寻交番军哨船，不意竟被韦勇达所擒。

到天明，王元帅升帐，韦勇达上前禀明前事，元帅令押秦赛宝并众水手跪下。王元帅细问秦赛宝，赛宝照昨夜口供诉明。王元帅疑心，令武士将各人身上细搜，并无夹带禁物；又令熊浩、赤英南带兵过船搜检，有甚禁物，速取前来。二将领军下船细加搜检，并无别物，即回缴令。王元帅喝令曰：“尔只有一千余两银粗货，怎肯独租一船，船税水手工食怎么出息？况值两军争战之际，尔偏来卖货奔险，必是细作无疑；且又不领地方官文札，却带元城侯关防，事事可疑。据实招来，免受刑罚！”四顾军士，带上各件刑具。军士呼喝，秦赛宝大惊曰：“小人并无弊窦，招什么事？”王元帅骂曰：“不用大刑，怎肯招认，左右速把这厮拿上夹棍！”军士答应，就将秦赛宝一腿放在夹棍上用刑，索取不上五六分，秦赛宝昏去。执刑军士用冷水喷面，渐渐苏醒，痛入肺腑，大叫：“元帅松刑，小的愿招！”王元帅即令松刑。秦赛宝就说出刘国丈着其带密书到番邦交邬必凯，“小人贪他这一千余两银的药材，只此便是真情。”王元帅大喜，问曰：“密书何在？”秦赛宝曰：“现在船中，待小人来取。”王元帅着赤英南押他下船取书。赤英南领军士扶秦赛宝下船，揭开舱板，旁边有一扁木盒，钉在船边；将盒取起，送到王元帅处。

元帅当面开盒，取出那封密书，书面写元城侯刘书呈与邬元帅亲启，上用元城侯印钤封固。拆书观看，果真是指点邬必凯，将父亲缚在船头处治，逼自己投降或退兵等语。心中暗惊：此书若付邬必凯，必凯依计行事，叫我如何行军？即把书交与熊浩、韦勇达看过，一齐摇头吐舌曰："奸臣真是奸诡，察破机关，写书通番，若非天谴被获，为祸不小。"元帅笑曰："新君仁慈，老贼纵有过犯，亦必赦免不究。今此书一上，便是反叛的实据，不怕他不灭亡。"令将书付与秦赛宝看过，惊得目瞪口呆。王元帅曰："尔敢替奸臣传递反书，亦是反党。"秦赛宝连连叩头曰："他骗小的说是货物书信，小的故替他投递，怎知是反书？望元帅恩赦蚁命，公侯万代。"王元帅曰："尔要性命不难，尔今暂且住此，本帅照顾日食，俟日后班师，尔可在驾前咬定刘捷差尔投递反书，我便有赏。"秦赛宝曰："他要陷我死罪，小人若得面君，我必指实对证，以雪此恨。"王元帅下令，将秦赛宝并水手仍禁在此船舱，日食照顾；反书元帅收藏；记上韦勇达功劳，重赏韦勇达并哨船官兵水手，众皆大喜。

王元帅令战船到水口迫战，辱骂不堪。妖道心中忿恨，来见邬必凯曰："俺想元军尽靠王少甫一人，若王少甫一死，官兵无主，必定逃走，我等就可攻打登州，无人敢敌。今夜驾云，用个隐身法潜入敌营，躲在暗处，俟王少甫酣睡，一刀刺死，便可转败为胜。"邬必凯曰："军师今夜作速行事，备酒先与军师贺功。"二人饮至上灯后，道人辞别回船，换上全身黑短衣服，带了双刀，藏在身上，即便念咒驾云，来到元帅水寨。更鼓已打初更五点，即用隐身法藏身，坠下云头一看，凑巧遇着皇甫长华的船，此时小姐年当十八，生得娇花映目，身上穿了便衣，手托香腮，坐在灯光之下。妖道一见，神魂飘荡，暗想好造化，遇着这绝色佳人，今且躲在暗处，待他安寝，方可上床与他取乐，纵使喊叫，亦不怕他怎样。此时妖道已有醉意，色心荡漾，即便下船，见船中只有两个小婢，年可十三四岁，水手俱皆安寝。

妖道避在船中，闪在床头窥看，好不动情。过一会，更鼓打二更三点，小姐令女婢闭上前后舱门，着二婢先上床睡下。小姐停一会，起身脱去外衣，只穿的上下小衣，把火罩好，双刀放在床头，就放帐幔，上床睡下。道人十分动火，忍耐许久，听得各船寂静，更鼓已打三更余，听小姐微微鼻息，知必沉睡；寻思先开舱门，急缓可作退步，即向前轻轻将舱门打开，只容一人可出，心思趁他沉睡，或可偷奸到手，亦未可定。即把桌上火罩揭起，移步到床前，伸手来揭帐幔，谁知皇甫长华乃玉女下凡，日后有正宫皇后之贵。暗中有神圣保护。是日乃温元帅值日保驾，见妖道存心不善，即现出圣像，举鞭打来。道人吃惊，将身闪过，即在身上拔出双刀招架。定睛一看，那神将青面长须，金盔金甲，自思纵使此女有法术，现在沉睡，怎能使法？两下交战，鞭刀连声响亮，皇甫长华梦中惊醒，忙坐起身来，挂上帐幔，床头取出双刀，上下手捧着，虽然火光明亮，但闻鞭刀之声，不见人形，知必刺客。即高声喊叫，那二婢醒来，亦呐喊曰："有贼！"船上梢公水手一齐高喊捉贼。道人恐逃走不及，闪出舱门，腾在空中观望，各船闹动，及至黎明，方驾云回去。

且说皇甫长华听得安静无声，方才披衣起床，只见舱门开着，心甚疑惑。不一时，已是天明，王元帅升帐，众将参见。王元帅查问昨夜何船喊贼，长华细说舱门大开，床上有刀剑之声，帐又揭开等情，因此喊贼，未知何故？王元帅曰："此是妖道计穷力尽，前来行刺，上天谴责，特遣天神敌住，使其不能伤人。"众将大惊曰："妖道邪术利害，倘夜夜前来行刺，如何是好？"王元帅道："不妨，妖道阴行谋刺，已犯上天好生之德，不久即败。尔等即加意提防，倘再相逢，本帅必用法宝擒住。"众将口虽称是，心甚忧虑，只得各着部下防备，不表。

且说神武道人回船，来见元帅，邬必凯见礼坐下，问曰："军师行刺如何？"道人不好实说，糊涂答应曰："三更后下船，不料撞着军士发喊，各船一同喧闹，因此空手回来。"邬必凯不悦曰："军师计策不成，反被敌人耻笑。"只得说些闲话，辞别回船。邬必凯沉思：军师法术俱破，兵微将寡，即战亦败，意欲班师，又恐国主责罪；闷坐无聊，午后更加忧虑，即令备酒前来散闷。停一会，左右进上酒席，家将伏侍，邬必凯越想越闷，一瓶不止，两瓶不休，直饮至初更大醉，家将扶上床中，昏沉睡下，梦中暗想一向不知元兵势力如何？欲出海外观看，一时元神出窍，现出一赤蛟，长有三丈余，头如车轮一般，翻波逐浪，奔出海面，所到之处，风浪大作。此时尚未二更，元军未睡，只见各船俱皆颠覆，王元帅坐船亦是颠翻不安。探子报曰："远望海浪波涌，向我营前来，莫非又是妖道作怪?"王元帅曰："这个却未可知。"速令众将把大船驶出海面屯扎，好作准备。令下，各大船齐出海面，火把灯球，照耀如同白日，波浪从海口拥来。王元帅曰："此必妖道作法，波浪故从那里冲来。"忙取出破浪镜来一照，谁知此镜只降伏得寻常风浪并妖道作弄的风浪，今乃蛟龙作孽的风浪，怎能平复得来？那赤蛟赴水近前，风浪更大，船越颠翻，王元帅无法可治。

早有眼明的官军看见呐喊曰："怪不得风浪如此利害，原来有一条赤蛟在海面兴波鼓浪，倘近前来，只怕连船亦伤翻了。"众将俱皆看见，一齐喊曰："海面起蛟!"王元帅却亦见了，忙令官军发箭齐射，谁知赤蛟皮胜犀牛皮坚硬，不能穿入，只管冲上前来。内有熊浩寻思师父赠我斩蛟剑，莫非要斩这逆畜么？即大喝曰："且莫放箭，待俺祭起斩蛟剑斩他。"说罢，即祭起斩蛟剑，那剑砍下，正砍断赤蛟的咽喉，鲜血直冒。宝剑飞起半空，只见赤蛟在水面跳了几跳，肚腹向天，死于水面，波浪俱息。熊浩大喜，收回宝剑，众将齐赞曰："若非熊先锋的宝剑，此蛟焉能致死!"熊浩曰："此蛟如此长大，头上必有明珠。"遂令小船摇向前去，把赤蛟翻转身躯，见额前果有大珠，足有大拇指大，光彩耀目，即令将珠割下，身尸随水流去。各船回寨，王元帅记上熊浩功劳。熊浩把宝珠献与王元帅，元帅曰："此乃恩兄功劳，此珠应该恩兄所得，与本帅何干。"熊浩拜谢收下。

且说郛必凯睡在床上，忽大叫一声，跌下床来。家将急入船内一看，还疑是酒醉跌下，及至床前来扶，方见鲜血滴涌，咽喉已断。二家将大惊，忙出报番将曰："元帅不知何故身亡。"番将大惊失色，入内果见元帅身亡，忙扶上床内。有二名识事家将曰："不可漏泄，当密报军师。"即令一家将下船，忙到军师船上，禀说备细。神武道人吓得魂飞魄散，急下小船，赶上帅船，众番将接上来，先看尸首。

未知如何，且看下回分解。

第四十三回 番军师被擒归降 皇甫敬脱难会子

却说神武道人细看邬必凯项下果有剑伤，查问船中，俱是平日所用心腹，并无外人，真是不解，寻思莫不是上天差天将杀死？只得吩咐不可漏泄，备办棺木收殓；一面差官奏闻番主。元军日日讨战，道人自思：不若与元军决死一战，即令各船知会，来日与元军决一胜负。番军俱皆胆寒，无奈只得准备。到了三更，各船造饭，灯火冲空。

黎明，探子报曰："昨夜番营灯火冲天，想是要来会战，特来禀明。"正言间，忽听得锣鼓喊闹，番船已出狮子口，前来讨战。王元帅下令准备会战。三声炮响，战船杀出海面，两阵对列。熊浩一船向前，指着神武道人大骂曰："妖道，尔黑夜行刺，遣蛟覆船，罪恶滔天；擒住之时，碎尸万段！"喝令将船驶上，举起左手枪，向妖道面前刺来。道人举剑架住，两下接战。王元帅喝令众将一齐迎敌。到底元军众多，番军抵敌不住，神武道人越发心慌。王元帅祭起红锦套索，向道人头上罩来，及道人看见毫光，要躲不及，早被红锦套索缚住，跌倒船上。熊浩跳过，夺了一只战船。王元帅收军回寨，军士押妖道捆作一团，放在船板上。神武道人哀求曰："元帅若肯饶命，贫道情愿归降。"王元帅大喜曰："既是军师愿降，本帅自当放尔。"众将阻住曰："妖道邪术多端，不可轻放。"王元帅曰："他乃修行出家之人，自然识理。我若放他，他自回去商量；倘被逃走，再擒却亦不难。"神武道人曰："贫道既已悔过，从无变更之理，王元帅只管放心。"王少甫曰："军师乃是道家出身，自然明理，本帅焉有疑心。"即向前收了红锦套索，双手扶起道人。王元帅谢罪曰："部下无知，冒犯军师。望乞恕罪。"神武道人见王元帅如此谦恭，甚是感激，慌忙答礼曰："被擒之将，不杀已为过分，又蒙厚礼，使我心中有愧。"王元帅曰："军师乃是异人，怎敢不敬。"即以宾主礼叙坐。道人推辞不过，只得坐下。随侍进茶罢，王元帅取出师父所赠锦囊，送与道人曰："家师黄鹤祖师寄此物与军师开看。”道人接书曰:“原来元帅是黄鹤祖师高徒,怪不得贫道法术屡败。”王元帅即将兄弟学道三年,奉命投军等情说明。道人方拆开观看,书中云:“元朝成宗乃有为天子,尔当劝番主速放前元帅皇甫敬、先锋卫振宗,并备贡礼归降。锦囊内有求情书一纸,送交令师,自当收留,尔即勤苦修行,以成正果,切勿自误!”道人看罢大喜,向王元帅谢曰:“贫道因与家师言语不合,故此来助番邦造逆。今黄鹤师伯与家师正是至契,有书求情,我便可去邪归正。”正言间,家将呈上筵席,道人遂与众将见礼,各问姓名,入席同饮。众将俱喜,冤家反成亲家,谅不必交战了。

饮酒之际,道人对王元帅曰:“今元帅可即停兵,待贫道驾云回劝番主,放皇甫敬将帅,并贡礼来降元帅。乞把前日被擒番将、被夺战船交还番国,贫道即回山修行,再不染红尘。”王元帅曰:“如此极好,但恐邬必凯倔强,不肯归降,奈何?”道人曰:“邬必凯已死数日,元帅岂尚未知?”王元帅惊喜曰:“邬必凯患得何病,何时身亡?”道人曰:“说来真是奇怪。”便将邬必凯安寝,及至二更后跌下床来,咽喉自断身亡等情说明,“时间就在贫道前来行刺的次夜。”王元帅省悟曰:“看来邬必凯明是赤蛟转世。”就把熊浩斩蛟事情说明,“恰是时日相同,必是邬必凯原形出现。”道人点头称是。遂即辞别曰:“贫道往返不过半月间,贡礼便到。元帅不必悬望,贫道决不失信。”王元帅曰:“本帅从无疑心,但念番国连年征战,国库谅必空虚,今番归降,必要放元帅、先锋并贡礼前来,不须犒赏礼物。”道人曰:“元帅如此宽宏大量,贫道逆天,焉能不败!”即拱手腾空而去。

不一时,回到自己船上,部下之将迎接曰:“军师被擒,小将等无计施救,如何得回?”道人曰:“待我升帐说与尔等知道。”即令传鼓升帐。众将齐到,参见毕。道人说明王元帅之师与吾师至爱,方才被擒,以礼相待,今已议定归降;又说明邬必凯乃赤蛟转世,梦魂出游,被先锋熊浩所杀。众将始知邬必凯已是身亡,今闻得献降,众皆欢喜。道人既将元帅剑交一员诚实番将名唤撒里布的执掌,吩咐只宜固守,待我回奏,备办贡礼来降。吩咐毕,即驾云起身。

次早,已到王城午门外,坠落云头,恰遇番主驾临早朝。午门官奏曰："启主上，军师神武道人在午门外候旨。"按番国国王自称百花王，为人慈善好色，年四旬余。近日接表，知邬必凯身亡，正在忧虑，忽闻此报，随即宣道人上殿。朝见礼毕，赐坐旁边，细将前后交战，法术法宝俱被王少甫所败，及邬必凯梦魂出游被杀，自己出战被擒，王元帅以礼相待等情一一说明，"看来大元成宗乃真命之主，故有王少甫战术俱备，宽宏大度，恤吾国连年征战，国库空虚，不收犒军礼物。看来中原主贤臣忠，理当归降，可免生灵受苦。"番主曰："我国兵微将寡，前因邬必凯好勇，因此起兵，今既败露，理当归降。"即令内监备了贡礼。道人曰："待贫道往天牢放皇甫敬、卫振宗前来，番主当备酒相待。"番主曰："难得二臣忠义不屈，孤正当礼待。"

道人出了午门，带了二副中原衣服靴帽，来到天牢。牢官迎接入内，拜见已毕。道人说出前情，众官俱备香汤，将二副衣冠送进，请皇甫敬、卫振宗沐浴更衣。二将自禁天牢，誓不屈节，受尽苦楚，料无再见天日，忽闻请他沐浴更衣，疑问曰："我等俱不想为人，今何故叫我更衣？"牢官曰："尔还未知么？"便将邬必凯身亡，军师献降，特请二位大人回归中原等情说知。皇甫敬将帅喜从天降，曰："不料我等亦有回归中原之日。"急忙沐浴，更衣冠靴帽。道人亲来迎接，作揖曰："前年冒犯尊颜，实属不该。今可先见国主，备下贡礼，即送大人回国。"

皇甫敬将帅应诺，遂出牢，一同上马，来到午门外。道人先入殿缴旨，百花王令宣皇甫敬、卫振宗上殿，俯伏朝见。番主下殿，御手扶起曰："孤前日误听邬必凯之言，触犯二位大人，悔之无及，望乞恕罪！"皇甫敬、卫振宗曰："此乃臣命中注定，焉敢怨恨？今得回朝，感激不尽。"番主赐坐。茶毕，内监进上筵席，番主同军师相陪，殷勤敬酒。皇甫敬问军师曰："未知中原将帅何人，如此能干？"道人曰："元帅少甫年已二旬，系武状元出身，武艺、法力、宝贝俱皆利害。"就把前后交战事情各说一遍，"还有一位右先锋韦勇达，年未二旬，智勇俱备。其余众将，年纪俱是二十左右，都是少年豪杰。"皇甫敬对卫振宗曰："难得谁家出这少年英雄，吾辈岂不羞杀！"卫振宗曰："此乃天子洪福，天遣豪杰治世，岂是寻常可比。"饮至日影西斜，方才散席。百花王令军师送皇甫敬将帅到驿馆安歇，着驿丞小心款待。

过了四日，备下贡礼四车，犒赏军士银两十万两，另送皇甫敬、卫振宗许多礼物。道人奏曰：“贫道损兵折将，罪实不小，今押贡物前去投降后，即回山炼道，不回来了。乞国主差一亲臣同往，方可候送王元帅起程。”番主大惊曰：“胜败乃兵家常事，军师何忍回山！”道人曰：“中原乃是圣主，今国主真心归降，日后纵有事情，自有明主可靠，贫道在此何用？即当回山，以成正果，国主不须苦留。”国王见军师去意已决，料难挽留，即差驸马丹山燕同往。次早，道人、驸马请皇甫敬将帅上马，番军押着贡物，下船扬帆。恰遇顺风，八九日已到狮子口内港。众番将迎接参见，备酒接风。次早，开船出了狮子口，直到元帅水寨外停住。

王元帅令一船出寨迎接，先是神武道人上船，王元帅迎接，欲行宾主礼对坐，道人只坐在旁边。茶毕，就把国主感恩，并送贡礼和皇甫元帅、卫先锋回来的事情说明。王少甫着令先请丹山燕上船，丹山燕正要跪见，王少甫向前扶住，就坐在右边。山燕呈上降书、降表、礼单，王元帅当即将降书、降表收下，就着熊浩、赤英南下船，照单查收，然后令请皇甫元帅、卫先锋过船。

皇甫敬、卫振宗上船，王少甫向前跪下，泣曰：“不肖不能早救父亲回朝，不孝之罪，重如山岳。”韦勇达向前密对卫振宗曰：“女儿已改男装，爹爹不可认作女儿，恐在船不便。”卫振宗暗喜女儿有志。韦勇达拜接父亲，韦勇彪拜接伯父，各各抱头大哭。众将方知元帅是皇甫少华，右先锋韦勇达乃卫振宗之子。道人、丹山燕向前恭贺曰：“难得元帅父子俱中状元，俱为元帅，真是将门有种。”众将请皇甫元帅高坐，受众将拜见。皇甫敬只得坐上，亦请道人、驸马坐在两旁。王少甫姊弟拜见毕，小姐即退入内，然后众将一齐拜毕。王元帅令将犒赏军士银子尽赏官军，本帅不留半毫；又令将被擒番军各赏一两银子，众皆感激元帅大恩。元帅与父亲并番官畅饮，饮了几杯，道人、丹山燕辞席曰：“多蒙二位大元帅盛情，今既醉饱，即当拜别，俟另日前来送行。”皇甫敬曰：“如此恕本帅不恭。”军师等拱手下船。王少甫令把屡次所夺番船、番军尽付道人带回，番军尽赞元帅仁德。

王元帅饮到傍晚散席，皇甫敬退入后舱，家将进上家宴，父子姊弟同坐。皇甫敬先说交战被擒、天牢受苦等情，“天子因何至今方发救兵前来？我儿几时得中状元，怎能挂帅？”王少甫曰：“爹爹还不知我们财散人离，死中得活。”皇甫敬大惊曰：“我不幸被邪术所擒，非关无能。战败之罪，如何累及家眷？”王少甫细说山东巡抚奏称将帅归降，引进番军攻夺城池，请旨擒捉叛眷正法；朝廷准奏，差官分捉将帅家属；幸母舅尹上卿寄信通风，自己同吕忠逃投表叔范佑家中避难，路过岳州府平江县借宿，蒙熊浩收留，结拜兄弟，邀往黄鹤山学法；及奉师命下山，郦兵部奏请招军，自己得武状元挂帅；又累熊浩夫妻拆散，以及争战事情言明。皇甫敬赞曰：“难得熊浩富贵双全，如此仗义，倒累他夫妻不得面诀，大为不该。”因问长华曰：“尔母女焉能无事？”小姐把产业舍与庵院，母女受擒，路过山东吹台山，韦勇达救上山结拜，母女安身等情说明。皇甫敬不悦曰：“尔母大为不该，被擒之时，理当一死，岂可流落绿林，男女混杂，大为可耻。”小姐见左右无人，遂把卫勇娥女扮男装，救父投军细细说明。皇甫敬吐舌赞曰：“不意卫振宗之女如此侠烈，古今罕有！但不知朝廷如何信任，降旨招安？”小姐对父亲曰：“卫氏恐男女混杂不便，爹爹若相见，假作不知，只称他为卫将军便是。”皇甫敬曰：“此言有理，我只诈为不知便了。但先杀钦差官兵，朝廷怎不发兵征剿，反降旨招安，岂不奇怪？”小姐方把刘奎璧请旨领军征剿、被擒写供等说明。皇甫敬等曰：“刘奎璧几时做官出征？”小姐再把孟小姐行刺死节言明。皇甫敬流泪曰：“难得孟氏节烈，死得可怜！”又问曰：“韦勇达既先杀刑部官员，后擒国舅，天子怎肯降旨招安？”王少甫曰：“招安一事，俱是郦兵部力奏方准。”皇甫敬曰：“郦兵部唤甚名号，如此盛德？”王少甫曰：“郦兵部名君玉，字明堂，年十七八岁，由三元及第擢升兵部尚书，乃右丞相梁尔明爱婿；凡事敢言，屡次为我父子伸冤诉屈，恩德甚大。孩儿蒙他取中状元。”皇甫敬叹曰：“难得郦兵部年轻，提拔我等满门，恩同再造。但山东巡抚彭如泽与我素不相识，怎肯冒奏伤人？此必刘捷作弊，换表陷害。”王少甫就将刘捷猜出孩儿来历，寄书通番,书信被获言明;再取通番书及刘奎璧亲笔供状送上。皇甫敬看毕,喜曰:“天子一见这通番书信,刘门必亡。但须先行奏本擒捉,免使知风逃走。”

未知如何,且看下回分解。

第四十四回　王少甫具表伸冤　元城侯通番陷眷

却说皇甫敬又谓儿女曰:“刘捷通番,可速差官奏闻天子,方无后患。”王少甫称是。不觉天曙,父子各梳洗饱餐,不表。

且说卫振宗昨夜与女侄相会,亦是家宴,韦勇达、勇彪细说前事,嘱伊父不可漏泄女扮男装之事,在船许多不便。卫振宗暗喜女儿侄儿有志。

天明,老元帅升帐,众将参见毕,分立两旁,王少甫坐在旁边。皇甫敬领女儿对韦勇达曰:“拙内小女受将军救援之恩,真是天高地厚,理当拜谢。”父子姊弟一齐跪下。卫振宗父子亦皆跪下,曰:“同病相怜,理所当然。蒙老元帅父子姊弟如此厚礼,岂不折杀小将父子阳寿。”两下对拜而起。皇甫敬又向熊浩曰:“将军仗义收留小儿,后又感蒙指点访仙,方得立功,父子才能相会;却累将军夫妻分散,恩同再造,当受我父子一拜。”说罢,三人一同拜下,慌得熊浩手忙脚乱下拜曰:“此乃老伯、贤弟、贤妹感动天地,故立奇功。小侄受恩不小,再蒙恩礼,岂不折杀。”两下对拜,小姐方退入内。老元帅令备酒,与众将贺功畅饮,择定五日后班师,众官军大喜,直饮到天晓方散。

是晚皇甫敬父子具下班师捷表,王少甫姊弟另具辨冤表一道,将刘捷通番书信并刘奎璧亲笔供状封入表内;另备一封禀启,禀知郦大人,细说征番事情,并捉获通番私信奏主等因。次早,唤熊友鹤嘱曰:“付尔快船一只,星夜进京,先见郦恩师,后方奏主擒捉刘捷。须当赶紧,不可迟延!”熊浩带了表文下船,连夜赶紧而去。

光阴似箭,早到班师日期,神武道人同丹山燕前来饯行,老元帅各饮三杯辞别,吩咐不必远送。元军发起三声炮响,擂鼓鸣金,向海中而去。神武道人方对丹山燕曰:“烦驸马回奏国主,贫道就此回山炼道,不得回去告别。”丹山燕方欲苦留,道人已驾云无踪。丹山燕只得收拾战船人马,回朝缴旨。百花王感念中原元帅父子大恩,真心归降。

且说先锋官熊浩不上十日，船到登州水关，水关盘诘，只称奉元帅将令，回京奏事，并不说是班师事情。水关验明表文，然后放行。船到港口，将船交与水哨，自己即带干粮起岸上马，星夜奔回北京。水哨问及水手，方知王元帅即皇甫少华改名，父子相会，即忙报知殷总兵，转报省城文武。巡抚彭如泽大惊，恐皇甫敬回朝，证出冒奏之罪，忙寄书进京，报与刘捷提防。此书到京，刘捷已先败露，因此毫无益处。当下彭如泽赶到海口候接，众官亦到。

又过数日，王元帅大军已到，船停海口，大军陆续起岸。皇甫敬一见巡抚，以礼相待，只说些套话。大军来到登州城下安营。巡抚已知皇甫敬是王元帅之父，便备酒庆贺。原来大军未上岸时，王元帅密令一偏将，把刘奎璧囚车遮密，藏在车中，并押秦赛宝并六十余名水手起身。刘奎璧一向禁在舱中，并不知外边事情，及知王少甫乃是皇甫少华，且父子相会，自料性命难保，连父亲亦必受累，只是无计可施。

是日，皇甫敬同了儿女，来到殷耀先衙门，拜谢照顾家眷之情，然后来见尹夫人。夫妻母子，抱头啼哭，各诉前情。皇甫敬着四名家将、二十名军士，多发银两，来早备车，先送尹夫人进京，在胞弟尹上卿署内，免得混杂。尹氏欢喜。皇甫敬同儿女到驿馆安歇。次日，将各船交还彭巡抚收管，大军起程，一路号令严明，市井不惊，赶紧回京。

且说左先锋熊浩一路披星戴月，马不停蹄，至六月二十八日未刻到京，直至右丞相府前下马，投呈禀帖。郦明堂夫妻同梁相夫妻正在后堂议论家务，女婢向前呈上禀折曰：“启上姑爷，外面有征番王元帅所差先锋官熊浩，说有机密军情，要见姑爷面禀。”郦明堂看过禀摺，吩咐请进。门官传进，熊浩从东阁门进到后堂。郦明堂令从人尽退，熊浩上堂跪下曰：“恩师在上，门生叩见。”郦明堂急忙扶起曰：“年兄何必如此过礼，请坐，有话说来。”熊浩告罪，请安毕，坐在旁边。郦明堂问曰：“年兄随征到此，莫非班师否？”熊浩回顾无人，方拱手答曰：“正是班师回朝。”郦明堂一闻班师，喜得心花俱开，忙问曰："怎能如此迅速班师？"熊浩细将皇甫少华改名，并交战取胜，夜捉通番私书，及番军被擒，皇甫敬将帅回来等情禀明，随即呈上禀启表章。郦明堂将捷表、辨冤表收下，即拆开禀启观看，内面写得甚是详细，喜得眉飞色舞，对熊浩曰："年兄等立下不世奇功，面君之时，必然封侯拜相。今晚可在舍下安歇，不可漏泄；来早将捷表奏上，然后献上辨冤表，使刘捷迅雷不及掩耳。"熊浩称谢不已。郦明堂令家人带熊浩将军往客房安歇，另备酒席款待。

郦明堂带书进内，与梁相等同坐。梁相问曰："熊浩到此何干？"郦明堂撤退下人，即把书启献上曰："请看便知。"素华即忙向前，同梁相夫妻看过，心中暗喜，遂即坐下。梁夫人曰："此表一上，刘侯全家难保。三年之间，灭者兴，兴者灭，真是世情如春梦！"言讫，连声长叹。梁相曰："此正是自作孽，不可活！"是晚，素华密向明堂恭贺曰："小姐终身，今乃定着。"明堂曰："朝廷正在重用下官，今荐贤有功，一定高升官职，教我怎能改装？"素华曰："且待班师后，再作商议。"

到了四更后，明堂起身，吩咐熊浩："俟帝坐朝，方可奏闻。"自己进入朝内。不须臾，已到了五更三点，成宗临殿，群臣朝贺，分班站立。文武奏事毕，明堂出班奏曰："臣前荐平番大元帅王少甫征番，今已得胜班师，特令左先锋熊浩奏捷，现在午门外候旨定夺。"帝令宣进午门。

熊浩进殿，俯伏朝见，口称："征番左先锋熊浩，奉征番大元帅王少甫奏捷表一道，现已班师，请龙颜亲视。"帝闻得班师，笑逐颜开曰："卿可平身。难得卿等将帅齐心，剿灭番寇，其功不小。"令内监取表，御览毕，大喜曰："原来王少甫如此能干，不满半载，已就班师，尽是郦兵部荐贤得士之功。"明堂奏曰："此皆陛下洪福齐天，又是王少甫忠心为国，众将协力相助，与臣何干？"帝曰："若非卿奏挂榜招贤，用心取士，番寇怎得迅速平静？卿虽过谦，朕当将卿擢升，显尔才能。"郦明堂连称不敢，退回朝班。熊浩再取辨冤表，跪下曰："王少甫还有沥情辨冤表一道。"帝疑惑问曰："王少甫有什么辨冤表？"令内侍取与学士开读。内侍取表，交与值日翰林院官开封，熊浩站在一边。翰林官高声读表曰：

征番元帅王少甫即罪臣皇甫少华，同靖国孝女皇甫长华稽首叩首，冒死上言，谨奏为与父辨冤事：窃臣父受国恩于两世，惟报效而忘生，岂叛逆于一时，遂舍惭以不死？窃思陛下御极之初，臣父都督云南，臣等亦随任在镇。其时有告假尚书孟士元之女，貌美而才高，托布政使司秦为媒往说，恰遇元城侯次子刘奎璧托其故旧鸿胪寺卿顾宏业求亲，两家不约而同。孟士元设计，以锦袍系于柳枝，复以金钱相压，如能一箭射柳枝，二箭中钱眼，三箭断系袍者，即披袍而归，择吉行礼。臣与刘奎璧同往，于孟园比箭，臣思姻缘前定，何妨先人而后己，遂让刘奎璧先试。彼中二箭而退，臣幸三箭不虚，披袍而归，已聘孟女。不意奎璧包藏祸心，自比箭后，与臣交好愈深，臣亦无疑而益敬。于清和夏日，约臣泛舟于昆明池，至晚亦不及入城，留宿其家花园小春庭内，乃彼密命仆人江进喜，乘夜举火，以报私仇。不期伊之外祖母忽中痰病故，而奎璧与母同往奔丧。其时臣方独坐之际，有奎璧之异母妹燕玉，偕其乳妪江进喜之母，同至小春庭。臣问其来意，彼乳母诉云，其子素性孝，有事必请母命而行，已将奎璧之谋，密地漏泄；并言燕玉已故生母吴氏梦嘱云："明晚当有贵人至舍，尔须解其急难，托以终身，日后夫荣妻贵。"故至小春庭报信，兼订姻缘。臣再辞不脱，即为暂允，走避元觉寺，移时即见刘宅有回禄之灾，官兵惶恐往救，至三更后火光乃灭。臣未归之前，有随从家人并奎璧所差家仆先报臣父，验看并无骸骨，追究不明，遂带江进喜回署勘问，得悉一切纵放等语。适臣回家，明白诉诸父母，其时不即奏陛下者，盖为通家之情而隐恶扬善故也。岂意刘奎璧阴谋既露，恐臣叩阍，竟以私书达伊父元城侯刘捷，举荐臣父征番，臣姊弟遂同母归乡，住于湖广江陵县。未几，全家即遭拿解。古云："君要臣死，臣不死不忠。"臣本不应逆旨潜逃，惟欲昭雪父冤，以图今日耳！臣姊长华，同母解京，路由吹台山经过，即遭韦勇达部下所劫，本欲自死，因其是先锋卫焕之子，同逢患难，亦欲救父伸冤，故暂居山以待天时。虽买马招军，无非欲全忠尽孝。屡逢天兵征讨，但擒刘奎璧，亲笔招成，已立供状，内云：因仇举火，托父荐贤，并陷忠为叛，夺臣前婚，孟氏投池，复图谋于臣姊等情。臣遂存其供状，以作日后为凭。旋蒙圣恩挂榜招贤，拔臣为武状元征东元帅，复降旨招抚吹台山，臣敢不沥血披肝，以图报效。臣跨海征番，夜遣右先锋韦勇达密探番国人马，察其远近，以备进取。勇达观风之际，忽有一人名为秦赛宝，驾坐小洋船，诈称贩货。右先锋问明情节，方知是奉元城侯密书，使到番国投递私书。臣遂开缄视之，内云："今元帅王少甫、先锋韦勇达是皇甫敬、卫焕之子，若到紧急难敌之际，竟将其父缚出将斩，王、韦等父子关心，便就不降，亦必退矣。"此乃元城侯刘捷亲书，阴谋如此，误国欺君。臣即将秦赛宝留住，以作见证。今番国已降，并送臣父与卫焕同归，可怜三载牢狱之灾，形状不堪，难以尽述。臣父等本非投降外域，谨呈冤表，以诉三载沉冤。恐天心不信，现有国舅供状、刘捷私书为证。倘蒙圣明去偏私而断曲直，以使臣门父子得复忠孝之名，则感陛下天恩，衔结万世矣。特此泣奏。

当下成宗天子听罢，看了供状私书，龙颜大怒，大喝："刘捷何在?"

且说刘捷在班中，听得读表，吓得魂不附体；及闻呼唤，只得颤抖跪下曰："老臣在此。"成宗大骂曰："老贼纵子为恶，却又冒奏皇甫敬将帅降番，陷人于不忠，自己反已降番，欲献朕江山。"刘捷奏曰："臣有子，何愁无媳，哪有争婚事情？皇甫敬降番，乃山东巡抚所奏，与臣无干。"帝站起身，将通番私书掷于地上，曰："老贼，睁开狗眼，看此书乃何人笔迹印记?"刘捷肘膝向前，拾起私书一看，果是自己笔迹印记，急得满身流汗，连连叩头曰："实老耄该死，望陛下念及先皇后面上，饶赦老臣蚁命。"帝曰："朕待尔不薄，尔为何要将朕江山献于番寇，却是何意?"刘捷叩头诉曰："臣实因察出王少甫、韦勇达来历，恐其父子回朝报怨，故假手于番寇，害死王少甫等，免其报急，非真心欲献江山，乞陛下详察。"成宗喝曰："老贼既敢叛逆，传旨武士，速上镣铐囚禁。"一面着吏部、刑部大臣，带御林军擒捉刘捷至亲人口，收禁天牢；家产没收入库，并细查府中，有甚犯法书信禁物，不许沉匿。二部大臣一齐起身。刘捷虽有许多相好大臣，事关叛逆，谁敢多言。

且说刑部、吏部领了五百御林军围住刘府入内查点，只有淑娘有子，并杜含香有子，二人拘禁天牢。其余家人女婢侍妾，尽行赶出，搜没财物。吏部官在书匣内搜出二封密书，一乃刘奎璧在云南教父害皇甫敬，以便夺婚；一乃山东巡抚彭如泽回复刘捷，称皇甫敬实被番军擒获不降，伊奉嘱托，冒奏其降番，以为响导，即系叛逆，国丈恨气可消，理合回复。吏部对刑部曰："彭如泽受人嘱托，陷忠为叛，理所不该，此书合当奏主。"刑部官称是，令武士押解财物上殿，拿了封皮，封锁府门。二部上殿缴旨。

未知如何决断，且看下回分解。

第四十五回　皇甫敬父子封爵　熊友鹤僚友为婚

却说吏部、刑部上殿奏曰："臣等奉旨，只拿得刘捷之妾吴氏母子二名，并刘奎璧之妾杜氏母子二名，俱禁天牢；其余家眷，俱在云南云州府昆明县居住。所有家财，尽搜入库。又在书房搜出二书，不敢隐匿，各应进呈。"内侍接书，呈上龙案，成宗看罢大怒曰："可恨彭如泽通奸作弊，陷忠为叛！"传旨草诏二道，差官二员，各带武士一百名，一往云南擒捉刘捷至亲人口；一往山东将巡抚彭如泽锁肘解京，俱禁天牢。到京之日，就着兵部尚书郦君玉审问，存案处决。只见兵部官奏曰："刘捷长子刘奎光，现为雁门关三边总制，执掌重权，理合一并擒捉。"言未毕，只见左相祁成德、右相梁鉴连称不可，"刘奎光昔日在朝为人耿直，不肯阿附权臣，大异其父。一向镇守北边无患，且前年皇甫敬败后，北番鞑靼乘势大发人马犯边，难得刘奎光血战，幸得安靖。今若一概株连，谁肯为国家出力？乞陛下念殛鲧用禹之义，速降恩旨，往谕刘奎光，免其连坐之罪；着其用心御虏，得胜之日，论功升赏，庶昭赏罚分明。而刘奎光感激圣恩，自然竭力死战，以图报效。"成宗大喜曰："二位老先生乃诚实见识。"传旨速降恩诏，差官安慰刘奎光，驾退回宫。

是日，郦明堂回府，密告素华曰："幸有刘燕玉，可先完亲，先产男女，自己便可再缓三年改装。"素华赞曰："难得小姐宽洪，舍己以成人。"

且说成宗次日升殿，降旨曰："难得皇甫少华忠心为国，到京之日，可奏明差遣大臣迎接，以见寡人隆重功臣之意。"过了半月余，这一日王元帅回京，就在城外屯营，伺候来早面君。熊浩即来拜见，说明刘捷败露之事，皇甫敬方知彭如泽同谋。

到了次早，成宗临朝，午门官奏曰："征番元帅王少甫班师，离城不远，请旨定夺。"成宗传旨，着右丞相梁鉴、龙图大学士孟士元出城迎接。二臣领旨出朝，上轿同出北门，不上数里，只见旌旗招展，前队已到。二大臣下轿，立在路旁。早有探子报入队中曰："启上元帅，圣上差遣大臣在前面迎接。"皇甫敬父子率领众将拍马向前，下马叩谢圣恩后，拜见二大臣。梁相扶持皇甫敬曰："难得老元帅含冤受屈，幸令郎有志，立下奇功，真是可喜。"皇甫敬曰："上叨圣主洪福，及列位大人庇佑，下承将士齐心，愚父子有何德能，敢蒙圣上洪恩，老太师宪驾，愚父子何以消受。"王少甫拜见孟士元曰："小婿怎敢劳动岳父大人迎接，小婿负罪实甚。"孟士元伤心下泪，扶起曰："若小女在世，岂不是一位一品夫人。今小女已亡，难得贤婿还是翁婿相称，岂不令人伤心！"王少甫曰："令嫒为我皇甫门中守节，小婿怎敢忘恩？终身理当不娶；但念后嗣，只娶一妾，留下正室以报令嫒节义。"孟士元曰："小女已死，何必如此。"皇甫敬亦上前泣曰："不意三年之间，如此变迁，令人伤感！"梁相曰："列位不必悲伤，今已否尽泰来，请进朝面君。"皇甫敬曰："二位大人请先回，愚父子随后便进朝。"梁相称是。王少甫下令，大军屯扎外校场，不许扰害小民；带领众将，押了贡礼并刘奎璧囚车、秦赛宝及六十名水手，直到午门候旨。

帝令宣王少甫进朝。王少甫入朝，俯伏曰："臣一向假名换姓，乞赦欺君之罪。"帝令平身，宣上前慰曰："朕误听谗言，果累卿父子受苦，满门分散。卿果忠心不二，不怨朕躬，却改姓换名，投军考武，平定番寇，其功不小，何罪之有。"王少甫即进上番国降表礼单，帝着内监照单查收入库。王少甫又呈上众将功劳簿，帝略略看过，着内监收入宫中，"待朕细查，好得封官。"王少甫奏曰："臣前日拿得刘侯通番私书，已经具奏，现有带书人洋商秦赛宝并同伙水手六十余名，请陛下审问，方有实据；再有刘捷次子奎璧，请旨定夺。"帝曰："刘捷通番，现有亲笔印记，反情已实。朕已将刘捷并在京至亲人口拘禁天牢，候捉云南家眷及山东巡抚彭如泽各犯到京，审问明白，一同处罪。秦赛宝并水手实不知情，不必拖累，着武士立释回家。至刘奎璧案情重大，着即禁入天牢，一并候决。"武士领旨，放了秦赛宝并水手，众皆感激而去。奎璧解入天牢。

且说成宗令皇甫敬、卫焕上殿，二臣俱是青衣小帽，跪伏尘埃曰：

“罪臣等被妖术擒捉，不屈拘禁番牢，日只一餐，万惨难言。臣等损兵折将，丧辱天朝威风，罪该万死。多蒙圣恩发兵征剿，使臣等得见天日，圣恩可谓天高地厚。”成宗伤感，传旨平身，宣上前谕曰：“卿等被邪术所擒，非关无能，受禁番邦，不屈臣节，情实可嘉，却又教子有方，改姓平番。此朕负卿，卿等无罪，俟斩刘捷，以雪卿恨。”皇甫敬等谢恩，退过一边。

帝令宣随征有功将官入朝。熊浩、韦勇达、韦勇彪、赤英南、王豪、皇甫长华等十余名上殿，三呼朝见。帝传众将平身，众将立在一边。帝见皇甫长华容貌端厚，真是福泽之相，若立为后，必生贵子，且来年又恰庆祝太后六旬大寿，实为可喜。按成宗乃金童临凡，长华是玉女降世，故一见便生爱慕，乃夙世前缘。忽看见右先锋韦勇达美貌，颜色动人，暗想：韦勇达救其母女在山，恩养多日，皇甫长华岂无感念之情？且二人年纪相貌相当，必定有染，故结拜为兄姊，掩人耳目。皇甫长华纵有绝世颜色，亦不得为正宫，实为可惜。即谓众将曰：“众卿在波涛不测之中，矢石交攻之下舍身立功，且在驿馆安歇，俟来早封官。”众将谢恩，圣驾回宫。

皇甫敬等出朝，同尹上卿回到尹府，尹氏出见，夫妻痛哭一场；同诸舅母侄女相会。按尹上卿一女名唤兰台，年十六岁，甚是饱学；儿子年方十二岁，名文，就命兰台教其读书。当下皇甫长华姊弟拜见尹上卿夫妻，尹兰台姊弟亦拜见皇甫敬夫妻，然后表姊妹兄弟见礼，备席相会。老仆吕忠前来拜见皇甫敬夫妻，各说别后事情。皇甫敬谢尹上卿通风，使少华逃走之情，尹上卿言及俱是郦兵部恩德。皇甫敬曰：“待封官后，当率儿女前去叩谢。”从此就在尹府住下。众将到驿，自有驿丞相待。

且说刘奎璧到了天牢，开了镣肘，拜见父亲，与姨娘及妾杜含香相见，俱各大哭。此时杜含香所生之子刘旋，年方二岁。奎璧对含香叹曰：“我一生作事，大为不该，以致累及一门。今难得尔生子与我传家，我真有负娘子。未知可有人保救，罪归我一人身上，使满门免罪，实为万幸。”正言间，崔攀凤前来探望，并带银两食物进牢，拜见刘捷、吴淑娘后，与刘奎璧相见坐下。从人送上银子食物，刘捷曰：

“怎好劳贤婿如此过费，我虽拘禁，还有不少官员厚送财物，使用充足。食物只得领情，银两带回自用。”崔攀凤曰：“小婿盘费有余，岳父只管收用。”原来顾太郡嫁女，恐实说女逃，被人耻笑，寄书刘捷时，只说嫁燕玉，不说雪贞代嫁，故刘捷认作亲婿相称。刘捷对崔攀凤曰：“贤婿且收下，老夫要用再取未迟。”崔攀凤只得将银交付从人。刘捷又曰：“贤婿何故进京？”崔攀凤说明捐纳京监赴考举人情事。刘捷曰：“贤婿来得不凑巧，我若未犯罪，场事或可相帮一二。但我虽犯罪，无容累及外戚，贤婿序齿录，称是我次婿，或者试官念及我的交情，功名却有些依靠，亦未可知。”崔攀凤曰：“小婿领命。”刘捷曰：“我有一事重托，贤婿未知允否？”崔攀凤曰：“岳父且请说明，小婿无不从命。”刘捷曰：“云南尔岳母若到京，满门定然正法，劳烦贤婿备棺收埋，免得尸骨狼藉抛弃。”崔攀凤曰：“当今天子仁慈，岳父相好大臣极多，必定求情赦罪。”刘捷曰：“我罪名重大，料难求赦。”崔攀凤曰：“岳父果有不测，后事俱是小婿料理，毋容忧虑。”二人说些言语，崔攀凤辞别回寓。自此时常探望，不表。

且说尹府饮至晚间散席，尹氏对丈夫、儿子说起卫勇娥文武全才，贤淑恭敬，日后当聘为媳。皇甫敬应诺，是晚安歇。

次早五更，齐到朝房候到。成宗临朝，群臣分班站立。帝宣皇甫少华曰：“难得卿勇略过人，跨海征番，其功浩大；今复尔原姓名，又加封平东忠孝王。妻孟氏，节烈投水，加封一品夫人，又敕云南昆明县有司官建造庙宇塑像，有司春秋二祭。”忠孝王换上王服谢恩。帝宣皇甫长华上前，暗叹果然端丽，可惜有染，故作戏言，怒问曰：“皇甫氏！尔乃女流，前年流落吹台山，何得屡次杀官军，该当何罪？”皇甫长华吃惊奏曰：“臣妾母女，因避难居于山上，官军屡来征讨，岂肯束手受死？无奈迎敌，此乃官军自取其祸，非关臣妾之罪。”帝笑曰：“尔好巧说，说是官兵自取其祸。尔今征番有功，朕怎可责罪！方才戏言，不必惊慌。朕今主婚，将尔许配韦勇达，尔道好么？”皇甫长华闻言暗惊：天子好颠倒！如此主婚，岂不误我终身？又不好实奏，只是俯伏不语。卫焕向前奏曰：“我只有一女，名唤勇娥，年幼颇有勇力。臣因无子，教其弓马武艺。前因钦差擒捉家眷，臣女卫勇娥男装潜逃，欲往登州探臣消息，路过吹台山，杀死盗贼韩虎，暂居山寨，招军救父，改名韦勇达，实乃臣女卫勇娥。臣已过继胞侄卫勇彪为子，理合奏闻。”帝闻言惊喜曰：“难得尔女好胆量，单身敢在绿林安身，又敢跨海征番，真是罕有。朕疑他与皇甫氏二人同居，必定有染，故欲苟完亲事，以遂尔等私愿。不料竟是二美，可见二女如此忠勇。”传旨令内监：“引二女进万寿宫，朝见太后，改装前来受封。”内监领二女去了。

帝宣熊浩向前曰：“尔系武举出身，并肯冒险征番立功，加封平江侯，故父追赠一品官职，故母追赠一品夫人，尔妻加封荣显夫人。”熊浩向前谢恩奏曰：“臣之故妻徐氏，臣实辜负。”就将徐氏怀孕，劝其访仙求取功名，及后生子染病身亡，临终并无怨言，惟嘱求取功名，使其受享封诰，伊便含笑九泉等言之，“臣实有负于妻，故至今未忍续弦再娶。”帝叹曰：“难得尔妻贤德，朕今追赠徐氏为一品夫人。”熊浩谢恩，换上侯服。帝加封赤英南、王豪为现任总兵官，其余投军武进士分别封官游击、都司、守备，分发各省任用。

再宣皇甫敬上前谕曰：“卿不屈臣节，甘受牢狱之苦，却又教子有方，深知忠孝。朕加封为武宪王，妻尹氏加封元顺元妃。”皇甫敬换上王服谢恩。帝加封卫焕为华亭侯，故妻追赠一品夫人，加封韩国夫人。又加封卫勇彪为京营总兵官。

只见卫氏、皇甫氏改装出来，金莲短小，跪下朝见。帝见卫勇娥容貌少逊于皇甫氏，思欲纳为西宫，又恐群臣议为好色，乃对忠孝王曰：“卫氏有恩于尔母，今将卫氏配尔为妻，以偿孟氏良缘若何？”忠孝王奏曰：“孟氏行刺投水身亡，如此节烈，臣当终身不娶；但后嗣为重，只可娶妾，正室仍尊孟氏，以报其恩。今卫氏有恩于母姊，若纳为偏房，即辜负卫氏恩德；若娶为正室，则深负孟氏节义。卫氏不如别婚，臣待三年后娶妾，方为两全。乞恕臣违旨之罪。”帝大喜曰：“卿与孟氏乃义夫节妇，实为可嘉。”低头一想，对熊浩曰：“朕将右先锋配尔左先锋，尔意下若何？”熊浩大喜曰：“多蒙圣恩主婚极好，但恐卫焕不从。”卫焕向前曰：“小女弱质薄姿，得配熊将军，已为过分，何必推辞。”帝大笑曰：“朕主意不差，卿等不必过谦。”熊浩谢恩。帝令重赏随征官军，撤回本汛，免其半载公务，又荫一子，充当营伍。凡从征阵亡将士，兵部录名，赏其妻子银两，录用其子弟，以报其死难。来日赐宴大犒。

未知后事如何，且看下回分解。

第四十六回 元天子续娶正宫 郦兵部擢升右相

却说成宗封赏已毕退朝,将士俱皆喜欢。武宪王谓众将曰:“尔等若非郦大人作成,焉有今日?当往叩谢。”众皆称是。二女一同上马,来到右相府,又有梁相在内,各用禀折,惟老王用两个拜帖。老王念郦兵部恩深,却亦下马伺候。

且说梁相和女婿回府,正在合堂说起封官事情,只见女婢手执禀帖报曰:“武宪王父子率领征番男女将官来见。”明堂穿上公服,来到后堂,令速备酒席,只请武宪王父子、华亭侯父子、平江侯、赤、王二总兵相见,其二女及众将请回。家人传出话来,二女相邀径到尹府,众将回到馆驿。

家丁开门迎接,老王即从中门步行而进,少王从东角门步入,郦明堂降阶迎接,老王爷、众将一齐跪下曰:“老夫等怎劳大人迎接。”郦明堂伤心,自思怎受公公下拜?忙下跪曰:“老大人父子并众年兄如此厚礼,岂不折尽下官阳寿。”老王爷曰:“多蒙大人提拔,老夫满门并众将富贵,理当百拜。”众将拜毕,老王曰:“愿请梁太师受拜。”郦相曰:“家岳父外出未回,多蒙抬爱。”即让老王爷上坐,老王至死不从,只得分宾主坐下,众将坐在下边。茶罢,众将俱谢提拔之恩,明堂谦恭不敢。不移时席备,众人称谢入席,明堂甚是殷勤相敬。酒过数巡,众将谢席,郦明堂苦留不住。

老王父子回到尹府,夫人埋怨少王曰:“自前年我在吹台山,即对你说要娶卫氏为媳,今蒙圣上赐婚,你却推让与熊友鹤结婚,故意违逆母命。如此不孝,真是可恨。”少王曰:“母亲息怒。孩儿感念孟氏节烈,只娶一妾,传接后嗣。卫氏有恩于我,又是母亲义女,孩儿怎敢屈他为侍妾?今配熊友鹤,与我乃是嫂弟,更为合理。”老王曰:“孩儿意见却亦不差,不须埋怨。”少王曰:“孩儿要往拜孟岳父。”老王爷应允。

少王爷上马，来到孟府。家丁通报入内，孟士元遣儿子孟嘉龄——时已升翰林院侍讲学士——开大门到滴水檐前迎接。忠孝王下马，拱手同到后堂，拜见孟士元，尊其上座，自己与孟嘉龄对坐。茶罢，忠孝王问曰："未知小姐葬在何处？小婿欲往祭奠。生不能同床，死亦欲与令嫒同穴，方得瞑目。"孟士元伤感曰："小女当日行刺，投水身死，尸首漂出大江无踪，哪有坟墓。"忠孝王泣曰："小婿命苦，在世不能与令爱见面，死后又无坟墓可拜，真是令人可伤！"孟士元劝曰："贤婿不必悲伤，要见小女，却亦不难。小女在日极精丹青，闲时自画小影一幅，极其相似。我已寄书回家，搬取家眷进京，大约在十一月间拙内便可到京，那时看图形如看小女一般。"忠孝王曰："此乃极妙，但恐岳母忘记带来。今当寄书与岳母，嘱其速带前来，切勿忘记。"孟士元曰："小女乃拙内钟爱之女，此图长挂在房中，老妻时刻观看，一定带来，不须过虑。"忠孝王大喜。孟士元吩咐备酒，忠孝王辞曰："另日领情。"随上马回尹府。

卫勇娥就在尹府安身，与长华、兰台甚是相得。

次早，太后宣梁相、孟士元入宫，谕其往见武宪王，通知俺家欲娶其女皇甫长华以为正宫皇后，俟择吉日行聘完亲，就烦二位先生执柯。二臣欢喜，领旨起身。

当下二臣来到尹府，武宪王父子迎接，来到堂上，分宾主坐下。茶毕，二臣传出太后言语，令武宪王速备妆奁，不日完亲，以便来年十月庆祝太后六旬大寿，俟择日下官再来通知。老王父子大喜曰："小女痴拙，怎敢当正宫之选？又烦二位宪驾，更难消受。"二臣说些闲语辞别，武宪王入内对尹夫人说明，满门大悦。老王令女婢进内报知小姐，恰遇皇甫长华与尹、卫二人闲谈，女婢就把二大臣说立皇后之事禀明。尹兰台笑道："今既为皇后，理当朝见。"言罢跪下曰："臣妾朝见，愿娘娘千秋。"长华羞得满面通红，向前双手扶起道："贤妹休要取笑。"卫勇娥亦笑曰："君臣名分，合当朝见。"次早，帝临朝，传旨发银，着户部官将刘侯旧府收理，赐武宪王白银八十万两，建置家器。钦天监奏称，定七月二十二日纳聘，二十六日完亲。帝准奏，传旨礼部，照迎皇后礼，銮驾仪仗遵照常例。

只见午门官奏曰:“左丞相祁成德有表奏称病重,请旨定夺。”成宗笑对众官曰:“朕念祁相辅弼先帝,开国功大,不忍令其辞官。今屡报病,且已年近七旬,朕若不准其辞官,只道朕不恤老臣辛苦。”传旨:祁成德准其带职回乡,加赠太师,赐白金五万;每月朔望,着该地方官往候请安;遇有重情,仍许飞章奏闻。六部官奏曰:“祁相卸事,余下左相要缺,难以空悬,请立贤臣。”帝令右相梁鉴升迁左相,加封兵部尚书郦明堂为右相之职。郦明堂俯伏辞曰:“臣无才无学,且又年轻,怎敢居百官之上;况翁婿为相,涉人嫌疑,臣不敢领旨。”帝笑曰:“满朝谁不知卿翁婿不受馈送;若道年轻,却不闻学无先后,达者为尊;论卿才学办事,满朝谁人可及？理当为相。但婿不强翁,今使卿为右相,已是有屈,何必推辞。”翁婿只得叩头谢恩。百官知二相清廉正直,俱皆欢喜。二人归班,帝笑对郦相曰:“朕二十为君,已是年少,先生年方十八拜相,可谓君臣俱皆少年。”

文武散朝,早有家人报入相府,称翁婿为相,满门称贺。郦相回房,素华贺曰:“难得小姐年轻拜相,古今罕有。”郦相曰:“此乃逢场作戏,一番春梦。但朝廷这等隆重,愈难改装,真是羊触藩篱耳。”

且说家人劝荣发曰:“堂官如此富裕,该娶一个娇妻。”荣发曰:“我常见少年娶妻,多损精神。我立愿三旬方才娶妻。”众人俱笑堂官诚实不知趣。

行聘吉日已到,大备聘礼,皆是玉树珠宝缎绸。梁、孟押送起身,音乐喧天,炮响震地。来到尹府,老王父子、尹上卿接进花厅,备酒款待。回聘亦是珠宝等物,进入皇宫,太后赐宴,男女各送媒礼。到了三月二十六日,百官庆贺,尹太郡送女上辇,嘱其为后须谦恭宽柔。二大臣迎接,全副銮驾,花炮震天。来到东华门,凤辇直到昭阳宫下辇,宫娥内监扶上大殿。赞礼官唱礼,先朝太后,后朝天子,随后帝下座与皇后参拜天地,送入宫房,同饮合卺筵席。金銮殿大宴群臣,日晚散席。是夜帝后成亲,金童玉女聚会,自然恩深。

到了次日,各宫妃嫔朝见皇后。此时帝因国政有郦相才学敏捷,大小俱是他批发,毋庸忧虑。帝闲暇无事,贪恋新婚,亦不临幸别宫,六日不朝。皇后奏曰:“宫中妃嫔,须当均沾,妻妾轮流临幸,方无怨言。主上当日日坐朝,国政方无遮蔽。如陛下不肯幸别宫,又不临大殿,外臣必道臣妾嫉妒,迷惑天子。妾获罪不小。”帝大喜曰:“卿如此贤,朕当听从。”自此日日临朝议事,妃嫔分幸。太后闻知大喜,皇后却又恭俭敬谨,待下以宽,恭敬大臣,凛遵天子,上下人等,齐颂贤后,不表。

且说老王差老仆吕忠带四名家人回乡,向九天玄女宫住持僧取讨前年所寄田园屋业。住持已是发迹,又见武宪王父子封王,女为皇后,立即交割。吕忠拨下四名家将收取租税银,打扫状元府,改为王府。旧日家人来报,吕忠俱收下管理家业。会见二子吕福、吕德并妻蒋氏,悲喜交集。二子各生两个孩儿,备酒庆贺。各事定当,吕忠即搬家眷进京。民间称羡武宪王满门气概,合当荣显,不表。

且说华亭侯卫振宗,就在武宪王新造王府旁置一大宅,同女婿熊友鹤同居,武宪王嫌尹府窄小,暂移卫侯新宅住着。卫勇娥及尹太郡求尹上卿之女尹兰台与卫勇彪为妻,尹上卿夫妇许允。武宪王满门移入卫府,百官亦来庆贺。择定十月间迎接尹氏,武宪王为媒。

光阴似箭,早是八月二十八日乡试,及揭榜,崔攀凤中了第十三名举人。报知刘捷,刘捷大喜。郦相次早率副主考并同考官入朝缴旨。帝令将榜收入库,主考官各升一级,郦相另自记功。

且说通榜举人拜请座主作成,堂官荣发收了门包礼。过了数日,忽一日早饭后,郦相在书房内闲暇无事,偶见新科取中举人拜谒,朱卷俱放在书架上,自思科运若到,就有神鬼瞒目,文字不通,主考官亦误取中。我等凭文取士,未知果曾被鬼神欺瞒,误分等第否?就在架上顺手取过一本朱卷来看,恰是第十三名举人崔攀凤名字,下注娶妻元城侯刘次女;不觉吃了一惊,自思:我只道刘氏燕玉与忠孝王先完亲,传接后嗣,我便可再缓二三年后改装。今乃失节改嫁,不思风化所关,大为可恨!又转念曰:堂堂侯门之女,既有订约,焉肯失节?莫非父母迫嫁,女学我避走,移花接木,亦未可知。又回思他乃私约,怎好说明,便失身别嫁,却亦难怪。即将卷带入内房,携了素华上楼,撤退女婢,把卷付与素华观看,曰:“我改装不知何日,刘氏却又别嫁,皇甫郎妻妾无望,如何是好?”忽闻女婢楼下叫曰:“忠孝王在外禀谒。”郦相曰：“可教他少待，我即便相会。”女婢领命而去。

郦相喜对素华曰：“待我将此卷戏弄皇甫郎若何？”素华曰：“正好，看他有志否？”郦相入书房，把卷放在架上，方到后堂，吩咐开门请进。原来郦相念及夫妻恩情，不是忠孝王来拜谒，便是郦相去拜访，常常饮酒叙谈。近因郦相作主考，故不来拜；今场事已竣，特来拜谒。当下从东角门而进，郦相迎接坐下。忠孝王曰：“老师场事辛苦，门下故不敢惊动，缓日还要借数本得意朱卷，回去讲究。”郦相曰：“今日适遇下官闲暇，可往小斋看卷。”说罢，即引忠孝王同入槐竹轩，郦相请进房中叙坐，荣发向前献茶。原来荣发此时年已及笄，娇容秀媚；忠孝王寻思：此仆如此美貌，必是老师幸童，故从未见面，藏在书房受用。忙向前问曰：“此位盛价，从未见过，谅是恩师心爱的堂官，极其伶俐俊雅。”郦相微笑曰：“有此才貌，且随我已久，做事甚称我意，特使为门丁，内外大小事情俱他掌管。”忠孝王亦微笑曰：“有此才貌，怪不得恩师溺爱。”荣发闻言，只是含笑。茶罢，忠孝王曰：“恩师仙才取士，定然无差。”郦相曰：“下官秉公取士，奈诸生功名高低各有定数。方才偶见一卷，理合拔为前茅方妥，前日因取在第十三名，诚然有屈，追悔无及。想是鬼神瞒目，下官甚是不忍。”

不知后事如何，且看下回分解。

第四十七回　忠孝王恼妻失节　顾太郡甘心就戮

却说忠孝王见郦相自谦取士有屈，乃慰曰："必是文字有甚不美，或有失错，恩师故撤出前列之外。"郦相曰："其文始终秀美，实是我屈取不该。待取与年兄一看，保知端的，你当亦替他不平。"言讫，把崔攀凤的卷付与忠孝王，曰："年兄细看，方知有屈。"忠孝王起身，双手接卷。郦相即步出庭中，假看盆景。

忠孝王坐下，先着眼看履历，上写第十三名举人崔攀凤，下填三代，注着妻乃元城侯次女，惊得面如土色，转恨奸臣之女，不守名节，当初见我满门富贵，小春庭苦苦缠我；我虽避难，访仙征番，罗帕常藏身中，谁知贱人别嫁他人！我还思候你进京，奏释与我完亲。若是父母迫嫁，何不学孟丽君投水守节，我亦难杀你父母；今既改嫁，就好尽情报怨了。越想越恼，不觉失神，那卷坠地并不知。郦相恰在外窃看，自思不要气煞了人，遂回房中。

忠孝王即起身迎接，郦相问曰："此卷莫非不通，年兄何故沉吟？"忠孝王曰："极通，恨门下学浅，因此沉吟。"郦相笑曰："既称通，为何把卷掷于地下？"忠孝王才知卷落地上，慌忙拾起曰："只因太通，沉思失神，故此误坠地上。门下借回舍，慢慢讲究若何？"郦相心知：若带回必激恼于父母，不便；遂答曰："今日适值闲暇，不妨细看，何必带回。"忠孝王只得假意再看一番。只见荣发上前禀曰："夫人说，皇甫千岁坐久，请吃便饭。"郦相暗想：素华果然有情，恐其饥饿；遂答曰："极妙，速去送来。"忠孝王心中不安，对荣发曰："劳烦堂官代禀师娘，说下官不敢领受。"郦相曰："草草不恭，何必过谦。"家人送上酒席，二人入席。忠孝王哪里有心吃酒，略饮几杯，便辞席。郦相不许，强劝同吃了饭。

饭毕，撤去筵席吃茶。郦相问曰："年兄看此卷何故发怒？必有委屈。"忠孝王曰："真情说出，实为可羞。"即把卷取起，指与郦相曰：

“举人之妻，就是刘捷次女。”便将昔日小春庭订婚赠帕等情说明，“谁知今竟失节改嫁，实为可恨！”郦相诈作谢罪曰：“下官取此卷致使年兄发怒，却是下官的罪了。”忠孝王曰：“是他失节，与恩师何干？”郦相曰：“他乃公侯之女，皇后之妹，怎肯失节？必是上人主婚，他与你乃私约，怎敢直言，故无奈改嫁，年兄休要错怪。”

忠孝王曰：“若果上人主婚，何不学孟氏投水自尽？”郦相劝曰：“此事比不得，孟氏自尽，即为名节；刘氏若自尽，反惹人笑话。”忠孝王曰：“自尽有何笑话？”郦相曰：“孟氏系明媒聘娶，自尽却是正理；刘氏乃私订之事，无人知道，若迫嫁自尽，外人必疑在家与人有染，临嫁不忍割舍情人，因此自尽，这个就比不得孟氏。下官细想，刘捷满门高官，长女既为正宫，次女怎肯失节？或是刘氏避走，故用移花接木之计，将他姓之女假作刘氏代嫁；谅崔举人之妻，必非刘氏，年兄不可错怪。”忠孝王曰：“此乃恩师安慰良言。”郦相曰：“下官乃揣情度理正言，非袒护刘氏，年兄久后方知下官所言不谬也。但今年兄无有室家，待下官细访才貌双全美女，与年兄匹配，不必烦闷。”说罢微笑不语。忠孝王曰：“恩师呀，门生不愿续弦的了，无烦恩师留意。”郦相问道：“却是为何？”忠孝王曰：“门下发妻孟氏带刀行刺，欲为寒门报仇，所志不遂，投水尽节，恩义两全，古今少有。虽缘份浅薄，未谋一面，却是刻骨相思，无刻不忘。门下岂敢有负于她，理当终身不娶，刘氏若在，亦是偏房。今且待三年后，娶一妾足矣。”言罢流泪。郦相闻言，亦觉伤心，乃慰曰：“孟氏既死，便娶正室，亦是合理，何用如此。”忠孝王曰：“此乃聊表我心而已。”随即辞出。

郦相送出，然后还身入内。素华迎接曰：“皇甫郎不但有情，而且有志。”郦相曰：“他既如此有情，我亦不忍！但朝廷正在重用我，实难改装，须得一二年后，若重臣出头，我方好改装。”素华曰：“小姐乃不得已之事，并非负心，再作商议。”

且说忠孝王回府，拜见父母，坐在旁边。老王问曰：“吾儿在哪里去吃酒？”忠孝王曰：“多蒙郦相厚爱，请我到书房叙谈；又蒙恩师娘赐酒。”老王夫妻曰：“难得郦相夫妻如此美意，令人感激。”忠孝王曰：“为着赐酒，方知刘氏燕玉改嫁他人。”老王曰：“他怎知其情？”忠孝王说明前事，又把郦相隐恶扬善，料那刘氏必无失节，定是逃遁，用移花接木之计等情言明，“此乃郦恩师劝慰良言。”尹太郡恨曰：“卫氏有恩于我母女，且又贤淑，圣上主婚与你，可恨这畜生，一心只念刘氏，却让于熊友鹤；谁知刘氏不与你为夫妻，竟嫁与别人，羞煞我堂堂太郡，儿子封王，不能娶一媳妇，实为可恨！”忠孝王曰：“儿实感卫氏恩深，不敢屈其为妾，因此辞婚。且待守孟氏三年服满娶妾，望双亲赦罪。”老王笑慰曰：“刘氏既已失节，我儿就好别娶，一位王爵何愁无妻？太郡何必动怒。”太郡曰：“别娶难得似卫氏如此才貌贤淑。”忠孝王不敢回答。三人说些闲话。

忠孝王闷闷回到书房，令书童备些小菜前来散闷，自己坐下独酌。饮了几杯，越想越恨，就在腰间解下罗帕观看，骂曰：“吾虽在颠沛之中，罗帕紧藏不失，谁知贱人如此失节。今见此物，令人发火！”就把罗帕丢在地下，把右脚将罗帕踏了几下，骂曰：“从今以后，与此帕绝义了。”遂再饮几杯。凑巧一个书童进内，一见罗帕在地上，大喜。按忠孝王因平日家人若有拾得物件交还，便有赏赐，故书童喜有赏银，急忙把罗帕献上曰：“千岁，罗帕落在地上，请千岁收下。”忠孝王怒气冲冲，亦不言语，把罗帕取过，双手揉作一团，掷在窗前案上，仍又低头饮酒。书童吃惊退出。

适遇熊友鹤拜客回来，偶进书房，忠孝王迎接曰：“兄若不嫌，请同饮几杯。”熊友鹤曰：“极好。”随即坐下，家童送上杯箸，二人同饮。熊友鹤问曰：“贤弟一人独酌，又满面怒气，何也？”忠孝王重把前事细说一遍。熊浩劝曰：“为人但愁不能作奇男子，何患世间无有美妇人。贤弟只管放心别娶，恼他何益。”正言间，忠孝王已有些醉意，把一杯酒误倾在胸前。书童知他不要罗帕，忙把取来与忠孝王拭干了衣服，顺手把帕藏在忠孝王怀中。二人直饮至上灯，熊浩辞别回房。忠孝王酩酊大醉，和衣睡下，直到日出，方才醒来，不觉罗帕坠在地上。自思我昨日已掷过一次，遂问家童曰：“此帕莫非尔等取来，藏在我怀中么？”家童知他不喜此帕，遂不敢直言，即答曰：“小的并不知情。”忠孝王疑惑曰：“莫非刘氏果是移花接木，未尝失节？故鬼神显机，把帕藏在吾身上？”即顺手将帕藏好箱内，不表。

且说崔攀凤之妻梅氏怀孕至十月间,已是顺月,至十月二十日外尚未生产。这一早顾太郡起来,坐在后堂,寻思丈夫在朝,诸事猖横,虽无贪财,亦有报应:次子剿匪失陷贼巢,皇后生产身亡,次女逃走无踪;今梅氏认吾为母,因怀孕顺月,今近月尾,尚未生产,深为可虑。即唤江进喜曰:"尔可速往崔家,探问小姐生产否?免吾忧虑。"江进喜领命,赶到崔家,并无人把门,即进内拜见崔太夫人。礼毕,就说顾太郡差来探问小姐生产否?崔太太笑曰:"尔家小姐昨夜二更腹痛,至三更生下一个孙儿,满门慌忙,正欲差人见太郡报喜,三日后好送鸡酒前往。今又劳你辛苦一场,可畅饮鸡酒方回。"女婢即送上鸡酒,江进喜吃了二碗叩谢,太太又赏了一包二钱银的赏封。

江进喜出门寻思,此银须送到庵中与小姐零用。当下刘小姐正代尼姑浆洗衣服,江进喜入内看见,惊曰:"天气寒冷,小姐怎受得辛苦?母亲理当代劳。"江三嫂曰:"自张七盗去财物,我多了日食美差,料理不暇,哪有工夫去浆洗衣服?吾二人可比落在那地狱一般。"小姐曰:"洗衣服我学习已惯,却亦无难。"江三嫂曰:"这等天早,你往哪里去吃酒,满面通红?"江进喜说明前事,"如今梅氏生下男儿,门内十分欢喜,小姐却在此受苦。"

江三嫂埋怨曰:"当初小姐若勿避走,怎让梅氏享用富贵?自己却到此受苦。"刘小姐曰:"诚是吾累你,不必埋怨。"江三嫂曰:"我本是小户出身,何嫌辛苦?只难为小姐金枝玉叶,受苦不该。"小姐曰:"吾若得保全名节,虽死无恨,只是尔辛苦不安。"江进喜曰:"古云'皇天不负善人'。皇甫公子有日出头,高官显爵,那时小姐身为夫人,母亲受享富贵,倘若孩子作个小小武职,家门欢喜,岂不是否极泰来?"小姐笑曰:"难得江进喜这等好话,奴家作梦亦不敢望如此。"江进喜曰:"这却难料。"即把礼封放下曰:"礼封在此,小姐取去应用。"小姐推辞曰:"此银尔可带去应用才是。"江进喜曰:"吾在府中,衣食俱足,要钱何用?小姐受苦,正当收下济急。"刘小姐称谢,收下礼封,江进喜辞别出庵而去。

且说顾太郡自江进喜去后,心中悬望,忽听外边云板响声,太郡面上失色。女婢笑曰:"云板声响,乃家人报事,太郡何故着惊?"太郡曰:“尔们有所不知,吾今家庭败落,所报皆非好事,乃惊弓之鸟,故闻云板即惊。”女婢报曰:“今有府尊龙知府前来,称有要事面禀。”太郡即令请进。

原来云州知府龙跃,乃刘侯门生,每逢朔望,亲来请安。当下龙知府满面怆惶,上前拜见。太郡答了半礼,曰:“贤契免礼请坐。”女婢移椅放在旁边,龙知府坐下。太郡问曰:“贤契何故有惊恐之状?”龙知府举目,见女婢在,欲言又止。太郡着女婢远避,不许窃听言语。众女婢俱退。龙知府立起身曰:“老师娘,祸事已到,还不知道么?原来皇甫敬之子少华改换姓名,投军挂帅,领兵征番,杀得番寇兵败归降,父子回朝,俱皆封王。奏称恩师冒奏其降番,朝廷念他征番功大,竟将恩师及至亲人口尽禁下天牢,又差官带兵来捉恩师母家眷。差官离城不远,合城文武已往迎接,师母快速避走为妙。若拿进京,便送性命。”太郡曰:“多蒙贤契美意,但吾全家断送,留吾无用,愿与拙夫同死,不愿避走。”龙知府曰:“老师娘如此尽节,门下伺候师娘起程。”

正言间,只见本府小门丁走入,谓龙知府曰:“随人来报,钦差将到,请大老爷速往候接。”知府曰:“尔且退出,吾立即起身。”遂向太郡辞曰:“门生此去,立带官兵前来。”遂拱手上轿而去。太郡立传婢仆养娘齐到,吩咐曰:“奸臣冒奏,钦差带军兵前来拿家眷进京,性命不保。尔等速把府中财物收拾避走,若迟延,官军一到,就难逃遁。”内有几个住久的婢仆泣曰:“吾等蒙太郡惠待,愿进京同死,好得伏侍,不愿避去。”太郡曰:“同死无益,远走为是。”众人领命,开了箱笼,争取财物逃走,一时鼎沸。太郡大泣曰:“堂堂侯府弄得如此,岂不伤心!”即入内取些财物,藏在身上,以为路费,而后就坐在堂上。此时家人女婢走的罄空。堂堂侯府,转眼间门可罗雀。

不一时,钦差已到,秦布政、张按司、总兵府、县官带五百官军,把刘府围住,不容闲人往来。众官带到大堂,人役大叫曰:“诏到!请太郡迎接。”停了一会,方见太郡出来。钦差曰:“快备香案接诏!”顾太郡曰:“家中无人,哪个可备香案。”即向前跪下。钦差开诏读毕,诏内只云要拿家属至亲人口,并无言及通番等情。太郡不知其详,大怒,站起身大骂曰:“冒奏乃山东巡抚具奏,谁知皇甫敬恃其父子有功,陷害我夫。昏君不念前皇后恩情,竟把国丈全家作犒功礼物,我到京必与奸臣理论!”众官微笑不言。

未知后事如何,且看下回分解。

第四十八回　江进喜存心探主　刘燕玉集款进京

却说布政司秦承恩想起夺婚事情,大怒,立起身对太郡曰:“尔休破口伤人!尔当初自恃势力大,太凶恶!尔子与皇甫公子比箭定婚,不思自己没本事,不能全中,反怪他人全射,却又存心险恶,小春庭放火害人,皇甫公子幸得逃脱。尔又串通国丈,举荐皇甫敬征番,教彭如泽冒奏,言皇甫元帅降番,引路攻城,差官擒捉元帅家眷。幸皇甫公子知风逃走,改名换姓,投军挂帅,大破妖术,屡胜番兵。尔夫察知是公子改名,写书通番,教番帅斩皇甫元帅,使公子恨死,军败退兵。幸喜天子洪福,书信到日,被皇甫公子所夺,奏知天子,天子差官在国丈府中搜出彭如泽冒奏皇甫元帅降番密书。朝廷大怒,立拿尔夫全家,禁在天牢,又差官往山东擒捉彭如泽,命巡抚并钦差到此捉拿家眷,此系叛逆,到京一同处斩。这是天理昭彰,报应不爽。尔们自己害人,因何诈为不知,反骂圣上,不怕秽口!”太郡闻言方悔,早知丈夫通番,不该说出此话。

武士动手,上了镣肘囚车。打入内衙,并无人影,钦差问曰:“刘府有甚亲人逃走,可速缉拿。”府县官曰:“刘侯家中只有太郡,此外并无亲人。”钦差曰:“既如此,可把家财充库。”地方官尽把家财登记上单,发下充库,封锁府门,把布盖了太郡遮羞,寄禁牢五日后起程。知府请钦差到府饮酒。

且说江进喜因往返耽搁,午时方回,遥见自己府门,并无人影,心疑何故如此冷静?及上前,见府门封锁,又有封皮,乃是云州府印记,浆水未干,寻思莫非我被鬼迷,不认得门户?或是太郡移居别处?怎么半日光景,便这等变迁?正疑惑间,恰见本街有个开茶馆的邓九通,年方二十余,平日亦江进喜好友。进喜向前扯住问曰:“我家男女往哪里去了?”邓九通曰:“且到里面说明。”即引到府,内厅坐下。邓九通曰:“贤弟幸无被擒。”江进喜曰:“我早间奉太郡差往乡间公干才回,却不知何事被擒?”邓九通又问曰:“令堂可避走否?”江进喜曰:“家母自前日往姨娘庵中探病,不在府中。”邓九通大喜曰:“人道‘大难不死,必有后福’。贤弟母子无事,日后必有好处。方才钦差同地方官领人马前来,把路口截住,不许闲人往来,入内擒捉家眷。有两个御林军到我店中借坐,我问他,方知是皇甫少华改名王少甫,投军挂帅,杀败番寇,父子回朝。尔家国丈写书通番谋反,带书人恰被王元帅擒捉,解奏朝廷。天子发怒,立拿尔国丈并在京亲人,尽行囚禁天牢;又到此擒捉家眷进京,即便处斩。我恐尔母子被擒,今幸无事。”江进喜垂泪曰:“我受刘家十余年大恩,今欲进牢探望太郡,又无分文,如何是好?”邓九通惊曰:“这是反叛大罪,尔若进牢,岂不一网打尽!”江进喜曰:“我还要进京料理国丈后事,方才心安。奈万里路途,盘费断绝,如之奈何?”邓九通曰:“难得尔念旧报恩,待我今晚会集众兄弟,捐助银两,以为盘费。”江进喜谢恩曰:“如此感恩不浅,只是以速为妙。”邓九通曰:“今晚即便定着,来早尔来取银便是。但尔路上行走,须要仔细,不可被官兵拿去。”江进喜曰:“我非刘家亲人,难以拖累。”遂出门向顾家进发,心思但愿皇甫爵主开赦国丈、太郡性命,我便感恩;我今先报崔家、顾家,必有银两相助。

一直赶到崔府,进内恰遇梅姑娘和太太在后堂闲话,江进喜跪下哭曰:“可怜我家太郡,被钦差拿禁天牢,府门封锁。”太太、梅姑娘大惊问曰:“你且说来,为着何事,如此利害!”江进喜起来,就把邓九通言语说明。崔太太泣曰:“可怜贤妹,年高受此苦楚!”梅姑娘亦暗哭曰:“太郡使我母女得所,不料受此惨刑!”又曰:“尔可速报顾府知道,他是官家,便可进狱探太郡事体。”江进喜曰:“小的亦要进京料理国丈后事,今当烦舅老爷打听,方好起身。”太太曰:“真真知恩,后来必有好处。”

江进喜出门,急忙到顾家,入内适值顾家兄弟并二妯娌俱皆埋怨悲泣。顾宏业曰:“待我进城探访,便知端的。江进喜且在此待我回报消息。”言讫,上轿进城。江进喜便饱餐伺候。

停了一会,顾宏业回曰:“我先见本县,果是通番败露,三日后差官要从旱路进京。后又入牢去见舍妹,奈此案系是反叛事情,难以相救，满门必死。谅舍妹夫门生不少，后事自有人料理，只是万里长途，无人前去服侍，心中不安。”江进喜泣曰：“小人受刘府恩深，必要进京活祭，方得心安。”顾宏业曰：“难得你如此仗义，真是罕有。”

江进喜辞别出门，一气赶到万缘庵内。江三嫂笑曰：“尔哪有闲功夫，一日到此二次？”江进喜曰：“方才戏说皇甫公子出头做官，不料今已天从人愿。”江三嫂问曰：“这是何说？”江进喜说明前事，“孟小姐已死，小姐就是正室夫人了，因此特来报知。”刘小姐闻言，悲喜交集，流泪曰：“皇甫郎，我为尔守贞节，受了两年辛苦，只道今生不得脱此苦海；幸你有能，救父回朝，却又反害吾全家性命！虽是我二哥不是，尔亦当念着奴家情面。我父母若死，我与你有不共戴天之仇，还有何颜与你结亲！”又对江三嫂曰：“太郡虽待我情薄，亦是嫡母名分，若往受刀，我心怎忍！记得前日生母托梦，教我若救得贵人订婚，后来便可救得全家性命，此言必有应验。我意欲进京，面求皇甫郎，只将二哥处治报怨，我父母满门须当饶赦。若是皇甫郎绝情不从，皇后虽死，我亦是皇姨，应上殿面君请旨，代父母受刑。圣上倘再不肯，我即触死于金銮殿上，落得万古流芳。望三嫂全始全终，同我进京见皇甫郎求情。况尔母子小春庭救命，有恩于彼，皇甫郎必然感激，收留你母子亦享富贵。未知尔母子肯同往否？”江三嫂曰：“我亦欲往，奈无路费，如何去得？”江进喜曰：“我方才在府中，好歹抢些零物，便可为路费。今身上分文俱无，但我受恩深重，纵求乞亦要进京，收拾国丈尸首，方遂我心愿。但得小姐同去，亲求皇甫家父子，或者肯饶了国丈性命，亦未可知。只是小姐弓鞋短小，若与家母同往，须从水路，又恐有风浪耽搁，缓不及事。且三人同行，路费更多，愁难措办。”燕玉曰：“我前日首饰被盗之时，尚有头上现戴首饰并一双银钏，约可卖银十余两，便可作路费。”江进喜曰：“三人船税饭食，至少亦须三四十两银方足，无济于事。”刘燕玉哀求曰：“若不得到京，我便投江死，阴魂亦得与满门相会，以尽孝心。尔母子须再受我这一次累，我就在九泉亦庇佑尔母子日后富贵无穷。就此下礼，求尔母子施恩同往。”说罢，遂向江三嫂母子跪下，连连叩头，惊得江三嫂母子手足无措，一同跪下曰：“小姐行此厚礼，折我母子阳寿。”

三人拜毕，适遇梵尼姑入内，问知缘故，赞曰："难得小姐孝心，若能到京，皇甫父子必定作情宽恕，母子亦有好处。我在此亦是无出息，当初我夫死，出家为尼，尚存有些首饰，亦值银十余两，我便随你们进京，亦好募化，可免在此受苦。"江进喜曰："姨娘同往极好，候小姐完亲后，即建造庵院，与尔参修。"刘燕玉曰："你若肯同往，我当教丈夫荐尔到大庵为住持，奴家自有照顾，答尔厚恩。今可速将首饰交与进喜卖银两，来日就好雇船；趁今钦差未到京城，我们先到方为有益，若被他先到，我枉费工夫。"

梵尼称是，即往见善灵，说明刘小姐破家事情，"弟子不识经典，又不能做女工，在此无用，意欲同进京城，募化大施主。"善灵寻思：梵尼如此庸才，在亦无用。遂答曰："尔此言亦是有理，京城大去处，有大施主亦未可知。"梵尼进房，取了首饰，交付刘小姐，遂包做二包；江三嫂亦忙炒熟余饭，与江进喜饱餐。只见善灵进来与江进喜曰："江大叔，尔既有大事，我们出家人无有财势，尔须移居别处，免得连累。"江进喜曰："师父不必忧虑，我等来早便要进京，决无连累。本要与师父说明。"善灵曰："如此极好。"随即退出，暗思此三人真是欲死，自投罗网。

且说江进喜带了首饰出门，自思崔太太是太郡亲家，梅姑娘母女乃是太郡作成，今又生孙，全家正在喜悦，岂无银两助我进京？即赶赴崔家。江进喜入内，泣曰："小的虽无盘费，便沿途求乞，亦要进京服侍国丈等后事。"崔太太曰："尔乃有此义气。"即取五两银子与江进喜。梅姑娘亦取一包银子，低声曰："我母女受太郡大恩，但恨无力报答，这六两银子与你作路费。"江进喜称谢出门，奔到顾家，进内恰遇顾宏业外出，二位夫人在家谈论刘府惨祸之事。江进喜哭诉，欲进京奈无路费，二妯娌伤感，各赏银五两。江进喜叩谢，赶到邓九通店中。按邓九通自昨早遍请十四五个好友捐银，众友喜从，用一纸单题名并助赞多少，早间俱来交银，共二十余两。江进喜看过名单，收下银两，向众友跪谢曰："多蒙列位资助厚情，若有出头日子，誓当厚报。"众友扶起曰："平日承弟兄雅爱，恨我等力微，些须银两，何必言谢。未知几时登程？"江进喜曰："我立即要起程，且家母、姨母同一表妹俱要随我水路进京。”内有一友廖福曰:“雇船之事,我极熟识,未知船曾定否?”众友齐声曰:“廖兄船户极熟。”江进喜大悦,即取五两银子,交付廖福曰:“就烦兄长租船为定。”江进喜急欲入城变卖首饰,忽转念曰:“今这路费已足,这些旧首饰乃是陈物,若变卖即是坏物之价,不若带往路上,缓急变卖未迟。”主意定了,遂回邓九通店内。

不须臾,廖福笑嘻嘻回来曰:“事有凑巧,有二位北京商人,买了许多药材,雇一只大船装载回京。那两个客商年近五旬余,面貌诚实。船上还可载四五个空身男女,少停便要扬帆。我与他议定两副铺盖、四个人,租下后舱,饭食并船租每日共银二钱,现可同尔去观看,中意即定下便是。”随把银两交还。

江进喜一同来到江边下船,先与那两个客商说明:“我母亲、姨娘并表妹四人,要望老相公提携进京。”两客商曰:“现有后舱,四人足可安身。”江进喜曰:“船舱宽大。”遂交足银子。梢公曰:“立刻要开船,尔须速来,不可迟延!”

江进喜称是上岸,别了廖福,赶回万缘庵。遥见江三嫂立在庵前招手,江进喜急奔向前,一同进内。江三嫂埋怨曰:“尔昨夜不归,累我等一夜不眠,只道尔被府县捉去。”刘燕玉并梵如曰:“尔无事回来,令人欢喜。”江进喜把首饰并四十余两碎银放在桌上,众人惊喜问曰:“首饰未卖,银两从何而来?”江进喜说明前事,笑曰:“这些银两好似募化一般。”刘燕玉赞曰:“难得尔费尽心力,日后必当厚报。”江进喜曰:“我母子受刘府十九年大恩,恨不能替得。今可速收铺盖,待我唤轿与小姐坐,就好下船。”刘燕玉曰:“亏你能干,须当饱饭,方往雇轿。”江进喜急忙饱餐,刘燕玉、江三嫂忙收拾物件,梵如亦去收拾。

江进喜即去雇一乘小轿,并买香烛回来。刘燕玉便到佛前拈香祝告,早得到京救父。后入内把衣服什物收下扁箱,江进喜将箱缚于轿后。可怜刘小姐只穿一领旧青衣,即秤五钱银子,用红纸包好曰:“这五钱银子可谢善灵,好得起身。”江三嫂忙夺住曰:“小姐好不失算!我们至此二年,受他欺侮,今要进京,已脱离虎口,何故谢他?”

刘小姐曰："善灵贪银，我起身他背后必念咒语，言我等悭吝。好歹亦不在此银也，买他欢喜，亦算有始有终。"江进喜赞曰："小姐宽洪，五钱与他何妨。"江三嫂恨恨，方才放手。江进喜背了二副铺盖，一同来到善灵房中。梵如拜辞师父并众师兄，刘小姐上前，将银送上曰："一向多蒙师父厚德，今因乏银，只这五钱银，权为一茶之敬，乞勿嫌薄。"善灵大喜，双手来接银子。

未知后事如何，且看下回分解。

第四十九回　观画图乃知代嫁　认笔迹方悟男装

却说善灵见小姐送他五钱银,大喜。刘小姐辞别上轿,江三嫂姊妹随在轿后,进喜负铺盖在前引路。来到昆明池边上船,与客商见礼,方进后舱,把舵门闭上,梢公扬帆起程。刘小姐与三嫂一路祈天庇佑,顺风早到京城,救我满门无事。果然水面风顺浪静,日夜进发,不表。

且说成宗是日登殿,刑部官奏曰:"臣奉旨擒捉山东巡抚彭如泽,现在午门外候旨。"帝令拘禁天牢,俟郦相审问定夺。只见郦相离坐奏曰:"近来国政忙冗,乞陛下发付别官审问。"帝曰:"卿无暇,就着三法司用刑审问复旨。"锦衣卫押彭如泽进天牢,见到刘捷,各叹性命难保。

郦相回府,对素华曰:"彭如泽到案,圣上着我刑审,我已奏发三法司审断。否则后人必说我要报仇,假公行私,故全案人犯俱斩。我今避嫌,使三法司审断,便无闲话。"素华曰:"小姐行事,考虑周到,又秉公无私。"郦相云:"凡事处在嫌疑之间,无怪旁人议论,故须谨慎。"

且说三法司是日会审,那刘捷现有亲笔通番书信,彭如泽现有亲笔回复刘捷书信,俱有凭记,难于强辩,无奈俱各画供,仍禁天牢。三法司拟定刘捷并彭如泽俱律该处斩。次日复旨,帝看过口供,曰:"俟云南家眷到京,奏请正法。"崔攀凤探知,急入牢通知刘捷,刘捷曰:"这是我自作孽,不可活!"自此束手待毙,惟有嗟叹而已。

过了数日,成宗早朝,工部官奏曰:"臣奉旨监造忠孝王府完竣,特来缴旨。"帝令将单存案,着钦天监择定吉日,以便忠孝王移居;再赐忠孝王白银八十万两,建造家器。忠孝王谢恩退出,满门感激圣恩。到了移居吉日,合朝文武官员恭贺,前呼后拥,好不热闹,满门俱是大臣,卫焕父子并熊浩俱在府中陪客,黄昏方散。

客散后，府中却冷冷清清，惟有家将、仆婢、养娘而已；后殿只有老王夫妻、父子三人坐着言谈。太郡怒曰："前日天子钦赐卫氏结亲，畜生不听母命，只念刘燕玉，去了卫氏贤女，如今数百间房屋只住三人，岂不冷清！"忠孝王曰："儿实念孟氏贞节，愿守三年丧服，方才娶妾。就使娘作主续弦，也只是空房冷落那新人。"武宪王笑曰："贤妻莫动怒，孩儿既有此念，且待三年后再言未迟。"此时卫勇彪已娶尹兰台，熊浩亦娶卫勇娥，两家与王府门户相通，太郡日间有二女陪伴，亦觉热闹。

忠孝王宿于鸾凤宫，独守孤帏，金屋空寂，日日思想岳母带小姐图形前来，心想那时对岳母说明，将图取来挂在宫中，如结亲一般，有何不可。延至十一月十五日，孟士元家眷方才到京。孟嘉龄忙出城迎接，来到府中，正值中午时候。忠孝王闻知岳母到京，一时大喜，呼唤家将备马前来，即时上马，直到孟府。

家人报入后堂，孟士元命儿子迎接进中堂，即步入相见。忠孝王曰："烦请岳母上堂，受小婿一拜。"孟士元曰："小女已死，实觉有愧，怎劳贤婿拜见。"忠孝王曰："岳父母若再过谦，小婿即进内拜见。"孟士元曰："贤婿如此念旧，待老夫唤拙内来相会。"说罢，即起身进内。谁知韩夫人已闪在屏后窃听，泣对孟士元曰："女儿已死，我见景伤情，宁可不见为妙。"孟士元就把忠孝王念旧，逐日请安说明，告之理当一见。韩氏无奈，随夫上堂，泣对忠孝王曰："小女福薄早亡，多蒙贤婿雅爱，老身转增伤感。"忠孝王曰："令爱为我满门争气，小婿正当拜见。"急上前移两把椅子，放在当中，曰："岳父母请高坐，受小婿一拜。"孟士元夫妻强辞曰："不可，既相见就是，断不敢当此大礼。"忠孝王强扶二人坐下，士元夫妻只得受拜。忠孝王拜毕，坐于旁边。夫人令备酒前来，四人同饮。

韩氏曰："小女无福，不能做一王妃，侍奉翁姑，深愧虚攀贤婿。"忠孝王曰："不是令爱无福份，都因小婿命中无此好姻缘。空定良缘，竟无半面之识。前闻岳父说，令爱有一幅自画真容，不知岳母可曾带来否？"韩氏曰："小女图形，我时刻难忘，怎不带来。"忠孝王曰："既已带来，可借一观。"韩氏着女婢取形图挂于壁上，忠孝王上前一见曰:“奇哉！为何一见如此面熟？好似在那里见过。”孟士元父子俱不作声。忠孝王再看图上诗句问曰:“此诗句莫非令爱所题么?”孟士元曰:“正是小女所题。”忠孝王曰:“据诗中称‘愿教螺髻换乌纱’之句,令爱乃逃难全节,欲求功名出仕之意,人尚未死。小婿因令爱投池,无日无时不心伤流泪,今只道良缘决绝,何期烈女尚存,真是喜从天降。未知前日投水乃是何人?”孟士元喝令婢仆尽退,方把女儿男装逃走,写书荐苏映雪代嫁之事言明。忠孝王惊问曰:“令爱既未死,避走在外,岳父一向何不实言,只说投水身死?”孟士元曰:“只因前在御前奏称女死,故不敢实说,恐有欺君之罪。”忠孝王曰:“令爱既是避走,小婿不日辞官,历遍天涯寻访,务要相会,方遂心愿。”孟士元曰:“贤婿休要错了主意,尔父子征番回朝,官封王位,天下周知。小女必是身死,故不来相会,况弱质幼小,如何受得远方风霜？必死无疑。”忠孝王曰:“皇天不绝善人,谅令爱必是流落他乡,或有事缠绊,不得进京,断无夭折之事。但不知苏映雪乃是何人？若论刘奎璧,彼时乃是良缘,有甚不好,反带刀行刺投水,真是令人不解!”孟士元急把苏映雪来历说出,“他虽容貌才学略逊小女,亦算是才貌双全的美女,死得可惜!”忠孝王惊讶曰:“这就奇了,苏映雪不过小户之女,出身低微,得配刘奎璧,入门就是夫人,有甚不妙？竟带刀行刺,投水尽节,不但为我皇甫家守节,亦替孟氏争光,未知还有甚人否?”孟士元曰:“他并无兄弟姊妹,只有一个母亲,唤做苏大娘,现今同拙内住在内衙。”忠孝王曰:“烦岳父请苏大娘出来,受小婿拜见。”孟士元曰:“他系是小户女流,怎见得大贵人。”忠孝王曰:“他女儿为小婿身亡,怎敢以贵贱分别,须拜见为是。”孟嘉龄曰:“待我请来。”遂入内。

按苏大娘在屏后,已知其详,谓孟嘉龄曰:“多蒙忠孝王厚意,奈我命苦之人,何颜相见,劳烦公子称谢就是。”孟嘉龄曰:“忠孝王真心拜见,大娘不必推辞。”苏大娘只得同出。孟士元夫妻俱起身迎接曰:“这忠孝王感念令爱为他守节丧身,特请大娘相会。”即回顾家人,再备一席酒来。

忠孝王忙移一把椅放在上面,请苏大娘上坐。苏大娘立在旁边,曰:“老身乃苦命之人,亲生女儿身亡,乳养孟小姐又无踪迹,怎敢受千岁拜见。”忠孝王曰:“令爱为我身亡,如何推辞。”苏大娘只是不敢上坐。忠孝王跪下曰:“大娘既过谦,我就此拜见。”苏大娘忙向前扶起曰:“千岁如此厚礼,亡女九泉感德无涯。”孟士元夫妻即请同坐在上面,忠孝王与孟嘉龄坐有旁边。忠孝王问苏大娘曰:“刘奎璧富贵俱备,才貌双全,令爱因何不愿结婚?大娘必知其详。”苏大娘曰:“此事我亦不知何故。记得那日千岁到孟府比箭定婚,小女亦曾见千岁容貌乃极富贵之相,深怪刘国舅不自悔悟,敢来争婚。及孟小姐潜逃,留书荐嫁他,便说千岁有此形容,日后出头极贵,势必报怨,刘奎璧难免杀身之祸,啼哭抵死不愿嫁他。老身因受孟府深恩,苦迫小女,她乃无奈代嫁投水,看来总是我苦命,故有此事。”言讫下泪。

家人呈上筵席,苏大娘同韩夫人宾主对饮一席,孟士元父子及忠孝王同饮一席。韩夫人令女婢把画图收入内面。忠孝王问苏大娘曰:“未知大娘家中还有何人?”苏大娘说明女儿满月夫死,决意守节,即到孟府,“若非孟夫人满门厚德收留,我已无家可归。”忠孝王对孟士元夫妻曰:“小婿立意要守令爱三年丧服,方始娶妾,至今尚是家母主理中馈,小婿心甚不安。今幸遇苏大娘到此,小婿欲请其到舍,一则替家母料理家务,助家母一臂之劳;二则小婿亦好服侍大娘养老送终,以尽小婿一点孝心。”韩氏曰:“此事决难从命。大娘在此多年,与我情同姊妹,一切家务俱他执掌,如何分离,岂不冷落无人叙谈?”忠孝王曰:“不是这等说。岳母家务尚有媳妇照管,奴婢又好陪伴言谈,舍下乏人约束;二则苏大娘令爱为小婿而死,大娘住在我家亦觉面熟。岳母虽是礼待,终是外人,非亲非戚,不若到小婿家中为是。”苏大娘曰:“老身庸才,多蒙孟夫人夫妻及千岁厚德,惟有感激而已。二处总是一般,老身犹如杨柳,随风而飘。”孟士元对韩氏曰:“贤婿家中乏人,苏大娘伊当暂住王府为是。”韩氏曰:“既如此,来日收拾行李,到王府未迟。”忠孝王大喜,称谢曰:“家母今后可得一臂之力,今当回舍禀明父母。”即起身对韩氏曰:“小婿专心候求令爱画图,供奉房中,以尽夫妻之情。”韩氏曰:“老身与小女时刻难离,待吾请画工照样描一图,送与贤婿。此乃小女的亲笔,老身要留下相伴。”忠孝王曰:“小婿若见令爱亲笔,如见令爱一般。若要描画,待小婿请一画工描画一幅,送与岳母。”韩氏只是不肯。忠孝王曰:“岳母与我相争画图,大为不该。令爱若在,连人亦要归吾,何况此画图,理合归于小婿,方合女生外相之言。待小婿请画工描图送与岳母,方为正理。”韩氏无奈,着女婢取图出来。忠孝王恐有别图,着女婢展开细看,方才卷好。韩氏笑曰:“贤婿好不多心,老身岂有备一幅假的瞒骗贤婿?何须开看。”忠孝王亦笑曰:“只因令爱恩深,不得不疑耳。”遂对苏大娘曰:“来日差人押轿前来,大娘即到舍相会。”苏大娘曰:“此乃贵人提携,老身自当领命。”忠孝王带图画上马而去。

且说忠孝王回府,到后衙见老王夫妻,礼毕坐下,便把岳父相请,赠孟氏画图,始知孟氏男装避走,苏映雪不肯代嫁,恐孩儿异日出头报怨,并行刺投水等情言明,再把苏映雪之履历说明。老王夫妻惊曰:“难得苏氏节烈,却又巨目,早知吾儿有升腾之日,为吾门尽节。异日当以厚礼供奉其牌位于祖祠配祭,方尽吾心。但可惜贤媳避难无踪,料已不在人世。”忠孝王曰:“吉人自有天相,谅孟氏必非夭折之人,实是有事阻滞,不得进京相会。现在隆冬之际,待来年早春,孩儿情愿辞官走遍天涯,务要寻着方休。”老王夫妻劝曰:“儿好呆痴,他乃女流,定在家内,且四海茫茫,你到哪里去寻访?这是枉然徒劳之事,不可辞官。”忠孝王曰:“且待来春再作商议。”老王嗟叹苏映雪不贪国戚富贵,甘心死节;况又明目,早知孩儿预有今日富贵,真是孩儿知己,死的可怜;且喜家门有幸,所遇女子俱皆贞节。老王曰:“可把孟氏图画取来观看。”忠孝王即令家将把画图挂在壁上,太郡骇然曰:“吾不信世上哪有如此美貌佳人,你看她红颜翠鬟,灼灼如花,云衣水佩,亭亭玉立。目似秋波,眉如远岫,若不是自画装点,哪有如此美貌。”老王一看,大惊曰:“此图与郦丞相相似,看来明是郦相一般。”忠孝王曰:“怪不得孩儿初见面熟,看来连画上诗句亦是郦恩师笔迹。”老王曰:“郦相名君玉,除了一‘玉’字,明是‘郦君’二字。恨吾等痴呆,猜测不出。怪不得恩师恩待我家满门,真是个贤德媳妇。”忠孝王方省悟曰:“郦相虽是谦恭待人,终不及厚待孩儿,笑容满面;孩儿若往请安,必常留饮;他若稍暇,即来下顾,孩儿心甚不安。

谁知是念及夫妻深情,真是贤淑妻子也。”太郡大喜曰:“我等前年罪在不赦,难得他为着我们的事情,便不顾生死,极力保奏,使吾父子封王,古今罕有,乃是我等满门大恩人。只是因甚不早改妆完亲,却是何故?”老王曰:“此事我亦不解。还有一段破绽:郦相十七岁连中三元,十八岁拜相,若非山川毓秀,祖先积德,焉有如此显职?因何宗支并无人在朝出仕,平日又无亲人来往?为父常常怀疑。原来是蜃气龙楼,徒足观玩而已。”忠孝王忽转一念,笑曰:“我们好得差错,恩师娶梁相之女为妻,闻得夫妻甚是相得;若果二女成婚,两心不足,怎能相得?”

未知后事如何,且看下回分解。

第五十回　苏大娘王府安身　郦丞相夫妻宽慰

却说太郡闻得郦丞相夫妻相得，亦笑曰："我亦闻丞相和气，常与梁夫人嬉笑，相府众人周知。吾们好不颠倒，却疑是女扮男装。此乃面貌相仿，孟小姐纵有才学，亦不敢如此大作弄。"老王摇头曰："我不信，哪有面貌、笔迹、名字俱皆相同，不是孟小姐，怎能件件如此凑巧？"忠孝王曰："父王说的亦是。他今官居右相，朝廷正在亲信，伊岳父又是左相，满朝富贵尽出其门。孩儿是他门生，若有微言，他一变面，就是欺侮大臣，死罪难免；纵是孟小姐，亦须他良心发现改装，孩儿不敢妄言惹祸。"老王曰："此言不差，然此女有情有意，因何不改装完亲？今幸他与你情投，可将此图挂在书房内，倘遇他前来，可请到书房避寒，他骤见自己的形容，必有惊恐之状，我们就好设计试探口气，免得怀疑。"太郡大喜曰："即当如此而行。"到了晚间，忠孝王把画图挂在鸾凤宫书房内，备一香案，点上香烛，满室明亮，烹茶恭奉，自己斜对真容而坐，默默无声，双目注视，叹曰："难知小姐流落何处，愚夫为尔肠断，不知今生可能相会否？"言讫下泪。只见孟小姐画着淡妆，只插一枝花托冲天，身穿白绫罗衫，背后两条鸾凤，微风吹却半边，迎风而立，如凝眸沉思一般。只可惜对面含情，却说不出半句知心话儿。忠孝王一时有感，口占一绝。诗曰：

冰心不羡十朱轮，避世留图自写真。寂静素怀传妙意，澄清秋水拟芳神。凝眸翠黛愁中色，拂额缃梅睡后春。鸾带临风虚珮韵，凤鞋立月绝香尘。双鬟掩映簪花鬓，半袂轻盈舞柳身。对影含愁仍独诉，背灯欲语岂相亲？绿窗一夕和珠泪，金屋三年待玉人。他日欲寻仙路去，梦魂莫误武陵津。

吟罢，欲题在图上，又恐郦相果是孟氏，岂不怪吾无礼，与他并列？即用金凤笺题上，粘在画边壁上。坐至二更后，叹曰："今晚将此图同寐共寝，亦算是共枕同床。"随把画图卷好，脱了衣服上床，把图抱在怀中。

睡到天明起来,到内衙请安,坐在旁边。是早朔风凛冽,透骨生寒,只见女婢报曰:“启上千岁,今有郦丞相前来拜访。”老王夫妻对少王曰:“吾儿可请他看图,试他面有异容否?”忠孝王称是,奔出殿来。按北京每到冬间严寒,即挂免朝牌,文武免朝,有事乃至偏殿启奏,郦相故得闲暇。那忠孝王拜接上殿,尊其上坐,自己坐在旁边,家人献茶。郦相身穿貂鼠袍,蓝缎面,殿上悬着红缎门帘绿缎里,虽有风不能进,但银鸾殿高大,亦觉寒气逼人。郦相曰:“今朝果是寒冷。”忠孝王乘势拱手曰:“此处宽大寒冷,有伤恩师贵体;小斋颇可蔽风,不嫌亵渎,请到小斋略坐,未知尊意若何?”郦相心思:未知他的书斋若何?即便答曰:“极好,但搅扰不该。”忠孝王连称不敢,即起身引路,吩咐家将进内,令闲人退出,郦太师驾到。

二人来到鸾凤宫口,郦相先入,及到房前,早看见那画图,不觉心中酸楚,珠泪暗吞。想当日亲手描画,如今忽忽又是三年。忽又想起,少华是要探我惊慌否?但吾自昨日已知母亲进京,画图定付与你,我怎会惊慌?即假意步到画图前,赞曰:“画笔秀媚可爱!”再看一会,回顾忠孝王曰:“看来画图好生似真容一般。”原来忠孝王细看郦相,非但无惊容,反向前观看;又闻前言,寻思幸吾未说甚话,不然岂不得罪了恩师?便答曰:“正是真容。”郦相曰:“吾不信世间哪有如此美丽女人。”忠孝王伤感曰:“就是亡妻孟氏小姐的形图。”郦相曰:“看来此图莫非亲笔么?”忠孝王曰:“连画上诗句亦是拙内亲笔。”郦相曰:“这真可谓才貌双全,世上少有!”忠孝王下泪曰:“恨门下福薄,如今物在人亡,徒增伤感!”郦相把诗一看,问曰:“依此诗意,孟氏乃是改装求取功名;但今令岳父有欺君之罪,不知前日投水又是何人?”忠孝王细将苏映雪代嫁说了一遍。郦相曰:“难得苏氏贞节。但孟氏有此才情,必非夭折之相,亦无失节之事。年兄当留心于文官内寻访,切不可在女子中打探。但他既能移花接木,有此才能,必是有事阻滞,故未能进京相会。依吾愚见,管教三年定来寻你,年兄不须忧心。此女有惊人之才,非寻访可会。”忠孝王曰:“门下意欲俟春暖即便解官,往天涯海角,务要寻着,以践前盟,方得如愿。”

郦相闻言，心中伤感，只得劝曰："年兄说哪里话，尔身居王位，正当事君养亲，以图忠孝，岂可为着妻室丢了君亲？若是他人说此话，我即鄙其重色，轻去君父，下官一生最敬忠孝。你倘对人说此话，必被旁人耻笑。"忠孝王曰："恩师教训，金玉良言。但人生在世，忠孝情义，各要保全，今幸太平，又值双亲壮健，可以乘隙寻访妻子，以全情义。万一寻访不着，门生不欲在世为人，当洗涤尘心，抛却富贵，挂冠归黄鹤山中，以度余年。夫子大恩，难以补报，只有待来生了。"郦相曰："孟氏有许多作用，非可容易寻访，亦非负义之女，三年必自来完亲，方知下官料事不差。"忠孝王曰："倘得如恩师之言，门下心愿足矣。"郦相曰："只管放心，定必天从人愿。"遂起身辞别。忠孝王曰："待备酒小酌回府。"郦相曰："另日领情。"即出殿上轿而去。

忠孝王进内，老王曰："方才丞相面有异容否？"忠孝王细说前事道："看来不是。"老王曰："我亦料女子怎敢做出如此惊天动地的事体，必是面貌相似。"太郡曰："若果是孟氏改装，孟士元何无一言？但郦相所言有理，孟氏有此才能，定难找寻。我儿不可寻访。"忠孝王曰："若不寻访，此心何忍？再作商议。今可差人往请苏大娘前来。"随差家将押一乘四抬暖轿，带老王名帖，往孟府请苏大娘。

众人从中门而进，领接来到孟府。苏大娘已捡出铺盖，孟府备酒饯行。苏大娘只得辞别上轿，四名人役在前引路。来到王府，从中门抬进，直到后庭下轿，老王夫妻、父子降阶迎接。太郡传集合府奴婢拜见，令俱称为大娘，当面送鞭杖锣指，交付大娘，凡家中女婢不听约束，任从鞭打。众婢仆退出。备上筵席，太郡请大娘同饮，语言间太郡已知苏大娘正直。席散，便把锁匙帐簿交付大娘，大娘掌管银钱账项，毫无私蓄，待下以宽，合府上下人等俱皆敬重。太郡即拨一个十二三岁幼婢，名唤瑞柳，作事能巧，跟随苏大娘。

当下郦相回府，来见素华，细说忠孝王请他看画图及自己言语说明等情，"他欲探吾面色，今已绝念，不敢疑吾改妆。"素华赞曰："难得小姐好机巧。"郦相曰："非是好机巧，吾已知家母到京，画图必被他取去；既知吾形容，必然探吾虚实，只是怎能探出。但朝廷正在重用于吾，怎能弃却金貂玉带，换来翠髻红裙。以此吾实难改装；且吾年轻，受朝廷知遇之恩，亦要报答。俟有贤臣出头，我方可改装，只是耽误了你，辜负你坠楼投水一番苦心，实是不忍。”素华曰：“二三年后改装无妨，但恐他辞官，远方外出，亏他父母，岂不冷落。”郦相曰：“尔言差矣。他要辞官，必从右丞相手中，吾若不准，他往哪里去辞官？”素华省悟曰：“说得是。”

正言间，只见女婢来报，贵州裘家姑爷前来，太师夫妻请姑爷出外会亲。郦相忙穿上公服而出。原来梁相之女丹华嫁与裘家，丈夫名唤惠林，字仲义，自十五岁中举人。父裘增荣已死，母符氏在堂。裘惠林少年中举，学力过人，时年二十五岁，因来年是太后六旬，大开万寿恩科，惠林因此进京，要来会试。前科因丁父忧，故未进京。

郦相来到后堂，与裘惠林行了襟丈之礼，坐在两边。茶罢，备席同饮。惠林自思郦相年只十八，纵使饱学，谅亦有限，总是命好，故有此遭遇。酒席间，梁相夫妻问些家乡事情。至初更后散席，送惠林进书房安歇。

到了次日，早餐后，梁相朝罢回府，裘惠林带自己的文卷百余篇与梁相曰：“岳父及闲，请为批点。”梁相看过两卷，遂大喜曰：“贤婿这数年文字大进，再加揣摩，确是翰苑奇才。”惠林谢曰：“小婿特早来求岳父指示。”梁相曰：“吾年老学力荒废，你可留心问郦明堂便是。”惠林曰：“郦襟丈不过命好，才学怎比得岳父老成练达。”梁相笑曰：“尔还不知，郦明堂才学盖世，前在翰苑，通苑翰林俱皆降服，号为飞虎将军。莫说老夫不及，就是满朝公卿，亦无人及他的，故公卿翰苑文字俱求他批改，真是学贯天人！尔怎说他是命好，须用心听他指教。”裘惠林省悟曰：“原来郦襟丈如此的博学，奈他年少官高，未免骄矜，怎肯用心指导？还望岳父求其用心指教。”梁相曰：“难得他为人谦恭有礼，无论何人文字，若求他批点，从无推辞，怕不尽心指示。”

正言间，只见郦相素衣朱履到来，二人见礼坐下。梁相对明堂曰：“你襟丈闻尔才名，带有百余卷文字，烦尔批点，吾方看过几卷，却亦将就可教，但是尚要加工。欲求你教训，又不敢贸然开口，望贤婿念及亲谊，用心批示，若得成器，老夫知感。”郦相欠身曰：“岳父说哪里话，小婿年轻学浅，怎敢僭言。”梁相曰：“学无先后，达者为上。贤婿只当至亲相待，尽心教益，乃老夫所厚望。”郦相乃对惠林曰：“襟丈若不弃嫌，只管下问，弟无不尽心剖白。”惠林谢曰：“若得垂教，乃是师生，请高坐受我一拜。”郦相曰：“至亲无文，不必客气。”从此郦相见其学力过人，时刻用心开解，惠林文才大进，梁相甚喜。

是日午间，云南顾氏囚车进京，来到午门候旨。帝已退入后宫，刑部官即解赴天牢，交狱官囚禁，俟明日奏主。刑部即开名单，差人报知武宪王父子。原来忠孝王念江进喜母子小春庭私放厚恩，恐其母子遭擒进京，特嘱刑部尚书：云南刘家眷属若到，须开名通知，好奏请释放。当时名单送到王府，老王父子只见有顾太郡一名，并无他人，谅江进喜母子必定避走，不能报答其恩，怏怏不乐，只是罢了。

到了次日，解官奏闻。当下顾氏进牢，狱官即令开了镣肘，进了牢房。刘捷叹息，接入坐下。吴淑娘抱了幼子，上前拜见大娘。刘奎璧率含香母子拜见母亲。顾氏曰：“尔们随便坐下。”众人坐在两边，顾氏与幼子并孙儿一一相见。这两个小孩不知人事，只管跳跃。顾氏叹曰：“尔两个孩儿，不知前世何辜，亦来受刀！”一时恨起，对刘捷曰：“你我众人，各享富贵，死亦何妨；可怜二孩，受此惨刑，皆因你作恶所累，你心何忍！”刘捷怒曰：“老不贤，尔母子在家做事，求婚放火，寄书与皇后，奏主赐婚，迫死孟氏，结下深仇。吾不说尔便好了，尔却反说是吾累尔，真是可恼！”顾氏恨曰：“我们放火谋害，迫死孟氏，罪何至灭族？若非尔寄书通番叛逆，何至灭家？亏尔还说这话，真是杀才可恨！”说得刘捷无言可答。刘奎璧跪下曰：“总是孩儿不肖，造下罪恶，累及满门，致使双亲大人晦气。”顾氏扶起曰：“生死天定，有何怨恨。怎知三年之间，如此变迁，实为可叹！”此时崔攀凤探知顾氏到京，带些糕饼来探岳母。拜见礼毕，令从人把糕饼付与二孩儿。顾氏曰：“多承贤婿费心，请坐。”崔攀凤即与刘奎璧见礼坐下。顾氏问曰：“贤婿谅必高中？”崔攀凤曰：“小婿仰仗二位大人福荫，忝中第十三名举人。”刘捷谓顾氏曰：“贤婿多情，自我入牢，日日前来，日后必定高发。”顾氏曰：“难得贤婿在京，日后我们正法，劳烦代理后事,免累朋友。”崔曰:“倘大臣援救得赦,亦未可知。若有不测,小婿自当料理,不必忧虑。”遂辞别出牢。

欲知后事,且看下回分解。

第五十一回　刘燕玉寄信救亲　忠孝王捐仇奏帝

却说成宗次早临朝,刑部官上殿缴旨曰:"臣奉旨往云南捉刘捷家眷,谁知满门婢仆知风逃走,只将家眷家产搜捉入库,擒获伊妻顾氏,昨日到京,现禁天牢。查得刘捷云南别无至亲,特请旨定夺。"帝曰:"前日已经三法司审定,今顾氏既到,着值日刑部,来日把刘捷满门至亲男女并彭如泽各犯,押到法场处决,毋违!"值日刑部官领旨。不上一时,驾退回宫。刑部官即传武士刽子手来早伺候。

且说崔攀凤探知圣旨大惊,奔往天牢。刘捷问曰:"贤婿如此慌张,莫非要斩吾们么?"崔攀凤悲泣答曰:"果然不好消息。"刘捷曰:"总是一死,宁可早些结局,免使延迟。贤婿,劳尔为我等备办后事。"崔攀凤流泪曰:"此是小婿分内之事,不须费心。"即辞别出去。刘捷满门坐以待死,惟有嗟叹而已。

俗云:无巧不成话。恰好燕玉亦已到京,按燕玉等船到天津起岸,刘小姐、江三嫂姊妹母子赶紧上路,是日午后进京。刘燕玉吩咐先租一小客店,行至小客店,安歇行李,小姐曰:"未知家母进京否?只是我等未曾到京,又无相识,无处探访,奈何?"江进喜曰:"小姐不必忧虑。"急寻到崔寓前,把门人问曰:"江进喜,幸尔不曾被擒,要见我家相公否?"江进喜曰:"正要访探吾太郡可曾到京否?"把门人曰:"尔尚不知么?尔家太郡昨午方到,拘禁天牢。早间圣上传下旨意,来日满门俱要市曹正法。我主人出去备办棺木衣衾,来日收殓。"江进喜暗喜来的凑巧,辞别紧奔回店。进房,刘燕玉问曰:"尔这等喘息,莫非正法了?"江进喜曰:"幸喜我们来的不迟不早,正是恰好。"就把前事说明。江三嫂曰:"谢天谢地,如此凑巧。"小姐连忙写书,去见少王,求赦满门性命。江进喜叫店家取来纸笔,刘燕玉用心修书。江三嫂嘱进喜曰:"可去饱餐,免得饥饿。"刘小姐曰:"趁我写书,急去饱餐。"江进喜曰:"老爷满门性命尚未定着,小的胸脯塞满,心如油煎，怎么能吃？”

刘燕玉急忙写书，内称：“一自敝园相晤，捻指已过三年。终身所属，望眼将穿，谁知又起风波，表兄崔攀凤求为继室，只得逃走在外，寄迹尼庵，孤寒度日。近闻母亲被押来京，全家问斩，窃念前日尽是二家兄作恶，愿将二家兄与你报怨，只求开饶父母满门，恩同再造；倘不作情，我亦何颜立于人世，与尔结亲，惹万世唾骂？求速把前日香罗交还，来早舍命上殿哭奏，愿身代父母受刑。天子倘不开恩，即触死金阶，以表孝心。不可耽误。”封缄毕，又取前日皇甫少华所赠的诗扇，将它交与江进喜，嘱曰：“此书须付忠孝王观看，切不可使老王知道。老王恨家父害他，拘禁番邦，三年苦楚，必定煽热添炭，更难作情。若见少王，不必过谦，当实情求其肯否，一言而决。倘不作情，就把诗扇还他，取还香罗。切须紧记！”江进喜曰：“知道。”急急问到王府，恰是申牌时候，只见端午门前俱用挡车截住，门官军士俱在两边看守，何等森严。江进喜寻思：须俟个相识的通报，方得见少王。只见里面一个宽衣大帽的家将出来，已是上灯的时候，火光之下，分明认得正是家将曹胜，一时心花俱开，如今有救了。候他出了端午门，江进喜方从背后叫曰：“曹大叔停步，小人有话相商。”曹胜停步，回头一看，却不认得。江进喜向前作揖曰：“大叔不认得小人么？”曹胜曰：“小人眼慢，果然忘记，恰在哪里会过？”江进喜曰：“小人名叫江进喜，乃是刘奎璧的家童，前在昆明县刘府与大叔相会。”曹胜方才省悟曰：“原来是江大叔！失敬了。我家老千岁父子时常想念你，待我禀知老王。”江进喜曰：“不必惊动老大王，烦劳报知少千岁，说小的有话面禀。”曹胜曰：“少王往衍亲王处吃寿酒，谅即回来，可往内坐候。”江进喜寻思：好不凑巧。只得等候，即同进内，至王府宅门前坐下吃茶。

曹胜私到后殿来见老王，禀曰：“启上老千岁，今有刘侯家人江进喜说有要事面禀，现在门前伺候。”老王大喜曰：“可叫他进来。”曹胜领命，出见江进喜曰：“我家老王唤尔进去。”江进喜曰：“我只要见少千岁，何必惊动老千岁？大为不便。”曹胜曰：“便见老王也是一般。”即在前引路。江进喜随进后殿，跪下曰：“老千岁，小人叩头。”

老王喜悦，令家将扶起，唤上前问曰："救吾儿的义士，尔几时进京？"江进喜曰："小人同家母、姨母、二小姐午间进京，歇在客店。二小姐令小人前来见少千岁说话，不料惊动老千岁，小人该死。"老王疑问曰："什么二小姐？"江进喜曰："就是皇姨刘燕玉，我家的二小姐。"老王曰："闻得燕玉嫁与崔举人，怎能进京？"江进喜暗想：好事不出门，恶事扬千里，遂答曰："吾家小姐曾与少千岁订亲，怎肯失节？"便将逃隐万缘庵，失脱首饰，受尼姑凌辱，并捐集路费求乞到此之事说明。老王惊喜曰："吾亦曾闻，那嫁崔举人之女却是何人？"江进喜曰："那是梅姑娘代嫁。"遂细把梅雪贞出嫁事说出，"此乃移花接木之计。"老王方服郦相料事如神，又问曰："尔小姐差尔来见吾儿，有何言语？"江进喜不敢实说，答曰："家小姐只有一封书信，要交少千岁亲看，却不知甚话？"老王曰："把书取与孤看。"江进喜不敢不从，只得推辞曰："老千岁乃是尊长，家小姐女流笔迹，怎可亵渎长上？宁可交付少千岁为是。"老王心中明白，笑曰："我知道了，尔小姐恐吾不作情，欲求吾儿；不知吾若不作情，吾儿怎能逆吾？可取与孤看，方有定着。"江进喜心思：老王多事，要管少年人事；若不与他，反弄坏了事。就把书拿出，家人接上。

老王拆开观看，字迹清秀，言语明白，暗喜媳妇却有才学，又说得激切，令人伤情。不觉连声说："好好好！难得难得！壮哉壮哉！不枉是我皇甫门中之人。"乃问曰："诗扇何在？"江进喜把扇呈上，老王认得果是孩儿之物，不觉大喜，问曰："此书是尔小姐亲笔写么？"江进喜曰："就是方才现写的。"老王喜曰："不意媳妇有此才学，又有如此节烈孝心；尔可速归回复贤郡主，管教满门开赦。"江进喜大喜谢曰："虽蒙老千岁大德，小的必俟少千岁回书，方敢回去。"老王曰："既如此，就令家将引去畅饮酒肉。"江进喜曰："小的早晨至今，腹中实是饥饿；但未见少千岁，全家性命尚未定着，怎能吃得下喉。"老王曰："尔好痴呆，孤今保奏赦尔全家性命，尔只管去畅饮无疑。"江进喜连忙跪下，连连叩头曰："老千岁如此施恩，真是恩同天地。"老王就令曹胜引去吃酒，江进喜同曹胜自去畅饮。

且说老王进入花厅，叫曰："贤妻！尔日日思念媳妇，今已来了。”太郡忙起身问曰：“莫非孟氏来了么？”老王曰：“孟氏哪有踪迹，多应不在人世。”太郡曰：“既不是孟氏，还有什么媳妇？”老王曰：“就是那刘捷的次女。”太郡曰：“刘燕玉既嫁举人，还敢前来？”老王曰：“谁知是移花接木之计。”即坐下，细把江进喜送书之事说明，并把书送与太郡看过。太郡看书，手舞足蹈，喜曰：“难得我们家门有幸，媳妇都如此贞节。”又笑曰：“前日郦相果然有先见之明。”老王曰：“郦恩相若非盖世才能，怎能连中三元，十八岁拜相？我们乃是庸夫，怎能及他见识。”太郡曰：“相公怎样主意？”老王曰：“媳妇如此节孝，来日极力奏赦，岂能杀其满门，那样媳妇有何颜与孩儿结亲？”太郡曰：“不知朝廷肯开赦否？”老王曰：“必定开赦。”夫妻坐候少王。

且说江进喜吃毕退出，二更后听得点响，家人报称少千岁回来。江进喜忙起身到二门内，只见十余对纱灯引路，少王坐着八抬绿呢轿前来。江进喜叩头曰：“小的江进喜叩头。”少王听不明白，问曰：“前面跪者乃是何人？”曹胜上前禀曰：“是刘捷的家童江进喜，自上灯后候千岁至今。”少王一听是江进喜，心花俱开，忙落轿向前扶起曰：“尔是孤的救命恩人，何故行此大礼。”江进喜大悦：国丈有救了。

少王到厅上坐下，曰：“吾恐尔母子被擒进京，欲奏请朝廷摘释，昨日报称并无尔母子。却几时进京，见我何事？”江进喜仍把前情细说一遍，少王喜从天降，曰：“小姐如此贞节，可把书信取来我看。”江进喜曰：“方才被老王强取书信去看。”说过，少王寻思曰：“此乃父母仇人，我怎好作情？若不作情，刘氏怎肯与我结亲？”江进喜见其沉吟，又把老王许其开赦之言陈明。少王曰：“尔在此饮酒，俟少停我还有话说。”江进喜领命。

少王入内，见父母作揖，坐在旁边。老王问曰：“刘氏差江进喜带书前来，尔可曾遇见否？”少王曰：“孩儿已遇见江进喜了。”老王即把书付少王看过，少王阅后沉吟不语。老王问曰：“尔主意若何？”少王曰：“儿怎敢专主，只凭父王主张。”老王曰：“媳妇如此贤孝，吾当面奏朝廷，赦其满门，只将刘奎璧处决，成就良缘。今可写书回复，免使忧虑。”

忠孝王即退出，取了白银一百两，交付江进喜曰：“我今不复写信,尔可回复小姐,来早我父子奏赦便了。此银带去使用。”

江进喜称谢回店,入内见三人坐着伺候。江三嫂埋怨曰:“尔怎的此时才回？我们等得心焦。”江进喜就把少王赴饮,见老王说话言明。刘燕玉埋怨曰:“你怎去见老王,岂不误事!”江进喜曰:“若不去见老王,事便欠妥。”就说明前事。三人大喜曰:“难得他满门慷慨,不念旧恶。”江进喜将银呈上,江三嫂曰:“尔未饱餐,如何是好?”江进喜又把请吃酒肉说明。刘燕玉对江进喜曰:“我等今夜不可安寝,坐到四更,尔可到王府催促老王父子进朝保奏,方不误事。”江进喜曰:“全家性命尚未保定,小人怎得安寝。”

四人言谈,直到四更,江进喜起身出门,各处栏杆已开,伺候百官上朝。江进喜直到王府前,只见随从已点灯烛,伺候上朝。按江进喜去后,老王嘱少王早睡,又着女婢四更便催,“我等上朝,奏赦刘捷全家性命。”此时老王父子梳洗饱餐后,老王嘱少王曰:“少停尔可竭力奏赦。”忠孝王曰:“刘捷乃是通番首犯,恐帝不准。”老王曰:“帝若不准,待为父相帮,凭着我父子齐心,不怕朝廷不准。”忠孝王带着刘小姐书信,父子上马出门,只见江进喜跪在道旁,老王问曰:“尔为何还不回店?”江进喜禀曰:“小人昨夜回报小姐,小姐感恩无涯,恐少千岁失朝,有误全家性命。”老王曰:“尔小姐如此节孝,孤父子自当留心。尔可回复小姐,管教满门恩赦,不须过虑。”江进喜曰:“蒙老千岁恩德,但不知圣意。小的当候实信,方好回报。”老王曰:“难得你如此尽心。”

父子起身,到午门下马。天时尚早,只有几员官接入朝房。不多时,文武陆续前来。是早凑巧左相梁鉴、龙图孟士元宿阁未上朝,武士报郦相上朝,百官迎入朝房坐下。时天下太平,天气寒冷,帝缓至天明方坐朝,众官说了许久闲话。忠孝王心恐朝廷不赦,遂忘记了请郦相鼎力。及帝临朝,群臣朝贺毕,值殿官喝曰:“文武分班,郦相赐坐右边绣墩,百官分立左右。”值殿官再喝:“文武有事启奏,无事卷帘退朝。”只见忠孝王执笏俯伏金阶奏曰:“臣皇甫少华有事启奏,乞恕死罪,方敢启奏。”成宗曰:“赦卿无罪,卿只管奏来。”忠孝王奏曰:“臣于四年前随父在云南,奉父令同刘奎璧到孟士元家射箭求婚,刘奎璧只中二箭，臣侥幸得中三箭不虚，即日行聘。不料刘奎璧包藏祸心，四月初二请臣游江，夜宿刘园小春庭，是夜刘奎璧往外祖母家奔丧，嘱咐其仆江进喜烧臣。恰幸其妹刘燕玉同乳母江三嫂前来订亲，放臣从后门逃走，前捷报已奏明，毋容再渎。但刘燕玉乃臣救命恩人，今因刘捷正法在即，伊女燕玉进京求赦。”

未知如何，且看下回分解。

第五十二回　郦丞相怪帝徇情　刘旧戚受恩免死

却说忠孝王细说顾太郡因次女刘燕玉年已长成，意欲配亲；刘燕玉守贞不嫁，同乳娘逃匿尼庵，失脱首饰，被尼姑凌辱，忍耐供设尼姑二年，昨日进京，恳臣奏赦伊父母满门性命，愿斩伊兄刘奎璧谢罪等情，“现有皇姨亲笔书信，乞陛下念及先皇后并皇姨情面，只把刘奎璧正法，恩赦刘捷全家性命，成就臣一段良缘，感戴不尽。乞陛下龙目亲视。”就在怀中取书，双手呈上。帝着内监取书前来，赐忠孝王平身。内监呈书，帝见字迹秀美，言语哀切，心思刘门女胜于男，先皇后贤德，此女亦贤孝。乃曰：“王法无亲，刘捷罪大难赦，毋容再奏。”忠孝王便再奏曰：“非臣渎奏，冒犯天颜，臣昔年若非皇姨放脱，臣已死多年，焉有今日？若杀其父母全家，以报前怨，则刘捷乃刘燕玉之父，杀之怎肯与臣完亲，老母无人料理中馈。乞陛下格外开恩，仰见洪仁被及草木。”武宪王亦跪奏曰：“臣夫妻年近半百，子居王爵，未有妻室，日后宗祀何赖？伏乞施恩，念及先皇后之面开赦。”成宗不悦曰：“你父子好不晓事，惟要媳妇妻室，把朕国法当作甚事，朕难以徇情。”武宪王叩头再奏曰：“非臣父子回朝报怨，实欲借番帅杀臣，以绝后患，非真心卖国。望陛下念先皇后孝心，全其残生，臣等深沐圣恩，有如渊海。”帝闻言，心恻隐，即降旨曰：“今念尔父子前功，将全案人犯宽限一月处斩，着仍禁天牢。”武宪王父子谢恩，帝将书藏在袖内。刑部草赦书，重用内侍带出法场。帝驾退回宫，郦相退入内阁批案。

成宗回宫，皇甫皇后接入宫中坐下，皇后朝拜，赐坐旁边。成宗笑对皇后曰：“好笑尔的兄弟，贪得无厌。”皇后疑惑，因问何故。帝即细说早晨事情，皇后惊异。帝曰：“不意刘氏如此贞节，且又书信通彻。”就取出刘氏书信与皇后观看。皇后看毕，俯伏奏曰：“陛下若杀刘侯，刘氏怎愿与舍弟成亲；且舍弟重义，定不别娶，可怜臣妾父母无人伏侍，宗支乏人承接。还望开天地之恩，开赦刘氏满门，只将刘奎璧正法。”帝令平身，便说曰：“奈无此例，若降赦，群臣必定奏阻，那时反失了皇威。”皇后曰：“陛下若斩刘捷满门，外人定说臣妾迷惑圣上，刘捷焉得不死，臣妾难脱恶言。望乞格外开恩降赦，先皇后在九泉亦感圣恩无穷。”帝因其苦求，只得说曰：“今念卿贤德，只得法外开赦。”皇后谢恩。帝曰：“朕倘登殿开赦，大臣定要阻挡，不若就此降赦为便。”即着内监草诏：只将奎璧候斩，彭如泽候绞，刘捷满门免死，发付岭南充军。限半月后伊女与忠孝王完亲。内监草诏完毕带出，依例付诏稿送到南阁登记号簿，然后带往内阁。大臣见稿大惊曰：“朝廷国法，如此颠倒，刘捷乃叛逆首犯，开赦不死；刘奎璧、彭如泽乃是从犯，怎么反加诛戮？不合律例。”齐向郦相、梁相曰：“二位太师乃钧衡大臣，如何主意？”郦相寻思：我若同谏，此诏难行，后人定说我假公济私，嫉妒刘氏夺婚，遂劝曰：“成事不说，往事不谏，今皇后、忠孝王连父母受苦亦愿做情，我等何必做恶人。”孟士元曰：“郦太师实宽洪大量，成人之美。但此等律法，恐后人议论执事徇情。”即令部官存案，内侍带诏往天牢开赦，不表。

且说是早刑部监斩官天明带武士到天牢，牢官接谕，检出刘捷、刘奎璧、顾氏、吴淑娘母子及杜含香母子至亲七人，并山东巡抚彭如泽等，推出天牢。武士绑缚，押上斩轿，掌号呼喝，解到法场，席地坐下，候行刑旨到开斩。崔攀凤因是处斩，自己不便前来，令家人押七具棺木，放在一边，又备酒席活祭。彭如泽亦是家人备棺木并酒席。许多军民前来观看。将到巳时，只见内监骑马而来，军民齐声曰：“行刑旨到。”刘捷满门大惊，魂不附体。内监下马喝曰：“皇爷宽限旨到，快来迎接。”众官跪接。读诏毕，方知诏称武宪王父子恳宽一个月处斩。众官皆谢恩，内监回朝缴旨。这刘捷疑惑：皇甫王爷怎肯保奏？刑部着仍禁天牢，方回朝复旨。崔家家人押棺回去，崔攀凤闻宽限大悦，急赶入天牢，恭喜岳父母等蒙天子宽限。刘捷叹曰：“有甚么恭喜，只不过多了一个月耽搁，不如早决为妙。”崔攀凤曰：“今既宽限，少不得自有相好大臣奏赦。”刘捷曰：“我罪若能开赦，早有大臣保奏，何待今日！但方才诏称武宪王保奏，亭山乃我仇人，怎肯为我保奏？大为可疑。”崔攀凤曰：“待我去刑部打探委曲。”即退回寓。

且说江进喜回寓，回复宽限并包管开赦等情，刘燕玉大喜曰：“感谢老王父子大恩。”唤江进喜曰：“尔速饱餐，去唤一轮车，待我进牢探望。”即取些碎银，交江进喜唤店家唤车。进喜饭毕，各物齐备，刘燕玉秤了三十两银子包着，带付牢中父母应用，留梵如看守房子，自己上车，江进喜跟随。来到刑部牢前，江进喜向牢子说明来历，牢子禀明狱官。狱官见天子宽限，心知大臣定然保奏，况有牢官嘱托，即开牢门放进。牢子引入牢房，只见满门正在闲谈，刘燕玉跨进牢门，叫曰：“爹爹、母亲，孩儿不孝来迟，望乞双亲大人赦罪。”刘捷不悦曰：“尔作人家媳妇，丈夫求功名进京，尔又到此，不怕婆婆见怪。”顾太郡大怒曰：“我只道尔死了倒干净，原来未死，尚有何颜来见父母？好个深闺女子，逃走二年，问你羞也不羞！”刘捷又问曰：“女儿到此亦是孝心，只是少年女不该远行，似此千里迢迢，山遥水远，如何一人到此？如何又到天牢，不怕出乖露丑？夫人又何出此言。”太郡怒气冲冲曰：“尔道崔攀凤之妻乃是尔女么？今对尔实说，乃是福建延平府梅姑娘之女代嫁。”即将崔家行聘后，燕玉同江三嫂逃走，值梅姑娘母女前来，方将甥女代嫁等事说明。燕玉曰：“事到其间，待女儿说明，请母亲息怒。”刘捷曰：“且容女儿说来。”刘燕玉方把生母托梦订亲，万缘庵受苦，及进京求请老王奏赦助银之情言明，“女儿实为守节，并非失节。”刘捷对太郡笑曰：“怪不得亭山保奏，原来女儿情面所致。”太郡亦喜曰：“我怎知尔有如此委曲。”于是，燕玉先拜刘捷夫妻，然后与刘奎璧相见行礼，随后与吴淑娘、杜含香相见。刘燕玉把银送上曰：“此银乃是忠孝王所赠，女儿先取三十两与双亲应用，若用完再取来。”刘捷笑曰：“难得女儿孝心，但我有相好官员送银，使用充足，此银尔可收去。只是难得亭山父子大量，不念旧恶，肯收留女儿，又竭力救我，真是厚情；我竟存心害他，看来我正是杀才。”刘燕玉再把老王吩咐江进喜包教赦却满门说明，“谅必开赦。”遂把与忠孝王书稿呈上，众人看毕。

正言间，恰好崔攀凤进来，刘燕玉想起旧事，不觉羞惭满面，上前作一万福曰:“非是妹子无情,实因先母托梦,先同江三嫂已与忠孝王订亲,不敢负盟失节,不得已逃奔尼庵。多蒙表兄不念旧恶,父母反受照顾,此恩当结草报答。”崔攀凤方才省悟曰:“我方才到刑部打探,说是念武宪王父子并皇姨求情宽限,我心疑惑,谁知表妹有婚姻之约。若非表妹有此明眼识人,朝廷怎肯宽限?”刘捷曰:“我一向只道是真女婿,怎知是移花接木。难得尔少年如此厚道,日后定有好处。”崔攀凤曰:“亲亲之道,理当如此,怎当岳父介齿。”刘捷又问顾氏曰:“你前来寄书并近来进牢,因何并无说起女逃代嫁之事?直到今日方知底细,深负崔贤婿厚情。”顾氏曰:“只因你平日做官,虽不贪财害命,但遇尔的门生与官员闹事,尔务要尽力袒护,占人便宜。凡仇人多者,必多怨恨,我若实说女逃,却被仇人耻笑,辱没家声,故不言为妙。”刘捷闻言点头曰:“论我从前,凡事好胜,纵放门生为非,今追悔无及,故上天有此报应。”

言未毕,只见牢官来报曰:“国丈恭喜,万岁赦诏到,请即接诏。”刘捷忙出天牢,香案已备,内侍曰:“快接诏书。”刘捷忙跪下。开诏读出,方知皇后保奏,开赦刘捷满门男女,限半个月内将刘捷之女燕玉与忠孝王完亲,其余发配岭南充军,只将刘奎璧候斩,彭如泽候绞。刘捷悲喜交集谢恩,内侍回宫缴旨,牢官上前庆贺。刘捷入内说明诏内言语,深感皇后大恩。顾太郡曰:“难得皇甫满门宽宏大量,皇后这等仁慈,理当受享富贵。我等量窄猖狂,理当狼狈,只是难为了次子。”刘奎璧曰:“今幸皇后施恩,双亲赦宥,孩儿乃是祸首罪魁,死于九泉亦得含笑。”众人俱赞皇后宽恩。狱官上前催促曰:“国丈遇赦,即当出狱。”刘捷曰:“今匆惶间欲到何处安歇?”崔攀凤曰:“小婿寓所宽大,房屋有余,岳父可到那边住,日食却又利便,暂时亦可度过,将来再处。”刘燕玉寻思:我到崔攀凤家居住,惹人嫌疑。忽听得外边人声丛杂而进。

欲知是谁,请看下回分解。

第五十三回　念妻节少华缓婚　悔前过刘捷赦罪

却说刘捷遇赦，欲到崔攀凤寓处暂居，刘燕玉心避嫌疑，忽闻外边走进几人叫曰："国丈何在?"刘捷闻声疑惑，只见来了六个青衣大帽家人，跪下曰："小人乃是本府阮爷的家人，奉令押轿来请老爷们到衙中暂住。"原来顺天府阮龙光乃是刘捷的表弟，二甲进士出身。刘捷喜曰："尔且稍待。"随即进内对众人说明，可往府衙安身。刘燕玉暗喜，刘捷催促众人起身，只见杜含香抱着刘旋对刘燕玉曰："我在此伏侍令兄，俟正法之日，我随到法场触死，阴魂亦可同伴。刘旋小子望姑娘抚养成人，妾在九泉感激不尽。"刘奎璧对杜含香曰："我犯下弥天大罪，理应抄没，全蒙圣恩浩荡，只斩一人。你如自尽，深负圣恩；况你为我传嗣，正望你保惜性命，抚育旋儿长成，接吾香烟为是。"杜含香曰："妾本欲同死，蒙爵主嘱托，妾当偷生照顾孩儿；但牢中无人，妾愿在此伏侍爵主，完此心愿。"刘捷曰："此亦媳妇深情，吾们不必相强。"满门辞别而去，刘捷又向牢官称谢出牢。

家人早已备齐轿子，各人乘轿前去；江三嫂坐了小轿，江进喜跟轿，不一时来到顺天府，从中门直进后堂。阮龙光同妻辛氏迎接入内，沐浴更衣，两下相见。坐下茶毕。阮龙光问知江进喜母子委曲，俱称盛德。不多时，一齐同饮。席间问及刘燕玉以前之事，刘燕玉就把万缘庵如何过日，梵如如何周全，后来梵如一同进京等情说明。阮龙光笑曰："难得贤侄女如此贞节，怪不得忠孝王父子尽情。"阮龙光又笑曰："梵如如此守道，我有一好机会报他。现城中有一座登善庵，庵内住持尼已死，来日本府存案，就令梵如往登善庵充当住持，香火极盛，又有租田，颇有利益。"江进喜母子向前叩谢府尊提拔之恩。刘小姐令进喜把客店内行李搬进府衙，又取了十两银子，交江进喜曰："此银付你母姨应用。"次日梵如即进登善庵作住持。

且说郦相在阁，令人抄出恩赦完婚的诏稿，至日西斜回府，令家人:“取我的名帖,把赦书送与武宪王,说是我通知的,好备娶亲。”家人领命而去。郦相来到楼上,素华迎接坐下,问曰:“小姐因何有不悦之意?”郦相笑曰:“有一件不堪之事,姐姐你莫怪,方敢说明。”素华曰:“有事请即说来。”郦相就把忠孝王父子并皇后为刘捷求赦,六部官大忿,自己好意劝住,圣驾前亦不谏阻,又令人送赦书与他报喜等情,细细言明。

素华闻言,柳叶眉即时双竖,杏眼圆睁,怒曰:“忠孝王大为不该!刘氏救他,乃为自己姻事,有甚恩德,如何赦得他家满门?况伊父番邦囚禁三年,伊母流落绿林二载,竟把父母仇怨置之度外。小姐你是首相,亦不对你说一句,如此目无师长。且小姐昔年逃难,若非才学盖世,十五岁幼女岂不死于他乡外里?就是我投水之时,倘无恩母相救,早已葬身鱼腹。他今全不念你惨死之苦,亦不记刘氏是仇人之妹,竟为了刘氏一人,竭力奏赦,深负你我情义。只是六部要谏,小姐何故阻挡?”郦相曰:“我若同谏,后人必说我妒忌刘氏婚姻。”素华曰:“难得小姐宽宏,且喜小姐尚未露形;但忠孝王如此薄情,且待十年后改装,只是教他贪近反远了。”郦相曰:“姐姐说得不差,他竟是忘了父母之仇,守义之誓。现今刘侯夫妇既蒙恩赦,半月之内,他就要奉旨成婚,进入洞房,可见得男儿容易变心肠。我如今索性不言明,蟒袍玉带,过此一生,做一朝贤相,调和鼎鼐,燮理阴阳,辅佐圣君,使百姓安乐,天下太平,以报朝廷之恩,岂不甚好。何必定要嫁个丈夫呢?”素华笑曰:“正当如此,待他后来悔改。”郦相曰:“你嫁吾是戏耍之言,然荣显亦盖天下,算来胜他无权王爵多矣。我差人送赦书稿。亦是使他日后说吾宽宏耳。”

且说送赦书稿的家人来至王府,对门官说明详细,女婢传报入后堂。王府夫妻父子正在闲谈,忽女婢呈上郦相抄来的诏稿,老王夫妻看过悦曰:“原来是女儿内宫求情,今郦相亦来通知。”即将回帖交来人带回,多多拜上郦太师厚意。家将领令,打发下书人回去。忠孝王问曰:“不知郦恩师书内什么言语?”老王把书付与忠孝王看过。忠孝王吃了一惊,即曰:“此事不好。孩儿前奏朝廷,要守孟氏三年节义,方才娶妾。今当表奏,须缓三年完亲,方不欺君,亦不负孟氏贞节。”尹太郡大怒曰：“我常念无有媳妇，今幸皇后求情，圣上赐婚，乃天之幸，逆子要再缓三年完亲。况刘捷满门要往岭南，只剩媳妇单身，教他住于何处？逆子如此忤逆不孝，真是可恨！”武宪王亦怒曰：“媳妇何愁无处栖身，他在尼庵住过，今仍住在尼庵何妨。”太郡愈怒曰：“逆子目无君亲，使我们无有媳妇害羞。不如回乡，任尔表奏缓婚。”言讫，回顾众婢仆曰：“快快收拾行囊回乡！”众婢仆暗笑忠孝王不知趣，不要娶妻，致使父母发怒。

当下老王夫妻怒气冲冲，退入内去。忠孝王无情无绪，回归鸾凤宫，对孟小姐画图前作揖曰：“为小姐守节，致使双亲发怒，小姐可知我辛苦么？”忽又转念：我今宁可得罪父母，决不辜负孟氏，只得修下缓婚表，来早密奏朝廷，自然准奏，那时双亲虽然发恼，亦是无计可施。主意已定，至初更后，就闭上宫门，灯下具了缓婚表方安寝。

且说老王对妻曰：“畜生作事认真，今日责骂不敢回答，倘来早私自上表，朝廷喜其有节，准其缓婚，那时旨下，虽任我们责骂，亦无可奈何。”太郡曰：“此言有理，须要提防他上表。”老王曰：“我有办法。”即唤过二婢，曰：“尔可去对把门的说，来日少王要出门，须传云板，倘敢有违，重责四十大板。”女婢出去，吩咐门官，回复老王。老王吩咐二婢曰：“你二人今夜不可安寝，可坐在屏门内提防，倘听得外边云板响，不须先来通报，速开屏门，称是我夫妻要传少王爷谕话，立迫少王爷入房；他若不听，尔可入内来报，我们阻挡。”女婢领命，就往屏门静坐，言谈伺候。

且说忠孝王至四更后，即便起床，亦不梳洗，忙取冠服穿戴，即令备轿进朝，令门官不许传云板。家童传出此话，把门官暗想：老王爷要传云板，少王爷不传云板，岂不进退两难？忙进内来，求老仆吕忠作主。吕忠曰：“你们可速传云板，我即出来阻挡少王爷便了。”把门官称谢。

且说忠孝王吃些点心，家童回报：轿即进来。忠孝王袖表走到外门，候轿到来，忽听云板连响。忠孝王发怒，忙唤传云板的前来，一面着家将带棍伺候。只见屏门开处。二婢向前曰：“老千岁请少千岁进房谕话。”忠孝王曰：“我即当去。”只见老仆吕忠上前叩头曰：“就是小人传云板的，未知如何发落?”忠孝王曰:“你非把门的，故意违令，来敲云板，如此无礼!”吕忠曰:“老奴因昨晚把门官相请，多饮几杯酒，就在那边眠。因思上人出入，怎敢不传云板? 实是小人该死。”忠孝王骂曰:“你这老匹夫，故意逆令，暂且寄这四十棍，下次敢再如此无礼，一棒打死!”吕忠即叩头出去。

女婢掌灯引路，来到房门前。情知父母发怒，轻轻推门而进，灯火尚明，垂手立在床前，不敢作声。只听老王长叹一声，忠孝王自思身居王爵，今竟忤逆亲意，不孝实甚。不觉失神，立定了一会，老王披衣下床，怒目把忠孝王一看，恨恨而去。太郡在床帐内见儿子如此失神，心中有些不忍，便披衣起来，坐在床沿，安慰儿子曰:“难得尔姊求情，方得赐婚，你却表奏缓婚三年，教我怎不发怒! 今可从速完婚，方为孝道。”忠孝王只得应允。

女婢送进人参汤来，太郡付与忠孝王曰:“吾儿早起，可吃此汤养神。”忠孝王曰:“母亲年高，正当调养，孩儿要吃再烹未迟。”说罢退出，梳洗毕，将表留下，即便回到鸾凤宫，自思:君父之命难违，我当完娶入门，那时对刘氏说，若孟氏早晚相会，即便一同完亲;孟氏倘若不能相会，须缓三年方才同床共枕;今且分房独宿，以守孟氏三年节义，谅刘氏亦必知礼。可听从父母，既无异言，岂不公私两尽?

主意已定，就到偏殿禀知父母曰:“双亲严命，儿怎敢不从;但孟氏逃出，生死未知，苏氏投水已死，未得褒封，于心何忍! 意欲烦母亲进宫，恳姊姊奏请天子，追赠二女封号，方得心安，然后与刘氏完亲。未知二大人意下如何?”老王夫妻大喜曰:“此乃正理，有何不可。”尹太郡曰:“今日已迟，不得进宫，来早为娘入求女儿奏请朝廷，自当准奏。”忽见女婢报曰:“刘捷来报，声言定要面见二位千岁请罪谢恩。”老王问曰:“怎样前来?”女婢曰:“门官说是坐小轿，只有一个家人跟随，自己满身皂服，有如罪人一般。”老王急令女婢速取王服，父子穿戴停当，吩咐少王曰:“你们少年人须要大量，尽礼迎接，不可怠慢。”

父子同出后殿，忠孝王奔出大门外，老王吩咐大开中门请进。来到大门，刘捷见小王头戴朝冠，身披绣缎袍服，威风凛凛，不觉动容，急忙跪下叩头。忠孝王慌忙上前一步跪下，曰:“小婿不知岳父大人下降，有失迎接，望乞恕罪。”刘捷忙向前双手扶起，曰：“老夫罪恶，擢发难数。小王如此厚礼，使罪朽惶恐无地。”忠孝王曰：“岳父尊重，家父特请从中门进内相会。”刘捷曰：“罪朽何人，焉敢放肆擅走中门。”言讫，即从东角门而进。武宪王慌忙降阶迎接，满面堆笑曰：“小弟不知老亲翁降临，有失迎接，获罪不小。老亲翁如此过谦，大为不该。”刘捷趋前谢罪曰：“犯官罪重山岳，老千岁满门厚德，深似渊海；复蒙贤乔梓如此隆礼，益深犯官罪愆。”老王只得向前一同跪下曰：“老亲翁如此，岂不折杀小弟。”二人对拜，刘捷心中局促不安。家人看这光景，一个个掩口而笑。老王恭请他从中央上座，刘捷欲从偏阶，老王执手扶之上殿，尊其上坐。刘捷苦辞不得，即分宾主坐下。老王谢罪曰：“儿辈年少无知，进表得罪老亲翁，及弟得知，不及阻挡，大为不该。再缓几日，必当力奏，使老亲翁免往岭南。”刘捷曰：“犯官罪大，灭族犹轻，今只遣戍，足感贤父子捐弃前仇，并蒙收留小女，洵是天高地厚之恩。”老王曰：“如今钦限期迫，待弟择吉通知，便好行聘迎娶。”

刘捷大惊曰：“非是犯官无力赔贴嫁妆，实是贵贱不相当，难以回帖。不须行聘，只是择吉，犯官就将小女送到府上完亲，已感恩不尽了。”老王曰：“礼无不敬，老亲翁不必过谦，小弟自有区处。”说毕，刘捷辞别，老王父子挽留曰：“待小饮几杯，回府未迟。”刘捷称谢曰：“后日领情。”老王吩咐将轿打进殿前，便请刘捷上轿。刘捷苦辞，老王父子强扯上轿，令人扶抬从中门出去，父子步行。送毕，回进后宫，对太郡说明备细，即对忠孝王曰：“凡人困难之际，须要留他体面，不可冷语相加。今我隆礼相待，使他自觉有愧，并见我宽宏大度。今当烦卫华亭为媒，求取庚帖，好择吉期。”

且说刘捷回衙，与阮龙光等说起方才武宪王父子厚礼相待，自悔当初为人强暴，以至今日。顾氏曰：“有大量必有大福，怎比尔一味强暴，纵子为恶。今当差人送女儿庚帖前去，好待择日。”即便备下金字庚帖，差人送往王府，一面发出银两，备办妆奁物件，伺候行嫁。

未知刘奎璧性命如何，且看下回分解。

第五十四回 降褒封诏寻节女 庆新婚夫拜娇妻

却说刘捷因子刘奎光文武全才，智勇兼备，不胜欢喜；而刘捷亦素来慷慨，不贪财物；成宗秉性仁厚，今既教刘捷充军，后来复官，亦未可定。故刘捷一出天牢，便有许多门生故旧，相好大臣特来探望，奉送财物，手内甚是充足，遂付银两备办妆奁，不表。

且说武宪王将庚帖烦钦天监择日，次日尹太郡赶紧梳妆，即便上轿，来到后宰门下轿。把门内监迎问曰："太郡莫非要见娘娘么？"太郡曰："正是，未知圣上可在宫中否？"内监曰："皇爷坐朝未退，娘娘恰往昭阳宫。"太郡步到宫前候旨。内监进宫奏请皇后曰："启上娘娘，尹太郡现在宫门候旨。"皇后久不见母，一闻此言，心中大悦，就令宣进。

内监出来宣召，尹氏手执玉笏进宫，朝拜曰："臣妾尹氏朝见，愿娘娘千秋。"皇后立起身来道："母亲平身赐坐。"宫女献茶。太郡曰："臣妾久欲进宫，恐大臣疑有私弊，故不敢前来。"皇后问曰："俺家前日力奏开赦刘捷全家，未知贤弟何日与刘氏成亲？"太郡曰："为着刘氏婚姻，臣妾特进宫来，奏请娘娘转奏圣上诰封孟氏、苏氏，尔弟方愿与刘氏成亲。"皇后问曰："苏氏何人？要求封诰。"太郡就把苏映雪母女来历并代嫁行刺投水等情说明。皇后赞曰："难得苏氏不贪富贵，如此节烈，实属罕有。"太郡又把刘燕玉在尼庵三年受苦事情细说了一遍。皇后曰："三女如此节义，理当封赠。母亲且回，待圣上回宫，女儿即当启奏，谅无不准之理。"太郡谢恩，辞别回府。

皇后深喜三女节烈，惟恐朝廷不准。不一时，内监报曰："皇爷回宫了。"皇后出宫接驾入，朝见毕，坐在旁边。帝曰："今日退朝为时太早，与御妻下棋作耍何如？"皇后曰："妙极。"太监取过棋盘及黑白子来，帝后对奕。原来皇后的棋胜过天子，当下却皇后大败，输了三盘。帝心大悦，撤去棋盘，问道："御妻下棋，素称高手，今日连输三局,未知何事关心,如此不经意?”皇后忙跪下曰:“臣妾实有事关心,无意下棋,罪该万死。”帝令平身,问曰:“卿有何事关心,不妨明白奏来。”皇后奏曰:“早间老母入宫,恳妾转奏陛下,求恩诰封三女,使臣妾之弟皇甫少华好得完亲。”帝曰:“三女乃是何人?要请封诰。”皇后细把孟氏改装逃走,苏氏代嫁投水,刘氏尼庵受苦等情一一奏明。帝问曰:“苏氏何人?”皇后再奏苏氏出身及行刺之事。帝骇异曰:“孟氏、刘氏虽甘守节,亦是分内之事,独有苏氏最为奇异,彼特小户女流,不贪富贵,情愿投水,亦是尔皇甫门中大幸。三女俱是节烈,理合褒封。”即降旨封孟氏为正室王妃,苏氏映雪为义烈夫人,刘燕玉为节义夫人,着内监备办封诰。

帝向皇后曰:“朕前日只道孟氏已死,甚不留意,今知孟氏既系潜逃,朕欲颁诏天下,查访孟氏,与尔弟完姻,方遂朕意。”皇后曰:“臣妾父弟征番回朝,荣封王爵,天下周知。孟氏若在人世,定早已进京相会。今延日久,杳无音信,谅因难受奔波之苦,以致身死无踪。”帝曰:“不然,吉人自有天相。孟氏有此贞节,决非夭折之徒,或有事耽搁,或不知备细,故无有踪迹。朕若重赐赏格,自有知风出首,抑或自来相会,亦未可知。此女乃朕迫走,若不回来,朕甚不安。”传旨:细将孟丽君逃难始末,以及容貌年纪并跟随荣兰女婢一一开明,不论士庶军民人等,如有收留献出者,赏黄金五百两,彩缎五十匹;知风报信者,赏黄金一百两,彩缎十匹;该地方官高升三级。降诏通行天下,无论州府郡县、关津渡口,俱要张挂。旨下,内监传出,该部官立即差官捧诏,分发十三省寻访,不表。

且说内侍捧了封诰,连忙上马,来到王府。忠孝王忙排香案,接了封诰,供奉偏殿。次早,备下祭礼,正中麟凤宫供奉孟氏封诰并图画一幅,左首碧鸾宫供奉苏氏封诰,右边金雀宫作刘氏卧房。安顿停当,先去祭奠孟氏,忠孝王行了三跪九叩礼,随后老王夫妻作揖曰:“媳妇贞节可敬,宜受我们一拜,奈长上无拜下之礼,只好打躬。”然后烧化纸钱。又到碧鸾宫,令女婢排列祭礼,苏大娘泣辞曰:“小户之女,蒙圣恩褒封,已是受恩不起;复蒙祭奠阴魂,如何消受。”老王父子曰:“令爱这等节烈,正当百拜。”忠孝王拈香跪下,亦行了三跪九叩礼,随后老王夫妻又上前打躬。大娘泣曰:“吾儿如此厚受,亦可以无憾,愿你早升仙界。”女婢焚化纸钱,各各退去。须臾,钦天监差人送喜柬来了。启视之,乃择于十二月十三日行聘,十七日迎娶。只因不日行聘,令华亭侯卫焕为媒,预送吉期到府衙交与刘捷。

光阴迅速,已到行聘之日,王府中便结彩悬灯,笙簧并奏。华亭侯上轿押了聘礼,到了府衙,阮知府迎接入内,茶罢请酒。原来刘捷虽然遇赦,因自惭犯罪,不便见人,并烦表弟代发回聘礼物,亦极丰盛。满朝大臣皆差人到王府送礼,纷纷登堂致贺,这几天热闹非凡。郦相亦备礼往贺。

前一日,老王夫妻商议曰:“我等满门深感郦相大恩,今孩儿毕姻,宜预先下帖去请师娘梁夫人来此拜见。”忠孝王曰:“如此极好,但他的岳父梁相、义父康若山两对夫妻须一齐请来,方不失礼。”老王夫妻称是,令人备了三副请帖,写着老王夫妻姓字,令家将送到相府下帖。

女婢带入后堂,交与梁相夫妻,并请转交郦相。不须臾,郦相来到,梁相把帖交他看过。郦相问曰:“岳父拟前往否?”梁相曰:“伴新郎乃少年的事,我老人家不便去,况我去又坐位不便。女儿去与不去,你们夫妻去商议罢。”郦相点头退出,持帖回房。素华问曰:“家父唤你何干?”郦相笑曰:“门下要请尔我去伴新婚。”言讫,把帖付与素华看过。素华曰:“你要去么?”郦相曰:“吃喜酒如何不去,尔要去否?”素华曰:“家母今在王府,我去岂不败露?”郦相曰:“不中用的东西,亏我日在朝堂,与父兄言谈,若是尔这样胆怯,怎好作官?”素华曰:“我无你的伎俩。”

次日已是十二月十七日,婚期既到,文武官员俱至王府庆贺。偏殿上预先请一班驰名戏班,演唱侑酒。惟孟士元寻思自己女儿身死,作成刘氏受享,心中伤感,只到王府略坐,即托事辞别而去。老王夫妻父子深念郦相恩重,定要请他夫妻前来受自己一拜,忙令家人往相府催请。家将到府下催帖,女婢报入内堂,来见郦相曰:“忠孝王已遣家将来催。”郦相曰:“你回他即便前往。”女婢退出,回复来将。

郦相穿上新公服,素华曰:“你当真敢受他下拜么?”郦相曰:“他既贪新，我又成就他满门富贵，即受他夫妻拜见何妨。”来到后堂，适值景夫人坐在那儿，问曰：“你提拔忠孝王恩深，小女何不同去受拜，吃几杯喜酒？”郦相曰：“令爱过谦，不肯前往。”景夫人笑道：“自己的门下，何必太谦。”

郦相走出上轿，执事跟随，来到王府，大轿直入正中门，早有门官飞报，鼓乐喧天，武宪王父子一同出来迎接。还有老少公卿，文武百官，俱在庭中，文东武西，各立定位置，文官打拱，武官作揖，武宪王降阶迎接，郦相慌忙下了轿，一拱之后，笑着说：“呵唷了不得，下官恭喜来迟了。”众人说：“我等都恭候大人到来。”郦相步进偏殿。他乃是右相，左相不来，他就是第一人了，况是恩师，故坐在东首第一位。众官依次而坐，武宪王主位相陪，忠孝王坐在下边。茶毕，郦相曰：“呵唷！老皇亲，恭喜恭喜，今日领了花烛华筵，明年还要相扰汤饼大会了。”少华不觉红了脸，郦相又笑说：“东平君大喜，今日是你的花烛良辰，下官要叨饮一杯喜酒。”少华红着脸不敢抬头。明堂只作不看见，又唤左右说：“尔去代我恭喜太王妃，今日娶了少王妃，明年要抱小世子了。”郦相然后与满朝文武各叙寒温，言词敏捷，态度从容，一谈一笑，倾倒众人。老王问曰：“梁相年高，这就不敢强请，但令尊夫人老太师何不请他同来受小儿拜见呢？”郦相曰：“拙内偶染小恙，不能前来领情。”众官笑曰：“郦相真是豪爽，一请便来。”老王曰：“小儿沐郦太师大恩，屡思拜见师娘，无由可见。今幸值新婚，正好拜见老师娘，怎么托言有恙？”即吩咐二名家人，押了一顶大轿，带了太郡的名帖前去；并令二女婢：面见梁夫人，说是太郡必要恭请，若再不来，太郡即亲来拜请。家人领命，即要起身，郦相寻思太郡亲临，便难推却，遂想出一绝妙的计来，令家将且住，即向武宪王曰：“拙内近来好吃酸物，手足疲软，恐是怀孕，故不便前来。”老王暗想，若是孟氏改装，梁夫人怎得怀孕？我等真是颠倒，疑是女流。即打躬曰：“这是大喜事，老夫便不敢相强。”众官曰：“喜冲喜，恰是不宜。”连忠孝王亦信郦相真是男子。

老王对少王曰：“你去打发轿马迎娶。”少王退出。按此时京城内的风俗已无亲迎之礼，乃是媒人代去，于是卫焕便坐了八人大轿，押了花轿鸾驾，执事音乐，一路而行。来到顺天府衙门，阮知府代嫁侄女，大开中门。卫焕步入花厅，献茶毕，向阮知府曰：“烦劳老先生催促令侄女登舆，免使误了良辰。”阮知府令属下官员陪伴媒翁，自己入内催促起身。

是日刘燕玉凤冠霞帔，蟒袍朝裙，上前拜辞父母，依依不舍。顾太郡抱住涕泣曰：“从前我不知尔尽孝，不把尔当作女儿，谁知你今竟救了满门，才知尔的孝心。正当爱惜，却又要即日分离，不知此后可得聚会么？真是令人肠断！”刘氏曰：“母亲不必过虑，待女儿求公、夫保奏，或蒙免戍，亦未可知。”刘捷曰：“这句话切不可说，我的罪案能得遣戍，已属万分便宜，若再说免戍之言，就惹人看轻，说我贪得无厌。还有一句要紧话，尔须切记：我们如今失势，不比当初的势力，今感贤婿不弃，娶你为妻，实属万分之幸，凡言语之间须要恭敬，不可狂言夸口，惹人怠慢。”刘氏曰：“这倒不要叮咛，女儿平日作事谦恭，决不有失。”阮知府夫妻催促速速动身，刘氏只得拭干眼泪，辞别父母。

阮知府夫妻扶小姐登车，江进喜母亲随嫁上轿，四名女婢，许多嫁妆人役管押在后。三声大炮，花轿起行。华亭侯押了半朝鸾驾，乘马而行。锣鼓喧天，花炮震地，士民争观，巷塞街填。凑巧往返俱从孟龙图府前经过，孟府书童自起先媒人押嫁过去，遂报与女婢道：“王府迎新，实在热闹。”女婢俱叮嘱道：“若待娶回，须报知同看。”及至娶回之时，童仆果然进去密报，众婢俱到府前观看。恰巧韩夫人在后堂，交椅坐下，并不见一个女婢，又闻外边乐音震耳，火炮连天，更有喝道之声，悠扬过之，心疑莫非迎神，如许喧闹？一会儿方见众婢家童喧笑而入。韩夫人问曰：“你们从哪里来，这等欢喜？”家童曰：“只因王府迎亲，从府前经过，用半朝鸾驾，坐八抬绿呢金镶的大轿，又有四五对御牌执事开锣喝道，十分热闹。”韩夫人闻言，大怒曰：“可恨忠孝王，好生无礼，娶吾儿仇人之妹为妻，又坐着八人大轿，故意喝道开锣，从我府前走过，目无尊长，气杀我也！”方氏媳妇劝曰：“婆婆不要动气，总是姑娘福薄。若姑娘在日，刘氏乃是偏房，见了姑娘即当下拜，莫道敢僭用鸾驾八人大轿，亦不敢从我府前经过。总由姑娘死得太早，刘氏命好，故有这等威风。”韩氏想念女儿，又恨着女婿无状，不早约束家人，敢张声势，从我门前往返经过。正发怒间，恰好孟士元回来，问知缘故，劝夫人道：“忠孝王虽是不该，总由女儿福薄早亡，此所谓人死人情忘，说有何益。”韩夫人道：“可恨前日假装情义，骗取女儿的画图而去。他既薄情，我日后定要讨还，方消吾恨。”士元曰：“贤妻好孩子气，他既爱刘氏，还惜女儿的画图么？即还来何益，反伤和气。”韩氏曰：“可怜我女儿，恨无踪迹。”渐渐生起病来。亦是郦相数该相认，以此韩氏患病，这是后话，不表。

且说刘府新人的彩车直入王府，停在通道之上。不须臾，良时已到，乐人细奏音乐，女婢扶出新人上殿，并请忠孝王出来，一同参拜天地。礼官喝礼，众官请丞相：“往观新人拜堂若何？”郦相曰：“此乃美事，怎么不去。”即同众官步到大殿。只见一对好夫妻正在拜跪，新人的身材恰亦细小，金莲又不满四寸，先敬天地，拜了八拜；次谢皇恩，又拜了八拜；回转身来，即欲拜父母，老王曰：“为人须当念旧，若非郦恩师提拔，我等不知流落何方。须先谢郦恩师。”

忠孝王向前来请郦恩师受拜，郦相固辞曰：“养育之恩，并于两大，宜父母为先，下官怎好僭越；况年轻德薄，何有受拜之理。”忠孝王曰：“承蒙提拔门下一门，恩参天地，理当百拜，休要过谦。请到上边坐了，待门生夫妇参拜。”郦相谦称不敢当。武宪王推他上坐，说：“叩头万千，难酬夫子的恩典，这八拜是要受的。”又呼儿媳过来拜见老师大人。众官亦曰：“郦太师正当受拜。”郦相寻思：以恩而论，我确有恩于彼，便受拜何妨。老王父子二人便把郦相扶到上面，当中坐下。礼官喝礼，少王夫妻跪下，拜了四拜，即欲起身，老王即阻拦说道：“丞相厚恩，何妨八拜。”郦相只得坐下，再受四拜，便起身，相府家丁手托银盘，单膝跪下，将贺礼送与新人。郦相说：“些须薄物，聊表寸心。”王府家丁收了进去。回揖谢曰：“得罪了。”于是少王恭请爹娘并肩上坐，而后夫妻双膝跪下，端端正正亦拜了八拜。拜毕，又夫妻二人对面交拜，笙箫并奏，送入洞房，床沿坐下。

女婢揭了新人的面红，忠孝王偷看新人的容貌：也算得一个当世佳人，但因受苦日久，有些清瘦的形状。方饮了三杯合卺之酒，女婢报曰:“请少王爷出来宴客。”少王令女婢伏侍新人,自到银鸾殿入位,与众官坐下,戏班送戏文前来。按首席乃是郦相,老王请郦相点戏,郦相故意点了《女状元》全套,戏班随即登台演唱。二女旦前来侑酒,年俱十三四岁,亦甚美丽,一则敬重郦相位高,而且少年美貌,加倍小心敬酒。酒至半酣,郦相满面笑容,赏二女旦各三大杯。

未知郦相情动否,且看下回分解。

第五十五回　刘皇后阴魂救亲　旧国丈满门遇赦

却说二女旦吃了三杯酒，面上泛出桃花，愈见娇媚。郦相酒兴勃发，抱二女旦坐于两腿之上，老王笑曰："郦太师竟这等不老实，须要尽兴方休。"忠孝王暗忖郦相如此好色，怎说他是女流。众官直饮到日影西斜，郦相离席，老王挽留曰："天色尚早，请再畅饮。"郦相笑曰："下官已醉，失陪了。"即拱手退出。忠孝王入内对江三嫂曰："为了夫人守节，累尔尼庵堂受苦，多日的厚德，何以图报。从今而后，还望尔陪伴夫人同寝。"江三嫂不知何意，只得允诺。忠孝王辞别出宫，江三嫂疑惑，入内问燕玉曰："忠孝王怎么不在此安寝？"刘氏曰："他要到外书房安寝。"江三嫂曰："他才在此多时，有甚么话呢？"刘氏曰："不过说些别后的事情，要替孟氏守义三年。孟氏若早相会，便一同完亲，孟氏若不能会，须待三年之后，方与我成亲。"江三嫂终竟少见，叫苦曰："孟氏而今无迹，尚不与你成亲，倘孟氏相逢，小姐将置身何地，妾实为小姐忧虑。"刘氏曰："这却不妨，他乃是个男子汉，岂无好色之心，此番不与我点染，乃仗义守节，既不负孟氏，怎肯负奴家，尔可不必忧虑。"江三嫂曰："但他人之心，不似尔心，今夜我当何处安寝？"刘氏曰："今夜可同我安寝，来日再备床罢。"江三嫂称是，宽衣上床同寝。

忠孝王回鸾凤宫，只见灯烛辉煌，香茗已备，就令书童安寝，不必伺候，说自己亦要安寝了。忠孝王把香茗茶果供在孟氏图前，深深作揖，拈香祝曰："卑人难逆君亲之命，不得已今日成亲，但不敢与刘氏同床，表白我一心守义，不负小姐厚情。小姐阴魂可知我心否？"长叹一声，呆呆看着画图，不觉半支红烛又尽，方收拾安寝。明早起来，梳洗完毕，自有几位官员前来庆贺新婚。忠孝王礼待毕，方入内向父母请安。太郡问曰："媳妇性情若何？"忠孝王曰："孩儿有一言，望母亲勿怒，方敢禀明。"太郡曰："有话便说，何必踌躇。"忠孝王把昨夜与刘氏议定,俟孟氏相会,一同完姻,媳妇甚是欢喜等情,一一说明,“母亲如果不信,可问媳妇,孩儿若有异言,便是欺骗不孝的大罪。”太郡不答,即起身来到朱雀宫,三女婢通报,刘氏慌忙出接入房,移椅请太郡坐下,向前拜谢救他满门之恩。太郡扶起曰:“自己骨肉,何必言谢。”即命坐在旁边。茶毕,叱退女婢,问曰:“媳妇何故许小儿三年后完亲?”刘氏曰:“夫君欲守孟氏三年之节,有情有义,此乃美事,可敬之至。怎么不从?”太郡知其心愿,又见美貌,心中好不欢喜。一面退出,向老王说明媳妇贤德等情,“是我们命中不该早得孙儿所致。”老王曰:“此是家门有幸,故出此义夫义妇,三年易过,何必性急。”太郡称是。忠孝王恐刘氏疑其有异心,即便进宫与刘氏言谈,亲热无比。

刘氏终有孝心,完亲后,心想老父如何受远路风霜,无奈限期匆迫。特刘捷不贪财物,合当有救。忽一日皇后在宫,等候圣驾,至日午身子困倦,伏几而卧。只见宫监报曰:“刘娘娘驾到。”皇甫皇后心思:“我乃正宫,管他甚么娘娘?”只见外面一位妇人,正宫打扮,生得瓜子脸,桃腮杏眼,面上有一点朱砂痣,缓步而入,幽娴贞静。皇后十分敬重,起身迎接曰:“俺家不知娘娘驾到,有失远迎。”只见那妇人作礼曰:“俺乃前皇后刘氏,只缘福薄,产后身亡,贤妹有福,不久定产麟儿。为因逆弟奎璧存心不善,欲害贤妹满门,又不料老父纵子,造下弥天大罪。感蒙贤妹满门大德,奏免死罪,发遣岭南,但念父母年老,怎受远路风霜?兹幸有机会可乘,恳贤妹代奏主上,免老父发遣;逆弟奎璧,得保全尸而死,妾当保佑贤妹,早生麟儿,以主社稷。”言罢,拱手而去。皇后乃知是前皇后,即来挽留,不觉跌了一交,从此惊醒,方知昼寝。自思先皇后生前贤淑,死后托梦必真,但朝廷不肯免遣,如何是好?方才刘后说有机会可乘,不知有什么机会?忽见内监报曰:“皇爷回宫了。”皇后出宫,跪接圣驾入宫,当中坐下。皇后朝见毕,赐坐旁边。皇后奏曰:“臣妾方才昼寝,曾见先皇后刘氏前来托梦。”帝问曰:“所托何事?”皇后就把梦中之言奏明,愿求陛下念先后刘后孝心,赦免刘捷充军,并赦免刘奎璧一刀,赐他全尸而死。帝曰:“朕亦知卿贤淑,恐朕不肯开赦,托言先皇后托梦,以感动朕心。奈刘捷罪大，难以开赦。”皇后曰：“果然是先皇后托梦，臣妾怎敢冒奏欺君。”帝微笑曰：“若果是刘氏托梦，可记刘氏的相貌，说来对不对?”皇甫后曰：“先刘后将及六尺身材，身躯清瘦，瓜子脸，双眼含俏，面上左边有一点红朱砂痣，四寸金莲，皮肤洁白，是也不是?”帝笑曰：“尔问宫娥，自然知道刘后的容貌，朕岂不明白。”皇后再三争辩，帝曰：“不必争辩，即使果是托梦，亦难越例，岂有叛逆罪重，只绞死刘奎璧一人，而刘捷免遣充军，群臣怎肯容情，朕亦难以曲法。”言未毕，只见内监奏曰：“今有兵部尚书雍伦，奏称雁门关三边总制使刘奎光，大胜鞑靼，谨具表奏捷，事关军情重大，不敢迟延，请旨定夺秉笔。”太监拆表开读，其表如下：

雁门关总兵臣刘奎光，诚惶诚恐，稽首顿首跪奏：愿以身代父母受刑事。窃思罪臣叨蒙圣上天恩，委以边关重任，唯是当干戈平定之时，专心操兵练将，及烽火忽起之际，敢不舍死忘生。即今单于国起兵二十万之众，攻城犯界，罪臣寝不安席，食不甘味，困卧战马之鞍，渴饮匈奴之血，朝夕之间，毫无宁晷，是以数月以来，单于望风而远遁，叩辕求成，军民安枕。罪臣何敢言劳，而报陛下之忧可无忝矣。不意罪臣之父与弟，受国家格外殊恩，不思报效，反假公以雪私怨，罪恶之大，一至于此，虽王法当诛，罪在不赦，然臣为子之心，不忍闻父母暮年受此惨死！今特恩恳垂怜，惟愿臣身与妻陆氏，代父母之刑，本欲即赴都中，以俟正法，因恐雁门关失守，被敌人乘虚而击，难保京师咽喉之地，臣惟跪待皇上另差武员到关，交明印绶戎政等事，即带同臣妻陆氏，绑赴阙廷，以受斧钺。伏惟鸿慈洞鉴，罪臣刘奎光，不胜待命之至。

却说皇甫后听了表语大喜曰：“原来先刘后的阴魂，如此有灵，早知刘奎光大胜番军有功，特来恳求恩赦，故说有机会可乘。”帝曰：“朕非无情不赦，奈不合律例，今幸有此机会。”着秉笔太监草诏：今念刘奎光征番有功，其父及弟，皆当减等处治，方见赏罚分明。限来日差刑部官将刘奎璧缢死牢中，免其法场暴尸，身首两分；至于山东彭如泽，发往岭南充军；刘捷夫妇免往充军；再赐刘奎光二品公服荣身,另发一道诏往雁门关;并发金银彩缎赏给刘奎光部下将士。刑部官领旨,先准备武士,来早结果刘奎璧的性命。这个消息,报入武宪王府中,武宪王夫妻父子,闻得刘捷赦免充军,十分欢喜。

刘燕玉悲喜交集,喜的是父母遇赦,悲的是刘奎璧性命不保。忠孝王虽夜宿鸾凤宫,常到金雀宫中与刘氏茗谈,当下忠孝王入宫,向刘氏道:"恭喜岳父母已免充军。"刘氏泣对忠孝王曰:"家兄永诀,妾欲明日入牢一诀,未知相公肯使妾往否?"忠孝王曰:"此虽正事,但少年女子不宜入牢,恐我双亲不从,尔当禀明父母方好。"刘氏曰:"相公当同妾去见翁姑方可。"忠孝王允许,夫妻同到花厅,来见老王、太郡。见礼毕,坐在两旁,忠孝王就把刘氏来早欲到天牢,诀别兄长的话禀明,特请二位大人定夺。老王曰:"理论少年人,不宜往天牢,但兄妹之情,前去固未能已,不宜过哀,有伤身子。我儿不必前去。"忠孝王曰:"孩儿本不前去。"遂与刘氏称谢退出。江三嫂曰:"我等母子亦欲随往。"刘氏曰:"同去极好。"是夜安寝。次早那刘氏赶紧梳洗用餐,辞别翁姑丈夫,上了小轿,江进喜母子跟随,来到天牢。进喜叫开牢门,刘氏入内,只见刘捷夫妻并崔攀凤俱在。刘氏见过父母表兄,低声痛泣,泪如泉涌。回身对兄万福,奎璧慌忙含悲答礼,叫声:"贤妹何以到此,难得你堂上翁姑肯放你来。"

未知为甚么意思,且看下回分解。

第五十六回　怀嫉妒奎璧亡身　逞势力三嫂结怨

却说刘奎璧泣对妹子道："多蒙武宪王等厚情收你为媳，你凡事须要仔细，少年人怎好到此，倘翁姑丈夫不悦，岂不利害？"刘氏泣曰："妹子念及兄长将次永别，怎好不来。已曾禀请翁姑，求过丈夫，承蒙俯允，方敢前来。"刘奎璧曰："难得妹丈满门仁德，你若回去，乞拜二妹夫，说我前日所为，乃夭折举动，悔之莫及。妹丈救我父母的深恩，只好来生报答，切勿怨恨我的前非。"刘氏曰："妹子回去，自当说明，只恨妹子女流，不能代哥哥受罪，心实不忍。"刘奎璧曰："休说不知足之言，我今能得全尸，又免露人耳目，必是皇后求情，朝廷故有恩旨。"只见外边刑部官已带武士到来，催促曰："午时已到，闲人速退，不可误了时辰。"刘捷夫妻怎肯相放，抱头大哭。按此时已是午时将近，刑部官着急曰："午时已过，作速下手！"武士一拥入内，把众人拦住，喝曰："闲人速退。"便扶刘奎璧奔入牢后，刘奎璧情知难免，一同起身，不一时武士动手，已将刘奎璧绞死。开门出来，刘捷全家连忙赶进牢后旷地。只见奎璧已死，向前抱住大哭。军官上前抚慰曰："令郎已死，哭亦何益。"刘捷着人买棺收殓，顾氏向刘燕玉曰："感蒙帝后及亲翁恩德，满门得保残生，我来日拟亲到王府拜谢，并请亲母引我进宫，叩谢帝后，便好移家往雁门关居住，你可须先禀明母亲。"刘氏称是，便同江三嫂母子回归王府。恰值老王父子同太郡、苏大娘正在闲话，刘氏叩见完毕，即把刘奎璧状况说明。忠孝王叹曰："刘奎璧之才，未始不可大用，只缘立心嫉妒，以致惨亡，岂不可惜！"老王曰："刘府家山甚好，大舅奎光，昔年在京，见其人品举止，甚属正直，且智勇双全，日后官职定不在我等之下。"刘氏谦逊道："寒门怎敢高比。"遂把母亲明早要来叩谢救命之恩，并请婆婆一同进宫，叩谢帝后恩德，方好起行往雁门关等话，一一言明。太郡笑曰："忝在至戚，理合扶持，既要进宫，老身自当同往。"是晚安歇不表。

次早未及巳牌，门官报曰："国丈夫妻坐着小轿前来。"老王夫妻同儿媳齐到后堂，忠孝王来到二门跪接，刘捷夫妻下轿，扶起少王，步进后堂，老王夫妻率领刘氏，降阶迎接，太郡、姑娘请顾氏进内备酒相待，老王父子就在后殿备酒，款待亲翁。刘捷立起身来拜谢救命之恩，即便辞别回去。移时刘燕玉引母入自己宫中，江三嫂拜见，顾氏见雕梁画栋，绣幕珠帘，宫中陈设许多玩器，暗喜女婿必定夫妻相得。刘氏曰："房中宽大，母亲不必回去，就在此间与女儿相伴。"顾氏曰："为娘亦不思回去，但贤婿在此，我怎好在此安歇。"刘氏曰："丈夫长在鸾凤宫安歇，从未宿于此处。"顾太郡大惊曰："这是何故，莫非嫌我门户寒微，故不与同床?"刘氏曰："这恰不是，他为要守孟氏之义，三年后方与女儿完亲；虽未与女儿同床，而日间常到我房中言谈一切，情意甚浓，即翁姑待我亦厚。女儿清闲无事，只是用心观书，学习诗文。"顾氏曰："贤婿与孟氏，真是义夫节妇，怪不得满门荣显。"即问江三嫂曰："老王夫妻父子款待你母子若何?"江三嫂曰："王府众人，以宾礼待我，十分相敬。"其时天色尚早，刘氏引了母亲，来到鸾凤宫，看孟氏图形，只见画前摆着香儿，上摆着一只金香炉，炉内燃着名香，轻烟一缕，沁人心脾。又摆着几样时新果品。顾氏细看之下，叹曰："孟氏形容，有如瑶池仙女，你兄妄想成亲，竟断送了性命。"刘氏即差人到顺天府，说明母亲今晚要在王府安歇。

是夜顾氏与女儿同寝，因要远离，一夜直说到天明，何曾合眼。天明起来，王府备酒相待，顾氏先谢救命之恩，后说要烦太郡引入宫中，叩谢帝后大恩。尹太郡允诺，换了衣服，便同顾氏上轿，来到后宰门下轿。把守禁门的小监，见是二太郡，忙问曰："二位太郡莫非要见娘娘么?"二太郡曰："未知圣上现在何处?"内监曰："主上正在正宫。"二太郡步到正宫外候旨，把门的内监报入宫中，恰巧帝后俱在，内监奏称前太郡顾氏、今太郡尹氏俱在宫外，欲进宫叩谢帝后恩德，请旨定夺。成宗谓皇后曰："刘家罪重，妇人贪得无厌，朕当退避，不屑以礼相待。"言罢退出。皇后传旨宣进，二太郡进宫，各执玉笏俯伏朝见，口称臣妾朝见，愿娘娘千秋。皇后站起身道："二位母亲平身赐坐。”二太郡当下平身,尹氏推顾氏坐于左首,顾氏固辞不敢,皇后曰:“尊夫与家严,乃同朝僚友,太郡又系先皇后母,亦即吾母,何必推辞。”顾氏只得坐下。茶毕,顾氏谢曰:“臣妾丈夫儿子,造下弥天大罪,又累娘娘满门离散,多蒙满门大德,捐弃前仇,内外相助,力救赦免死罪,得蒙圣主天恩,满门俱全蚁命,臣妾特来叩谢娘娘慈恩,并求转谢万岁大恩,臣妾等惟有焚香顶礼,拜祝皇图永固,娘娘早育麟儿,这是臣妾等之至愿也。”皇后曰:“俺家本欲保救二国舅免死,奈法律难容,不能免死,俺家之心,实耿耿不安,何劳言谢。”君臣谦逊了一番,内侍呈上酒席,君臣同饮,宫女奏乐。酒过数巡,皇后令停了音乐,密问尹氏曰:“兄弟夫妻未识相得否?双亲大人谅必清健?”尹氏恐伤顾氏之心,不便实说未曾同床,乃奏曰:“臣妾夫妻托庇粗安,媳妇谦恭有礼,儿臣自然相得。但顾太郡进宫之后,便要移家往雁门关大国舅任上,使臣妾惆怅不安。”皇后点头道:“刘国丈今已年老,前往雁门关,恰是正理,母亲不必忧虑。”酒到半酣,君臣起身散步,尹氏方向皇后说明儿子义守孟氏,缓期同床之事。皇后叹息曰:“得此义夫节妇,诚为皇甫门中之幸也。”须臾席散谢别,皇后赏给顾氏黄金三百两;尹氏首饰数端。二太郡谢赏,出宫上轿,回归王府,刘燕玉迎接入内。略谈片刻,顾氏即要辞别,尹太郡又赠了许多宝物。顾氏上轿,回归府衙,见阮龙光满门及丈夫俱在,顾氏细说皇后及忠孝王满门盛德,并说女婿伴图独宿等情,众人各赞叹了一番。刘捷曰:“巡抚彭如泽已发文解往岭南充军了。所有次儿奎璧的灵柩,前遣人夫抬到万法寺寄顿,方才已择定一月后运棺回乡,已着周义唤齐人夫伺候起程。”

光阴似箭,日月如梭,一月已过,江进喜同周义运了奎璧棺柩,即便起程。再过两天,搬家的吉期已到,亦有相好的官员,并旧日的门生,奉送程仪,忠孝王夫妻直送到十里之外,方才分别。刘捷自抵雁门关,父子久别重逢,悲喜交集。后来长子刘奎光,屡立奇功,直封到北平王,永镇雁门关。吴淑娘所产次子刘贵,六岁夭亡。杜含香之子刘旋长大,含香教子严紧,使从明师学业,因遵丈夫奎璧的遗嘱不许习武,到了十七岁,高中第四名会魁、殿试二甲第一名传胪,选为翰林院检讨。旋以深晓天文,遂升钦天台,按下不表。

且说江三嫂在王府内,其子江进喜素知母是小户出身,为人易喜易怒,往常每谏其须要谦恭。及江进喜运棺去后,无人进谏,每见尹太郡与苏大娘宾主对坐,他自思苏大娘亦是乳娘出身,自己的女儿,已投水而死,孟小姐又无踪迹,回思我母子二人,有恩于少王,刘夫人是他乳养的,比了苏大娘岂不更加威风,凡是太郡与苏大娘坐谈,他亦上前言语。原来太郡乃宽洪大量之人,就请他同坐,他即坐下,言语之间,每每讥刺大娘,且不时睚眦藐视苏大娘。大娘知他小人得志,即便轻狂,并不与他交言,佯作不知,江三嫂反恨大娘不睬他。自此以后常与太郡同坐,遂吩咐女婢曰:“苏大娘与我同是乳母出身,你们既称他大娘,亦须唤我江大娘,方是道理。”众女婢私相告语道:“苏大娘乃儒秀之妻,不得已而为乳奶,且为人谦恭有礼,所以相敬如宾。他乃小人之辈,为人狡傲逞势,与我等同是下人,大娘之称,谁肯唤他?”那三嫂见众婢不称他大娘,反不瞅睬他,心中不悦。

忽一早,苏大娘梳妆毕,瑞柳拿了一只面盆,到厨房向女婢取些热水,与苏大娘洗面,恰巧江三嫂亦来取水与刘小姐用,故意把瑞柳撞得险些跌倒,面盆跌落地上,遍地是水。瑞柳不悦曰:“三嫂为何把我面盆连水撞倒?”江三嫂厉声曰:“你不避我大娘,反叫我大娘倒避你不成。”瑞柳曰:“你是空手,怎叫我避你?”江三嫂并不答他,只管向前,见锅内只剩半锅热水,忙取一只水脚桶,把热水俱倾在桶内,提起便走。瑞柳着恼曰:“夫人洗面,何用许多沸水,我的大娘现在立等洗脸,须分些热水与我。”江三嫂怒气冲冲道:“你的大娘怎及我的刘夫人。”说罢,提着水桶而去。众婢皆代瑞柳不平,瑞柳只好再等水热,方取了回房。苏大娘埋怨曰:“叫你去取些热水,为何取了半日方回来呢?”瑞柳细把江三嫂前后的情状说明,“看来三嫂不但藐视小婢,连你大娘亦藐视哩!若不与他计较高低,岂不被他常欺侮。”大娘喟然叹曰:“恨我的孟小姐不知去向,若得孟小姐出头,刘小姐见了面即当下拜,他便要失志丧气垂头了。伊乃小人见识,下次相见,须自回避,不要与他争论。”瑞柳恨极道:“他与我总是一般,如是欺人,我实不甘。”大娘曰:“姑且忍耐,不必多言。”

且说孟士元之妻韩氏，日来病势沉重，忠孝王闻信，连忙上轿，来到孟府探病，孟嘉龄迎接入内，少王叩见孟龙图毕，一同坐下，少王欲要入内请安，孟士元尤恐触怒韩氏，反增病势。但又见其真诚，就令孟嘉龄入内禀知韩氏。嘉龄见了母亲，就把忠孝王真心要来探病的话说明，韩氏怒曰："他娶刘氏，用半副鸾驾，则亦已矣，如何偏从我门前经过，把我激出病来。今又要来探病，我儿可同他进来，待我说他几句，消我的怨气。"孟嘉龄曰："少王恰是雅意，母亲不要认真。"即到后堂来请少王，孟士元一同进内，韩氏倚着靠枕，坐在床前，女婢移椅请他坐下。少王问曰："岳母大人不知因何如此病重？"韩氏曰："我神思昏乱，不堪医治，恭贺你燕尔新婚，一门喜气，上年贤婿迎娶刘氏之日，鼓乐喧天，女婢往看，报称刘氏坐着八座镶金大轿，并用半副鸾驾，从门前经过，鸣锣开道，何等威风！敌国仇家，倒做了姻家亲眷，只是老身命苦，生生断送了一个女儿。思女成病，至今更加沉重。"少王知是怨词，乃骂曰："可恨那蠢奴无知到此，怎好喧哗无礼，俱是小婿有失吩咐之罪。但小婿立誓愿守义令爱三年，方敢再娶，无奈君父严命，两路逼迫，是以迎娶刘氏过门。然小婿立心守义，夜夜陪伴令媛图画如前，独宿至今，未曾与刘氏同床，以负令媛，岳母亦可原情恕罪。"韩氏闻言，知他并非得新忘旧，方喜曰："老身只恨小女福浅缘悭，哪有见怪贤契之理。我想小女已死，不可复生，贤婿自当续弦，尽可与刘氏成亲，何必另宿，冷落新人。"少王曰："只凭无愧于心。"

未知后事如何，且看下回分解。

第五十七回　思爱女韩氏染病　念慈恩郦相医亲

却说韩氏闻得忠孝王尚未与刘氏同床，犹是伴图独宿，心中颇喜，即着女婢取点心出来，令孟嘉龄陪忠孝王同吃。忠孝王曰："来日拟令刘氏前来请安兼冲喜，或者岳母得以痊安，亦未可定。"韩氏称是。

忠孝王辞别回府，禀明双亲，来日欲令刘氏往孟府冲喜，老王称是。次早刘氏起来梳洗完毕，即便上轿，女婢跟随，来到孟府。家人通报入内，方夫人令开中门迎接，刘氏遵进卧房，见了韩氏，即拜为母，以母女之礼相见。韩氏大喜，即令方氏媳妇请出外厅，只留苏大娘在房内。韩氏细问大娘，方知刘氏夫妻二人，果未同床。不须臾，筵席已备，方夫人请刘氏入席，直饮至日色西斜方散。刘氏入房，再陪韩氏说了一番言语，方才辞别回府，把孟府相待情形说出，满门欢喜。

韩氏自此以后。日渐沉重，至正月初旬，每到下午，便昏迷不省人事，延至二月初一日，竟昏迷不醒。孟士元满门着急，嘉龄曰："太医不能调治，将奈之何？照儿看来，须请郦相来医，或得痊可，亦未可知。"孟士元曰："果当请郦相方好。"方氏乘势曰："你父子常说郦相貌似姑娘，待媳妇一看，便知真假。"孟士元曰："若论容貌，明是吾女，但言谈举止，大不相同。况他平日为人端严，从无言笑，官居极品，梁相是他的岳父，权势重大，难以轻言相戏。媳妇少停，亦只好窥视，若妇人出头相见，便是欺侮大臣，罪名非小。"方氏曰："媳妇非孟浪之徒，怎敢出头露面，不必过虑。"孟嘉龄曰："不论是男是女，请来救母亲性命要紧。"孟士元曰："正是，我儿当亲自往请，方肯前来。"孟嘉龄称是，即令备下禀折，上马而行，不带执事，只有数名家将跟随。来到相府下马，步入官厅坐下，向门官说明，要求郦相往救母性命。门官通报入内，孟嘉龄恐郦相不往，母亲性命不保，即步出官厅来到穿堂,来听消息。事有凑巧,恰遇荣发有事,正要出来,遥见孟公子,吃了一惊,慌忙躲在大门之后,不料孟嘉龄早已认是荣兰,只是脸色比前丰富。心想果然宰相家人七品官,虽是女子,戴着一顶乌纱帽子,也好威武。恰遇一个家人在此经过,孟嘉龄指着荣发问曰:“那个大叔唤甚么名字?”那家人抬头一看,答曰:“这个名叫荣发,乃是郦相的心腹堂官。”孟嘉龄知道必是荣兰改名,遂不再问。

且说郦相方才因百官来贺朔望,送客完毕,方始回房,与素华吃些点心。女婢拿了禀帖,报称翰林院孟学士特来请太师医治伊母病症,必要求太师面见。郦相恐其诈诃,即向女婢曰:“可令家人对孟公子说,前日医治太后乃是偶尔凑巧,今太夫人病重,须请名医。吾虽则略知脉理,不能医治沉疴,何敢领命。”女婢退出,将此言告诉门官,门官转向孟嘉龄说过,嘉龄着急曰:“烦你再报,务请郦丞相出来,我有话面议。”门官只得入内报与女婢,女婢再报入内曰:“孟学士要求丞相出见,有话面禀。”郦相曰:“既如此,请孟学士在书房少待,吾即出来相见。”女婢领命退出。

素华曰:“耳闻令堂大人自上年起病,至今莫非沉重?故公子十分着急。”郦相曰:“家母尚在壮年,即使有病,谅不至十分危险。家父家兄岂是不认得我?只因我举动言语比前不同,故得稍释其疑惑。但平日间我从不与人言笑,故不敢相认。我今若往视脉,恐家母自恃女流,诈称病重,有意乱言,必扯我相认。即欲责他不是,而病狂乱言,亦难见怪。此去必定露出马脚。”素华曰:“谅亦未必。”郦相曰:“姊姊虽如此说,想母亲心中必怪我不孝。且你有所不知,倘一朝相认,即日便有失脸之祸。”素华曰:“如果相认,老爷与夫人当为你遮掩,焉有漏泄之理。”郦相曰:“今且不要争论,过后姊姊自知。”言罢,就换上公服,来到槐竹轩。

孟嘉龄起身迎接,口称:“呵,相国大人,晚生有礼。”郦相以宾主礼叙坐。嘉龄推辞曰:“卑职怎敢僭坐。”即坐在旁边,明堂曰:“孟大人,适因有事在身,有劳久候,心实不安。不知今日有何见教,乞道其详。”嘉龄遂把母亲垂危,特请老太师相救话说明。郦相恐其诈诃,乃曰:“下官年轻,习学有限;太夫人既然病重,当请名医救治,下官不敢前去误事。”孟嘉龄恳求曰:“名医俱已请过,皆是无能救治,故特来请恩相;若不肯前往,家母性命难保,恳求恩相前去救命。”说完连忙跪下。郦相不忍,即扶起曰:“年兄如此过礼,下官何以敢当。”嘉龄曰:“为救老母,理当百拜。”郦相曰:“年兄请回,下官即便前往。”孟嘉龄称谢,出府上马而去。郦相急令备轿,一面入内。素华曰:“令兄如此着急,太夫人定是病重。小姐速往为妙。”郦相曰:“家兄这等慌张,我自当速往。只是下次再往,必然败露。”说罢,出衙上轿,前呼后拥,即便起身。

孟嘉龄恐郦相随后便到,急忙回衙。孟士元问曰:“我儿为何许久方回?”嘉龄说明前情,“今随后便来。”士元大喜,令女婢速速打扫卧房,烧起好香,对女婢曰:“丞相若到,他乃股肱元宰,你等务须回避;若被遇见女婢,即是侮辱大臣,获罪不小。”又对媳妇曰:“你只好窥探,不可出头。”方氏称是。一时父子忙乱,嘉龄不及说遇见荣兰之事。

须臾间,听得鸣锣开道之声,门役执帖赶上前禀曰:“郦相驾到。”孟嘉龄忙令开了中门,喝叫众婢躲避,不许东窥西探。孟士元急穿上公服,奔出大堂,直至滴水檐前站住。仪仗已到,嘉龄奔到轿前,打躬曰:“卑职不知老太师如此快驾到,有失远迎,望乞恕罪。”郦相当即伸出右手,向外一拦,“下官怎敢劳动年兄远接,何以克当。”嘉龄连称不敢,随在轿边,步入后堂,扶了郦相下轿。孟士元早已降阶迎接曰:“拙内患病垂危,烦劳老太师下降,何以消受。”郦相曰:“下官才疏学浅,多蒙令郎宠召,不得不来。不知尊夫人病势若何?愿闻其详。”孟士元曰:“大人肯降临寒门,就是我孟家之幸了。”士元尊其上坐,郦相不从,曰:“老先生乃是前辈,下官恰是后生,行宾席礼已属过分,怎好僭坐。”彼此谦让一番,孟士元只得宾主叙坐。嘉龄偏坐在旁。

献茶毕,郦相曰:“夫人病情目下可减轻否?”士元曰:“拙荆病内只是长吁短叹,以前每上午颇有精神,至下午即发热昏晕,不省人事,近日连上午亦昏迷不省,更加沉重。太医束手无法,不能救治,故劳动老太师精神。”郦相曰:“据老先生说来,这令夫人之病明是忧思所致。”士元曰：“正是。谚云：‘心病须将心药医’，难怪不能医治。不知大人可有心药治他吗？”郦相知是调侃的言语，乃曰：“照此看来，莫非老先生在外边娶了如夫人，故夫人郁成这病么？”孟士元闻言，暗想我好痴呆，一向只疑郦相定是吾女改装，怎么与我调侃起来？看来实非吾女。即拈须笑答曰：“老夫素来诚实，并无外遇，拙内向亦深信。”郦相曰：“下官因闻老先生言及尊夫人的病势，此乃伤了七情所致，故出此言。”士元曰：“只因当年朝中出了佞臣，暗谋姻事，逼得小女改妆出门，数年流落无踪，拙荆朝思夕念，故得这病。”郦相曰：“小官曾在敝门下的家中见过令爱的图形，有此才貌，怪不得令夫人思念不置。只是令爱画图上诗句明要改易男装，求取功名。语云：‘有志者，事竟成。’先生可在男子中寻访，或可相会，决不在女子内。今场期在即，老先生可谋为总裁，或得与令爱相会，亦未可知。”孟士元寻思：郦相若果是女儿，怎说此话？岂不自泄根由？乃答曰：“丞相所言有理。”嘉龄向前曰：“请恩相入内诊脉。”士元谦逊，郦相先行，自己随后，嘉龄向前引道。

来到房前，父子揭开门帘，恭请郦相入内，移椅坐下。茶毕，孟嘉龄又移椅放在床前，请郦相坐下，自己拱身入帐内，牵母的左手出帐外，与郦相诊脉。郦相见母的手只存一把骨和一重皮，消瘦不堪，情知病重，心实伤感，自料嫂嫂必在旁窥探，不敢忧伤形于面。用心看过左右手的脉，点头曰：“血虚神短，果是忧愁致病，然病势虽重，命却无妨，只要放宽心思，自可痊愈。”士元父子闻言，略得安心。

郦相起身坐在桌前，向孟士元曰：“尊夫人此病虽不致伤命，然血衰气短，若再忧愁，恐留连床褥，病根难脱，久之变成痼疾，遂难医治了。”士元曰：“今当劳动老太师精神，若得全愈，感恩不浅。”郦相谦逊曰：“老先生说哪里话来，下官当自用心。”暗想：再来此处，必然败露，今当派二剂药方，作两天服下，病就愈了大半，那时别换医生治之容易，自己好推托不来。主意已定，即用心派药。忽闻女婢在外边叫曰：“启上老爷，韩老夫人前来探病，轿已到门。”士元谓嘉龄曰：“你可引舅母到后衙坐下，令贤媳陪伴。”嘉龄领命退出。郦相开了二剂药方，又写了日期，向士元曰：“头一剂立即煎服，服后若加精神，可得安眠，便是奏效，次早可服这第二剂药，病便可好了大半，即可别请医生。倘首剂服下，精神仍是昏倦，睡梦不宁，便是我的差错，第二剂药方切不可再服，当换名医救治要紧。”孟士元曰：“丞相下药，岂有差错之理。”郦相曰：“医生下药，或脉理差错，或药不对症，岂有不换医生之理。”即辞别起身。士元曰：“候另日稍暇，当备薄酌奉敬。”郦相曰：“后会有期。”即上轿而去。孟士元忙令家人照单配药煎汤。

须臾，韩老夫人入房探病，辞别回去。方氏曰：“我方才躲在屏后窥探，正是姑娘，比前年娇艳多了。公公怎不就认？”孟士元曰：“若是女儿，怎么与我说笑？”方氏曰：“恰是令人不明。”嘉龄曰：“我还有一事疑心。”就说遇着荣兰改名荣发之事，“方才因在匆忙之际，未及言明。”方氏曰：“如此说来，必是姑娘，恐公公盘诘，故匆匆回去。”士元曰：“你们休要乱道，若果是女，梁小姐嫁他日久，怎无一言呢？”孟嘉龄夫妻乃省悟曰：“照此想来，果然不是妹子。待来日可令赵寿往寻堂官荣发，便知真假。”士元称是，即叫赵寿前来。嘉龄说明遇着荣发等情，“你来日可到相府寻访你妹子。”赵寿欢喜曰：“来日即往寻访。”此时药已煎好，韩夫人尚是昏睡，即扶起，士元将药与他吃完睡去，将被褥盖好。

郦相回府入内，荣发即请入书房，细把遇着公子，躲避门后的事情言明，“看来公子业已看破，如何是好？”郦相曰：“你这不中用的东西，莫道你是相府的堂官，就是相府的一只狗，亦何人敢欺你。方才若昂然出去，公子只道面容相似，怎敢动问？今已露出了马脚，少停老爷必使你兄前来探你，你可速去吩咐众把门人，说若有人来寻我，只说荣发午间已往江南公干，归期难定。”荣发退出，吩咐众门官不许泄漏，即回来禀明。

郦相入内来见素华，说明母亲的病沉重，十分伤感，但所开这二剂药服之，病可好了大半。后说及与父亲说笑话，连家父亦不敢疑我是女。素华笑曰：“小姐好伎俩，令人难测。”郦相曰：“可恨荣兰贱婢，已露出马脚。”便将荣发的事说明。又对素华曰：“下次再去，家母服这两剂药病已好了。精神既复，必认得我；又倚着有病，且恃女流，只恐弄出破绽。我来夜即宿内阁，诈称办案，过了数日方回。家父等得不耐烦，必定别换医生，我方安静无事。”素华曰：“说得极是。”

且说韩夫人睡到下午，苏醒曰：“今气已不喘，身体爽快了许多。不知何人的药方，如此效验？”孟士元曰：“我见你病重，早间令孩儿恳求郦相前来医治。”韩夫人随向媳妇问曰：“你可窥见是女儿么？”方氏道：“我躲在屏后偷看，正是姑娘。”孟嘉龄又说遇过荣兰，令赵寿来日往问，便知备细。韩氏曰：“因何不唤我醒来细看？”方氏曰：“婆婆方才昏迷过甚，如何叫得苏醒。”韩氏叹曰：“可恨一时昏晕，若我苏醒，早已相认了。但不知哪里学习医道，胜过太医。”孟士元曰：“若是女儿，怎么与我说笑？”遂把说笑之言陈明，“况与梁小姐结婚，焉能相得？事属可疑。他官居极品，倘一旦面奏主上，这欺侮大臣的罪名恰难顶当。”嘉龄曰：“孩儿已想出一个妙计，未识可行与否？”士元曰：“你且说来。”嘉龄道：“母亲来日接服第二剂药，身体必更加健旺。初三早孩儿再去请求，候他诊脉之时，母亲佯作沉重病状，将他拖住，声声呼唤女儿；任他多大本领，必要露出马脚。若有变更，母亲可和了被头，跌下地来，诈作晕绝，孩儿便抱住啼哭，爹爹亦拖住啼哭，遮住母亲的面容，不怕他还不相认。即便果非妹子，变脸奏闻天子，母亲乃是女流之辈，且又是病狂，朝廷亦难责罪，岂不是好。”士元大喜说：“孩儿这个计极好，即便不是女儿，而病中狂呼乱语，他亦难认真变脸。贤妻当依计而行，必定露出破绽。”韩氏大喜，病恰好了三分。

到了次早，赵寿巴不得要会妹子，即来到相府，见了门官，作礼曰：“小可乃是堂官荣发的乡亲，烦请荣发出来，有话面说。”门官曰：“荣发奉相爷差遣，往江南公干去了。”赵寿曰：“昨早还有人遇见，怎说往江南出差？”门官曰：“昨午方才起身。”赵寿闻言，沉吟一会，问曰：“几时方回？”门官回：“出差怎定归期。”赵寿只得回复孟士元父子。

未知后来如何相认，且看下回分解。

第五十八回 敬贤臣君臣畅饮 诈昏迷母女重逢

却说赵寿回见孟士元父子，把相府门官言语禀明，孟士元曰：“此必女儿恐赵寿访问，嘱托门官诈言出差。”孟嘉龄曰：“来日郦相再来，便知端的。”父子把此言回复韩氏，专候来日试探。是日吃了第二剂药，却又好了几分。

且说郦相傍晚令人带铺盖往内阁，自对素华曰：“我要往内阁躲避数日方回，来日家父来请，可说我进内办事，数日方暇，教他另请名医，不可延缓。”说罢上轿，前呼后拥，径往内阁去了。

到了次早，韩氏病已好了大半，对孟士元曰：“我今精神加倍，速差人去请郦相前来，待我细认。”孟士元曰：“我岂不要认女儿，何待你言？”即出来令家人往相府内恭请郦相前来医治，家人领命而去。

不须臾，回报相府称郦相昨晚进内阁办事，吩咐须数日方闲暇，教老爷另请名医，不可延迟自误。孟士元入内对满门说明此话，“看来明是恐怕你相认，故此躲避。”韩氏曰：“如此确是女儿，故不敢来。”嘉龄曰：“今已应效，切不可换医生，连日服药太攻迫；今已清安，且停一日，俟来日请来未迟。”众皆称是。是日韩氏精神更加数倍。

次早，孟士元曰：“不管是女儿不是女儿，今日一定要请来医治要紧。”即令一名家人，“恐门下相阻，带我的印帖，往相府外伺候，若见郦相，即便请来。”家人领命，持帖直到相府，问门官，门官称郦相尚未出阁。孟家人就在相府门前伺候，连吃饭也不敢回府吃。等了一日，并不见郦相出阁，直到上灯方回府禀明。孟士元着急道：“连停二日药，来日若不来，恐病症变更，岂不利害。”孟嘉龄曰：“来日若不来，待儿进阁，务要请来。”孟士元曰：“说得是。”

且说郦相自初二晚宿阁，至初四日，帝退朝回正宫时，知皇甫皇后已怀孕；帝因前皇后因产身亡，故更加珍重，夜间不敢进宫，恐一旦动兴，撞了胎气，只日间进宫与皇后闲谈，夜间即宿别宫。当下帝偶问内监曰："连日何人宿阁办事？"内监奏曰："自初二晚郦相进阁，日夜批案，至今尚未出阁。"帝谓皇后曰："梁相及六部大臣批案，俱皆不妥，朕务须亲自批改，方敢举行。惟有郦相批案正当，从无差错，若是他批过，朕即放心举行，毋容疑虑，真朕股肱大臣，代朕效劳；且又少年诚实，不贪妻子色欲，不辞劳苦，日夜宿阁，朕真万万不及他的辛苦勤谨。"就令内监赐四件点心与他，以为慰劳。内监领旨送去，不须臾回复曰："郦相叩头领受。"皇后即曰："陛下真是主贤臣忠。"帝曰："满朝公卿，不及郦相才能，教朕怎不敬重！"

到了晚间，帝退出正宫，独坐无聊，至初更后，谓小监权昌曰："长夜无聊，卿可燃一小灯，往内阁访郦相相谈，亦见君臣和合之至意。"按权昌年方二旬，作事谨慎诚实，成宗待为心腹。当下点一小灯，帝素服步到内阁前，把守内阁的人役忙向前跪下。帝问曰："郦相睡否？"人役奏曰："未睡，正在批案。待臣通报，好备迎接。"帝喝住曰："郦相为朕批案辛苦，怎好劳动迎接。不必通报，待朕自己进去罢。"回顾权昌曰："可吹灭小灯，不许惊动郦相。"帝即轻步进阁，见郦相软巾紫袍素衣，手握兔毫，在灯下案前批案；堂上灯烛辉煌，帝深服其辛苦，蹑足近前，低声曰："郦先生何必如此辛苦？"郦相闻言吃一惊，忙举右手搁住灯影，回身细看，方知是圣驾，慌忙出位奏曰："臣不知驾到，不曾远接，罪该万死。"成宗御手扶起曰："内阁不比外殿，先生何须行此厚礼。"郦相曰："圣人暗室不欺，臣虽在冥冥之中，亦不敢乖君臣名分。"帝赞曰："先生真古圣贤不及，朕何幸得卿，可谓社稷臣也。"这时郦相骂把门人役曰："御驾降临，不行通报，下次若再如此，重责不饶。"帝笑曰："非关人役不报，朕因闻卿批案辛苦，不敢劳卿迎接，故不许他通报。"郦相不悦曰："陛下下次不可如此紊乱君臣名分。"帝既愧又喜，赞曰："难得先生铁面无情，朕甚拜服。"即到当中坐下，郦相赐坐旁边，人役献茶。

帝对郦相曰："天下俱道为君快乐，朕道为君实是受苦。喜怒不形于色，恐误人性命；言语不敢乱道，恐被人察出虚实；内宫嫔妃不敢言笑，恐恃宠横行；四时果菜不得先尝，恐吃下作祟；宫外不可闲行数步，看来不及书生，可以游山玩水，到处留题。”郦相曰：“陛下乃九重至尊，怎效书生所为。”帝曰：“人生富贵适志，孔子亦云：‘吾与点也。’朕夙兴夜寐，辛勤劳苦，倘一差错，求为匹夫不可得，不及书生多矣。朕今惟愿早生麟儿，长大朕即禅位，以求清福，云游天下名山胜景，寻访神仙异人，以觅长生之路，朕愿足矣。”君臣言谈之际，听得更鼓已打三更，郦相寻思：我系女流，与天子长夜闲谈，日后改妆必惹人嫌疑。即奏曰：“夜将四更，请圣驾回宫安寝。”帝曰：“适遇天下升平，且有先生料理国政，朕得偷闲；又值正宫怀孕，朕长夜无聊，今夜欲与卿畅谈，方见君臣相得之意。”郦相心想：若与帝坐谈达旦，日后必有秽言。乃奏曰：“君臣议论国政，但卜其昼不卜其夜；况所言皆非国政，彻夜言谈，外臣必疑臣此官从趋媚得来，陛下亦失威严。”帝笑曰：“先生差矣，先朝太宗到了大雪之夜，犹至赵普家叙谈，至今传为佳话，称其君臣相得。卿何推辞？”郦相曰：“彼时太宗与赵普俱皆年迈，故无闲话；今陛下与臣俱皆年轻，易惹议论。请陛下回宫为是。”成宗大喜曰：“朕若肯与别臣言谈，无不以为欣幸；卿却以正言推辞，其铁面无情，令朕敬服。”吩咐权昌燃灯回宫。权昌点了灯烛，成宗起身，郦相送行，帝回头拦住曰：“夜深了，先生免送，各从其便。”郦相曰：“君臣之礼难废。”遂送出阁，帝即回宫。郦相进内，令人役灭了灯烛，自己闭了房门，宽衣上床，自思帝果明哲，深服礼义。来早即当回府，谅母亲必换名医，若再在此，帝虽好意，再来我却有不便。

到了次早，孟士元自初三停药，至初五日已停药三日，即令一名家人带印帖往相府伺候，若见当即请来，倘早饭不回，当着公子进内阁恭请。韩氏喜曰：“免得老身狐疑。”孟士元曰：“明是女儿，但他为人刚毅，故不敢认。今可依计行事。”

且说孟家家人来到相府，问门官曰：“郦相爷回来否？”门官曰：“尚在内阁未回。”家人即在府前站立。顷刻间，一个家人奔回相府，叫曰：“郦相爷要回府，快传执事轿马前去跟回。”停一会，各人员齐集前去。那下帖家人大喜。不多时，大锣响亮，郦相已回。孟府家人奔到轿前，跪下禀曰：“小人乃孟家家人，奉家爷之命，要请太师爷完驾降临，前去治病。已候三日，现有印帖在此。”郦相喝令停轿，家将随将印帖呈上。郦相看过，曰：“我因国政忙乱，不能出阁，已曾吩咐过家人，教你家老爷早换医生，何必等待？”下帖家人曰：“门官亦曾教换医生，奈家主不敢另换，恐误性命。望太师救济。”郦相寻思停药三日，未知吉凶，乃曰：“既如此，我随即前往。”即唤随从换了自己的名帖回去，然后即进后堂，下轿入内。素华迎接曰：“老爷连日使人在府前候你诊脉，你可曾遇见么？”郦相曰：“方才已遇见了。”素华曰：“既如此用心，必是夫人病重，小姐理当再往一次，谅亦不到败露地步。”郦相曰：“姊姊，你心中必说我存心不孝，但我去必定败露，姊姊信我料事多中。今当前去，使你无异言。”素华曰：“纵然败露，骨肉相认，亦是美事；只须叮嘱老爷，不要泄漏便好。”郦相曰：“任你叮嘱，立即泄漏，焉能秘密。”遂同素华吃了点心。

只见女婢执帖报曰：“孟老爷差孟学士恭请相爷到府看病，现在府中伺候。”郦相曰：“可请孟学士先回，我随后便往。”再着外边传齐轿马伺候，郦相由是吩咐女婢退出。停一会，门官入报曰：“轿马齐备。”郦相谓素华曰：“来日乃是二月初六日，钦点大总裁日期。朝廷重用老臣，但梁相与家父俱皆年迈，或点我为总裁；你可将我随身应用衣服收拾停当，倘得为总裁，以免一时匆惶。我亦立愿要作大总裁，传个门生满天下的美名，我方心满意足。”素华曰：“小姐有此才学，朝廷定然点着。”郦相曰：“我此去看病，恐难脱身；若久延不回，你可差人前去，诈称令尊催我回来收拾衣服，恐朝廷来日钦点总裁。我可脱身回来。”素华曰：“奴家知道。”

郦相即出门，执事跟随，直到孟府。人役报入孟士元曰：“郦太师来了。”孟士元父子即把韩氏用被围住身子，嘱曰：“少停若来看病，可依计而行。”韩氏曰：“是我的女儿，岂不要紧。”孟公父子退出，孟嘉龄开了中门，奔出大堂前迎接。郦相直到后堂前下轿，孟士元降阶迎接到堂上，分宾主坐下。茶毕，郦相曰：“下官曾嘱初三日另换医生，老先生何故反停药三日？”孟士元曰：“难得丞相费心，拙内方得残生，怎敢另换医生误事。早间老丞相若不出阁，小儿即要进阁恳求。”郦相曰：“我只道已换医生，故此延迟，但不知尊夫人病体若何?”孟士元曰:“自服药以后,已经病势稍安。望老丞相进内看脉。”郦相曰:“请先往看脉,再作商议。”孟士元称谢,即起身引到卧房,见礼坐下,献茶毕。

单言韩氏卧在床上,静心细看,果是女儿,心中大喜。时孟嘉龄移椅放在帐前,请郦相坐下。韩氏在帐子内道:“呵唷,好气闷呵,快挂起帐子来!”一边喊,一边挑开帐子,只见眼前坐着当朝一品,金貂映额,蟒袍披身。正是亲生女儿孟丽君。不觉又悲又喜,扯住郦相袍袖叫曰:“难得女儿在此,想杀为娘,真是可怜。何不早来相认,好不忍心!”郦相面上不悦,挣脱袍袖,来到桌前,发语曰:“老夫人怎如此颠倒。”孟士元恐其变脸,向前陪话:“病狂胡言乱语,望丞相幸勿见罪。”只见韩氏在帐内叫曰:“女儿好残忍,既已相会,又走去了,岂不气杀我也。”一声响,连被跌下,直挺挺不动,牙关咬紧,卧在地下。孟嘉龄见郦相不肯相认,向前来扶起,将身遮住韩氏头面,假意哭曰:“逆妹无情,既不相认便罢。你今枉死,叫孩儿痛死!”孟士元忙向前蹲身抱起,骂曰:“不孝女立心残忍,当面不认生母。亏你枉送性命,死得不值!”方氏夫人进来,命仆妇速取人参姜汤,灌醒夫人。郦相见此情状,如万箭攒心,自思:若不相认,倘母亲有失,岂非不孝大罪?一时感动天性,顾不得泄漏,奔到韩氏身边叫曰:“不孝女丽君在此,母亲快快苏醒!”泪珠直垂将下来。

孟士元见女儿自认,遂埋怨曰:“女儿好得残忍,与我同朝多日,不通消息,使我日夜狐疑。”那韩氏好似跌不倒一般,挣坐地上,扯住郦相泣曰:“亏我四载相思,到今方得相认。”媳妇方氏闪在屏后,忙进房来,与丈夫并郦相扶韩氏上床睡下,把帐钩起,移椅一同坐下。韩氏喜从天降,携住女儿手问曰:“狠心的娇儿呀,你可是痴了。如何留图私走,音信全无。想得我无日无时不念,想得我茶饭不思,连年抱病。只道你异乡漂泊,辛苦万般。谁知你竟成了一个男儿,做了当朝一品。女儿平日孝义俱全,何不赶早相认,与皇甫郎早完亲事?你今不男不女,又累皇甫郎悬望,大为不该。”郦相曰:“皇甫郎怜新弃旧,且捐弃父母受苦仇怨,又不禀明座主,父子协奏赦宥刘家满门性命,岂有叛逆只罪一人而已?当时诏至内阁,众臣不服,俱邀我进宫谏阻，我不忍破他姻缘，极力苦劝，众官方止。及完亲之日，我又不妒忌，亲往庆贺畅饮。当日我若同众官谏阻，虽有皇后势力，亦不能违律法。故梁相与爹爹俱说徇情曲法，他还不知我的恩情。”孟士元曰：“果然，此诏甚是不公，大臣不服。”郦相曰：“前年刘氏不过私放皇甫郎，亦无甚恩德，论理只好赦其自己完亲而已，怎能赦其满门？似我逃走时，受尽苦楚，我却又奏主招军，取中会元，成就他骨肉完聚，满门富贵。他不念刘氏乃我仇人之妹，完娶用八抬大轿，半副銮驾。况我乃是他的恩师，又是当权右相，他仗着父子王爵势力，不先禀师长，算来忘亲背师，真是不该。”

孟士元点头道：“刘奎璧害他父亲拘禁番牢，母亲困居贼寨，他恋刘氏而忘却父母苦楚，果是忘亲背师。”韩氏曰：“莫说女儿怪他娶刘氏坐八抬、用銮驾，连我的病亦因他娶妻从我门前经过，鸣锣开道，目无正室，为娘故此激出病来。但有一事可敬：他虽娶刘氏多日，立愿俟与你相会，方敢和刘氏同床，至今夜夜尚是伴女儿形图独宿，情亦可悯。我近日问苏大娘方知其详。”说罢，吩咐女婢曰：“今日相会，速备酒席来庆贺，再备酒饭赏劳跟随人役。但相会之事，不可使外人及家人知道。”女婢即通知众婢，只称郦相在花厅饮酒，俱不敢泄漏真情。当下郦相曰：“这是皇甫郎作怪，他既娶刘氏，偏不完亲，只是何故？且女儿一介书生，荷蒙朝廷圣恩，擢登榜首；转升兵部，总管天下武弁；旋升右相，身压百僚，言听计从，恩遇极矣。世人说做了妇道家，随夫荣辱。今日伊家烘然而发，孩儿倒不在乎与他同享荣华。丽君虽是女子，而今位列三台，何须必归夫婿。以女儿今日之位，就是正室王妃，岂再挂怀？宰臣官俸极厚，虽王府安富尊荣，又何须钦慕？还有一件，孩儿曾官拜兵部尚书，念少华功名未就，奉旨挂榜招贤，孩儿为主考官，点他为头名武状元，丽君便是他的老师。自古至今，哪有老师嫁与门生的？昔《春秋》有云：‘友知报友，君知报君。’况皇甫郎有妻，不致绝后；只是女儿不孝，不能侍奉父母，罪之大也。”

未知后事如何，下回分解。

第五十九回　点总裁郦相荣显　探疾病韩氏泄言

却说郦相对韩氏曰："朝廷如此重用，我亦要再做几年官，报答皇上知遇之恩，伺有贤臣出头再议。今若改装，朝中无贤臣料理国政，朝廷必然发恼，加之我现欺君诳圣，凌辱大臣，二罪重大。况女儿为官，铁面无私，大臣尚多是刘捷余党，心怀觊觎，定然一同报怨进谏，我死罪难免。且白面书生虽至苍头白鬓，尚欲赴考，争夺一领青衿，以为荣显，怎及女儿状元及第、身居右相的威风，故即为此亦要享用几年，女儿不慕色欲何妨。"韩氏笑曰："娇儿产下，红光满室，一月香风不散，七岁能吟诗，十二岁会挥笔为文，而今做了丞相，反救了夫家一门，真是世间少有。皇甫郎前娶刘氏，威风太过，正当再缓几年改装，使他后来悔过，求近反远。"只见女婢报曰："外边梁相使人来催郦丞相回去收拾物件，恐朝廷来早钦点总裁，一时收拾不及。"孟士元曰："可对来人说，我在此请酒，少停便回，可把我的名片付他回复梁相。"女婢领命退出。

当下郦相向前，携住方氏之手笑曰："嫂嫂见我男装畏忌，不敢与我同坐么？"方氏即便坐在下位，笑曰："我前日偷看，虽认得是姑娘，只是官威有些怕人。"郦相曰："若无官威，如何瞒得朝中君臣。"女婢呈上酒席，满门男女五人同饮。方氏问曰："难得姑娘好胆量，敢到北京，路途数千里。我虽将门之女，说到北京，已觉心惊。"郦相即把遇着康若山代捐京监之事约略说明，对父母曰："我已将义父母自上年搬到相府孝养，岂有亲父母竟不相认？实恐泄漏取罪，不便正言。"孟嘉龄之子名孟魁，外面游耍进房，此时孟魁年已五岁，颇知人事，见其母同一官员饮酒，遂呆呆观望。郦相认是侄儿，即起身抱在膝上曰："且喜侄儿长大。"方氏曰："孩子家身体污浊，不可损坏姑娘衣袍，快快下来。"郦相曰："不妨。"孟魁还是呆看，郦相笑对孟魁曰："贤侄不认得姑娘。"又谓方氏曰："贤侄眉清目秀，定是书香一脉，日后必是高官,真乃家门有幸。”方氏笑曰:“不敢望高官,只愿学姑娘作宰相便好。”众皆大笑。郦相取过几样可口的肴馔与孟魁吃,方才放下。

韩氏谓郦相曰:“今后若使人往请,不可不来。”郦相曰:“女儿义父母尚要孝敬,何况母亲呼唤,怎敢不来。但不可使皇甫郎知道,若有泄漏,难怪女儿不来。”韩氏曰:“这个说得有理,但皇甫郎情意雅好,累他悬望,于心不忍。”郦相曰:“皇甫郎我常与他对饮言欢,情胜夫妻,况有画图,他自不省;还算女儿情厚。”韩氏曰:“说得也是。”此时日已西斜,即便辞席,又与韩氏诊脉,再派两剂药方。才起身对父母曰:“在众人面前,当照往常礼数,方不被人看破。”孟士元称是。父子送郦相去后,入内即唤大小女婢,吩咐倘有泄漏郦相相认事,即便重责。众女婢领命。

且说郦相走出仪门上轿,早有长班伺候,一声吆喝,金顶轿出了府中。灯笼百盏,前后相随。回府入内,梁相坐在后堂,郦相上堂见礼。梁相曰:“来日乃钦点总裁日期,我与孟龙图年老,朝廷必点贤婿为大总裁,我故差人催你回来收拾物件。你因何至今方回?”郦相曰:“小婿已嘱令爱收拾齐备,因孟公之妻病体稍安,留饮难却,故延至今方回。”梁相曰:“既已收拾便好。”

郦相入内,来见素华,密说相认之事。素华大喜曰:“我一向不敢言,老爷夫人与小姐乃天性至亲,理当相认,免得双亲忧虑。今日相认,正合伦理。”郦相曰:“姊姊一向疑我不孝,抛弃双亲,却不知一旦相认,定然泄漏机关,为害不浅。”素华曰:“老爷夫人定为你秘密,怎能漏泄。”郦相曰:“今既相认,待漏泄后,姊姊方知我见事之明。但不知入场物件可曾收拾否?”素华曰:“收拾齐备。爹爹恐你忘记收拾入场物件,特使人催你回来。”是晚安寝。

到次早,梁相翁婿进入朝房。文武公卿见两位宰相到来,都肃立恭候,笑容满腮。

年少皇亲忠孝王随后而至,一见恩师忙道:“老师大人,久违了。”郦相拱手相谢。五更三点,钟鼓齐鸣,成宗临朝,梁相翁婿率领百官朝贺毕,分立两班,梁相、郦相分坐左右绣墩。值殿官喝曰:“文武官员有事启奏,无事卷帘退班。”只见一位官员俯伏奏曰:“臣礼部尚书姚东山有事启奏。”帝曰:“何事?只管奏来。”姚东山奏曰:“本年乃皇太后六旬万寿,又设恩科命天下举子进京赴试,二月初六日乃是钦点总裁日期,请陛下钦点总裁,以便初八日进试。”帝笑曰:“何必别点,郦丞相乃飞虎大将军,岂尚有人才学胜他?”即点右丞相郦君玉为大总裁。郦相俯伏奏曰:“臣年轻难胜此重任,请别点贤能为总裁。”帝曰:“先生才高清廉,朕所深信,不必推辞。”郦相领旨。帝再点礼部侍郎欧阳赞为副总裁,其余尚选派有房考官数人。众臣领旨,立即出朝上轿,各回府收拾行囊。

且说郦相回到府中,景夫人问曰:“贤婿此回,莫非点着总裁么?”郦相曰:“正是,蒙圣恩点为正总裁。”景氏喜曰:“若点你岳父为总裁,长婿即当回避嫌疑。今点贤婿,联襟是要你照看照看了。看来长婿功名有望。”郦相曰:“襟丈博学,合应高中,岳母何须过虑。”即入内谓素华曰:“吾今得为总裁,门生满天下之愿遂矣。”遂着家人押行李起身,自己上轿进闱。四员服侍家丁跟随,会同副主考与众房官,金锣开道,仙乐悠扬,簇拥着郦明堂,好似众星捧月,径入场中,众官迎接入内封门,从此直到出榜后方得开门,不表。

且说韩氏夫人自认女儿之后,病体既已稍安,然病久衰弱,畏风不敢出房。因媳妇方氏又怀孕,日夜呕吐,卧床不起。孟嘉龄告假回家,煎药侍奉。家中女婢无人约束,喧哗不堪。韩氏谓孟嘉龄曰:“我畏风不敢出,媳妇却又怀孕,女婢无人约束,我意欲请苏大娘前来管理家事。”孟嘉龄称是。只见女婢报曰:“忠孝王在外,要入内请安。”韩夫人对儿子曰:“可请他进来。”孟嘉龄出接忠孝王。忠孝王问:“弟要进房与岳母请安,还求内兄引进。”孟嘉龄曰:“多蒙妹丈费心,弟当引进。”二人入房。

那韩氏已起,坐在床上。忠孝王拜见毕,与孟嘉龄见礼坐下,女婢献茶。忠孝王问曰:“闻得岳母此病乃郦相医好的。”韩氏曰:“正是。”忠孝王曰:“岳母细认,可是令爱改装否?”韩氏乃诚实人,不敢瞒骗,想把真情告婿,但又想女儿再三叮嘱,不可造次。停了一会,方答曰:“却是面貌相似,并非小女。”忠孝王曰:“我亦道若是令爱,亦不敢如此大作弄。但不知他见岳母可有惊慌异容么?”韩氏曰:“并无异容。"忠孝王曰："看来不是令爱。"韩氏曰："果然不是。但我有一事，正要请贤婿前来。"遂把自己畏风不敢出房，媳妇怀孕呕吐不离床，欲请苏大娘前来暂且管理几日家务之事言明，"俟老身或媳妇病体稍安，即便送回。"忠孝王曰："小婿家中俱是苏大娘料理，却是时刻难离；既是岳母欠安，小婿即送苏大娘前来。俟岳母康健，再请苏大娘到舍未迟。"韩氏曰："极好，来日即遣人押轿前往。"忠孝王称是，就在房中与韩氏同吃点心，说些闲话，辞别回府。适值老王夫妻同苏大娘在殿上闲谈，忠孝王见礼坐在旁边，说明前事。苏大娘曰："既韩夫人婆媳患病，妾当前去。"太郡曰："俟亲家母病痊，我即使人请回。"刘燕玉向前曰："来日妾随大娘同去请安。"忠孝王曰："岳母婆媳俱各患病，无人陪侍，你去更觉不便，只是苏大娘去罢。"苏大娘即入内收拾自己物件。

到了次日早饭后，孟府使人下帖押轿来请。大娘辞别众人，上轿前往。家人押住，瑞柳跟随轿后，来到孟府，从中门进内。方氏勉强同孟士元父子迎接坐下，说些套话，大娘就请方氏回房养息，然后进房。韩氏下床，迎接坐下，女婢献茶。苏大娘问曰："闻得夫人贵体欠安，乃郦相医愈，未知郦相果是小姐改装么？"韩氏意欲实说，又恐苏大娘漏泄，踌躇一会方答曰："哪里是小女，这等造化。"苏大娘曰："我亦料小姐哪有如此胆力，故郦相虽屡到王府，我从不曾窥视。但可怜小姐，不知生死若何！"韩氏曰："谅小女免不得自有相会之日。"苏大娘曰："踪迹全无，亦难料必能相会。"韩氏遂不言此，只说些久病情形与市井琐闻。随即把家事钱债鞭杖交付苏大娘执掌，曰："倘女婢不服，任凭鞭打。"苏大娘即吩咐众婢，各要用力作工，倘不守本分并喧闹，立即责打。众婢肃然。

是晚众婢小心服侍大娘，府中还有三个幼婢，即备些酒菜，与瑞柳同饮。三婢向瑞柳曰："我们四人年纪仿佛，何不结拜为姊妹？"瑞柳曰："结拜极好，只是务要立誓，凡事真言无诳方好。"三婢称善。四人当天结拜，立下重誓，另再饮酒，尽欢安寝。

次日早饭后，大娘陪伴韩氏在房闲谈王府家中事务。韩氏见瑞柳在旁，恐有泄漏，乃对瑞柳曰："你何不往外边游耍，在此无事。"瑞柳心内明白，必是要说什么机密事情，恐我回去多嘴。即退出房外，壁边窃听。苏大娘探头见瑞柳立在旁边，责曰："不去游耍，在此听什么？"瑞柳曰："小婢恐大娘唤叫，理当伺候。"苏大娘曰："我若有事，自有女婢差遣；你不必伺候，去罢。"瑞柳领命，假意退出，从外边兜一大转弯，仍在内房后窃听。

且说韩氏问曰："王府待你若何？"苏大娘曰："若说老王父子夫妻，待我真是情重。"韩氏曰："情重便好。倘若怠慢，你即回来，休被他藐视。"大娘曰："王府众人俱皆恭敬，只有江三嫂小人识见，忠孝王礼待刘氏，他即靠是乳母，便小人得志。"就把他欺藐等情说明，"我知他乃小人气概罢了，瑞柳小婢偏不服他，屡次与他争竞。我常叹小姐无福，故使刘氏得为夫人；若我家小姐回来，刘氏就是偏房，江三嫂亦不敢放肆。"韩氏自思：苏大娘与我同心，谅无漏泄，怎好欺骗。乃对苏大娘曰："你出去看外边有人否？"苏大娘出房观看，仍进房内曰："外边并无人影。"韩氏笑笑，低声说曰："我家小姐有了信息啦，你说怎么，他就是当朝保和殿大学士郦君玉呀！"苏大娘曰："谢天谢地，小姐有喜信了。夫人你怎知其详？"韩氏就把初五日相认之事说明。苏大娘低声曰："既是小姐，何不及早完亲？"韩氏就把怪忠孝王娶刘氏用八座大轿、半副銮驾之事言明，"我亦为此事激出病来。女儿贪图首相荣华，再过三年方肯改装。"苏大娘曰："若不改装，终身何如？"韩氏曰："忠孝王恋新弃旧，且自由他。"大娘曰："小姐已有着落，我亦可免忧虑。只是难得梁小姐，二女成婚，竟无怨言，不知何故？"韩氏曰："前日匆惶之间，不及问此事，待他出闱，再问未迟。你若回王府时，切不可言及此事，恐小女即不便来。"苏大娘曰："我从未多言。这女婢瑞柳甚是话多，切勿使他知道。"

且说瑞柳在内屏后窃听，二人低声，听不分明，只听得苏大娘说"谢天谢地，小姐已有着落，我可免忧虑"，后边言语听不分明。瑞柳暗思：方才要说话，怕我知道，苏大娘又说此话；待我今晚设计问房中女婢，便知实事，好回去禀知忠孝王，与孟小姐完亲。那时刘氏见孟小姐即当叩拜，江三嫂见我大娘亦当跪拜，看他还有威风使势的么？

到了晚间，与三婢饮酒，瑞柳故意甜言蜜语，与三婢说得投机，乘势问曰:“闻得你家小姐与夫人相认,未知几时相认的?”那两个女婢答曰:“我家小姐一向无踪,岂有相认之事。”只有一婢为人诚实,答曰:“只因医病——”那二婢忙向他丢个眼色,那一婢就改口曰:“并无相认之事。”瑞柳知有毛病,即正色曰:“我们背井离乡,随着主人出来,举目无亲,昨晚结拜,立下千斤重誓;只当是同胞姐妹,就是将来婚嫁了,也还是一门亲戚。此事夫人日间亲对我大娘说的,已经相认,你们还不实说,不怕鬼神谴责,枉与你们结拜。”三婢只道是真,只得答曰:“非是我们奸诈隐瞒,实因老爷夫人吩咐,若有多言漏泄相认之事,即便处死,故不敢实说。”瑞柳立誓曰:“你们若将实言告知与我,我倘有泄漏,日后死于刀剑之下。”三婢见他立誓,遂把五月初五日夫人诈跌地昏迷及相认等情言明,并再三嘱曰:“你外边切不可多言。”瑞柳称是,心中暗喜。

到了次早,急要回府说知,使江三嫂失势,诈对苏大娘曰:“这两日天气颇热,棉衣穿不得,小婢回王府取夹衣便来。”苏大娘喝住曰:“不要多事,夹衣就向众姊妹借用,不许回去。”瑞柳只得退出忍耐,俟一同回府说明。

单言韩氏谓苏大娘曰:“我欲备四盘异样小菜,使仆妇送去梁夫人,称是感念郦相治病之恩,特送小菜与梁夫人下酒,就嘱仆妇细看梁夫人生得如何,为甚甘嫁女儿,并无怨言?”苏大娘曰:“夫人此计极妙。”韩氏令女婢着厨房备四色新奇小菜,加料炒好,送进与夫人看过,用篮盛着,着家婆同狄春燕带帖送往。韩氏嘱其面见梁夫人,看他生得怎样?春燕领命,带了名帖礼单,直到相府来见门官,说明详细,门官报进,此时郦相入闱,素华闲暇无事,与二姨娘在后花园看花,女婢执帖报曰:“门官报称孟龙图之妻韩氏夫人,感念丞相治病之恩,特差婢仆送来小菜、素点心,并要进来叩谢。”那德姐、柔娘笑对素华曰:“夫人好命,嫁得相国丈夫,荫你做一品夫人,却又会行医,送得谢礼,夫人真好受用。”素华暗想,若使你们嫁此中看不中吃的丈夫,只怕要气杀了。回思孟小姐尚有父兄在朝堂,可旦夕相会,我岂不可一见仆婢。就令女婢把来人唤进。

未知狄春燕说出何话,且看下回分解。

第六十回　假孟女庞福施谋　诈王妃项氏设计

却说相府女仆领命,引那狄春燕来到花园,指着素华曰:“那亭上坐着的便是我们夫人。”狄春燕举头一看,早认得是苏映雪,素华亦认得是狄春燕,遂诈为不识。春燕来到亭上,放下盛篮,跪下叩头曰:“夫人在上,小婢叩头。”素华曰:“免礼起来。”春燕起来曰:“我家夫人感念郦相救命之恩,特备四色小菜,二色时新蔬菜,二色新鲜点心,送与夫人,望夫人休要见笑。”素华曰:“你回去多多拜上夫人,多蒙厚爱,消受不起。”回顾女婢,收下礼物,备了回帖赏封。狄春燕收了回帖赏封,叩头谢赏,取了盛篮回去。至孟府进入后衙,见韩夫人呈上回帖,韩夫人问曰:“你曾见梁夫人么?”狄春燕就把梁夫人言语禀明。韩夫人曰:“梁夫人生得若何?”春燕笑曰:“甚么梁夫人,明是苏映雪姑娘。”苏大娘闻言,惊喜欲狂,忙问曰:“你看得真么?”春燕曰:“果是苏姑娘,她天青袄罩个红衫子,水碧罗裙,长拖到地,眉目面庞,并未改变,只是新添福相更见端庄了。身材也比当年长大了。”韩夫人曰:“闻得景夫人乃贵州人氏,必是江中救了苏姑娘,认为义女,怪不得与小女相得,原来是二女叙旧。”苏大娘不信曰:“世上哪有如此凑巧的事?孟小姐相认,已是奇事,小女哪有这等造化,女婢之言难信。”韩夫人曰:“候小女出闱,请来问明,便知真确。”苏大娘称是。谁知瑞柳在外窃听,暗喜苏映雪既有梁相仗倚,将来必作次室,刘氏定只可做第三小妾,江三嫂将更加失势,俟回即便说明不表。

且说上年成宗降诏天下,寻访孟氏,恰有湖广武昌府江夏县民庞福,年三十一岁,为人奸狡多智,娶妻毛氏,在城内开杂货店,其母路氏,有一兄弟名知遥,住在通城县。这路知遥乃是饱学书生,只生一女,取名祥云,生得眉清目秀,容颜美丽。五六岁教其读书,过目即能成诵,至十二岁,诗文皆精,金莲不及四寸,颇称才貌双全。不幸是年母死，明年路知遥病故，庞福母子前往殓葬，遂带路祥云回家抚养。不料庞福之母亦亡，其妻毛氏刻薄，不管粗细工艺，俱着路祥云勤做，闲时又着他怀抱儿子。路祥云自知命苦，甘忍勤作。时年十九岁，庞福欲将祥云卖与富户为妾，一时未有人家。

这一日中午时候，庞福见了榜文，心中暗喜，表妹才貌双全，可假作孟丽君，谅孟丽君不是身亡，便是改嫁，不然前年忠孝王征番封王，天下周知，孟氏若果守节，定往京城相认。今将表妹充作孟氏，送进京去，若是收留，吾便可得赏金，后日完亲，即认为姑表大舅，何等威风。想到快活处，不觉手舞足蹈，即奔回店来。进房对毛氏说明要将祥云扮作孟氏的事，毛氏大喜曰："此计甚妙，当速行之。"即叫曰："姑娘请进，有话商量。"路祥云进房问曰："哥嫂何事呼唤?"庞福夫妻一齐起身迎接曰："姑娘请坐，有事与你相商。"路祥云疑惑，今日何故，如此厚礼相待，即坐下问曰："哥嫂有事请说。"庞福就把朝廷挂榜，寻访孟氏，并自己要把你假扮孟氏，进京以图富贵。路祥云曰："但面君怎样说法?"庞福曰："只说你主仆假扮书生，主仆二人，行到湖北武昌府客店，遇着秀才路知遥，认为义子，同往家中。后因患病，继母察出，改扮女装，诈称章氏。"路祥云曰："倘官府问起荣兰女婢，怎样回答?"庞福曰："路途遥远，荣兰受不得辛苦，逃走无踪。"路祥云心想，孟氏必有父兄亲戚在朝，定然认出真假，若是败露，我即实奏父母双亡，为表兄所迫，无奈假扮欺君，谅朝廷亦必赦宥，倘得瞒过，终身受用不尽，即便应允。庞福曰："来日我即备轿，送你去见本县。"路祥云自思，有福归我，有罪自有庞福抵挡。

到了次日，路祥云小心梳装，毛氏取出几件新衣首饰，打扮定当，加倍美丽。那庞福夫妻大喜，遂上轿来江夏县衙外停住，庞福来见把门人说过，诏送孟小姐前来见老爷，劳烦通报，把门人报与本县主知道。这知县姓廉，当时闻报，即令传进。庞福来到后堂拜见，廉知县答了半礼。庞福立在旁边，县主问曰："孟小姐怎能与你相见?"庞福曰："小人有一母舅路知遥，住在通城县，乃是秀才，夫妻二人，年将半百，并无男女。因四年前路遇一书生，主仆二人，称云南章姓，因父被屈官司，拘禁牢狱。他主仆逃难无依，母舅收为义子，归住家中。

不久那书生犯病，露出绣鞋。母舅细问，又说是章氏女子，因父在日，将他许配王文隆为妻；这文隆出外四年，并无音信，故未完亲。后娘贪图人家厚聘，迫其改嫁，伊愿守节，主婢假扮主仆逃走。母舅怜其贞节，认为义女，主仆改换女装。荣兰见母舅家事清淡，遂逃出无踪。一年后母舅夫妻双亡，我母遂带章氏回家照顾，已经两年。近因黄榜寻访孟小姐，章氏说伊系兵部尚书孟士元之女，原名孟丽君，乃忠孝王之妻。小人不敢欺君，特备轿送来，现在大门外伺候。”

廉知县大喜，令开中门请进，小轿从后堂落轿。廉知县见其容颜娇秀，只道是真，即请小姐坐在中央，廉知县同庞福坐在旁边。家童献茶，知县问曰：“前年忠孝王回朝，天下周知，小姐因何不说，缓到此时才说？”路祥云曰：“前年忠孝王回朝，妾想探其有无情意。今挂黄榜寻访，谅必有情，奏请天子，故有此诏。若无此诏，奴家虽屈身在小户，断不实说，有失本志。”廉知县赞曰：“难得小姐果然有志。请小姐暂回，待卑职禀明上司，亲同庞福送小姐进京。”路氏称谢曰：“若得进京，自当重谢。”即辞别上轿，起身回家，知县亲自下阶相送。庞福夫妻更加恭敬。

且说云南府昆明县内有一大富户，家资百万，名项隆，字宝聚，年方五旬余，娶一妻三妾。三妾共产四男三女，妻罗氏只生一子，名唤项祝华，捐纳现任山东泰安州通判；又生一女，名南金，容貌却有六七分似孟小姐，只是四肢肥胖，目不识字，自幼配亲钟家，至十八岁未过门时，夫已病故。这项家曾收奴仆夫妻二人，唤作侯五、桂香，原是孟士元的家人，因夫妻诡诈多嘴，韩夫人即赶逐出外，投在项家安身，常赞项南金貌似孟小姐，并说孟小姐如何为保贞节逃走。如今黄榜四处张挂，侯五见榜，生出奸计，就向项隆父女说：“孟小姐若在，今年已十九岁，谅不是身死，定是改嫁，倘尚在守节，前年忠孝王回朝，天下周知，何不入京相认？今幸姑娘貌似孟小姐，可往见县主，诈称孟小姐，进京见忠孝王，必定为王妃，满门荣显。”项隆大喜曰：“若得如此，孩儿定必升高官，我亦身为贵戚。”项南金亦喜曰：“但恐没有女婢荣兰，难以遮瞒。”侯五夫妻欲奉承他喜欢，即奖褒曰：“明是贵府该发达，你的爱婢秋素面貌年纪恰与荣兰无二。”项南金闻言，不信曰："哪有主婢俱皆相似之理？"侯五、桂香曰："果然天生相似，小人怎敢妄言。"项南金曰："这样极妙。"项隆曰："妙虽是妙，只是见官如何诡说？"项氏曰："见官父亲只说四年前四月初三晚，有一书生，主仆二人借宿，称是王燮通，仆名荣兰，因父母被屈官司，逃走他方，伊主仆亦欲逃走。我怜其少年饱学，遂留其教读。至六月二十二日，适我寿诞，备酒请客，王生沉醉，回书馆安寝，书童代脱靴袜，方见绣鞋。我夫妻细问，伊方说王家之女，因丈夫远出无踪，父母贪图聘金，迫其改嫁。我夫妻怜其贞节，认为义女，主仆改装。近见黄榜，方说其情，故此通报。"项隆曰："倘官府疑问，当年封王何不说明？"项南金曰："当年不说，乃试探忠孝王有情与否。今见黄榜，知是忠孝王有情，奏请天子，故此说明。"项隆赞曰："女儿真是神算。"项氏曰："还有一要紧事，孟尚书父子在朝为官，倘朝廷或是忠孝王变面，吾可当殿自认。若问在家时家中之事，奴仆之名，逃走之时留下何物，算来却是利害。必须问明孟士元容貌并女婢姓名，临行所留何物，方不误事。"项隆喜曰："家门有幸，女儿有此深谋远虑。"项氏曰："人无远虑，必有近忧。"遂问侯五曰："你可把孟家各项说明，方好报官。"侯五心想：这些事情若不取他银两，岂不是痴呆么？随答曰："小人一时间亦记得不清楚，容少停与妻子参详方好。"项氏早已会意，答曰："可同你妻子细想，方不误事。"侯五领命入内，与妻桂香说了备细，"若无取利，怎肯轻易对他言明。"不一时，项氏着女婢传唤侯五夫妻入内，取银十两，赏与侯五；又取金钗一支，赏与桂香，曰："你夫妻可把孟家要事并孟士元父子容貌对我实说，且要你夫妻一同入京。事若成就，你夫妻少不得还要随我入王府共享富贵。"侯五夫妻大喜，细将孟士元父子身材容貌并小姐临行画图诗句，及留下书信荐苏映雪代嫁，并前年府中奴婢名字俱皆说出，又把孟府往常所有要事尽行说明。项南金紧记在心，遂教父亲报官。项隆曰："来日你当梳妆同往。"项南金曰："我既认为孟丽君，即是尚书的小姐，王爷的王妃，若轻身到县，便惹县主疑心；应当县主前来，方为珍重。"项隆拍掌曰："我女儿果然妙算，为父万分不及。"

次日，穿上冠戴，即便上轿，二名家人跟随入城。原来项隆充当盐商，且又捐纳同知，来到县衙，把帖投上。昆明县主姓安，乃三甲进士出身，一见名帖，即令开中门请进。项隆在外边下轿，进入后衙，那县主以礼相待，分宾主坐下。茶毕，项隆曰："治弟有一套富贵，送与老父母，未知尊意如何？"安知县笑曰："富贵人人所爱，未知何事？"项隆说明四年前有一书生借宿，及至六月二十二日吃寿酒醉卧改装；兹因黄榜寻访孟氏，说伊就是孟丽君，"治弟欲其来见老父母，他反说要请老父母往见；若送进京，朝廷定有升赏，忠孝王、孟尚书俱有谢礼，岂不是富贵么？"安知县大喜曰："既是孟小姐，卑职应当拜见，怎敢劳他前来。兄台请在敝署安歇，俟来日本县与你同往。"项隆曰："治弟就在外边好友处安歇，不劳费心。"遂别出门，到好友家中安歇。安知县即着捕役看守衙门，自己急忙连夜收拾铺盖，次早同项隆起身，执事跟随。

次日来到项家，项隆请知县入大厅，备点心相待；自己入内，对女儿说明前事，母女大喜。项南金换上新鲜衣裙，更加娇艳。项隆同四婢引女儿来到后堂。项隆出见安知县曰："孟小姐请老父母进内相见。"安知县同进后厅，见项南金果有沉鱼落雁之容，闭月羞花之貌；又兼项隆乃是富户，便不疑其假冒等情。项氏徐徐起身迎接，知县忙向前打躬曰："卑职有何德能，敢劳小姐迎接。请小姐高坐，受卑职拜见。"项氏乃作万福曰："奴家年轻，劳动贵县远涉，已为不该，怎敢受贵县大礼。"项隆推辞，早退入内。项氏欲行宾主礼，知县不敢当，自在旁边坐下，女婢献茶。项氏叹曰："奴家命苦，抛弃双亲，今蒙恩诏，得以骨肉相会，自当厚谢。"知县曰："不知小姐为何离家到此？"项氏细将守节留图，主婢改装到此，多蒙项员外夫妻厚待说了一遍。

未知安知县说出何话，且看下回分解。

第六十一回　路祥云金殿吟诗　苏大娘王府传语

却说安知县再问项氏曰："前年忠孝王父子得胜回朝，荣封王爵，天下周知，小姐何不早言，直到此时方才说明呢?"项氏曰："奴家前日守节逃遁，自料必死，虽旋知忠孝王封王，未闻寻妻之事，疑是无情，故甘心守节到老，不愿嫁负义之徒。今见了恩诏，知是忠孝王有义，奏请朝廷，故有此诏；奴家若不说出，恰是负义欺君，因此自陈委曲。"安知县称羡曰："小姐果然有志，待卑职禀明上司，同项员外护送小姐进京。"项氏谢曰："多蒙贵县盛情，后当重谢。"安知县曰："卑职怎敢望谢，但求令尊老大人并忠孝王父子日后照拂，便感恩不尽。"项氏曰："这个自然，不须叮咛。"

正言间，项隆从内部出来，项氏曰："烦爹爹备酒款待县主。"项隆即请知县同到前堂，家人呈上酒席，项隆与知县同饮，商议进京的事情。项隆曰："孟小姐在我家多年，犹如己女。愿赔万金妆奁，方遂吾愿。老父台进京路费，治弟一力担承，无庸过虑。"县主大喜，所有跟随的人役俱已赏发酒食，是晚就在项家住宿。次早，知县辞别回衙，即具书禀明上司，禀称欲送孟小姐还京。巡抚即遣署印官代理县事。安知县通知项隆，即便备办香车以及妆奁，并办金条，以备进京费用。知县又点了二十名健步，护送起程。侯五夫妻并女婢秋素跟随进京，不表。

且说江夏县知县送了路祥云于二月二十二日到京，寻客馆安歇。次早，嘱路氏面君，须要小心。梳洗毕，即便上车。廉知县同庞福送到午门，知县先向午门官说明备细。午门官上殿奏曰："启上陛下，今有湖广武昌府江夏县廉知县奇文奉送孟士元之女孟氏来京，现在午门外候旨定夺。"帝大喜曰："孟氏到京，寡人恰亦欣喜，速宣廉知县进朝。"午门官宣廉知县上殿，朝见毕，帝传问委曲，廉知县细把庞福出首等情奏明。帝令宣孟氏进朝。路祥云上殿，山呼俯伏。帝传旨平身举头，路氏奏曰："天威在上，怎敢举头。"帝曰："赦卿无罪，只管抬起头来。"路祥云把头略举，成宗仔细一看，见路氏虽有容貌，但身材瘦薄，双眉锁结，谅是穷家之女，不怕死罪，前来欺君。惟是眉清目秀，大约聪明绝世。暗想：如果发回，岂不被人笑话，难以嫁人？不若劝忠孝王收留，亦是好事。即回顾武宪王父子及孟士元父子曰："朕昔年迫走孟氏，心甚不安。今幸回来，卿等可择日成亲，朕亦喜悦。"

按孟士元闻廉知县奏请孟氏回朝，暗笑女流亦贪荣华，不过一个王妃之位，连砍头的罪案亦敢做出，怪不得女儿贪图首相荣显，不肯改装。一闻圣谕，忙跪奏曰："臣的女儿容貌绝世，此女容貌平常，实非臣女，臣不敢冒认欺君。"忠孝王亦跪奏曰："臣虽不识孟氏面貌，但孟氏临逃曾自画一幅形图，现在家中。此女不似画图十分之一，必是假冒，请旨究办其欺君的大罪。"帝笑曰："忠孝王休错了主张，自画形图，必有装饰，怎能相似。"又向孟士元曰："孟公须看仔细，谁敢假女欺君。"孟士元奏曰："臣虽不才，难道连亲女亦认不出真假么？"遂向路氏喝曰："何人设计，叫你欺君？从实说明，免你死罪。"

原来路祥云见忠孝王的美貌，暗喜道：若得配亲，心意足矣。又恨庞福浅见，若知他父兄在朝，岂可前来欺君？只得勉强俯首，垂下几点泪来，向孟士元曰："只因路秀才与庞福俱系贫穷，女儿受尽饥寒，因此形容憔悴，怎说不是女儿？"孟士元暗恨不已：不相认还敢冒认强辩！因问曰："既是吾女，请问你女婢何在，怎不同来呢？"路氏答曰："女婢荣兰，在路秀才家中受不过饥寒，已走多时了。"孟士元愈恼：小小女流，却敢强自争辩。奏曰："臣女诗文皆精，看他可能吟一首诗？"帝寻思此女生得聪明，或能吟诗，亦未可知；遂问道："孟氏，你父叫你吟诗一首，但受苦心乱，未知可能吟否？"路氏感帝宽洪，说出此话，明是恐奴败露，即奏曰："臣妾虽受苦多年，而诗文尚能完篇。"帝暗喜果然聪慧，便着内监取文房四室，摆在金阶之上，令孟氏跪在阶下题诗。内监取出，铺设停当。路氏奏曰："请陛下命题。"帝以出了题目，恐其难作，乃曰："不必命题，将就吟一首就是。"路氏又奏曰："无题却亦难作。"帝知必饱学，乃曰："就以你潜逃至今日相会为题罢。"路氏领旨，磨墨挥毫。

不须臾，诗已题毕，跪呈内监，接放案上。帝见上写道：

九重丹诏忽催婚，旧事凄凉忍细论。万里云山为旅客，三年荆布隐蓬门。明珠辞浦羞还郡，杨木逢春喜受恩。今日可怜憔悴尽，性天亲爱亦难温。

帝看毕，传旨群臣看过，方对孟士元曰："此女才学敏捷，果是你女无疑矣，必因老眼昏愦，以是难辨。"孟嘉龄跪奏曰："此女实非臣妹，敢来欺君，望陛下严刑究办，以儆后来。"帝曰："此必因困苦，贪图富贵；既有才学，可从宽免究。"遂笑问路氏曰："朕拟将你配与忠孝王为妾，你道朕断秉公么？"路祥云大喜，慌忙跪下曰："叩谢陛下洪恩，果然秉公。"帝大喜，即向忠孝王曰："朕若将此女发回，误其终身，今赐卿为妾罢。"忠孝王心中不悦，忙跪辞曰："臣非好色之徒，若娶此女，深负孟氏节义。此女胆敢欺君，还求陛下重办。"成宗沉吟一会，曰："朕怜此女回去，名声不好，着内监引入万寿宫，服侍太后。"太后后来见其勤谨，着成宗纳为偏妃，亦是路氏有福。这是后话，不表。

当下帝思庞福敢于欺君，即传旨召刁民庞福进朝，午门官出朝宣召。按庞福见路氏入朝许久，心中惊恐，听得"刁民"二字，惊得满身冷汗，勉强入朝，俯伏跪曰："子民庞福朝见。"帝厉声曰："尔一介小民，怎敢来假冒孟氏欺君？"庞福奏曰："此事是孟氏叫子民报知县主，子民实不知其详，乞赦欺君之罪。"连连叩头。帝曰："朕念其薄有才貌，从宽免究，仍赏你白银二十两回去罢。"庞福叩头谢恩。内监即取二十两银子，交与庞福。帝又向廉知县曰："你失察冒奏，亦属有罪，今一体从宽免究。你回原任，不许与庞福争论，如违重处。"廉知县领旨。成宗退朝，俱称天子大度，不计小过。

廉知县回寓，埋怨庞福敢于冒险，几断送他七品前程，又累他费了数千银两。庞福自思往还路费，不下百两银子，险丧性命，自觉无颜，星夜回转家乡；又恐县主报怨，且惹人耻笑，遂连夜搬往远方，这是不守本分的报应。

且说武宪王父子回府，少王便将湖广假孟氏的事情告知太郡，太郡曰:“幸不被其混过。”少王曰:“他与形图毫不相似,怎能混人。”老王曰:“虽如此说,但形图乃孟氏自绘,谅必有些装点,难以准信。世上哪有如此美丽的女子!”少王曰:“郦恩师的容貌且胜画图,怎说女子无此美貌?”老王曰:“郦相乃山川灵秀之气蕴结而成,谁能比他?”刘氏曰:“闻得韩夫人已不怕风,方氏呕吐已好,何不请苏大娘来问个明白,免得狐疑。”太郡称是。就着家将带帖押轿,往孟府请苏大娘回来。

家将领命,来到孟府,向把门人说明。当下孟府满门正说湖广假冒的事情,忽女婢报曰:“把门人报称,王府差人押轿来请苏大娘回去。”大娘曰:“夫人婆媳俱已平安,老身理当回去。”韩氏曰:“谅亦为着假孟氏,别无甚事。今日天色将晚,来早回去罢。”遂令女婢把帖交与来人,嘱他回去说,苏大娘来早便归。女婢退出。次早,备席与大娘饯行。韩氏嘱大娘道:“切不可说小女的事情。”大娘曰:“我从不多言,只怕瑞柳多嘴,以致泄漏机关。”即嘱瑞柳曰:“小孩子,凡事切不可多言。”瑞柳曰:“小婢不知什么事,怎好多言?”寻思若回王府,立即说明,使江三嫂失势。苏大娘辞别上轿,瑞柳跟随,来到王府,见礼坐下。茶毕,大娘曰:“韩夫人婆媳已好多日,老身久欲回来。”又说些闲话,太郡方问曰:“昨日湖广假孟氏的事情,你必知道。”苏大娘曰:“昨日孟老爷亦曾说过,不意一个女子贪图富贵,亦敢罔法,岂不可笑!”武宪王曰:“我们疑孟氏的形图必有装点,特请姻母回来,且问孟小姐果然貌似画图否?幸勿隐瞒。”大娘曰:“孟小姐容貌虽像画图,然形图只画面貌,不画举动,焉能描出秋波活泼,言笑百媚?活人胜图多矣。”少王叹曰:“我只道貌不及图,谁知道貌更胜图!俺皇甫少华福薄,不能消受姣妻,实为可惜。”瑞柳立在苏大娘背后,笑向忠孝王指着苏大娘连丢眼色。忠孝王知必有故,即唤瑞柳曰:“你无故嬉笑,莫非孟小姐有踪迹么?”瑞柳大笑曰:“孟小姐闻已相会。”

大娘吃了一惊,怒睁双目,注视着瑞柳。那瑞柳愈笑曰:“小婢断不敢说,大娘何必发怒?”老王夫妻并少王齐声曰:“大娘好得忍心!孟小姐既已相认,还阻挡女婢不说,真是不该。”苏大娘只得说:

“不是老身秘密，奈孟小姐有约，倘漏风即不相认，故孟公夫妻叮咛不许多说。”忠孝王问曰：“孟小姐今在何处？”大娘曰：“孟小姐就是郦丞相。”忠孝王闻言，惊喜欲狂，曰：“怪不得郦相前日说，三年之后，管叫孟氏相会。但不知如何相认？”苏大娘就把二月初一日诊脉，初五日韩夫人诈昏相认的情由说明。忠孝王曰：“郦相待我恩深，何不早认完亲呢？”大娘曰：“孟小姐本欲早认，因犹恐刘捷报怨；后来怪你娶妻，用了半副銮驾，八抬金轿，又不禀明师长，父子自奏朝廷；心中不悦，所以不肯早认。”

忠孝王闻言，始悔父母迫他娶妻，反使无妻，当初如果许他上辞婚表，郦丞相也会动不忍之心。即答曰：“我虽娶刘氏，但孟氏的画图封诰常供奉中殿，夜伴形图独宿。岳母何不代予告诉？”大娘曰：“韩夫人非不代说，但孟小姐要再做二三年右相，报答主上厚恩，然后设计改装。今若相认，即有四条大罪。”少王曰：“四条什么大罪？”大娘曰：“欺君罔上，戏侮朝臣，变乱阴阳，误人婚姻，这四款大案，死罪难免。”老王夫妻点头曰：“这四条果然利害，但三年之后，仍不能免，不如早求开赦。”

刘燕玉大喜，向少王作礼曰：“恭喜郎君，孟小姐指日可会。”少王揖答曰：“难得夫人贤德，终身亦可完就了。”并向众人曰：“这位孟小姐成就我满门富贵，乃我们之大恩人也。”众各称是。惟有江三嫂立在旁边，怒视瑞柳多言。瑞柳心知其意，即便他怨恨何妨，又向前曰：“连义烈夫人亦在目前。”就把春燕送看前去，认出梁夫人即是苏小姐的话说明。太郡曰：“我不信世上有这等凑巧之事！”大娘曰：“这是春燕奉承的言语，难以相信。小女若有此福，不至离胎一月即便流落人家了。”少王曰：“此事我亦不信，但孟小姐既言怨我，趁他如今在闱，待我往求岳丈父子，同我们父子来早奏求朝廷开赦，得以完亲，岂不是好。”大娘曰：“少王不可性急，且俟孟小姐出闱后相商方好。”少王曰：“不可，孟小姐怨我娶妻喧闹，若与他商议，反为不美，乘他不在朝启奏为妙。”老王曰：“我儿说得有理，速速往见孟亲翁，商议来早进表，奏请赦罪改装。”少王称是，连忙上马来到孟府。

孟嘉龄接入后堂，适值孟士元夫妻俱在堂上。忠孝王见礼坐下，对士元夫妻曰："小婿迫于君父之命，前娶刘氏，不料令爱见怪，岳父母又隐密不言，小婿一向如在梦中，今方知道。"孟士元夫妻知是苏大娘所说，答曰："不是我夫妻隐瞒，奈小女一再嘱咐，故不敢言。"忠孝王曰："小婿欲上表求赦令爱改装完亲，特来禀明。"士元曰："这个且慢，此表上后，即有欺君四条大罪。"忠孝王曰："虽有大罪，缘救小婿，不得已而欺君，并非卖弄才学；自进朝以来，又未曾犯案误事。岳丈父子并小婿父子苦奏哀求，血诚一点，必动君王。朝廷宽洪，定蒙赦罪，改装完亲。"说完，撩袍双膝跪下，叩头道："如今是求两位大人作主的了。"士元喜曰："此言有理，来日一同保奏。日后小女出闱缴旨，就好改装，免得许多言语。"韩氏曰："不可太急，俟小女出场商议，才保无事。果然天子能赦她无罪，我自然作成你二人的姻缘。纵是丽君固执，父母之命，怎可改移，但若有差池，断送吾儿，我是不依的。"忠孝王曰："是，是，是！请岳母放心，把令千金交与小婿，千斤重担，我自承担，虽回天乏力，身躯定可保全。但不可等她出场，令爱既怪小婿娶了刘氏，銮驾奢华，似乎不留他的地位，必难商议。宁可乘他在闱，预先上表，免费口舌。"士元曰："说得是。"

未知上表之后主何吉凶，请看下回分解。

第六十二回　忠孝王上表认妻　梁丞相发怒助婿

却说孟士元闻忠孝王于二十五日早朝便要上表,答曰:“如此极好。”韩氏曰:“你须商议妥当,但不要使小女失脸方好。”亦是天数未该相认,故忠孝王、孟士元父子失于捡点,偏不私下商议,使孟小姐当殿失脸,终致孟小姐翻脸无情。

当下孟士元父子、岳婿三人齐答曰:“此乃佳话,岂有失脸。”忠孝王曰:“小婿回舍具表,次早朝房等齐。”即起身上马,回府入内,满门尚在殿中伺候。忠孝王退入鸾凤宫,向画图作揖曰:“下官实因父母之命,迎娶刘氏,致被小姐见怪,大为不该。”谢罪毕退出,此时心中狂喜,坐立不定,亦不进刘氏宫中。到了晚间,忠孝王仔细具表,心中得意,不觉满面生春。几行写下,连笑几声,把始末情由,一一陈明。只求天恩浩荡,赐己成婚。写完草稿,送求父亲批改,老王夫妻看过称善,令人缮写方寝。

次早四更,父子起来,梳洗早餐方完,人报孟龙图父子前来。忠孝王父子出来相见,老王曰:“到时帝若发怒,全仗亲翁父子并吾父子齐心保奏。”孟士元曰:“朝廷仁慈,想必怜悯,当可无事。”武宪王父子上马,一同起身,来到朝房坐下。是早恰遇梁相未曾上朝,及帝坐殿,文武朝贺毕,忠孝王俯伏奏曰:“臣皇甫少华有事启奏。”成宗曰:“赐卿平身,有事奏来。”皇甫少华立在旁边,奏曰:“臣因右丞相郦君玉乃是臣妻孟丽君改装变换姓名,特恳恩旨令其改装,赐臣完婚,足感圣恩于无际。”帝闻言大惊曰:“郦君玉在朝多年,博学大才,可称第一,居官办事,极有才能,怎有女流之说!”少王曰:“孟氏临走,亲画形图,岳父孟士元前已把图付臣,臣见其图容貌与郦君玉相似,臣以师生之情,不敢妄疑。今幸郦君玉与父母相认,特奏恳陛下,令其改装。”成宗心想:男子哪有如此美貌,必是个女子无疑,怪不得他一心拔救皇甫家的满门,真是才情两足之奇女也。令朕爱慕不止,若能得此贤妃，心愿足矣。遂问少华道：“郦相怎认父母？”忠孝王即把二月初一日往孟府下药，初五日伊母诈晕相认的话说明。孟士元亦跪奏曰：“臣婿所奏，果有此事，望陛下开赦重罪，着其改装完婚。”

成宗沉思：此女才情两足，却不赶早完婚？必有委曲。仔细一想，定是怪忠孝王弃了父母，入山学道，并奏赦刘捷一门，娶仇人之妹刘燕玉为妻，因此妒怨交作。朕若令其改装，即失一办事的能臣，忠孝王胜朕多矣；今当假怒，俟孟氏出场，方好收局。一面思想，一面假作看表，即大怒曰：“你言差矣，郦君玉果是女流，即有四条大罪：欺君诳圣，戏侮大臣，变乱阴阳，误人婚姻，如此无礼，罪当诛戮！忠孝王不识王法，说什么改装完婚。”忠孝王哀求曰：“陛下前日曾降诏颁行天下，寻访孟氏，今幸孟氏出头，正当开赦；况臣的满门曾受孟氏深恩，陛下若不开赦，臣愿代替受戮。”成宗怒曰：“你为爱惜妻子，把朕的国法当作儿戏么？”言次，恨恨不已。武宪王忙跪奏曰：“臣儿秉性耿直，虽娶刘氏，未敢同床，立誓必俟孟氏相认，方敢与刘氏同床。陛下若不开赦，臣儿又不完亲，臣将来老景无靠。望陛下格外施恩。”孟嘉龄亦跪奏曰：“可怜臣父年老，只一子一女，臣妹若果正法，臣母势必身亡；老母既死，臣痛母亦必身亡。伏乞圣恩开赦。”孟士元亦跪奏曰：“论他四罪，情有可原，臣为陛下缕晰陈之，女扮男装，乃欲救丈夫，不得已而改扮以求功名，保冰霜之节，非无故欺君诳圣，卖弄才学；戏侮大臣，念臣女自在朝以来，与群臣相见谦恭有礼，不恣逞凶顽；变乱阴阳，念臣女自居官至今，未尝犯法误事；误人婚姻，乃梁相自结彩楼，抛球招亲，并非臣女故意戏弄，前往求婚。望陛下施恩，曲全人间骨肉。”帝曰：“不必多言，俟郦相出闹，朕自有处治。”龙袖一拂，驾退回宫。

孟士元父子回府，向韩氏说明备细，曰：“来早我与孩儿并武宪王父子再求情朝廷，必然开赦。”韩夫人曰：“只要不断送我女儿便好。”

且说江三嫂到晚密对刘氏曰：“若孟小姐相认完亲，你须大模大样，休要服小，自丧志气。”刘燕玉曰：“你好不识时务，往日丈夫得暇,便进宫中共说些闲话,今日早间至此刻,并不进我宫来,眼见得无意于我了。况孟小姐才貌盖世,父兄俱在朝任显职,兼有恩于皇甫家,我才貌不及他的万一,父母远在边关,况亡兄获罪于皇甫家,我是仇人之妹,孟小姐若来,惟恐他报怨,你还说这呆话!”江三嫂曰:“我们如今与他卵石莫敌了。”那苏大娘呆视不言,只恨瑞柳多言,惹出此事。瑞柳意欲讨功,随侍少王,少王曰:“难得你忠心,方知此事。俟你长成,把你配个好丈夫。”瑞柳大喜。江三嫂闻言,恨恨不已,不表。

再说帝一路回宫,在辇上恐皇后知道,难以遮掩,嘱内监武士曰:“郦相在朝已久,并无猜疑,定是孟士元认错。你等在宫若是妄言郦相是女者,一齐处斩。”驾回偏殿,就着心腹小监权昌速往忠孝王府,取孟氏的画图前来御览。权昌上马起行。

原来武宪王回府之后,满门正在商议,来早务要奏赦孟氏罪名。忽报权昌来到,武宪王出外迎接,礼毕坐下。权昌说明圣主要取画图,忠孝王入内取出画图,交与权昌。权昌接了画图,辞别回宫缴旨。帝令把画图挂起。成宗看了,不觉出神:谁知画笔如许入神秀媚,描得这等相似,真好似神仙降世,玉女临凡。心想来早他若自愿改装,是朕的晦气,失了一位能臣;他若不愿改装,教朕做个好人,劝他相认,只怕是断乎不肯。只是忠孝王与孟龙图倘要奏请脱靴验看,叫朕如何掩饰?且看来日郦相如何分辨,朕即乘机附会,但此事他若分辨得开,就算真本领了。即着权昌将画图发回王府,不许多言。权昌领旨前去,不表。

且说梁相父子在朝日久,门生故吏极多,当下见忠孝王奏郦相是他的元配改装,俱怪忠孝王出言无状,见师尊年少貌美,胆敢乱言,众皆不服。迨至退朝,就有几位来到相府禀明。梁相请入,拜毕坐下,梁相疑问曰:“承蒙列位光顾,怎有仓皇之状?”众官道:“可惜令婿郦太师提拔了忠孝王满门富贵,不料忠孝王恩将仇报,乱言无状,门下等大为不平。”遂把早间奏请的言语及主上发怒等情一一说明,“不意孟龙图老耄糊涂,反附会说二月初五日诊脉与母相认,太师你道该不该么?”梁相闻言,激得双眼圆睁,遂冷笑曰:“他今父子封王,兼是国戚，女居昭阳，为万民主母，就说些狂言，亦未为不可。况老夫年老无用，小婿年轻，凡事谦恭，易于欺侮，无怪其藐视相位。且看来早，自有高低。”众官曰：“老太师亦须使些势力，方不致国法紊乱。”梁相曰：“来早小婿面君，自有分晓。”众官称是，辞别回归。

梁相退入后堂，暴跳如雷，景夫人疑惑问曰：“相公何事如此发怒？”梁相曰：“可恼可恼！”遂说明前事。景夫人大惊曰：“此事我已久疑在心，莫非贤婿果是女流么？你看他夫妻年少相得，为何成亲数年，并无男女？太师且勿动怒。”梁相笑曰：“你亦颠倒，若是二女成亲，女儿岂无怨言？你既怀疑，可唤女儿来问，便知端的。”

景夫人遂令女婢请小姐前来。女婢走到内房，来见素华，说明委曲。素华骇然。自思忠孝王如此狂妄，因何不与小姐商议，私自上表奏主，叫我如何回答呢？低头一想，宁可欺瞒义父母，断不可使小姐失脸。主意已定，即来到后堂，见了双亲，行过礼，坐在旁边。梁相曰：“今日有一桩大事问你，休得隐瞒。”就把忠孝王的言语说明，“贤婿毕竟是男是女，你可从实说来。”素华曰：“爹爹前取会元，是男是女？”梁相曰：“开科取士，自然是男，那有女子之理。”素华曰：“既是男子，故招为女婿，今何问及男女？岂不好笑。”梁相向景夫人曰：“夫人再有何说？”景氏遂不敢言。梁相曰：“总缘贤婿逢人抑让，门生称作同年，人皆视为懦弱易欺，忠孝王故敢乱言。他两个闲散的王爵，怎及得我翁婿两个首相。来日贤婿出闱，到殿上与他决个雌雄，使他知道首相权重。”素华暗叹忠孝王狂妄，看父亲如许变脸，岂不是他自取其辱。梁相恨恨，伺候来早面君。

且说郦相自初六日入闱，回思母病初愈，苏母必往探母亲，定泄真情。苏母必向忠孝王实说讨功；看忠孝王前日奏赦刘捷，不与我相商，乃是浅见之辈，倘乘我入闱，私奏改装，我又不知，及揭榜面君之时，我岂不当殿失脸？连朝廷误用女流，梁相错拔会元、误招女婿，俱皆失脸，此事深为可虑。眉头一皱，计上心来：呵，有了，可如此如此，宁可使他没趣，不可使我自己失脸，又可儆戒他下次作事小心。主意已定，遂一心考核，招选真才。至二十六日午正揭榜，会元是俞赞，崔攀凤中第三名会魁，裘惠林中第九名进士。众进士拜谢座主，门包俱系堂官荣发所收，异常热闹。

是夕忠孝王睡不能寐，坐立不宁，四更起床，顶冠束带，秉烛以待。令人下帖约孟士元父子进朝保奏，然后忠孝王父子上马进朝，士元父子恰巧亦到，梁相故意迟缓方到。成宗临朝，将忠孝王的表章藏在怀中，欲试郦相有何才能，能否分辨。群臣朝见，分班站立。忠孝王奏曰："会试昨日已经揭榜，郦相少停必来缴旨，伏乞陛下令其改装。"帝暗笑忠孝王痴呆，朕怎肯作了好人，自失能臣？即曰："朕自有处置，不必多言。"文武官奏事完毕，梁相坐在左边绣墩，佯作不知。只见午门官奏曰："启上陛下，右丞相郦君玉率领同考试官，现在午门外候旨。"帝传旨宣进。郦相率领副总裁欧阳赞并同考官俯伏朝见，奏曰："臣等奉旨典试，场事完竣，特来缴旨。"帝传旨："卿等平身。难得卿等辛苦，为国求贤，众官俱加升一级。"众官谢恩归班。郦相就在袖中取出文卷，奏曰："此系前列的十卷，进呈御览。"帝曰："卿取中的文卷，必然超群，朕当细看。"着内监取表前来，"卿且赐坐。"郦相即坐于右边绣墩。

帝佯作看表及文卷，窥视郦相的面貌，果似画图，但细看两耳并无耳环之眼，亦是一桩疑案，暗思：有此才貌、具此胆量的佳人，岂不令人爱慕？忠孝王见帝只管看卷，心中好不着急。停了一会，帝令内监把文卷送入内宫，自思今科取的都是真才实学，那会元的文字更佳，真是文铺锦绣，字吐珠玑，这个头名标得极是，足见主考秉正无私。忽又想起忠孝王上本之事，方对郦相曰："郦先生入闱之后，朕得这道表章，甚难决断，候卿看过，方好定夺。"内监取表付与郦相，郦相暗想：莫非是忠孝王的妄言么？即起身接表，立而揭看，果然不出所料。心恨既知真情，何不与我私议，设计改装，乃私自进表，明是要使我当殿失脸；以势来欺我孟丽君，你既无理，如今怪不得我无情！即含怒奏曰："本月初一日侍讲学士孟嘉龄到舍，据称伊母病重，恳臣前往医治。臣即往视脉，知是郁结忧思致病，臣便开了两帖药方，令他分作两天服下。至初五日臣又往看，不意韩夫人扯住臣袖，呼臣为女儿，遂跌在地下晕绝，当下满门狂呼未醒。臣思这病由思女而起，必伊女与臣相似，是以错认。窃念医家有割股救人之心，遂屈认其为母,韩氏忽醒。不料因此一认,俱认臣真为他女,臣欲分辩,恐韩氏仍致死地,只得忍气蒙屈。但臣由三元及第入词林,擢升兵部尚书,并蒙恩拜相,若果是女,凡府县及历科目考试官岂能尽瞒?况现今娶妻子,误他青春,怎无怨言?总由臣年轻显职,铁面无私,以致群臣怀忌;忠孝王恃爵倚功,不察虚实,乘臣入闱,冒奏陛下。这等诳圣欺君、乱伦逆理的表章,留之何用!”言讫,怒气冲冲,将表掷在龙案之上,即回转身来,向忠孝王曰:“国舅,你仗了国戚,乘我入闱,竟敢乱言欺我!曾亦思我是你的老师,竟敢戏弄起我来,任着少年狂妄性子,弄出这等奇谈异闻。就不想诳圣欺师这个罪名难逃么?”又回奏朝廷曰:“此等重罪,若不严办,文武百官定要怠慢臣下,臣何以立于朝堂办事呢?”

忠孝王大惊,暗思郦师平时礼待,我却如此无礼,出言冒渎,恐是岳父认错,果是孟氏,哪有如此变脸?意欲分诉,又碍师生名分,恐其殴打,师生质证,岂不罪名更大!当下面如土色,不发一言。帝暗骇果然利口,令人降服。武宪王心想:吾儿碍着师生名分,不敢分诉,我若不分诉,吾儿必然有罪,乃向前奏曰:“此事实孟龙图所言,并非臣儿妄奏,今有孟龙图可证。”当下梁相坐在那边,见了武宪王分辩,怒发冲冠奏曰:“臣婿如果是女,臣女日侍左右,岂有不知真假?如许妄言,明是当他年少可欺。当年若非臣婿保奏招军,恐武宪王的满门未必享此富贵,今忠孝王自知有罪,已不敢分辩,武宪王反加力辩,如此看来,明是武宪王纵子为非,故敢当殿袒护。但念臣翁婿二人虽是不才,亦系股肱元宰,突遭秽语,有辱国法,望陛下将武宪王父子一体严究,无稍宽贷!”

当下武宪王吃惊不小,又奏曰:“实是孟公所说,怎说臣父子之罪,可问孟公,便知非臣父子妄奏。”成宗心想:看她容貌,分明与画图无二,却为何尽情抵赖,咬定牙关,一点风儿不透,莫非是嗔怪少华婚燕玉,或流连爵位,既不愿归皇甫,可有心在朕身了。原来成宗一心贪恋孟氏才德,有意曲庇郦相,又恐孟士元父子及忠孝王父子奏请脱靴验看,便难遮掩。乃计不出此,亦天数未到。帝见梁相又欲出班启奏,暗笑其老迈颠倒,不明男女,乃乘势厉声叫曰:“孟先生何在?”

且说孟士元先见郦相变脸，已是吃惊不小，又听得梁相夹攻，成宗厉声大叫，不觉胆裂心惊，只得向前跪下奏曰："老臣在此，有何圣谕？"帝含怒问曰："你向忠孝王父子说什么话来，以致朝堂大闹？"

不知孟士元如何分辩，且听下回分解。

第六十三回　金銮殿二相施威　丞相府刘氏谢罪

却说孟士元见二相夹攻，忠孝王自知将已败露，若不见机，必遭重罪，乃奏曰："只因二月初五日郦相诊脉，臣妾跌昏，郦相相认，俱如郦相所言。臣只说此言，并无别话。"帝怒问曰："到底郦相是你女或不是你女，可说明白，免得怀疑。"孟士元只要卸担，乃奏曰："陛下明镜，父女虽是至亲，但长十四五岁，即在绣房，父兄相见有限；但臣的女儿十六岁即改装潜逃，于今四年，臣已年老，心瞶眼昏，焉能辨得真假。"帝闻言，即摇头曰："你今真是颠倒！郦相欲救你妻，屈认为你女，你却认以为真，致有许多闲话。"言讫，拍案嘱曰："朕虽薄德菲才，自念登极以来，专务整饬，朝纲幸得严肃，岂容你等兴风作浪！明是丞相，怎敢乱言女流？忠孝王好大胆，皇帝、老师岂容你作耍！若不念血战功劳，当治你的大罪。今后凡事务要三思而行，满朝文武谁能及得郦相才能，若朝中无此郦相，朝政颠倒不堪。今后有妄谈郦相闲话者，定从重治罪。"又回顾郦相曰："先生可令人访察，倘有妄言是非者，不论官民，交朕处分。"郦相谢恩毕，立在一旁，文武百官，皆有喜色。惟有武宪王父子、孟士元父子闷闷不乐。

帝驾回宫。按帝后甚是相得，帝平日回宫，凡朝政俱对皇后说明，惟对湖广假孟氏及郦相认母并不提起。帝自寻思：郦相聪慧，必感我不脱靴验看，又禁绝闲话，从今再加些殷勤，自不过意，或得私通，岂不得一位贤妃？此后凡郦相奏事，帝俱笑而听从。

且说郦相回归梁府，与梁相细说早间之事，"孟士元若不见机推脱，定遭治罪。"大家说了一会方散。郦相夫妻回房，撤退女婢，素华曰："小姐虽有先见之明，预想对答言语，朝中不致失脸，只是气杀了皇甫少华了。"郦相曰："论他举动，气死亦不足惜。我现有画图在他家中，我前曾嘱他孟氏三年内定来完亲，先与刘氏生产儿子，此是隐语，他偏不省悟。今我既认母，足知我是孟氏了，况我与他不时饮酒言谈，就不该再忧虑。谁知他不与刘氏成亲，苦苦缠我，又不与我商议，待我设计改装，偏乘我不在，私自启奏。若非我预为提防，莫道我自己失脸，连朝廷及令尊错用女流亦皆失察。此是他自取其辱，亦儆戒他下次行事仔细，他若气闷，自有他父母妻房劝慰。只是我日后更难改装，今日连父母亦不能相会，真是可伤！”素华曰：“皇甫郎果是粗蠢不该，若非小姐能干，分辩此事，朝廷罪责，家父变脸，怎得如此安寝言语。”

且说孟士元父子回衙，韩氏婆媳迎问曰：“改装之事如何？”孟士元摇头曰：“这等不孝女，劝你今后不必说起，譬如死了一般。”遂把前后事说明，“女儿口似枪，舌似剑，更有梁相相助，若非我见机推脱，险丧性命，真是利害难惹，令人胆寒！”孟嘉龄曰：“孩儿亦不知妹子口似悬河，舌似利剑，令人可怕。”韩氏恨曰：“怎么这样千真万确的事情，都会反复起来，都是我多言泄漏，今后女儿决不肯再来，我亦无颜往请。可恨皇甫少华有妻还要多言，断送我一个爱女。”孟士元曰：“此等利害的女儿，我劝你亦罢了。”韩夫人只得埋怨孟士元父子多言误事，不表。

再说忠孝王出朝上马，正是乘兴而来，败兴而返，沿途沉思：我为她一片真心，她反视同陌路，唇枪舌剑，说得我半句难回。叹了一回，又想：必是郦相屈认为女，我怎好不念私情，妄奏为妻，今后何颜相见？况满朝大臣必鄙我无状，见师尊美貌，即认为妻，何颜得见群臣耶？想到此处，精神昏聩，不料马失前蹄，跌下马来，家将忙向前扯住。忠孝王满面羞惭，跳上马来，起身回府。满门俱在后殿伺候，武宪王父子见礼坐下，忠孝王连声曰：“真是该死，可羞可恼！”太郡问曰：“孩儿何故如此？”那武宪王即说明前事，“方才孩儿气得跌下马来。”太郡曰：“朝廷既未脱靴验看，怎知是男是女？看来朝廷偏护。”忠孝王曰：“朝廷问岳父真假，岳父推说难认真假，必是岳父认错，我今何颜再见恩师？真是可耻！”言罢，恨恨回鸾凤宫，卧倒床上。

那瑞柳听了一番言语，亦觉无颜。这江三嫂随刘氏回宫，即对刘氏曰：“可喜今日此奏，纵使郦相果是孟氏，亦难完亲，小姐必然正室无疑。”刘氏曰：“虽是如此，但丈夫这等愁烦，我当前往安慰为是。”

即移步到鸾凤宫来，只听得忠孝王骂曰："可恨刘奎璧畜生，不该死得全尸！当年若不害我，再俟一二年早已完亲，不至生此枝节。论来该将他碎尸万段！"刘氏恐触其怒，遂到后殿，同公婆并苏大娘坐下言谈。

且说女婢备进酒菜，摆在鸾凤宫房中案上，只道忠孝王沉睡，向前叫曰："酒菜已备，请千岁起身用餐。"忠孝王只不答应。女婢举手推醒，忠孝王正在羞愧盛怒，跳起身来，亦不作声，将案上酒菜尽扫下地，盘碗俱皆粉碎。忠孝王仍横卧床上，书童忙向前打扫。女婢大惊，奔出后殿，来见老王夫妻，禀明情节，武宪王曰："早间郦相盛怒，怪不得孩儿羞恼，吾夫妻且同往苦劝，不要生出病来。"

众人一齐进宫，书童通报，忠孝王迎接，一同坐下。太郡劝曰："郦相纵是孟氏，既如此无情，亦不必为此发怒。"忠孝王曰："郦恩师平日待我情深，此必岳丈错认，莫怪恩师骂我，就是打我，儿亦不敢恨他。但百官必鄙薄我忘恩背师，这却可耻。"武宪王曰："儿虽错认，亦是误听孟亲翁之言，方才殿上不敢分辩，亦算敬尊师长。今日他怒气方盛，且待来日你自己前往请罪，他若相见，恨气便消；倘不相见，待为父与你同往。"忠孝王称善。次日，忠孝王到相府三次请安，郦相或称拜客未回，或曰内阁批案，推说另日相会。真是侯门如隔万重山。其实郦相在家原没有什么事，是故意不见，让他碰碰这丞相威严。武宪王曰："待来日为父与你同往。"是晚安歇。

次日恰遇日间霖雨，路上泥污，忠孝王父子故意骑马，欲使郦相怜悯。来到相府前驻下，衣袍尽被泥污。女婢报入，素华劝曰："既是老王同来，理当相见为是。"郦相曰："我有法子，不致失礼。"着把门人回他拜客未回。老王吩咐将帖留下，父子回去。郦相令人往王府打探，若忠孝王父子皆出外，即来通报。好一会，打听人回报，忠孝王父子俱出。郦相即令备轿，起身回拜。来到王府，门官禀称老王父子拜客未回。郦相令将帖留下，随即回府，来见素华，曰："他来拜我，我已回拜他，礼法已尽。"素华笑曰："小姐探他父子不在，故意回拜，不怕气杀了人。"郦相曰："礼尚往来，说甚气杀人。"

且说老王父子回府，闻得郦相来拜，懊悔不及相会。忠孝王即上马到相府回拜，郦相仍称拜客未回。是日忠孝王自往三次，或称在阁，或称拜客未回，一连五日，不得一见。武宪王曰："我念郦相恩深，总是我们无理，怪不得他发怒。儿若不服罪，外人说我等负恩忘义。"忠孝王曰："孩儿正为此事，奈恩师不容相见，奈何？"满门坐卧不安。江三嫂乘势谮曰："都是瑞柳妄言害人。"太郡曰："果然这贱婢多言，害人不浅！"忠孝王曰："岳父母俱说相认，难怪瑞柳妄言。"刘氏向前曰："我想郦恩师年少高才，自有怪性，他既见怪，怎肯即容相见？闻得他与梁夫人甚相得，待妾往见梁师娘，恳其转求恩师，不怕不周全相见。"忠孝王大喜曰："夫人果然妙计，来早当往。况还有一件好处，前日孟府送菜女婢曾说梁师娘即苏大娘之女，他曾嫁到你家，你可细认真假，但不可多言惹祸。"刘氏曰："妾自小心，焉敢妄言。"苏大娘曰："小女若有此大福，便不至初出娘胎即便丧父。"武宪王夫妻曰："此亦难料。"

刘氏退下，回房对江三嫂曰："我设此计，丈夫方才喜欢。"江三嫂曰："你到相府，倘梁师娘果是苏映雪，你回来当说不是。"刘氏曰："何故隐瞒？"江三嫂曰："小姐还不晓事，苏映雪今乃梁相之女，你若说是，他日后必为次室，你就是第三房小妾，连这乳奶奶之女，亦位居你上，我怎能心愿。"刘氏省悟曰："非你说破，我几乎自误。"

到了次早，刘氏梳洗完毕，坐了四人抬的暖轿，又有几名执事，并撑一支黄罗伞为前导，三名女婢仆妇随在轿后，直到相府大门前停住。把门人传进，女婢报入内曰："忠孝王夫人刘氏来拜。"郦相对素华曰："我不便相见，你出去会他。"素华曰："我曾到他家，他必认得，不便相见。"郦相笑曰："十女九妒，他虽认得，回去必不敢言，何须忌惮。"素华曰："说得有理，但他既令妻子来，你当相见。"郦相曰："今番不作难他，下次必然藐视。你可出去以礼相待。"素华曰："他要见你，如何回答？"郦相曰："只说我在此批案，辞他回去。"素华应允，即带四名女婢来到后堂，令开中门请进。

门官开了中门，大轿进入后庭下轿。素华亦装作端严坐着，直待女婢揭开轿门，刘氏出轿，素华方慢慢站起身来。刘氏认得是苏映雪，只是当年淡妆雅服的闺中女子，今天成了鹤补朝裙的宰相夫人。

想当年片时的姑嫂名份,不觉又羞又忿。即移步上堂,素华迎接曰:“不知夫人下降,有失远迎,望乞恕罪。”刘氏忙向前跪下曰:“贱妾何能,劳师娘迎接。师母请上,门生媳妇恭参。”素华急忙扶起曰:“夫人如此厚礼,妾何以消受。”刘氏曰:“妾夫乃恩相门生,妾怎敢不拜。”素华曰:“妾与夫人皆女流,何必拘礼。”就要以宾主对坐。刘氏推辞至再,无奈,只得告罪分宾主坐下。女婢献茶毕,刘氏曰:“拙夫前日误听孟龙图之言,冒犯恩师,自知获罪于天,在家寝食俱废。妾特来求恩师娘转求恩师恕罪。”素华曰:“妾亦曾苦劝,奈他男子汉执性,教我亦无计可施。”刘氏曰:“恳师娘烦请恩师前来,待妾代夫请罪。”素华即吩咐女婢请丞相前来。女婢领命进内,适遇郦相同二姨娘在花园赏花,女婢报称刘夫人烦我家夫人请丞相相见。郦相令回说我在此批案无暇,教刘夫人请回。

女婢到后堂禀曰:“老爷说批案无暇相见,请刘夫人且回。”素华对刘氏曰:“拙夫既无暇请来,待我代求罢。”刘氏曰:“丞相既是此刻无暇,妾虽待到天晚,断不敢空回。”素华曰:“拙夫无暇,夫人不可等待。”刘氏曰:“拙夫满门坐立不安,妾心何安,必候见面方回,望师娘借坐一坐。”素华吩咐女婢再进去说:“刘夫人现在等待,丞相虽是无暇,亦当出来一会。”那女婢再到花园来见郦相,说明刘夫人必要相见,夫人特请丞相前往相会。二姨娘笑劝曰:“少年人不要执性,况尊夫人不便回来。”郦相曰:“我便见他何妨。”即起身往后堂来。

女婢奔出报曰:“丞相来了。”素华、刘氏各站起身来,只见门帘开处,郦相出来。刘氏偷眼见郦相面貌如海棠带雨,唇红齿白,柳腰娉婷,弱不胜衣。眼似秋水澄清,头戴软翅唐巾,身穿蓝缎袍,脚着白绫袜,倒拖一双朱红履,缓步而出。刘氏一见,心中惊骇,自觉官威怕人,慌忙跪下曰:“恩师在上,贱妾刘氏拜见。”郦相欠身打躬曰:“夫人何故这等厚礼,下官何以消受。”吩咐素华曰:“快扶刘夫人起来。”素华急扶刘夫人起来,立在旁边。刘夫人欠身垂手曰:“拙夫前日误听孟龙图之言,触犯恩师,自知获罪。今妾拜恳恕罪,感恩不浅!”郦相打躬曰:“我虽年轻,作两次总裁,一次主考,门生上千。只因我一生谦恭待人,故被人轻侮,如今倒悔自家待人太宽,使忠孝王把师生之礼当作等闲，竟敢如此荒唐，今后我倒要严师生名分了，因而不便多见面，请郡主回去说明。”

欲知后事如何，且看下回分解。

第六十四回　图荷合成宗游苑　辨礼义郦相题诗

却说郦相对刘氏曰："我平日待忠孝王不薄，他乃乘我入闱，进表乱言，今幸无人说我闲话。我一生耿直，是非面斥，从无见怪怀恨，倘是别人，岂不积怨在心？今后凡事不可狂妄，夫人若回，可说下官并无记怪，不必多心。但夫人莲驾降临，大为不该。"说罢回顾素华曰："烦贤妻备酒礼待刘夫人，下官失陪。"即回身进内去了。

素华强忍住笑，即请刘氏坐下，笑曰："拙夫性躁，有事面言，从无记怪。夫人回对尊夫说，可来相见，不须多疑。"刘氏称谢师娘盛德，寻思郦相果然美貌胜图，但官威利害，即对素华曰："贱妾还要拜见太师义母，烦夫人请来相会。"素华曰："家母现染微恙，不能相会，有劳过爱。"着女婢往请孙夫人前来相会，并速备筵席前来。女婢分头行事，不须臾，女婢回报曰："孙夫人遣二姨娘到了。"刘氏向前与二姨娘行平辈礼，二姨娘说："主母多蒙夫人盛情，奈村女不识礼法，不敢见贵人，特遣贱妾前来叩谢。"刘氏曰："太师母何必如此过谦，劳动二姨娘，怎能消受。"二姨连称不敢，即欲辞别，素华挽住曰："二姨娘且慢回去，可同刘夫人饮酒。"二姨称谢，一同坐下。

不一时席备，三人同饮，女婢斟酒，献酬交错，三人畅谈。素华心思他有许多胆力，我怎如此无能，随问刘氏曰："不知夫人可曾孕否?"刘氏面带羞惭，低垂粉颈，半晌才含糊答曰："门生是不在房的，拙夫立愿须俟孟氏相会，一同完亲，至今拙夫夜夜伴图独宿。"素华曰："孟氏三四年前即已无踪，还去指望她作甚？忠孝王何苦如此守义？难道一宵不进房门?"刘氏曰："既是拙夫守义三年，妾何不从。但前日完亲之时，恩师在席上说师娘怀孕，未知何月临盆?"素华不曾提防，一闻此言，暗思二女成婚，怎能怀孕？一时羞得满面通红，答曰："妾何尝有孕。"二姨大笑曰："康员外屡说尔夫妻年少，因何成亲三年，未生男女？谁知尔夫妻如此秘密，有孕不说。今幸刘夫人说破，待我说与员外夫妻知道。”素华暗自叫苦：倘被康员外讨孙，累我怎说？乃答曰：“他是说笑话，我并未怀孕。”二姨不信。再饮一会，刘氏辞席曰：“烦恩师娘向恩师谢酒，来日拙夫若来，恳乞相见。”素华曰：“这个自然，不必挂心。”刘氏上轿而去，二姨退回。

素华回至绣房，郦相问曰：“刘氏去了么？”素华曰：“回去了。”回顾无人，笑扯郦相曰：“小姐为何作怪，背后说我闲话？”郦相曰：“我说你什么闲话？”素华曰：“你因何人前说我有孕？二女结婚，我若能有孕，你岂不是产下两个孩儿了？你怎这等作怪？”郦相曰：“我向何人说你有孕？”素华曰：“就是方才刘氏说他完亲时，你向武宪王说的。”郦相方记起前事，曰：“前日武宪王强欲打轿请你，我只得说你有孕，他恐怕冲喜，只得罢了。”素华曰：“你说得虽是，但二姨必向康员外说，日后要讨孙，岂不说我假骗？照这样看来，教我怎好见人。”郦相曰：“来日我自有话抵塞。”

且说刘氏回府，众人俱在后殿等候，忙问事体如何。刘氏说明前事，告之郦相已是欢喜。满门大悦，问曰：“梁师娘果然是苏映雪否？”刘氏乃诚实之人，沉吟一会，曰：“他前日不过一面之间，我怎认得？但看来不是苏姑娘。”苏大娘叹曰：“我岂有如此好命，自然不是。”忠孝王曰：“世间哪有这等凑巧，必不是苏姑娘，但难为夫人辛苦。”刘氏喜曰：“夫妇之间，说甚辛苦，来早前去，定相优待。”忠孝王称是。

次早，忠孝王绝早上马，来到相府。门官向前曰：“郦相进朝。”忠孝王曰：“且在官厅坐候。”即下马到官厅。候至巳牌，郦相尚未回府，家人进上筵席曰：“郦相的夫人恐忠孝王饥饿，特送筵席，请千岁用餐。”忠孝王心知昨日妻子之力，乃曰：“敢烦叩谢师母赐席之恩。”当即吃毕，家人收了盘碗。再候至午牌，忽听门外传呼丞相回府，轿子轻轻停下，明堂步入仪门。早有人禀告：“忠孝王午前到此，现在大厅坐候。”明堂答道：“知道了。”忠孝王走出厅前拜接曰：“门生误听家岳之言，冒犯恩师，望乞赦罪！”郦相忙出轿扶起曰：“小君侯何须如此，我已向节孝夫人言明，没有芥蒂，只要君侯自己谨慎，这件事以后不必再提。”忠孝王称谢。郦相请到后堂坐下，门官禀曰：“忠孝王自黎明伺候至今。”郦相曰:“原来如此,快备席前来,与忠孝王充饥。”忠孝王欠身曰:“不劳恩师费心,方才已蒙师娘赐席。”郦相寻思:素华果是有情,怕他饥饿,即请用餐;乃答曰:“如此就罢了。”又说些闲话,忠孝王辞别回府,说起恩师夫妻厚德,满门欢喜。

郦相回房,脱下公服,素华迎出曰:“忠孝王自早间伺候,你可曾会见否?”郦相曰:“会见过,业已去了。”又见左右无人,笑曰:“姊姊果然有情,恐他饥饿,私自请他,真是情重。”素华满面通红,亦笑曰:“小姐不识好意,我恐你的情人饿坏,好意照顾你的情人,你不知情,反说我的闲话;下次任他饿坏,我亦不管闲事。”郦相曰:“你不要争辩,若是我的人,我自会请,何必你代请。”素华曰:“说得是,我下次不管闲事便了。”

郦相自此以后,与父兄朝中相遇,及待忠孝王俱各情疏,不比先前亲热。惟有成宗暗慕郦相才貌,思欲私通,得一贤妃,令心腹内监权昌,不时往内阁打听。郦相若带铺盖来阁,可即密报。

至四月十五日,郦相带铺盖到内阁前,恰遇权昌在阁前看花,郦相向前见礼曰:“公公何不到阁中请坐?”权昌曰:“偶尔散步,不必费心。”郦相即进内阁。权昌忙到通明殿,启奏天子曰:“郦相已带铺盖进阁。”帝喜曰:“内阁还有何人?”权昌曰:“还有梁相并孟龙图在阁。”帝曰:“你可往阁前等候,梁、孟若出,你可宣郦相前来,同朕游上林苑赏花。”权昌领旨退下,帝又唤转曰:“郦相勤理政事,若说游园,他定不来,你说欲问政事方好。”权昌退出。

且说梁相对郦相曰:“贤婿既来,我要回府。”孟士元曰:“老夫亦欲回家。”二人退出,权昌向前曰:“奉旨宣郦先生往通明殿谕话。”郦相问曰:“圣上问何事?”权昌曰:“圣上说要问政事。”郦同往通明殿外候旨,帝宣入殿,朝拜赐坐。茶毕,郦相曰:“不知陛下问甚政事?”帝曰:“朕见早间狂雨后,上林苑百花争妍,先生久劳国政,朕同先生一游,免使花鸟笑人痴拙。”郦相正色曰:“既欲游园,怎诈言政事?”帝曰:“朕因先生勤政,若说游园,恐先生不来,故说议事。”郦相曰:“陛下今日游园,说议政事;将来议政事,臣只道要游园,缓急不当,即便误事,下次切不可诈言。且方才梁相、孟士元俱是先帝老臣,臣乃后辈，陛下既要游园，便当老少同乐，不该俟他们回去方宣臣游园，是为不公。”帝暗羡言正理直，此等女流，真是难得；即答曰：“花谢还能再开，人老不能还少，老年人赏花，反伤其心。朕年二十四，卿年一十九，正当游园，不便使老臣同往。”着武士备辇前来。帝欲与郦相同辇，闻美人香气，乃曰：“此去甚远，赐卿同辇。”郦相心思：若是同辇，异日改装，人必说有暧昧事情；忙奏曰：“君臣同辇，紊乱国法，臣当步行。”帝曰：“此间离上林苑有数里之遥，朕坐辇，先生步行，朕如何过意得去？当共辇为是。”郦相曰：“臣不敢乱君臣礼法。”帝暗羡：世间哪有这等奇女，毫无涉私，真是可敬；乃曰：“先生既谦，朕与卿各自乘马为便。”郦相领旨。帝令内监将酒菜用盒盛着，并带文房四宝，好沿途马上饮酒赋诗，郦相却亦欢喜马上赋诗饮酒。武士带过二匹马来，帝骑银毫马，郦相骑一匹五明马，君臣上马起身，四名太监扛着酒菜跟随。但帝欲与郦相并肩，闻些香气，郦相怎肯胡乱，或前或后，终不与帝并肩，帝愈加敬服。

君臣早到上林苑，只见叠叠楼台，层层亭阁，烟笼柳岸，鸟弄笙簧，花草娇艳，无数鸟雀在地上游耍，见人至，即便飞起；又有一座山岩，半山一脉清水垂下，宛如银丝一般。远见周围假山，俱发翠草，一片碧绿，形如围带，两傍俱异花，中有一条路。郦相赞曰：“御苑景致真是奇巧！”帝曰：“先生可在马上题诗称赞。”郦相领旨，内监捧砚磨墨，又一内监捧一张龙凤笺纸，双手擎着。郦相提笔醮墨，一挥而就。内监呈送御前，帝见上面半行丰楷，龙蛇飞舞，上写《夏日游上林苑即景》：

　　扈跸荣叨入上林，纷纷芳气翠草青。云围似带山腰瘦，水挂如帘洞口涂。夹道名花迎化日，环堤细草润膏霖。回看红雪飘香处，休沐承恩又即吟。

帝看毕赞曰：“好一个‘云围似带山腰瘦，水挂如帘洞口深’，字句清新，能使御苑生色，当赐酒三杯润笔，朕亦陪饮。”内监捧着酒菜到中间，君臣在马上各饮三杯，郦相喜得佳趣。君臣来到一座白石桥上驻马观看，两旁有十余株合抱不来的大杨柳，笼罩一片青碧，桥下一条浅溪，流水澄清；有一双燕子，在水中洗浴，柳中有黄莺啼声，郦相喜曰:“此间景致,难于尽言。”帝曰:“此名为石桥春柳,卿既称羡,可赞一诗。”郦相诗兴勃勃,因柳枝碍着纱帽,略低头,已题一诗。内监送与帝看,上写《石桥春柳》:

白石桥头纵马蹄,春风袖拂柳初齐。碧城倒影烟光暗,青幔遮阴日色低。流水静中双燕浴,隔花深处一莺啼。上林几度留金辇,雨露恩浓舞席西。

帝赞曰:“字字从石桥而起,可谓冠军之笔,君臣当畅饮三杯。”饮毕,帝见郦相脸如瑞霞,一时情动,把马鞭尽力向柳枝一击,数点水溅在郦相面上。郦相心思:朝廷何故调戏,莫非看破我的毛病么?遂把袖拭了面上水珠,有不悦之意。帝心摇动。君臣下了石桥,只见各花娇艳,草木青翠可人,郦相谓权昌曰:“花草鲜艳,迷人心目,真不愧天上神仙府,人间帝王家。”权昌称是。帝见郦相鼻上还有两点水珠,兼纱帽略斜,加倍秀媚,乃曰:“群花虽是鲜妍,终不及郦先生容貌,待朕题诗一首,赞郦先生容貌。”诗曰:

风流旧意帽檐斜,柳露飞珠溅脸霞。今日上林春失色,只留解语一枝花。

帝题毕,令内监送与郦先生,内监即送交郦相。郦相心知天子看破改装,故拂柳枝相戏,又写这种妍词丽句赞自己的面容。再过片时,就当告退。天子乃是明君,知是女流,岂不知应守贞节,怎肯暧昧?何苦作此妄想?面上就有怒色。帝见其含怒,更加风流,寻思今晚怎肯空过,且缓到晚留宿,好事必能成就。主意已定,告郦相曰:“天气炎热,且到泛月秋塘船屋内乘凉下棋更妙。”郦相领旨。

君臣来到塘边,那塘约有数亩大,只见绿水含光,青山耸影。周围花石砌成堤岸,四边俱是纤纤杨柳,另砌着一条阶级,下面有一小船,系在柳阴下。内监向前把缆索扯近,下船把跳板安下,架住扶手栏杆,君臣下船。内监扯起风帆,架着木桨,那船趁着微风,径向船屋而来。到船屋边,将索缚上跳板,船屋边亦有一条阶级,君臣上了船屋,前后有五所厅房,君臣即坐船舱下棋。内监从船上运酒菜前来,一边饮酒,一边下棋,清风从水面吹来,更加凉爽。郦相心中大喜,一连下了三局,帝负了一局。日将西斜,郦相奏曰:“天色将晚,臣要回阁办事。”帝诈称是，君臣仍旧下船。

内监撑船上岸，君臣上马起身，帝曰：“天香馆尽种牡丹，景致最佳，先生不可不往一游。”郦相喜曰：“牡丹乃是天花，正当一观。”君臣来到天香馆，下马步进，只见两边何止百余盆牡丹，左边一色俱是白牡丹，右边俱是红牡丹，更有几盆紫色的，清风吹来，微有香气。郦相大喜，拍掌笑曰：“此处不减蓬莱仙境。”成宗曰：“当此月下饮酒，更为有兴，先生可在此赏花饮酒，庶不令花月笑人。”郦相高兴曰：“臣敢不领旨。”君臣即到馆内坐下，帝令内监备席前来。郦相因想起帝不怀好意，辞曰：“臣政事未完，就此回阁办事。”帝曰：“值此升平之际，政事可俟来日再办。当此皎月名花，无饮有负牡丹盛情。”郦相自料帝乃明君，虽知是女，谅必不敢认真，遂即坐下。内监点得灯烛辉煌，呈上筵席，君臣同饮。到初更后，郦相辞席，帝曰：“正当斗酒百篇，怎好辞席。”随令内监卷起珠帘。是晚月白风清，袭来阵阵香气，郦相谓帝曰：“白牡丹映着月色，犹如一片轻绡。”

欲知后事如何，且看下回分解。

第六十五回 天香馆诈醉留诗 金銮殿硬限完姻

却说成宗见郦相赞白牡丹,乃曰:“先生可题一诗。”郦相领旨。内监呈上笔砚,郦相一挥而就,帝见上写《题白牡丹诗》:

酒晕无痕不染尘,别传仙韵傲杨妃。轻笼夜露银蟾影,薄剪春风玉燕衣。上苑韶华霞烂烂,中庭香气雪霏霏。珍珠帘外朦胧处,疑隔轻绡是也非。

帝看毕喜曰:“白牡丹诗意极佳,红牡丹并无一吟,郦先生大为不公。”郦相曰:“此有何难,当再题一首。”

东皇作意聚韶华,初出倾城第一花。金盏春酣浓带酒,玉栏风动乱流霞。杨妃薄汗凝红雨,甘后轻绡换绛纱。今夜承恩陪御宴,天香馆外月将斜。

郦相题完,内监送与帝看,帝赞曰:“白牡丹字句入神,红牡丹恰又变幻,真天才也,宜赐酒三杯。”郦相饮了三盏,上前谢恩辞席,帝留住曰:“难得月白风清,一刻千金,何必匆匆言别,须尽醉方休。”郦相遂再饮。此时已近三更,郦相面上带酒,映着桃花,帝欲火如焚,忍不住笑对郦相曰:“观卿如此姿容,怪不得忠孝王狂言女扮男装,朕亦着魔。未知卿可肯怜朕否?今夜已深,同床好议政事。”即唤内监着内阁人不必侍候,郦相要在此安寝了。众人乱哄哄就要出馆。郦相不觉色变心惊,暗叫一声了不得,我今日孤身入了重地。君王呀,我现在的婚姻尚不肯就,怎肯作此失身丧节之事。若别人到此地步,不是败名失节,必是舍死捐生,我自有机变。忙站起身来,满面怒色,叫声“公公不必传旨,我立要回阁”,即奏曰:“谨谢游园赐宴之恩。但微臣自蒙开科以来,由三元及第,点赐翰林院修撰,又授兵部尚书,今拜保和殿大学士之位,只知以赤胆报效朝廷。臣秉公无私,惟年轻致仕,人有女流之说;今陛下亦出此言,臣何可再与理政?当挂冠归隐。且君臣俱系年轻,如果同榻,外人必议年少高官皆从狐媚得来,将视陛下为何如主?”帝曰:“朕因议政事,故留同寝,并无别意。若果是女,乃忠孝王正室,朕怎敢紊乱?卿若推辞,反惹异议。”郦相曰:“议事当在灯下,同寝怎能议事?”帝曰:“汉光武与严子陵同榻,史书称其君臣相得;先生在此安歇,外人若有闲话,朕即处斩。”一时欲火难禁,伸手扯住郦相左袍袖曰:“先生就在此安歇罢。”郦相挣脱,厉声曰:“君臣相见,各宜尽礼,今陛下昏夜强臣同寝,君臣皆少年,外人必疑此职从献媚得来。臣虽至愚,断不从命!”帝见郦相声色皆厉,怒容满面,凛烈难犯,自知理屈,即扶起曰:“此朕之过,卿勿介怀,实思夜深路远,卿要退便退。”吩咐内监掌灯,“送郦相回阁。”权昌点灯,引郦相回到阁前,人役还在伺候,郦相谢了权昌进阁。权昌回来交旨,帝嘱众内监不许多言,自思世间哪有此奇女,不怕生死,不贪荣华,真是可敬!枉朕费尽心机,毫无所得;又自喜方才送他回去,不致变脸,朕亦算知机,看来此女难犯,但才色动人,怎肯心灰?今后只加些殷勤,望他回心,亦未可定;是晚就在天香馆睡下。

且说郦相回阁,入房安寝,寻得帝所赞诗稿,心喜帝果风流,不敢强留,亦为可敬;但帝枉费心,我怎肯失节?今后不可宿阁惹祸。即上床安睡。次早回府,入见素华,即大笑,素华疑问曰:“何事欢喜?”郦相说明昨晚事情,素华曰:“小姐容貌太美,动人眼目,但帝既知是女,须设法辞官为妙。”郦相曰:“不必辞官,帝虽知道是女,亦照理行事,不似纣王横行无道,昨日所行,亦是温柔举动。美色人人所欲,如此行事,令人可敬。今后不宿阁,即可保无事。”素华称是,索取御诗一观。郦相曰:“御诗已失落无存。此后案卷若多,当带回批发;案卷若少,未晚便即回府,永不宿阁。”帝探知更加敬仰。

光阴如箭,早是五月初旬,云南项隆送女到京,租了一座大屋为寓。项隆父女婢仆住在东边,安县主和人役住在西边,商议来早面君。项隆嘱女曰:“面君须要小心,富贵尽在此一举。”项南金曰:“凭着女儿本领,不怕圣上盘诘。”次早项氏梳妆,换了华丽衣裙,上了轿,秋素跟随,安知县同项隆上轿,来到午门下轿。安知县对午门官说明,午门官上殿奏曰:“启上陛下,今有云南云州府昆明县知县安仲祥,奉送孟丽君回京,现在午门外候旨定夺。”帝闻奏,暗笑孟氏明是郦相,又有不怕死的女子敢来欺君么? 即传旨:宣安知县并孟氏进朝。

安知县率项氏上殿,县主跪在前,项氏跪在后。帝着平身,令安知县站过一边伺候,只宣孟氏上前,令孟氏抬起头来,“赦尔无罪。”项氏举起头来,帝吃惊:恰有五分像图,只是骨格面容有些丰满,不比郦相清秀,看来必定是富家之女。当时郦相坐在右边,先闻此奏,恰亦好笑,不期自己竟会分身,变出了三个云南孟丽君。倒要看看是个何等女子,敢冒自己名字。及见了容貌,暗喜五分似图,倘先配皇甫郎,我再缓二三年,得有机会方好改装。即立起身来,向忠孝王拱手曰:“忠孝王恭喜你,令正回来了,可谓天从人愿。”帝趁势亦向忠孝王曰:“令正孟氏既到,卿速择日完姻,朕亦欢喜。”是日,武宪王父子、孟士元父子俱在,各见其五分相似,忠孝王跪奏曰:“此女只有五分相似图像,谅非孟氏,臣不敢领认欺君。”帝笑曰:“朕前说过,自画形图,必有装点,怎能相似,尔休错了主意;且女流成丁之后,怎能比得未成丁之际的容貌。”

忠孝王想帝言似亦有理,遂奏曰:“若是孟氏,可令其认明生身父母,便知真假。”帝想生父必不能认,只得谓项氏曰:“忠孝王要尔认生父,但恐尔流落多年,不知还认得生父么?”项氏感帝开豁门路,即奏曰:“臣妾虽流落日久,然父女天性,岂有不能认之理?”帝心中不信,乃曰:“尔既认得,可向前认明生父。”项氏领旨,即向西先看,帝心惊此女好利害,恐躲在西边,故向西班先寻,暗料怎能认得。只见项氏西边寻无,径向东边细看。孟士元因他五分相像,亦有些疑惑,项氏本知其身材面貌,乃白面乌须,长眉朗目,体段魁伟,又见其有异容,即向前扯住泣曰:“爹爹,不孝女儿丽君在此,今日相逢,莫非是梦? 可怜不孝女受尽颠沛,今日方能相会,女儿好苦!”帝心惊:莫非此女未卜先知么? 即曰:“孟公,可是尔女无疑。”

孟士元好不气恼,即对项氏曰:“尔不要忙,是吾女可再认尔兄便是。”项氏领命,仍从西班寻到东班。孟嘉龄心疑,面上亦有异容。项氏向前扯住曰:“哥哥谅必认得妹子。”孟嘉龄着惊曰:“尔是哪个的妹子,敢作此欺君之事么?”遂奏曰:“此女实非臣妹,望陛下根究欺君重罪。”帝曰:“此女真是孟氏,谁敢欺君。”

孟士元沉吟一会,计上心来,即问曰:“尔既是我女,可把从前事情说来。”项氏细说三月初三日比箭定婚,初八日秦布政为媒行聘,次年祁相奉旨主婚,三月二十八日行聘,四月初一早改装逃走,投奔项隆家借宿教读等情,“六月二十二日义父项隆祝寿,我醉卧书房,忘记脱靴。小学生代为脱靴,露出绣鞋。我诈称王姓之女,因丈夫远出经商,父母贪图聘金,迫令改嫁,奴守节潜行。项员外夫妻怜我节烈,认为义女,恩礼相待。”孟士元曰:“前年忠孝王父子平番,荣封王爵,尔何不说起,直待此时才来? 这个便是弊窦。”项氏曰:“封王我不说明,乃试丈夫有情与否。”孟士元又问曰:“尔当年逃走,曾留下什么物件?”项氏便把留下画图,并留书荐苏映雪代嫁之事说明,书信字句及画图诗句均念出无差,成宗同郦相心里俱疑:此女莫非有术前知么? 遂齐声曰:“此女果是真了,连书信诗句都知,孟公何必多疑。”

孟士元此时真是哑子吃黄连,说不出的苦,盘问又盘问他不倒,只得奏曰:“人家养女十二三岁即隔分内外,父女相见日期有限,况又逃出数年,臣怎认得? 待臣唤老妻前来,自能辨出真假。”帝暗笑孟士元颠倒,不能分辨真假,乃笑曰:“孟卿如此年高,尚疑不是尔女,却待其妻来方认。可宣尔妻来认。”孟士元退出上轿,回府来见韩氏,说明备细,“尔速上殿细认。”韩氏怒曰:“女儿明明是郦相,还说甚女儿?”孟士元就把此女前情细说一番,“特请你去盘诘倒他。”韩氏曰:“待我前去。”即忙上轿,来到午门外候旨。

帝宣上殿,朝见已毕,帝着平身。韩氏站起身来,项氏向前拉住泣曰:“母亲,可怜女儿此时才得相见。”韩氏笑曰:“站起来,不须跪着,待我上下瞧瞧。”假丽君见了孟夫人,心中倒有些害怕,即拭了拭眼泪,立将起来。韩氏冷笑曰:“尔称我作母亲,我不敢认尔为女儿。尔貌虽略似我女,只是身体骨格丰厚,必是富家之女,怎比得我女容貌骨格清秀,如何瞒得过我!”项氏听说,羞得满面通红,还是强辩道:“女儿蒙义父项员外夫妻溺爱,日食厚味,滋补享用,自然身材不比前年羸瘦。母亲不认,叫孩儿好不伤心!”言罢,泪下如雨。孟夫人道:“你只道自己充得过了么?还有比你像的哩!只不过我要认她,她不肯认我。只因她贪名利,才有你这假冒之人。”回视郦相,仍是宰相威仪,别人冒了自己的名姓,一点也不嗔怪,反主张与皇甫郎成婚。不知安着什么心肠,不觉又是好恼,又是好笑。如果不是在金銮殿上,定要大骂她一场。

帝暗惊:孟夫人果然利害,怪不得孟龙图惧内。此女也果然善辩,朕正好强迫忠孝王成亲,留下郦相后会。乃曰:“韩氏须看仔细,不要屈了尔女。”韩氏暗想:我女明是郦相,但帝有旨,若说就是郦相,即要处斩;今此女如此舌辩,我又不敢说是郦相。我今必须指出此女破绽,帝方知是假。主意已定,即携着项氏左手,扯其衣袖,将其手扯住向天子奏曰:“这只手便非吾女。”帝曰:“此手如此洁白,乃是好手,有何破绽?”韩氏奏曰:“臣妾之女,其手大异,手掌好似莲花一般清瘦,手指有如玉笋一般嫩细。此手肥厚,定是富女,难瞒陛下圣鉴。”项氏心中恰亦惊骇,乃辩曰:“只因滋补太过,是以肥厚,母亲何必多疑。”帝闻言曰:“尔女逃走,正在少年,今越三四年,身材手足自然变异,如何比得从前呢!”韩氏无言可答。项氏乘势奏曰:“陛下果然圣明,此言极是有理。”帝暗笑:此女真好胆量,敢瞒生母;朕若不存私心,尔大罪临身多时了,他反连朕亦要欺瞒,岂不好笑!

韩氏又扯起项氏的衣裙笑曰:“这只脚便非吾女。”帝曰:“此脚不满四寸,恰是好脚,有何弊窦?”韩氏奏曰:“古称三寸金莲,臣妾之女两脚只有二寸七八分长,此脚实有四寸,怎瞒得过我。”项氏暗想:此话怎能盘驳倒我,即曰:“母亲有所不知,女儿在项家四年,未有母亲调督,脚便懒裹,因此放大。”

韩氏心中好不着恼,不意此女这等舌辩,教我怎能降伏他?即问曰:“尔逃走之时,可有人陪伴否?”项氏暗笑韩氏颠倒,黄榜上明明写着女婢荣兰,他却问此话,真是可笑!即答曰:“有女婢荣兰同逃。”韩氏问曰:“如今何在?”项氏曰:“现在午门外候旨。”韩氏奏曰:“请陛下宣荣兰上殿。”

帝令宣荣兰上殿。午门官宣了荣兰上殿跪下,项氏向韩氏曰:“母亲,荣兰在此。”韩氏忍不住笑曰:“尔既敢来冒名欺君,怎说此女是荣兰,岂不败露?”项氏暗想:侯五夫妻果是谀言误事。”转曰:“此婢并非荣兰,实名秋素。”韩氏大怒曰:“尔如此舌辩,秋素假作荣兰,便是欺君之罪了,还说得如此容易。”项氏曰:“实因荣兰上年跟随家童逃走,说来名声不好,故把秋素混作荣兰。”韩氏默然寻思,又问曰:“尔当年逃走,家中仆婢唤甚名字?可即说来。”项氏曰:“女儿虽离家日久,家中童婢依稀还记得几名。”就把侯五所说各掌事男女尽说出姓名。韩氏无计可施,只得奏曰:“此女实非臣妾之女,臣妾不敢冒认欺君。但此女定有前知,乞陛下严刑究办。”群臣多向孟士元恭贺曰:“此女必是令爱无疑。”孟士元不敢说郦相是女,只得默默不言。帝谓韩氏曰:“尔心思已迷,可即回去,朕自有处分。”韩氏只得退出回府。

帝谓忠孝王曰:“朕因念前年孟氏误了终身,故赐婚刘奎璧,不料迫走孟氏,特诏天下寻访。前日湖广假孟氏,朕察出是假,着其进宫伏侍太后。今此女汝父子耳闻目见,言言对答,事事相符,并且面貌无差,声音不异,分明是真,又说不是,朕为孟氏费尽心机,今赐卿一月内完姻,方遂朕意。”忠孝王奏曰:“孟龙图若认为女,臣即完婚,凭岳父主意。”孟士元着恼,又不敢说郦相闲话,只得奏曰:“臣不敢冒认欺君,此女实非臣女。”帝对忠孝王曰:“孟士元夫妻俱已老耄,言语难信。孟家阴盛阳衰,孟龙图惧怕夫人,不敢相认。尔可向项隆义父早定终身,钦限一月内完婚,毋得再奏。”传旨退朝。孟士元父子同忠孝王闷闷退出。帝回宫,吩咐内监不许多言。

且说武宪王认以为真,心喜刘氏亦可完亲,即回府告太郡婆媳曰:“孟氏贤媳回来了。”太郡喜曰:“孟媳今在何处?”武宪王说明早间的事情,太郡道:“可怜呀,孟家小姐竟埋没在项氏门中了。这富翁倒算好心肠,不但收留几年,还不怕万里程途,亲身送到京都,难得这样好人,孩儿呀,尔成亲之后,也要当岳父看待。限一月内便得完亲,可着人择吉行聘。”忠孝王大惊曰:“此事还须请问岳父母再作商量,不可造次。”武宪王再把早上对答亲家母的言语说出,“况容貌六分像图,孟公夫妻还说不是。”太郡曰:“如此说来,果然是真。”遂令家将带了帖子,往孟府请问亲翁主意若何。忠孝王满心的愁烦悲愤,真个是难说难分，心想那女子也真真奇绝，怎么竟认得岳父舅兄。若不是岳母到来，泰山早已隐隐拿她当自己女儿。好个岳母，竟比岳父刚明，女儿是她生的，岂有离别多时就认不清了？况且容颜只是半像，断然是贪图富贵而来，丽君原配还是郦老师。不过郦老师纵是丽君，我也不敢虎口拔须，龙头锯角了，这段姻缘也是无可如何的了。再说那家将上马，来到孟府，拜见门官，说明备细。此时孟士元满门正论假孟氏钦限一月内成亲，韩氏叮咛曰："尔父子切不可认其为女，使吾女无所结局。"忽女婢报武宪王差人求见，孟公唤进，带书人曰："家老爷欲令人择吉日行聘完娶，特来请命定夺。"

未知孟士元如何回答，且听下回分解。

第六十六回　成宗主曲意限亲　尹太郡入宫展娶

却说孟士元叫下书人走进内堂，王府的下书人拜见孟士元毕，禀曰："家王爷欲择吉日行聘，未知大人意下如何？特差小人前来请命定夺。"孟士元曰："尔可回去，多多拜上尔家王爷，说老夫即刻到府请教。"王府下书的人领命回至王府，禀知其言，"孟尚书随后便来。"

且说孟士元打发下书人去后，韩夫人在后堂闻得孟士元要到王府，遂出来对孟士元曰："尔至王府，切不可认那女子为己女，使我女儿日后无依倚。"孟士元曰："逆女哪里顾及改扮之事，我劝尔休得想他为女。我前日险些儿被其所害，若不是我舌辩，性命岂不枉送于逆女之手么？他既不认我为父，我何认他为女！"韩夫人曰："虽然如此说，但富贵人人所欲。尔看前日湖广假孟女，不过为着一个王妃，便连砍头的生意亦做出来。今又何处出这亡命之女，前来假骗，若非圣上私心，岂不露出假的来？况现在女儿一人之下，万人之上，身居首相，位列三台，圣上正在宠信，言听计从，他焉有思及父母？日后倘有回头日子，须留地位，方有依倚。况忠孝王本属无情，前年要娶妻，便保刘捷仇人的满门，独不思母奔绿林，父陷番邦，家散人离，他若不是女儿提拔，焉有今父子相会之日？"孟士元听了夫人的言语，曰："此言虽是，但圣旨已下，如何推辞？"言讫，即令备轿伺候，自己换上公服，一直来到王府。

老王父子出来迎接上堂，分宾主坐下，少王坐在下边。茶毕，老王问曰："令爱回来，圣上降旨完亲，愚欲请亲翁来商议择日行聘，未知亲翁意下如何？"孟士元曰："任凭亲翁意，此女并非我女，亲翁若要行聘，可向项员外议亲，与我无干。"少王曰："岳父不认为女，小婿怎好认他为妻？"老王曰："亲翁既不认他为女，圣上定限如何主意？"孟士元曰："圣上定亲，曾言向项员外行聘，与我无涉。"言毕，拜辞而去。

尹太郡在屏后已听得明白，出堂对少王曰："孟亲翁年老难以取信，可着家兄尹上卿为媒，迎娶孟氏。"忠孝王大惊失色曰："孟岳父说不是其女，我怎好迎娶？"老王曰："孟士元老耄，言语难以凭信，我儿怎好听他的言语。"少王曰："他虽老耄，总要从长计议。"老王心想：莫管他是与不是，只要完亲，便可与刘氏完姻；乃曰："孟士元老耄无断，我儿怎好说此言语。"忠孝王心内闷闷，不好对答，便回鸾凤宫，卧在床上，厉声骂曰："可恨刘奎璧，当年若不害我，岂不成亲多年，自悔不该保他全家，宜将尔千刀万剐，方消吾恨！"适刘氏闻知，欲来劝解，总思自己乃仇人之妹，若去劝解，恐反添愁闷，不如不去。

再说老王是日着人去请尹上卿前来，相议行聘事情定当，尹上卿押了聘物，亲自来到项寓。员外喜从天降，自谓亲事已成，送来礼物价值万金。时忠孝王闻知此事，寝食俱废，已是十分有病，夜夜身子发热，面貌比前消瘦，精神大减，他自己不念求生，也就未去告知父母，延医看病，这天越发沉重，老王夫妻得知后，忧心如焚，屡劝无效。老王无可奈何，闷闷坐在堂上，适刘燕玉闻得此事，即来请安，拜见公姑毕，坐在旁边。刘氏曰："昔年家父有事，每入宫奏知家姊。婆婆何不入宫奏知皇后，先请宽限几月，再设计将郦相改装，那时便无异言。"老王曰："尔父乃是奸臣，若是有事，宜入宫谋取；但我年老，乃是忠良，亦无甚事，怎有入宫之理。然今日之事迫，只好入宫方便。"乃回顾尹太郡曰："贤媳之言，甚是有理，夫人当依计而行。"夫人称是，即令备一小轿，直至后宰门。

早有把门小监上前来迎接太郡，小监曰："太郡莫非要见皇后么？"太郡曰："正是，但不知皇上在宫否？"太监曰："尚未回宫，因圣上连日在内殿批案。"太郡曰："烦公公报与皇后知道，说我有事面奏。"太监领命，报与皇后道："现在太郡在宫外候旨，请旨定夺。"皇后大喜，令请进。太郡闻请，即入宫朝见，座上娘娘连忙站起身来，一边拉住，一边笑说："母亲来了，好好好，国礼休行，宫娥们看坐。"礼毕坐下。皇后曰："未知母亲入宫有何事情？"太郡回顾，见宫女俱在，奏曰："乞娘娘速退左右。"皇后即令宫女退出。太郡奏曰："前日郦相到府医韩夫人之病，韩夫人相认，又有孟士元父子在金銮殿上奏其改装，郦相分辩。圣上反责尔弟辱没师长，又因假孟女，圣上强令一月之内完亲，令尔弟激出病来。妾故入宫，求娘娘奏明圣上，宽限几月，俟尔弟病愈，然后完亲，未知娘娘意下如何?”皇后闻言之下，大惊失色曰:“这郦丞相呢，倒也怪她不得，一个深闺女子，做到极品大臣，且有欺君之罪，自然不肯轻易改装。谁知主上如此偏心爱护她，这般难为我娘家。母亲可即回府，自有佳音报捷。”太郡谢恩，退出宫外，上轿回府。

皇后至次日绝早起身，直至万寿宫候旨，太后即令宣进。皇后入万寿宫朝见请安毕，坐在旁边，把昨日太郡所说的言语，从头至尾述了一遍，令须如此如此，方得明白。太后曰:“宽限犹可，但郦相朝廷大臣，怎好脱靴验看? 此事须斟酌而行。”皇后低头一想，计上心来，对太后曰:“依臣妾愚见，昔日西番进贡之酒，其性勇烈无比，臣媳曾令宫女试饮三杯，即大醉三日，任尔千杯不醉之人，亦是如此。母后着主上请郦相前来画一幅观音，赐酒三杯，管叫她片刻之间，也会烂醉如泥。然后令宫女扶往清风阁脱靴，若果然是女，就恳太后恩赐毕姻，臣媳同胞即能活命，便是天恩救活满门，惊动慈颜，罪该万死。未知母后意下如何?”太后曰:“此事是使不得的，郦相身居元宰，若有差池，如何是好? 当设别计请进宫来为是。”

毕竟太后如何设计骗他入宫，且看下回分解。

第六十七回 拷事情权昌供认 探事由成宗托词

却说太后闻皇后所奏欲赐酒及脱靴之言,乃曰:“郦相是朝廷大臣,若有差池,如何是好?须要想得妥当,方无后悔。”皇后奏曰:“此酒实是能醉,不致害人性命,惟有此计,别无他谋。”太后曰:“既如此,来日当速宣来。就道我望孙心切,故召郦相来画一幅送子观音罢。”皇后领旨,谢恩退出,回宫自思,主上这几天为何不见进宫?即叫一名宫女前来,吩咐曰:“尔速传权昌前来,说俺家有事差遣。”宫女领命来到偏殿,见权昌曰:“今奉娘娘懿旨,速宣汝前去,有事差遣。”

权昌闻皇后宣召,随同宫女进宫,朝见皇后曰:“不知娘娘唤奴才前来,有何使令?”皇后曰:“俺家问你,这几天圣上在何处?若不真说,俺家活活打死你。”权昌见娘娘大怒,遂奏明圣上在偏殿如何款待郦相,从头至尾直奏一遍,“今实在偏殿批案。”娘娘问曰:“圣上为何在偏殿批案?”权昌奏曰:“圣上这几天因郦相有病在内阁,大臣批不清楚,故主上亲批,以致无暇入宫。”皇后曰:“胡说!今值清平世界,哪有许多奏章。明是这个贱奴助纣为恶,尚不直言。”便令宫女:“将权昌活活打死,看你如何欺瞒得俺家。”权昌暗思曰:宁可实说,免受痛打。即叩头曰:“奴才实说便了。”皇后曰:“不怕你不实说。”权昌即将主上去上林苑如何与郦相吟诗戏耍,又到天香阁如何强迫郦相同寝,郦相如何不从,一一奏明。那皇后大怒:可恨这贱奴一向欺瞒俺家,不奏实情,真是可恼。令宫女将贱奴禁在暗宫,候郦相改装,方许放出。宫女领旨,同四名太监将权昌带往暗宫关禁。

再说皇后次早起来,梳洗毕,来到万寿宫,朝见太后,便把权昌所奏之事始末奏明。太后曰:“皇儿真正暧昧,欲将此假孟氏将桃代李。”即令太监宣召圣上前来。太监领旨,来到偏殿,跪奏曰:“今奉太后懿旨,宣召主上进宫谕话。”原来这几天成宗自将假孟氏强配忠孝王之后，适值郦相有病，自己正在偏殿批案。今闻太后宣召，暗吃一惊：莫非有人通风么？即令备辇进万寿宫，圣上即刻上辇，直往万寿宫来。

皇后闻得主上到，即便出宫跪接。成宗下了辇，同皇后入宫，朝见太后毕。成宗问曰："母后宣儿臣前来，未知有何谕旨？"太后答曰："皇儿可有宣召郦相到上林苑否？"成宗奏曰："臣儿虽有其事，乃是敬重贤臣，不识母后为何言及此事？"太后曰："因尔将假孟氏强配忠孝王，所以问及。"帝曰："母后怎知是假的呢？项南金在金銮殿上能认父母，亦能认兄长，又能说出府中之事，奴婢的姓名俱已周知。孟士元乃是老耄，故说是假的。"皇后曰："孟士元虽已老耄，孟嘉龄难道亦老耄么？"成宗答曰："御妻休要强辩，孟嘉龄乃是从父所言。况兄妹相见之时有限，真不能认，亦未可知。"太后曰："此事且休得提起，如今忠孝王激出病来，务须宽限，候病痊愈，再作商议。"帝曰："臣儿从命，来日即着该部官草诏宽限。"皇后又曰："陛下明是私心。"帝曰："御妻说朕有私，此是何意？"皇后曰："陛下若无私心，便不该在上林苑强欲与郦相同辇，吟诗作戏。"帝曰："此乃朕敬重贤臣，怎说是私心？昔年皇祖每召文武臣僚，在此宴会，文臣题诗献赋，武将射箭拉弓，酒阑席散方才退出，为何朕就不能召郦相同辇赋诗。御妻真不明理。"皇后曰："陛下非但强欲同辇，而且在天香馆强迫留宿，此是欺凌郦相，并非敬重大臣之至意。"帝曰："此乃朕怜其回阁路遥，故特留宿，怎有不该？"皇后曰："臣妾看来，陛下真正暗昧，乃将桃代李之意。"帝不悦曰："御妻真是不该，恰在母后面前妄说寡人的是非，真是可恨。况这几天郦相有病，不能批案，内阁诸大臣批不清楚，朕只得改批，日夜辛苦。朝中若无郦相，岂不纲常尽绝。"皇后曰："当今太平世界，哪有许多批卷。此是陛下预防太后闻得此事，故托言批案。"

未知郦相可有败露与否，且看下回分解。

第六十八回　饮番酒宫女脱靴　匿绣鞋天子袒护

却说成宗对皇后曰："郦相办事无私，满朝大臣，谁能及彼！这几天告了假，梁相与内阁大臣批案不甚妥当，朕日夜改批，甚是辛苦，所以无暇回宫，怎说朕有意躲避？若说你们女人，各有才貌，莫不互相爱敬。朕与郦相俱系年少，游园正是敬重大臣，留宿乃怜他路远里余，夜已深了，回阁辛苦；他欲回阁，朕即令内侍送回，并不强留，怎说戏谑？御妻背后妄言，好不晓事！"说罢不悦。皇后曰："郦相未验明白，焉知男女，怎说少华欺侮老师？"太后辩曰："因有认母之事，贤媳所以疑心。"帝曰："若果是女，梁鉴之女怎无异言？照此看来，男子无疑了。"皇后曰："先后之弟刘奎璧一道表章投到宫内，陛下便降旨赐婚；今臣妾之弟竟置之不问，何厚于彼而薄于此耶？"帝曰："刘奎璧因万里阻隔，不知委曲，又怜孟女终身无靠，故即赐婚。尔姊弟前在登州上表，朕不识尔面，立把国丈全家囚禁，何为不公？卿反在此毁谤，有乖妻道，大为不该。"太后总欲帝后和好，笑对皇后曰："依此看来，皇儿乃敬重贤臣，并无私曲，贤媳不必怀疑。今忠孝王病重，皇儿须即降诏，俟病愈完亲。一面把郦相脱靴，替他表白，杜绝女流之言。"帝诈言曰："宽限容易，但郦相乃是高官，怎好无故脱靴。"太后问曰："郦相何日销假？"帝曰："六月十五日销假。"太后喜曰："如此恰是极好。"就把皇后设计画观音，赐番酒，宫女乘醉脱靴，并无嫌碍的话说明，"盖六月十五日销假，正合朔望吉期，宣入宫中画丹青，岂不恰好？"

帝暗想：太后设计，是朕晦气，要失却一位贤臣了。但太后既设此计，朕怎好通风？只得听天由命。即答曰："太后所言极是，俟到了十五日，即令秉笔太监草诏，言皇甫王亲患病，宽限一个月完亲。"太监领命，草诏毕，令孙内监带往王府。帝回偏殿批案，心中犹惜少了一位能臣。皇后亦告辞回宫，细将六月十五日画观音，赐番酒，宫女乘醉脱靴验明之计写一道密旨，并交孙内监带呈父亲，不许泄漏风声。孙内监上马而去，皇后方令开锁放了权昌出来，吩咐道："下次帝若有私事，必须来奏，倘敢隐瞒，严行治罪！"权昌领命退出。

且说孙内监来到王府前，叫曰："朝廷诏到，速请老王接旨！"门官报进，老王排着香案，跪接开读，方知宽限一月。谢恩毕，太监把诏放下，又交皇后密旨，方辞别回宫。老王将诏带进看明，并与妻子看过；又开看皇后密诏，方知天子准奏，趁郦相十五日销假，设画观音、赐番酒之计，满门欢喜。但因韩夫人旧病复发，老王即修书一封，通知孟士元，说明十五日画观音等事，孟士元亦皆欢喜。

再说郦相自己配药医治，至初十日才好，心想十五日销假，忠孝王业已成亲，自己最好缓几年方始改装。遂不出外见客，令人打听忠孝王完姻的事情。当下老王着人特请尹上卿前来，把宽限的诏书交他去见安知县与项隆看过，项隆不悦曰："老汉愿赔二十四箱衣服，不比前日湖广假孟氏，种种欺君，令甥何故见疑？"尹上卿遂辞别回去。项隆进内说明备细，项南金对父曰："这是女儿命薄，若果延宕，必多变卦。"项隆曰："看来少王乃是真病，谅亦无妨。"

光阴似箭，早是六月十五了。皇后绝早起身，来到万寿宫，奏请太后，宣郦相入宫画图。太后点头称是，令皇后坐以待之，并令小监往金銮殿伺候，若郦相进朝，可宣入内宫。

且说郦相在府中，闻得太郡奏请缓期，心中不悦。到了十五日早上，坐轿进朝，来到午门，只见三只老鸦只在轿前飞鸣，从人驱逐不去。郦相心想有甚不祥，细想一会，莫非母亲旧病复发？若然请我，再不敢前去医治，只好听天由命。来到午门，下轿候旨。午门官奏上殿来，曰："右丞相郦君玉假满，在午门外候旨。"帝暗伤感：果然勤谨，假满即便上朝，不敢偷闲。惜今番谅必中计，朕不暗中点醒，实属不该。即传郦相入朝。相见毕，曰："呵，先生来了，好好好，平身上殿，宫娥们看坐，内侍递茶。"郦相坐在右边绣墩。帝曰："天气炎热，难得先生不辞辛苦，勤劳国政，朕心殊觉不安。"郦相奏曰："臣受恩深重，备位右相，怎敢偷闲，有负国恩。"正言语间，只见小监上殿奏曰："启上陛下，太后因皇后有孕，要宣郦相进宫，画白衣送子观音，由皇后供奉。趁六月十九日太后寿诞，今值朔望吉期，可以画图，庇佑皇后早生麟种。请旨定夺。”帝心不忍，对郦相曰：“太后欲画观音与皇后供奉，庇佑早降麟儿，以主社稷。但先生尊恙才好，未知可能画否？如果然精神短少，不妨明告寡人，待朕禀告太后，另传他人。”郦相暗笑：帝真颠倒，一支笔怎不能画呢？即奏曰：“太后既有善愿，臣当遵旨，但就在这里画罢。”内监曰：“太后要你进宫，方好提调。”郦相曰：“既蒙太后嘱托，臣当进宫。”帝寻思：一支笔有甚重呢？朕说此话，是明明指点他；他乃一时昏瞶，偏偏不省，真是自投罗网！只得由他进宫罢。

小监引郦相至万寿宫前候旨，小监入宫奏曰：“郦相在外候旨。”太后令放下珠帘，宣进郦相。上殿朝拜毕，太后赐坐，郦相在旁坐下。郦相怎知皇后亦在帘内，小监奉茶毕，太后在帘内细看，对皇后曰：“果然生得美貌。”皇后曰：“皇天造就此等人才，令人可爱。”太后即传旨曰：“哀家知先生善画，愿皇上早生麟儿，今不用画白鹦石山，只须用墨水画一观音，手中抱一孩儿，在莲花台上便好。但此间溽暑逼人，令小监引到哀家清风阁明月池内去，好用心画图。”郦相领旨，随着小监来到池中阁内。小监取出文房四宝，放在案上，并备香茗。郦相一心画图，按下不表。

且说太后叫苗瑞英、郁美儿两宫女吩咐道：“少停赐酒，郦相若醉，可把他靴子脱下，倘是女流，速将绣鞋脱去，把靴穿上，不许多言。”郦相自辰时画到午时，太后曾赐酒饭与郦相充饥。至午时候，帝回内宫，太后赐坐。太后谈及郦相往清风阁绘图之事，帝心不悦。到了未时，郦相画毕，至宫外候旨。太后宣进，郦相入宫朝拜太后之后，又朝见天子，帝令免礼赐坐。旁边呈上画图，内监送入帘房，太后观看，见那观音慧眼含神，慈悲带笑，笼袖而立，合掌当胸，丰姿秀丽，手中抱个孩子，容貌好似成宗一般，心中大喜，即叫皇后同看，皇后亦啧啧称奇。

太后传旨曰：“难为先生辛苦，着内监赐宴润笔。”郦相辞曰：“多蒙太后盛意，但臣在病后，不能饮酒，不敢领旨。”太后曰：“难得画图劳神，只赐三杯甜酒润笔何妨。”帝心中不忍，对郦相曰：“太后念卿辛苦，欲赐甜酒三杯，不知先生可能饮否？”郦相心思：三杯甜酒，有何妨碍，即答曰：“既蒙太后慈恩，臣怎敢推辞。”帝暗叹曰：郦相聪明一世，懵懂一时，朕岂不知尔千杯不醉？今闻此话，明是关节，尔却不自省悟，乃自招其祸。

当下内监呈上筵席。太后恐番酒凶猛，郦相病后身体虚弱，多饮必伤精神，每斟一杯，俟他饮干，方许再斟，斟了三杯，不许再斟。郦相心喜太后厚意，即便坐下饮酒。谁知此酒乃是玉红春酒，用药制成，甜滑可口，味如郁金香一般。郦相怎知利害，真所谓有心人弄无心人了。郦相缓缓吃了三杯，上前辞谢。太后密问皇后曰：“三杯吃下，如何不醉？”皇后曰：“可着他赞诗一首，题完酒兴自然发作，利害不小。”太后点首，即令郦相再题一赞，方谓书画皆精。郦相领旨坐下。内侍移一净桌，排下文房四宝，停了一会，方才完备。郦相起身欲题，岂知酒力发作，不觉天旋地转，两足酸软，头晕眼花，暗惊道：“不过感冒之后，身体因何如此虚弱？吃了三杯酒，便这等利害？”只得勉强到案，提起兔毫蘸笔，半行半楷，题了一首律句，上前跪下辞别，已支持不住，几乎跌倒，面上泛出桃花。太后见此形状，大惊失色曰：“郦相沉醉，却出宫门，宫门外一里余路方好上轿，倘然呕吐，多所不便。”忙令宫女内监：“快扶在椅上坐下，伺候酒力渐醒，方好送回。”内监与宫女扶到椅上坐下，隐几而卧，大醉如泥。太后心恐番酒药性恶热，就令二内监扶往清风阁龙床安睡，“用俺家的龙被盖好”，并令苗瑞英、郁美儿在内伺候，提防呕吐。二内监、二宫女相扶郦相往清风阁而去。

成宗甚不过意。内侍卷起珠帘，太后同帝皇看赞诗曰：

悟彻禅机一念真，便从极乐转金轮。香花散玉登尼岸，慧雨乘天度世人。南海伽蓝曾寄迹，中朝水墨近传神。只缘解识含饴意，远降慈云送上麟。

太后看毕，叹曰：“世间哪有这等才学，画笔如神，诗句清新，字迹又复精工，不啻银钩铁画。若果女流，俺家当纳为义女。”帝暗笑：朕指望纳为贵妃，讵知母后要使朕作大舅，岂不好笑。皇后笑曰：“他若没有才能，怎得画图赐酒，希冀败露？看来果是因才所误。”成宗曰："番酒三杯，便醉得如此利害，必是热药制就，散人魂魄，恐伤人命，大为不该。"太后亦曰："俺家方才见他醉得如此利害，悔将人命尝试。倘有个差迟，如何过意得去。"皇后曰："臣妾曾令四名宫女试过，来日酒退便醒，不须过虑。"

且说郦相由内监扶了到床上睡下，已是不省人事。内监把被盖上，乃对宫女曰："你等在此伺候，我要回宫缴旨。"二宫女应诺，就在厅上坐下。停了一会，进房一看，听得郦相鼻息如雷，遂假意上前推叫曰："请郦先生脱衣，方好安睡。"郦相全不知觉。郁美儿即向苗瑞英丢个眼色，随即动手轻轻将靴子脱下，再脱下缎袜，方见两脚，俱是白绫缠好的；把白绫解下，各长一丈有余，方露出一双红缎宫鞋，绣着金线，长有二寸七分。即将绣鞋脱下，仍把白绫照样缠好，穿上靴袜，把被盖好，并将帐幔垂下，取了绣鞋，走到外边，赞曰："果然细小，犹如凫鸟一般，令人可爱。今可带回去见太后请功。"二宫女狂喜跳舞而回，按下不表。

且说帝在万寿宫闷闷不乐，静候消息，恐失了一位贤臣，又绝了风流夙愿，今一败露，莫道郦相失脸，即朕错用女流，恰亦失脸。可恨皇甫少华不向郦相私议改装，专用硬法；可惜孟氏待彼有功，忠孝王真是不该。正在不悦，忽闻宫中隐隐有吹箫之声，又闻空中有箫和声，声音更嘹亮。太后疑心，问帝曰："尔们可听见那空中有箫声相和么？"帝后齐声答曰："臣儿等俱得听闻，正不知何故？"言未毕，只见二名内监走得喘吁吁跪奏曰："启上太后，奇事不小，兴庆宫温妃无聊，吹起凤箫，忽听空中亦有箫声相和；奴婢等疑惑，出宫观看，但见一只凤凰，毛羽五色，五支长尾，在宫外离地三丈飞而且鸣，两翅按拍施行，明是凤凰来仪，特来奏闻。"太后大喜，对帝曰："周朝圣君只闻凤凰之声，未见现形。今凤凰来仪，乃上天呈瑞，皇儿速往观看，方不负上天厚德。"帝亦思欲退避，免替郦相担忧，即忙上辇。

武士拥护起程，才转一弯，只见苗、郁二宫女笑嘻嘻跳舞往前奔来。帝知是脱下绣鞋，想教郦相无颜出宫，皇后必定留住，岂不辱他太过？遂心生一计，大喝曰："这两个贱婢无礼，敢笑舞闯道，欺侮寡人么？武士速即拿下。"武士领旨，一时忙把二女拿住。二宫女吓得魂不附体，跪在地上叩头，连称死罪。帝曰："贱婢何敢如此无礼？"二女奏曰："只因郦相沉醉，脱下一只绣鞋，欲往见太后，是以狂喜失仪。乞陛下赦罪。"帝曰："速把绣鞋取来。"二女就在怀中取出献上。权昌接过，送与帝看，犹如凫鸟一般，帝暗赞真是细小可爱，宫女无人可穿。遂把绣鞋藏在怀内，心想天地间有此奇事，郦明堂果然验出来是个女子。想她的奇才国色，可怜可爱，论她的无情无义，又可杀可绞。又想此时此刻，只有自己能救她，她绝处逢生，就是铁石心肠，岂不知报效。想到此处，忙问二女曰："尔等要生还是要死？"二女奏曰："万物好生，人谁肯死。"帝嘱曰："尔若要生，可去对太后及皇后说，奴婢等候郦相熟睡，钩起帐幔，才要动手脱靴，不料郦相忽翻身向外，口中吐血不止，登时面青身死，故不得脱靴，窃恐气绝难救，急急回宫奏闻。路遇天子，奏明一切，帝惟恐气绝污秽宫闱，立着武士将尸载出，交还梁相收殓。这样说法，自有重赏，尔若实奏，或日后有些风声，定是尔等泄漏，立把你二人处死，决不轻赦！"二宫女叩头曰："奴婢等怎敢多言，活活讨死。"帝又大喝曰："速去将假死缘由奏明太后。"二宫女起身而出。

帝并嘱四名太监及武士曰："方才郦相之事，内外俱不许多言，倘有泄漏，并将尔等一同处死。"众皆微笑领旨。又令权昌等四名太监："速把朕坐的御辇推往清风阁，将郦相扶入辇中，并把御被盖好，御伞罩住。"又心想：二宫女脱下绣鞋，只怕连靴子都未必穿好；朕料忠孝王必使人在外伺候，倘揭被一看，岂不败露？又恐他揭被冒风寒，于是传旨："无论官民人等，倘有揭被看者，立用大刀砍断其手，后奏寡人，再行严治其罪，决不稍贷！"言讫，帝即下辇，行至兴庆宫来。

欲知后事如何，且看下回分解。

第六十九回　呕心血郦相抱病　起私情成宗冒雨

却说成宗又嘱权昌曰："尔等须送郦相回府，要他明日不必上朝，酒醉无力，出宫可用我的宝轮车。如尚沉醉不醒，要轻轻替他穿上靴子，扶入车中，送他回府，方来交旨。"权昌等押了御辇，赶向明月池清风阁而去。帝自步行来到兴庆宫前，举头四望，其时鸾凤已去，温妃迎接入宫，设宴款待。帝因偏护郦相，心喜做得完全，即便坐下畅饮一番。

且说郁美儿告苗瑞英曰："太后命我们脱靴验看虚实，今天子又令我们欺瞒，事在两难，姊姊作何主意？"苗瑞英曰："朝廷如此吩咐我们，如果实说，将来性命难保。宁可欺瞒太后，不可得罪朝廷。"商议已定，回至万寿宫，奏称郦相呕血不停，恹恹欲绝，帝恐污秽宫闱，已着武士将尸负回相府，交还梁相收殓。太后闻奏，大惊失色，对皇后曰："我说番酒必是热酒，不可妄赐，今竟断送了一位贤臣，岂不可惜！"皇后愕然曰："从前四个宫女俱已吃过，并无妨碍，今怎这等利害！"太后曰："郦相岂宫人可比，真正可惜！"皇后过意不去，心想但愿皇天庇佑，转危为安，再设计查验；如果真死，明是兄弟福薄，不能消受美妻。便闷闷辞别回宫，忘却写书通知父母，惟有静候消息，再作商议。

且说权昌等四人到了清风阁，见郦相如前浓睡，任唤不醒。权昌等用手扶住郦相，放在辇上，并用御被盖好。武士执伞推辇，权昌等上马，来到殿上，大呼曰："值殿官何在？"只见一位年近四旬的将官忙向前曰："下官就是值殿将官李龙光，不知有何事干？"权昌传出圣旨，李龙光执了大刀，连忙上马，跟随辇边。来到东华门外，恰遇梁相从内阁出来，正要回府。权昌说明前情，梁相大惊曰："贤婿酒量素来极宏，今日为何沉醉？"便要向前揭被观看。权昌阻住曰："今奉圣旨，因郦相沉醉，揭被恐他冒风，特着值殿官执刀保护。不论官民人等,有敢揭被者,砍断其手指,然后奏明,照欺君之罪处治不贷。老太师请回相府观看不迟。”梁相曰:“原来如此。”遂赶出东华门外,上轿回府,不提。

且说武士执了九曲黄罗伞,来到梁相府前,只见十余个家将向前拦住。武士喝曰:“尔是何人,敢来拦住路径?”家将曰:“我们是武宪王的家将并孟龙图的家人,因闻得郦相沉醉,特来请安。”原来老王与孟士元父子闻得郦相大醉宫内,并无别样消息,故特差人以请安为名,揭被观看,有无破绽。权昌阻住曰:“奉旨若有人揭被,便令砍断手指。谁敢揭被?”孟府家人就不敢动手。王府家将仗着王府势力,向前曰:“若不揭被,何以回复家主?”即要向前动手。李龙光提起刀来,大声喝曰:“若敢逆旨,即便砍下!”王府家将俱大惊,只得回报家主。

武士推辇进了后堂,梁相出来迎接。权昌曰:“可将辇扶入,免得冒风。”相府家人遂扶辇入内,梁相请权昌并李龙光坐下待茶,问曰:“小婿因何醉得如此不堪呢?”权昌就把画观音并赐番酒那话说了一遍,“因此酒出自西洋,名叫玉红春,前宫女饮了二杯,便醉了一昼夜,令婿饮了三杯,安得不醉。”梁相曰:“原来如此,有劳列位辛苦,何以克当。”权昌等辞别上马,押辇回宫缴旨去了。

梁相入内,告诉女儿,素华即令婢女扶入床上睡下,将被盖好,屡呼不醒。素华大惊,在郦相脚边坐下,惟恐有人替他脱靴,露出破绽。景夫人与若山之妻妾俱进房来看,梁相及裘惠林俱在房外探望。柔娘曰:“闻得人若大醉不醒,可把冷水喷面,立即苏醒,今可把此法试之。”裘惠林在外阻止曰:“冷水最易伤人,不可妄用,只好备下晒干百草霜煎汤喝下,自然苏醒。”孙夫人曰:“热豆腐粘在心头即醒。”正在议论纷纷,莫衷一是,忽女婢报称武宪王同孟嘉龄前来探问消息,梁相着裘惠林前去陪侍。原来老王因家将回报,说有圣旨,不许揭被,皇后又无消息,心中好不疑惑,特邀孟学士一同前来探听消息。当下裘惠林出来迎接武宪王、孟嘉龄来到堂上,让武宪王坐在上面,自己同孟学士坐在两边。茶毕,武宪王说些闲话,辞别回府,不提。

门官又报称圣上恐番酒乃热药制成,能伤人性命,特令权昌带了四个太医前来诊脉。梁相接入坐下,权昌曰:“奉旨因郦相误饮番酒,恐伤精力,准其静养三天,而后进朝。”四位太医曰:“番酒恐是热药制就,足伤人命,必须诊脉观看吉凶,方好进宫缴旨。”梁相忙令家人进内,着妇女们退避。家人进去,停了一会,回报曰:“妇女们俱已退避,请太医入内诊脉。”梁相即请太医同权昌进内房。太医诊脉毕,又看了面容,对梁相曰:“令婿六脉调和,面带醉容,这明是酒醉,过后自愈,不必多虑。”梁相曰:“只因小婿从来未曾酒醉,故令人恐惧。”太医曰:“这又何难。”遂吩咐随从人等取生甘草、半夏和鹅毛管到来,并令随从将此二物研细为末,用鹅毛管吹入郦相两鼻孔中。停了一会,只见郦相翻身,口中糊涂曰:“臣已酒醉,叩谢太后深恩,就此回府。”言讫,翻身向内睡去。太医曰:“不妨,酒醒即便无恙,我等好回宫缴旨。”梁相称谢不已。太医上轿,权昌上马,各自辞别而去。

众妇女仍入内伺候。孙氏偶见郦相穿靴,乃曰:“孩儿穿着靴袜,如何好睡,须要脱下。”素华连忙止住曰:“不可,他的衣袜不许别人代脱。前日我替他脱下靴袜,被他埋怨了几天,婆婆切不可脱。”孙氏寻思:年少高官,怪不得执性。景夫人曰:“今既诊脉明,是酒醉不妨。令女婢在别房煎人参汤、桂圆龙眼汤,俟贤婿酒醒服下。”吩咐女儿:“小心照顾,我等可各安寝。”众人各退出去。

素华闭门坐候,至三更时分,郦相翻转身来,略睁眼苏醒曰:“好醉得利害。”素华大喜曰:“小姐苏醒了。”郦相坐起身来曰:“我如何回来的呢?姊姊可说与我知道。”素华曰:“小姐今日醉得令我心胆俱裂。感蒙皇恩,钦赐御辇、御伞、御被,四太监护送,又着值殿官执刀,恐揭被冒风,胆敢揭被者便要砍断其手指,弄得满门惊恐。及太医诊脉,吹甘草及半夏末,方才得醒。”逐一说明。郦相惊曰:“我平日千杯不醉,记得太后只赐三杯甜酒,题赞已觉沉醉,太后令宫女扶进清风阁暂歇,其余俱不知道,想定做出许多的惊人事来。那三杯酒莫非是蒙汗药么,不然何至这等大醉?”素华曰:“太监说那酒是西洋番进贡,名唤玉红春,宫中曾经试过,最善饮者只吃二杯便醉倒,一昼夜方得苏醒。难得你果然量大,吃了三杯,三更便醒。”言讫开门,唤女婢取香茗来解渴。

郦相暗惊，莫非太后设计，缘何偏赐番酒？时女婢已送茶来，素华仍把门关上。郦相吃茶毕，即便下床，到马桶上小解，两脚觉得宽松，好像失脱绣鞋，吃惊不小。连忙上床，脱下双靴，双手把脚一捏，觉着里面宽松，知已失脱绣鞋，一时吓得心胆俱碎，面如土色，并不言语。素华慌忙问曰："小姐有甚大事，如此惊惶？"郦相寻思：如果实说，反累素华惊恐，有何益处，即答曰："并无甚事，不须多疑。"素华曰："小姐智慧过人，如此失态，定是伤身大事，何不说明，互相商议，否则说事不明，岂不犹视昏镜么？"郦相冷笑曰："实无甚事，姊姊不必多疑。"言讫沉思：闻得皇甫少华缓期完亲，是由其母亲入宫启奏的，定是通知皇后，设计恳求太后敕画赐酒，乘醉脱靴。记得帝问我能饮三杯甜酒否？这是暗点机关，奈何当时不悟，中其计中。及我饮酒之际，帝又呆看一会，若有相怜之意。仔细思量，必在沉醉之后，被宫女脱靴，立把绣鞋取去。帝心存暧昧，为我瞒过，故特赐辇扶送回；又恐揭被露出破绽，特差值殿官执刀相送。若非圣上偏心，我焉能安然回来？可恨少华每事不与我商酌而行，专用硬法，恩将仇报，悔我当年提拔了他，今反养虎贻害。既已败露，叫我如何设法呢？

原来郦相平日办事谨慎，费心劳神，积成血病；今又一时忿恨，血涌上心，忍耐不住，吐血数口，于是心内昏沉，头垂面青。素华大惊，连忙抱在怀中，一手挽住，一手替他捶背，停了一会，方才放心，靠在椅上。素华取火一照，见数口俱是鲜红的血，忙上床来，把郦相抱住，问曰："小姐因何激出病来？"郦相勉强应曰："我心神不定，可唤女婢取参汤来定神止血。"素华下床，开门唤女婢速取参汤前来。女婢立即送至。素华关好房门，与郦相服下，方才定神。素华遂把扫帚扫去血痕，问曰："小姐如此慌张，莫非真迹败露么？我母女二人受尔大恩不少，今见小姐吐血，我心胆俱碎，怎不对我实说呢？"一面取了汗巾，把郦相的口揩净。郦相笑曰："姊姊放心，即便败露，亦无伤命之忧。"素华心内十分不安。郦相曰："夜已深了，请安寝罢。"素华曰："朝廷有旨，叫你静养三日，然后上朝。"郦相暗想曰：朝廷如许殷勤，其实枉费机心，我怎能失脱大节。假夫妻二人遂宽衣安寝。郦相哪里睡得合眼，心想帝这样遮掩，三日后叫我怎好上朝？仔细想来，少华真是可恨。

话分两头，且说忠孝王满门见郦相沉醉回府，皇后又无音信，谅来必是男子；又想朝廷因何如此敬重，莫非有甚私心么？且待来日再作商议。

再说成宗在兴庆宫静坐，惟恐番酒恶热，故格外小心，着四名太医前去诊脉。太医回奏郦相已醒，帝心方安，回思郦相醒后，知道失脱绣鞋，何等心惊胆裂，怎知朕为他遮掩周密。若知朕为他如此用心，岂不感激？况绣鞋又在我手中，不怕他不从。朕得一贤妃，以资内助，就把云南假孟氏配与少华，岂不两便？又想郦相节烈无比，焉肯相从？一夜不能合眼。次早亦不登朝，下得床来，即到偏殿批案，一心只想着郦相。莫道天子不能批案，连饮食亦无心去吃，真是滴水不能下喉；欲令权昌前去通风，又恐难明自己的心事，万转千回，忽见狂风扫地，天将下雨，又转一念曰：不如自己假作太监，前去好好说明自己的情意，又不至泄露，岂不是好？主意已定，即对权昌曰："朕欲探望郦相，恐百官知道，多所不便。尔可取尔的衣冠并雨衣雨帽前来，待朕扮作小监前去，方能无人知觉；并备一匹马来。"

权昌领旨入内，暗笑风流天子为着色欲，连风雨都不怕了，即去取了衣冠并雨衣雨帽前来。帝穿上暗龙袍，戴了无翅冠，再穿上雨衣帽。权昌牵过马来，到后宰门伺侯，嘱曰："陛下速去速回，倘被娘娘并百官知道，奴才这便有罪。"帝曰："朕知道了，千万你不可泄露。"遂出门上马而去。

不及一条街，忽闻一声霹雳，下了骤雨，又遇狂风，帝只得把袖掩面。那狂风猛雨从衣领中下滴，贴身内衣亦有雨珠。但此正暑天，不妨冒雨，加鞭赶路，径奔到相府门前驻马，叫曰："把门人快报郦相知道，说万岁爷心中牵挂，令我特来请安。"把门的人哪知道是天子，向前迎接曰："有烦公公辛苦，但我家郦相宿酒未醒，梁相已入阁办事，尚未回来，无人相会。请公公且回，待梁相回来禀明可也。"帝曰："不必多言，快报郦相知道。"把门官忙报入内。此时风雨已止，帝暗想方才路上偏遇风雨，今恰晴了，明是带着雨厄。

且说郦相下得床来，心中闷闷不乐，独坐在竹槐轩内，忽见一对喜鹊在树上向着郦相乱噪，心想我已败露，有何喜事，喜鹊何敢乱噪？只见荣发报曰："把门官报称，朝廷特差小监前来请安，梁太师业已入阁，乏人迎接，请令定夺。"郦相曰："可着裘姑爷出去迎接。"荣发入内，顷刻间回报："裘姑爷沉睡未醒。"郦相曰："可请康员外换了公服，出去迎接礼待，只说我宿酒未醒。"荣发奔到燕贺堂来见康员外，说明郦相言语。康员外急穿上中宪大夫冠带，出来迎接。帝勒马停住，康若山前来迎接入内。康若山怎知是天子，一味恭敬降阶，迎接上堂，分宾主坐下。帝暗想：真正好笑，堂堂天子，偏与小户贫民对坐，大为折本。康若山曰："小儿宿酒未醒，不能迎接，大为得罪。"家人向前献茶。帝对康若山曰："今奉圣旨，有机密事务，要面见郦相，敢烦引道。"若山曰："请公公稍坐，我去便来。"遂入书轩，对郦相言明，郦相曰："爹爹不妨请他进来。"康若山连忙出见帝曰："待我引公公进内相见。"帝即起身，转弯入内，遥见郦相素衣朱履，立在书轩，即对康员外曰："且请退出。"

再说郦相见是天子，吃惊不小，忙向前对荣发曰："圣驾降临，速叫男女各自回避。"自立在轩前伺候，帝细看郦相，只见穿着黄色纱道袍，万字纱巾，绫袜朱履，但因昨夜呕吐了血，面上倍加洁白，气爽神清。郦相跪下曰："不知圣驾降临，有失远迎，罪该万死。"帝忙扶起曰："先生何必拘礼。"遂步进书房，除下雨帽坐下，赐郦相坐在旁边。帝暗想：书轩如此幽雅，少停与他饮几杯黄酒，亦是三生有幸。

当下荣发献上香茶，帝见荣发正在妙龄，娇艳无匹，即向郦相笑曰："强将手下无弱兵，卿主仆可当此称了。"郦相曰："承蒙过誉，但不识陛下怎冒雨而来？"帝受此问，深知理屈，欲言又止，含着羞愧对郦相曰："御妻不该与太后同谋，假借观音，故赐番酒。朕问尔敢吃三杯酒么？此明是指点爱卿，卿不自悟，乃中了计。若非朕为之掩饰，令内监送回，皇后必留在后宫，与兄弟完姻。卿尚不知详细，朕欲使小监前来通讯，又恐不能通达朕意，朕因此特改扮太监前来。卿既败露，即有诳圣欺君大罪，难以宽赦，卿乃明人，谅必知道。"郦相心甚惶愧，奏曰："臣自知罪孽深重，杀身难报，愿碎尸万段无恨。"帝扶起赐坐，笑曰："朕为卿费尽心机，怎忍卿受罪；但日前在天香馆叙首,卿太薄情。今幸有云南假孟氏貌似爱卿,卿可上朝仍称郦相,朕强把云南假孟氏匹配忠孝王,尔就可脱身了。”

不知究竟如何,且看下回分解。

第七十回 思佳人题诗待和 念美妻探病受惊

却说成宗对郦相曰："朕强迫忠孝王与云南孟女成亲，卿就可脱身。卿若不听朕言，认作孟氏，朕当照律究办，决不宽贷。"郦相曰："三日之后便见分明。"帝想如此美貌，看来断难私通，若肯替朕脱衣，心愿已足。即对郦相曰："朕恐卿醒后，知道失脱绣鞋，疑必败露，故特冒雨通知，不料适逢暴雨，打得朕衣襟俱湿。卿当念朕辛苦，替朕脱下雨衣。"郦相面变怒容，跪下奏曰："臣最重礼法，极感圣恩，只好来生补报。臣非侍御，怎敢不遵礼法，为陛下脱衣？还望陛下自重，不可有乖礼法。"帝不悦曰："朕只烦尔替朕脱衣，便如此抗拒，好太薄情。"郦相跪伏叩头曰："臣愿请死，不敢紊乱礼法。"

帝终是圣明，不敢用强横手段，自思此女难得，不贪富贵，不怕生死，毫无涉私，真是一尘不染，令朕心服之至。况此事是朕不该，"卿勿见怪。"即自己脱下雨衣，再脱衣袍，弹脱雨珠，再行穿好坐下，曰："赦卿无罪。朕前日不脱靴验看，只责忠孝王欺凌师长，不许臣民乱言；昨日又为卿遮掩顾问，使卿得以回府，卿亦当感念朕恩。卿提拔忠孝王满门富贵，忠孝王凡事逞强，非朕偏护，卿早败露了。忠孝王深负爱卿，卿亦不妨罢绝，朕的容貌不减少华，与卿成就良缘，亦不足为过。"郦相奏曰："三日后臣自有表奏。"帝心知郦相凛烈，惟恐迫死性命，乃对郦相曰："朕自早间为卿担忧，内监虽屡进饮食，朕并未饱食。今腹中饥饿，卿可粗备四盘小菜，在此用餐，足感厚情。"

郦相寻思：我若在此同饮，日后难怪外人闲话，我亦于此有愧，即退出到房后。讵知素华躲在房外窃听，已知备细，一见郦相，即垂泪曰："如今怎样是好？"郦相微笑曰："此事不至累尔，何必惊恐。速令备席在后堂，唤裘惠林并满门曾受诰封的男女俱执玉笏，伺候朝见，席若完备，便可密敲房后屏门，我便知道。"素华急忙进内料理，郦相回归书房坐下。帝亦自知理亏，情知难染，奈才貌可爱，又不好纠缠，只说皇后姊弟不该。

且说裘惠林闻圣驾来临，忙请满门男女伺候。不须臾，席已完备，素华即到房后敲动屏门，郦相奏曰："筵席已备在后堂，请陛下前往用餐。"帝愈加敬重，真是正直无私，连借房中稍饮亦不肯从；忠孝王何幸，得此奇女，命胜寡人多矣，然朕何苦说此无益之话。当即起身来到后堂，当中坐下，赐郦相坐在旁边。

且说康若山闻得那内监乃是天子假扮的，心中大惊曰：我一白衣人，怎与天子对坐？忙穿冠带而出，同裘惠林各执玉笏；景夫人率孙氏、素华，俱是凤冠霞帔，各执玉笏，男左女右，跪在庭中朝见，各奏姓氏。帝传旨："赐卿等平身。"男女分班站立。帝见梁女容貌不逊皇后，心中大惊曰：有此容颜，何故不省人事，愿嫁与女，并无怨言呢？真是可笑。即传旨曰："朕恐番酒利害，特来探望郦相，反累卿等过费，大为不安。卿等且退，朕好饱餐。"众各退出。帝与郦相同饮，家人进酒。帝因饥饿过甚，只吃饭不吃酒。

谁知内侍权昌等恐帝有失，忙令武士等备辇，使往府前迎接。梁相在内阁闻风，急忙回府。帝正在用餐，梁相朝见毕，启奏曰："老臣入阁，知道小婿伤酒，陛下驾临，甚是待慢，老臣罪该万死。"帝赐坐曰："朕来探望郦相，累及老先生破费，大为不该。"梁相奏曰："粗茶淡饭，甚为渎慢。"只见内侍和百官都来朝见，方知帝冒雨而来探望郦相。帝即穿上御服，起驾回宫。二相送行，帝告郦相曰："卿乃明人，三日后须从朕言为是。"郦相一时气恼，想帝是明君，必知我非失节之辈，何苦说此妄话？当即奏曰："三日后臣当有表进陛下，便知端的。"一时血涌上来，忍住不得，一口血望帝身上喷来。帝将身一闪，龙袖上早喷着数点鲜血。郦相晕倒在地。帝大惊，谓梁相曰："速扶令婿入内静养。"梁相即令人役扶起，登时昏晕不省人事，扶入内房而去。帝自恨命苦，好意与他商量，他倒吐血昏迷，做出如此样来，惹人厌烦。当下御驾回宫，百官退出。

梁相翁婿二人尚在后堂，门官报称武宪王与孟龙图必要面见郦相。郦相暗恨两下同谋，因天子与我遮掩，故皇后未有消息，此情无处探访，特用假慈悲探病，要我露出真情，把我当作愚人，多方欺侮，实属可恨，待我抢白他一番。即令请进。

当下老王闻知消息，特邀孟士元同来相府试探如何。闻请步入庭中，梁相翁婿二人迎接上堂，见礼献茶。老王请安毕，问曰："方才圣上嘱郦相依他言语，郦相回说三日后上表，未知欲奏何事？"郦相曰："我本无病，因感冒风寒刚刚愈可，误饮番酒，以致呕血。但我一向在朝和百官和睦，谁知恰恰有大臣暗中谋害，下官不遂人愿，圣上亦为我不平。我想既不合人意，自当俟三日以后上表辞官，以快人意。"老王疑心曰："老太师在朝，惠爱百官，众皆感激，谁敢妒忌？老太师何故辞官？"郦相变容怒曰："承蒙二公探问，奈何新病厌言，二公请回尊府，另日相会罢。"言讫把手一拱，遂退入内堂去了。老王与孟士元羞得满面通红，梁相大不过意，向前谢罪曰："小婿吐血心迷，冒渎二公，务乞恕罪。"老王等曰："此乃我等多言，令坦正在病重，莫怪心中不悦，下逐客之令。"两下便说些闲话方别。

原来素华在门后窃听，及郦相入房坐下，素华埋怨曰："尔如早听我言，改装辞官，岂不省许多言语！今已败露，如何是好？"郦相曰："我三日之后进朝，定有结果，然尔不须忧虑，我大命倒底不妨，亦断不失节，可与尔同归皇甫君。"素华曰："既欲完亲，方才埋怨老王与令尊又是何故呢？"郦相曰："恨他二人用尽奸谋，又来试探口气。姊姊只管放心，我自有处治。"按下不表。

且说帝自回宫，嘱众人不许多言，即到偏殿批案，寻思郦相绣鞋已在我处，必能成就这头亲事，又得了一位贤妃，岂不美满！回想当时吐血，若一旦身亡，如何是好？一时心事烦杂，移步上林苑莲花池座上，就倚栏杆独酌。忽见池内金色鲤鱼在水面奔波，帝即握管题诗一绝：

> 芳塘秀挹雨晴荷，点缀天然诗画多。鱼鸟有情花作态，凭栏谁伴朕吟哦？

帝题毕，诗兴勃勃，就在身边取出郦相的一双绣鞋，仔细看来，不上二寸七八分长，犹如凫鸟一般白。莲花带雨，虽是姣艳，怎及郦君玉？再题一绝：

> 莲花应逊郦明堂，漫说当年张六郎。凫鸟可怜红更小，襄王

何日到巫阳？

帝题毕，暗叹曰："若得与明堂成就好事，互相唱和，朕愿足矣。今把这诗留下，俟异日成就，与明堂唱和。"转念郦相正直无私，若三日后认作孟氏，叫朕如何是好？又思朕这一片殷勤，郦相自不过意，或得成就，亦未可知；倘不能成就，亦须使他感念朕的雅意。主意已定，便令内侍取老山人参半斤，赐与郦相养身；并令太医前去治病。内侍暗笑帝小心如许，随取人参，包好标封，并备四名太医，来到相府，交付人参，说明来意。

梁相十分感激，即令女婢通报女婿知道。当下素华对郦相曰："圣上如此殷勤，小姐作何道理？"郦相曰："叹帝枉费一片苦心，我只好辜负深恩。"即令太医进内，见礼坐下。太医诊了脉，曰："只因中酒所伤，血气不舒所致，却是不妨。"开了一剂药方，即便辞别。内侍回宫缴旨，郦相送出。荣发入书房问曰："小姐今番欲拟如何？"郦相曰："容俟来日相商。"次早下得床来，素华忙问小姐曰："毕竟作何主意？"郦相曰："时到我便说明，但恐梁相发怒，深为不便。"素华曰："父亲处我当竭力求情，包管无事。"郦相曰："姊姊既肯求情，便可无妨。"

且说老王回府，向妻子说明郦相逐客之意，忠孝王疑惑曰："莫非验明是女，帝特私临，欲图暗昧么？儿当带病往探，并请孟士元同去。"

到了次早，便邀孟士元父子来到相府，试探郦相有何言语。孟士元亦因朝廷私临相府，满腹疑心，韩氏闻得此信，旧病复发。父子即忙来到王府，老王父子相见，共论内宫因何无信，今我等一同前去探病，看郦相是甚口气。一齐上轿，来到相府门前，适梁相公出，门官报进。时近午牌，郦相正同素华在书房闲话，荣发报曰："门官报称武宪王父子、孟龙图父子同来请安。"郦相曰："请老王并孟龙图父子在外且坐，单请忠孝王进来。"家童领命退出。素华发问曰："请他何故？"郦相笑曰："尔可偷看，便知委曲。"素华退出房外。

家人开了大门，请四位大臣来到堂上坐下，献茶毕，家童禀曰："家爷有命，请老千岁并孟龙图父子这里且坐，先请少千岁进内相见。”老王疑惑，对少王曰：“尔当进谒郦相。”少王称是。此时少王身体尚衰弱，王府内两名家童扶进里面，外人不得进去。郦相早令两名家童替扶入内。少王遥见郦相立在轩旁迎接，便要下拜。郦相拦阻曰：“年兄欠安，何必拘礼。”即便携入书房。少王请郦相坐在上面，自己坐在旁边。荣发献茶，郦相谓忠孝王曰：“前日年兄冒奏我是女流，朝廷发恼。近来云南孟女已到，当殿验明，奉旨限一月内完婚。尔乃密通皇后，与太后设计画图，赐我三杯番酒，又乘我沉醉，着人偷脱靴儿，岂知我特诈睡，犹幸验出是男。帝怒尔敢侮首相，即是欺君，故特赐辇回府。帝昨日为我不平，特到我家看我，着奏诳圣欺师，好好重办。我今遵旨，明早即要上奏。但念师生情重，我不忍不教而诛。故特报尔知道，俾得提防，可通知令姊，免得吃亏。但我虽不才，前念尔被刘侯陷害，特奏主招军，使尔父子封王，不料尔靠椒房元贵，屡屡有辱师尊。我不比尔，屡用暗箭伤人，来日我要进奏，特报尔预先防备，莫怪我无情，此乃尔惹我，不是我惹尔。”忠孝王信以为真，寻思怪不得内宫迄无消息，谁知验明是男；我今已犯乱言，郦相明早进奏，叫我如何抵挡？急欲上前恳求，因为惊恐，还要跪下，一阵头眩，跌倒地上，竟昏晕去了。因左右无人，郦相暗笑曰：这等胆怯，为何专放暗箭？忙向前亲自扶起。

忠孝王微醒站定，连话亦说不出来。郦相笑而抚慰曰：“年兄不须着惊，前言特相戏耳。管叫你一二日间孟氏真身自来相会，夫妻团圆。”忠孝王方才心安，谢罪曰：“前日实因门下病重，家母进宫奏请缓期，不料语言颠倒，冒犯恩师，实非门下本心，万望恕罪。”郦相笑容可掬，请他坐下。唤荣发取参茶来与少王服下，曰：“年兄三日后便有可能与孟氏相会。”少王大喜谢曰：“若得依恩师金言，得与孟氏相会，真是万千之喜。”郦相微笑曰：“下官从无虚言，孟氏三日后定得相会。但我来日有杀身大罪，你当代求令尊并孟龙图父子相帮。来日帝若发怒，你须要犯颜保奏，我方能保得性命。”少王疑惑曰：“恩师从无犯法，有甚大罪，如此利害？”郦相曰：“下官早已明白了，但年兄父子与孟龙图父子谅难救我的性命，你可同令尊回府，速遣人入宫与令姊商量。然令姊亦难救我，须托令姊转求太后下旨恩赦，我方得生路。此系生死关头,你速回去差人进宫通信,切勿疏忽。可留孟公父子少坐,下官还有商议。切记,不可漏风!”少王曰:“门下自当遵命。”郦相唤了两个家人,扶了少王到外边,王府家童转换扶出后堂。少王对老王曰:“恩师吩咐我们父子先回,要留岳父大舅,有话商议。”言罢,父子上轿而去。

素华出问曰:“方才何故惊吓皇甫郎?”郦相曰:“我今已是罪人,但一言惊吓,虽国舅王爵亦魂飞魄散,方知首相权重。姊姊可暂避。”

未知作出何事,且看下回分解。

第七十一回　足心愿孟氏认亲　报恩义苏女求父

却说郦相打发素华退避，便令荣发请老爷父子进见。荣发曰："小婢不敢往请。"郦相曰："尔不须害怕，只管请来。"荣发只得来到后堂，孟嘉龄忙向父亲丢个眼色，士元认是荣兰，比昔年更加美貌。荣发向前禀曰："家爷特请老爷父子进内相见。"士元父子俱疑这是何故，为何要使荣发来请呢？

荣发引到槐竹轩，郦相忙请父兄进房，跪下曰："不孝女孟丽君负罪多年，乞父亲、哥哥赦罪。"荣发在后面叩头曰："荣兰叩头。"士元惊而且怒曰："尔昔在驾前分辨，舌如利刃，害我险送残生。今再如此，莫不是还要害我么？"嘉龄不忍，向前扶起二人，埋怨曰："尔前在金銮殿上翻脸险害父亲，今母亲为着云南假孟氏又犯病在床，尔今莫非又要害父么？"郦相曰："我曾嘱托，若使皇甫郎知之，必定变脸；况金銮殿公卿瞩目，怎好相认？今作了总裁，门生已满天下，心愿足矣。来日上殿奏请改装，但恐圣上发怒，女儿性命不保，特求父亲、哥哥相救。"士元曰："圣上仁慈不妨，却是那梁相势力浩大，尔又误他女儿的终身，视如儿戏，必定变脸。他的门生故吏几乎半朝，叫我如何抵挡？"郦相曰："这却不妨，梁相之女乃是映雪姊姊，因刺刘奎璧未遂，投水被景夫人救去为女，今与我定约，同归皇甫郎，爹爹不必过虑。"

言未毕，映雪已进房来，向士元跪下曰："老爷父子不必忧心，梁相夫妇爱我胜过亲生，我当亲求梁相，必不见怪。老爷提防朝廷发怒为要。"士元大喜，向前扶起，谢曰："难得姑娘为着小女误了终身，不徒不埋怨，且肯代恳令尊，恩德不小。"映雪又曰："母女二人曾受老爷十六年大恩，杀身难报，何劳过奖。"士元喜曰："梁相若不见怪，朝廷圣德宽宏，必不罪尔，不须介意。"郦相曰："儿知帝必要罪责，女儿来早必有性命之忧。爹爹、哥哥今当去见老王父子，嘱他入宫通信，求皇后来日转求太后下旨恩赦方妥。爹爹在外边切莫宣扬。”士元问曰:“尔今何故来早必要奏请改装?”郦相曰:“心愿已足,不改装何益?爹爹速会武宪王,通信入宫,是为至要。”士元父子答应,起身出门而去。素华对郦相曰:“我今同尔往求梁相夫妇作情如何?”郦相曰:“时候尚早。时候若到,我便同汝往见。今当速作陈情表章。”按下不表。

单说忠孝王回府,对父亲细说一番见郦相详情,“他先怒后喜,又许我一二日内便见孟氏,叫我父母通信入宫,莫不是回心转意,要改装么?”老王曰:“此必赐酒脱靴,真形败露,故说出这样话来。”太郡曰:“若是认出女流,内宫怎无消息呢?且郦相并无过犯,何故必待太后保救?令人不解。”老王曰:“他甚得君心,何事杀他,真正令人不解。”

忽女婢来报老王父子说道:“孟士元父子有事面见。”少王曰:“此必有危事,孩儿一同前去。”父子来到后殿,开门请进。士元父子来到后殿下轿,老王父子迎入,上殿见礼坐下。老王问曰:“贤父子为何面带愁容?”士元曰:“请亲翁退出左右,我有要事相商。”老王令随从退出,不许私听。士元细将父女相认,奏请改装,恐朝廷动怒,有杀身之祸,求亲翁速请皇后转求太后恩赦等情一一说明。老王父子曰:“令爱如果上表,深误梁相之女,又妄取他会元,且招他为婿,梁相必定变脸。他在朝日久,门生众多,势难抵挡。”士元曰:“这却不妨,梁相之女实系苏大娘之女,名叫苏映雪,景夫人收为义女。他与小女自愿同嫁皇甫郎,他自求情梁相,故无后患。”老王曰:“不料世上有此奇怪之事!梁相如果不怪,朝廷素性仁慈,令爱定然无事。”士元曰:“女儿料事多中,他说已有杀身之祸,还求亲翁通信入宫为要。”老王曰:“说得是,刻下就着拙内入宫,面求太后。”士元曰:“如此方妥。”辞别来到府内,对韩氏说明来日便可相会,韩氏大悦,当时病就好了一半。

且说老王入内,太郡喜曰:“才在屏后窥听,媳妇便可相会。”老王曰:“正是,贤妻当速进宫,奏知女儿,转求太后恩赦。”太郡曰:“天色已晚,不如表章入宫。”老王称是,急修文表,细将孟氏所说事情具奏，恳女儿转求太后恩赦；写毕用印封好，即遣家将送到后宰门，交与内监，送到正宫呈与皇后。皇后看毕大喜，着内监对太郡说，来日包管郦相无事。内监对下表之人说明，家将回复老王夫妻。苏大娘知女儿亦在，如朝日升天。惟刘燕玉暗恨自己多事，恐二女会同报怨，按下不表。

且说郦相同素华坐至初更时分，郦相方偕素华同到后堂，梁相夫妻正在谈论家务。郦相向前跪倒曰："犯女孟丽君特来请死。前日画观音，赐番酒，皇后乘我沉醉，令宫女脱靴，已经败露。来早上表陈情，奏请改装，特来请死。"梁相大怒曰："好大胆的孟丽君，敢中三元，以欺君上，死罪难赦！"孟氏叩头曰："犯女实出无奈，冒着万剐罪名，并非卖弄才学。太师原情赐宥，得全残生，则结草衔环，当报大恩于万一。"梁相喝曰："别事容易，耽搁我女终身，无法挽回。堂堂相府女儿，怎好改嫁？可笑女儿嫁了三年，为何一言不发？"素华连忙跪曰："不是女儿欺瞒父亲，原来事出有因。"便把自己始末情由，一一说明，"父亲若不作情，女儿愿替孟小姐先死，以报深恩。"言罢，泪如涌泉。梁相听了大喜，令景夫人扶起二女。梁相曰："难得孟氏守节不二，又难得女儿报恩深重，愿托终身，老夫怎不作情。来早我不进朝方好，待他们事定，我再为女儿定了终身。你们且回去安歇。"二女拜谢，一同回房去了。

景夫人对梁相曰："孟氏守节，实属难得。女儿为要报恩，甘守三年寂寞，实在可敬。"梁相亦喜女儿如此仗义，"我必与孟女明讲，不分大小。"景氏笑曰："相公差矣，先娶为正，后娶为次，礼所当然，如何紊乱并为正室。"梁相曰："尔不知首相权重，宰相之女岂可做人的偏房？后日奏明主上，定蒙恩准，方不负女儿的一番孝心。"景夫人喜曰："如此更为妙极。"夫妻说罢，进房安歇，不表。

且说女婢入报燕贺堂，来见康若山夫妻曰："老夫人，新闻不少。"若山曰："什么新闻如许？"女婢即细将郦相乃是女流，方才告禀梁相的话说明。若山曰："怪不得如此美貌，原来是女扮男装。"孙氏着惊曰："孩儿若是女流，必与忠孝王完婚，可惜我们前功尽弃，如何是好？尔还不忧虑，如此欢喜。"康若山笑曰："尔乃蠢人，见识不远。

孟氏有此奇才，乃世间奇女，他果完亲之后，我等自有处置，何必过虑。”孙氏方才心安。

次日五更，忠孝王父子上轿，来请孟士元父子同到朝房。成宗连日在宫，惟恐郦相认作孟氏，秘情无望，日间无心批案，夜间亦没兴进宫。是日早朝，恐郦相认作孟氏，即刻临朝。群臣朝贺已毕，分列两班，执事官即上前奏事，帝览表批案。只见午门官奏事曰：“右丞相郦君玉假满，在午门外候旨。”帝惊喜交集，传旨宣进。郦相进朝，俯伏奏曰：“臣郦君玉有陈情表上奏。”帝心知不好，又思彼怎敢逆旨？即令平身，着内监取表，值日学士念表。朗诵曰：

保和殿大学士臣郦君玉实系臣女孟丽君，诚惶诚恐，稽首顿首，谨奏：为雪罪陈情、仰恩赦事。窃臣女孟丽君邹峰末裔，滇南弱质。忝出功勋之第，朽比蒲姿；敦诗礼义之宗，芳输兰质。臣女父孟士元，世荷国恩，位隆邦族。赤符命下，提八面之威权；紫诰荣除，总四方之治宰。而臣女母韩氏，累封一品夫人。臣女兄嘉龄，复与两班清选。是照临下土，日月之仰无私；而波及臣家，雨露之沾尤渥。臣女孟丽君，隶名门于阀阅，沐雅化于宫闱，关雎之赋三章，惟习勤于蘋蘩蕴藻；曲礼之娴一则，从相见于枣栗棋榛。盖家索凛牝鸡之晨，而妇顺协鸿渐之羽。洪惟陛下，重熙累洽。

正值臣女父孟士元假沐归休，臣女孟丽君归岂衍期，摽何叹夫梅实；贞犹不字，灼未赋夫桃夭。乃者元城侯世子刘奎璧、都督之子皇甫少华，展币而陈，愿订朱陈之好；迩时布政使司秦承恩、鸿胪寺卿顾宏业，道言斯美，共申媒妁之言。臣女父孟士元因两姓偕臧百年，谁允曰是？士使之射谋于天假之缘。观德雀屏，至于再至于三，必序宾以不侮。求祥凤卜，迨其今迨其吉，乃承筐之将。讵知天意之不属刘，未免一筹稍逊；旋看将门之有其子，果真三发无虚。臣女父孟士元爰缔以丝罗，盟寻秦晋。孰料刘奎璧隐图聘有夫之女，计陷少华于无妄之灾；势倚椒房，祸延炀世，嗣迫其人潜踪引遁，复请于父，乞旨联姻。谕逮梁州，臣家惶恐之情无已；权归大内，刘门威烈之焰方张。臣女父既俯首以就婚，臣女敢抗颜以逆旨？窃惟教先室家，夙惩雀角鼠牙；化始闺门，德被螽斯麟趾。家人为女之正，《归妹》曰娣之良。操并青松，雅慕三贞与九烈；玷磨白玉，何堪一女而二夫。虽于归未迎奠雁之陈，而无实岂筐到羊之兆？矧陛下误从奏请，致亵圣明。臣女丽君于此，肠断九回，心牵一缕，欲陈情而无路，爰改服以潜身。而臣女父孟士元犹惧天威，计谐世好，权以乳妪之女，认作亲生；往归世子之门，曲从君命。讵臣女孟丽君乳母女苏映雪者，慕轻富贵，耻甚偷生。仇严逆贼之诛，手持白刃；节遂坠楼之志，命赴黄沙。幸神力暗扶，从滇池而移贵郡；真慈航普度，依萱室以至京师。斯时也，臣女孟丽君惘惘出门，迟迟行道，路绕高堂之梦，尘侵游子之衣。岂以皇甫既订三生，必使车亲挽鹿；亦云少华可以一见，何妨石化为夫！尔乃日远长安，莫慰穷途之泣；风凄旅馆，更嗟我仆之痡。险阻艰难，备尝之矣；流离琐尾，云如之何！时则有湖广商民康信仁者，见臣女儒雅，欲继螟蛉。同孤鸟之无依，胡勿谓他人父？当飞龙之利见，遂令观国之宾。岂真一介儒生，竟获三元及第？其时，适大学士梁鉴，为次女素华年当及笄，志切相攸。楼悬结彩，沟飘红叶之流；而臣女孟丽君，车过连镳，路值蓝桥之会。北斗仰而师命难辞，东床赘而门楣相倚。无何筵阁合卺，即来女系投池；乃洵耦俱无猜，漫说相逢如故。由是臣女孟丽君瞻依宫御，趋侍经筵，一艺名扬，三迁秩晋。眷隆紫阁，鼎悚之覆何嫌；名宠黄扉，渐碧之安孔固。乃臣女孟丽君不以乔妆之事上闻者，感恩知漫援昭容，可使童才失节；靖共直许，进士何妨不栉。德薄而位尊，搢笏垂绅，竟忘妇人无爵；知小而谋大，陈师鞠旅，反诩女子知兵。臣女孟丽君窃谓俟乞假于归田，终当以明微于陈座。何图自作之孽，逃尔明证其情。国有常刑，灾非肆毒。果宜束身司败，以正朝纲，绑赴法场，用申天讨，何敢置辞于议之八，邀惠于宥之三哉！伏惟陛下伟治光昭，仁闻洋溢。道通昼夜，如月恒而日升；德并载帱，谓天高而地厚。蜎蠕跂化，蝼蚁舍生。矧臣女父孟士元齿届杖朝，舐犊之情何限？臣女母韩氏病绵床褥，齿指之痛难禁。愿矜乌鸟之私，俾延残喘；当效犬马之报，默结来生。庶几臣女父母垂暮之年，亦越于今，当拜我皇之赐；而臣女再生之日，过此以往，长斋绣佛之前，则感恩且没世不朽矣！临表不胜待命之至，谨奏。

成宗闻学士将表读完，暗恨自己冒雨忍饥之苦，不肯听朕一言，一时大怒，厉声喝曰："孟氏好大胆，女扮男装，欺君罔上，侮辱大臣，死有余辜，仗利口舞弄笔花，视朕无尺寸之刀么？"喝令武士绑出午门斩首报来。武士领旨，连忙除衣冠捆绑起来。老王父子忙上前跪奏曰："乞刀下留人！"郦相知自己执性，莫怪天子变脸，亦不分辩，任从捆绑。忠孝王跪奏曰："前日陛下曾诏行天下寻访孟女，今当开恩饶命。"

不知能否恩赦，且看下文分解。

第七十二回　成宗欲斩郦丞相　太后恩赦孟千金

却说成宗欲斩孟丽君，武宪王奏曰：“孟氏因欲守节救夫，故求取功名，亦出于无奈，非无故卖弄才学，念自出仕以来，并无过犯，且有功劳；况臣儿前曾立愿，须会孟氏方敢与刘氏成亲，至今尚未合枕，孟氏若死，臣一门后嗣岂不断绝？乞陛下恩赦。”孟士元亦跪奏曰：“臣女为因守节，无奈欺君；臣妻溺爱此女，自前日云南假孟氏面君之后，臣妻即卧床不起。乞陛下格外施恩，赦免臣女性命，以救臣妻。”孟嘉龄亦奏称：“老母溺爱此女，自云南假孟女钦限一月内完亲，老母至今卧病恹恹。今若诛斩臣妹，老母悲女过甚，势必亡身。务乞陛下恩赦二命，举家尽沐圣恩。”孟士元再奏道：“臣女若死，臣妻必亡；臣儿嘉龄性颇纯孝，痛母怜妹，定要丧命；满门性命，岂不断送？千乞恕罪，赐婚沐恩，仰洪恩于无际。”当下又有门生翰林俞赞、崔攀凤、裘惠林等为首，俱跪下曰：“孟氏虽罹重罪，奈臣等俱受他提拔之恩，乞陛下开恻隐之心，赦其死罪。”帝大怒曰：“尔等俱系一己之私，均非正论。正法自古无亲，岂容徇情？”传旨着武士押出。

郦相视死如归，步出午门候斩。当下忠孝王更加着急，肘膝上前，欲行再奏，奈久病心虚，仰面一交，晕绝于地，牙关紧闭，双目泛白。老王神魂飘荡，抱住哭曰：“孩儿快快醒来，若有差池，为父的命亦不保，如何是好！”成宗亦惊骇，着内监速取人参前来护救。内监忙取一支人参，纳在少王口中，一会儿悠悠醒转，帝心方安。

只见内监奏曰：“太后赦书到了！”原来皇后天色未明，即到万寿宫奏知太后，说郦相早间奏请天子改装，恐天子责罪，求太后恩赦。太后曰：“孟氏节烈，朝廷必定曲从；况念其救我之恩，怎敢责罪。”皇后甚不放心，即着内监往大殿打听。不一时内监报郦相押出午门候斩，群臣求情不准。太后摇头曰：“不信朝廷如此执法，大为不该。”皇后奏曰：“前孟氏救臣妇一门，若有差池，臣妇万世被人唾骂，伏乞太后赦救。”太后曰:“不必忧虑。”即着内监草诏,念孟氏救皇太后恩重,开赦死罪,用印封好;内监飞奔上马,至大殿下马,上前奏曰:“今奉太后懿旨,开赦孟氏前罪。”帝忙取赦书看过,自思我为自己私情,一时盛怒,孟氏实不该死罪。但尔不念朕为他冒雨冲风,实是薄情,今若开赦,反被孟氏耻笑。着传旨:今念太后旨意,将孟氏且囚天牢,三日后取斩。武士领旨,把郦相押入天牢。狱官念孟氏平日正直无私,又兼势力如山,开去镣肘。按郦相自知必受牢狱之灾,早间即带荣发跟随,故当下有荣发服侍。又牢官另备一间上房,与他二人安歇。

且说天子退朝,孟士元父子忙到天牢探问,狱官接入上房,父子相见坐下,士元慰曰:“今朝廷虽限三日后处决,女儿不必介心,三日后我等自当保救。”孟氏暗笑,我岂不知大命无妨?乃嘱曰:“爹爹回家,切莫说女儿囚禁三日后处决之言,恐伤母心,反为不妙。”士元称是。父子嘱托狱官小心照顾,自有重谢,狱官领命。父子回府,韩氏迎问曰:“女儿改装事如何?”士元曰:“往常天子圣明,早间只说处斩,三日之后必要开赦。”细把早间之事一一说明:“谅不妨事。”韩氏终不放心。

且说梁相早间未曾入朝,令人打听,回报忠孝王昏绝,郦相囚禁等情,素华哭曰:“儿母素受孟小姐大恩,小姐若果有失,女儿誓不独生。”梁相慰曰:“孟氏既禁天牢,性命谅必不妨,你可只管放心。”素华入内,忙取铺盖并银钱人参,令那当家人送入天牢,交荣发收入应用。孟氏感叹曰:“真正妻子恐亦无此真心,真待我不错。”按下慢表。

再说老王父子回府,太郡与苏大娘便迎问早间事情,老王说明备细。江三嫂暗自埋怨刘氏曰:“尔用妙计奏请皇后验明,今苏映雪亦在尔之上,岂不自招其祸么?”小姐曰:“如今只好听天由命,不必埋怨。”

且说太后在宫,内监回报天子把郦相囚入天牢,三日后提斩,太后对皇后曰:“御妇怀孕,久坐辛苦,可回宫将息。孟氏一节,俺家必令朝廷开赦。”皇后奏曰:“孟氏恩大,若不开赦,臣妇无心回宫。”至午正时分，成宗回宫，太后忙令宣进。成宗入宫，太后令与皇后行夫妇之礼，而后赐坐。帝问曰："孟氏变乱阴阳，有罪该斩，母后缘何恩赦？"太后笑曰："国家祥瑞，故出此女公卿；况我等得生，尽他所赐，又能守节，生死不怕，屡立大功，亟宜开赦，与忠孝王成亲，何故反将囚禁天牢？实为不该。"帝无可奈何答曰："且待来日开赦吧！"皇后谢恩回宫，帝亦回偏殿批案去了。

郦相在天牢中，素华令人送来酒饭。孟氏对荣发曰："昨居首相，今在牢中，人生一世，事如春梦。"主婢伤感，不表。

且说成宗次早无事，亦不临朝，自思朕为私情把孟氏囚禁，然孟氏真是节烈，若不开赦，难以服众。即便草诏，令内监往天牢开赦孟氏。内监奉诏到天牢口下马，牢官忙备香案，郦相接诏：

奉天承运皇帝诏曰：兹尔孟丽君，改扮男妆，忝尸宰辅。有亏名教，罪首即祸之魁。妄弋宠荣，法轻乃情之重。本当斩决，以示创惩。缘尔素娴医术，曾拯慈危，兹奉皇太后懿旨：概从薄谴。用是道孝治，特昭逾格之恩；情动哀衿，默运好生之德。孟丽君即着孟士元领回，仍给皇甫少华为正室，限十五日成亲。从此顺协坤裳，妻道原从臣道；辉流彤管，宜室亦复宜家。毋废朕命。其云南假孟氏，一体赦免无罪，将聘礼亦还王府。钦哉。

当下孟氏谢恩，内监带诏往项员外处前来。按项南金自闻孟氏改装，深恨自己不守本分，以致失脸，缘父子俱有来历，难以逃走，只得候旨领罪。及见诏书，令还聘礼，深感圣恩，只得求安知县代还尹上卿交与王府。安知县因受过项隆厚礼，故不翻面，遂去交还。项员外痛恨侯五夫妻多方煽惑，以致求荣反辱。后来番国王子差官来到云南买女为妃，项南金遂往番国为妃，此是后话，按下不表。

且说孟士元闻得女儿开赦，满门大喜，忙令家人押了二乘轿子，来到天牢，接主婢二人回家，另封一百两银子谢了狱官。孟氏与荣兰上轿，到后衙，韩氏抱住女儿垂泪。孟氏回归绣房，改扮女装，出来相见。方氏问曰："姑娘诸事伶俐，因何尚未穿耳？"韩氏笑曰："只因姑娘自小怕痛，一向未穿，今已长成，不穿耳不成女儿。"即代女儿穿好，带上耳环。孟氏对父兄曰："爹爹与哥哥当速请武宪王父子，同往拜谢梁相平日厚待及女儿不上朝诤谏之恩。况梁相之女苏映雪妹妹与我同约,愿事皇甫郎,必须预先说明,方有着实。”士元曰:“此言极是。”

孟士元父子当即上轿,来到王府,老王父子接见坐下,士元说明当去拜谢梁相等情,老王喜曰:“正当如此。”父子上轿,一同起身,不表。

且说素华自孟氏囚入天牢,哭泣不止,梁相怜其节义,百般苦劝。是日女婢来报,太师有请。素华步出花厅,拜见父母,在旁坐下。梁相曰:“方才圣上诏赦孟氏,准其改装,定于八月十五日完婚,女儿可免悲伤了。”素华曰:“女儿立愿要同小姐共事一夫,望爹爹撮合。”梁相曰:“且待老夫具奏主上,与孟氏同为正室何如?”素华曰:“女儿不敢过望。”正在言谈,女婢报曰:“把门人报称,孟士元父子并忠孝王父子要面见家爷。”梁相大喜,穿上公服,出去迎接,四位大臣,齐到后堂。

梁相入见,士元称谢曰:“小女一向欺瞒老太师,又蒙太师不责其罪,恩同山岳,愚父子特来谢罪。”当下士元父子连忙跪下。老王父子亦即跪下曰:“媳妇有欺太师,愚父子特来请罪。”梁相忙跪下曰:“老夫一向昏迷,前在金銮殿上力辩冒犯,列公今日反蒙过礼,心实不安。”五人对拜毕,各各坐下,家人献茶。梁相笑曰:“不意二女性凛冷霜,誓同花烛,吾得忠孝王为婿,何幸如之。待老夫具奏赐婚。”少王谦词曰:“小侄一介庸夫,怎敢有误贵千金小姐。”梁相曰:“这乃夙世良缘,何必过于谦抑。”老王与孟士元一齐起谢曰:“既蒙老太师厚恩,请高坐受拜。”忠孝王忙移一把太师椅放在当中,忙扶梁相坐下,倒身拜了八拜,梁相方才扶起少王,又与老王、孟士元行了亲翁礼,然后坐下。梁相曰:“老夫长女于归,诸事简便,今次女出阁,必要热闹一番,方遂我愿。”两下说了些闲话,而后辞回府。

未知后事如何,且听下回分解。

第七十三回 梁丞相上表嫁女 孟丽君入宫谢恩

却说孟士元等与梁相辞别,各自回府,说明一切。喜煞苏大娘,不须嫁女,亦有岳母之分。刘燕玉自恨多言,今苏映雪亦在我之上。正愁闷间,忽报忠孝王步进房来,刘氏见礼坐下曰:"恭喜相公,不日二女便可相会。"少王谢曰:"一向深负夫人佳期,今幸二妻相会,夫人亦可完了终身。"即令备席前来相待,不表。

且说梁相其表曰:

左丞相臣梁鉴,诚惶诚恐,稽首顿首,谨奏为乞恩请旨赐女于归事。窃臣次女素华,本名映雪,系云南寒士苏信仁之女也。按信仁早亡,随母育于孟士元家。逮孟丽君改扮潜行,士元以映雪代适刘奎璧。映雪不甘,投池殉节。时臣妻景氏船过贵州,救起船中,收为义女。其女于臣及妻言极谦恭,不失礼节,以故爱并亲生。嗣招婚郦君玉,馆于臣室,于今三年。兹君王以验明乔装,奉旨于归。臣若将素华改适他门,则风化之闲不密;若竟适皇甫,则门第之玷难堪。岂以躬忝台辅之司,竟使女与昴参之选?罪滋不赦矣。故冒死上陈,臣女素华亦乞滥邀封典,俾得与孟氏并肩同事皇甫,仰遵国体,两无所亏。至臣前招赘孟丽君,情形莫究,实属昏聩;及皇甫少华上本,臣反力辨诬妄,冒渎天颜,尤宜削职,伏乞陛下严加处治。谨此跪奏。

梁相作罢表章,送到通政司,立送到宫。帝见表即批曰:

梁相之女即系苏映雪,前日皇甫少华奏请封赠。今准尔奏,亦赐皇甫少华,与孟氏同日完亲,无分偏正。钦此。

旨下,通政司令人送入相府。梁相大喜,把旨取出,与妻女看过。素华深感梁相厚恩,得与孟小姐同列。又报入孟府,丽君大喜,士元亦大喜,曰:"来日女儿当往殿上谢恩。"小姐称是,自思实不好意思,怎好去见百官?到了次日,梳洗已毕,乘了小轿,来到午门,对午门官说明。午门官入奏曰:“孟氏在午门外候旨,请旨定夺。”成宗暗想:今已改装,若宣他入朝,岂不羞辱了他?若不宣他入朝,不知他今改女装如何美貌;不如使他入宫,朕亦前去一见。即传旨:“孟氏不须入朝,着其入宫叩谢太后。”即差小内监一名,引入万寿宫。

小姐揣知帝意,暗羡风流天子公私合宜,令人敬服,即随内监来到东华门下轿,入万寿宫。适值皇后在宫,太后令进,孟氏入内朝见奏曰:“臣妾身负碎剐大罪,深感太后恩赦,特入宫谢恩。”太后传旨平身,慰抚曰:“难得卿谨守节操,救治俺家,理合开赦。”孟氏又拜皇后,皇后扶起曰:“俺家一门深蒙弟妇扶持,况又至亲,何必朝见。”孟氏曰:“臣妾何敢乱君臣之礼。”太后笑曰:“此乃内宫,不妨赐坐。”孟氏谢恩,坐在皇后对面。宫女献茶毕,皇后笑曰:“若非画观音,赐番酒,怎能得此美弟妇。”孟氏微笑曰:“此乃皇太后并娘娘美意。”

两下谈不多时,内监奏曰:“万岁在外候旨。”太后即令宣进。皇后与孟氏跪接,帝令宫娥扶起。太后嘱曰:“各人只行家礼罢。”帝领旨,作揖坐在西旁,孟氏坐在皇后身边。帝偷看孟氏,果然不涂脂粉天生丽,凤目凝含秋水清。雪霜粉颈肌肤细,盈盈一点小朱唇。淡妆不插闲花朵,并蒂秋兰香更幽。再看柳腰细小,有弱不胜衣之状,皇后乃武将出身,骨格觉得粗气,不禁笑对小姐曰:“郦先生今番改装,可惜尔连中三元,取士拜相,辛勤四载,化为乌有,再不能衡文主试,参与朝事军机,朕失了一位贤臣。”小姐惟两目斜视,含笑不语,真是一笑百媚生。君臣知心,各相爱敬,太后与皇后大笑不止。太后向成宗曰:“我无女儿,尔亦无姊妹,我欲认孟氏为女儿。”成宗暗笑:母后作成朕作大舅,即笑曰:“母后主意不差。”忙令内监排下香案。太后拈香祝告了天地。小姐向前行了母女之礼,拜了八拜;然后与天子行了兄妹礼,与皇后行了姑嫂礼,再行坐下。太后对孟小姐曰:“尔素知医道,今可赐名保和公主,出入用半副銮驾,五鹤朝天金顶轿,凡朝中有疑难事情,仍听决断。并赐责妄鞭一把,专打朝中不法的佞臣。”孟氏当即谢恩。

帝因男女有别,多所不便,退出去了。太后赐宴,三人在酒宴中谈及小姐流离等情,太后叹曰:“女儿不惧万里行程,不愧女中豪杰。”直饮至日色西斜，皇后嘱姑娘道：“次早当复进后宫，俺家亦有赐宴。”忙令内监引出东华门，宫仪伺候，孟小姐上轿回府，好不威风。甫回家，孟士元问明备细，满门大喜，忙令打扫房屋，安歇銮驾人役，不表。

且说皇后回宫，成宗已在宫中。皇后见礼坐下，帝问皇后曰：“孟氏回去了么？”皇后答曰：“回去了，但此等贤女，陛下何故要斩？”帝曰：“他犯罪甚重，理当处斩。”皇后曰：“既要斩他，方才何故如此相敬？看来陛下明有私心。”帝曰：“不要争辩，朕与一物尔看。”言罢，伸手向身上取出一个红缎包儿，放在案上，对皇后曰：“尔猜猜看，这是什么东西？”皇后对曰：“我怎知什么东西。”帝曰：“此乃西洋活宝，尔开看便知玄妙。”皇后连忙开看，恰是一双小小绣金红缎鞋，长不满三寸，却是旧的。皇后曰：“宫中只有温妃脚小，亦无如此之小，不知何人穿得？”帝曰：“此乃尔弟妇穿得。”皇后疑问曰：“孟氏绣鞋何以在陛下身边？”帝笑曰：“不要妒忌多疑。”便把二宫女脱下绣鞋，朕途中遇着，即将绣鞋夺下，藏在怀中，令他诈报郦相吐血回府等情言明：“朕留下此物，今烦卿来早交还孟氏。”皇后心中方得明白，笑曰：“陛下留下此物，明是欲挟孟氏以私通。谁知孟氏节烈，请旨改装，不从汝愿，尔故要斩他。看来陛下不但私心，而且存心不良。”帝笑曰：“具此才貌，人人爱慕。尔若做了男子，见此美女，只怕还要强奸硬迫。朕前日路遇宫女之顷，如果前往强奸，怕不春风一度？朕不忍硬迫，还算诚实。”皇后曰：“亏你在太后面前还要强辩，今日怎就回心，原璧归赵？”帝曰：“前者事极秘密，无人知是女流，朕固心存暧昧。今既请旨改装，若再留下此鞋，便是君戏臣妻，不合礼法。”言罢，辞别出宫，安歇去了。

次早，孟氏入宫，朝见太后毕，太后曰：“尔可速往皇后宫中，免他悬望。”就着宫女引到昭阳宫候旨。皇后即令宣入，朝见毕，赐坐待茶。皇后问孟氏曰：“姑娘曾失什么物件么？”孟氏奏曰：“臣妾不曾带物件进宫，哪有遗失。”皇后曰：“不是昨日，便是前日失落的。”孟氏沉吟一会，曰：“前日亦并无失落。”皇后忙取出绣鞋，令宫女交与孟氏，笑曰：“此物果是弟妇的东西么？”孟氏认是己物，疑而问曰：

“这个东西因何在娘娘处呢?”皇后遂细将宫女前日偷脱绣鞋,被风流天子藏匿,昨日寄还等语一一说明。孟小姐羞得满面通红,笑而不答。皇后笑曰:“今已知弟妇冰清玉洁,乃是天子痴迷。弟妇不必害羞,可把天子怎样温存备细说来。”小姐曰:“若论天子,真是殷勤,令人敬服。”便将四月十五日如何要同辇游上林苑,及春柳石桥上如何戏谑,又天香馆如何留宿,至赐番酒后两次令太医诊脉,并自己假扮小监,冒雨而来,密嘱要把假孟氏配与忠孝王等情一一说明。皇后笑曰:“帝如许小心,弟妇怎不怜念?”小姐曰:“臣妾与帝乃君臣名分,怎敢以私情迷惑圣君。”皇后称赞曰:“天子如此私心,若非弟妇节烈,岂不做出暧昧之事么?”即令内侍呈上筵席,皇后姑嫂入席,又说些闲话,直饮至日色西斜方才回府。

不知后事如何,且看下回分解。

第七十四回　会亲女大娘欢喜　受荫封三美团圆

却说孟氏于昭阳宫辞别回府，次日成宗上朝，六部官奏曰："孟氏业已改装，尚留右丞相一缺，请陛下发旨定夺。"帝遂点吏部尚书尹上卿为右丞相。按帝因嫌孟士元懦弱无能，故不取他。当下尹上卿谢恩出朝，按下慢表。

再说苏大娘来到相府，先拜梁相夫妇收留女儿之恩，而后与映雪相见，母女不啻再生。景夫人要办宴款待，大娘固辞之。又到孟府，满门相见，小姐向前谢曰："一向有误令爱终身。"大娘曰："小女向来痴拙，承蒙小姐提携。"韩夫人备酒相待，直至红日西斜，方才辞别回去。

到了月半日，梁相之子梁振麟已升了吏部尚书，满门进相府相会，梁相更加威风。到了八月初旬，江进喜回归王府，方知忠孝王完亲，十分欢喜。到了八月十二日，帝传旨：令保和公主出阁，着礼部照公主礼遣嫁；又降诏赠各美人封典，其诏如下：

> 奉天承运皇帝诏曰：国舅皇甫少华与保和公主完姻，所有行聘迎亲之事着六部九卿照礼护送。少华加恩保和驸马。孟丽君已封公主，正院王妃。苏映雪加封东院一品夫人，其父苏信仁追封光禄寺正卿，母杜氏恩封三品淑人。刘燕玉加封西院一品夫人。并赐皇甫少华大红蟒冠袍一领，玉带一围，完亲准其免朝一月。钦此奉行。

内监接诏，来到王府，忠孝王忙请苏大娘一同接诏。接诏既毕，苏大娘见诏封自己为三品淑人，始信送生婆之言真正有应，深感梁相提携之恩。

忠孝王立即差人将诏先送梁相，后送孟府观看，皆大欢喜。老王因念孟小姐情重，择日欲再行聘，恰好旧布政秦承恩已升河南巡抚，是日来京奏事，老王立办二副一样聘礼，特烦尹上卿及秦承恩为媒，到梁、孟两府把孟丽君、苏映雪行聘。忠孝王忙令人役打扫中央鸾凤宫与孟氏为房，碧鸾宫与苏氏为房，刘氏仍在金雀宫。三日前，王亲国戚，文武官员，各各备礼，往王府、梁府庆贺。孟士元虽非首相，而其女乃钦赐公主，故一体热闹。惟相府兼梁振麟擢升吏部尚书，更加热闹。苏映雪暗喜道："生初不得其所，往往后得其所。今得与孟小姐并列，梦中亦想不到的。"

到了完娶日期，文武百官先到梁相府中恭贺，又到孟府贺喜，然后到王府恭贺。王府内唤了一班音乐，俟后饮酒唱演。忠孝王身披九龙飞舞大红袍，坐了一匹白龙驹，排了半副銮驾，后随着平江侯熊浩及几位同年武官，俱骑了马，陪伴同行。先到孟府迎娶孟小姐，坐着五鹤朝天金顶轿，亦是半副銮驾，到了王府，把金顶轿停在通道之上。再到梁府迎娶苏氏，号灯尽用相府字号，相府一派执事，好不热闹，来到王府停下。

乐人奏起音乐，礼生唱礼，各人随了十名女婢，开了轿门，请出新人。二位夫人俱着蟒袄，头戴凤冠。一夫二妇，先拜天地，后谢圣恩，方拜翁姑，翻转身来，夫妻对拜，送入洞房。

忠孝王先进鸾凤宫，令女婢揭去罗帕，向前作揖曰："卑人一门深受夫人大德，累你历尽万苦千辛，为了皇甫一门，几经危难，厚地高天，恩情如海，难以言尽。"孟氏答曰："夫妇之分，礼所当然，何必言重。"二人饮了三杯酒，孟氏催促曰："郎君速往碧鸾宫与苏氏姊姊相会。"忠孝王称是，即进碧鸾宫，苏氏已揭去罗帕，立起身来。忠孝王忙向前作揖曰："难得夫人为寒门守节，险遭不测，卑人何以报答。"苏氏微笑答礼，不敢回言。二人亦饮了三杯酒。女婢报称："席已齐备，请千岁爷出去陪伴众官。"忠孝王来到大殿，同父亲母舅陪伴众官。戏班演唱，乐音喧天，不表。

且说刘氏本性循良，自思二位夫人俱衔恨亡兄，况他俩娘家势大，我宁可向前伏罪为是。即带了二婢，来到碧鸾宫。此时新人已卸了凤冠蟒袄，只穿着素衣。女婢报称刘氏来见，苏氏起身迎接。二人本来相识，刘氏急忙跪下曰："贱妾特来叩见夫人。先兄前日实是不该，望夫人不念旧恶，感恩不浅。"苏映雪大惊，一同跪下曰："我乃小户女流，贤妹乃是皇姨，如此过礼，岂不折杀奴家的阳寿么？”刘氏见他十分谦逊，心中大喜。苏映雪与刘氏坐下，刘氏曰：“不劳夫人费心，妾还要到孟夫人处叩见。”苏映雪曰：“我亦要去叩见夫人，妾身与尔同去如何？”刘氏大喜，二女齐到鸾凤宫。

女婢报称：“二夫人齐到。”孟夫人出来迎接，二人一齐跪下曰：“夫人在上，贱妾等叩见。”孟小姐连忙跪下曰：“妾身何以消受。”三人拜毕起身，孟氏先向苏氏曰：“一向有误姊姊青春，大为不该。”又向刘氏曰：“难得贤妹替我伏侍翁姑多日，奴受恩不浅。今当请苏大娘前来拜见。”即令女婢往请。映雪曰：“家母何德何能，敢劳二位夫人拜见？”不多时，苏大娘来到，孟小姐请其上坐拜见。大娘推辞曰：“小女痴拙，全仗二位夫人教训，老身怎敢受拜。”孟小姐曰：“大娘乳哺恩深，令爱又被我误了青春，正当受我一拜。”刘氏曰：“夫人所言极是。”即同孟小姐强扶大娘坐下，二人一齐拜下。映雪在旁还礼，大娘答了半礼道：“折煞老身。”二女拜罢起来，大娘拜辞曰：“老身失陪。”即进内而去。

三女坐下，女婢奉茶，孟小姐曰：“前日我囚禁天牢，蒙苏姊姊深情厚意，恩德如山。”苏氏曰：“我母女二人受小姐大恩，碎身难报。”小姐对二女曰：“今后我们三人只须姊妹相称。”苏刘二人曰：“多蒙厚情，自当领教。”于是各自别去，不表。

再说百官饮至日色沉西，方才辞别。少王回至鸾凤宫，同孟氏畅饮。少王谢罪曰：“前日迫于君父命娶妾，致获罪于夫人，望夫人海涵。”孟小姐笑曰：“以往波澜，尽是君家所起，这也算是门生报答老师。不过难得郎君甘受一年寂寞。但闻君才学过人，就以中秋月华为题，作七言八韵，以昭今夜之庆。”忠孝王曰：“夫人见教，只得献丑。”就令女婢取文房四宝过来，作了二首诗。诗曰：

瑞彩纷披灿绮霞，团圆十五月中华。佳期应感三秋值，乐事微同一夕赊。琼露浥余承绛阙，仙风吹到送香车。广寒如得门容入，奉使何须八月槎。

一奁明镜映红妆，可是姮娥回帝乡？玉屑飞馨辉静夜，羽衣有曲奏霓裳。轮盖顾兔留三窟，影射牵牛跋七襄。愧乏高才摅倚马，和鸣环珮戛琳琅。

旁写：书奉夫人更正，少华未定稿。

女婢送与夫人观看，看毕大喜。饮到上灯后，小姐对少华曰：“奴承苏姐厚恩，请往那边饮酒。”

忠孝王即到碧鸾宫，令女婢退出，作揖曰：“下官当年比箭，夫人便知有今日之荣；后来相府又蒙赐席，足感大恩。”苏氏答曰：“家母多蒙厚待，感恩不尽。”二人同饮，忠孝王亲为其斟酒。饮到初更之后，映雪催促曰：“夜已深了，请到孟夫人处安歇罢。”少华辞别曰：“夫人吩咐，只得从命，只好来晚陪伴夫人。”苏氏含羞不答。

少华回到鸾凤宫，令女婢退出安歇，闭上房门，低声言道：“老师呀，恕门生大胆了。”只见孟夫人双眼半开半闭，面色似喜似嗔，就欲替夫人脱衣。夫人曰：“各人自便罢。”各自解带上床，说不尽枕上风流，被中恩爱。次早起来，又受百官庆贺，至晚与苏映雪成亲，第三夜与刘燕玉成亲。自此为例：先孟后苏第三日刘。

第四早，三位夫人梳妆毕，孟氏领了苏、刘二女进宫朝见太后。太后喜曰：“忠孝王可谓群花宫主。”本当往正宫朝见皇后，因皇后怀孕，恐怕冲喜，即传旨赐宴，饮了一番，辞谢回府。到了第六天，满门眷属俱来相会。燕国夫人卫勇娥，并卫勇彪之妻尹兰台俱来会饮，忙向孟氏拜谢提拔之恩。直饮至日色西斜，众方辞别回府，一夜无辞。

是早苏、刘二女梳妆毕，来邀孟氏同往孟府拜会。孟氏即同苏、刘二人上轿，女婢跟随，一直来到孟府内堂下轿。韩夫人姑媳迎接上堂，五人团拜坐下。献茶既毕，韩夫人令女婢备席。五人入席，说些闲话，饮至太阳西坠，方才拜别回府。

过了次日，孟氏、刘氏同苏映雪来到相府，此时梁振麟满门适亦回府，景夫人姑媳同康若山之妻孙氏并二姨娘前来相会，景夫人留住同饮。孟小姐曰：“数日之后，当请义父母等同到王府安身，俟兄弟长成，再行教他读书。”孙氏方知小姐乃是重义的奇女，十分感激。当晚三人同在相府安歇，次早方才辞别回归王府。孟氏即饬人役，专请康若山回府，移至王府居住。苏大娘有螟蛉子一，取名叫六奇，同康若山之子元郎年龄相仿，孟小姐亲自教他俩读书，少年俱中进士，后来或为知县，或为知府，各随其子赴任。孟小姐念荣兰辛苦多年，匹配江进喜为妻，江三嫂母子二人喜得美貌女子，又有数万两私房银子，不胜快活。

后武宪王父子又具奏道："老仆吕忠，一生义侠，临难不变；其子吕福，深通武艺。张氏江三嫂同其子江进喜先救少华脱出火灾，后随刘氏逃走，住尼庵受苦，并无悔心；江进喜深通武艺，运刘奎璧棺柩归葬，万里路途，不辞劳苦；俱求褒封。"帝当下宣召吕福、江进喜考试武艺，吕福改名吕夺元，江进喜改名江永贵，俱封现任都司，忠孝王提携二人后升总兵。吕忠恩赐三品冠带荣身，张氏即江三嫂，恩赐四品恭人。帝念孟小姐贤能，钦点忠孝王为内阁大臣，职掌批案，如有疑难案件，好与伊妻孟氏商酌而行。孟小姐不时朝见太后以及皇后。苏映雪谦恭有礼，梁相满门俱认为至亲，往来络绎不绝。太后见路祥云贞节可嘉，令帝纳为偏妃；念父无嗣，螟蛉一子，接续路家香烟。

孟小姐与苏氏、刘氏秉性和善，待下以宽，上下人等无不敬服。孟氏次年生下一子，取名兆驹，才兼文武，娶温妃之长女嘉善公主，先为驸马，后作丞相。次年又生一子，取名兆凤，勇力无双，封为长胜将军。刘燕玉生下一子，取名兆麟，随孟氏学习岐黄，医道极精，荫袭六部侍郎之职。后孟氏又生一女，取名飞蛟郡主，排行第四，因梦赤蛟入怀而生，知是邬必凯元神报怨，按邬必凯即番元帅也。后苏氏亦生二子，其一取名兆祥，即第五子，深知算法，放贷经营天下，大获利息，后来荫袭户部侍郎；其二取名兆瑞，即第六子，娶梅妃之女兴平公主，封为驸马都尉。至于熊浩，屡立奇功，后封平江王；长子起凤，乃徐氏所生，后中状元；次子起蜃，系卫氏所生，此子秉性懦弱，后荫袭平江侯。这部书凡忠孝廉节四大端，无一不备，苟于酒后茶余，悬为借镜，未始非惩创人心之一助也。幸勿以小说而弃之，是所厚望。

附录:略论《再生缘》之思想、结构、文词

兹论陈端生写作《再生缘》之经过既竟,请略论《再生缘》之思想、结构、文词三点于下:

(一)思想　今人所以不喜读此书之原因颇多,其最主要者,则以此书思想陈腐,如女扮男装、中状元、作宰相等俗滥可厌之情事。然此类情事之描写,固为昔日小说弹词之通病,其可厌自不待言,寅恪往日所以不喜读此等书者,亦由此故也。年来读史,于知人论事之旨稍有所得,遂取《再生缘》之书,与陈端生个人身世之可考见者相参会,钩索乾隆朝史事之沈隐,玩味《再生缘》文词之优美,然后恍然知《再生缘》实弹词体中空前之作,而陈端生亦当日无数女性中思想最超越之人也。夫当日一般人所能取得之政治上最高地位为宰相,社会上最高地位为状元,此两事通常皆由科举之途径得之,而科举则为男性所专占之权利,当日女子无论其才学如何卓越,均无与男性竞争之机会,即应试中第、作官当国之可能。此固为具有才学之女子心中所最不平者,而在端生个人,尤别有更不平之理由也。当清代乾隆之时,特崇奖文学,以笼络汉族,粉饰太平,乾隆初年博学鸿词科之考试,即是一例。(此科之发起虽在雍正时,而高宗即位后,继续于乾隆元年二月谕,给发先期到京应试者膏火银两。又于临试之期,以天气渐寒,着在保和殿内考试。此皆是表示特重是科之意,其借文词科试以笼络汉人之用心,亦可窥见矣。)此科试题较康熙十八年博学鸿词科特难,其得中式者,不过十五人,当时以文章知名之士,如袁简斋之流,虽预试,而未获选,其难可以推见也。端生之祖句山,即由此华选,望重当世。端生在幼年之时,本已敏慧,工于吟咏,自不能不特受家庭社会之薰习及反应。其父玉敦伯父玉万辈之才学似非卓越。(寅恪未能多见玉敦作品,自不敢确言,然丁申、丁丙《杭郡诗辑》三辑一〇,载有玉敦挽天都汪复斋先生五古一首,观其诗,仍是紫竹山

房之派，与绘影绘声姊妹之作才华绵丽者，固区以别矣。）至于其弟安生春生桂生等，当时年尚幼稚（《耆献类征》一九七《疆臣》四九《陈桂生传》止载桂生卒于道光二十年，而不言其寿至何岁。但据《紫竹山房文集》一五《冢妇吴氏行略》所述玉万纳妾林氏即桂生母事推计之，则端生于乾隆三十三年初撰《再生缘》时，桂生之年龄至多不过十岁上下耳），亦未有所表见，故当日端生心目中，颇疑彼等之才性不如己身及其妹长生。然则陈氏一门之内，句山以下，女之不劣于男，情事昭然，端生处此两两相形之环境中，其不平之感，有非他人所能共喻者。职此之故，端生有意无意之中，造成一骄傲自尊之观念，此观念为他人所不能堪，在端生亦未尝不自觉，然固不屑顾及者也。如《再生缘》第三卷第九回云：

已废女工徒岁月，因随母性学痴愚。芸窗纸笔知多贵，秘室词章得久遗。不愿付刊经俗眼，惟怜（寅恪案，坊间铅印本“怜”作“将”似更佳）存稿见闺仪。

（此节谭正壁《中国女性文学史》下册第七章第四节已论及）

可见端生当戏写《再生缘》时，他人已有不安女子本分之议论。故端生著此一节，以示其不屑顾及之意。“因随母性学痴愚”之语，殆亦暗示不满其母汪氏未能脱除流俗之见也。《再生缘》一书之主角为孟丽君，故孟丽君之性格，即端生平日理想所寄托，遂于不自觉中，极力描绘，遂成为己身之对镜写真也。

观《再生缘》第十卷第三九回述皇甫少华迎娶刘燕玉一节云：

皇甫家忠孝王的府第造于外廊营内，阮京兆大人的私衙却在烂面胡同，这边迎亲的花轿转来，正从米市胡同孟家龙图相国的衙门前经过。

及同书第一一卷第四一回中，述刘燕玉至孟丽君之父母孟士元韩氏家，拜认为孟韩之继女时，士元送燕玉至厅院前，其言曰：

嗯！人夫们，轿子抬稳呵！

连日晴明雪水流，泥泞一路是车沟。小心仔细休轻忽，外廊营，进口艰难我却愁。

然则皇甫少华家在外廊营,即是孟丽君终身归宿之夫家在外廊营,据上引《陈句山年谱》乾隆三十五年条,知陈兆仑亦寓外廊营。端生乾隆三十三年秋间初写《再生缘》时,即在外廊营宅也。端生无意中漏出此点,其以孟丽君自比,更可确定证明矣。至端生所以不将孟丽君之家,而将皇甫少华之家置于外廊营者,非仅表示其终身归宿之微旨,亦故作狡狯,为此颠倒阴阳之戏笔耳。又观第一七卷第六七回中孟丽君违抗皇帝御旨,不肯代为脱袍;第一四卷第五四回中孟丽君在皇帝之前,面斥孟士元及韩氏,以致其父母招受责辱;第一五卷第五七回中孟丽君夫之父皇甫敬欲在丽君前屈膝请行,又亲为丽君挽轿;第八卷第三十回中皇甫敬撩衣向丽君跪拜;第六卷第二二回、第二三回、第二四回及第一五卷第五八回中,皇甫少华即孟丽君之夫,向丽君跪拜诸例(寅恪案,端生之祖兆仑于雍正十三年乙卯考取内阁中书一等一名,又于乾隆元年丙辰考取博学鸿词科。至乾隆十七年壬申,副兵部侍郎观保典顺天武乡试,此科解元顾麟即于是年中式会元状元,为武三元。可参《紫竹山房文集》八《顺天武乡试录后序》、一九《顺天武乡试策问》,及《陈句山先生年谱》有关诸年等条。《再生缘》中述孟丽君中文状元,任兵部尚书,考取皇甫少华为武状元,岂端生平日习闻其祖门下武三元之美谈,遂不觉取此材料,入所撰书,以相影射欤?),则知端生心中于吾国当日奉为金科玉律之君父夫三纲,皆欲借此等描写以摧破之也。端生此等自由及自尊即独立之思想,在当日及其后百余年间,俱足惊世骇俗,自为一般人所非议。故续《再生缘》之梁德绳于第二十卷第八十回中,假皇甫敬之口斥孟丽君,谓其“习成骄傲凌夫子,目无姑舅乱胡行”。作《笔生花》之邱心如于其书第一卷第一回中,论孟丽君之失,谓其“竟将那,劬劳天性一时捐。阅当金殿辞朝际,辱父欺君太觉偏”,可为例证也。噫!中国当日智识界之女性,大别之,可分为三类:第一类为专议中馈酒食之家主婆;第二类为忙于往来酬酢之交际花;至于第三类,则为端生心中之孟丽君,即其本身之写照,亦即杜少陵所谓“世人皆欲杀”者。前此二类滔滔皆是,而第三类恐止端生一人或极少数人而已。抱如是之理想,生若彼之时代,其遭逢困厄,声名湮没,又何足异哉!至于神灵怪诞之说，地理历史之误，本为吾国小说通病，《再生缘》一书，亦不能免。然自通识者观之，此等瑕疵或为文人狡狯之寓言，不可泥执，或属学究考据之专业，更不必以此苛责闺中髫龄戏笔之小女子也。

（二）结构　综观吾国之文学作品，一篇之文，一首之诗，其间结构组织，出于名家之手者，则甚精密，且有系统。然若为集合多篇之文多首之诗而成之巨制，即使出自名家之手，亦不过取多数无系统或各自独立之单篇诗文，汇为一书耳。其中固有例外之作，如刘彦和之《文心雕龙》，其书或受佛教论藏之影响，以轶出本文范围，故不置论。又如白乐天之新乐府，则拙著《元白诗笺证稿》新乐府章中言之已详，亦不赘论。至于吾国小说，则其结构远不如西洋小说之精密。在欧洲小说未经翻译为中文以前，凡吾国著名之小说，如《水浒传》《石头记》与《儒林外史》等书，其结构皆甚可议。寅恪读此类书甚少，但知有《儿女英雄传》一种，殊为例外。其书乃反《红楼梦》之作，世人以其内容不甚丰富，往往轻视之。然其结构精密，颇有系统，转胜于曹书，在欧西小说未输入吾国以前，为罕见之著述也。哈葛德者，其文学地位在英文中，并非高品，所著小说传入中国后，当时桐城派古文名家林畏庐深赏其文，至比之史迁。能读英文者，颇怪其拟于不伦。实则琴南深受古文义法之薰习，甚知结构之必要，而吾国长篇小说，则此缺点最为显著，历来文学名家轻视小说，亦由于是。（桐城派名家吴挚甫序严译《天演论》，谓文有三害，小说乃其一。文选派名家王壬秋鄙韩退之、侯朝宗之文，谓其同于小说。）一旦忽见哈氏小说，结构精密，遂惊叹不已，不觉以其平日所最崇拜之司马子长相比也。今观《再生缘》为续《玉钏缘》之书，而《玉钏缘》之文冗长支蔓，殊无系统结构，与《再生缘》之结构精密，系统分明者，实有天渊之别。若非端生之天才卓越，何以得至此乎？总之，不支蔓有系统，在吾国作品中如为短篇，其作者精力尚能顾及，文字剪裁，亦可整齐。若是长篇巨制，文字逾数十百万言，如弹词之体者，求一叙述有重点中心，结构无夹杂骈枝等病之作，以寅恪所知，要以《再生缘》为弹词中第一部书也。端生之书若是，端生之才可知，在吾国文学史中,亦不多见。但世人往往不甚注意,故特标出之如此。韩退之云:“发潜德之幽光。”寅恪之草此文,犹退之之意也。

(三)文词 《紫竹山房文集》七《才女说》略云:

> 世之论者每云,女子不可以才名,凡有才名者,往往福薄。余独谓不然。福本不易得亦不易全,古来薄福之女,奚啻千万亿,而知名者,代不过数人,则正以其才之不可没故也。又况才福亦常不相妨,娴文事,而享富贵以没世者,亦复不少,何谓不可以才名也。诚能于妇职余闲,流览坟索,讽习篇章,因以多识故典,大启性灵,则于治家相夫课子,皆非无助。以视村姑野媪惑溺于盲子弹词,乞儿说谎,为之啼笑者,譬如一龙一猪,岂可以同日语哉?又《经解》云:温柔敦厚,诗教也。由此思之,则女教莫诗为近,才也而德即寓焉矣。

寅恪案,句山此文殊可注意,吾国昔时社会惑于“女子无才便是德”之谬说,虽士大夫之家,亦不多教女子以文字。今观端生、长生姊妹,俱以才华文学著闻当世,则句山家教之力也。句山所谓“娴文事,享福贵”者,长生庶几近之。至若端生,则竟不幸如世论所谓“女子不可以才名,凡有才名者,往往福薄”,悲夫!句山虽主以诗教女子,然深鄙弹词之体。此老迂腐之见囿于时代,可不深论。所可笑者,端生乘其回杭州之际,暗中偷撰《再生缘》弹词。逮句山返京时,端生已挟其稿往登州以去,此老不久病没,遂终身不获见此奇书矣。即使此老三数年后,犹复健在,孙女辈日侍其侧者,而端生亦必不敢使其祖得知其有撰著“村姑野媪所惑溺”之弹词之事也。不意人事终变,“天道能还”(《再生缘》第一七卷第六五回首节云:“问天天道可能还”),《紫竹山房诗文集》若存若亡,仅束置图书馆之高阁,博雅之目录学者,或略知其名,而《再生缘》一书,百余年来吟诵于闺帏绣闼之间,演唱于书摊舞台之上。近岁以来虽稍衰歇,不如前此之流行,然若一取较其祖之诗文,显著隐晦,实有天渊之别,斯岂句山当日作《才女说》痛斥弹词之时所能料及者哉!今寅恪殊不自量,奋其谫薄,特草此文,欲使《再生缘》再生,句山老人泉底有知,以为然耶?抑不以为然耶?

《再生缘》之文,质言之,乃一叙事言情七言排律之长篇巨制也。关于天竺、希腊及西洋之长篇史诗,与吾国文学比较之问题,以非本文范围,兹不置论。仅略论吾国诗中之排律,以供读《再生缘》者之参考。

《元氏长庆集》五六《唐故工部员外郎杜君墓志铭并序》略云:

> 山东人李白亦以奇文取称,时人谓之李杜。予观其壮浪纵恣,摆去拘束,模写物象,及乐府歌诗,诚亦差肩于子美矣。至若铺陈终始,排比声韵,大或千言,次犹数百,词气豪迈,而风调清深,属对律切,而脱弃凡近,则李尚不能历其藩翰,况堂奥乎?

姚鼐《今体诗钞序目》略云:

> 杜公今体四十字中包涵万象,不可谓少。数十韵百韵中运掉变化如龙蛇,穿贯往复如一线,不觉其多。读五言至此,始无余憾。余往昔见〔钱〕蒙叟笺,于其长律,转折意绪都不能了,颇多谬说,故详为诠释之。

同书五言六杜子美下注略云:

> 杜公长律有千门万户开阖阴阳之意。元微之论李杜优劣,专主此体。见虽少偏,然不为无识。自来学杜公者,他体犹能近似,长律则愈邈矣。〔元〕遗山〔论诗绝句〕云:"〔排比铺张特一途,文章如此亦区区。〕少陵自有连城壁,争奈微之识碔砆。"有长律如此,而目为碔砆,此成何论耶?杜公长律旁见侧出,无所不包,而首尾一线,寻其脉络,转得清明,他人指成褊隘,而意绪或反不逮其整晰。

寅恪案,微之、惜抱之论精矣,兹不必再加引申,以论杜诗。然观吾国佛经翻译,其偈颂在六朝时,大抵用五言之体,唐以后则多改用七言。盖吾国语言文字逐渐由短简而趋于长烦,宗教宣传,自以符合当时情状为便,此不待详论者也。职是之故,白香山于作《秦中吟》外,更别作新乐府。《秦中吟》之体乃五言古诗,而新乐府则改用七言,且间以三言。蕲求适应于当时民间歌咏,其用心可以推见也。(可参拙著《元白诗笺证稿》新乐府章。)弹词之文体即是七言排律,而间以三言之长篇巨制,故微之、惜抱论少陵五言排律者,亦可以取之以论弹词之文。又白香山之乐府及后来摹拟香山，如吴梅村诸人之七言长篇，亦可适用元姚之说也。弹词之作品颇多，鄙意《再生缘》之文最佳，微之所谓“铺陈终始，排比声韵”“属对律切”，实足当之无愧，而文词累数十百万言，则较“大或千言，次犹数百”者，更不可同年而语矣。世人往往震矜于天竺、希腊及西洋史诗之名，而不知吾国亦有此体。外国史诗中宗教哲学之思想，其精深博大，虽远胜于吾国弹词之所言，然止就文体立论，实未有差异。弹词之书，其文词之卑劣者，固不足论。若其佳者，如《再生缘》之文，则在吾国自是长篇七言排律之佳诗，在外国亦与诸长篇史诗，至少同一文体。寅恪四十年前常读希腊梵文诸史诗原文，颇怪其文体与弹词不异，然当时尚不免拘于俗见，复未能取《再生缘》之书，以供参证，故噤不敢发，荏苒数十年，迟至暮齿，始为之一吐，亦不顾当世及后来通人之讥笑也。

抑更有可论者，中国之文学与其他世界诸国之文学，不同之处甚多，其最特异之点，则为骈词俪语与音韵平仄之配合。就吾国数千年文学史言之，骈俪之文以六朝及赵宋一代为最佳。其原因固甚不易推论，然有一点可以确言，即对偶之文，往往隔为两截，中间思想脉络不能贯通。若为长篇，或非长篇，而一篇之中事理复杂者，其缺点最显著，骈文之不及散文，最大原因即在于是。吾国昔日善属文者，常思用古文之法，作骈俪之文，但此种理想能具体实行者，端系乎其人之思想灵活，不为对偶韵律所束缚。六朝及天水一代思想最为自由，故文章亦臻上乘，其骈俪之文遂亦无敌于数千年之间矣。若就六朝长篇骈俪之文言之，当以庾子山《哀江南赋》为第一。若就赵宋四六之文言之，当以汪彦章代皇太后告天下手书(《浮溪集》一三)为第一。此文篇幅虽不甚长，但内容包涵事理既多，而文气仍极通贯，又此文之发言者，乃先朝被废之皇后。以失去政权资格之人，而欲建立继承大统之君主，本非合法，不易立言。但当日女真入汴，既悉数俘虏赵姓君主后妃宗室北去，舍此仅遗之废后外，别无他人，可借以发言，建立继统之君，维系人心，抵御外侮，情事如此，措词极难，而彦章文中“虽举族有北辕之衅，而敷天同左袒之心”两句即足以尽达旨。至于“汉家之厄十世，宜光武之中兴；献公之子九人，惟重耳之尚在”，古典今事比拟适切，固是佳句。然亦以语意较显，所以特为当时及后世所传诵。职是之故，此文可认为宋四六体中之冠也。庾汪两文之词藻固甚优美，其不可及之处，实在家国兴亡哀痛之情感，于一篇之中，能融化贯彻，而其所以能运用此情感，融化贯通无所阻滞者，又系乎思想之自由灵活。故此等之文，必思想灵活之人始得为之，非通常工于骈四俪六，而思想不离于方罫之间者，便能抄笔成篇也。今观陈端生《再生缘》第一七卷中自序之文，（上文已引）与《再生缘》续者梁楚生第二十卷中自述之文，两者之高下优劣立见，其所以致此者，鄙意以为楚生之记诵广博，虽或胜于端生，而端生之思想自由，则远过于楚生。撰述长篇之排律骈体，内容繁复，如弹词之体者，苟无灵活自由之思想，以运用贯通于其间，则千言万语，尽成堆砌之死句，即有真实情感，亦堕世俗之见矣。不独梁氏如是，其他如邱心如辈，亦莫不如是。《再生缘》一书，在弹词体中，所以独胜者，实由于端生之自由活泼思想，能运用其对偶韵律之词语，有以致之也。故无自由之思想，则无优美之文学，举此一例，可概其余。此易见之真理，世人竟不知之，可谓愚不可及矣。

端生《再生缘》之文如此，则平日之诗文亦非凡俗，可以推见。惜其所著《绘影阁集》，无一字遗传，袁简斋在乾隆时，为最喜标榜闺阁诗词之人。而其所编著之《随园诗话》《随园女弟子诗》及《同人集》等书，虽载陈句山、陈长生之诗，而绝不及端生一字，岂出于长生之不愿，抑或简斋之不敢，今不能确言。颇疑《再生缘》中，其对句之佳者，如第一七卷首节中“隔墙红杏飞晴雪，荫榻高槐覆晚烟”“午绣倦来还整线，春茶试罢更添泉”之类，即取《绘影阁集》中早年诗句足成。若此推论不误，则是《绘影阁集》尚存一二于天壤间，亦可谓不幸中之幸也。至于“绘影阁”之取名，自与“绘影绘声”之成语有关，而长生之集名《绘声阁》，即从其姊之集名而来，固不待论。然“绘影”一词，或与其撰著弹词小说，描写人物“惟妙惟肖”之意有关。又或端生自身亦工绘画，观其于《再生缘》第三卷第十回中，描写孟丽君自画其像一节，生动详尽，乃所以反映己身者耶？（可参《再生缘》第一六卷第六三回太后命孟丽君画送子观音一节）前引长生寄外诗云:“年来心事托冰纨。”又有《织素图》及《桂馨图》(可参吴昌绶《松邻遗集》六《题桂馨图后》及徐世昌《晚晴簃诗汇》一八五《陈长生诗选附诗话》)等之记载流传,则长生之工画,由于叶绍楏之渐染,或受其姊之影响,俱不可知,姑记于此,更俟详考。

节录自陈寅恪《论〈再生缘〉》

图书在版编目(CIP)数据

再生缘/(清)陈端生原著. —长沙:岳麓书社,2019.1
(中国古典小说普及文库)
ISBN 978-7-5538-0921-2

Ⅰ.①再...　Ⅱ.①陈...　Ⅲ.①章回小说—中国—清代
Ⅳ.①I242.4

中国版本图书馆 CIP 数据核字(2018)第 055215 号

ZAISHENG YUAN
再生缘
作　　者:[清]陈端生
责任编辑:曾　倩
责任校对:舒　舍
封面设计:浙江有观文化创意有限公司
特约插画:王岩琰　王雨辰

岳麓书社出版发行
地址:湖南省长沙市爱民路 47 号
直销电话:0731-88804152　0731-88885616
邮编:410006
岳麓书社网址:www.yueluhistory.com

2019 年 1 月第 1 版第 1 次印刷
开本:890mm×1240mm　1/32
印张:13
字数:362 千字
印数:1—5 000
ISBN 978-7-5538-0921-2
定价:25.00 元

承印:湖南天闻新华印务有限公司

如有印装质量问题,请与本社印务部联系
电话:0731-88884129